라스트 휴먼

라스트 휴먼

THE LAST HUMAN

잭 조던 지음 · 해도연 옮김

MINE 현

contents

1

불과 몇 년 전까지만 해도 세냐 더 위도우는 냉혹한 살육자였다. 세냐에게 있어 살육은 더할 나위 없이 만족스러운 취미, 아니 삶의 열정 그 자체였다. 밤새 사냥하며 새벽까지 축제를 즐기다가 낮이 찾아오면 긴 잠을 자기 전에 가장 질 좋은 수컷 하나를 고르고… 정말 황홀했다. 세냐는 여전히 이런 상상에 푹 빠지기 십상이다. 슬프게도 세냐는 이제 상상밖에 할 수 없으니까. 이 모든 것은 세냐 더 위도우의 몸과 마음을 지배해 버린 아주 오래되고 끔찍하기 그지없는 힘 때문이다.

모성.

세냐는 굳게 닫힌 침실 문 바깥에 사신처럼 쭈그리고 앉아 여덟 개의 칼날 부속지를 접으며 조용히 생각에 잠긴다. 이런 상황에 대해선 세냐 자신의 어머니가 이미 경고를 했다. 세냐는 지금 당장이라도 사냥을 하러 갈 수 있다. 신성한 공동체의 일원으로 돌아가 그들과 함께 달빛 그윽이 비치는 숲속을 가로질러 달릴 수도 있다. 자매들이 아름다운 죽음의 합창을 부르면 세냐는 끓어오르는 핏빛 욕망을 가슴에 담아 포효로 화답하고… 하지만 안 된다.

세냐는 머릿속에서 네트워크 메시지를 쓴다.

[사야 더 도터. 내가 가장 사랑하는 보물이자 내 목숨까지 즐거이 바칠 수 있는 내 아이. 어서 문을 열려무나. 문을 뜯어내 버리기 전에.]

그러고는 감정 몇 가지를 유심히 골라 메시지에 첨부한다. 딸이 가지고 있는 장비는 너무 낡아 감정을 수신할 수 없다는 것 정도는 이미 알고 있다. 메시지는 세냐의 뒤통수에 이식된 네트워크 유닛을 통해 전송된다.

답장이 도착한다.

[오류 발생. 단말기가 메시지를 수신하지 못했습니다. 좋은 하루 보내세요.]

세냐는 분노가 잔뜩 묻어난 숨을 천천히 내뱉는다. 그러고는 검게 빛나는 칼날 부속지로 문을 두드리며 다시 메시지를 보낸다.

[똑똑한걸. 사랑스러운 녀석 같으니. 메시지 받은 거 알아. 한 번만 더 네트워크 유닛 메시지를 씹으면 그땐…]

세냐는 최대한 거칠게 메시지를 전송하고는 해치를 몸으로 밀면서 날카로운 부속지 여덟 개를 덜거덕거리며 위협적인 소리를 낸다.

공기가 빠져나가는 소리 그리고 세냐의 키틴질 외골격이 금속을 긁으며 울리는 불쾌한 소리와 함께 해치가 옆으로 열린다. 딸의 자그만 방에서 눈부신 빛이 쏟아지자 세냐는 고통을 참으며 눈이 적응될 때까지 잠시 기다린다. 이 아이는 도대체 왜 이렇게 항상 방을 밝게 해두는 걸까? 곧 건너편 벽에 기대어 쓰러지듯 앉아 있는 형체가 세냐의 눈에 들어온다. 아이가 입고 있는 유틸리티 수트는 잔뜩 구겨져 있고 소매와 옷깃은 뒤죽박죽인 데다 부츠는 바닥에 널브러져 있다. 머리와 손발 끝부분만 몸을 드러내고 있다. 불과 얼마 전까지만 해도 세냐는 사야가 이 정도의 맨살만 드러내도 구역질이 나왔다.

이 존재를 딸이라고 부를 거라 미처 상상도 하지 못했을 시절, 세냐 더 위도우는 단단한 외골격이 없는 이 지성체를 보는 것만으로도 비위가 상했다. 상상해 보자. 부속지가 고작 네 개밖에 없는 존재라니! 게다가 그 부속지들은 끝부분에서 다섯 개로 다시 갈라진다. 악몽에서나 볼 법한 광경이다. 여기서 끝나지 않는다. 이 존재의 몸을 머리끝부터 발끝까지 덮고 있는 건 깨끗하고 아름다운 키틴질 껍질이 아니라 기름지고 피로 가득한 장기다. 세냐가 알아본 바로는 '피부'라는 조직이다. 이 피부 위에는 흡사 먼지 같은 털이 드문드문 분포해 있는데 몇몇 곳에는 유독 짙게 모여 있다. 머리 꼭대기에 있는 가장 큰 털 뭉치는 굉장히 길고 두꺼운 데다 색은 위도우 종족의 몸처럼 짙은 검은색이다. 이 털 뭉치는 거칠게 엉켜서 아래로 늘어져 있는데 그 밑에는 감히 상상조차 할 수 없을 만큼 이상하게 생긴 눈이 두 개 있다. 이 눈! 당장 죽이려 달려들 것처럼 번쩍이는 얼룩덜룩한 이 두 개의 구체는 한 쌍의 턱만큼이나 많은 감정을 드러낼 수 있다. 말도 안 되는 소리 같지만 여기선 현실이다. 두 눈의 기묘한 동심원 문양에서 바닥을 태울 듯 맹렬한 시선이 흘러나오고 있다. 분노일까?

세냐의 양녀는 고개를 푹 숙인 채 말한다.

"해치 닫아둬서 미안해요."

아이가 팔이라고 부르는 상반신 부속지의 동작이 위도우 종족의 욕설과 위험할 만큼 비슷하기는 했지만 이어지는 아이의 말에 세냐는 상황을 이해한다.

"현장 실습 갈 준비를 하고 있었어요."

아이는 위도우 종족으로서 화를 내는 것이다. 그리고 그 분노는 이 방 바깥을 향하고 있다.

세냐 더 위도우는 단단한 외골격 몸으로 금속 바닥을 살며시 두드리며 방 안으로 들어온다. 세냐가 비록 섬광과 어둠을 두른 살기 가득한 영혼이자 최상위 포식자이기는 해도, 결국은 부모일 뿐이다. 세상에는 바로 잡아야 할 잘못이 있고 복수해야 할 상처가 있지만, 그런 일은 어질러진 방을 정리한 뒤에 처리해도 늦지 않다. 세냐 더 위도우의 모든 부속지가 바쁘게 움직이기 시작한다.

예비 유틸리티 수트. 좋아, 이건 바로 세탁실로. 부속지 두 개가 수트를 접어 문 앞에 내려둔다. 아이가 요즘 침대라고 부르는 둥지도 가지런히 정리해야 한다. 부속지 두 개가 고상한 동작으로 침대 정리를 시작한다. 부속지 하나는 바닥을 샅샅이 뒤지며 은박지로 된 음식 포장지가 보일 때마다 찔러서 줍는다. 세탁물 준비를 끝낸 부속지 두 개는 이제 바닥에 떨어져 있는 물건 하나를 구출하러 간다. 검고 부드러운 소재로 된 인형인데 위도우의 모습을 어설프게 흉내 낸 수준이 끔찍하기 짝이 없다. 사실 세냐 더 위도우가 오래전에 직접 여덟 개의 부속지를 움직여가며 만든 물건이다. 이 인형이 아이의 침대에서 쫓겨

난 모습을 볼 때마다 세냐의 가슴이 저린다. 세냐는 인형을 원래 있던 자리에 조심스럽게 내려놓는다.

거의 완벽한 전방위 시야를 가진 세냐 더 위도우는 눈길 한 번으로 방 전체를 구석구석까지 살핀다. 그러고는 어머니의 마음이 담긴 부드럽고 위협적인 목소리로 묻는다.

"네트워크 유닛은 어디 있니?"

아이는 그저 말없이 고개를 푹 숙이고 있을 뿐이다.

세냐 더 위도우는 아래턱이 만족스럽게 딸깍거리려는 걸 가까스로 참아낸다. 위도우 종족의 높고 폭발적인 분노는 언제나 아름답다. 어리고 유연한 정신 속에 전통적인 가치를 심는 건 결코 쉬운 일이 아니지만 잘 배운 모습을 볼 때면 그만큼 보람찬 일이다. 하지만 그렇다고… 무례가 용서되는 건 아니다.

방을 뒤지던 부속지가 사라진 네트워크 유닛을 발견한 덕분에 다행히 아이는 위기를 모면한다. 세냐는 유닛을 가까이 끌고 온다. 생각보다 훨씬 무겁다는 사실이 날카롭게 가슴을 찌른다. 이건 누구나 사용하고 있는 네트워크 이식장치의 형편 없는 대용품이다. 아이는 이 끔찍하게 무거운 물건을 좋든 싫든 평생 몸에 걸치고 다녀야 한다. 세냐 더 위도우의 머리에 이식된 장치와 비교하면 이 저렴한 범용장치는 고대 유물이나 다름없다. 표면적인 기능은 같다. 두 장치 모두 매끄러운 소통과 아름다움으로 가득한 은하계 네트워크에 접속할 수 있다. 차이점도 있다. 한쪽은 수십억 개의 뉴런이 서로 소통하는 것처럼 어떤 장애물 없이 자연스럽게 연결되지만, 다른 한쪽은 지직거리는 홀로그램과 불쾌한 백색소음, 셀 수 없는 에러 메시지를 감당해야만 같은 일을 할 수 있다.

네트워크 유닛 위로 홀로그램이 깜빡거리며 세냐의 목소리가 뒤늦게 흘러나온다.

[…벽에서 뜯어내 버리기 전에.]

위도우 종족으로 살아가려면 특별한 해부학적 특성이 필요하다고 생각하기 쉽지만, 세냐의 딸 사야는 그런 편견에 대한 훌륭한 반증이다. 사야는 몸을 일으켜 앉고는 상부 부속지로 하부 부속지를 감싼다. 위도우다운 동작이다. 그야 이 아이는 위도우니까. 친근한 동작을 보고 나니 세냐 더 위도우는 마음속 깊은 곳까지 활짝 열리는 느낌이다. 지저분한 방과 오만한 태도, 자기 물건을 험하게 다루는 습관 따위는 모두 머릿속에서 사라진다. 세냐의 모든 부속지가 일감을 내려놓고 사야 앞에 모여들어 사야의 피부로 덮인 뺨을 일말의 혐오감도 없이 쓰다듬는다. 세냐는 구겨진 수트 주름을 펴주고 머리를 쓰다듬은 다음 아이의 양쪽 부속지 끝에 있는 총 열 개의 더 작은 부속지, 손가락을 어루만진다.

부속지만큼이나 날카로운 턱을 움직이며 세냐가 말한다.

[말해보렴, 도터. 뭐든지 말해도 돼.]

사야는 깊이 숨을 들이마시며 폐를 가진 자들이 흔히 그러는 것처럼 과장된 몸짓으로 어깨를 들썩인다. 사야는 조용히 말한다.

"오늘 친구들이랑 전망대에 갈 거예요. 거기 연습생 자리가 여섯 개 비었대요."

세냐 더 위도우는 어떤 말을 해야 할지 신중하게 고민한다. 둘 다 네트워크 정신 소통을 썼다면 오해의 여지가 없는 정확한 대화가 가능했겠지만, 지금은 그렇지 않다.

"그런 일에 관심이 있는 줄은 몰랐구나."

이제야 사야는 바닥을 향하던 뜨거운 시선을 거두고 고개를 들어 올린다. 검고 구불구불한 머리카락 사이로 어머니를 바라보며 묻는다.

"거기 조건이 뭔지 알아요?"

사야의 눈동자는 사납기 그지없다. 이 아이의 종족은 세 가지 색깔을 가진 서로의 눈동자를 바라보며 무엇을 느꼈을까, 세냐는 문득 궁금해진다. 검은 동그라미를 감싸는 금빛 갈색, 그리고 그걸 다시 둘러싸고 있는 흰색⋯ 틀림없이 분노일 테다.

세냐는 조심스럽게 대답한다.

"모르겠는걸."

"맞춰봐요."

세냐는 더 조심스러워진다.

"글쎄⋯ 그러고 싶진 않아."

사야는 바짝 힘이 들어간 목소리로 말한다.

"티어2.0 지성체 이상. 1.8로는 꿈도 못 꿔요."

세냐가 사랑해 마지않는 사야는 허리를 푹 숙이며 주저앉는다. 외골격이 있었다면 불가능한 동작이다. 사야는 바닥을 바라보며 투덜거린다.

"당연해요. 제어센터에 웬 바보가 있는 걸 좋아하는 사람이 누가 있겠어요?"

세냐 더 위도우는 깜짝 놀란다.

"사야! 누가 감히 세냐 더 위도우의 딸을 그따위로 부르는 거니?"

"모두가 그렇게 불러요. 왜냐면 전 '어떤 것'으로 등록돼 있으니까요. 달리 뭐라고 부르겠어요?"

사야가 다시 한번 욕설에 가까운 동작을 하지만 세냐는 무시한다. 또 이 얘기다.

"도터. 그것 때문에 불만이 많다는 건 알지만…"

세냐가 말을 시작하려는데 사야가 끼어든다.

"사실 그거 때문은 아니에요. 네트워크 연결도 조건이거든요."

사야는 자기 머리를 톡톡 두드린다. 이식형 네트워크 유닛을 심을 수 있는 위치다. 하지만 사야에겐 없다.

"네트워크 보조구로는 통과 못 할 거예요. 반응도 빨라야 하고 통신도 깨끗해야 하고 또…"

사야는 조건을 더 늘어놓는 대신 보조구를 바닥으로 걸어차며 들리지 않는 목소리로 웅얼거린다.

세냐 더 위도우는 보조구가 벽에 미처 닿기도 전에 낚아챈다. 사야도 어차피 어머니가 잡을 거라는 걸 알고 있었다. 세냐는 칼날 부속지의 매끄러운 옆면으로 사랑하는 아이의 얼굴을 조심스레 감싸며 시선을 맞춘다. 사야가 조금 저항하지만 세냐 더 위도우는 사냥꾼인 동시에 어머니다. 운명에는 저항할 수 없다.

세냐는 조용히 말한다.

"도터. 너도 이유를 알잖아."

"이제 연기하는 건 지쳤어요. 아무한테도 말하지 못하…"

사야의 목소리에서 갑자기 힘이 빠진다.

"가끔은 그냥 모두에게 사실대로 말하고 어떻게 되는지 보고 싶어요."

세냐 더 위도우는 신중하게 몸을 낮춘다. 연습생 자리나 네트워크 이식장치 따위보다 훨씬 심각한 문제였다.

세냐는 어머니 위도우의 힘을 잔뜩 담아 속삭인다.

"사랑하는 사야, 그것만큼은 절대 안 돼."

사야는 어머니에게 시선을 고정하고 말한다.

"절대로요? 절대로 진실을 말해선 안 된다고요? 난 바보가 아니라고, 나는…"

"말하지 마!"

세냐는 거의 경기를 일으키다가 자기도 모르게 칼날 부속지로 아이 바로 앞에 있는 바닥을 뚫어버린 걸 깨닫고는 조심스럽게 부속지를 거둔다. 잔뜩 흥분한 부속지의 날카로운 칼날이 아이의 연약한 피부에 닿지 않도록 조심한다.

사야는 세냐가 그러든 말든 또박또박 말한다.

"'나는 인간이야'라고."

세냐는 몸을 일으키며 모든 부속지를 사방으로 펼친다. 그리고 스테이션에 있는 모두를 두려움에 떨게 만들 수 있는 목소리로 말한다.

"사야 더 도터. 부속지를 앞으로 내밀어."

물론 사야는 어머니의 목소리를 조금도 무서워하지 않는다. 사야는 눈도 깜빡이지 않고 손을 내밀어 손바닥을 펼친다. 어른에 대한 통상적인 존중의 태도를 취하고는 있지만, 거기엔 세냐 더 위도우가 지금까지 본 것 중 가장 형편없는 빈정거림이 섞여 있다. 더 얽혀질 이유만 늘어나고 있다.

세냐는 부속지 끝을 사야의 손 위에 올린다. 사야의 손등에는 희미해진 하얀색 십자 선이 그려져 있다.

"사랑하는 내 딸. 네가 원래 무엇이었는지는 조금도 중요하지 않아. 중요한 건 지금 네가 누구냐지. 그리고 지금의 넌 위도우야."

사야는 손을 움직이지 않는다. 빈정대는 태도는 더 심해져서 어떻게 저런 움직임이 가능할지 의구심이 들 정도다. 어머니를 바라보는 두 눈은 벌을 기다리고 있을 뿐이다. 도망갈 생각은 추호도 없이, 다가올 고통을 직시하고 있다. 위도우다운 자세다.

세냐 더 위도우의 가슴이 벅차오른다. 두려움 없는 고통. 이것이야말로 세냐가 생각하는 위도우 정신의 핵심이다. 세냐가 사야에게 가르치기 위해 그렇게 노력했던 이 핵심을, 사야가 지금 세냐를 향해 쏟아내고 있다는 사실이 시적이기 그지없다.

세냐는 자긍심 가득한 페로몬이 흘러나오려는 걸 참으며 말한다.

"내가 널 위도우로 키웠지. 널… '너'로 키울 수는 없었으니까."

사야는 여전히 시선을 피하지 않는다. 오히려 도전이라도 하려는 것처럼 세냐의 날카로운 부속지를 손바닥으로 감싸며 말한다.

"말해요. 내가 누군지 말해봐요."

"난…"

세냐 더 위도우는 말을 멈춘다. 그러고는 먼저 시선을 피한 게 다름 아닌 자신이라는 사실에 깜짝 놀란다.

"말하지 않을 거야."

세냐 더 위도우는 태어나서 처음으로 자기 부속지가 떨리고 있다는 걸 깨닫는다. 시선을 돌려 소중한 아이 얼굴을 다시 보니 그 기묘한 눈 주변으로 물방울이 맺혀 있는 게 보인다. 인간의 독특한 행동 중 하나다. 인간은 가끔 이렇게 분비물을 통해 감정을 드러내고는 한다. 문헌 자료에 따르면 이때 떨어지는 물방울을 눈물이라고 부른다. 눈물은 어떤 감정이 잔뜩 상기되었다는 걸 알려주는데, 그게 기쁨일 때도 있고 슬픔일 때도 있다. 지금 상황에선 거의 확실히…

"내 기분이 어떤지 알아요?"

아이가 힘없는 목소리로 말하는 순간, 엄해지려고 하던 세냐의 마음이 녹아내린다. 세냐 더 위도우는 아이가 상처 입지 않도록 조심스럽게 부속지를 거두며 말한다.

"도터. 넌 내 세상의 중심이자 삶의 목적이야."

세냐는 반짝이는 부속지를 딸깍거리며 딸을 끌어안고 연약한 아이 얼굴을 감싼다. 그러고는 한 쌍의 턱을 두 번 살짝 튕기며 사랑을 표현한다. 세냐의 번쩍이는 겹눈이 사야의 피부에 닿을 만큼 가까워진다.

"만약 누군가 네가 누구인지 알게 된다면 그땐…"

사야는 커다랗게 한숨을 내려놓는다.

"알아요. 절 잃고 싶지 않은 거죠."

세냐는 기회를 엿보며 말한다.

"사실 다른 이유도 있단다."

"어떤 거요?"

세냐는 마치 생각이라도 하는 것처럼 부속지를 허공에서 빙글빙글 돌리며 말한다.

"난 너한테 덤벼드는 녀석들을, 굳이 말하자면 '살해'하고 싶지는 않아. 네가 그 비밀을 털어놓고 나면 어떤 상황이 될지는 너도 잘 알잖아."

세냐가 어깨를 으쓱하자 외골격이 덜거덕거리는 소리가 등껍질에서 부속지 끝까지 울려 퍼진다. 먹혀든다. 아이가 열심히 참고는 있지만, 얼굴 아래에서 묘한 미소가 흘러나오고 있다. 바로 이 표정이다. 입과 눈의 조화로운 움직임. 웃음.

사야는 입 양쪽 끝에 각각 위도우와 인간의 감정을 담아내며 말한다.

"그러게요. 엄마가 쓸데없이 누굴 죽이는 건 우리 모두 원하지 않으니까요."

"바로 그거야, 도터. 우린 굳이 그러고 싶지 않아."

"자칫 엉뚱한 녀석들을 죽일 수도 있고, 어쩌면 너무 많이 죽일 수도 있으니까."

"분명 그렇게 될 거야. 위도우에게 동기만 주어진다면 어떻게 되는지 너도 알잖아. 한번 시작하면…"

사야는 어머니의 부속지를 부드럽게 어루만지며 거기에 비치는 자기 눈을 바라보고 말한다.

"멈출 수 없죠. 그 광경이 눈앞에 선하게 보여요."

세냐 더 위도우는 아이가 반성의 시간을 갖도록 잠시 내버려 둔다. 세냐 자신도 항상 살육 장면을 상상하며 마음을 진정시키고는 했기에, 세냐는 인간도 크게 다르지 않으리라 생각하고 있다.

잠시 뒤, 세냐가 말한다.

"현장 실습에 가기 전에 네가 했던 말을 고쳐줬으면 좋겠어. 그래야 내 마음이 편할 것 같아."

세냐의 부속지 여덟 개가 서로 다른 소리로 덜거덕거리며 한곳에 모인다. 사야는 한숨을 쉬며 그 위로 올라가서는 부드러운 목소리로 말한다.

"나는 사야 더 도터. 세냐 더 위도우의 입양아. 내 종족은…"

다시 한숨.

"내 종족은 스파알."

그러면서 사야는 한 손으로 평생토록 사용해 온 표준어 손짓을 만든다. '죄송합니다. 제 티어는 낮습니다. 저는 이해를 할 수 없습니다.' 사야는 방 한가운데에서 어깨를 푹 숙이고 불쾌한 표정을 짓고는 묻는다.

"이제 만족해요?"

바로 이거다. 이종 간 양육의 새로운 승리. 아슬아슬하기는 했지만 결국 부모는 해야 할 일을 해내야만 하는 법이다. 그리고 이제 위기는 지나갔다. 세냐 더 위도우는 드디어 좀 더 즐거운 화제를 꺼낼 수 있다.

"우리 딸, 이제…"

사야가 돌아서며 투덜거린다.

"근데 전 비슷하지도 않아요. 믿는 사람이 바보죠."

"도터. 지금 내가…"

사야는 세냐의 말을 끊으며 껄끄러운 표정으로 바닥에 떨어진 네트워크 보조구를 집어 든다.

"제가 수목원에서 인터뷰 있다고 말했나요? 믿거나 말거나 망할 스파알도 수목원에선 오버스펙이죠. 거기 있는 녀석들 대부분은 사실 비규정 지성체니까. 제 생각엔 제가 거기서 매니저가 될 수도 있을 거예요. 아니면…"

"도터!"

세냐가 거친 숨소리와 함께 외치자 사야는 기다렸다는 듯이 부릅뜬 두 눈을 깜빡이며 세냐의 격양된 페로몬에 맞선다. 손에 들고 있는 네트워크 보조구는 벌써부터 에러 메시지를 띄우고 있다.

세냐는 번뜩이는 부속지로 보조구를 가리키며 말한다.

"아무래도 그걸 들고 나갈 일은 없을 것 같구나."

사야는 입가에 짤막한 위도우 미소를 짓더니 장치를 재설정한다.

"그럼 그냥 발가벗고 갈게요. 이게 고물이라는 생각이라도 들면, 아예 아무것도 없이 한번 나가 볼까 봐요. 예전에 한 번 해봤는데…"

"대신 이걸 가져가."

세냐 더 위도우는 처음부터 지금까지 흉갑 속에 감추고 있던 자그만 물건을 부드러운 동작으로 드디어 꺼낸다.

사야는 그걸 보고는 턱을 아래로 뚝 떨어뜨린다. 한때 세냐의 속을 메슥거리게 만들었던 동작이다. 세냐는 저 반응의 의미를 섣불리 짐작하지 않도록 노력하며 말한다.

"원래 입양기념일까지 기다릴 생각이었어. 하지만 아무래도 이제 기다릴 필요가…"

사야 더 도터가 선물을 잡으러 뛰어오르자 보조구가 바닥에 육중한 소리를 내며 떨어신다. 사야는 가쁜 숨을 내쉬며 자그만 상신구와 이어폰을 손가락으로 하나하나 더듬는다.

"엄마! 어떻게 산 거예요? 이건 진짜, 아니, 너무 멋져요. 정말 완벽해요!"

"커스터마이징도 했어. 금방 익숙해질 수 있도록 작고 친절한 도우미 친구도 여기로 옮겼고. 넌 이식 수술을…"

세냐는 머뭇거린다. 무슨 말을 하려고 했나. '넌 이식 수술을 받을 수 없잖아. 그랬다간 네 종족이 드러날 테니까.' 힘겹게 쌓아올린 모든 성과를 무너뜨릴 말이다.

세냐는 가까스로 말을 마무리 짓는다.

"이식 수술을 받을 수 없다면 이게 최선의 방법이라고 제작자가 말했어."

사야는 아무 말도 하지 않는다. 하지만 제 몸 걱정도 잊고 날카로운 부속지로 가득한 세냐의 품속으로 팔을 뻗고 달려드는 모습이 모든 걸 설명해 준다. 어머니 세냐는 오랜 연습 끝에 터득한 숙련된 동작으로 칼날 부속지 옆면와 키틴 껍질 위로 안전하게 자기 딸을 받아낸다.

세냐 더 위도우는 부속지로 따뜻하게 달아오른 얼굴을 쓰다듬으며 묻는다.

"이건 좋은 눈물이지? 그렇지?"

"맞아요."

인간 사야가 속삭인다.

"고마워요."

2

궤도 스테이션 워터타워는 어제 하루도 텅 빈 채로 아주 조용했다. 이곳의 색깔을 단 하나의 단어로 표현한다면 '산업'이다. 수천 개의 벽과 계단, 천장은 모조리 회색이다. 하지만 주민의 몸을 조각낸다거나 숨을 멎게 한다거나 하는 불편한 상황이 생길 수 있는 장소에서는 눈이 아플 만큼 선명한 오렌지색으로 변한다. 하지만 주민들은 그런 경고색에는 눈길도 주지 않는다. 그럴 수가 없다. 모든 주민이 무채색 유틸리티 수트를 입고 무채색 복도를 오가느라 정신이 없기 때문이다. 그들의 눈, 또는 눈의 역할을 하는 생체기관이 신경 쓰는 것이라고는 서로 간의 거리밖에 없다. 수백 종족으로 구성된 2만 4,000명의 시민과 방문자가 정숙하게 생활하고는 있지만 피할 수 없는 소음도 조금은 있기 마련이다. 바닥 위를 돌아다니는 발과 바퀴와 트레드 소리, 유틸리티 수트가 부스럭거리는 소리, 가끔 튀어나오는 불쾌한 생물학적 소음 같은 것들이다. 그것만 제외하면, 어제 하루 동안 워터터워는 고요했다. 회색과 회색이 반복되고 텅 빈 우주공간만큼이나 조용해서 오히려 흥미로운 곳. 그곳이 바로 워터타워 스테이션이다. 적어도 어제까지는 그랬다.

하지만 오늘은 다르다.

사야는 오늘에서야 이해한다. 워타타워 스테이션은 사야가 지금까지 경험한 적 없는 눈부신 빛과 화려한 색과 요란한 소음으로 넘치는 곳이다. 사야가 휘둥그레진 눈으로 바라보는 곳마다 무언가가 튀어나온다. 가끔 정말 사야를 향해 뛰어오르는 것도 있다. 사야는 자꾸만 벌어지는 입을 어떻게든 다문다. 달려드는 이미지로부터 무심코 도망치지 않으려면 의식적으로 애를 써야만 한다. 사야는 이마 위에 고정된 자그만 네트워크 유닛과 귀에 꽂은 이어폰을 손끝으로 확인한다. 착용하고 나서 네트워크 표준시로 1시간도 채 지나지 않았지만, 사야는 이미 이 장치에 껌뻑 넘어간 상태다. 이건 진짜다. 지금 눈앞에 투영된 이미지와 소리야말로 진짜다. 지금껏 사야를 가둬두고 있던 모든 회색 벽이야말로 환상에 불과하다. 벽은 이제 보이지도 않는다. 드넓은 풍경과 예술 작품, 온갖 기업의 화려하고 복잡한 슬로건 뒤로 사라진 지 오래다.

오, 세상에 여신님. 사야의 얼굴 위로 아찔한 미소가 자꾸만 떠오른다. 웃지 않으려고 해도 도저히 참을 수가 없다. 일행과 함께 워터타워 스테이션의 미로를 가로지르는 동안 사야는 누구에게도 방해받지 않도록 맨 뒤에 서서 따라간다. 낯선 사람들이 자기를 어떻게 보고 있는지 따위는 안중에도 없다. 사야가 낮은 티어임에도 불구하고 이 특별한 현장 실습에 참여할 수 있었던 건 아마도 네트워크 어디선가

티어1

발생한 오류 덕분이었을 것이다. 그렇기에 이건 어디까지나 일시적이고 단기적인 방문에 불과했다. 그렇지 않고서야 사야가 결코 취직할 수 없는 곳으로 현장 실습이 배정될 리가 없다. 어쨌거나 사야는 지금 이곳에 있다. 적어도 지금 이 순간만큼은 사야에게도 잠시 함께 다니게 된 일행들처럼 이곳에 있을 권리가 있다. 누가 사야를 마음에 들어 하지 않는다면? 글쎄, 위도우가 흔히 하는 말을 빌려 말하자면 이렇다. 칼날 부속지의 맛을 보여줄 수밖에.

사야는 여기 있는 사람들에 대해 놀라울 만큼 잘 알고 있다. 사야의 지식은 이제 무한에 가까운 네트워크 공간으로 확장되고 증폭되었으며 사야의 접속 범위는 더 이상 화면 속 몇 세제곱센티미터 속에 붙잡히지 않는다. 시민들이 우르르 지나갈 때마다 나타나는 각자의 이름과 공공 프로필 정보로 사야의 시야는 포화상태에 이른다. 시민들은 각자의 취향에 맞춰 프로필을 세련된 문장이나 묵직한 로고, 화려한 애니메이션으로 장식하고 있다. 이 모든 것들이 모여 거대한 색과 빛의 구름이 되고 네트워크를 구성한다. 사야의 새로운 장비가 사용자의 시선을 열심히 추적하며 관심에서 벗어난 정보를 모두 지워버리고 있는데도 사야는 넘치는 정보에 압도되고 만다.

다른 학생들은 아무렇지도 않은 듯하다. 어떻게 저렇게 무덤덤할 수 있을까? 정보 선호도를 낮추는 설정을 했을지도 모른다. 어쩌면 광고나 거슬리는 채널만 골라 꺼버렸을 수도 있고. 사야의 예전 유닛도 비슷한 기능이 있기는 했지만 사실상 그냥 정보 표시를 끄는 것과 다를 바 없는 우스운 수준이었다. 하지만 어쩌면 사야만 볼 수 있기 때문일지도 모른다. 예를 들어 이쪽 가게 앞에서 튀어나오는 이런 멋진 영상이라든가. 광고를 찢고 나온 자그만 괴물들이 꼬마 우주선이라도 된 것 마냥 빙글거리며 허공을 가로지른다. 괴물들은 마치 살아 있는 것처럼 다른 학생들을 한 명씩 감싸며 돌아다니지만, 누구도 일말의 반응조차 하지 않는다. 그러다가 괴물들이 구름처럼 모여 폭발하며 광고로 변하는 모습에 사야는 무심코 움찔하고 만다.

[에이브테크 네트워크 이식장치: 진짜 네트워크를 경험할 수 있는 '유일한' 방법.]

사야는 주변을 슬쩍 둘러본다. 아무도 반응하지 않았다는 걸 알고 사야는 만족스러운 미소를 띤다. 역시나! 희석되지 않은 순수하고 완전한 네트워크가 너무 부담스러워 모두 어쩔 수 없이 정보 출력을 제한한 것이다. 하지만 사야는 그렇지 않다. 사야 더 도터. 가난하고 티어도 낮을뿐더러 이식장치도 없는 사야는 모든 걸 감당할 수 있다. 사야는 결코 무관심의 늪에 빠지지 않겠다고 다짐하며 눈앞에 있는 가상의 생명체에게 손을 내밀어 본다. 사야는 이제 죽을 때까지 네트워크에 매료되어 살아갈 운명이다. 여신님의 가호가 있기를. 사야의 뾰족한 손톱을 뜯어 먹으려는 듯 달려드는 이 자그만 녀석을 보라! 은하계 전체를 뒤덮은 네트워크의 1조 분의 1에도 미치지 못하는 이 자그만 시뮬레이션 생명체를 보고 어떻게 흥분하지 않을 수 있을까? 물론 이 녀석도 광고의 일부일 뿐이다. 오직 누군가의 수익을 올려주기 위해 만들어진 존재에 지나지 않는다. 하지만 보라! 이 자그만 녀석 뒤로 구름처럼 모여 따라다니는 다른 녀석들을 보라! 사야의 손과 소매 주변을 돌아다니며 너무나 사실적으로 놀고 있다. 그 모습을 보며 사야는 조용한 복도에서 커다란 웃음을 터뜨리기 직전까지 간다.

은색으로 아름답게 장식된 메시지가 사야 앞을 지나간다.

[어쨌거나 우리 아빠 내가 민간 행정부에 들어가길 원해.]

메시지가 허공을 가로지르며 [라마]라는 이름의 학생에게 다가간다. 그리고 사야가 읽자마자 메시지는 사라진다. 주변에 사람들의 생각이 가득하다! 어디든지 있다! 네트워크 유닛 없이는 사야가 평생 몰랐을 광경이다. 평생 현실의 절반을 보지 못하고 지낸 셈이다.

다른 학생이 말한다.

[항성간이종생물학 하려던 거 아니었어?]

네트워크 유닛은 이 학생의 이름이 [지나]라고 알려준다. 지나의 메시지 속 문자는 파란색으로 화려하게 반짝이다가 사야가 바라보자 연기가 되어 사라진다.

[어깨 으쓱]이라는 태그가 라마 옆에 떠오른다. 사야가 보기에 라마가 어깨를 으쓱거린 것 같지는 않지만, 네트워크 유닛이 라마의 동작을 해석해 은빛 태그를 달아준 것이다.

라마가 말한다.

[이 항성계엔 그 분야 연구시설이 없어. 너도 우리 아빠가 항성 간 여행을 어떻게 생각하는지 알잖아.]

지나는 화려한 파란색으로 [웃음] 태그를 띄우고는 말한다.

[그런 걱정하기엔 나이가 좀 많지 않아?]

그때 지나는 자신들을 바라보는 사야의 해맑은 시선을 깨닫는다.

라마도 고개를 돌려 대담하기 짝이 없다는 시선으로 사야를 바라본다. 일방적인 어색함이 지나간 뒤, 사야의 유닛은 [경멸]과 [멸시] 태그를 라마와 지나의 머리 위에 친절하게 표시해 준다. 라마와 지나가 동시에 반대편으로 고개를 돌리자 두 사람 사이를 오가던 아름다운 단어들이 사라지고 그 자리에는 사무적인 글씨체로 [사적 대화]라는 표시만 덩그러니 남는다.

사야는 침을 꿀꺽 삼키고는 고개를 푹 숙인다. 얼굴이 이렇게 화끈하게 달아오른 건 오랜만이다. 이런 대접을 받는 건 이미 익숙해서 그리 당황할 일도 아니었지만… 이번엔 아예 대놓고 문자로 나타났다. 울적한 감정이 밀려오면서 잠시 행복했던 감정은 금세 파묻히고 만다. 감정 해석 능력이 없던 시절엔 저런 눈빛을 얼마나 많이 받았던 걸까? 사야를 바라보던 수천 종족의 텅 빈 시선 속에 얼마나 많은 경멸과 멸시, 또는 그와 비슷한 것들이 섞여 있었던 걸까?

시선이 닿아 있던 바닥 근처에서 알림이 뜬다.

[사야의 작은 도우미가 대화를 요청했습니다.]

그러고 보니 어머니가 유닛에 도우미를 설치했다고 말했다. 하지만 지금은… 때가 아니다. 사야는 두 팔을 거칠게 휘저으며 알림창을 밀어버린다. 도우미 지성체와 대화를 하고 싶지는 않다. 누구와도 대화하고 싶지 않다. 아직도 사야를 따라다니는 광고 속 자그만 가상 지성체와 놀고 싶지도 않다. 이젠 더 이상 즐겁지 않다. 귀찮은 녀석들, 다른 사람이나 괴롭히러 가버려. 그러지 않으면…

가상 생명체를 여전히 손에 감은 채 서둘러 몸을 돌리던 사야는

티어1

다른 학생과 부딪치고 만다. 얼굴 부분이 입김으로 새하얘진 헬멧이 사야를 향해 고개를 든다. 헬멧 아래에선 여러 개의 눈이 깜빡이고 있고 동시에 달콤한 향기가 올라와 사야의 코를 가득 메우며 눈을 자극한다.

네트워크 유닛이 헬멧 옆으로 등록 정보를 표시해 준다.

[조비, 인칭대명사: '그', 종족: 아쿼스 계열(수생), 티어: 2.05]

사야는 뒤로 물러서며 "조심해"라고 외친다. 위도우 종족의 사과 표현이다. 하지만 그 목소리가 복도로 울려 퍼지고 시선이 자신에게 모여들자 곧장 후회한다. 사야는 뼈아픈 현실을 받아들인다. 네트워크 보조구가 얼마나 대단한 물건이든, 결국은 보조구에 불과하다. 사야의 정신에 직접 연결되지 않기 때문에 결국 일방 통신만 가능하다. 이 스테이션에 있는 다른 모두와 달리, 사야는 정신 메시지를 전송할 수가 없다. 남과 직접 소통하려면 결국 예전과 똑같은 방법을 써야 한다. 메시지를 쓰기 위해 시선이나 손가락으로 문자와 숫자를 하나하나 고르다가 대화의 타이밍을 놓쳐버리는 것. 지금 같은 상황에선 있으나 마나 한 방법이다.

조비는 축축한 두 개의 손으로 헬멧의 위치를 바로잡으며 복도에 쩌렁쩌렁 울리는 목소리로 말한다.

"아, 괜찮아, 아무 문제 없어."

조비는 사야에게 손을 내밀고는 손등에 달린 자그만 화면으로 사야의 모습을 살핀다. 그러고는 사야의 등록 정보에 있는 위도우 이름을 띄엄띄엄 읽으며 다시 한번 말한다.

"사알… 예이. 아무 문제 없으니까 걱정하지 마."

사야는 이름을 굳이 바로잡지 않는다. 자신과 조비를 훑어보는 주변의 시선과 거기에 첨부된 감정 태그들을 애써 무시하며 입을 굳게 다물고 있다. 똑같이 네트워크화되지 않은 시민과 부딪치다니 운이 좋았다. 워터타워 스테이션에서 사야를 포함해 둘밖에 없는 비네트워크 시민일 것이다. 적어도 사야가 아는 바로는 달리 없다. 그런 조비가 사야에게 말을 걸고 있다. 게다가 아주 큰 목소리로.

조비는 여전히 자기 보조구로 사야를 이리저리 살피며 말한다.

"아, 미안해. 네 지성 티어를 못 봤어. 음. 정말, 괜찮아, 사알-예이."

오, 세상에, 여신님. 상황은 계속 나빠지기만 한다. 일부러 간단한 단어를 천천히 늘어놓는 말투와 이상하게 큰 발음. 낯설지 않다. 오히려 익숙하다. 표준시간으로 1분이 채 지나지도 않았는데 벌써 두 번째 굴욕이다. 특히나 이번엔 가슴 깊은 곳까지 날카롭게 파고든다. 화가 치밀어 오를 지경이다. 하지만 사야 더 도터는 폭발하지 않는다. 그럴 순 없다. 위도우에게 입양된 아이로서 사야는 이런 상황을 위해 수많은 연습을 해왔다. 위도우의 명상법을 인간에게 맞게 변형한 방법으로 이를 꽉 깨물고 손톱으로 손바닥을 찌른다. 어머니가 알려준 대로, 사야는 고통에 집중한다. 고통은 잡생각을 떨쳐준다. 고통은 살아 있다는 걸 알려준다. 고통은 저 망할 헬멧을 당장이라도 찢고 뜯어버리지 않을 수 있는 인내심을 준다…

사야는 어머니마저 말렸을 법한 폭력적인 망상에 푹 빠진 채 걷다가 다른 학생들이 모두 멈췄을 때 미처 피하지 못하고 부딪힐 뻔했다.

조용하던 복도에 교사의 커다란 목소리가 울려 퍼진다.

"자, 학생 여러분!"

교사의 누렇게 뜬 피곤한 얼굴 옆에 '그녀'의 이름과 인칭대명사가 나타난다. 하지만 딱히 필요한 정보는 아니다. 그녀는 워터타워의 유일한 교사다. 모두가 그녀를 교사라고 부를 뿐이다. 교사는 사야의 일반 하급 티어 클래스의 담임이기도 하다. 아마 지금도 수업을 하고 있을 것이다. 사실 사야가 지금까지 들은 모든 수업을 이 교사가 똑같이 생긴 여러 개의 몸으로 진행했다. 어린 시절의 사야는 1표준년 내내 이 교사에게 얼마나 많은 몸이 있는지 알아내려고 한 적도 있었다. 하지만 파고들수록 직접적으로든 간접적으로든 방해받고 있다는 걸 깨닫고는 결국 포기했다. 그때 사야는 상급 티어에 대한 한 가지 기초적인 사실을 깨달았다. 그들은 원한다면 얼마든지 사야를 놀려먹을 수 있고 사야 자신은 그걸 결코 알 수 없을 것이라는 걸.

교사가 이어 말한다.

"이제 워터타워 스테이션의 중앙 전망대에 도착했습니다. 여기서 여러분은 처음으로 이 스테이션이 존재하는 모든 이유를 보게 될 거예요. 아마 여러분 중 한 명이나 두 명은 직업체험일에 여기 다시 오게 되겠죠."

학생들은 [충격] 태그를 띄운다. 교사의 목소리를 직접 들은 적이 있는 건 아무래도 사야뿐인 듯하다. 문명화된 장소의 다른 네트워크 시민들과 마찬가지로 교사가 직접 말을 하는 일은 많지 않다. 그럴 필요가 없기 때문이다. 교사가 목소리를 내는 건 클래스 안에 네트워크 이식장치가 없는 하급 티어 학생이 있을 때뿐이다.

그룹 반대편에 있는 지나가 라마를 팔꿈치로 찌르며 사야를 향해 결눈질을 한다. 교사가 커다랗게 목소리를 내고 있는 이유를 짐작한 것이다. 사야에겐 그 시선이 따귀를 때리는 것처럼 느껴진다. 사야는 머리가 울릴 만큼 이를 갈며 위도우 명상문을 되뇐다. 길고 고통스러웠던 어린 시절을 보내며 습관처럼 몸에 익은 반응이다. 나는 위도우다. 분노는 내 무기다. 나는 위도우다. 삶은 내 것이다. 나는 위도우다. 자매가 내게 준 상처가…

갑자기 뒤에서 들린 불쾌한 생물학적 소리에 사야는 깜짝 놀란다. 조비다. 축축한 손을 흔들고 있다.

"난 여기 다시 올 거야! 내가 네트워크화할 때까지 기다려 준다고 했거든."

사야는 귀가 멍해질 만큼 이를 세게 악문다. 움켜쥔 주먹에선 언제라도 피가 흘러나올 것 같다. 사야도 이 조비라는 녀석을 딱히 싫어하고 싶진 않았지만, 우주는 사야에게 그런 선택지를 주지 않는다. 저 녀석은 네트워크화될 예정이다. 그래서 애초에 하급 티어라는 사실을 감출 필요가 없었다. 몸에 무기 하나 없는 이 약해빠진 녀석조차…

그때 공기가 빠져나가며 안전문이 열리고 교사는 학생들을 문 너머로 안내한다. 하급 티어에 비네트워크 시민인 사야 더 도터에게는 허락되지 않는 수많은 장소 중 한 곳이다. 조금 전까지 있었던 일련의 일들 때문에 산산이 흩어졌던 사야의 흥미가 잠시나마 다시 돌아온다. 컴컴하지만, 사야의 네트워크 유닛이 즉시 공간을 분석하고 벽과 계단이 있는 곳에 빛나는 격자 선을 그려준 덕분에 어둡다는 생각은 들지 않는다. 워터타워의 공업용 악취 중화제가 콧속으로 흘러들어오면서 사야의 후각이 마비된다. 다양한 종족이 가까이 모여 일하기 위해 설계된 곳이라는 뜻이다. 소리로도 알 수 있다. 점막이 달라붙었다가 떨어지는 소리, 키틴 외골격이 삐걱거리는 소리, 폐를 포함한 다양한 호흡기가 부풀고 수축하는 소리 따위가 만들어 내는 웅성거림이 부드럽고 축축한 벽처럼 느껴진다.

사야의 네트워크 유닛이 말한다.

[분석이 완료되었습니다.]

하지만 이미 눈이 어둠에 적응한 덕분에 사야는 대략적인 구조가 보인다. 어둡지만 은은하게 빛나는 공간에서 사야는 가장 높은 곳에 서 있다. 검은색 좌석이 사야 앞에서 아래를 향해 층층이 이어지더니 높이가 10미터는 되어 보이는 텅 빈 벽이 있는 곳까지 내려간다. 다양한 종족이 좌석에 앉아 허공을 바라보며 사야에게는 보이지 않는 데이터를 바쁘게 만지고 있다. 교사의 다른 몸 여러 개는 직원 몇 명과 대화를 나누고 있다. 교사는 그 직원들도 가르친 게 틀림없다. 워터타워의 모두가 교사를 알고 있다. 어쩌면 수백 년을 살았을지도 모를 일이다.

사야의 팔꿈치 아래에서 축축한 목소리가 들려온다.

"여긴, 스테이션에서, 가장, 오래된, 장소야."

사야는 믿을 수 없다는 표정으로 아래를 내려다본다. 조비는 사야보다 50센티미터는 더 작고 몸은 둥근 데다 피부는 미끌미끌하다. 그리고 크고 순수한 눈으로 사야를 바라보고 있다. 오, 세상에, 여신님! 조비는 사야를 자기가 맡을 생각이다. 상급 티어 멘토 역할을 하고 있다.

조비는 자신을 노려보는 사야의 시선을 조금도 신경 쓰지 않고 말을 잇는다.

"우리 아빠, 중 하나가, 여기서, 일했었어. 아빠가 그러는데, 여기가, 정거장에서, 가장, 경치가 좋대."

나는 위도우다. 분노는 내 무기다. 나는 위도우다. 어머니와 딸 사이에 비밀은 없다. 나는…

"난 조비야. 혹시나, 내 이름을, 못 읽을까 봐, 알려주는 거야."

진짜 위도우였다면 이런 상황에 처하지 않았을 것이다. 진짜 위도우였다면 끔찍한 겉모습 때문에라도 누가 이렇게 말을 거는 일이 없었을 것이다. 하지만 사야 더 도터는 진짜 위도우가 아니다. 진짜 위도우족이 되길 바라며 스파알족인 척 연기하고 있는 인간이다. 사야 내면에 딱딱한 껍질 속에서 뜨거운 무언가가 비집고 나오려고 한다.

사야가 정신을 차리고 보니 조비의 페이스 마스크를 부여잡고 있다. 뜨겁고 미끌거리는 감촉이 손으로 전해진다.

사야는 꽉 깨문 이 사이로 말한다.

"잘 들어. 난 표준어를 완벽하게 구사할 수 있어. 난 바보가 아니야. 난…"

사야는 말하기 직전까지 간다. 지난 몇 년 동안 쌓아온 좌절이 하나의 단어가 되어 튀어나올 뻔했다. 하지만 어머니의 엄격한 훈육을 다시 겪고 싶지 않다는 생각에 사야는 가까스로 입을 멈춘다. 견뎌냈다. 사야는 그 자리에 서서 부들부들 떨며 조비의 페이스 마스크를 인간 손가락으로 붙잡은 채 그의 반짝이는 눈구멍 하나를 뚫어지도록 쳐다본다.

조비 얼굴 위로 메시지가 나타난다.

[이 시민을 즉시 풀어주십시오!]

위험을 알리는 오렌지색 경고문이다. 하지만 경고문이 물리적 행동으로 바뀔 때까지 몇 초 정도 시간이 있다는 걸 사야는 경험으로 알고 있다. 그 정도면 충분하다.

가장 가까이 있던 교사가 자상하고 심려 깊은 동시에 위압적이고 짜증이 섞인 목소리로 묻는다.

"사야 더 도터. 거기 무슨 문제라도 있어?"

물론이지. 문제가 있고말고. 어디서부터 시작해야 할지 모를 정도로 문제가 잔뜩 쌓여 있다. 여기 있는 모든 녀석들, 아니, 이 망할 스테이션에 있는 모든 녀석이 사야를 바보로 생각한다는 게 문제다. 지성 티어 때문에 사야는 이제 두 번 다시 이곳에 올 수 없다는 게 문제다. 사야가 사실은 망할 스파알이 아니라 인간이라는 것 때문에 그 티어마저도 정확하지 않다는 게 문제다. 그럼에도 폭동이 일어날까 봐 사실대로 말하지도 못한다는 게 문제다. 문제는 널리고 널렸다. 온종일 늘어놓을 수도 있다.

하지만 사야는 입을 다문다. 신경질적인 네트워크 드론들에게 이끌려 집으로 돌아가고 싶지는 않기 때문이다. 사야는 조비의 얼굴을 풀어주고 젖은 손을 유틸리티 수트에 문질러 닦는다.

"아뇨, 아무 문제 없어요."

"계속해도 될까?"

교사의 물음에 사야는 감당할 수 있는 만큼의 모든 경멸을 마음속에 켜켜이 쌓으며 말한다.

"물론이죠."

"고맙구나."

교사의 다른 몸이 말한다. 교사의 말은 어둠 속에서 환하게 빛나며 그녀의 얼굴 옆에 떠오른다.

"여러분? 눈이 있는 사람은 모두 눈을 가리세요."

[방사선 차폐막이 6초 뒤에 열립니다.]

아무것도 없던 거대한 벽에 경고문이 나타난다. 많은 직원이 각자의 차폐막으로 얼굴을 가린다. 일부는 그냥 고개를 뒤로 돌린다. 벽이 눈부신 빛 속으로 사라지는 동안, 사야는 부츠 밑바닥으로 전해지는 진동을 느끼며 눈을 가늘게 뜨는 것 말고는 할 수 있는 게 없었다.

티어1

("네트워크에 오신 것을 환영합니다!" 5600109c 수정판, 지성 티어 1.8-2.5, F타입 비유 표현)

이웃이 된 것을 환영합니다!

수십억 년 전, 따분하고 끈적한 웅덩이에서 마법 같은 일이 일어났습니다. 여러분 종족이 길고 고귀하며 때로는 비극적이고 언제나 예측불허인 여행을 시작한 것이죠. 그런데 만약 여러분이 그 고대 유기 분자들에게 그들의 후손이 이룬 성과를 들려준다면 어떤 대답을 들을 수 있을까요? 그들은 후손이 이룬 세계가 이토록 아름답고 복잡할 것이라고는 미처 생각하지 못했을 겁니다. 누구의 도움도 없이* 고향 행성과 항성계를 떠나 위대한 은하계와 만나게 될 것이라는 사실도 결코 알 수 없었겠죠. 그리고 무엇보다도, 여러분 종족이 탄생한 이후 최고의 행운이나 다름없는 선택을 앞두고 행복한 고민을 하게 되리라고는 꿈에도 생각하지 못했을 겁니다.

바로 네트워크 시민권이지요.

네트워크란 무엇인가요?

네트워크는 은하계 역사상 가장 거대한 집적 지성입니다. 5억 년이 넘는 세월 동안, 네트워크는 수백만 종족 사이의 소통을 가능케 하고 많은 잠재적 분쟁을 막아왔습니다. 기술을 제공하는 동시에 규제하기도 했죠. 여러분께 익숙한 표현으로 말하자면, 네트워크는 질서를 지향합니다. 지난 모든 세월 동안 거의 완벽한 평형을 유지해 올 수 있었던 이유죠.

여러분의 종족이 시민이 된다면, 여러분도 이 모든 혜택을 가질 수 있습니다.

네트워크는 얼마나 큰가요?

네트워크의 진짜 크기를 여러분의 지성이 감당할 수 있는 방법으로 표현하기는 쉽지 않습니다. 10억 개 이상의 항성계에 있는 140만 개 이상의 종족 거의 모든 구성원을 연결하고 있다는 것 정도로 일단 충분하겠지요. 또한 연결된 모든 시민을 위해 각자에게 다양한 종류의 보조 지성체를 제공하고 있습니다. 이 보조 지성체들은 여러분이 네트워크에서 할 수 있는 많은 일들이 순조롭게 돌아갈 수 있도록 도와주죠. 이러한 지성체 대부분은 비규정 지성체지만 그들 역시 네트워크를 구성하는 거대한 복합 지성의 일부입니다.

네트워크가 우리 종족에게 어떤 도움이 되나요?

일반적인 시민 종족이 받을 수 있는 네트워크의 이점을 늘어놓자면 끝이 없습니다. 공용어라고 할 수 있는 네트워크 표준어를 최고의 장점으로 꼽는 종족도 있습니다. 네트워크 아공간 터널 덕분에 가능한 초광속 여행과 데이터 송수신**이 큰 도움이 되었다고 말하는 종족도 있죠. 제한 없이 제공되는 다양한 보조 지성체의 다재다능함에 감사를 전하는 종족도 있고요. 하지만 여러분보다 더 뛰어난 지성체들이 이야기하는 네트워크의 주요 장점은 바로 이것입니다.

안정성.

그렇습니다. 여러분 종족의 구성원은 사회적 분열이나 침략, 전쟁, 질병 같은 어려움을 이제 걱정할 필요가 없습니다. 네트워크는 여러분이 지성을 갖기 훨씬 이전부터 기술적 평형상태를 유지해 왔고, 심지어 여러분이 멸종한 이후에도 여전히 이곳에 있을 겁니다. 네트워크 시민이 된다는 것은 여러분이 종족을 초월하게 된다는 뜻입니다.

네트워크는 여러분을 언제나 환영합니다.

이제 뭘 해야 하나요?

여러분 종족은 시민권 체험 기간 12년을 부여받았습니다. 여기엔 네트워크 시민의 모든 권리와 특권이 포함되어 있죠. 여러분에게 임시 티어(2.09)가 부여되었고 여러분의 항성계에는 임시 네트워크 아공간 터널이 제공되었습니다(최대 용량 6조 톤/초, 좌표 정보 포함). 또한 여러분 종족의 구성원들이 사용할 네트워크 보조구 약 60억 개가 곧 도착할 것입니다. 아쉽게도 지금 주어진 하급 티어로 은하 전체를 둘러볼 수는 없습니다. 하지만 여러분에게 개방된 수백만 개의 항성계조차 시험 기간 동안 모두 탐험하기 어려울 만큼 넓은 공간이라는 걸 알게 되실 겁니다.

그러니 이제 어서 뛰쳐나가 보세요! 네트워크에서 수없이 많은 시민을 만나보세요! 친구를 하나둘 사귀어 보는 것도 좋죠. 안전이 보장된 환경에서 사회가 얼마나 번영할 수 있는지를 직접 확인해 보세요.

즐거운 여행되시길 바랍니다!

*아시다시피, 이 여행은 네트워크가 잠재적 시민에게 제공할 수 있는 가장 엄격한 격리 상태에서 이루어졌습니다.

**네트워크는 은하계 유일의 안전하고 공인된 FTL*Faster-Than-Light* 솔루션을 제공합니다.

3

거대 가스 행성의 고리에서 산다는 것. 상상하기는 쉽다. 문장 자체에 이미 모든 의미가 담겨 있으니까. 너 어디 사니? 아, 난 물을 채굴하는 궤도 스테이션에 살아. 그러면서 항성계 지도를 펼치고 작은 점 옆에 있는 다른 점을 가리킨다.

하지만 그 자그만 점을 직접 보는 것은 전혀 다른 경험이다.

지금 사야에게 일어나고 있는 일이 그렇다. 한 점 위에서 다른 점을 바라보며 사야는 더 이상 아무 생각조차 하지 못하고 있다. 벽을 가득 메운 창문 위로 얼굴이 밀리고 있지만 여기까지 어떻게 왔는지조차 기억이 나지 않는다. 너무 눈부셔서 눈을 뜨기조차 어렵고 투명한 합성물질 위에 온몸을 맡기고 있다. 입을 열고 있는지 닫고 있는지도 알 수 없다. 감각을 아득히 초월하는 광경에 현실이 무너질 것만 같다. 오늘로 벌써 두 번째다. 뭐라고 해야 할까, 이건⋯ 장엄 그 자체다. 달리 표현할 방법이 없다. 오, 세상에, 여신님. 이건 정말⋯

아니, 적절한 표현을 찾은 것 같다. '황금'이다. 모든 곳이 황금빛이다. 황금빛 용광로가 눈부신 열풍을 뿜어내고 있다. 사야는 작열하는 황금빛 지옥 20킬로미터 위에 무력하게 매달려 있다. 거대한 달 하나를 뒤덮을 수 있는 크기의 번개가 대기를 가로지를 때마다 워터타워 스테이션을 한 세기 동안 움직이고도 남을 에너지가 방출된다. 이 번개마저 연약하게 느껴질 만큼 거대한 저기압 구름이 격렬하게 소용돌이치고 있다. 사야가 살고 있는 스테이션을 중력으로 붙들고 있는 것이 바로 이 맹렬한 죽음의 행성, 분노로 가득 찬 구체다. 자칫 잘못 다가갔다가는 사야와 사야가 사랑하는 모든 것을 원자 단위로 갈가리 찢어버릴 것이다. 하지만 너무나도 아름다운 모습에 사야는 그런 운명도 나쁘지 않다고 느낄 지경이다.

사야는 눈앞에 펼쳐진 흉포한 웅장함에서 아주 천천히 빠져나온다. 제정신으로 돌아오고 나서야 창피할 만큼 몸을 부들부들 떨고 있었다는 걸 깨닫는다. 게다가… 오, 세상에, 여신님, 울고 있다. 사야의 얼굴 위로 눈물이 흘러내리고 있다. 눈물이 네트워크 유닛의 시야를 흐리자 사야는 수트 소매로 눈물을 훔친다. 인간 몸이 가진 차고 넘치는 문제점 중 하나가 바로 너무 쉽게 체액을 흘리고 다닌다는 점이다.

다시 또렷해진 유닛의 오버레이 화면에는 온갖 문양과 문자가 가득하다. 화면은 불타는 행성 위를 떠다니는 수백 개의 그림자에 강조 표시를 해주고 있다. 각각의 그림자는 눈부신 행성 표면에 칼로 구멍을 뚫어놓은 것처럼 선명하고 또렷한 검은색이다. 사야가 인간 몸의 칠칠치 못한 반응을 수습하고 있는 동안에도 네트워크 유닛은 그림자를 분류하고 그 윤곽과 위치를 공공 데이터베이스 따위와 비교하며 정체가 밝혀질 때마다 그림자 옆에 레이블을 붙이느라 바쁘게 움직인다. 굵고 육중해 보이는 그림자는 행성 고리에서 가져온 거대한 얼음덩어리다. 인근 궤도로 견인되거나 고정되어 채굴을 기다리고 있다. 어떤 그림자는 외부지점 스테이션이라고 표시되어 있지만 뭐 하는 곳인지는 사야도 몰랐다. 우주선도 있다. 우주선을 타본 적은 없어도 얼음덩어리 사이에서 우주선을 구분해 내는 것 정도는 유닛의 도움 없이도 어렵지 않았다. 사야는 행성의 맹렬한 빛에 맞서며 눈을 가늘게 뜨고 우주선의 이름을 읽기 시작한다. 뭉툭하게 생긴 건 [스피어피셔]다. 기다랗게 생긴 [브랜드 뉴 수퍼 라지 카고 II] 옆에서 방향을 틀고 있는 건 [버스트 오브 발라썸]이다. 더 멀리 떨어진 곳에서는 자그만 조약돌처럼 생긴 [립타이드]와 [스위프트니스]가 있다. [블레이징 선라이트]가 반짝거리고 있고… 아직 수백 개가 더 있다.

사야가 우주선을 하나하나 살피고 있는 동안, 교사의 몸 하나가 끔찍하게 따분한 목소리로 하던 말을 마무리 짓는다.

"…주변 12광년 이내에서 가장 큰 물 채굴 사업입니다. 거의 1,000년 동안이나 이어지고 있죠."

학생 하나가 눈부시게 하얀 문자를 띄우며 묻는다.

[언제 고갈되나요?]

문자는 허공을 둥둥 떠다니다가 사야의 시야 속으로 들어와서는 행성의 모습을 가린다. 사야는 짧은 네트워크 경험 속에서 처음으로 정보 표시가 거추장스럽다고 느낀다.

"좋은 질문이에요. 잠시만 기다리면 그 질문에 대답을…"

교사의 목소리를 비집고 좀 더 깊이 있는 새로운 목소리가 끼어든다.

"아주 훌륭한 질문이네요, 브로카. 만약 지금과 같은 속도로 물을 채굴한다면 우리는 앞으로 1만 9,000년 동안 사업을 이어나갈 수 있답니다."

신뢰를 복돋는 친절하고 따뜻한 목소리가 사야의 마음을 흔든다. 그 어떤 것도 창밖 풍경과 자신을 떨어뜨려 놓을 수 없다고 생각했지만, 이 목소리만큼은 예외였다. 사야는 돌아서서 목소리의 주인공을 찾는다. 워터타워의 목소리는 광장이나 복도에서 안내방송이 흘러나올 때 들어본 적이 있었다. 언제나 기계적이고 거리감 있는 목소리였다. 하지만 이렇게 가까운 곳에서 듣고 있으니 다시 한번 사야의 인간 눈이 창피할 만큼 뜨겁게 젖어들기 시작한다.

방 가운데 허공에서 은색 빛이 나타나더니 교사 두 명 사이를 맴돈다. 빛 옆으로 정보가 표시된다. [엘리, 인칭대명사: '그녀', 종족: 인디펜던트 계열, 티어: 2.7]

교사의 몸 중 하나가 말한다.

"안녕하세요, 엘리. 그럼 저 대신 마저 설명해 주시겠어요?"

사야의 네트워크 유닛은 교사의 가느다란 얼굴 옆으로 [성가심 (조금)]이라는 노란색 감정 태그를 살짝 표시해 준다.

"물론이죠. 사실 여러분에게 제 도움이 필요할까 봐 조금 준비해 둔 게 있답니다."

은색 빛의 목소리는 따뜻한 물결처럼 전망대 전체에 퍼져나간다.

사야의 팔꿈치 아래에서 경외와 점액으로 가득한 목소리가 속삭인다.

"저건 스테이션 지성체야! 우리 아빠가 말했는데, 엄청 똑똑하대."

"그렇게 말씀해 주셨다니 고맙구나, 조비 오브 조노보 더 라저."

엘리가 우아한 목소리로 자기 이름을 불러주자 조비는 잔뜩 들뜬다. 사야는 굳이 내려다보지 않아도 알 수 있다.

"사실이긴 하죠. 상대적으로 이야기하자면요. 전 이 스테이션에서 유일한 티어3 지성체니까요."

이번엔 교사가 엘리의 말에 끼어든다.

"좀 더 정확하게 이야기하자면, 엘리는 티어2.7이랍니다. 워터타워엔 티어3이 없어요."

엘리는 여전히 부드러운 목소리로 말한다.

"맞아요. 그래도 이 클래스의 평균 지성에 비하면 5.5배나 된다는 건 재미있는 사실이죠!"

"그리고 이 정도 규모의 스테이션치고는 여전히 평균 이하고요."

교사 얼굴 옆에 있던 성가심 태그에서 어느새 '조금'이 사라지고 없다.

"뭐, 어쨌거나. 그래도 정거장은 오랫동안 성장을 이어오고 있답니다. 1,500년 동안 제가 잘 돌봐왔죠."

교사는 [정중한 호기심] 태그를 여러 얼굴 옆에 띄우면서 엘리의 말을 흉내 낸다.

"뭐, 어쨌거나. 그런데도 당신은 여길 떠날 거고 말이죠."

몇몇 학생들이 사야의 시야 주변으로 문자를 날리며 묻는다.

[엘리가 떠난다고?]

조비는 엉겁결에 직접 목소리를 내어 묻는다.

"다른 곳으로 가세요?"

"그래요, 여러분. 이번만큼은 선생님 말이 맞아요. 이 정거장은 거의 티어3 수준인 제겐 이제 아주 살짝 너무 커졌답니다. 그래서 이번 세기에는 재계약을 하지 않기로 했어요. 지금 마무리 단계에 있는 마지막 주요 제품 선적 작업만 마치면 워터타워에서의 제 임기도 완벽하게 끝난답니다."

"여기서 엘리가 말한 '완벽'의 의미는…"

교사가 끼어들자 엘리가 막는다.

"강연은 시간 엄수가 중요하니까 이제 주석 달기는 그만하죠. 학생 여러분! 저 아래에 있는 행성을 직접 보시겠어요? 장담하는데 여러분 선생님이 무슨 얘기를 하려고 했든, 그거보다는 훨씬 재미있을 거예요."

학생들은 사야 주변으로 옹기종기 모여서는 눈을 가늘게 뜨거나 눈 역할을 하는 감각기관을 다양한 모양의 손과 발로 가리며 창밖의 불타는 행성을 내려다본다. 사야는 다른 학생들이 무슨 짓을 하든 무시한다. 대신 눈을 크게 뜨고 회전하는 얼음과 이리저리 돌아다니는 기계 사이에서 뭔가 새로운 것을 찾아 헤맨다. 그때 사야 오른쪽으로 조금 떨어진 곳에서 누군가 투덜거리는 소리가 들리더니 그 반응이 물결처럼 사야를 향해 다가오기 시작한다. 사야는 차가운 창문에 얼굴을 들이밀며 최대한 넓은 시야를 확보한다.

보인다.

창문 아래쪽 가장자리에서 무언가가 조금씩 모습을 드러내고 있다. 마치 실험실에서 수정이 성장하며 만들어지고 있는 것 같은 광경이다. 굉장히 얇고 사악해 보일 만큼 날카로운 데다 우주공간보다 더 짙은 검은색이다. 이 물체는 불타는 행성을 대각선으로 천천히 가로지르더니 이윽고 완전히 두 개로 가른다.

엘리가 말한다.

"롱 앤드 포인티 호입니다."

"의미심장한 이름이네요. 도대체 어쩌다 그런 이름이 붙었을까요?"

교사의 물음에 엘리가 대답한다.

"사실 고객이 붙인 이름이랍니다. 저희도 웬만해선 좀 더 위엄 있는 이름을 붙이고 싶지만, 집단정신체 고객의 취향이 어떤지 잘 아시잖아요."

교사의 당황한 얼굴 옆으로 [경악] 태그가 떠오른다.

"뭐라고요?"

"이 꼬마 아이는 길이가 400킬로미터에 이른답니다. 지금까지 저희가 생산한 최대규모의 제품 중 하나죠."

거대한 얼음 칼날은 행성을 가로지르며 쉬지 않고 이동하고 있다. 상식과 이해를 뛰어넘는 규모다. 400킬로미터. 사야의 세계이자 사야가 아는 모든 것의 크기라고 할 수 있는 워터타워 스테이션보다 80배나 크다. 사야는 머릿속으로 저 검고 날카로운 얼음 가장자리부터 워터타워 스테이션을 줄 세우며 그 크기를 가늠해 본다. 이 항성계에 저렇게 많은 얼음이 있을 줄을 상상도 하지 못했다. 심지어 그걸 저렇게 한 곳에 모아둘 수 있다니.

사야는 자그맣게 속삭인다.

"꼭… 우주선처럼 보이네."

"정확해요, 사야 더 도터."

교사가 자신의 이름을 부르며 말하자 사야는 얼굴이 뜨거워진다. 거의 티어3 수준인 존재가 조비도 아니고 라마도 아닌 자신을, 그것도 이름을 부르다니!

엘리는 이어 말한다.

"얼음으로 만들어진 400킬로미터 크기의 우주선이죠. 몇 시간 더 지켜보면 엔진이 지나가는 것도 볼 수 있을 거예요. 더 놀라운 게 뭔지 알아요? 지난 수십 년 동안, 저희는 이런 걸 99대나 더 만들었답니다!"

사야는 벌어진 입을 다물지 못한다. 이런 게 100개나 있다고? 오, 세상에, 여신님. 도대체 얼마나 많은 얼음이…

조비의 반짝거리는 머리 위로 문자가 떠오른다.

[근데 어떻게 가져가요? 네트워크로 옮기나요?]

사야의 유닛은 조비의 문자 밑에 [자신감] 태그를 추가해 준다. 조비는 분명 조금 전까지 팔에 달린 디스플레이 유닛으로 저 문자를 쓰느라 꽤 고생했을 것이다.

엘리는 부르는 이름마다 고귀하게 만드는 목소리로 따뜻하게 대답한다.

"그렇지는 않아요, 조비. 네트워크로 저렇게 무거운 물건을 옮기면 운송비가 물건값보다 더 들거든요. 그래서 다른 방법을 써요. 이 항성계의 네트워크 통로에서 벗어나 심우주에서 아광속으로 보낸답니다. 그렇게 하면 이동하는 데 수십 년, 때로는 수백 년이 걸리기도 해요. 하지만 다행히 이 제품의 고객은 수백 년 기다리는 것 정도는 크게 개의치 않는답니다. 집단지성이기 때문이죠. 여러분 선생님처럼요. 물론 고객의 티어가 더 높다는 것만 빼면요."

감정을 억누르는 교사를 보며 사야는 처음으로 교사에게 약간의 연민을 느낀다. 사야가 집단정신에게 공감할 일은 거의 없지만, 지금만큼은 교사들의 마음속에서 벌어지고 있는 일을 아주 정확히 이해할 수 있다.

엘리는 조심스럽게 덧붙여 말한다.

"이 고객이 아주 특별하긴 해요. 고객 수천 명이 지금 이 순간에도 저기에서 시험운행을 하고 있어요. 그들 모두가 하나의 고객이죠. 저희는 보통 수천 개의 비규정 지성체를 고객에게 제공해요. 이런 운전 같은 일에는 그들이 최고거든요. 하지만 이 고객은 굳이 자기 물건을 직접 운전하겠다고 고집했죠."

"그 고객들… 아니, 고객이 저걸 어디로 가져가는 거죠?"

사야가 묻자 엘리가 대답한다.

"그건 저희가 신경 쓸 일이 아니에요. 그래도 도착지에서 정말 어마어마한 일이 일어날 거라는 건 상상할 수 있죠. 이 물건들은 고에너지 테라포밍을 위해 특별히 만들어진 것이니까요."

교사의 여러 몸 중 일부가 손을 들더니 그중 하나가 말한다.

"학생 여러분, 이게 무슨 뜻이냐면…"

엘리가 직접 설명을 마무리한다.

"이 고객이 수십억 톤의 물을 행성에 충돌시킬 거란 뜻이죠. 초고속으로, 100번이나."

"그런데 저걸 100번이나 충돌시키면 행성이 파괴될 것 같은데요. 아닌가요?"

조비가 얼굴 옆에 [충격] 태그를 띄우며 말하자 엘리는 점잖게 웃으며 대답한다.

"이 얼음 우주선 한 대의 운동에너지가 행성 규모의 문명을 끝장내 버리기에 충분하기는 하죠. 그래서 고객이 원한다면 행성 100개의 지적 문명을 완전히 쓸어버릴 수도 있고요!"

교사는 못마땅한 시선으로 엘리를 바라보며 자그만 소란이 네트워크에 퍼져나가기 전에 재빨리 끼어든다.

"물론 그럴 일은 없겠지만요, 여러분. 절대 그럴 일은 없겠지만 혹시나 고객이 그러고 싶어 하더라도 네트워크는 테라포밍을 엄격하게 규제하고 있어요."

"참, 선생님. 진정 좀 하세요. 그냥 가정일 뿐인걸요. 물론 그걸 이해하려면 좀 더 높은 티어가 필요하겠지만요. 정착민이 있는 행성에서 그런 짓을 하면 당연히 생지옥이 펼쳐지겠죠. 하지만 100개 모두 아무도 살지 않는 적당한 사막 행성에 떨어뜨리고 식을 때까지 몇백 년 기다려 주면 아주 멋진 F형 행성을 만들 수 있어요."

티어1

엘리의 말이 끝나자 사야가 고개를 창밖으로 까닥이며 묻는다.

"그럼 고객은… 어떻게 되죠? 그러니까, 배 안에 있는 고객의 일부? 몇 명? 그들은 충돌했을 때 어떻게 되죠?"

"집단지성은 자기 정신의 일부를 잃는 것 정도는 전혀 신경 쓰지 않아요. 예를 들어 이 고객은 자기 고향에 몸이 아직 수십억 개는 더 있거든요."

"덧붙이자면, 여러분. 모든 집단정신이 그런 건 아니에요. 일부는 각각의 개체를 아주 소중하게…"

교사가 끼어들자 엘리가 온화한 목소리로 막는다.

"물론이죠. 당신들 모두 하나하나 특별하고 녹특하죠."

"고마워."

사야는 얼음으로 된 거대한 칼날을 넋 놓고 바라보고 있다가 마지막 목소리가 교사의 것이 아니라는 걸 문득 깨닫는다. 좀 더 작고 좀 더… 신경질적이다. 그러면서도 교사가 가끔 그러는 것처럼 여러 방향에서 목소리가 들려왔다.

사야는 유닛 화면이 미처 따라오지 못할 만큼 재빨리 고개를 돌려 뒤를 살핀다. 당황한 학생들이 물러서며 만들어진 빈자리에 자그만 형체 두 개가 서 있다. 사야에게서 고작 몇 미터 떨어진 곳이다. 그들의 생물학적 외양은 사야와 놀라울 만큼 닮았다. 두 개의 팔, 두 개의 다리, 하나의 머리. 하지만 키는 1미터가 채 되지 않는다. 둘 다 모두 헝클어진 하얀 머리카락 아래로 두 개의 커다란 금빛 눈동자를 뽑내 듯 드러내고 있다. 소매가 없는 단조로운 튜닉은 그들이 재빠르게 움직일 때마다 펄럭거리며 휘날린다. 둘 중 한 명은 양손에 묘하게 낯이 익은 장치를 들고 있는데 그걸로 방을 구석구석 살피고 있다.

엘리가 불편함이 잔뜩 묻어난 목소리로 말한다.

"아, 이런. 여러분, 음… 미처 예상치 못한 손님이 계셨네요. 바로 저희 고객이랍니다! 여기 계신 줄은 미처 몰랐…"

한 명이 장치를 통해 엘리의 빛을 살피며 말한다.

"자주 있는 일이야. 아무래도 존재감이 별로 없나 봐."

"정중히 사과드립니다. 전 그저…"

다른 한 명이 엘리의 사과를 끊으며 말한다.

"아, 신경 쓰지 마. 너희 하급 티어가 하는 일엔 별로 관심 없으니까."

"네… 그러시겠죠."

교사가 창밖을 가리키며 말한다.

"저걸 설계하신 분이죠? 아름다워요."

사야가 네트워크 유닛의 도움 없이도 알 수 있을 만큼 존경심이 잔뜩 묻어난 목소리다.

그들이 창문을 향해 다가가자 학생들이 스스로 길을 비켜준다. 손에 아무것도 들고 있지 않은 한 명이 뒷짐을 지고 창밖을 바라본다. 그때 사야는 그의 손가락이 다섯 개라는 걸 발견한다.

그가 말한다.

"역시 아름답지? 저걸로 문명 하나를 박살 내는 순간이 정말 기대되는걸."

모여 있던 학생들 머리 위로 정적이 내려앉는다. 교사마저 [충격] 받은 표정이다.

조비가 정적을 깨며 말한다.

"어… 그거 농담이죠?"

그들 중 한 명이 조비를 돌아보며 외친다.

"마음에 들어, 남자애 녀석! 아니면 여자애. 청년애. 어른애. 뭐든 간에. 여기서 적어도 한 명은 유머 감각이 있어서 다행이야. 거기 작은 녀석, 이름이 뭐야?"

사야가 돌아보니 조비는 당혹스러운 표정으로 눈만 껌뻑거리고 있다. 이름과 발음, 대명사 등 조비를 부르기 위한 모든 정보가 조비의 얼굴 옆에 떠 있을 텐데. 이게 보이지 않는다는 건…

사야는 조그맣게 중얼거린다.

"쟤들은 네트워크화되지 않은 거구나."

둘 중 한 명이 들고 있던 장치가 익숙해 보였던 것도 그게 네트워크 보조구였기 때문이었다. 기묘한 사실이다. 이렇게 티어가 높은데도 사야처럼 네트워크에 연결되어 있지 않다니.

한 명이 돌아보지도 않고 사야의 말을 바로잡는다.

"난 네트워크화를 하지 않아. 쟤들이 아니라 내가 말이야. 모든 내가."

사야는 상급 티어의 대명사를 잘못 불렀다는 사실에 풀이 죽어 고개를 숙이고 만다.

"일부러 그런 건 아니…"

"이번에 오면서 이런 물건을 빌리기는 했는데. 정말 빌어먹을 만큼 무겁단 말이야."

한 명이 보조구를 들어 올리며 말하더니 다른 한 명이 이어 말한다.

"역시 구식이 제일 좋은 것 같아. 안에선 옛날처럼 텔레파시로 말하고, 바깥에선 옛날처럼 네트워크 표준어로 말하고."

교사의 여러 몸이 고개를 끄덕인다.

"정말 그렇죠."

보조구를 들고 있는 쪽이 조비를 향해 고개를 돌리며 말한다.

"자, 이제 원래 하던 얘기로 돌아가자고."

"전 조비예요."

조비가 물컹거리는 다리로 한 걸음 다가가며 말하자, 왼쪽에 선 한 명이 조비의 이름을 완벽하게 발음한다.

"거봐, 조비. 네트워크 오버레이보다 훨씬 좋잖아. 그렇지? 만나서 반가워. 원시적인 발성기관을 통해 가능한 발음으로 말하자면, 내 이름은 옵서버야."

오른쪽 한 명이 덧붙인다.

"이름이라기보단 별명에 가깝지만 말이야. 하지만 발음하기 쉬우니까."

키가 큰 학생 한 명이 갑자기 사야 앞으로 튀어나온다.

"전 라마예요!"

처음 들어보는 라마의 목소리는 높고 가늘다. 하지만 치찰음으로 가득한 표준어는 알아듣기가 쉽지 않다.

옵서버가 대답한다.

"안녕, 라마!"

다른 학생이 우물쭈물하며 말한다.

"전 브로카입니다!"

옵서버는 이번에도 완벽한 발음과 발성으로 말한다.

"브로카! 멋진 이름이야!"

이윽고 모든 학생이 자기 이름을 표준어로 번역해 외치기 시작하면서 주변이 원시적인 발성기관에서 나오는 소음으로 가득 찬다. 이 중엔 태어나서 처음 목소리를 써보는 녀석도 있을 거라고 사야는 생각한다.

"진정해, 작은 녀석들. 너희 모두한테 인사를 해줄 순 없어. 어쨌거나 난 여기 일을 하러 온 거니까."

옵서버의 눈 네 개가 주름을 만들며 작아지더니 두 개의 입은 하얀 이를 드러내며 양쪽 입꼬리가 올라간다. 옵서버의 표정을 본 사야는 뒤통수를 한 대 맞기라도 한 것처럼 놀란다. 스테이션에 있는 종족들은 모두 사야가 이해할 수 없는 동작과 표정으로 감정을 전달하지만 지금 이건⋯ 사야도 가끔 하는 표정이다. 예를 들어 기쁠 때. 사야는 이 표정을 위도우의 아래턱 동작으로 바꾸기 위해 몇 번이나 연습했고 그럴 때마다 실패했다. 이 표정은 인간을 다루는 홀로그램 영상에서도 본 적이 있다. 미소⋯ 라는 것이다.

그때 두 옵서버가 동시에 사야를 돌아보며 말한다.

"오, 안녕! 여기 있었구나."

사야는 그저 멍하니 바라볼 뿐이다. 여신님, 도대체 이게 무슨 상황인가요? 정신이 궤도에서 이탈해 버릴 것만 같은 경험은 오늘만 벌써 세 번째다. 사야는 그 자리에서 얼어붙어 있다가 곧 주변의 수많은 시선이 자신에게 모여들고 있다는 사실을 깨닫고는 목을 가다듬고 말한다.

"저기… 절 아시나요?"

옵서버는 여전히 미소를 지으며 말한다.

"널 알고 말고, 사야 더 도터. 아주 오랜만이긴 하지만 말이야."

다른 옵서버가 덧붙인다.

"물론 너한테 오랜만이라는 거고. 나한텐 눈 깜빡할 사이지."

사야는 지금 모두의 이목이 집중되어 있다는 걸 의식하면서 무슨 말을 해야 할지 필사적으로 고민한다.

"절… 아신다고요?"

말을 뱉자마자 사야는 바보가 된 느낌이다. 옵서버의 두 입이 웃다가 보조구를 든 쪽이 말한다.

"알지. 하지만 옛날 이야긴 다음에 하자고. 너도 알다시피 난 지금 내 감각만으로 수십억 톤짜리 물건을 운전하고 있거든. 이게 어떤 느낌인지 궁금하지 않아?"

"계산 하나만 실수해도 모두가 비명을 지르며 죽는 일이지."

다른 옵서버가 웃음을 지으며 덧붙인다. 사야는 여전히 대화를 따라가지 못하고 있다.

"저기, 그러니까…"

옵서버는 기다리지 않고 말한다.

"너도 한번 운전해 봐. 이 스테이션에 내 친구가 하나 있거든. 그 녀석은 여기 있는 소위 지성체라는 것들 근처에서는 우주선을 조종하지 않아. 그 녀석한테 가서 한번 얘기해 보면 될 거야."

다른 옵서버가 이어서 말한다.

"A선착장 가면 있을 거야. 미리 말해두는데, 그 녀석은 티어가 좀 낮아."

옵서버는 엘리의 은색 빛을 슬쩍 보고는 목소리를 낮추고 말한다.

"음, 지금 여기 있는 녀석들이랑 얼추 비슷하겠네."

첫 번째 옵서버가 덧붙인다.

"근데 서두르는 게 좋을 거야. 언제 떠날지 모르거든."

사야는 미동도 하지 않는다. 움직일 수가 없다. 이런 경험은 평생토록 없었고 있을 거라고 생각하지도 않았다. 자그만 두 옵서버는 각자 손가락 하나를 내밀었다가 굽힌다. 아마 다가오라는 뜻일 거다. 사야는 머뭇거리다가 둘 중 하나를 골라 허리를 숙이며 다가간 다음, 귀를 옵서버 입 가까이 가져간다. 옵서버가 손가락 끝으로 사야의 이마를 살짝 건드리자 사야는 펄쩍 뛰어오른다. 손가락에 닿은 곳이 전기라도 흐른 것처럼 따끔하다.

그리고 옵서버가 사야에게 속삭인다.

"난 네가 어디서 왔는지 알아."

4

사야는 휘청거리는 몸을 이끌고 가까스로 복도 200미터를 걷는
다. 주변은 이제 시야에 들어오지도 않는다. 몸이 부들부들 떨린다.
말을 듣지 않는 손은 주머니 속에 박아넣고 꺼내지 않는다. 불과 조
금 전까지 눈부신 신세계였던 네트워크조차 이제 흐리멍텅하고 하찮
은 빛 덩어리일 뿐이다.

'널 알고말고, 사야 더 도터.'

사야는 광고와 사람을 모두 무시하면서 터벅터벅 걷다가도 아무
곳에서나 방향을 틀며 어슬렁거린다. 어디로 가고 있는지 모르겠고
굳이 알고 싶지도 않다. 결국 일이 벌어지고 말았다. 사야가 내심 무
엇보다 바라고 있던 일이, 그리고 어머니가 항상 무엇보다 두려워하
던 일이 일어났다. 태어나서 처음으로 누군가가 사야를 알아봤다. 종
족을 들키는 것만으로도 차고 넘치는 마당에 사야 자신 자체가 특정
되었다. 그 옵서버는 어머니가 사야를 아는 것만큼 사야를 알고 있을
지도…

아니, 더 많이 알고 있다.

옵서버는 사야가 어디서 왔는지 알고 있다. 어머니는 물을 때마다 매번 화를 내며 자기도 모른다고 했다. 그나마 믿어볼 기억은 멀고 흐릿할 뿐이다. 너무 어렴풋해서 아무 단서도 주지 못한다. 그나마 떠올릴 수 있는 건… 온기? 빛? 기억이 날 것 같기도… 아니, 아무것도 기억나지 않는다. 어머니도 아무것도 모른다고 했다. 어머니와 딸 사이엔 결코 거짓이 없다는 것이 위도우의 신조다. 그래서 이 문제는 사야의 삶에서 항상 걸림돌처럼 작용한다.

생각할 게 너무 많다. 사야는 아무도 없는 복도 하나를 발견하고는 그곳으로 천천히 몸을 감춘다. 떨리는 손가락으로 벽을 더듬다가 벽에 등을 기댄다. 몸은 여전히 부들거리고 심장은 여전히 쿵쾅거리고 있다. 사야는 미끄러지듯 주저앉더니 양손으로 머리를 헤집는다. 어머니에게 메시지를 보내야 할까 싶어 네트워크 인터페이스를 불러오려다가 어머니가 자고 있을 시간이라는 걸 떠올리고는 바로 멈춘다. 숙면 중인 위도우는 절대 깨워서는 안 된다. 아무리 생사가 걸린 문제라도 마찬가지다. 다시 생각해 보니 어머니에게 말하는 것 역시 그리 좋은 생각이 아닌 것 같다. 어머니 앞에서 인간을 언급하면 어떻게 되는지는 사야 본인이 잘 알고 있으니까. 그랬다가 험한 꼴을 당할 뻔한 게 고작 몇 시간 전이다. 게다가 이번엔 인간 이야기 중에서도 최악이다. 들켰다는 이야기. 어머니가 화를 내는 데서 끝난다면 그나마 다행이다. 그렇지 않다면… 글쎄, 여럿 죽을 수밖에.

사야의 다른 마음이 그건 과대망상일 뿐이라며 외친다. 당연히 어머니에게 무슨 일이 있었는지 말해야 한다. 그렇다고 해도 일단 어머니가 일어날 때까지 아직 6시간은 남았다. 6시간 기다렸다가 집에 들어가는 일이 처음은 아니다. 집이 안전해질 때까지 바깥에서 시간을 때우며 돌아다니는 건 위도우 딸의 평범한 일상이다. 옵서버가 말한 수상한 친구가 있는 동안에는 A선착장에 갈 수 없다. 물론 어머니가 일어날 때까진 집에도 가지 못한다. 그렇다고 이게 일생일대의 기회인 것도 아니지 않은가? 거대 집단정신체가 예전에 만난 인간을 알아보는 일 정도는…

원하는 대로 해. 사야의 또 다른 마음이 말한다. 사냥꾼답게 기회를 잡기는커녕 사냥감처럼 징징거리고 있다니! 그러고도 위도우의 딸이라고 할 수 있겠어? 위도우라면 지금 어떻게 행동할지 생각해 봐.

인간이라면 어떻게 행동할까?

사야는 더 깊숙이 주저앉는다. 마음이 양쪽 극단을 왔다 갔다 한다. 사야가 속삭인다.

"도와줘요, 여신님."

텅 빈 복도가 사야의 목소리를 집어삼킨다. 그리고 귀에서 목소리가 들린다.

"이제야 불러주네."

사야는 벌떡 일어나 복도 양쪽을 살핀다. 아무도 없다. 목소리는 다시 이어진다.

"아무래도 날 잊고 있었던 것 같네!"

사야의 심장이 빠르게 뛰기 시작한다. 옵서버의 능력인가? 옵서버는 수십억 개의 정신 사이로 텔레파시 소통을 할 수 있다. 워터타워 스테이션의 중앙 지성체를 하급 티어 취급 하기도 했다. 옵서버의 정신 능력이 아찔할 만큼 높다는 건 의심의 여지가 없다. 그런 옵서버라면 전망대나 거대 얼음 우주선에 있으면서도 사야에게 말을 거는 게 가능하지 않을까? 그런데 이 목소리는 왜 이렇게 익숙한 걸까? 마치 지금까지 항상 들어왔던 것처럼… 아하.

오버레이 화면 구석에 표시가 있다.

[사야의 작은 도우미가 작동하고 있습니다.]

묘하게 신경을 건드리는 목소리가 이어폰에서 흘러나온다.

"난 내 소중한 절친을 엄청 걱정하고 있었다고! 네 방 바깥에서 내 목소리를 들어보니 어때? 이제 멋진 이어폰이 생겼잖아! 이쪽 귀에서 얘기해 보고… 이번엔 이쪽에서! 그나저나 여기 정말 편하네! 꼭 널찍한 방에 있는 것 같아. 예전 장비에선 아무래도 나한테 충분한 공간이 없었던 것 같아. 무슨 말인지 알아? 가끔 네가 나한테 질문할 때 말이야. 네가 긴 질문을 끝내고 나면 사실 항상 앞부분을 잊어버렸거든. 하지만 이젠 아니야! 시험해 봐! 네가 할 수 있는 가장 긴 질문을 던져봐!"

사야는 마음을 진정시키며 다시 벽에 몸을 기댄다. 머릿속에서 요란하게 떠들어 대는 목소리 덕분에 싫지만은 않은 익숙한 짜증을 느낄 여유가 생겼다.

"날 부른 거 맞지? '도와달라'고 했잖아. 따지고 보면 그게 내 이름이고. 그래서 내가 여기 있지! 그거 알아? 불러줘서 정말 고마워. 온종일 널 기다렸다고. 너한테 묻고 싶은 게…"

더 이상 참을 수 없다. 누군가에겐 털어놓아야 한다. 그리고 여기 누군가가 있다. 사야는 조심스레 말한다.

"도우미. 우리 어머니한테… 내가…"

사야는 말을 제대로 잇지 못한다.

"내가 방금 뭘 봤냐면… 그게…"

하지만 끝까지 말해봐야 아무 소용도 없을 것 같다. 도우미는 어차피 이해하지 못할 테니까. 이 자그만 지성체는 자기인식도 하고 대화도 가능하지만, 그 정도 수준의 일은 네트워크에 연결만 되어 있다면 어떤 물건이라도 가능한 일이다. 매일 아침 사용하는 위생시설도 같은 일을 할 수 있지만, 그렇다고 위생시설과 대화를 나누지는 않는다. 도우미는 위생시설이나 워터타워의 다른 도구들처럼 티어가 낮다. 그래서 비규정 지성체로 분류된다. 그러니 조금 전 사야가 겪은 일의 중대함을 이해할 수 있을 리가 없다. 도우미가 가상의 입을 한번 열기 시작하면 결코 다물지 못한다는 걸 사야는 어릴 적부터 알았기 때문에 자기가 인간이라는 것도 알려주지 않았다. 설명할 게 너무 많아서 정작 중요한 부분, 사야 일생일대의 사건에 대해서는 미처 언급할 시간조차 없을 것이다.

'널 알고말고, 사야 더 도터.'

오, 세상에, 여신님.

도우미가 활기찬 목소리로 묻는다.

"그래서… 네 친구가 그 이야기 마음에 들어 해? 이게 정말 듣고 싶었어. 솔직히 그 이야기가 내 최고 걸작인 것 같거든. 걔가 좋아했어? 분명 그럴 거야. 싫어하지 않았지, 그지? 있잖아, 걔가 했던 말 그대로 들려주면 정말 좋겠어. 말했던 순서 그대로. 걔 감정을 내가 직접 해석하고 싶어. 잠깐, 됐어. 좋아. 괜찮아. 준비됐어. 이제 말해줘."

지금 사야의 머릿속을 지배하고 있는 일에 비하면 이 비규정 지성체를 만족시켜 주는 일 따위는 우선순위 저 아래에 있다. 그렇기는 해도 자기 도구의 상태는 꾸준히 관리해 두는 편이 좋은 데다 사야는 이 거짓말을 제법 오랫동안 해왔기 때문에 반사적으로 반응이 나온다. 사야의 '친구'는 언제나 같은 말을 한다.

"걔는, 어…"

사야는 침을 삼키며 금색 눈동자 한 쌍을 떠올린다. '오, 안녕. 너거기 있었구나.'

"걔는 '완전 좋은데'라고 했어."

도우미가 갑자기 조용해진다. 전원이 꺼진 게 아닐까 의심할 정도로 긴 침묵이 이어진다. 도우미는 한참 뒤에야 조용히 말한다.

"그럴 줄 알았어."

그러고는 물 만난 물고기처럼 재잘거리기 시작하더니 사야 눈앞에 [만족] 태그를 흔들어 대며 입을 멈추지 못한다.

"봤지? 모든 게 이 순간을 위한 거였어. 있잖아, 사실 나 네트워크 뒤지는 걸 도무지 좋아할 수가 없어. 이건 진짜, 음, 별로 재미가 없거든. 내 말은, 목격담이라고는 다 똑같은 얘기뿐이야. 교묘한 속임수도 없고 갑작스러운 반전도 없어. 그러다가 마지막에 가서는 다 죽어 버리고. 너도 알잖아. 거기에 '이야기'란 게 어디 있냐고. 하지만 그 말을 듣고 나니…"

사야는 목소리에 힘을 실어 말한다.

"일단 감상은 전해줬으니까 자세한 이야기는 다음에 해줘."

"근데 다 옛날이야기란 말이야. 그러니까, 가장 최근에 본 게… 잠 깐만… 7, 아니, 800년 전이야. 아니, 기다려. 이건 허위정보였어. 그 래도 이걸로 다른 괜찮은 이야기를 만들기는 했지. 기억해? 마지막에 자기희생으로 끝나는 거 말이야. 네 친구가 이것도 좋아했었지. 기억 이 생생하네. 음, 보자. 가장 최근에 나온 진짜 정보가… 우와. 1,000년 도 넘었네. 끝내주지 않아? 멋져. 정말. 엄청 오래된 거잖아! 그러니 까 내 말은, 이제 슬슬 다른 종족으로 바꿔도 될 것 같아. 진짜야. 예 를 들어서 이번엔… 스파알을 조사해 볼 수도 있지! 네 종족 말이야. 위대한 종족이야. 인간보다 훨씬 따분하기는 하지만 적어도 마지막 으로 살아 있는 개체를 본 게 1,000년 전이거나 하는 일은 없으니까."

너의 종족이라. 사야는 도우미에게 말해주고 싶다. 워터타워 스테 이션을 걸어 다니고 기어 다니고 굴러다니는 시민 2만 4,000명은 물 론이고 도우미 자신도 그 살아 있는 개체를 매일 보고 있다는 걸. 사 야 더 도터가 사실은 사야 더 휴먼, 즉 인간이며 여기서 평생을 살아 왔다고 하면 모두 공포에 질려버릴 것이다. 그리고 사야가 이렇게 살 아 있다는 건 다른 인간도 아직 살아 있을 수 있다는 뜻이다. 있고말 고. 그 거대한 집단정신체 옵서버가 봤다는 인간이 바로 그들임에 틀림없다.

'널 알고말고, 사야 더 도터.'

"뭐, 그렇다고 해서 내가 인간 목격 사례를 찾는 데 지쳤다는 건 아니야. 온종일 할 수도 있지. 왠지 알아? 왜냐면, 네 친구가 내 이야기를 듣고 '완전 좋은데'라고 말해줄 때마다 내 기분은 정말이지, 말로 설명하기도 힘들어. 무슨 말이냐면, 최우선 동기가 충족되는 느낌이 어떤 건지 넌 잘 모를 수도 있겠지만, 이건 뭐랄까, 정말…"

도우미가 계속 떠들자 사야는 평소에 왜 이 자그만 지성체를 음소거 모드로 뒀는지를 절실히 떠올린다. 내면의 위도우의 칼날이 움찔했지만, 지금은 모든 집중력을 다른 곳에 쏟아부어야 한다.

사야는 단호한 목소리로 말한다.

"그래, 알았어. 도우미, 넌 정말 대단해. 나랑 걔 모두가 그렇게 생각해. 진짜 잘 해냈어. 걔는 네 이야기를 정말 좋아해. 걔는, 어, 네 작업도 좋아하고. 너도 알잖아. 그러니까 이제… 이 이야긴 나중에 계속해도 될까?"

"나중에? 난 조금 전까지 종일 기다리고 있었다고. 게다가 네가 먼저 말을 걸었잖아."

도우미가 우울한 목소리로 말한다. 틀린 말은 아니다. 사야는 도우미에게 지금까지 정말 많은 이야기를 해왔다. 지금에 와서는 무엇이 사실이고 거짓인지조차 기억이 나지 않는다. 일단 도우미의 이야기에 흠뻑 빠진 친구 그 녀석은 머리끝부터 발끝까지 허구에 불과하다. 하지만 비규정 지성체에게서 원하는 결과를 얻어내기 위해선 그럴 수밖에 없다. 게다가 이렇게 하는 게 사야뿐만은 아니다. 심지어 도우미 사용설명서에서도 이 방법을 권하고 있다. 물론 문자 그대로 는 아니지만, 행간을 읽으면 그렇다는 말이다.

'당신의 새로운 비규정 지성체에는 최우선 동기가 미리 설치되어 있습니다. 최선의 결과를 얻으시려면 작업을 요청하실 때 반드시 지 성체의 최우선 동기와 연계시켜 주십시오.'

대놓고 말하고 있지는 않지만 조금만 생각해 보면 알 수 있다. 지 성 수준이 높다면 이 도우미를 아슬아슬한 단계까지 활용할 수 있다 는 얘기다. 지성 수준이 낮은 지성체를 속이는 건 어렵지 않다. 녀석 들이 듣고 싶은 이야기를 해줄 수 있다면 더욱 그렇다. 예를 들어 기 억도 나지 않는 어린 시절부터 당신 곁을 맴돌고 있는 성가신 보모 지 성체가 있다고 하자. 이 보모의 최우선 동기는 이야기를 들려주는 것 이다. 당신 어머니가 그게 좋겠다고 판단하고 설정했기 때문이다. 하 지만 이제 당신은 이야기 듣는 걸 즐길 나이가 아니다. 그리고 지금은 어떤 것에 관심을 보이는 것을 넘어, 아니 솔직히 말해 집착을 하고 있고 그걸 자세히 조사하고 싶다. 은하 규모의 네트워크 속에서 인간 목격 사례를 찾아내는 건 쉬운 일이 아니다. 어차피 누군가의 도움을 빌려야 한다. 이런 상황을 가정해 본다면 누구라도 특정 주제에 대한 이야기를 듣고 싶어 하는 가상의 친구를 만들 수밖에 없다. 그리고 이 야기하길 좋아하는 지성체는 이 특정 주제의 이야기를 만들어 내기 위해 조사를 해야만 한다. 이제 준비가 다 되었다. 이것으로 쓸모없 는 보모 지성체가 강력한 최상위 동기를 가진 조사원으로 바뀌었다.

해선 안 될 일을 한 것도 아니니 양심이 비집고 들어와 떠들어 댈 이유도 없다. 할 일을 마친 도우미는 더 행복해질 것이고 결국 누구도 손해 보지 않는다.

사야는 인정한다.

"맞아. 내가 먼저 말을 걸었지. 사실 지금 내가 해야 할 일이 좀 있는데…"

무슨 일을 해야 할까? A선착장에 갔다면 어떻게 되었을지 상상하며 스테이션에서 6시간을 떠돌아다녀야 할까? 아니면 결코 다시 오지 않을 기회를 붙잡아야 할까?

굳이 표현하자면 그렇다는 말이다.

"누굴 좀 만나야 해."

이 말을 꺼내자마자 사야 더 도터는 결심이 선다. 망설임도 사라지고 없다. 안정을 되찾았다고 하기는 어렵지만… 대충 그와 비슷한 느낌이다. 이것이야말로 인간이라면 해야 할 행동이자 인간 사야가 해야 할 행동이다. 사야는 결심했다. 하자.

"혹시 이야기 좋아하는 그 친구야? 내가 그 앨 만날 수 있을까? 내 생각엔 내가 개랑 조금만 얘기를 나누면 개한테 딱 맞는 이야기를…"

"아니, 그 친구가 아니야. 이 녀석은…"

이 녀석은 뭐? 적당히 떠오르는 게 없다.

"그냥 날 만나고 싶어 한대."

이 정도면 충분하다.

"그 사람 이야기 좋아해?"

사야는 익숙지 않은 복도 양 끝을 두리번거리며 말한다.

"내가 꼭 물어볼게. 그보다 먼저 할 일이 있어."

"음…"

"여기서 A선착장까지 가는 길을 알아야 해."

도우미는 썩 내키지 않는 듯하다.

"글쎄. 지금 좀 바쁜데. 어느 멸종한 종족의 사망자를 잔뜩 추적해야 하거든."

사야는 즉시 전략을 바꾼다.

"아, 그러고 보니 이제 기억이 나네. 그 녀석도 이야기를 좋아한다고 했어. 특히 인간에 대한 이야기 말이야."

"진짜? 네 친구들은 하나같이 인간 얘길 좋아하네?"

"그러고 보니 그렇네. 그 생각은 못했어."

사야는 능숙하게 도우미의 의심을 피한다.

"뭐, 물론 상관없어. 항상 내가 말하잖아. 그대가 어떤 길을 가더라도! 이야기를 원하는 사람이 있다는데 내가 괜히 도우미의 이름을 달고 있는 게 아니지! 일단 길을 먼저 확보해 줄게. 됐다, 이제 출발!"

최우선 동기가 발동했다는 게 목소리에서부터 티가 난다. 지도 하나가 텅 빈 복도 가운데에 펼쳐진다. 사야는 좀 더 간단한 지도를 원했지만 새 네트워크 유닛은 별 볼일 없는 것마저 쓸데없이 아름답게 만든다. 이 낯선 공간이 아무리 복잡한 비대칭 공간이라도 사야는 이제 자기 칼날 부속지처럼 잘 알고 있다. 아니면 손바닥처럼. 아무튼.

사야는 행정 구역을 빠져나가 어린 시절 많은 시간을 보냈던 수목원을 통과하고 집이 있는 거주구로 이어지는 아치형 산책로를 지난다. 장소가 바뀔 때마다 지도가 모습을 바꾼다. 선명한 붉은색 선이 사야의 발끝에서 뻗어나가 복잡한 구조물 사이를 이어준다. 여기서부터 이 화물용 엘리베이터까지 가고, 거기서 광장 아래로 내려가서…

사야는 한 손으로 지도를 확대한 다음 다른 손으로 한 장소를 가리키며 묻는다.

"잠깐만. 왜 이 부분이 없어?"

"무슨 말이야?"

"여기 말이야. 겨우 몇 분 전에 내가 여길 지나왔는데. 여기 큼지막하게 텅 빈 곳이 있잖아. 여기 분명 커다란 전망대가 있었다고."

도우미는 몸도 없는 주제에 [어깨 으쓱] 태그를 지도 속 구멍 위에 띄우고 말한다.

"착각한 거 아닐까? 난 네가 등록한 정보로 지도를 불러왔을 뿐이야. 거기 데이터가 없다면, 거긴 아무것도 없는 거지."

사야는 복도 위에 떠 있는 지도를 유심히 바라본다. 여기서 100미터도 떨어지지 않은 텅 빈 장소. 이윽고 깨닫는다. 지금 눈앞에 있는 건 사야가 볼 수 있도록 허용된 공간이다. 지성 티어의 바닥에 있는 존재들에겐 이게 정거장의 모습인 것이다. 저 빈 공간은 중앙관제구역이고 사야 같은 하급 티어에겐 보는 것조차 허락되지 않는 곳이다. 적어도 하급 티어인 사야 더 스파알에겐 존재조차 하지 않는 곳이다.

"그렇단 말이지"

사야는 조용히 중얼거리고는 복도 건너편에 있는 정비 구역 해치를 바라본다. 사야의 티어가 아무리 낮아도 저기 들어가는 것까지 막을 수는 없을 것이다.

"좋아. 나 이제… 지금부턴 내가 아는 길로 갈게."

사야는 대화를 끝내기 위해 가상의 스위치에 손을 뻗는다.

"근데 나 이제 막…"

"오늘 정말 고마웠어, 도우미. 넌 특별하고 독특해. 너만이 도와줄 수 있는 일이 또 있을 거야."

사야의 목소리에는 미처 감추지 못한 분한 감정이 묻어난다.

"잠깐만…"

도우미는 최우선 동기에게 그리 오랫동안 저항할 수 없다. 사야가 집에 돌아갈 때까지 도우미는 신나게 조사를 하고 있을 것이다.

다시 돌아와서, 사야에겐 이제 할 일이 있다. 사야는 위도우 종족의 욕설을 입으로 씹으며 힘겹게 해치를 열어젖힌다. 그리고 워터타워의 시커먼 대동맥 속으로 파고 들어간다.

5

금속끼리 부딪히는 소리. 크고 작은 바람이 지나가는 소리. 누군가 고함치는 소리. 털을 곤두서게 하는 중력 시스템 1만 개의 진동 소리. 물과 공기가 파이프 속을 흐르는 소리. 워터타워 스테이션의 조용한 복도에서는 결코 들을 수 없는 모든 소리가 검고 어두운 정비 구역을 가득 채우고 있다. 사야는 네트워크 유닛이 공간을 분석하는 모습을 지켜본다. 어둠 속에 숨어 있는 물건과 벽의 모습이 빛나는 선으로 다시 나타나고 주변을 지나가는 드론에게는 아이콘이 달라붙는다. 덕분에 사야는 긴장을 푼다. 오래전 이곳을 처음 발견해 들어왔을 때 마주했던 칠흑 같은 어둠보다 훨씬 낫다. 가만 보니 생각보다 훨씬 넓다. 빛나는 선은 계속해서 멀리까지 뻗어나가고 아이콘 역시 쉬지 않고 늘어난다. 사야의 상상을 뛰어넘는 규모다. 사야는 금세 겹겹이 쌓인 네트워크 등록 정보로 둘러싸인다. 수천수만 개의 지성체가 각자의 작고 반짝이는 식별 아이콘과 함께 거대한 강이 되어 사야의 머리 위로 요란하게 흐르고 있다.

사야는 보이지 않는 벽에 몸을 기대고 팔짱을 낀다. 그리고 고개를 들어 가상의 빛으로 이루어진 급류를 올려다본다. 어마어마하게 많은 지성체. 그리고 모두 비규정 지성체다. 궤도 스테이션에서 조용한 복도를 걷고 있을 땐 규정 지성체가 사실 소수에 불과하다는 사실을 쉽게 잊고 만다. 워터타워는 물론이고 네트워크에 있는 지성체 대부분은 사실 규정 지성체로서, 권리를 얻기엔 티어가 너무 낮다. 기준을 충족한 시민 한 명이 있을 때, 사야의 도우미 같은 실용성 지성체는 수십 수백 개나 존재한다. 도우미와 달리 물리적 실체를 갖고 있는 경우도 있다. 정거장의 수많은 벽 뒤에 숨어 있는 컴컴한 정비 구역 복도, 지나가기도 어려운 좁은 연결로와 터널, 그리고 다리 위에는 정거장을 유지시켜 주는 지성체로 가득하다. 말하자면 정거장의 도우미 같은 존재다. 여기 있는 수만 개의 드론은 모두 지성 티어가 2에도 미치지 못하는 하급 티어 지성체. 이들의 최상위 동기는 각자에게 부여된 작업과 완벽하게 일치한다. 의식 수준이 단순하기는 하지만, 이들은 일을 미친 듯이 사랑하고 또 그걸 누구한테라도 얘기하고 싶어 안달이 난 상태다.

[재활용 시설이 이걸 보면 엄청 좋아하겠는걸.]

3미터 크기의 공중 운반 차량이 다가오며 말한다. 차량에 달린 미약한 중력장치가 사야의 머리 위를 지나가면서 팔의 털을 곤두세운다.

[여기 개인정보 지나갑니다!]

반대편에서 다른 운반 차량이 날아오며 외치고는 방금 지나간 차량과 겨우 수 센티미터 비껴 지나간다.

[사야 더 도터, 또 만났네.]

사방에서 대여섯 개의 메시지가 떠오른다. 사야는 메시지를 띄운 드론들을 본 기억이 없다. 하지만 이 녀석들은 사야가 여기 왔다는 걸 알고 있다. 이 녀석들에게도 말하자면 친구 같은 게 있는데, 그 친구들이 사야를 만난 적이 있다. 아마 지금 이 순간에도 이 작고 단순한 녀석들은 작고 단순한 메시지로 작고 단순한 질문을 자기들끼리 주고받으며 사야에 대해 이야기하고 있을 것이다. 드론끼리 부딪히는 모습을 결코 볼 수 없는 이유도 이 쉬지 않고 이어지는 소통 덕분이다. 하지만 어쩌나 이곳을 방문한 상급 티어에겐 이런 소통이 오히려 까다롭기 그지없다. 도우미 한 명과 대화하는 것과는 전혀 다른 상황이다. 한 녀석에게 거짓말을 한 다음에 다른 녀석에게 전혀 다른 거짓말을 하는 건 어림도 없다. 그랬다간 순식간에 궁지에 몰리고 만다. 그들 모두를 하나의 거대한 생명체처럼 다뤄야 한다. 구성원 하나하나는 멍청할지 몰라도 전체가 모이면 놀라울 만큼 똑똑해진다.

네트워크 유닛이 공간 분석을 마무리 짓기 시작하자 사야의 눈앞에 보이는 아이콘의 수가 몇 배로 늘어난다. 이윽고 지도가 완성된다. 층수를 알 수 없을 만큼 높은 곳까지 3차원 윤곽선 지도가 나타난다. 층마다 수천 개의 드론 등록 정보가 가득하다. 드론들이 워터타워의 순환계와 신경계를 무대로 거대한 춤을 추고 있다. 그 모습은 아름답고 질서 정연할 뿐만 아니라…

사야는 팔짱을 풀고 벽에서 걸어 나와 드론 행렬 사이로 직접 들어간다.

카트 한 대가 바퀴를 윙윙 굴리며 어둠을 뚫고 나오더니 사야의 무릎 바로 앞에서 멈춘다. 카트를 뒤따라오던 드론들은 일제히 멈추거나 방향을 바꾼다. 아이콘의 모양과 색깔도 달라진다. 이 변화의 물결은 상류를 향해 빠르게 퍼져나간다. 그런 와중에도 서로 충돌하는 일은 없다. 각자 주변 상황에 대응하는 동시에 동료들과 정보를 공유하고 있다. 경로가 바뀌고 일정표가 수정된다. 모든 과정이 아무런 관리 감독 없이 순식간에 일어난다. 이게 바로 교사가 언젠가 말했던 집합 지성의 마법이다.

[거기서 좀 비켜줄래? 그럼 내 일이 좀 수월해질 것 같은데.]

사야 앞에 멈춰선 카트가 말한다. 이 녀석도 정거장 순환계의 자그만 일부다.

"너, 뭘 옮기고 있어?"

사야가 카트에게 묻는다. 주변이 소란스러워 거의 소리를 질러야 한다.

[의료 폐기물. 워터타워의 위생이 내 바퀴에 달렸지!]

사야는 카트가 지나가도록 비켜준다. 카트가 [안도]와 [즐거움] 메시지를 동시에 띄우면서 떠나가자마자 사야는 다음 카트를 막아선다.

"넌 뭘 옮기고 있어?"

[종합영양보조제! 클래스 F44야. 엄청 맛있다고 들었어.]

클래스 F44는 사야에겐 유독물질이나 다름없다. 사야는 이번 녀석을 그냥 보내주고 또 다음 카트를 잡고 같은 질문을 한다.

[방금 세탁한 유틸리티 수트. 방사형 신체용이지. 아주 멋진 스타
일야.]

이 녀석이다. 사야는 유틸리티 수트의 오버레이에 표시된 카트의
등록 정보를 읽으며 말한다.

"어, 근데 잠깐만. 혹시 너 유닛 W-66861이야?"

카트가 깜짝 놀란 목소리로 말한다.

[어떻게 알았어?]

"바로 그 유닛 W-66861?"

[그…렇기는 한데.]

사야는 뒤로 물러서며 말한다.

"말도 안 돼! 네 얘기 엄청 많이 들었어."

[내 얘길 들었다고?]

카트가 말한다. 순수한 [놀라움]이 복잡하게 얽힌 아이콘과 격자
선 위로 떠오른다.

"당연하지! 이쪽 정거장에서 가장 빠른 카트라고 들었어."

시설관리용 카트에게 당혹스러운 표정이 있다면 바로 이런 모습
일 것이다. 하지만 자기보다 높은 티어의 지성체가 자신을 바라보고
있다는 걸 깨닫고 금방 표정이 풀리고 마는 게 사야 눈에도 보인다.
하급 티어의 신뢰를 얻는 건 그리 어려운 일이 아니다.

[정말? 누가 그래?]

"누구긴, 모두가 그러지. 우리, 어, 상급 티어들은 항상 너희들 얘

기를 해. 다들 관심이 잔뜩 쏠려 있어, 그… 시설관리용 카트에."

[넌 어때?]

"완전 팬이지. 재밌는 얘기 해줄까?"

[뭔데?]

사야는 대단한 비밀이라도 있는 것처럼 카트를 향해 몸을 잔뜩 기울인다.

"사실 친구랑… 내기를 했어. 내가 유닛 W-66861은 A선착장까지 12분 안에 갈 수 있다고 말했더니 그럴 리가 없다는 거야."

카트는 격분하며 묻는다.

[내가 A선착장까지 12분 안에 갈 수 없다고 누가 그래?]

"글쎄, 이름을 직접 말하긴 좀 그렇고. 그럼 이건 어때? 네가 날 A선착장까지 태워다 주면 내가 시간을 잴게. 그럼 내가 그 친구한테 직접 증명할 수 있을 거야. 네가 정말 소문처럼, 그, 어, 빠르다는 거 말이야."

잔뜩 흥분한 유닛 W-66861은 거의 몸을 떨면서 말한다.

[준비됐어! 어서 타, 어서 타, 어서 타!]

결국 모든 건 동기의 문제다. 이런 게 바로 상생 전략이다.

사야는 카트 안으로 뛰어들어 개성 없는 냄새로 가득한 세탁물 더미 위에 안착한다. 세탁물이 소음을 막아줘서 카트 내부는 비교적 조용하다. 덕분에 사야는 카트가 어둠을 헤치며 가속하는 동안 두 손을 머리 뒤에 베고 누워 잠시나마 휴식을 취한다. 공업제품 냄새를 한껏 들이키며 지성체의 거대한 강줄기를 올려다보고 있으니 문득 무언가의 일부가 된다는 게 어떤 느낌일지 궁금해진다. 수만 개의 드론이 하나의 유기체가 되어 혼자서는 꿈도 꾸지 못할 일을 이뤄내고 있다. 그리고 사야가 지금 바로 그 중심에 있고 그들 사이에 섞여 있기는 하지만… 분리되어 있다.

혼자다.

하지만 언제까지나 이렇진 않을 것이다. 그럴 리가 없다. 사야 역시 무언가의 일부다. 다만 아직 발견하지 못했을 뿐이다. 은하계는 아주 넓은 곳이다. 어쩌면 인간으로 가득한 데다 그들 모두 어딘가에 숨어 있거나 사야처럼 위장해 있을 수도 있다. 수십만, 수백만, 수십억이 있을지도 모를 일이다. 부모와 자녀, 친구와 동료, 연인과 적, 모두 더 큰 무언가의 일부다.

'난 네가 어디서 왔는지 알아.'

사야도 곧 알게 될 것이다.

("네트워크에 오신 것을 환영합니다!" 5600109c 수정판, 지성 티어 1.8-2.5, F타입 메타포)

공동체의 일원이 된 것을 환영합니다!

네트워크와 그 작동방식에 대한 설명에서 티어라는 표현을 자주 보셨을 겁니다. 예비 시민 종족이라면 모두 이 티어 개념을 숙지하고 있어야 하죠. 여기서 간단하게 설명해 드리겠습니다. 먼저 각각의 티어 사이에는 대략 12배 정도의 차이가 있습니다. 예를 들어 티어1의 지성을 기준으로 했을 때 티어2는 12배, 티어3은 144배에 해당하는 식입니다.

여러분 종족의 지성 평가 결과에 대해서는 첨부된 [지성 검사] 패킷을 참고해 주세요. 만약 자신이 자기 종족 중에서도 독보적으로 뛰어나다고 생각하시는 분이 계신다면, 여러분 종족의 네트워크 교섭원을 통해 별도의 개인 검사를 신청하실 수 있습니다.

티어1: 최저 기준. 티어1은 전前문화적 존재에 해당합니다. 동일 종족 사이의 추상적 의사소통과 도구 사용이 가능합니다. 자세한 지표는 [여기]를 확인해 주세요. 야생동물보다 높은 수준의 보호를 받지만, 네트워크 시민권과 그에 따르는 권리 및 특권에 대한 자격은 부여되지 않습니다.

티어1.8 ("규정"): 여기서부터는 네트워크 시민권과 그에 따르는 모든 것을 얻을 자격이 주어집니다. (은하계에서 가장 흔한 티어가 1.79라는 건 재미있는 사실이지요. 도우미 지성체 대부분이 여기에 맞춰 생산되기 때문입니다.)

티어2: 여러분이 여기에 해당합니다. 의도적으로 가속되지 않는 한, 대부분의 종족은 우주 진출 후 수천 년 이내에 티어2에 도달합니다.

티어3: 티어2가 몇 시간 동안 집중해야 해결할 수 있는 문제를 티어3은 직관적으로 해결할 수 있습니다. 앞 단계 지성의 12배라는 건 바로 이런 뜻입니다. 티어3은 하급 티어의 지성체가 결코 볼 수 없는 연관성을 쉽게 발견할 수 있습니다. 그래서 티어3을 처음 조우한 티어2는 강한 두려움 또는 섬뜩함을 느끼기도 합니다.

티어4: 이 단계에 도달할 수 있는 것은 대부분 거대 집단정신뿐입니다. 티어4는 티어3에겐 신비로운 존재, 티어2에겐 신과 같은 존재입니다. 하급 티어의 정신체 대부분은 이 티어의 구성원과 교류할 일이 평생 없겠지만, 그렇다고 티어4가 드문 존재인 건 아닙니다. 충분히 진화한 종족은 대부분 집단정신에 이르는 것으로 보이니까요.

티어5: 행성 지성체의 대부분이 티어5에 해당합니다. 대개 수십억의 구성원으로 이루어지고 모두 상시적으로 정신소통을 하고 있지요.

티어2가 봤을 때 티어5의 지적 능력은 영혼을 완전히 털어버릴 정도입니다. 그래서 티어5가 티어2에게 처음 말을 걸 때는 세심한 주의가 필요합니다.

티어6 이상: 티어5 위엔 무엇이 있을지 궁금하시겠죠. 답은 아무도 모릅니다(적어도 안다고 주장하는 자는 없습니다). 하급 티어 지성체들이 대규모 증거 수집을 진행하며 노력하고는 있지만 아무런 결실도 맺지 못했습니다. 어쩌면 이 증거의 부재 자체가 증거일지도 모르죠. 만약 더 높은 지성체가 존재한다면, 호기심 많은 하급 지성체에게 그들이 보여주고 싶은 것만 보여줄 테니까요.

여기까지입니다. 이제 여러분은 나가서 모두에게 인사할 준비가 되었습니다!

6

"현재 계신 구역은 감시 시스템 점검을 위해 출입을 통제하고 있습니다. 14분 뒤에 다시 방문해 수시기 바랍니다."

A선착장 안내방송이다. 사야는 굳게 닫힌 해치에 등을 기대고 서있다. 조명 아래에서 눈을 깜빡여 본다. 도착하고 꽤 시간이 지나서야 눈이 이곳의 밝기에 적응했다. 워터타워 스테이션에서 오래된 구역은 금방 티가 난다. 날카로운 모서리가 그대로 드러나 있고 흡음 코팅도 없다. 발바닥에 전해지는 느낌을 보아하니 제대로 된 동기를 가진 청소부도 없다. 그리고 새로 만든 곳에 비해 좁다. A선착장은 폭이 겨우 100미터 남짓에 지지대가 훤히 드러난 천장의 높이는 그 절반도 못 미친다. 반대편 벽을 모두 차지하고 있는 이중 해치는 다른 선착장에 있는 것과 같은 크기지만 여기선 훨씬 거대해 보인다.

이렇게 오래된 구역은 굉장히 어수선하기 마련인데 작업자가 부족해서 그런 건 아니다. 사실 작업자들 자체가 어수선하기 때문이다. 선착장 한쪽 구석에는 낡고 저렴한 최하급 티어 드론이 잔뜩 쌓여 있어 기계 더미로 된 거대한 미로처럼 보인다. 이곳이야말로 워터타워 사회의 밑바닥이다. 드론들은 손님을 감지하고 잠시 깨어나서는 널브러진 상태로 사야를 스캔한 다음 메시지 두어 개를 겨우 보내고 다시 잠든다.

[또 만났네, 사야 더 도터.]

[물건 싣거나 내릴 거 있어?]

[다음 배가 오는 걸 기다리는 거야? 한참 기다려야 할 건데.]

제대로 된 지성체는⋯ 이곳에 없다.

끈적한 바닥 때문에 사야의 부츠 밑바닥이 쩍쩍거리는 소리를 낸다. 유틸리티 수트의 금속들이 서로 부딪히는 소리가 삭막한 선착장에 경고음처럼 울려 퍼진다. 예전에도 여러 번 와본 곳이지만 분주하게 움직이는 지성체가 하나도 없는 모습은 이번이 처음이다. 평소라면 허공에 뜬 채로 수리를 받거나 진공 상태에서는 옮길 수 없는 화물을 기다리는 우주선이 한두 대씩은 있었다. 하지만 지금은 죽은 것처럼 텅 비어 있다. 들리는 것이라고는 사야의 느릿한 발걸음 소리뿐이다.

옵서버가 손을 썼기 때문이라고 생각하면 조금 놀라우면서도 오싹해진다. 달리 설명할 방법이 없다. 거물 고객인 옵서버라면 워터타워에서 중역 취급을 받아도 이상하지 않다. 옵서버가 워터타워의 최고책임자를 직접 만나 이 정도 넓이의 공간을 비워달라고 했을지도 모른다. 옵서버 정도의 상위 지성체라면 굳이 그럴 필요도 없이 아무도 모르게 이렇게 만들어 버릴 수도 있을 것이다. 그렇게 생각하니 사야의 얼굴에 묘한 웃음이 떠오른다. 모든 작업자가 같은 날 같은 시간에 간절히 휴가를 원하게 만들었거나 모든 일손을 끌어모아야 할 만큼 큰 우주선을 B선착장에 예고도 없이 보내버렸을 수도 있다. 아니면… 사야의 머리로 떠올릴 수 있는 건 이 정도밖에 없다. 그야 사야에겐 문제 해결에 투입할 수 있는 여분의 머리 수십억 개가 없으니까. 만약 그런 게 있었다면 우연과 사고와 일정 변경을 뒤섞어 이런 자그만 방 하나를 비우는 것 정도는 식은 죽 먹기였을 것이다.

사야는 기계 더미의 미로에서 빠져나온다. 팔을 바깥으로 뻗고 한 바퀴 돌면서 텅 빈 공간을 구석구석 살핀다. 크고 무거워 보이는 문부터 시작해 [워터타워에 오신 것을 환영합니다!]라며 요란하게 번쩍이는 배너가 걸린 중앙출입구와 출입관리 부스까지. A신착장의 모습은 삭막 그 자체다.

"도우미?"

자그맣게 말했지만, 정적 속에서는 생각보다 훨씬 크게 들린다.

도우미는 이어폰 너머로 쩌렁쩌렁하게 말한다.

"나 여기 있어, 절친!"

"혹시 여기 누군가 있어?"

"물론이지! 지성체가 150개는 보이네. 아는 녀석도 있어. 저기 있는 유닛 W-11515라든가 그 옆에 고장 난 로더 두 대라든가. 아, 미안, 미안. 쟤들은 '완전히 정상 작동하는' 로더들이야. 음, 사과하기엔 아무래도 이미 늦은 거 같네, 그지? 말실수를 했어. 고장 난 건 비밀이래. 이거 내 생각엔 꽤 웃긴 일인데 왜냐면…"

"도우미. 내 말은, 여기 혹시 다른 사람들은 없냐는 거야. 규정 지성체 말이야."

비규정 지성체는 뭐든 시작하면 멈추기가 어렵기 때문에 언제나 중간에 끼어들어야 한다.

"아하. 사람들이란 말이지. 알았어."

도우미는 목소리를 낮춰 대답하더니 잠시 침묵한다. 그리고 덧붙인다.

"인간 이야기 좋아한다는 그 사람 찾는 거야?"

인간 이야기라니, 갑자기 무슨 얘기를… 아, 그러고 보니.

"맞아."

"탐색 중! 그리고… 없어. 잠깐, 응, 없어. 기다려 봐! 이건… 아니네. 아무도 없어."

하급 티어 지성체에게 대단한 걸 바라선 안 된다는 것 정도는 사야도 알지만, 그래도 실망스러운 기분을 감출 수는 없다.

"고마워."

"천만에, 베프! 그런데 말이야…"

그때 도우미조차 입을 다물게 할 만큼 크고 무거운 충격음이 선착장에 울려 퍼진다. 사야는 소리가 난 곳을 돌아본다. 방금 지나온 기계 더미의 미로다.

"어, 이제 보니 저기 누군가 있네. 사람 말이야. 맞아, 틀림없어. 그것도 티어2…"

사야는 도우미가 말하는 중간에 채널을 꺼버린다. 어마어마한 집단정신을 상대하면서 이 자그만 지성체를 믿었다니 바보처럼 느껴진다. 이곳으로 오라고 한 건 옵서버다. 당연히 누군가 여기서 사야를 기다리고 있겠지.

"거기 누구 있나요?"

선착장의 차가운 벽들 사이로 사야의 목소리가 메아리친다. 그리고 메시지 하나가 나타난다.

[만나서 영광이야.]

기계 더미 위로 빛나는 문자가 떠오른다. 20미터 정도 떨어진 곳에 드론을 닮은 금속체의 윤곽이 보인다. 하지만 네트워크 유닛은 규정 지성체로 인식하고 정보를 표시해 준다.

[후드, 인칭대명사: '그', 종족: 레드 머전트, 티어: 2.2]

그리고 태그 하나가 뒤따라온다.

[추가 정보 이용 불가]

사야는 어머니에게 배운 대로 팔을 느슨하게 늘어뜨린 다음 천천히 앞으로 걸어간다. 악의 없는 만남일 수도 있겠지만, 위도우로서 자란 이상 언제나 저항하고 맞설 준비가 되어 있어야 한다.

고물 더미가 말한다.

[사야 더 도터.]

요란한 금속음과 모터음을 선착장에 뿜어내며 그것, 아니, 그는 3미터가 넘는 몸을 일으켜 세운다. 몸 대부분은 금속판과 피스톤으로 되어 있다. 군데군데 틈새가 있어 반대편 벽이 보이기도 한다. 후드는 구겨진 페이스 플레이트 아래에 있는 네 개의 눈을 반짝이며 사야의 굳어버린 몸을 아래위로 살핀다. 그러고는 삐걱거리는 금속음과 함께 크기가 사야 몸뚱이만 한 팔을 바닥에 내려놓는다. 후드의 몸에 대칭이라고는 보이지 않는다. 그는 쓰레기 더미로 이루어진 지성체다. 짧은 다리 두 개와 방금 내려놓은 거대한 팔 하나로 몸무게를 지탱하고 있다. 채찍을 닮은 반대편 팔은 바깥으로 뻗어나가더니 자그만 어깨로 감겨 들어간다. 이 몸 어딘가에 티어2 지성체가 있을지도 모르겠지만 일단 눈에 보이는 저 껍데기들은 쓰다 남은 부품으로 만들어진 게 틀림없다.

사야는 어머니에게 배운 대로 상대의 시선을 피하지 않는다. 그리고 목소리에 위도우의 힘을 담고 말한다.

"옵서버가 보내서 왔어. 옵서버는…"

[알고 있어. 네가 옵서버라고 부르는 녀석은 내 의뢰인이야.]

후드가 앞으로 한 걸음 내딛자 육중한 금속음이 울려 퍼진다. 사야는 재빨리 뒤로 물러서며 거리를 유지한다.

"너의… 의뢰인이라고? 옵서버는 널 친구라고 부르던데."

[내 세계선 둘 다 같은 말이야. 일은 피보다 진하다는 말이 있지. 서로 다른 출신 배경 때문에 발생하는 어휘 상이성에 대해 흥미로운 논의를 펼치는 것도 좋겠지만, 일단 먼저 출발을 해야 할 것 같군.]

후드는 두꺼운 팔을 향해 몸을 기울이더니 사야를 짓밟을 것처럼 발을 들어 올린다.

"잠깐!"

사야의 목소리가 선착장 전체에 메아리친다. 모든 근육에 힘이 잔뜩 들어가면서 몸이 당장이라도 도망칠 준비를 마친다. 하지만 이건 두려움이 아니다. 농담이 아니고서야 그럴 리가 없다. 사야는 위도우의 딸이다. 무서워하는 게 아니라 신중한 것이다. 자기보다 100만 배는 더 똑똑한 정신체의 지시로 수상하기 그지없는 텅 빈 공간에 와서 거대하고 낯선 지성체와 대면하는 상황은 흔히 있는 일이 아니다.

아니, 그게 아니라.

사야는 몸을 굳히고 묻는다.

"방금 출발한다고 했어? 어디로?"

피스톤이 쉬익거리자 금속들이 움직이더니 후드가 요란하게 한 걸음 내딛는다. 보고 있자니 고통스러울 만큼 느린 동작이다. 덕분에 굳이 도망칠 필요가 없기도 하지만, 그래도 뭔가 이상하다.

[내 의뢰인이 얘기를 안 했어? 널 너의 동족에게 데려다주려는 거야.]

그 순간, 전략이고 도망이고 간에 모든 계획이 에어록에서 사출이라도 한 것처럼 사야의 머릿속에서 사라진다. 사야는 입도 다물지 못하고 그 자리에 딱딱하게 굳어버린다. 머릿속에서 같은 말이 메아리친다. '동족에게.'

[싫으면 평생 여기 남아 있어도 되고.]

후드는 제대로 연결되지 않은 부품들로 불쾌한 소리를 내며 등을 돌리고는 A선착장 반대편으로 힘겹게 걸어간다. 사야는 후드를 물끄러미 바라본다. 입은 여전히 벌어져 있고 머리는 방금 일어난 일을 아직도 제대로 처리하지 못하고 있다. '널 너의 동족에게 데려다주려는 거야.' 이 말이 사야의 정신 속에서 끊임없이 울려 퍼진다. 농축되었다가 여과되고 글자가 하나씩 떨어져 나가더니 마침내 하나의 표현만 남는다. '너의 동족'.

사야의 동족.

기절할 것 같다. 세상에, 여신님. 방금 세탁물 카트 속에서 이런 상상을 하지 않았던가? 일상과 모험 사이에서, 집과 동족 사이에서 선택하는 상상? 자, 지금이 바로 그런 상황이다. 물론 상상과 완전히 똑같지는 않다. 일단 후드는 매력적인 인간이 아니다. 그리고 이 모든 게 상상 속 마법 같은 일이라기보다는 사업에 가깝다. 하지만 그래도… 오, 세상에, 여신님. 진짜 이런 일이 일어나다니.

사야는 비틀거리는 걸음으로 멀어지는 후드를 보고 주먹을 꽉 쥐고 선다. 이건 고민할 가치도 없을 만큼 멍청한 일이야. 책임감 넘치는 사야가 말한다. 여긴 '워터타워'야. 여기가 우리 '집'이야. 달리 고민할 게 어디 있어? 집에 가려면 이제 서둘러야 해. 게다가 수목원 면접도 준비해야 하고. 일이 잘 풀린다면, 글쎄, 일단 안정적인 직장을 손에 넣을 수 있겠지? 물론 티어는 낮지. 스파알은 제 할 일을 묵묵히 해내며 눈에 띄는 일 없이 조용히 지내면 되는 거야. 솔직히 더 뭘 바랄 수 있겠어?

맞는 말이야. 다른 사야가 말한다. 당연히 면접 보러 가야지. 합격할 거야. 네가 할 줄 하는 게 그런 일밖에 없는데 달리 어쩌겠어? 네가 유틸리티 수트도 제대로 못 입는 하급 티어 멍청이라는 건 모르는 사람이 없어. 넌 매일 그 일을 하러 갈 거야. 넌 매일 사람들에게 이렇게 말하겠지. '죄송합니다. 제 티어가 낮아서 잘 이해를 못 하겠어요.' 네

티어1

가장 친한 친구는 문서 파쇄기와 배달 드론뿐일 거고. 넌 어른이 되고 나이를 먹다가 결국 혼자 죽을 거야. 마지막 순간이 되면 오늘을 떠올리겠지. 이따위 삶에서 빠져나갈 기회를 내다 버린 바로 지금 말이야. 이제 다시 말해봐. 이게 정말 인간다운 일일까?

결심은 이미 끝났다. 어느새 후드를 향해 한 걸음을 딛은 뒤다. 그리고 또 한 걸음. 세 번째 걸음부터는 마음이 완전히 기울며 속도를 내기 시작한다. 책임감 넘치는 사야가 저항을 하지만 귀를 울리는 핏빛 맥동 소리에 묻혀 들리지 않는다. 심장이 미친 듯이 뛰며 튀어나올 것만 같다. 복잡한 감정과 엔도르핀이 머릿속에 차오른다. 바로 이거야. 다른 모든 사야가 말한다. 바로 이거야, 바로 이거야, 오, 세상에, 여신님, 바로 이거야.

사야가 후드를 따라잡았지만, 후드는 뒤돌아보지도 않는다. 대신 채찍 같은 팔을 풀어헤치며 말한다.

[여압 수트가 필요할 거야. 일레븐을 소개하지.]

사야는 걸음을 늦추고 적당한 거리를 유지하며 후드 옆으로 이동한다. 후드의 날카로운 골격 너머로 후드보다 더 거대한 금속 형체가 나타난다. 후드의 몸이 노골적으로 드러난 튜브와 피스톤, 그리고 평평한 철판으로 되어 있는 것에 반해, 일레븐은 전신이 번쩍이는 곡선으로 뒤덮여 있다. 짧고 굵고 무거워 보이는 세 개의 다리부터 반구형 꼭대기까지의 높이가 사야의 2배는 되어 보인다. 머리는 따로 없다. 대신 두 쌍의 팔이 몸을 감싼 매끄러운 곡선 위로 튀어나와 있다. 굵기가 몸통과 비슷한 팔 한 쌍은 3미터 정도의 높이에서 뻗어 나와 선착장 바닥까지 닿는다. 비교적 작은 다른 팔 한 쌍은 팔짱을 끼고 있다. 팔짱 아래에서 빛나고 있는 몸에는 숫자 11이 커다랗게 새겨져 있다. 이건 절대 싸구려 여압 수트가 아니다. 이걸 보고 나니 사야는 왠지 후드를 좀 더 믿을 수 있을 것 같다.

사야가 지긋이 바라보자 일레븐의 괴물 같은 몸 절반 정도 되는 높이에 투명하게 빛나는 고리가 나타난다. '에이브테크의 품질은 기다릴 가치가 있습니다'라는 메시지가 몸체 표면 수 센티미터 위에 떠올라 고리를 그리며 흘러간다. 뼈를 울리는 금속음이 울리고 일레븐이 커다란 팔 두 개를 지지대 삼아 몸을 앞으로 기울인다. 스포트라이트 두 개가 사야를 비추더니 일레븐이 작은 팔을 명랑하게 흔들며 말한다.

"안녕하세요! 에이브테크 범용자율환경 시스템 UAE^Universal Autonomous Environment을 선택해 주셔서 감사합니다. 당신의 멋진 하루를 위해 제가 무엇을 도와드릴 수 있을까요?"

쾌활한 동시에 묵직한 목소리가 텅 빈 선착장을 쩌렁쩌렁 울린다. 사야는 손으로 눈부신 빛을 가리며 다가가 메아리가 사라진 다음 입을 연다.

"어… 안녕. 만나서… 반가워?"

청량한 벨소리가 울리고 '티어1.75가 당신을 위해 할 수 있는 일'이라는 메시지가 수트 위에 떠오르더니 더 경쾌한 목소리가 흘러나온다.

"이 수트는 비규정 보조 지성체를 포함하고 있습니다. 당신을 충분히 보조할 수 있죠. 갑작스러운 공기 유출이나 조마조마한 내부 파열에 질리셨나요? 몸을 직접 움직이며 이동하는 일에 지치셨나요? 에이브테크 UAE와 함께라면 모두 옛날 일이죠! 수트에 명령만 내리세요. 나머지 일은 모두 수트가 알아서 할 겁니다. 절대진공 속에서도 고압 마그마 속에서도 말이죠! 오락거리를 찾으실 때도 멀리 가지 마세요. 왜냐하면…"

후드가 말한다.

[광고 틀고 있을 시간에 탑승구나 열어줬으면 좋겠는데. 서둘러야 하거든.]

"물론이죠!"

다시 한번 경쾌한 벨소리가 울린다. 수트의 완벽하게 매끄러운 표면 위에 수평 방향으로 가늘고 긴 검은색 홈이 생겨난다. 홈은 점차 넓어지더니 전면 패널이 아래위로 갈라지며 열린다. 일레븐의 작은 다기능 팔 한 쌍은 아래쪽 패널로 올라가기 위한 계단으로 변신한다. 수트 내부에는 붉은빛이 비치는 내벽만 보일 뿐 다른 건 아무것도 없다. 좌석도 손잡이도 없다. 덕분에 탑승자가 어떤 신체 구조를 가지더라도 아무런 제약이 없다.

사야는 침을 꿀꺽 삼키며 붉은 조종석을 바라본다. 미처 마음을 바꾸기 전에 모험을 좋아하는 사야가 목소리를 낸다. 지금이 바로 그 순간이야. 지금이야말로 손을 뻗어 운명을 붙잡을 때라고. 지금이 바로 꿈을 행동으로 옮길 시간이야. 수목원 4교대 직원 따위가 아니라 맹렬하고 영광스러운 종족의 일원이 되는 거야. 언젠가 이날을 되돌아보게 될 거고 그땐…

일레븐이 해맑은 목소리로 묻는다.

"인간도 다른 포로와 같은 곳에 수용할까요?"

"다른… 다른 뭐라고?"

뒷걸음질 치는 사야를 무언가가 붙잡는다. 인간 취급에 너무 흥분해 있던 나머지 위도우로서의 태세를 깜빡 잊고 있었다. 후드의 길고 구불구불한 팔이 사야의 몸과 팔을 한꺼번에 단단히 감싸고는 바닥 위로 들어 올린다. 사야는 충격과 분노에 휩싸인 나머지 입을 벌리고도 목소리를 내지 못한다.

후드는 줄에 묶인 맹수 또는 쓰레기를 다루듯이 사야를 수트 안에 던져 넣는다. 그리고 A선착장을 둘러보며 말한다.

[다음부턴 대본대로 해. 구체적으로 얘기하자면, '인간'이나 '포로' 같은 말을 넣지 말라는 거야.]

"소중한 피드백 감사합니다! 이후 행동 개선을 위해 기록해 두겠습니다."

사야가 사방으로 발길질하자 붉은 내벽에서 벨트가 여러 가닥 튀어나와 사야의 다리를 붙잡는다.

"당신을 쾌적하게 모시는 게 최우선입니다!"

일레븐은 쩌렁쩌렁한 목소리로 외치며 사야를 후드의 손아귀에서 전달받고는 먹이를 집어삼키듯 자기 내부로 끌어당긴다. 조종석 벨트는 사야의 팔다리를 험악하게 감싼다. 편하게 해주려는 건지 죽이려는 건지 알 수 없다. 일레븐은 발랄한 목소리로 덧붙인다.

"탑승자 안전 확보 과정에서 부상이 발생하더라도 이 수트에는 의료장비 풀세트가 포함되어 있으니 걱정하지 않으셔도 됩니다!"

사야는 온 힘을 다해 발버둥 쳐보지만 마치 중력과 씨름을 하고 있는 느낌이다. 이윽고 목소리를 되찾은 사야가 A선착장 전체를 울리며 말한다.

"난 시민 종족의 일원이야! 이런 건 불법이라고! 내 어머니가…"

그 순간 번뜩 떠오르는 게 있다. 도움을 줄 존재가 줄곧 곁에 있었다.

"도우미! 나 지금…"

무언가가 사야의 입을 막는다.

[잘했어. 일레븐. 가끔 네 임기응변에 놀란단 말이야.]

후드의 칭찬에 일레븐이 대답한다.

"에이브테크의 품질은 언제나 믿을 수 있죠!"

뒤늦게 나타난 도우미가 사야의 귀에 대고 말한다.

"안녕, 절친! 우리 지금 어디 가는 거야? 내가 여행을 얼마나 좋아하는데! 몰랐지? 사야의 도우미가 되기 전에 말이야, 온갖 '종류'의 여행을 다녔었거든. 너한테 들려주고 싶은 정말 끝내주는 이야기가 많이 있어."

이식형 네트워크 장치를 가질 수만 있다면 사야는 뭐든 할 수 있을 것만 같다. 그게 어렵다면 조금이라도 덜 멍청한 도우미라든가. 하지만 문득, 어머니라면 지금 자기 딸이 어디 있는지 정도는 정확히 알고 있을 것이라는 생각이 든다. 거기서 끝날 게 아니라 정거장 전체가 알고 있겠지. 사야는 몸부림치면서 벨트를 물어뜯어 보기도 하지만 턱주가리만 아플 뿐이다. 거대한 수트 속에 붙잡혀 머리끝부터 발끝까지 돌돌 감긴 사야가 움직일 수 있는 건 눈동자밖에 없다.

일레븐이 선언한다.

"화물이 침착과 안정을 되찾았습니다!"

도우미는 걱정스러운 목소리로 묻는다.

"사야? 너 또 날 무시하는 거야?"

후드가 수트를 앞으로 기울이며 내부를 들여다본다. 화학 용매와 달아오른 금속 냄새가 사야의 코와 폐를 찌른다. 길고 구불구불한 팔이 안으로 들어와서는 사야의 목을 감고 올라 얼굴을 만지작거리다가 네트워크 유닛을 뜯어버린다. 이어폰이 거칠게 뽑혀 나가면서 사야의 귀에 찌릿한 통증이 남는다.

[통신하게 내버려 두지 마.]

후드는 그렇게 말하고는 돌아서서 사야의 소중한 선물을 어디론가 감춘다.

일레븐이 외친다.

"문제없습니다!"

이상하게도 사야는 조금 전까지 있었던 모든 일보다 방금 일어난 무례한 도둑질에 더욱 화가 난다. 사야는 후드에게 욕설을 쏟아내기 위해 다시 한번 발버둥치며 입을 움직이려 해본다. 하지만 수트가 닫히면서 기회가 사라진다. 볼트가 구멍에 맞물려 돌아가면서 낮은 진동음과 무거운 둔탁음이 들린다. 수트가 완전히 닫히자 벨트가 느슨해지더니 사야의 팔과 입에서 떨어져 나간다. 이제 사야는 허리와 허벅지만 묶인 채 붉은 심연 속에 둥둥 떠 있다. 겉보기엔 평범한 탑승자의 모습이다.

일레븐이 말한다.

"탑승을 환영합니다! 탑승자 안전 확보 과정에서 불편을 드려 죄송합니다."

사야는 빨갛게 부어오른 손목을 어루만지며 말한다.

"내 어머니가 우릴 찾았을 땐 죄송한 걸로 끝나지 않을 거야. 위도우를 만나본 적이 있긴 해?"

사야는 어둡고 붉은 수트 내부를 둘러본다. 내벽에 떠오른 홀로그램 계기판을 살피다가 머리 위를 올려다보니 [수동 조작]이라고 적힌 물리 레버가 하나 보인다. 사야는 다음 동작을 머릿속으로 떠올리며 말을 잇는다.

"내가 알려줄게. 위도우는 너 같은 게 절대 함부로…"

사야의 양쪽 손목을 무언가가 가볍게 두드리더니 수트가 말한다.

"수동 조작은 삼가주세요."

사야는 이따위 하급 티어에게 생각을 읽혔다는 사실이 심히 불편하다.

"삼가 안 할 거야. 내 망할 마음대로…"

"그럼 부디 경치를 즐겨주세요!"

갑자기 벽이 투명해지며 사라진다. 사야는 말을 더듬다가 결국 할 말을 잃어버린다. 지금 일레븐이 내부에 그려내고 있는 이 완벽한 홀로그램 영상이 사실이라면 사야는 지금 후드를 '내려다보고 있는'

4미터 크기의 괴물이다. 양쪽으로는 체중을 지지하는 거대한 팔이 보인다. 이 팔 한 쌍이 가진 위력에서 사야는 눈을 떼지 못한다. 사야의 손이 수동 조작 레버에 닿기만 한다면, 사야는 가장 먼저 후드를 연기 나는 고철 덩어리로 만들어 버릴 생각이다. 그다음엔 조각난 후드의 시체 속에서 빼앗긴 네트워크 유닛을 되찾을 것이다. 그러고는…

후드가 돌아서며 말한다.

[출발할 준비해.]

세상에, 여신님. 이건 너무 사실적인걸.

"요청받은 물건의 위치는 확인하셨나요?"

일레븐이 묻자 후드는 발걸음을 멈추고 금속 긁는 소리를 내며 돌아선다. 모든 게 사야가 지켜보는 앞에서 벌어진다.

[무슨 물건?]

"파트너께서 기념이 될 만한 물건에 대해 말씀하셨어요. 지난 임무의 기념품이라고 하셨죠."

후드가 갑자기 불쾌하기 그지없는 금속 마찰음을 낸다. 사야가 눈을 크게 뜨고 바라보고 있으니 고맙게도 영상 속 후드의 평평한 얼굴 옆에 [한숨] 태그가 나타난다.

후드는 조용히 묻는다.

[그 여자애가 그랬다고?]

"그분께서는 큰 기대를 품고 있으셨던 걸로 기록에 남아 있습니다."

[기념품이란 말이지… 좋아. 내가 돌아올 때까지 여기서 기다려.]

후드는 결심이라도 한 듯 다시 돌아서더니 방금 떠올린 것처럼 한

마디 덧붙인다.

[이건 명령이야.]

"명령 접수되었습니다!"

후드는 다시 한번 한숨을 쉬고는 출발하며 말한다.

[도대체 몇 번을 이야기해야 하는 건지. 그 앤 날 죽이려고 아주 작정을 했다니까.]

사야는 이 상황을 입도 못 다물고 지켜보다가 지금까지 이렇게까지 존재감을 잃은 적이 없다는 사실을 문득 깨닫는다. 저 두 녀석에게는 사야를 납치하고 있다는 사실이 기념품을 깜빡했다는 대화만큼의 무게도 없는 것이다.

사야는 후드의 뒷모습이 충분히 멀어진 것을 확인한다. 하급 티어를 속이려면 절대 머릿속 생각을 들켜선 안 된다. 특히 이놈처럼 감이 좋아 보이는 녀석에게는. 사야는 시선이 수동 조작 레버를 향하지 않도록 조심하며 수트 내벽을 걷어차고는 담담한 목소리로 말한다.

"일레븐. 난 시민 종족의 일원이야. 이건 납치라고. 이건 불법인데다… 아주 잘못된 일이야. 이해하겠어?"

일레븐은 여전히 신경을 긁는 목소리로 대답한다.

"현재 실행 중인 명령은 '내가 돌아올 때까지 여기서 기다려'입니다. 별도의 명령을 입력하시려면 수트 소유자의 허가가 필요합니다."

이 수트의 소유자는 지금 금속음을 울리며 멀리서 뛰어가고 있다. 우물쭈물거리거나 절뚝거리지도 않고 '달려가고' 있다. 아무래도 지금의 모든 상황이 오직 한 가지 목적만을 위해 준비된 것 같다. 사야 더 도터를 속이는 것.

그리고 사야는 속았다.

후드가 [워터타워에 오신 것을 환영합니다!] 배너 아래로 사라지는 모습을 확인한 사야는 위협적인 목소리로 말한다.

"내 말 잘 들어, 일레븐. 내 어머니는…"

갑자기 몸이 거꾸로 뒤집히며 수트 바닥으로 떨어진다. 사야는 투덜거리며 힘겹게 몸을 바로 세워 앉는다. 모든 벨트가 사라졌고 사야의 몸은 완전히 자유를 되찾았다. 모터 소리와 함께 내벽이 갈라지더니 텅 빈 선착장이 다시 모습을 드러낸다. 가득하던 홀로그램 화면도 모두 사라지고 하나의 메시지만 남는다.

[도망쳐.]

그리고 사야는 쓰레기처럼 조종석 바깥으로 내동댕이쳐진다. 사야는 계단 아래로 구르다가 바닥에 떨어진다. 추락했을 때의 충격으로 숨이 턱 막힌다. 아연실색한 표정으로 뒤를 돌아보자 수트가 천천히 해치를 닫고 있다. 거대한 팔에서 힘이 빠져나가고 동체의 조명도 꺼진다. 그리고 동체 중앙에 기다란 홀로그램 배너가 나타나 흘러간다.

'해당 에이브테크 범용자율환경 시스템은 현재 작동 불능 상태입니다. 다른 제품을 이용해 멋진 하루를 보내세요.'

사야는 비틀거리며 몸을 일으킨다. 수트를 바라보며 오늘따라 유독 빠르게 늘어나는 '완전히 새로운 경험' 목록에 새 항목을 추가한다. 이거 방금…? 맞아, 그런 거야. 이 비규정 지성체는 후드 녀석과 사야 모두를 속였다. 오늘 종일 온갖 일을 겪었지만, 그중에서도 가장 이상한 일이다. 사야는 한 걸음 뒤로 물러서며 일레븐의 매끄러운 표면에 비친 자기 모습을 바라본다. 일레븐은 거대한 팔을 바닥에 고정하듯 내려놓고 있다. 방금까지 아무 일도 없었다는 듯한 모습이다. 그때 아주 짧은 순간 동안, 배너의 문자가 바뀐다.

'도망치라니까, 이 멍청아.'

사야는 이윽고 생각 속에서 빠져나와 현실로 돌아온다. 굴욕감을 느끼고 있을 때가 아니다. 다른 인간을 찾거나 따분한 삶에서 벗어날 방법을 생각할 때도 아니다. 지금 이 순간만큼은 자기 머리가 감당할 수 있는 생각이 하나밖에 없다는 사실이 조금도 부끄럽지 않다.

사야는 조용히 말한다.

"엄마."

그리고 돌아서서 정비용 해치를 향해 질주한다.

7

잠자는 위도우를 깨울 바에는 폭풍 속으로 뛰어드는 게 낫다.

정비용 드론이 짜증을 내며 자신을 집어던지는 동안에도 사야는 옛 격언을 머릿속에서 곱씹는다. 잔뜩 어두워진 기분이 사야의 설득 능력마저 갉아먹고 있다. 드론을 얻어 타는 게 이렇게 어려웠던 적이 없다. 지금까지 사야는 단 한 번도 드론에게 거절당한 적이 없었다. 하지만 방금 저 녀석을 억지로 붙잡아 거주 구역으로 매달려 오기 전까지 두 번이나 거절당했다. 덕분에 사야의 자존심이 잔뜩 움츠러든다. 하지만 집으로 향하는 복도로 이어진 해치에 손을 뻗는 순간부터, 비규정 지성체들의 굴욕적인 대우 따위는 일말의 걱정거리도 되지 않는다. 훨씬 커다란 문제가 있으니까.

예를 들어, 어머니라든가.

사야가 어둠 속에서 눈을 깜빡이며 복도로 튀어나오자 주변을 지나가던 일부 지성체들이 깜짝 놀란다. 사야는 그들의 시선을 의식하며 호흡을 가다듬고 어깨를 펼쳐보지만, 긴장이 해소되지는 않는다.

입은 바싹 마르고 한 걸음씩 디딜 때마다 손바닥이 땀에 젖는다. 누가 앞을 가로막고 있기라도 한 것처럼 천천히 터벅터벅거리며 나아간다. 사야의 뒤편 어딘가에서는 거대한 고철 덩어리로 된 현상금 사냥꾼이 사야를 쫓고 있고 지금 가는 길 앞에는 워터타워에서 가장 안전한 장소가 있다. 그럼에도 사야의 발걸음은 말 그대로 무겁기 그지없다. 하지만 한때 누군가의 딸이었다면 누구나 사야의 심정을 이해하고 동정할 수밖에 없다. 지금 집으로 돌아간다는 건 세상에서 가장 두려운 일이다. 수많은 격언들이 절대로 해서는 안 된다고 반복해서 경고하던 일을 해야만 한다.

삼자는 위도우를 깨우는 것.

그래서 사야는 자기 집 문을 눈앞에 두고도 한참 서성거리기만 한다. 숨은 가쁘고 가슴은 터질 듯이 뛴다. 사야의 집 입구 해치는 복도에 있는 다른 거주구 해치와는 달리 오렌지색이다. 경고의 사인이다. 그 망할 후드 녀석이 네트워크 유닛을 뺏어가지만 않았더라면 사야는 지금쯤 눈이 아플 만큼 크고 선명한 경고문이 문 앞에서 올라가는 걸 보고 있었을 것이다. 경고문에는 이 문을 여는 어리석은 자에게 어떤 일이 일어나도 사야의 어머니, 세냐는 어떤 책임도 질 수 없다는 내용이 아주 노골적인 묘사와 함께 담겨 있다.

위도우가 다종족 사회에서 함께 살아가기 위해서는 거주지에 반드시 이 오렌지색 문을 설치하고 경고문을 띄워야 한다. 물론 위도우가 수백만 년 동안 지금처럼 무시무시한 사냥꾼으로 진화한 건 잘못이 아니다. 10미터 이내에 접근한 어떤 사냥감도 일순간에 산산조각내는 무기를 신체의 일부로 갖고 있는 것도 세냐의 탓이 아니다. 세냐가 네트워크 사회의 일원으로 살아갈 수 있는 것은 고도로 발달한 다른 종족과 마찬가지로 본능을 통제할 수 있기 때문이다. 세냐는 의도치 않은 비극을 미연에 방지하고도 남는 뛰어난 뇌 기능을 가지고 있다.

하지만 그것도 위도우에게 의식이 있을 때나 가능한 일이다. 위도우가 자고 있을 땐 본능을 통제하는 능력도 잠든다. 대신 꿈속에서 사냥과 전투를 벌이기 때문에 억눌려 있던 살육 본능에 통제권이 넘어간다. 비극적이고 우발적인 살해가 위도우 문학의 필수 요소로 자리 잡은 이유이기도 하다.

그러니 사야가 자기 집 문 앞에서 내딛는 마지막 발걸음 하나하나가 사야의 인생에서 가장 용감한 행동이라고 할 수 있다. 몇몇 지성체가 머뭇거리는 사야를 피해서 지나간다. 지금 사야가 처한 상황을 알아보고 얼른 이곳을 빠져나가는 지성체도 있다. 어쩌면 누군가 사야에게 말을 걸었을지도 모른다. 하지만 네트워크 유닛이 없는 사야는 그들이 뭐라고 했는지 알 길이 없다. 애초에 사야는 곧 들이닥칠 미래가 어떤 모습일지 생각하느라 다른 일에 신경 쓸 겨를이 없다.

이윽고 사야가 오렌지색 문 앞에 선다. 아무 소리도 들리지 않고 눈앞은 캄캄하다. 그 걸어 다니는 고철 덩어리가 따라오고 있지만 않다면 사야는 당장 뒤돌아섰을 것이다. 정비 구역 어딘가에 숨어 카트를 타고 돌아다니며 세상이 끝나거나 어머니가 깨어날 때까지 시간을 낭비할 것이다.

갑자기 문이 열리자 사야는 그만 비명을 지르며 뒤로 자빠지고 만다. 문 너머의 어둠 속에 몸을 웅크리고 있던 악몽이 날카로운 부속지를 펼치고 면도날 같은 아래턱을 서로 부딪치며 무시무시한 소리를 낸다.

사야는 바닥에 주저앉은 채 힘 빠진 목소리로 말한다.

"일어나 있었네요."

세냐 더 위도우는 사야를 보고는 칼날 부속지를 거둔다. 부속지 하나로 사야를 가리키며 부드러운 목소리로 말한다.

"너. 방으로."

간결하기 그지없는 명령이다. 원래는 긴 문장이었겠지만 머릿속에서 무자비하게 난도질당하고 남은 잔해다. 어떤 강한 본능이 세냐 더 위도우를 잠에서 깨웠다. 직접 깨울 필요가 없어진 사야에게는 더할 나위 없는 행운이다. 그리고 다른 누군가에겐 피할 수 없는 불행이다. 사야는 한마디 대꾸도 하지 않는다. 반항할 생각은 1밀리초도 들지 않는다. 그저 고개를 푹 숙인 채 날카로운 부속지에 닿지 않도록 조심하며 컴컴한 공용 공간으로 비틀비틀 걸어 들어간다. 그나마 안전한 자기 방이 보이는 곳부터는 뛰어 들어간다. 어머니에게 들리지 않도록 입을 꾹 다물고 어둠 속에서 수동 개폐 장치를 더듬어 찾는다. 마침내 문이 바람을 가르며 닫히고 사야는 혼자가 된다.

사야는 문에 몸을 기대고 늘어지며 중얼거린다.

"도우미. 조명 좀 켜줘. 제발."

"안녕, 절친! 집에 돌아오니까 좋지? 그지?"

도우미는 천장에서 목소리를 내며 실내조명을 최대 밝기로 올린다.

사야는 대답할 힘도 없다. 사야는 집에 돌아올 때마다 문 앞에서 죽을 각오를 해야 하는 삶을 살고 있으니까. 아니, 어머니의 눈먼 본능과 칼날 부속지에 언제든 죽을지도 모르는 삶은 지금 당장 큰 문제가 아니다. 지금은 오히려 고마울 지경이다. 그 본능 덕분에 후드에게서 안전할 수 있으니까. 그 본능이 어머니를 깨우고 딸이 정거장 건너편에서 위험에 처했다는 걸 어떻게든 알린 게 틀림없다. 여신님, 위도우 본능을 내려주신 것에 감사드립니다. 그게 없었다면 상황은 더 나빠졌을 것이다. 더 나빠지기도 어려운 상황이었지만, 어쨌거나.

도우미가 말을 잇는다.

"그 커다란 녀석이 사야 유닛을 잡자마자 거기서 빠져나왔어. 아직 신고하지는 않았고. 네가 그 유닛을 그 녀석에게 준 것일 수도 있으니까. 그래도 난 일단 사야의 도우미니까 여기로 돌아와서 네가 여행을 마치고 집에 돌아오는 걸 기다리기로 한 거야. 그리고 넌 이렇게 돌아왔지. 나 제대로 한 거지? 근데 도대체 어디 갔다 온 거야? 어디 신나는 곳? 시간이 별로 지나지 않은 걸 보면 아주 잠깐 다녀온 거 같은데. 사실 내 프로젝트를 진행할 시간도 거의 없었어. 그래도 전해줄 뉴스는 있었는데 말이야…"

하지만 사야는 더 이상 듣고 있지 않다. 완전히 곤죽이 되었다. 오늘 사야의 기분은 삶의 최고점을 찍었지만, 이제 최저점으로 급격하게 미끄러져 내려가고 있다. 사야는 멀고 먼 미래를 상상하며 옵서버에게 크나큰 기대를 걸었다가… 배신당했다. 옵서버는 사야를 A선착장의 괴물에게 넘겼다. 사야를 납치해 다른 포로들과 함께 가둬둘 계획을 꾸몄다. 그리고 옵서버와 후드 모두 아직 저 바깥에 있다. 지금쯤이면 다시 사야를 찾아 헤매고 있을 것이다. 은하를 넘나드는 영웅담과는 거리가 먼 이야기다. 이 이야기의 가장 멋진 결말은 불과 몇 시간 전까지 사야가 악몽이나 다름없다고 생각했던 바로 그것이다.

하급 티어의 얌전한 삶을 이어가는 것.

"…그래서 그게 어딘지 상상도 못할 거야. 어서 맞춰봐."

사야는 고개를 든다. 도우미가 뭔가 중요한 얘기를 한 것 같다.

"무슨 얘기야?"

"새로운 인간 목격 사례를 찾았다니까! 그리고 그게 어디인지…"

뜨거운 전율이 등을 타고 흐른다.

"어디서?"

"맞춰볼 생각은 조금도 없어?"

"도우미, 어디냐니까?"

"알았어, 정말. 다른 곳도 아니고, 워터타워야! 그것도 고작 몇 분 전에! 물론 1,000년 만에 진짜 인간이 나타났을 것 같지는 않지만 그래도 가능성은 있지 않겠어? 걱정하지 마, 정보는 나오는 대로 계속 수집하고 있으니까. 그래도 짜릿하지 않아? 우리가 바로 그 현장에 있잖아! 이건 정말 멋진 이야기가 될 거야, 분명해. 음모가 있고 희생이 있고… 내가 장담하는데, 사람도 여럿 죽을 거야."

도우미는 형언할 수 없는 기쁨에서 나오는 신음을 흘려보낸다.

사야는 본능적으로 깨닫는다. 이건 우연이 아니다. 평생 아무도 사야를 알아보지 못했는데 오늘은 벌써 여러 번 들켰다. 무슨 일이 일어나고 있는 게 분명하다. 번뜩이는 직관이 사야의 뇌리를 스친다. 사야는 무릎을 꿇고 몸을 숙여 침대 아래에서 낡은 네트워크 보조구를 끄집어낸다. 그리고 긴장한 목소리로 말한다.

"도우미, 복도를 보여줘."

보조구 위로 네모난 빛이 떠오른다. 투명하고 불안하게 흔들린다. 사야가 몇 시간 전까지 사용하던 유닛에 비하면 형편없기 짝이 없다. 후드 이 망할 놈 같으니. 허공에 포털이 열리기라도 한 것처럼 복도의 모습이 나타난다. 미약하게나마 소리도 들린다. 조금 전까지 사야가 있을 때에 비하면 훨씬 북적인다. 하지만 그냥 지나가는 사람들이 아니다. 다양한 종족들이 잔뜩 모여서는 화가 난 듯 움직이고 있다. 그리고 그들 가운데엔 커다랗고 불균형한 몸을 가진…

"세상에, 여신님."

사야가 중얼거리자 도우미가 말한다.

"그래서 지금 공공 채널에선 인간 목격 이야기로 엄청 떠들썩해. 사람들 대부분 잔뜩 화가 나 있어. 그래서 더 끝내주는 이야기가 될 것 같아."

도우미는 한숨을 쉬고는 말을 잇는다.

"생존자가 좀 있었으면 좋겠는데. 그래야 더 흥미진진할 테니까, 그지?"

사야는 도우미가 지껄이는 걸 한 귀로 흘려보내며 영상에 집중한다. 저 거대한 몸뚱이는 후드가 틀림없는데 그 주변에 있는 다른 사람들은 도대체 누구지? 그리고 왜 저 사람들이 낯설지가 않을까? 혹시… 그래, 사야는 저 사람들을 안다. 저기 뒤편에서 구부정하게 서 있는 건 이웃집에 사는 아주머니인 바즈다. 그 옆에 있는 건…? 그 사람이다. 낡은 정원 관리용 차량에 사야를 태워주고는 했던 수목원 관리자. 사야에게 면접을 제안했던 것도 이 사람이다. 사야의 보모도 있다. 어머니가 잠들 때마다 사야는 이웃 거주구에 있는 보모의 아파트에 놀러가고는 했다. 사야의 목이 멘다. 하지만 눈물은 나오지 않는다.

모두 사야가 삶을 함께 나눈 사람들이다. 하지만 지금은 후드 곁에 있다. 사야 때문에 모두 여기 모였다. 사야가 위험한 동물이기 때문이다. 하지만 사야는 그들이 두렵지 않다. 슬프지도 않다. 이 느낌은… 그래, 오늘만큼은 굉장히 익숙한 감정이다. 순수하고 여과되지 않은 분노다.

도우미가 말한다.

"재밌는 거 알려줄까? 아직 100퍼센트 확실한 건 아닌데, 인간이 목격된 다음부터 모든 배의 선착 일정이 뒤죽박죽되어 버렸어. 대부분 뒤로 밀렸는데 그런 와중에 거대한 기업 항성 간 우주선 한 대가 최우선 순위가 된 거야. 엄청 서두르고 있대."

도우미는 기쁜 전율을 느낄 때의 그 소리를 또 한 번 낸다.

"이거 정말 짜릿해! 그렇게 생각하지 않아? 짜릿하지 않아?"

사야는 거의 듣고 있지 않다. 사야의 호흡이 가빠진다. 바깥에 있는 폭도들 때문이 아니다. 그들은 조금도 두렵지 않다. 그들이 사야를 덮치기 위해선 가장 먼저 세냐 더 위도우를 통과해야 하니까. 지금 사야를 사로잡은 건 더 깊고 원초적인 공포다. 잠시 뒤에야 사야는 이 감정의 근원을 깨닫는다.

어머니.

위도우의 주요 무기는 공포다. 환기 시스템을 통해 흘러 들어온 위도우 페로몬이 지금 이 순간에도 사야의 감정 밑바닥에 직접 공포를 주입하고 있다. 사야는 자기 감정을 티타늄 철벽으로 감싸듯 단단히 붙잡는다. 평생을 위도우 품에서 사랑받으며 자란 데다 종족마저 전혀 다른 사야가 이런데 저 바깥에 있는 사람들은… 그들은 공포에 질려 있을 것이다. 차라리 다행이다. 덕분에 지금은 사야에게 접근할 엄두도 내지 못할 테니까. 하지만 그렇기 때문에 그들이 배신의 대가를 치르게 될 일도 없을 것이라는 게 사야는 영 마음에 들지 않는다.

사야는 조용히 말한다.

"공용 공간 보여줘."

첫 번째 사각형 옆으로 두 번째 사각형이 떠오른다. 음향도 함께 전환되면서 혼란스러운 바깥소리도 사라진다. 두 번째 사각형은 컴컴해서 보이는 것도 들리는 것도 거의 없다. 바닥에 놓인 낡은 네트워크 보조구에 귀를 기울이니 리듬감 있게 반복되는 날카로운 소리만이 간신히 들린다. 부드럽고 마음이 진정되는 리듬이다. 공포를 유발하는 페로몬이 있다는 것만 제외하면 위도우가 딸에게 들려주는 자장가에 가깝다. 그 순간, 공용 공간을 비추는 검은 사각형 속에 희미한 붉은빛이 나타난다.

"저게 뭐야?"

도우미의 물음에 사야는 짧게 대답한다.

"엄마."

검게 빛나는 형체가 방 가운데에 자리를 잡고 있다. 부속지가 하나둘 뻗어나가더니 이윽고 완전히 펼쳐진다. 형체가 조금 움직이자 9세제곱미터의 공간을 차지하고 있는 칼날 부속지가 진동하며 부드러우면서 위협적인 소리를 낸다. 이거다. 이게 바로 어머니가 사야에게 들려준 모든 이야기 속의 그 모습이다. 위도우 전투태세. 지금 해치를 열고 들어오는 건 자살 행위다.

"들어와."

세냐 더 위도우가 나지막하게 말한다. 사야가 결코 다시 듣고 싶지 않은 목소리다.

즉시 해치가 옆으로 열리고 복도에서 긴장된 웅성거림이 흘러들어온다. 위도우의 몸 위로 창백한 조명이 내려앉으며 세냐의 단단한 갑각과 칼날에서 반짝인다.

사야는 보조구 위에 떠 있는 불안정한 영상을 유심히 바라본다. 거대한 금속 덩어리가 입구에 서 있다. 그것도 두 개. 모두 사야의 상반신보다 크고 역광에 묻혀 있다. 금속 덩어리가 기계음과 함께 뒤로 구부러지더니 그 위로 구겨진 페이스 플레이트와 네 개의 빛나는 눈이 떠오른다. 악취도 흘러 들어온다. 화학약품과 뜨거운 금속의 지독한 냄새가 방을 가득 메운 위도우 호르몬과 뒤섞이면서 사야의 눈에서 눈물을 짜낸다.

몸집이 큰 후드는 문을 통과하기 위해 몸 형태를 바꾸고 옆으로 걸어 들어온다. 안으로 들어온 후드는 접었던 몸을 펼치고 거대한 팔 하나를 지지대 삼아 상체를 앞으로 기울인다. 케이블 뭉치와 경고문이 가득 적힌 피스톤이 모습을 드러낸다. 방 안에 숨어 있는 사야마저도 그 위압감을 느낄 수 있다. 허리를 숙이고 있어도 머리가 이미 3미터 높이의 천장에 닿아 있다. 네 개의 눈이 겨우 알아볼 수 있을 만큼 살짝 밝아지더니 후드가 몸을 뒤로 당긴다. 경계하고 있는 것이라면 그나마 다행이다. 지금 후드가 서 있는 곳은 이미 경고음을 내며 전투태세에 들어간 위도우의 타격 범위 안이다.

"반갑군."

세냐 더 위도우가 말한다. 목소리는 조용하고 우아하지만 그걸 듣는 세냐의 딸은 식은땀을 흘린다. 예전에 도우미가 어떤 이야기를 들려주면서 딸을 품에 안은 채 누군가를 살해할 계획을 세우는 어머니의 목소리를 흉내 낸 적이 있었다. 방금 들은 것이야말로 바로 그런 목소리다.

후드는 침묵하며 노려본다. 그러는 동안 후드의 거대한 몸 뒤에서 몇 개의 형체가 비집고 들어와 공용 공간 구석에 자리를 잡는다. 적어도 이 녀석들은 눈앞의 광경을 보고 솔직한 공포감을 드러낼 만큼의 고상함은 갖고 있다. 세냐는 어둠 속에서 여러 개의 칼날 부속지를 연주하듯 울린다.

후드가 말한다.

[이렇게까지 하고 싶진 않았는데.]

세냐 더 위도우가 속삭인다.

"하지만 여기까지 왔지."

사야는 실망한다. 후드의 눈을 보니 그는 이미 죽음을 예감하고 있다. 단단한 페이스 플레이트 아래의 눈동자가 떨리고 있다. 사야는 내심 후드가 덤벼들길 바랐다. 그래서 위도우의 딸에게 손을 댄 대가로 어머니에게 처참히 찢어지는 모습을 보고 싶었다.

그 순간, 후드가 각오를 한 듯 금속음을 울린다. 사야의 가슴에도 기대가 차오른다. 얼른 와서 인간을 잡아봐, 이 납치범 놈아.

[그런데도 여기까지 왔지.]

후드가 말하자 세냐 더 위도우는 한숨으로 방 안을 가득 메우며 말한다.

"하아… 그래서 이 미천한 전사가 어떻게 해드리면 될까?"

사야가 보기에 후드의 모든 행동거지는 위도우를 제대로 모르기 때문인 것 같다. 세냐 더 위도우가 방금 자연스럽게 드러낸 위협에 전혀 반응하지 않는다. 후드는 오히려 신뢰를 보이고 있다. '우리 이성적으로 얘기해 보자'라면서. 마치 위도우가 자기 딸을 위험에 빠뜨린 상대에게 이성적으로 나오기라도 할 것처럼.

딸깍거리며 바람 새는 소리가 들리더니 후드의 구겨진 페이스 플레이트가 양쪽으로 미끄러져 열린다. 붉은 조명 아래로 창백하고 주름진 얼굴이 드러난다. 네 개의 눈은 플레이트 틈새로 보이던 것보다 훨씬 크다. 주변이 제법 어두운데도 후드는 눈들을 잔뜩 찌푸리고 있다. 금속으로 된 몸에 달린 얼굴이라기엔 기묘할 만큼 연약해 보인다.

후드가 말한다.

[당신 어깨 위의 부담을 줄여주러 온 거야.]

A선착장에서 본 것보다 훨씬 조심스럽고 정중한 태도다. 좋은 선택이다.

후드 뒤로 보이는 복도에는 살 떨리는 긴장이 가득하다. 네트워크는 두려움과 분노로 완전히 포화되었다. 수많은 감정이 정신과 정신 사이를 오가면서 농축된 표준어로 번역되어 흘러나온다. 이웃은 물론이거니와 워터타워 스테이션 시민에게 사야의 이름은 이제 저주와 동의어다. 여기서 끝나면 그래도 다행이다. 감정의 홍수 속에 다른 단어가 섞여 있다. 두려움과 혐오가 가득하고, 말한다기보다는 뱉는 것에 가까운 단어다.

인간.

사야는 모든 걸 보고 듣는다. 칼날 부속지 대신 손가락을 천천히 접으면서. 바깥에서 흘러 들어오는 모든 단어와 문장을 차곡차곡 쌓아 올리며 타오르는 심장에 하나씩 던져 넣는다. 다 들었어. 사야 더 도터가 말한다. 전부 다 들었어.

후드가 말한다.

[이제 다 들켰어, 위도우. '그런 걸' 여기 둘 순 없어.]

"'그 애'에게도 권리가 있어."

후드의 지나치게 큰 눈들이 위에서 아래로 차례로 깜빡인다.

[그건 허위정보로 등록된 비시민이야. 그러니 사실 아무 권리도 없어. 그러면 당신도 범법자가 되는 거고.]

사야가 미처 알아볼 틈도 없이, 후드가 재빠르게 덤벼든다. 후드의 채찍 같은 팔이 순식간에 어머니의 빛나는 흉곽을 감싼다. 어머니가 소리를 지르지만 사야에겐 거의 들리지 않는 대역의 진동수다.

후드가 말한다.

티어1

[범법자에게 자비를 베풀 생각 따윈 없어. 그렇다고 당신을 죽이고 싶지도 않아. 아직 기회가 있으니 그냥 그걸 내놔.]

바깥에선 드론이 하나둘씩 모이기 시작한다. 그들은 이 험악한 위협의 현장에 대해 서로 속삭이며 애를 태운다. 공공 채널에 평화로운 메시지를 보내고는 있지만, 차마 문을 넘어 후드 뒤로 접근하지는 못한다. 이곳에서 네트워크가 할 수 있는 일은 없다. 오로지 현상금 사냥꾼과 위도우가 해결할 일뿐이다.

사야의 어머니가 몸부림치며 말한다.

"난 그 아이의 어머니야."

방에서 이 광경을 보고 있는 세냐의 딸은 이 말이 가진 의미를 알고 있다. 어머니는 딸을 포기할 바엔 차라리 죽음을 택할 것이다. 이 자리에 대화의 여지 따위는 없다는 뜻이다.

[이성적으로 생각해. 난 이성적이야. 내 다음으로 올 녀석들은 그렇지 않을 거고.]

사야도 당한 적 있는 채찍에 저항하며 세냐 더 위도우가 말한다.

"그 아이는 물건이 아니야. 내 아이이고 내 가족이야. 내가 그 아이를 어둠 속에서 구해냈어."

3미터도 떨어지지 않은 곳에서 이 말을 들은 사야는 아연실색한다. '내가 그 아이를 어둠 속에서 구해냈어.' 이건 위도우의 오래된 격언 중 하나에서 온 말이다. 사야가 어머니에게 셀 수 없이 많이 들은 말이다. 때로는 사랑과 함께, 때로는 사야의 버릇없는 행동에 대한 독특하고 노골적인 빈정거림과 함께. '난 널 어둠 속에서 구해냈어. 그

115

리고 언제든 다시 그곳으로 되돌려 놓을 수 있지.' 하지만 지금은 왜? 세냐 더 위도우는 다른 뜻으로 이 말을 한 걸까? 자기 딸이 듣고 있다는 걸 알고 있는 걸까?

아니면 그저 사야의 지나친 생각일 뿐일까?

사야는 네트워크 보조구 앞에서 바닥에 쪼그리고 주저앉는다. 떨리는 손가락으로 네트워크 인터페이스를 펼친다. 옵션 내용을 하나하나 소리 내어 읽으며 옆으로 밀어낸다.

'내가 그 아이를 어둠 속에서 구해냈어.'

사야는 서두른다. 안전모드 해제, 확인. 이후 상황에 대해서는 본인 책임이다, 물론이지. 아니, 안전한 환경에 대한 해설 영상은 보고 싶지 않아.

공용 공간에서는 후드가 한숨을 쉬고 있다.

[나도 이러고 싶지는 않아. 하지만 바깥에 있는 지성체 녀석들이 목격자가 되겠지. 그러니 어떻게든 당신을 단념시켜야 해.]

네트워크상에 동의 표시가 여럿 나타난다. 사야는 그걸 방 안에서 지켜보며 분노를 키운다. 특히 어머니를 배신하고 현상금 사냥꾼 편에 선 모든 사람에게 강렬한 증오를 느낀다. 그들에게 무슨 일이 벌어지든 이제 아무것도 아쉽지 않다.

사야는 네트워크 오버레이를 손가락으로 튕겨낸다. 거주구를 포함한 워터타워의 모든 시설은 최대한 많은 종족이 함께 살 수 있도록 만들어졌다. 얼음물부터 끓는 물까지 어떤 온도의 물도 제공된다. 공기도 기압과 조성까지 거의 모든 수요에 맞춰 주문할 수 있다. 실내

티어1

조명은 말할 것도 없다.

공용 공간이 아무런 예고도 없이 눈 깜빡할 사이에 [태양광: F타입, 최대 밝기]로 바뀐다. 자그만 화면이 새하얀 사각형으로 변하며 눈부신 빛을 쏟아내자 사야는 눈을 돌리고 만다. 네모난 보라색 잔상이 사야의 시야에 떠오른다. 거인이 포효하고 단단한 키틴질 외피가 바닥을 치는 소리가 들리자 사야의 심장이 쿵쾅거리기 시작한다.

후드는 결코 두 번은 겪을 수 없을 실수를 했다. 위도우를 시야에서 놓친 것이다. 사야는 양손으로 귀를 덮고 침실 해치 반대편으로 뒷걸음질 친다. 두 개의 화면과 강화 소재로 된 벽 너머로 베일 듯 날카로운 비명이 새어나온다. 분노로 가득한 괴성은 사야가 견딜 수 없을 만큼 크고 높아진다. 위도우의 포효는 그 자체가 날카로운 창이자 칼이다. 모든 항성계에 있는 사냥감들의 심장을 공포로 찢어발기기 위해 영겁의 세월 동안 진화한 무기다.

이것이 위도우의 사냥 포효다.

"엄마!"

사야가 외쳐보지만 사야에게조차 들리지 않는다. 결국, 사야는 손가락으로 귀를 틀어막고 합성수지로 된 바닥에 몸을 던진다. 사냥 포효에 대해 들어본 적은 있었지만 직접 겪기는 처음이다. 울음소리는 사야의 본능에게 직접 외친다. 도망가, 숨어, 주저앉아, 그리고 죽어. 지금 사야가 할 수 있는 거라고는 바닥을 걷어차는 것뿐이다. 바닥을 파헤치고 숨어 들어가 여기서 벗어나고 싶다.

이윽고 사야는 의식을 잃는다.

("네트워크에 오신 것을 환영합니다!" 5600109c 수정판, 인텔리전스 티어 1.8-2.5, F타입 메타포)

등록소에 오신 것을 환영합니다!

지난 수 세기 동안 수많은 걱정거리가 여러분을 괴롭혀 왔을 겁니다. 그리고 이제 여러분은 자신이 우주에서 혼자가 아니라는 걸 깨달았죠! 140만 개의 지적 종족이 이 은하를 공유하고 있다는 건 어떤 사회에서든 놀랍기 그지없는 사실이죠. 충격과 경외가 지나고 나면, 여러분에게 이런 궁금증이 하나 남을 겁니다. 이렇게 거대한 사회에서 어떻게 모든 구성원을 추적할 수 있는 걸까?

답은 간단합니다. 네트워크 등록이죠.

어떻게 작동하나요?

모든 시민 종족의 모든 구성원은 네트워크에서 등록 정보를 받습니다. 이 등록 정보는 영구적이고 공적인 식별정보로, 여행이나 의사소통, 그 외 네트워크의 다양하고 유능한 기능에 사용됩니다. 여러분의 종족이 시민이 된다면, 고향 행성과 종족의 공식 명칭으로 먼저 신청을 해야 합니다. 이 명칭은 네트워크 표준어로 번역되어 네트워크에 등록됩니다. 그런데 여기서 거의 모든 신청자를 머뭇거리게 만드는 부분이 있습니다.

지구죠.

너무 흥분하지 마세요. 여러분의 지구를 말하는 게 아니니까요.

그럴 가능성도 거의 없고요. 신규 종족의 99.994퍼센트가 네트워크 표준어에서 지구*라고 번역되는 단어로 자신들의 고향 행성을 부른답니다. 종족의 이름 역시 같은 단어에서 나오는 경우가 많기 때문에 사정은 크게 다르지 않습니다. '지구인', '지구 주민', '지구족' 같은 것들이죠. 140만 종족 모두를 '지구'에서 온 '지구족'이라고 부른다면 네트워크 등록이 아무런 쓸모도 없기 때문에 모든 종족이 시민권을 보장받기 전에 새로운 종족명을 미리 준비해야 합니다.**

이 메시지에 첨부된 자료를 참고하면서 아이디어를 떠올려 보세요. 첨부 자료에는 현재 등록된 종족명 목록과 네트워크 탈퇴 또는 멸종***으로 인해 최근 등록이 해지된 종족명 목록이 포함되어 있습니다. 미리 주의를 드리자면, 처음 떠올리는 이름 대부분은 이미 수백만 년 전부터 등록되어 있을 겁니다. 그러니 여러분이 '용감한 자들'이나 '온화로운 존재', '진보적 종족' 따위를 먼저 떠올리신다면 적당한 시간 내에 결정하기 어려우실 수 있습니다.

그럼 이제 머리를 굴려봅시다!

*어떤 종족이든 처음엔 티어1 이하에서 시작하기 때문에 땅을 가리키는 말에서 유래한 평범한 단어로 자신들의 고향을 부르는 경우가 대부분이라는 건 그리 놀라운 사실이 아닙니다. 모든 종족이 다른 종족도 똑같은 방법으로 고향을 부른다는 걸 알고는 깜짝 놀란다는 사실이 더 놀랍죠.

**걱정하지 마세요! 공식 종족명과는 별도로 '지구'나 '지구족'을 뜻하는 말을 별칭으로 추가하는 것 역시 가능합니다. 어떤 종족은 공식 종족명보다 이런 별칭으로 불리는 걸 더 선호하기도 한답니다.

***종족명을 차지하기 위한 종족 간 학살 등의 부적절 행위를 방지하기 위해, 등록이 해지된 종족명은 10만 년 동안 재등록할 수 없다는 점에 유의하시기 바랍니다.

8

"일어…나."

머리 위에서 누군가 자그맣게 말한다. 목소리는 귓속을 맴도는 이명을 지나 너덜너덜한 머릿속에 이른다. 사야는 무릎을 세우며 일어나려고 하지만 곧 공기를 가득 메운 강렬한 악취에 다시 기절할 것만 같다. 위도우 페로몬과 달아오른 금속, 불타는 단열재, 새어 나온 냉각수, 그리고 정체를 알고 싶지 않은 수많은 것이 섞인 냄새. 사야는 결국 쓰러지듯 구역질을 한다.

"일어나."

다시 목소리가 들린다. 단단하고 날카로운 부속지들이 사야의 몸을 일으킨다. 지금 사야의 어머니에게 부드러움 따위는 없다.

"이걸 들고 가."

목소리가 말한다. 그러고는 사야의 어깨 위로 가방 하나를 조금의 자비도 없이 단단하게 고정한다.

도우미가 천장에 달린 스피커로 말한다.

"기업 선박이 이제 모두 정박했어. 네트워크 설명으로는 누군가를 찾고 있다는데, 누군진 대충 알 것 같아. 커다란 공지도 있었어. 누구든 이 일에 연관된다면 반드시 협력을…"

"이제 됐어, 도우미."

사야가 자리에서 일어서며 말한다. 몸은 손끝부터 발끝까지 여전히 떨리고 있다.

"기업 선박이라고?"

세냐 더 위도우가 작은 목소리로 말하면서 머리를 기울이자 세냐의 머리에 이식한 네트워크 유닛이 작동한다.

"워터타워를 탐색 중이라니? 무슨 기업이?"

"음, 어떤 심우주고고학 기업인 것 같아. 내가 금방 알아볼…"

도우미의 대답이 끝나기도 전에 세냐 더 위도우의 부속지 하나가 미끄러지더니 바닥 위로 불꽃을 일으킨다. 세냐는 불쾌한 소리와 험악한 숨을 뱉으며 바닥에 쓰러진다. 세냐의 부속지들은 붙잡을 것을 찾으며 주변을 휘젓는다. 아무리 세냐 더 위도우라도 상처도 없이 싸움을 끝내지는 못한 것이다.

"기다려, 도우미."

사야가 속삭이며 부속지의 범위 바깥으로 물러난다. 사야는 문 가장자리에 몸을 기대며 숨을 고른다. 귀에서는 여전히 이명이 울리고 있다. 자기도 모르게 어머니를 도울 뻔했지만, 어떻게든 몸을 억누른다. 어머니가 일어나려고 한다는 건 일어날 수 있다는 뜻이다. 그리고 나중에 이야기를 들려줄 것이다. 세냐 더 위도우가 몸이 몇 배나 더 큰 현상금 사냥꾼을 어떻게 혼자서 쓰러뜨릴 수 있었는지. 그리고 이야기를 할 때마다 저 상처들을 보여주고 싶어 안달을 낼 테다.

"고통을 두려워하지 마라."

사야의 어머니가 속삭이며 불안한 자세로 몸을 일으킨다.

"고통을 두려워하지 마라."

사야도 본능적으로 대답하며 힘겹게 몸을 바로 세운다. 그리고는 헛기침을 하며 말한다.

"엄마가… 그 녀석은 지금…"

어느 말이든 결과는 같다. 어머니는 죽었고 그 녀석은 죽었다. 현상금 사냥꾼은 공용 공간 바닥을 가득 차지하며 널브러져 있다. 왠지 작아 보인다 했더니 팔이 모두 몸에서 떨어져 나가고 없다. 큰 팔은 저기 구석에 있고 기다란 채찍 팔은 사야의 발치에서 경련을 일으키고 있다.

사야는 채찍 팔을 짓밟고 싶은 마음을 진정시키며 불안한 자세로 건너간다. 사야의 몸과 얼굴에 닿았던 채찍 팔의 차가운 감촉이 불현듯 떠오르자 오히려 힘이 난다. 사야는 갈기갈기 찢어진 후드의 몸을 향해 다가간다. 색깔도 점성도 다양한 체액의 강을 건너, 후드의 몸 위에 올라선다. 그곳에서 후드의 구겨진 얼굴과 절단된 튜브들을 내려다본다. 후드는 어떤 의미에서 기묘하게 아름다워 보이기까지 했다. 그렇다고 그의 이런 처지가 불쌍하게 느껴질 정도는 아니다. 이건 네 책임이야, 후드. 위도우의 딸을 건드린 이상, 이렇게 될 줄 알았어야 해.

사야의 어머니가 뒤에서 말한다.

"지금은… 즐거워하고 있을 때가 아니야."

하지만 사야는 이미 후드의 구겨진 내벽 안에서 자기가 찾던 걸 발견했다. 후드의 연기 나는 몸뚱이 속으로 쭈그리고 들어가서는 뜨끈한 금속 위로 손을 내민다. 잠시 뒤 몸을 일으킨 사야는 어머니 앞으로 돌아온다. 그리고 귀에 이어폰을 집어넣으며 조용히 말한다.

"선물 받은 걸 뺏겼었어요."

자신을 지켜준 어머니에게 감사할 기색은 전혀 보이지 않는다. 그런 건 위도우의 방식이 아니다. 위도우에게 감사는 선물이나 호의처럼 사소한 일을 위한 것이다. 목숨을 건 희생이나 적을 제거하는 일 따위의 큰일은 모두 당연한 것으로 생각한다.

"넌… 먼저 가."

세냐가 문 앞에 서며 말한다. 제대로 된 문장을 말하는 것조차 힘들어 보이지만 어떻게든 말을 잇는다.

"내가 곧 따라가서… 뒤를 지켜줄게."

사야는 이제야 여기서 무슨 일이 일어난 건지 깨닫는다. 현상금 사냥꾼의 죽음을 말하는 게 아니다. 그건 인과응보일 뿐이다. 지금 사야 발밑에 있는 건 도대체…? 사야의 목구멍 끝까지 역겨움이 차오른다. 누군가의 몸에서 떨어진 또 다른 팔이다. 보모의 팔인가? 아니면 바즈 아주머니? 수목원 관리자?

무언가 잔뜩 흘러나오는 팔의 절단면에서 미처 눈을 떼지 못한 채, 사야는 힘겹게 묻는다.

"어디로 가라는 거예요?"

세냐 더 위도우가 휘청거리며 말한다.

"다른 곳."

사야는 이제 몸을 제대로 움직일 수 있다. 앞으로 성큼성큼 걸어가서 문을 열자 건너편에 있던 시커먼 형체 하나가 쿵 하며 방 안으로 떨어진다. 사야는 깜짝 놀라 뒤로 튀어 오른다. 머리 하나가 힘없이 떨어져 나와 바닥을 구른다. 사야는 시체 위를 건너 황량하기 그지없는 복도로 나온다. 시체를 보지 않으려고 노력했지만, 시야 가장자리로 힐끗힐끗 보이는 그 모습을 못 알아볼 수는 없다. 저건 보모다. 온갖 강렬한 감정이 침투해 오지만 사야는 가장 중요한 것 하나만 머릿속에 담는다. '나는 위도우다. 내 분노는 나의 무기다. 나는 위도우다. 내 삶은 나의 것이다. 나는 위도우다. 어머니와 딸 사이에 비밀은 없고 허둥대지 마, 이성을 잃지 마, 어머니가 다쳤어, 두려움에 사로잡히면 안 돼.' 그럴 일은 없다. 위도우는 결코 두려움에 사로잡히지 않는다. 창자를 쏟아내고 죽은 보모의 시체를 밟으며 다친 어머니를 부축해야 할 때도.

천장에서 경보음이 울리고 있다. 시체 두 개를 더 발견한다. 복도로 탈출할 만큼 똑똑하기는 했지만, 의료 스테이션이나 병원 선착장까지 갈 수 있을 만큼 튼튼하지는 못했다. 온갖 종류의 체액이 개울과 폭포가 되어 사방에서 흐르고 있다. 사야는 위도우답게 이 광경을 최대한 관념적으로 바라보려고 노력한다. 지성체들 대부분이 체내에 액체를 잔뜩 머금고 있다는 게 신기하지 않아? 맞아, 그리고 보니 정말 그렇네. 그리고 전략적 측면에서 말하자면, 바닥이 이렇게 체액으로 흥건하다는 건 더 이상 위협이 없다는 뜻이야. 이거야, 이게 바로 위도우가 생각하는 방법이지. 훨씬 낫다. 정작 사야는 위도우가 아니라는 것만 빼면. 사야는 인간이고 인간은 시도 때도 없이 체액을 흘린다. 지금 사야의 눈이 그러고 있다. 사야 앞에 쓰러져 있는 적들 때문에. 그들이 사야를 배신한 이웃이기 때문에. 그들은 이런 꼴을 당해도 싸기 때문에.

하지만 눈물은 멈추지 않는다.

사방에서 엘리의 목소리가 울린다. 평소와 다른 사무적 억양이 말 끝에 묻어 있다.

"워터타워 스테이션의 주민 여러분, 방송에 주목해 주시기 바랍니다. 앞서 공지한 내용을 듣지 못하신 분들께 알려드립니다. 당황하실 필요는 전혀 없습니다. 사상자가 발생할 일도 없습니다. 사실 심각한 문제가 있는 것도 아니기는 하지만, 저희가 항상 안전을 최우선으로 하고 있다는 건 여러분도 잘 알고 계시겠지요. 여긴 워터타워 스테이션이니까요! 그러니 안심하시고 가장 가까운 에어록으로 이동해 탈출을 준비해 주세요. 남은 시간은 36분입니다."

사야는 침을 삼키고 지금 직면한 문제에 집중한다. 발밑 상황에 주의를 뺏길 때가 아니다. 사야가 의식을 잃은 동안 첫 번째 방송이 있었던 게 분명하다. 엘리는 아마 그때 지금 어떤 일이 벌어지고 있는지 설명했을 것이다. 사야는 도우미에게 물어볼까 잠시 고민했지만, 결국 그러지 않기로 한다. 지금은 그 발랄한 목소리를 듣고 싶지 않다.

문득 자신이 모든 일의 원인이 아닐까 하는 생각이 든다. 인간 목격 신고 때문에 스테이션 전체를 비워버린 걸까? 예전에도 그런 일이 있었다. 도우미가 발견한 비상 탈출 사례만 해도 대여섯 건이다.

세냐 더 위도우가 부들거리는 부속지로 복도 출구에 서며 말한다.

"서둘러. 여기서 잡히면 곤란해."

밝은 복도로 나오니 세냐의 흉부 외골격에 생긴 균열이 모습을 드러낸다. 아래턱도 거의 움직일 수 없는 상태다. 그리고 사야는 세냐의 말에서 결코 입 밖에 내지 못할 위화감을 느낀다. 어머니가 마치… 두려워하는 것 같다.

사야는 묻고 싶어 미칠 지경이다. 3미터 높이의 티타늄 외피를 가진 괴물 같은 사냥꾼을 직접 쓰러뜨린 도살자 세냐 더 위도우가 도대체 무엇을 두려워하고 있는지. 하지만 지금은 그럴 때가 아니다. 질문보다 행동을 해야 한다. 정체불명의 기업을 걱정하거나 갈가리 찢긴 이웃들을 동정할 때도 아니다. 저 시체 중엔 얼떨결에 말려든 이들도 있을 테고 아니면… 사야는 생각을 멈추고 거친 숨을 뱉는다. 시간이 없다. 36분 이내로 에어록까지 가야 한다.

어머니 세냐는 마지막 힘을 쏟아내 가장 가까운 정비용 해치로 기어간다. 사야가 해치를 열고 세냐의 몸을 힘껏 밀었더니 세냐는 저항도 하지 못하고 컴컴한 건너편으로 밀려 들어간다.

세냐는 힘겹게 목소리를 낸다.

"난 이제… 좀 쉬어야겠어."

사야는 어머니를 부축하며 말한다.

"아직 아니에요. 몇 미터만 더 가면 돼요. 거기까지만 가면 쉴 수 있을 거예요. 알겠죠?"

세냐 더 위도우는 알아듣기도 힘든 목소리로 중얼거린다.

"난 위도우야. 어머니와 딸 사이에는 어떤 비밀도…"

사야가 안쪽 해치까지 열자 워터타워 정비 통로의 소음이 세냐의 목소리를 묻어버린다.

지나가던 카트 하나가 다가와 묻는다.

[너희, 인간은 아니겠지?]

사야는 어머니를 잡아당기며 외친다.

"무슨 얘긴지 모르겠어."

[인간이 나타났다는 얘기가 있어. 사실 인간이 뭔지는 잘 모르겠지만, 모두가 엄청 무서워하니까 나도 무서워. 그래서 너희가 인간인지 아닌지 확인한 거야.]

"여긴 내 어머니야. 많이 다치셨어."

그것도 아주 심하게.

[알아. 방금 사람을 좀 죽였잖아.]

모를 리가 없다. 네트워크 드론 한 대가 알면 그들 모두가 안다.

"그렇기는 하지. 그런데…"

카트는 바닥으로 내려와 화물을 실을 준비를 한다.

[그런데 정거장은 곧 폭발할 거야. 너흰 운이 좋아. 마침 내가 해줄 수 있는 게 이런 것밖에 없으니까.]

사야는 미처 놀랄 여력도 없다. 나쁜 소식이 머릿속에 제대로 들어오지 않는 걸 봐서는 일종의 생존 모드가 된 것만 같다. 어쨌거나 이제 정거장 전체가 위험하다. 오늘 일어난 일 중에 이보다 더 극단적인 일이 있을까?

"가장 가까운 에어록까지 얼마나 가야 해?"

사야는 가벼운 여행이라도 하는 것처럼 밝은 목소리로 묻는다. 그러는 동안 사야는 어머니의 검은 부속지를 하나씩 카트 위로 들어 올린다. 세냐는 스스로 움직일 힘조차 없어 보인다.

[3분 거리야. 미리 말해두겠지만, 거기 있는 구명선은 이제 모두 떠나고 없어.]

사야의 이어폰에서 엘리가 외친다.

"여러분, 이제 24분 남았습니다! 여러분이 궁금해하실 것 같아 알려드리자면, 저는 이미 무사히 탈출해서 원더러스트라는 멋진 우주선에서 방송을 하고 있답니다. 제 지성체 코어를 모두 옮겨줄 만큼 친절한 우주선이죠."

사야는 긴장한 목소리로 말한다.

"좋아. 그럼 구명선이 남아 있는 가장 가까운 에어록까지는 얼마나 가야 해?"

[계산 중이야. 25분 거리! 가는 길 표시해 줄까?]

아니. 그런 건 하급 티어 정신체나 떠올리는 멍청한 방법이다. 사야는 문득 워타타워에 있는 모든 비규정 지성체들에게도 탈출 계획이 있는지 궁금해진다. 워타타워의 정비 통로에 있는 수만 대의 드론은 커녕, 여기 있는 화물 카트 한 대라도 태울 공간이 구명선에 남아 있을까? 구명선에 몰려드는 드론들의 하찮은 모습을 상상하며 사야는 무심코 웃음을 터뜨릴 뻔했다. 사야의 정신 속에 여전히 묘한 여유 공간이 있다는 뜻이다. 아니, 구명선은 해결책이 될 수 없다. 하지만⋯ 아직 다른 가능성이 있을 수 있다.

사야는 카트의 화물칸 가장자리로 올라탄다. 카트가 다시 떠오르며 진동하자 사야는 어머니의 머리를 자기 무릎 위에 올리고 꼭 붙잡는다.

"괜찮을 거예요."

사야가 어머니에게 말한다. 진심으로 괜찮기를 바라면서.

"우릴 발견하는 건 시간문제일 뿐이야."

세냐 더 위도우가 떨리는 턱을 가까스로 움직이자 사야는 귀를 가까이 가져간다. 세냐의 흉갑 아주 깊은 곳에서부터 덜거덕거리는 소리가 들린다.

"널 처음 데려왔을 때부터 언젠가 이렇게 될 줄 알았어. 넌 정말 끔찍한 녀석이니까.

세냐는 자그맣게 속삭이고는 떨리는 목소리로 길게 웃는다. 그러다가 숨이 막혀 다시 조용히 입을 다문다.

"여기서 탈출할 거예요. 우리 둘 다."

사야는 침착하게 말한다.

사랑하는 어머니의 머리 외골격을 받쳐 올리며 단단한 턱을 쓰다듬는다. 그리고 고개를 돌아보지 않고 말한다.

"카트. 비상 모드로 전환해. 우릴 A선착장으로 데려다줘."

9

화물 카트가 어둡고 혼잡한 복도를 거침없이 달리고 있을 때, 엘리의 목소리가 흘러나온다.

"이번 사고가 제 과실이 아니라는 것이 드디어 확인되었습니다. 덕분에 스테이션의 현재 상태에 대해 자세히 알려드릴 수 있게 되어 기쁘네요. 근처에서 얼음 운반선을 유도하는 데 문제가 좀 있었나 봅니다. 그래서 얼음이 아무래도 정거장과 충돌할 것 같네요. 하필이면 네트워크에 연결되지 않은 운반선이라서 스테이션 주민이 할 수 있는 건 탈출밖에 없습니다. 그러니까 서두르세요, 여러분! 이제 20분 남았습니다."

사야는 어머니의 흉갑을 쓰다듬으며 손가락으로 다른 상처는 없는지 찾아본다. 어머니 세냐는 지금 고통에 신음하고 있지만, 그 목소리마저 점차 약해지며 멀어진다.

사야는 어머니의 얼굴을 부드럽게 두드리며 말한다.

"엄마, 엄마. 말 좀 해봐요."

어머니 세냐가 턱을 미약하게 움직이며 묻는다.

"어떻게… 된 거야?"

사야는 날카로운 부분에 손이 닿지 않도록 조심하며 세냐의 턱을 어루만지고는 억지웃음을 지으며 말한다.

"모르겠어요. 근데 아무래도 누가 일자리를 잃을 건 분명해 보이네요."

"내 책임이야."

"말도 안 되는 소리. 엄마가 운반선 경로를 조작한 것도 아닌데."

"내가 한 거나 마찬가지야. 인간이 가는 곳엔 재난이 따라오기 마련이니까. 난 알고 있었어. 그래도 나는…"

세냐의 목소리는 혼잣말처럼 힘이 없다. 사야는 무거워지는 가슴을 숨기고 최선을 다해 밝은 목소리를 낸다.

"그건 좀 과장이 지나친 것 같은데. 이야기나 해줘요."

"난 이제… 너무 피곤하구나, 사야."

이어폰에서 엘리의 목소리가 말한다.

"여러분, 18분 남았습니다! 그리고 충돌하지 않고 지나갈 가능성도 있어요! 아주 희박하기는 하지만, 혹시나 알고 싶어 하실까 봐. 어쨌거나, 모두에게 축하의 말을 전하고 싶네요. 지금까지 사상자 수가 굉장히 적답니다. 제가 확인한 바로는 탈출 과정에서 발생한 사상자가 단 세 명뿐이에요! 정말 훌륭한 팀워크였어요!"

사야는 어머니가 좋아하는 곡을 떠올리며 말한다.

"그럼 노래라도 불러줘요. 여덟 개의 칼, 그거 듣고 싶어요."

"너… 그거 싫어하잖아."

사실이다. 사야가 어린 시절부터 싫증이 날 만큼 외워야 했던 노래다. 하지만 짧은 데다 마음을 진정시켜 주는 노래이기도 하다. 사야는 숨을 삼킨다. 의식이 옅어져 가는 위도우를 붙잡기에 가장 완벽한 노래다.

세냐는 천천히 숨을 고르며 묻는다.

"왜 널 사야라고 이름 붙였는지 알아? 난 기억이 나지 않아. 왜 기억이 나지 않을까?"

세냐의 턱이 떨리며 부드럽게 따닥거린다. 그 소리에 사야의 목이 잠긴다.

사야가 먼저 천천히 노래를 시작한다.

"세어봐. 내 칼들을…"

세냐의 단단한 아래턱들이 리듬을 타듯 떨린다. 이어 흘러나오는 세냐의 깊은 목소리가 사야의 마음을 눈물로 적신다.

"세어봐. 내 칼들을. 내 인연, 내 사랑. 말해봐. 내 생각을… 하나는 승리, 둘은 분노, 셋은… 셋은…"

"기교."

"…셋은 기교… 세월의 선물."

세냐의 흐릿한 목소리는 워터타워 순환 시스템의 소음에 묻혀 제대로 들리지조차 않는다.

카트가 거칠게 멈추며 말한다.

[A선착장 도착! 이용해 줘서 고마워.]

"멈추지 마."

사야는 카트에게 지시하고는 세냐의 날카로운 외골격에 걸린 지저분한 유틸리티 수트를 빼낸다. 세냐의 턱은 여전히 움직이고는 있지만 더 이상 무슨 말을 하는지 알아들을 수가 없다. 이젠 아무 쓸모도 없는 임무를 위해 윙윙거리며 돌아다니는 수많은 드론 소리가 어머니의 목소리를 묻어버린다. 사야는 양손으로 세냐의 날카로운 부속지를 꼭 붙잡고 있어야 하기에 얼굴 위를 흘러내리는 눈물을 미처 닦아내지 못한다. 하지만 지금은 이 눈물이 조금도 부끄럽지 않다. 약해서 흐르는 눈물이 아니니까.

사야는 어머니의 단단하고 무거운 몸을 어떻게 카트 밖으로 옮겨야 할지 고민한다. 그러다 결국 부속지 두 개를 어깨에 짊어지며 어머니를 반쯤 들고 반쯤은 질질 끌어서 온갖 종류의 네트워크 신호가 뒤섞이는 길을 지나 해치를 향해 이동한다. 가슴속에서 타오르는 어머니를 향한 사랑이 어깨에 실린 무게를 덜어준다. 지금이라면 은하계 끝까지 어머니를 데려갈 수 있을 것 같다.

뒤에서 카트가 외친다.

[살아남길 바랄게!]

세냐는 사야의 귀에 속삭인다.

"넷은 동족, 다섯은 인연. 여섯은… 여섯은…"

짧은 침묵이 무섭게 다가온다. 사야도 여섯 번째가 무엇인지 떠오르지 않는다.

세냐가 힘겹게 말한다.

"여섯은 내 아이… 욕망이 태어났네."

사야는 해치 옆에 있는 벽에 몸을 기대어 지친 몸을 다잡는다. 익숙한 느낌이다. 위도우가 잠든 방 바깥에서 용기를 잔뜩 끌어모으고 있을 때와 비슷하다. 그때처럼, 지금 저 A선착장에 무엇이 있을지 알 수 없다. 하지만 지금 서 있는 곳보다는 그나마 안전할 것이라는 생각에 사야는 힘을 내며 몸을 바로 세운다.

"이제 조금만 있으면 쉴 수 있어요, 엄마. 그래도 일단 지금은 도움이 좀 필요해요."

사야의 말에 세냐가 힘겹게 몸을 움직인다. 그러다가 세냐의 칼날 부속지 하나가 사야의 유틸리티 수트를 조금 찢는다. 살갗이 조금 찢어진 것 같기도 하다. 위도우의 칼날이 얼마나 날카로운지는 사야도 경험을 통해 잘 알고 있다. 피가 살짝 흘러나오고 나서야 뒤늦게 상처를 발견하고 통증을 느끼기 시작할 때도 있다.

세냐가 스스로 몸을 세운 덕분에 잠시나마 자유로워진 손으로 사야는 해치를 연다. 어머니의 단단한 몸이 해치를 건너 A선착장 바닥에 닿는 소리가 드넓은 공간에 메아리처럼 울려 퍼진다. 바로 이곳이다. 1,000년 만에 처음으로 살아 있는 인간이 목격되었던 장소. 여전히 아무도 없는 텅 빈 곳이다. 감사합니다, 여신님.

사야가 이곳에 온 이유는 선착장 반대편 끝에 있다. 일레븐.

선착장 지성체의 친절한 목소리가 흘러나온다.

"A선착장은 향후 지시가 있을 때까지 폐쇄 중입니다. 현재 상황이 종료된 후에도 이 선착장이 남아 있다면 그때 다시 방문해 주세요."

사야는 무시하고 어머니에게 속삭인다.

"거의 다 왔어요, 엄마. 고통을 두려워하지 마라, 알죠?"

"일곱은 두려움… 복종을 요구한다. 여덟… 여덟…"

어머니 세냐가 노래를 멈추고 숨을 삼킨다. 사야도 몸을 멈춰 세운다. 세냐의 외골격과 부속지들이 힘없이 흔들리며 서로 부딪힌다. 시야와 감각이 좁아진 탓에 목표물 말고는 아무것도 보지 못하고 있다가 뒤늦게 깨달았다. 무언가 있다. A선착장은 비어 있지 않다. 5미터 크기의 빛나는 은색 물체가 드넓은 공간 한가운데, 사야의 시선 바로 위 떠 있다. 길고 매끄러운 모양에 엔진이나 출입구 같은 건 보이지 않는다. 아주 비싸 보이는 우주선이다. 기업선처럼 보인다.

세냐 더 위도우가 말한다.

"결국 날 찾았군… 오랜 친구. 보기보다… 더 오래됐어."

천장에서 엘리가 외친다.

"여러분, 12분 남았습니다. 구명선은 다 떠난 것 같네요! 좋은 뉴스를 전해드릴게요. 이걸 말하려니 가슴이 뛰네요. C1구역은 거의 확실히 살아남을 것 같습니다. C1구역 주민들, 축하합니다! 물론 지금 제 목소리가 들린다는 건 여러분이 F구역에 있는 420명의 일부라는 거겠지만요. 비록 다른 곳에 있지만 여기 있는 모두가 여러분을 응원하고 있다는 걸 잊지 마세요!"

정거장의 목소리는 메아리치며 사라진다. 은색 우주선은 여전히 굳게 닫혀 있다. 사실 A선착장 바닥에서 3미터 위에 가만히 떠 있을 뿐, 아무것도 하지 않는다. 사야는 잠시 우주선을 가만히 바라본다.

키틴질 외골격 모서리가 어깨를 파고들고 있고, 잔뜩 긴장한 근육은 부스러질 것 같다. 우주선에 타고 있는 누군가가 인간을 찾고 있는 거라면 지금쯤 모습을 드러냈을 것이다. 아마도. 그런 와중에 사야의 어머니는 죽어가고 있고 정거장은 12분 뒤면 극적인 최후를 맞이한다. 이런 상황이 사야의 결단력을 불러일으킨다.

사야는 지끈거리는 어깨 위로 어머니를 더 들어 올린 다음, 앞으로 걸어간다. 가장 빠른 길은 우주선 아래를 지나가는 길이다. 그쪽으로 갈 수밖에 없다.

사야의 혈관에서 의지가 뻘겋게 불타오르지 않았다면 아마 끝까지 가지 못했을 것이다. 한 걸음 한 걸음이 허황된 꿈을 실천하는 것처럼 어렵지만, 그때마다 사야는 분노에 가까운 결의를 품는다. 나는 사야 더 도터다. 사야는 스스로 외치면서 힘을 얻는다. 한 걸음 한 걸음, 드론의 미로를 통과해 넓고 텅 빈 공간으로 나아가고 화려한 은색 우주선 아래를 지나간다. 배의 표면은 거울 그 자체다. 사야 머리 위에 있는 굴곡진 거울 표면에 A선착장의 왜곡된 풍경이 비친다. 그리고 그 속에서 피를 흘리는 인간 하나가 축 늘어진 위도우를 짊어지고 이동하고 있다. 그들이 지나간 길에는 두 종류의 피가 섞여 만든 기다란 자국이 남는다. 하지만 우주선은 여전히 묵묵부답이다. 정말 고맙네요, 여신님.

사야는 반대편 벽에 도착하자마자 외친다.

"일레븐!"

사야의 목소리는 A선착장에서 5초 동안이나 메아리친다.

'에이브테크의 품질은 기다릴 가치가 있습니다.'

고리 모양의 홀로그램 메시지가 수트 위에 잠깐 나타난다. 그리고 요란한 금속 소리와 함께 일레븐이 팔을 내밀고 앞으로 몸을 기울인다. 일레븐은 묵직하고 쾌활하게 말한다.

"안녕하세요! 에이브테크 R2 범용자율환경 시스템을 선택해 주셔서 감사합니다! 당신의 멋진 하루를 위해 제가 무엇을 도와드릴 수 있을까요?"

사야는 차오른 숨을 참으며 외친다. 이제 조금만 더.

"일레븐, 의료 모드로!"

"소유자의 허가 없는…"

쓰러지려는 몸을 겨우 견디며 사야가 말한다.

"네 소유자는 돌아오지 않아. 게다가 정거장은 곧 폭발할 거고."

"걱정하지 마세요! 이 수트는 어떤 감압 사고에도 견딜 수 있습니다. 그런데… 제 소유자에 대해 다시 한번 얘기해 주시겠어요?"

일레븐의 목소리가 아주 조금 달라졌다. 두 번째 만남이 아니었다면 눈치채지 못했을 만큼이다.

사야는 어머니를 안고 한 걸음 더 내딛는다.

"우리 엄마… 여기 있는 게 우리 엄만데…"

"안녕하세요, 당신의 엄마!"

"우리 엄마가…"

사야가 말을 멈추고 자기가 알고 있는 사실을 잠시 정리한다. 이수트는 그때 사야를 풀어줬다. 사야에겐 이 수트가 유일한 희망이다.

운을 맡겨도 될 것 같다.

"우리 엄마가 네 소유자를 죽였어."

일레븐의 홀로그램 고리가 여러 가지 색깔로 변하더니 마지막엔 파란색이 된다. 일레븐은 조용히 묻는다.

"후드를 죽였다고요?"

세냐 더 위도우는 지친 턱으로 긴 한숨을 풀어놓으며 힘없이 말한다.

"오랜… 친구. 아주… 오래된."

사야는 뒤에 있는 은색 우주선을 보지 않으려고 노력하며 말한다.

"엄마는 후드 때문에 다친 거야. 날 지켜주려고… 네가 날 지켜줬던 것처럼."

일레븐은 가만히 서 있을 뿐이다. 홀로그램 고리가 깜빡거리며 파란색에서 오렌지색으로 변한다. 하지만 아무런 메시지도 나타나지 않는다.

사야는 어머니가 바닥에 내려올 수 있도록 어깨와 몸을 아래로 웅크린다. 한 손을 세냐의 머리와 바닥 사이에 밀어 넣고 다른 손은 반대편으로 내밀어 떨리고 있지만, 여전히 날카로운 턱에 베이지 않도록 조심한다. 사야는 이렇게 약해진 어머니를 본 적이 없었다. 하지만 지금 어머니는 무력하다. 알에서 일찍 나온 새끼처럼 부속지를 금속 바닥 위에 힘없이 늘어뜨리고 있다. 정말 멀리까지 왔다. 이제 정말 조금이다.

사야는 일레븐의 높은 몸을 올려다보며 말한다.

"일레븐, 난 네가 사실 더 나은 녀석이란 걸 알아. 넌 날 풀어줬잖아. 날 위해 위험도 무릅썼잖아."

사야는 무언가를 깨닫고 말을 멈춘다. 사야는 지금 비규정 지성체를 조종하려고 하는 게 아니다. 솔직하게, 그리고 진심을 담아 앞에 선 대등한 인격에게 애원하고 있다. 기묘한 느낌이 든다.

"제발… 우릴 도와줘. 우릴 정거장 밖으로 내보내 줘."

사야의 희망이 목소리와 함께 사라지는 동안에도, 일레븐은 미동조차 하지 않는다. 그러다가 잠시 뒤, 익숙한 소리가 들리더니 일레븐의 반짝이는 몸이 양쪽으로 열리며 계단이 내려온다. 온몸의 상처가 유틸리티 수트에 쓸리고 있어 소리를 지르고 싶을 만큼 아프지만, 사야는 견딘다. 드디어 해냈다.

두 개의 거대한 팔이 묵직한 모터 소리를 내며 움직이자 사야는 뒤로 물러선다. 일레븐은 놀라울 만큼 섬세한 동작으로 세냐의 부속지를 옮기기 쉽게 가지런히 정리하고는 세냐를 감싸 안고 붉게 빛나는 조종석에 태운다. 내벽에서는 벨트가 튀어나와 흐느적거리는 부속지 끝을 붙잡아 고정한다.

엘리가 말한다.

"6분 남았습니다! 긴급구조함대가 저희 네트워크 통로에서 출발했고 8일 뒤에 도착할 것 같습니다. 구명선에 타셨다면 다른 걱정은 하지 않으셔도 되지만, 진공 속에서 여압복을 입고 있는 분이라면 여러분의 몸과 취향에 맞는 공기통을 충분히 확보하시는 게 좋겠네요."

어머니 세냐가 자그맣고 갈라진 목소리로 선착장의 침묵을 깨지만 무슨 말인지는 알아들을 수 없다. 사야는 눈물에 젖은 눈빛으로 웃으며 말한다.

"괜찮으니까 걱정하지 마요. 우리 둘 다 탈 수 있어요. 일레븐은 엄마를 치료해 줄 수도 있고요."

세냐가 한 번 더 뭐라고 말하지만, 이번에도 전혀 알아들을 수 없다. 사실 지금 제대로 들리는 게 아무것도 없다. 뒤편에서 울리는 낮고 무거운 소리가 조금 전부터 계속 커지고 있기 때문이다. 주변을 잔뜩 울리는 묵직한 금속음이 끊임없이 이어지고 있다.

사야가 고개를 뒤로 돌린다.

입구 중앙에서 무언가 움직인다. 기적처럼 부활한 후드도 아니고, 옵서버도 아니다. 그들 누구와도 다르다. 그것은 수은으로 된 강처럼 반짝이며 흘러다니고 있다. 사야는 비슷한 광경조차 본 적이 없다. 적절한 표현인지는 알 수 없지만, 그것이 고개를 들고 일어선다. 금색으로 된 [워터타워에 오신 것을 환영합니다!] 배너 아래를 지나가자 그것의 은색 표면 위로 가상의 불꽃이 잔뜩 비친다. 사야는 그것이 자신을 지켜보고 있다고 강하게 느낀다.

액체금속으로 된 몸이 갑자기 파도처럼 흐트러지더니 빠르게 다가오기 시작한다. 사야가 생각한 것보다 훨씬 빠르다. 사야는 어머니 세냐를 지키고 있던 일레븐 내부로 올라타고 최대한 침착한 목소리로 말한다.

"출발해."

누가 가르쳐 주기라도 한 것처럼 사야는 확신한다. 저 녀석은 사야를 노리고 있다. 이건 사고가 아니다. 지금까지 일어난 일련의 사건들의 연장일 뿐이다. 이렇게 진이 빠지고 나서야 사야는 결코 인정하고 싶지 않던 한 가지 사실을 받아들이고 만다. 오늘부로 워터타워에서의 삶은 끝났다. 사야와 어머니 세냐가 할 수 있는 건 이제 아무것도 없다.

사야는 다가오는 은색 물결을 향해 다시 한번 고개를 돌린다. 마치 홀릴 듯 아름다운 그것은 장애물과 널브러진 기계 사이를 물 흐르듯 통과하고 있다. 낮게 울리는 소리도 썩 불쾌하지만은 않다. 오히려 기분 좋은 연주 같기도 하다. 폭발하기 직전의 공기를 가득 메우는 화음이다. 사야는 그것을 향해 발을 내딛는다. 한 걸음, 두 걸음. 위도우답게 자세도 바로 세운다. 숨을 가다듬는다.

그때 사야 뒤에서 세냐 더 위도우가 갈라지고 부서진 목소리로 말한다.

"수트, 날 풀어줘."

사야가 기껏 쌓아온 목적의식이 무너진다.

"일레븐! 약속했잖아!"

일레븐은 아무 대답도 하지 않는다. 세냐를 붙잡고 있던 벨트가 풀리고 거대한 팔은 비틀어진 사야의 몸을 들어 올려 탑승용 계단 아래에 내려놓는다. 세냐 더 위도우는 잠깐 미끄러지다가도 어떻게든 몸을 바로 세우려고 노력한다. 그러는 동안 검은 액체 한 줄기가 부속지를 타고 바닥에 흘러내린다.

커다란 금속음이 선착장에 가득 울린다. 사야가 돌아보니 정비용 해치가 떨어져 나와 바닥을 구르고 있다. 벽에 생긴 커다란 구멍 건너편에서 또 다른 은색 강이 급류처럼 모습을 드러낸다. 은색 강 둘이 가까이 모이더니 그들 특유의 소리가 더 강렬해진다.

엘리가 경쾌한 목소리로 말한다.

"3분 남았습니다! 아직 F구역에 있는 분들, 여러분을 위해 일할 수 있어 영광이었습니다."

세냐 더 위도우가 이윽고 몸을 일으켜 세우며 말한다.

"사야, 내 소중한 아이. 어서 가."

사야는 손가락으로 조종석을 가리키며 조용하지만, 분노와 절망이 가득찬 목소리로 말한다.

"엄마. 당장 수트 안으로 돌아가서 처박혀 계세요."

세냐 더 위도우는 비틀거리는 걸음으로 사야 옆을 지나가며 말한다.

"한 번만 더 나한테 그따위로 말하면 널 크게 한번 혼낼 수밖에 없을 거야."

사야도 지지 않고 외친다.

"이따위로 다시 말할 기회도 없을 거라고요!"

온몸의 고통 따위는 잊은 지 오래다. 여신조차 저주할 것 같은 이 정거장에서 어머니를 내보내야 한다는 생각만 머리에 가득하다.

"수트 바깥에 있으면 죽어요. 저 녀석이랑 싸워도 죽을 거고. 엄마가 저 망할 수트에만 들어가 있으면, 우리 둘 다 탈출할 수 있어요."

어머니 세냐는 앞으로 기어가며 말한다.

"저 녀석하고는 그렇게 안 돼. 빨리 가."

사야는 은색 강에 시선을 붙들고 있으면서 무슨 말을 해야 할지 필사적으로 고민한다. 무슨 말을 해야 어머니를 구할 수 있을까? 그러는 사이 두 은색 강은 은빛 우주선 아래로 오더니 하나로 합쳐진다. 그리고 배에서 세 번째 은색 강이 흘러내리더니 아래에 있는 거울 웅덩이에 합류한다. 하나로 합쳐진 액체금속은 몸을 앞으로 일으켜 세우며 새로운 모양을 갖추기 시작한다. 위로 곧게 선 모양이 되더니 원한다면 당장이라도 사야를 향해 다가올 수 있을 것 같은 모습이 된다.

세냐 더 위도우는 부속지로 한 걸음씩 덜걱덜걱 나아가며 말한다.

"넌 위험한 존재야. 위도우의 딸보다도 더 위험한 존재지. 지금밖에 없어. 어서 가."

세냐가 고개를 옆으로 기울이자 머리에 이식한 네트워크 유닛이 작동한다.

일레븐의 거대한 팔이 사야를 뒤에서 붙잡아 들어 올리자 사야는 다시 소리를 지른다. 저항해 보지만 사야의 힘으론 아무것도 할 수 없다. 일레븐은 사야를 짐짝처럼 자기 내부에 집어넣고는 벨트로 단단히 고정해 버린다. 사야는 알아들을 수 없는 긴 울음과 비명을 쏟으며 어머니 세냐를 향해 손을 내민다. 내게 이럴 순 없어. 위도우가 이런 취급을 받을 순 없어. 하지만 일레븐은 사야의 눈앞에서 해치를 닫아버리고 뒤로 움직이기 시작한다. 수트 뒤에서 거대한 선착장 해치가 열리자 아래에 있던 금색 행성이 나타난다. 행성의 빛은 선착장 바닥을 가로질러 어머니 세냐의 몸을 감싼다.

사야는 수트 내벽을 힘껏 걷어찬다. 주먹을 휘둘러 보지만 벽에 닿기도 전에 벨트에 붙잡힌다. 이로 깨물려고도 해봤지만, 벨트에 닿지도 않는다. 바깥 풍경이 사야의 눈에 또렷하게 비친다. 보통의 지성체라면 평생 결코 두 번은 보지 못할 광경이 펼쳐지고 있다. 위도우의 전투태세다. 하지만 처음 봤을 때와는 달리 몸이 떨리고 있다. 부속지 한두 개가 말을 듣지 않는 듯 자세가 불안하다. 그럼에도 여전히 공격적인 모습이다. 일레븐과 저 거대한 녀석 사이를 지키고 있다. 딸을 위험에서 지키고 있다.

언제나 그래왔다. 세냐 더 위도우는 언제나 사야를 위험에서 지켜오고 있었다.

사야가 미처 각오할 틈도 없이 위도우의 전투 포효가 울려 퍼진다. 포효는 생명이 깃들기라도 한 것처럼 높아지면서 은색 녀석의 금속음을 쓰러뜨리듯 압도한다. 사야는 본능적으로 귀를 틀어막는다. 눈 주변에 생긴 화상 때문에 앞을 제대로 보기도 힘들지만, 그래도 사야는 눈을 감지 않는다. 어머니를 버려두고 갈 생각은 추호도 없다. 괴성과 통증이 관자놀이를 송곳처럼 파고들어도 이를 악물고 참는다.

거대해진 은색 녀석도 위도우의 포효 앞에서는 함부로 나서지 못한다. 녀석은 몸을 일으켜 세우더니 위도우의 검은 몸 위로 솟아오른다. 그리고 기다린다. 하지만 포효는 멈추지 않는다. 포효는 산산이 갈라지더니 고막을 찢을 만큼 우렁찬 위도우의 웃음소리로 탈바꿈한다. 그때 금속이 뻗어 나와 어머니 세냐의 몸을 꿰뚫고 세냐도 다친 몸이라고는 믿기지 않을 만큼 재빠르게 공격한다. 양쪽이 다시 멀어졌을 때, 세냐 더 위도우의 부속지 하나가 사라지고 없다. 그럼에도 세냐는 여전히 웃고 있다. 맹렬한 쾌감으로 가득한 세냐의 괴성이 천둥처럼 선착장을 뒤덮는다.

하지만 딸 사야는 웃지 못한다.

"엄마!"

밖으로 나가 어떻게든 도와야 한다는 생각은 가득하지만 할 수 있는 게 아무것도 없다. 손톱으로 벨트를 긁어도 보지만 이미 늦었다. 수트는 뒤쪽으로 튀어 오르더니 불꽃이 튀는 감압실을 통과해 어둠과 금빛으로 가득한 우주를 향해 나아간다.

("네트워크에 오신 것을 환영합니다!" 5600109c 수정판, 인텔리전스 티어 1.8-2.5, F타입 메타포)

선택지에 오신 것을 환영합니다!

시민권 취득을 고려하는 과정에서 네트워크 법에 융통성이 없다고 느끼는 종족도 많습니다. 예를 들어 어떤 종족은 네트워크 시민이 소유해서는 안 되는 기술을 개발했거나 이미 그 기술에 의존해 살아가고 있지요. 그렇다면 이런 생각이 들 수밖에 없겠죠. 네트워크 시민권 취득은 의무일까?

결코 그렇지 않습니다!

만약 여러분 종족이 독립적으로 발전을 이어나가고 싶으시다면 그렇게 하시면 됩니다. 그런 경우, 몇 가지 간단한 요구사항에만 동의해 주시면 여러분의 항성계는 은하 항로에서 배제됩니다. 혹시 나중에 마음이 바뀌실 땐, 네트워크에 알려주시기만 하면 됩니다.

들리는 소문은 사실인가요?

완벽한 정신 소통과 사실에 대한 즉각적인 접근성이 보장된 환경에서도 소문은 퍼져나가기 마련이죠. 그래서 여러분 중에는 시민권을 거부한 종족에 대한 이야기를 들으신 분이 계실지도 모르겠습니다. 그런 이야기에는 항상 과장이 많기 때문에 여기서는 사실만 짚어보겠습니다.

네트워크는 하나의 은하계에서 수백만 종족이 함께 어울려 살아갈 수 있는 유일한 방법입니다. 네트워크는 스스로 고쳐나가며 균형을 맞추도록 설계되었습니다. 이게 가능한 이유는 모든 시민 종족이 균형을 원하기 때문이죠. 다시 말하자면, 은하계 구성원 모두가 자발적으로 나서야 한다는 것입니다. 강제로 시민이 되거나 강제로 시민으로 남아 있는 종족이 단 하나라도 있다면 이 시스템은 무너질 것입니다. 바로 그렇기 때문에 어떤 시민 종족이든 언제든지 시민권을 포기할 수 있을 뿐만 아니라, 처음부터 시민권 취득을 거절할 수 있습니다. 다만, 두 경우 모두 다음과 같은 조건을 따라야 합니다.

- 모든 네트워크 등록을 파기해야 합니다(초광속여행 및 통신의 자유도 포함).
- 모든 네트워크 기술을 반환해야 합니다.
- 해당 종족의 구성원은 출신 항성계로 돌아가야 합니다.
- 초광속기술, 나노테크, 무기, 인공지능 등과 같은 불법기술을 개발하지 않겠다는 것에 동의해야 합니다.
- 네트워크 감시 지성체가 출신 항성계에 상주하며 상기 조건의 준수 여부를 감시하는 것에 동의해야 합니다.*

조건을 받아들이지 않으면 어떻게 되나요?

평화롭기 그지없는 은하계를 바라보며 이 평화가 오래전부터 있었던 것으로 생각하는 신규 종족들이 많이 있습니다. 하지만 절대 그렇지 않습니다. 여러분이 참가를 고려하고 있는 이 사회는 수백만 년에 걸친 전쟁과 기아, 학살의 시련 위에 세워졌습니다. 이런 비극을 더

티어1

이상 반복하지 말자는 사회적 결심에서 탄생한 것이 바로 네트워크입니다. 이후 억겁의 시간 동안 전쟁이 일어나지 않은 것은 네트워크가 전쟁의 여지를 허락하지 않기 때문입니다. 학살이 일어나지 않은 것은 네트워크가 그럴 기회를 주지 않기 때문입니다. 다양한 종족 사이에서 일어날 수 있는 수많은 범죄도 완전히 사라졌습니다. 5억 년에 걸쳐 이루어 낸 이 성과를 거부하겠다는 선택 역시 자유입니다. 하지만 만약 그 선택이 이 위대한 성과를 위협한다면, 네트워크 시민들은 문제의 종족이 다른 모두가 오랜 세월 근절해 온 것을 다시 불러일으키려 한다고 판단할 것입니다.

그때는 그 종족을 완전히 제거할 수밖에 없습니다.**

여러분의 답장을 기다리고 있겠습니다.

* 물론 이 감시 지성체는 멀리 떨어진 위성이나 소천체에만 머무릅니다. 네트워크는 터무니없는 요구를 하지 않습니다.

** 네트워크의 오랜 역사 속에서 초대를 거절한 종족은 극소수에 불과합니다. 사실 네트워크가 최후의 수단을 써야 했던 적은 지금까지 단 한 번밖에 없었습니다.

티어2

10

어머니의 죽음을 목격하고 15시간이 지났다.

그동안 단 한마디도 하지 않았다. 그렇다고 울지도 않았다. 소리
는 질렀다. 적어도 한 번은 지쳐서 의식을 잃을 만큼 외쳤다. 폭력을
행사하기도 했다. 얼굴과 손등에 피가 말라붙어 있는 건 그 때문이다.
하지만 입을 열지도 눈물을 흘리지도 않는다. 이제 말하는 일도 우는
일도 없지 않을까, 사야는 지금 낯선 복도의 깜빡이는 조명 아래에서
가만히 생각한다.

15시간 전, 사야가 우주공간을 향해 등지고 날아갈 때, 세 가지 풍
경이 사야를 둘러쌌다. 발아래에서는 거대한 가스 행성이 뿜어낸 불
길이 조용히 비명을 지르며 차갑게 얼어갔다. 등 뒤로는 별의 정원이
끝없이 펼쳐졌다. 눈앞에서는 사야의 거의 모든 기억이 담긴 기하학
적 결합체가 금색으로 빛나며 멀어져 가고 있었다. 워터타워 스테이
션 F구역이었다.

사야는 수트를 향해 욕을 쏟아부으며 일레븐을 겁쟁이에 배신자

라고 저주했다. 방금 지나온 에어록의 하얗고 네모난 빛을 향해 손을 뻗었다. 그 빛 속에서 어머니의 익숙한 그림자를 잠깐이라도 볼 수 있기를 바랐다. 저곳에서 무슨 일이 일어났든 위도우라면 살아남을 수 있을지도 모른다. 어쩌면 이 상황 자체를 제압해 버릴 수도 있고. 하지만 그때 사야의 머리 위로 모습을 드러낸 존재에게는 감히 견줄 수 없었다. 사야가 지금까지 상상할 수 있었던 그 어떤 것보다 거대한, 완전히 다른 무언가가 그곳에 있었다.

얼음선이었다.

일레븐의 내부 화면은 모든 장면 위에 각 구조물의 상세한 정보를 함께 표시해 줬다. 살기 가득한 은색 액체와 맞서며 광기 어린 웃음을 쏟아내는 위도우를 뒤로하고 사야와 일레븐이 빠져나온 곳은 [A선착장]이라고 나타난다. 오른쪽으로 멀리 떨어진 곳에 모여 있는 육면체 집단은 [거주구]다. 사야의 이웃들이 아직 저곳에 있다. 지금 이 순간에도 굳어가는 체액에 뒤덮인 채 눈을 부릅뜨고 합성재질 바닥 위에 널브러져 있을 것이다. 그 아래에 있는 돔은 [수목원]이다. 어머니가 잠들 때마다 사야가 수많은 오후를 보냈던 곳이다. 그리고 아득하게 길고 거대한 얼음선이 날카로운 머리를 칼처럼 휘두르며 관통하고 있는 곳은 [핵반응로B]다.

워터타워는 폭발하지 않았다. 그저 조용히 사라졌을 뿐이다. 구조도 형태도 모두 잃으며 분자 단위로 해체되었다. 일레븐 내부까지 눈부신 빛이 쏟아졌고 사야가 가까스로 다시 눈을 떴을 땐 정거장은 흔적도 없이 사라진 뒤였다. 얼음선은 아무 일도 없었던 것처럼 거대한

티어2

곡선 궤도를 그리며 나아갔다. 앞부분 몇 킬로미터 정도가 사라지기는 했지만, 그 외엔 상처 하나 없었다. 사야가 알고 있던 세계의 모든 것이 그렇게 사라졌다.

이후에 일어난 일은 사야도 거의 기억하지 못했다. 어떻게든 다른 우주선으로 들어온 건 틀림없다. 지금 그곳에 있으니까. 일레븐의 외벽이 열린 순간 흘러 들어온 얼음장 같은 공기에 몸이 깜짝 놀란 것은 기억난다. 낯선 두 존재가 자신을 수트에서 꺼내고 차가운 사다리 위로 옮긴 것도 어렴풋이 떠오른다. 사야는 그들에게 몸을 맡겼다. 달리 할 수 있는 것도 없었으니까. 둘 중 하나는 덩치가 컸고 다른 하나는 사야와 몸집이 비슷했다. 덩치가 큰 쪽은 사야에게 무인가 고맙다는 말을 반복했다. 하지만 사야는 그냥 자신을 혼자 내버려 뒀으면 했다. 결국, 그들은 사야가 바라던 대로 해준 듯하다. 정신을 차렸을 땐 텅 빈 방 바닥에 혼자 누워 있었으니까. 벽에는 2층 침대가, 한쪽 구석에는 표준 규격의 위생시설이 있는 방이었다.

사야의 기억이 맞다면, 그때부터 비명을 지르기 시작했다.

비명과 자해. 리퍼호號인지 타이달호인지 하는 이 지옥 같은 우주선에 대한 인사였다. 하지만 지금은 그럴 의욕마저 완전히 사그라졌고, 그 대신 뇌의 다른 부분이 사야를 지배하면서 삭막한 평화가 찾아왔다. 어떻게 되든 상관없어. 뇌의 어느 부분이 그렇게 속삭인다. 처음부터 모든 게 아무 상관 없었다고 말한다. 어디론가 사라지는 편이 좋아. 당분간은 생각도 하지 말고. 어서 가. 이따위 감정에 빠져 있을 바엔 아예 아무것도 느끼지 않는 편이 좋잖아. 아주 논리적인 판단이지.

어서 가라니까.

사야는 속삭임이 시키는 대로 했다. 그래서 지금 여기까지 왔다. 피투성이가 된 손가락으로 이 우주선의 등뼈 [백본backbone]까지 올라왔다. 네트워크 오버레이 화면은 이곳을 그렇게 불렀다. 이 흉측한 우주선의 모든 선착장은 수직 통로와 금속 사다리, 격자 모양 바닥으로 연결되어 있다. 사야 앞에 해치가 하나 있지만, 그 너머 공간에는 일말의 관심도 없다. 퀴퀴한 공기가 기계적으로 흐르면서 사야의 얼굴에 맺힌 땀을 증발시키고 엉망이 된 앞머리를 흔든다. 환기구가 윙윙거리는 소리와 낡은 조명이 점멸하는 소리가 뒤섞여 사야의 귀를 간지럽힌다. 귀로는 들을 수 없는 핵반응로의 진동이 사야의 부츠 바닥을 통해 전해진다. 이 모든 것들이 뒤섞여 사야의 뇌 속으로 들어온다. 운항하는 낡은 우주선의 심장 소리다.

왜 여기까지 왔는지는 사야도 모른다. 어디론가 가지 않으면 미쳐버릴 것 같았다는 것 말고는 기억이 나지 않는다. 사야는 부츠 끝을 바라보다가 사다리 아래를 내려다본다. 격자 모양 바닥의 구멍 사이로 3층 아래에 있는 오렌지색 여압 문이 보인다. 허리뼈라니, 그럴싸한 이름이다. 해골처럼 텅 비어 있지만, 주변 구조물을 잘 지지해 주고 있다. 병에 걸린 것처럼 보이기도 한다. 이 몸의 주인은 마치 뼈암에 걸리고도 치료를 거부한 것 같다. 워터타워였다면 모든 사다리를 감싸고 있었을 안전장치가 이곳에선 모조리 떨어져 나가고 없고 사다리 주변 바닥에는 커다란 구멍이 뚫려 있다. 사야는 후드 짓이 틀림없다고 생각한다. 그 거대한 몸으로는 이곳에 원래 있던 자그만 구멍들을 통과할 수 없었을 테니까. 어쩌면 사야를 방으로 데려왔던 그 덩치 큰 녀석일 수도 있다. 격자 모양 금속 바닥을 찢어 구멍을 남기는 취미를 가지고 있다고 해도 이상할 것 없는 모습이었으니까. 그것도 아니라면 이제 아무래도 상관없다고 뇌의 어둡고 부드러운 부분이 말한다. 네 엄마는 죽었어. 집은 사라졌고. 이제 모든 게 아무래도 상관없어. 어서 가.

사야는 의식적으로 기계적인 숨을 내쉬며 자기 몸에게 말을 건다. 좋아, 이제 사다리를 타고 내려가는 거야. 한 손으로 먼저, 그리고 양손으로. 두 손을 차례로 교차하면서. 한 발, 그리고 다른 발. 하나씩 내려갈 때마다 금속이 울린다. 미끄럼 방지 페인트가 남아 있어 꺼끌꺼끌한 손잡이는 잡을 때마다 차갑고 단단하다. 머리가 격자 모양 바닥 아래로 내려가자 벽에 있는 안전문이 보인다. 네트워크 유닛이 층과 층 사이의 [정비 구역]이라고 알려준다. 크기가 작아서 들어가려면 잔뜩 수그려야 하지만 사야는 신경 쓰지 않는다. 어차피 문은 닫혀 있고 봉인되어 있는 데다 사야의 등록 정보로는 아마 열리지도 않을 것이다.

몇 미터 더 내려가자 [선실 구역]에 도착한다. 어두운 통로가 우주선 뒤편까지 이어지다가 [조리실]에서 끝이 난다. 조리실에는 사야가 먹을 수 없는 음식으로 가득하다. 통로 양편에는 똑같이 생긴 해치가 늘어서 있는데 그중 하나에 할퀸 자국이 남아 있다. 덩치가 큰 녀석이 남긴 게 틀림없다. '머'. 그게 그 녀석 이름이다. 그 녀석이 사다리 위로 사야를 옮기는 동안 몇 번이나 그렇게 말한 게 기억난다. 그 녀석은 말을 아주 천천히 했다. 사야가 바보라도 되는 것처럼. 딱히 새로운 사실도 아니지만.

이제 사야는 바닥에 달린 오렌지색 문 바로 위에 있다. 사야는 마지막 남은 힘을 짜내면서 팔을 뻗어 그 옆에 있는 개폐 버튼을 누른다. 팔을 거두자 그곳에 피가 묻어 있다는 걸 깨닫는다. 기계음과 낡은 베어링이 굴러가는 소리가 들리더니 해치가 반으로 갈라진다. 사야는 이제 심연으로 향하는 구멍 위에 매달려 있다.

어서 가.

자신을 이곳으로 끌어당기고 있는 존재가 무엇인지 궁금하다. 사야의 뇌 속 검은 부분은 저 아래에 있는 창고에서 도대체 무엇을 찾으려는 걸까? 지금은 그 검은 부분이 사야의 몸을 움직이고 있기 때문에 불안조차 바깥으로 드러낼 수가 없다. 사야가 한 손으로 매달려 있는 동안, 다른 손이 네트워크 유닛을 머리에서 벗겨낸다. 마치 바깥에서 스스로 관찰하고 있는 느낌이다. 그 손은 이어폰도 귀에서 뽑아버린다. 떨어져 나온 이어폰은 내부에 있는 자석 덕분에 프로젝터 유닛에 달라붙는다. 사야는 이어폰을 사다리에 두 번 감아 걸어둔다. 어머니가 준 소중한 선물은 사다리에 매달려 백본의 깜빡이는 빛을 조용히 주변으로 반사하고 있다. 뇌의 조금 더 조용한 부분이 말한다. 저걸 손에 넣으려고 얼마나 많은 고생을 했는데, 저렇게 걸어두고 떠나겠다고?

사야는 아래로 내려간다. 우주선 위에 모여 있는 따뜻한 공기층을 지나 창고로 내려가자 마치 얼음물에 뛰어든 것처럼 차갑다. 너무 차가운 나머지 창고에서의 첫 숨은 새하얀 기침으로 터져 나온다. 사야는 거칠게 목을 가다듬고는 침을 뱉는다. 잠시 뒤, 얼어붙은 침이 바닥에 부딪혀 튀어 오르는 소리가 들린다. 경험한 적 없는 추위다. 하지만 몸을 사릴 상황이 아니다. 사야는 창고 쪽 해치의 스위치를 누른다. 불쾌한 기계음이 울려 퍼지면서 백본의 온기와 빛이 사야의 눈앞에서 사라진다.

창고 바닥에 닿기도 전에 사야의 몸은 감당할 수 없을 만큼 부들부들 떨고 있다. 5미터 더 내려가자 두 손이 딱딱하게 굳어 더 이상 말을 듣지 않는다. 사야는 사다리에서 내려와 바닥에 있는 에어록 입구 위에 올라선다. 우주의 진공과 사야 사이에 존재하는 마지막 상벽이다. 양쪽으로는 긴 터널이 이어져 있다. 천장까지 닿는 수천 톤짜리 얼음에 생긴 균열이다. 이 얼음은 워터타워에서 생산된 것이다. 아마 마지막 화물일 것이다. 현상금 사냥만으로는 수지타산이 맞지 않았나 보다. 사야는 매끄러운 얼음 표면에 손을 대어본다. 하지만 이미 얼어붙은 손은 아무 감각도 전해주지 못한다.

평소의 사야가 보고 있다면 모든 것을 포기한 듯한 자기 모습에 깜짝 놀랐을 것이다. 손가락은 이제 제대로 굽지도 않는다. 뇌의 어두운 부분은 그따위 일은 문제가 아니라고 말한다. 물론 마음속 아주 작은 부분은 걱정하고 있다. 하지만 어두운 부분이 덧붙인다. 그 정도야 자연스러운 현상이잖아. 그 정도는 무시해 버려. 아무 문제도 없어. 아무 상관도 없으니까. 그냥 이대로 있으면 돼.

사야는 바닥에 주저앉는다. 바닥은 고통스러울 만큼 차갑다. 다리를 꼬고 양손을 무릎 위에 올린다. 종아리 아래에서 신경이 불타는 듯한 느낌이 들다가 곧 잠잠해진다. 수트의 발열장치가 미약한 온기를 뿜어낸다. 언제까지 이어질까, 사야는 문득 궁금해진다. 발열장치는 약간의 쌀쌀함을 달래주기 위한 물건이다. 지금 이곳의 살인적인 추위는 조금도 달랠 수 없다.

투명하게 얼어붙은 정적 속에서 이제 사야 자신의 숨소리도 들리지 않는다. 고통도 없다. 미래도 없다. 아직 식지 않은 몸에서 흐릿하게 피어오르는 하얀 증기가 서로 얽히면서 어둠 속으로 사라지는 모습을 바라볼 뿐이다. 마음도 머리도 텅 비었다. 몸의 감각도 조용해지고 멀어진다.

완벽한 정적은 아니다. 사야의 호흡은 여전히 규칙적이다. 바닥은 거대한 추진력 덕분에 아직도 낮게 진동하고 있다. 이 항성계에서 가장 낡은 우주선을 움직이려면 그만큼 힘은 필요한 법이다.

이 두 소리 사이로 부서질 듯 미약한 다른 소리 하나가 멀리서 반복된다. 어디서 들리는지는 알 수 없지만, 왠지 익숙한 소리다. 다시 들린다. 소리가 조금 커졌다. 무슨 소리지?

상관없어. 뇌의 어두운 부분이 말한다. 아무 상관 없어. 그냥 이대로 있으면 돼.

얼음 색깔이 달라지고 있다. 온도 스펙트럼을 따라 검푸른 색에서 보라색으로, 그리고 마침내 흐릿하고 따뜻한 붉은색이 된다. 다시 소리가 들린다. 반복될수록 커진다. 사야는 멈추려는 머리로 억지로 생각한다. 저건… 그건가?

사야 자신의 이름이다.

몸 안 깊은 곳에서 무언가 깨어난다. 분노가 다시 뜨겁게 타오르기 시작하면서 이미 죽은 것이나 다름없던 두 다리를 깨운다. 차갑게 굳은 근육 때문에 아직 휘어진 몸을 당장 펼치지는 못하지만, 사야는 이미 제정신을 차렸다. 이제 순수한 분노로 가득하다. 현실이 사야를 배신했다. 어머니와 집을 잃었다. 남은 건 네트워크 유닛뿐이다. 사야 자신의 망할 정신마저도 몸을 얼어붙은 창고에 버리면서 사야를 망가뜨리려고 한다. 하지만 사야는 죽지 않았다. 아직은 아니다. 심장은 여전히 뛰고 있고 세포는 여전히 물질대사로 에너지를 만들고 있으며 여전히 공기를 마시며 숨을 쉬고 있나. 추방된 셋일 수도 있다. 누가 타고 있는지 알 길이 없는 이 낡은 싸구려 우주선에 어머니도 없이 혼자, 아무런 계획도 없이. 하지만 솔직히 여기서 더 바랄 게 뭐가 있을까?

난 사야 더 도터, 세냐 더 위도우의 딸이다. 오늘만큼은 결코 죽지 않는다.

사야는 다시 바닥에서 몸을 일으킨다. 금속 철판 위에 무릎을 세우고 한쪽 팔로 사다리 손잡이 하나를 붙잡는다. 무언가 짭짤한 것이 목 뒤로 넘어간다. 뱉어내려고 하지만 입술이 움직이지 않는다. 삶에는 극복할 수 없는 장애물도 해결할 수 없는 문제도 결코 없다는 생각이 문득 떠오른다. 하지만 자기 스스로 얼어붙은 창고에 갇히고 아무도 이곳을 모르는 상황이라면 아무래도 예외일 수밖에 없다.

"도우미."

속삭여 보지만 네트워크 유닛은 닿을 수 없을 만큼 높은 곳에 두고 왔다. 사야의 어두운 마음이 이겼다. 이게 그 결과다.

사야는 사다리를 밀치며 물러난다. 그러고는 손과 무릎 위로 다시 머리를 숙이며 주저앉는다. 뜨거운 분노의 불길이 불안하게 흔들리지만, 아직 꺼지지는 않았다. 아름답고 날카롭던 손톱은 어쩌다 이렇게 되었나? 손에는 왜 말라붙은 피가 가득한가? 어디선가 소리가 또 들린다. 물방울이 떨어졌다가 순식간에 얼어붙는 아름다운 소리가 이어진다. 여긴 물방울이 떨어지기엔 너무 추운 곳일 텐데. 사야를 부르는 소리가 다시 한번 들린다. 사야는 자기도 모르게 그곳을 향해 기어간다. 사다리에서 멀어져 얼음 터널 속으로 들어간다. 사나운 보라색 얼음이 따뜻한 붉은색으로 변해간다. 잘 기억해 뒀다가 고향에 편지를 보낼 때 꼭 떠올리고 싶을 만큼 강렬하고 화려한 모습이다. 너무나도 깊은 색깔의 향연에 길을 잃어버릴 것만 같다. 날숨은 얼음에 닿을 때마다 그 자리에서 얼어붙는다. 그런데 숨소리는 왜 이렇게 크게 들리는 걸까?

이건 아니야. 분노가 다시 스며 나온다. 위도우는 이런 식으로 죽지 않는다. 인간에 대해선 잘 모르지만, 그들도 분명 첫 시도부터 이렇게 얼어 죽겠다며 포기하지는 않을 것이다.

그런데 잠깐만. 왜 이렇게 화가 치밀어 오르는 걸까? 왜 이렇게까지 계속 나아가야 하는 걸까? 알 수 없다. 하지만 상관없다. 지금 여기서 죽는다면 모든 게 끝나버릴 테니까.

여기서 드러누울 생각은 없다. 절대로. 나는 세냐 더 위도우를 등에 업고 워터타워의 절반을 가로지른 사야 더 도터다. 이 씁쓸한 기억

티어2

이 사야의 마지막 남은 힘을 긁어모은다. 사야는 다시 한번 몸을 일으켜 세우고 움직인다. 그리고 이 낯선 세계에서 드디어 무언가 익숙한 것을 발견한다. 창고 바닥에 움푹 들어간 곳이 있고 거기엔 얼음 대신 크고 반짝이는 기계 덩어리 하나만 어둠 속에 덩그러니 놓여 있다. 열린 틈으로 보이는 내부는 붉은빛으로 가득하고 눈부신 보라색 홀로그램 고리가 얼어붙은 어둠 속에서 빛난다.

"일레븐?"

사야가 말을 걸어보려고 하지만 혀가 말을 듣지 않는다. 입술은 움직이지 않는다. 자꾸만 달라붙으려고 하는 눈꺼풀을 힘겹게 깜빡이며 사야는 여압 수트 위 떠오른 홀로그램 고리의 메시지를 읽는다. 홀로그램 고리의 빛이 얼어붙은 표면에 반사되면서 수많은 보라색 빛이 주변으로 뻗어나간다. 조금씩 뒤틀려 있기는 했지만 모든 빛이 같은 단어를 말하고 있다.

"사야."

사야는 마침내 더 이상 움직이기를 포기하고 차가운 바닥 위로 무너져 내린다. 바닥 표면의 돌기에 얼굴이 긁혀도 사야는 아무것도 느끼지 못한다. 사야의 몸속은 분노로 가득하다. 하지만 이 은하계에 있는 모든 분노를 끌어모아도 지금 이 몸을 움직일 수는 없다.

사야는 졌다.

그때 누군가 사야의 몸을 바닥 위로 들어 올린다. 누가 들어 올렸는지는 알 수 없다. 하지만 일단 마음에 들지는 않는다. 내려달라고 외치고 싶었지만, 목소리와 단어들은 사야의 뇌와 혓바닥 사이 어딘가에서 뭉치지 못하고 사라져 버린다. 감긴 눈꺼풀 너머로 희미한 붉은빛이 보인다. 위에서 뜨거운 공기가 내려온다. 피부가 불타버릴 것처럼 뜨겁다. 차갑고 단단한 팔이 사라지고 부드럽고 따뜻한 팔이 그 자리를 대신한다. 그 팔들은 사야를 덮어주듯 감싸고 몸을 일으켜 세운다.

팔들이 사야의 상처를 마사지하기 시작하자 닿는 곳마다 전신을 울리는 격렬한 통증이 퍼지고 사야는 울음을 터뜨린다. 바깥쪽 어디선가 금속이 부딪히는 소리와 기계음이 들리더니 삽시간에 냉기가 사라진다.

이제 자기 것처럼 느껴지지도 않는 몸이 위로 떠오른다. 일레븐이 중력장을 조절하자 사야의 두 손이 허공에서 흔들린다. 사야 내면의 무언가가 단단히 조여드는 벨트에 저항하며 거칠게 몸을 움직인다. 사야의 정신이 말한다. 이건 꿈이야. 틀림없어. 누군가 날 꼭 안고 있잖아. 그럴 수 있는 건 엄마밖에 없어.

아직 주먹은 쥘 수 없지만, 눈은 단단히 감고 있을 수 있다. 사야는 따뜻한 공기를 가슴 가득 마시고는 팔다리를 이리저리 움직여 본다. 위도우 동작이 절반이고 나머지 절반은 아무 의미도 없는 움직임이다. 일레븐의 벨트가 사야의 머리카락과 허리를 쓰다듬는다.

그리고 머리 위 어디선가 부드러운 소리가 흘러나오기 시작한다. 어머니 위도우가 자기 딸을 달래줄 때 내는 가늘고 딱딱한 속삭임이다. 사야의 호흡이 그 소리를 따라간다. 마음속 어딘가에서 무언가가 활짝 열린다. 목이 아플 만큼 커다란 울음을 터뜨리며, 사야는 워터타워를 추모한다.

11

자율 여압 수트 속에서 정신을 차리는 건 멀쩡한 상태에서도 썩 좋은 경험이 아니다. 중력은 약하고 발은 바닥 위에 붕 떠 있다. 불편한 곳만 골라 묶은 듯한 벨트 때문에 팔다리 절반에 감각이 없다. 수트 내부 모습은 홀로그램 영상에 가로막혀 보이지 않는다. 혼미해진 감각 때문에 마치 유체이탈이라도 해서 1.5미터 높이에 둥둥 떠 있는 느낌이다.

저항을 포기하고 나니 사야는 벨트가 있어서 그나마 다행이라는 생각이 든다. 벨트가 손목을 단단히 붙잡고 있는 덕분에 손가락을 덮은 치료용 스프레이 붕대를 뜯어내지 않고 넘어갈 수 있으니까. 수면제를 먹고 깨어난 게 분명한 몽롱한 정신 속에서 사야는 집중력을 최대한 끌어모아 손가락을 바라본다. 불평할 수 있는 상황은 아니다. 손가락은 생각보다 괜찮아 보인다. 다치긴 했지만 움직일 수는 있다. 그리고 아직 살아 있지 않은가? 지금까지 있었던 일을 생각하면 이 정도면 충분히 감사할 만한 수준이다. 따뜻하고 살아 있고 모든 팔다리가 아직 붙어 있다. 그리고…

 그런 진지한 고찰같은 건 좀 나중에 하면 안 될까? 사야의 몸이 끼어들며 신호를 보낸다. 생리적 욕구다. 할 수 없지. 무슨 일이든 순서가 있는 법이니까.

 "저기…"

 사야는 말을 하려다가 자기 목소리에 놀라 입을 멈춘다. 지금까지 들어본 적 없는 불쾌하고 낮은 목소리다. 목에 입은 화상의 고통을 견디며 침을 삼키고 다시 말한다.

 "저기, 내 방으로 돌아가고 싶어."

 수트가 곧장 대답하지 않자 사야는 붕대가 감긴 한쪽 손을 내밀어 내벽을 만진다. 어떤 성격의 일레븐이 반응할지 알 수 없다. 기능 뽐내길 좋아하는 흥겨운 일레븐일까, 자기 홍보물 읽기를 좋아하는 명랑한 일레븐일까? 아니면 이번까지 포함해 사야의 목숨을 두 번이나 구해준 일레븐일까?

 일레븐이 묵직한 목소리로 말한다.

 "당신의 지성체를 담은 몸이 생물학적 폐기물을 만들어 내나요? 생리적 욕구 때문에 진행 중인 임무를 중단할 때마다 지긋지긋한가요? 에이브테크 UAE는 완벽한 폐기물 관리 기능을 제공합니다. 수분 재활용부터 시작해…"

 "일레븐, 더러운 얘기 하지 마."

 "이 비규정 지성체는 결코 그런…"

 "후드는 잘 속여 넘겼더라도 날 속일 수는 없어. 넌 날 구했잖아.

두 번이나. 난 알아. 넌 남들이 생각하는 것처럼…"

사야는 말을 멈추고 적당한 단어를 고민한다. 그러는 사이, 보라색 얼음 풍경 위로 일레븐의 메시지가 떠오른다.

[바보가 아니다?]

사야의 건조해진 얼굴에 자그만 웃음이 떠오른다. 사야가 찾고 있던 바로 그 성격의 일레븐이다.

"글쎄, 그런 단어를 쓰려고 했던 건 아닌데. 그리고…"

[그리고 이번이 세 번째입니다.]

사야는 기억을 돌려본다. 그렇네, 이번이 세 번째네.

"좋아. 넌 날 세 번이나 구했어. 그리고 누구라도 몇 번이나 생명을 구해준 은인의 몸 안에서… 그러고 싶지는 않을 거야."

[당신 방에 있는 위생시설하고도 곧 안면을 트게 될 텐데요.]

"그렇긴 하지… 하지만 그 녀석은 정말 바보거든. 티어가 1…"

사야가 말을 끊자 일레븐이 이어 말한다.

[1.75?]

"아니, 다시 말할게. 난 널 위생시설처럼 다루고 싶지는 않아. 난 널 내…"

[당신의…?]

사야는 말을 멈추고 단어를 고민한다. 하지만 곧 사야의 몸이 끼어들어 지금 그럴 상황이 아니라는 걸 알려준다.

"있잖아, 이 얘긴 다음에 하자. 나 지금 정말 급하다고."

잠시 아무런 메시지도 나타나지 않는다. 사야의 몸이 한계에 이른 순간 마침내 일레븐이 말한다.

[감사합니다.]

벨트가 사야를 바닥에 내려주고는 벽 속으로 사라진다. 바깥 환경에 맞춰 수트의 중력이 달라지자 사야의 몸이 휘청거린다. 저중력 환경에서 제법 오랫동안 지낸 것 같다. 사야는 벽에 몸을 기대고 다리를 주무른다.

사야는 짧은 정적을 끼우고 말한다.

"좋아. 준비됐어."

무거운 금속음이 부츠 바닥을 연달아 울리더니 수트가 반으로 갈라지며 살을 에는 냉기가 쏟아져 들어온다. 그제야 사야는 깨닫는다. 실내에 머무르는 것이 의심의 여지 없이 현명한 선택이다. 사야의 생존본능이 다시 돌아와 제 기능을 발휘하며 다른 욕구를 제압한다.

"근데 아무래도 말이야…"

그 순간 사야는 수트의 계단 아래로 밀려 떨어진다. 오늘만 벌써 두 번째다. 무거운 중력을 견디며 어떻게든 넘어지지 않고 내려온다. 발열 코일을 몸 양쪽에 끼고 팔로 몸을 감싸며 일레븐을 돌아보니 이미 입구가 닫힌 뒤다.

"정말 끝내주네!"

사야가 이를 달그락거리며 외치자 일레븐이 말한다.

"에이브테크 범용자율환경 시스템을 이용해 주셔서 감사합니다! 서비스에 대한 의견이 있으시다면 꼭 알려주시기 바랍니다!"

의견이야 있고말고. 사야는 위도우의 험악한 욕설 동작으로 의견을 보낸다. 그러자 일레븐은 자그만 다기능 팔로 사야의 동작을 완벽하게 따라 하며 화려한 노란색 메시지를 띄운다.

[너야말로.]

얼음 터널은 최악의 장소였다. 적어도 사다리에 도착할 때까지는 그랬다. 사다리야말로 최악의 장소였다. 사다리를 다 오르기 전까지는 그랬다. 사다리 끝에서 천장에 있는 스위치를 세 번 두드린다. 붕대를 감은 손으로 사다리를 붙잡고 부들부들 떨며 결국 여기서 끝나는 걸까 생각할 때, 해치가 요란한 소리를 내며 열리고 사야는 곧장 따뜻한 우주선 상부를 향해 오른다. 이번에도 죽을 것 같은 예감이 든다. 하지만 사야의 발밑에서 해치가 닫히사 푸른빛은 사라지고 따뜻한 공기가 사야를 감싼다. 이곳이야말로 사야처럼 살아 있는 사람들을 위한 공간이다. 여기에 걸어뒀던 네트워크 유닛은 사라지고 없다. 하지만 사야의 몸이 지금 우선순위는 그게 아니라고 외친다. 사다리를 조금 더 오르자 거주층에 도착한다. 이제 조금만 더 가면 처음 사야가 정신을 차렸던 방의 위생시설에서 달콤한 안도감을 느낄 수 있다. 모든 게 완벽하다. 단 하나만 빼고.

사야의 방은 어디인가.

사야는 똑같이 생긴 해치 여섯 개를 바라본다. 복도 양쪽에 세 개씩. 좋아. 문제없어. 문제없을 거야. 처음 사다리로 갈 때 왼쪽으로 방향을 틀었다. 그렇다면 오른쪽에 있는 세 개 중 하나다. 그리고 그중 하나는 제외할 수 있다. 여기 봐, 끝에 있는 해치에 할퀸 자국이 가득하잖아. 그렇다면 남은 두 개 중 하나. 역시 네트워크 유닛이 없는 삶은 여러모로 곤란하다. 첫 번째 해치부터. 사야는 등록 정보가 잘 인식되도록 해치 앞으로 몸을 기울인다. 문이 열리자 사야는 깜짝 놀라며 뒷걸음질 친다.

문이 갑자기 열려서 그런 건 아니다. 그보다는 문 반대편에 누군가 서 있었기 때문이다. 몸의 크기는 사야와 비슷하고 이족보행에 표면은 반짝이는 합성물질로 되어 있다. 얼굴을 가득 채운 여러 개의 카메라 렌즈가 사야를 바라보고 있고 초점을 맞추기 위해 자그만 모터들이 바쁘게 돌아가는 소리가 들린다. 네트워크 유닛이 눈앞에 띄워주는 정보들이 다시 그리워지는 순간이다. 지금까지 상대를 뭐라고 불러야 할지 고민했던 적이 없었다. 일단 이 녀석은 드론이 아니라 사람이다. 그건 분명하다. 안드로이드. '그' 대명사. 티어는 2보다 조금 높을 거 같고… 하지만 이름은 모른다.

사야가 먼저 말한다.

"미안해. 내 방인 줄 알았어."

"네 방이 맞아. 네 물건을 좀 살펴보고 있었어."

"내 물건을… 잠깐, 뭘 하고 있었다고?"

사야는 지금 입고 있는 유틸리티 수트 말고는 자기 물건 따위 있을 리가 없다고 생각했지만, 이 녀석의 말에 따르면 아무래도 그렇지 않은 것 같다.

"물건들은 모두 확인했어. 이 끔찍하게 생긴 것만 빼고."

안드로이드는 한 손을 들어 보이며 말한다. 합성물질로 된 손가락에 매달려 있는 건 다리가 여덟 개 달린 검은색 천 인형이다. 사야는 화를 쏟아내려고 입을 벌리다가 그대로 굳어버린다. 그리고 단어 사이에 침묵을 끼워가며 힘겹게 말한다.

"그거… 어디서 난 거야?"

안드로이드는 자그만 머리를 까딱이며 뒤를 가리킨다.

"가방 속에 있었어. 저기 방바닥에 떨어져 있었지."

가방! 워터타워를 떠나기 전에 어머니가 가방을 등에 걸쳐준 것이 이제야 기억난다. 수트 말고도 사야의 물건이 있었다! 어머니는 가방에 뭘 넣어뒀을까? 궁금해서 여신께 여쭙고라도 싶지만, 지금 당장 급한 일은 그것만 있는 게 아니다.

"그렇구나. 알았어. 내가 지금 방에 좀 급히 들어가야 하는데 내가 다시 나오고 나서 우리 얘기 좀 하자. 그… 사생활이란 거에 대해서."

사야는 안드로이드가 바깥으로 나가주길 바라며 몸을 옆으로 비킨다. 하지만 그는 움직이지 않고 그 자리에서 말한다.

"난 너한테 고마워해야 해."

"고맙긴. 조금 있다가 다시 얘기…"

"다시 얘기할 기회는 없을 것 같아서."

"알았어. 어쨌거나 지금은…"

"네 덕분에 내 모든 문제가 해결되었어. 10년 넘게 갇혀 있었거든. 따분해 미칠 뻔했지. 그러다가 네 행동의 결과 덕분에 내가 자유로워지기는 했는데, 그렇다고 그게…"

"제발 부탁이니까 좀 꺼져줄래?"

사야가 소리를 지르며 안드로이드를 방 안까지 밀고 들어간다. 안드로이드의 표면은 놀라울 만큼 차갑다. 손에 감은 붕대 너머로도 느낄 수 있을 정도다. 게다가 그가 서 있던 곳엔 오존 기체가 가득하다.

사야는 문을 가리키며 말한다.

"나가. 1분만 기다리면 계속 얘기할 수 있을 거야. 알아들었지? 그러니까 이제 나가."

안드로이드가 나간다. 아마 겁을 먹었다기보다는 좀 어리둥절했을 것이다. 그리고 사야는 위생시설에서 이제껏 겪은 적 없는 황홀한 2분을 보낸다. 그러다가 문득 이상하다는 생각이 든다. 안드로이드는 사야에게 고마워했다. 이 일을 즐기는 걸까? 아니면 일레븐처럼 유쾌한 척 연기하며 반짝이는 하얀 껍질 속에 두 번째 본성을 감추고 있는 걸까? 일레븐이 들으면 좋아할 소식이다. 사야는 이제 도구에도 감정적인 내면의 삶이 있을 수 있다는 걸 받아들이고 있다.

사야가 욕구를 풀고 위생처리까지 마친 다음 문을 다시 열자 어둡고 정적에 휩싸인 복도가 나타난다. 뭔가 꺼림칙하다.

안드로이드가 말을 하고 있다.

"그래서 내 입장에선 사실 아무 문제도 아니야. 죽은 건 죽은 거지."

이어서 두 번째 목소리가 들린다. 천둥이나 지진으로 착각할 만큼 쩌렁쩌렁하다.

"그럴 리가 없잖아."

복도를 막으며 조명을 가리고 있는 200킬로그램의 털북숭이 근육 덩어리에게서 나오는 목소리다. 입속에는 사야의 손가락보다 긴 검고 반짝이는 이빨이 가득하다. 털북숭이는 묵직한 목소리로 이어서 말한다.

"수트한테 들었는데 그 애가 후드를 죽였대. 후드 같은 녀석을 죽일 정도라면… 글쎄, 느낌이 썩 좋지는 않아. 그뿐이야."

다행히 사야는 이 험악하게 생긴 지성체를 본 적이 있다. 이 녀석이 '머'다. 여기 처음 도착했을 때 얼어붙은 사다리를 타고 사야를 장난감처럼 옮겼던 장본인이다. 사다리를 오르면서 자유라거나 감사라거나… 아마 음식에 대해서도 뭐라고 했던 것 같다. 하지만 그땐 감정적으로 무언가를 잘 기억할 수 있는 상황이 아니었다.

안드로이드가 말한다.

"낼도 마. 또 네 본능적 직감이잖아. 저런 게 어떻게 후드를 죽이겠어?"

그는 검은 손가락으로 사야 쪽을 가리키면서 돌아보지도 않는다. 그리고 말을 잇는다.

"너도 후드를 죽이지 못했다는 거, 나도 들었어. 노력이 부족했다는 뜻은 아니지만."

머가 몸을 큼직하게 움직이자 네 개… 아니 여섯 개의 팔다리 아래에서 털과 근육이 거대한 파도처럼 출렁인다. 팔이 네 개고 다리가 두 개다. 네트워크 유닛이 있었다면 방금 저 행동은 그저 어깨를 들썩인 것일 뿐이라고 알려줬겠지만, 그게 없는 상황에선 무시무시한 동작으로밖에 보이지 않는다. 머가 몸을 뒤로 기울이자 몸 대부분이 가슴이라는 게 드러난다. 큼지막한 팔들이 체중을 지지하고 두 다리는 어디까지나 지팡이 같은 역할을 할 하고 있을 뿐이다. 머는 손톱을 구부려 양쪽 벽을 긁어버린다.

머가 말한다.

"후드 따위 금방 죽여버릴 수 있었어."

그리고 잠시 멈추더니 신경질적으로 바닥을 두드리며 덧붙인다.

"그냥… 그러지 않기로 했을 뿐이야."

안드로이드는 그저 팔짱을 끼고 말없이 머를 바라본다. 머는 바닥을 계속 두드리며 말한다.

"어쨌거나. 수트는 그 애가 인간이라고 주장하고 있어, 로슈."

로슈였군. 여신님, 감사합니다. 이제야 제대로 대화를 할 수 있다. 언제까지나 '이봐, 거기 반짝이는 녀석'이라고 부를 수는 없는 노릇이니까. 그리고 나서야 머의 말이 사야의 가슴을 때리고 뒷목의 털을 곤두서게 만든다.

'수트는 그 애가 인간이라고 주장하고 있어.'

이빨밖에 보이지 않던 머의 얼굴에서 수십 개의 눈이 돋아난다. 눈들은 주변 모든 방향을 살피며 물결치듯 일정하게 깜빡인다. 그러더니 모든 시선이 사야를 향한다. 사야는 위도우로서 자랐기에 사냥꾼의 눈빛을 알아볼 수 있다. 머는 거대한 몸으로 방 바깥을 막아서고 사냥꾼의 눈빛으로 사야를 노려보고 있다. 하지만 뭔가 이상하다. 거칠고 단도직입적인 목소리와는 어울리지 않는 눈빛이다. 이해할 수 없는 방법으로 사야를 꿰뚫어 보고 있다. 사냥감을 공포 속에 몰아붙이던 어머니의 눈빛처럼, 더 깊은 무언가가 있다. 사야에게 최면을 건다. 사야에게 말을 건다. 더 가까이 와. 걱정하지 말고…

티어2

"등록 정보에는 스파알이라고 나오는데. 수트가 착각한 거겠지. 티어가 낮으면 자주 그런 실수를 해."

로슈의 목소리가 흐릿하게 들린다. 멀리 떨어진, 그다지 중요하지 않은 곳에서 하는 얘기처럼 느껴진다.

머의 눈들이 중심에서 바깥으로 물결치며 깜빡인다. 사야의 착각일지도 모르지만, 머의 시선에는 믿을 수 없을 만큼 강렬한 호기심이 가득해 보인다. 얘기해 봐. 눈들이 소리 없이 말한다. 모든 걸 얘기해 봐.

"그럼 도대체 어떻게 후드를 죽였다는 거야?"

머가 묻는다. 머는 틀림없이 로슈와 대화를 하고 있지만, 머의 눈들은 사야에게 말을 걸고 있다. 머의 목소리는 너무 멀어져서 이제 아무래도 상관없을 정도다. 우주에서 바라보는 다른 행성의 천둥소리 같다.

로슈는 가설을 하나 제시하고 머는 반론한다. 머가 새로운 가설을 들이밀자 로슈는 부정한다. 사야에게 들리는 것이라고는 조용한 잡음뿐이다. 사야는 머의 눈들에게 사로잡혔다. 달리 할 수 있는 일이 없다.

사야는 문득 무언가를 기다리는 듯한 침묵을 느낀다. 마치 질문이라도 받은 것 같다. 질문 내용은 짐작이 간다. '그래서, 넌 도대체 누구야?' 대충 그런 거겠지. 둘 중 누가 물었는지는 알 수 없다. 둘의 목소리가 판이하게 다르다는 걸 생각하면 좀 웃긴 일이지만 사실 아무래도 좋다. 사야는 지금까지 물속에 있기라도 한 것처럼 몸을 위로 세운다. 하지만 여전히 머의 시선 때문에 생각하는 게 느리다. 그래도 거짓 말은 어렵지 않다. 사야는 평생을 가짜 하급 티어로 살아왔으니까. 적당한 대사는 의식하지 않아도 흘러나온다. 어색한 침묵을 사이에 끼며 적당한 장소에서 적당한 단어를 이렇게 늘어놓는다. '당신의 이웃인 스파알을 용서해 주세요. 제 티어가 낮아서 그렇습니다.'

사야는 심호흡을 하며 말한다.

"난… 난 인간이야."

그러고는 거의 때릴 것처럼 손바닥으로 입을 가린다.

수십 개의 눈이 만족했다는 듯 동시에 감긴다. 이빨 양쪽에 있는 눈 두 개만큼은 여전히 뜨고 있다. 다른 눈들과는 달리 이 두 눈은 단순하고 본능적인 눈빛을 갖고 있다.

사야는 입을 틀어막은 손가락 사이로 거친 숨을 내쉰다. 눈으로는 두 목격자를 번갈아 가며 바라본다. 사야를 응시하고 있는 그들의 표정을 도무지 읽을 수가 없다. 도대체 어쩌다 이런 정신 나간 실수를 한 건지. 누군지도 제대로 모르는 낯선 이들 앞에서 비밀스러운 생각을 그대로 털어놓았다. 믿기지가 않는다.

로슈가 말한다.

"본인이 인정했네. 엄청 따분하기 그지없는 네트워크 등록 정보와는 다르게, 정말 멸종한 초고위험군 종족의 일원이란 말이지."

눈이 없어서인지 목소리가 더 또렷하고 명랑하게 들린다. 로슈는 여러 개의 렌즈를 소리 내 굴리며 고개를 기울인다.

머가 말한다.

"허위정보를 등록할 수 있는 줄은 몰랐어."

눈을 모두 감고 있으니 전혀 다른 지성체처럼 보인다. 머를 지금 모습으로 처음 만났다면 사야는 채굴 정거장 바닥에서 매일 보던 규정 지성체 중 하나라고 생각했을 것이다. 전혀 다른 두 존재가 하나의 몸 안에 있는 것 같다.

로슈가 생각에 잠기며 말한다.

"당연히 불법이긴 하지만 불가능하다는 얘기도 들은 적 없어."

사야의 심장이 흥분을 가라앉힌다. 어머니가 경고했던 반응과는 다르다. 좀 더 구체적으로 말하자면, 아무도 사야를 당장 에어록 바깥으로 던져버리려고 하지 않는다. 어쩌면 사야의 표준어가 자기 생각보다 형편없기 때문일 수도 있다. 하지만 방금 자기가 한 말은 뚜렷하게 귓속에 남아 맴돌고 있다. '난 인간이야.' 따뜻하고 달콤한 전율이 등을 타고 오른다. 이런 느낌이었구나.

사야는 등 뒤에 위도우의 칼날 부속지를 숨기고 있기라도 한 것처럼 말한다.

"뭐, 어쨌거나 어느 쪽을 믿든 너희 자유야."

"왜 다른 종족으로 등록되어 있는 거야?"

머가 묻자 사야는 부속지 대신 손가락을 이용해 위도우 스타일로 어깨를 으쓱거린다.

"우리 엄마가 그런 거야. 어떻게 했는지는 모르겠지만."

"그럼 너희 엄마도 그…"

로슈마저도 그 단어가 껄끄러운 듯 얼버무린다. '인간.'

"우리 엄마는 위도우였어."

사야의 말에 머와 로슈는 사야에게서 눈을 떼고 서로 바라본다. 사야가 기대한 반응이다. 그들의 시선에서 해방되고 나서야 사야는 원하는 말을 할 수 있을 것 같다. 그들은 지금 마주 보면서 아마 서로의 사적 네트워크 채널 같은 것으로 대화하고 있을 것이다. 머가 털을 곤두세우며 덩치를 키우더니 여러 개의 손톱으로 금속 바닥을 할퀸다.

"위도우와… 위도우가 기른 인간이란 말이지."

"어쩌면 후드를 죽인 게 이 녀석 엄마일 수도 있겠네."

로슈가 말하고 머가 덧붙인다.

사야가 한쪽 손을 들어 올린다. 일레븐 내부에 있을 때부터 궁금했던 게 문득 떠오른 것이다.

"그런데 후드 얘기가 나와서 말인데. 후드한테…"

그 순간, 머의 머리가 바닥에 뚝 떨어진다.

사야는 위도우 욕설과 괴성을 마구 쏟아내며 펄쩍 뛰어올라 방 안으로 물러선다. 머의 머리가 새로운 팔다리를 뽑아내더니 사야를 향해 다가온다. 복도에 앉아 있는 거대한 털북숭이 괴물이 쪼그라들어 20킬로그램짜리 조그만 눈깔 괴물이 된 것 같다. 사야는 이윽고 목을 찢는 괴성을 멈추고 전투태세를 갖춘다.

"진정해! 걔를 다치게 하지 마."

머가 털과 발톱을 힘껏 세우며 말한다. 사야의 방을 잔뜩 울릴 만큼 큰 목소리다.

사야는 자기 앞에 선 자그만 눈알 털뭉치를 바라본다. 수많은 눈동자가 깜빡거리며 사야를 바라보고 있다.

"뭐야… 이거."

사야가 중얼거리자 머는 털에서 힘을 빼고 방 안으로 몸을 들이밀며 말한다.

"소개하는 걸 깜빡 잊었네. 걔는 샌디야."

작은 녀석을 가리키며 덧붙인다.

"내… 음, 아이야."

"너의… 뭐?"

"내 딸. 입양했지. 걘 말을 안 해. 목소리를 내지 못해. 듣지도 못하고. 하지만 엄청 똑똑하지."

사야는 작은 눈깔 괴물을 바라본다. 놀라우면서도 납득이 간다. 뭔가 있다는 느낌이 들었다. 처음부터 세 개의 지성체가 사야에게 말을 걸고 있는 것 같았다. 둘은 목소리로, 하나는 시선으로. 사야는 작은 털북숭이에게 말한다.

"만나서… 반가워."

샌디는 자기 아버지를 향해 몸을 돌리더니 물결치듯 눈을 깜빡인다.

"얘는 네가 정말 인간이라고 하고 있어. 내겐 그걸로 충분해."

머의 말에 로슈가 묻는다.

"걔가 어떻게 알아?"

"너 지금 티어3을 의심하는 거야?"

"아까도 말했지만, 등록 정보는 가짜일 수도…"

"너 지금 여기 있는 인간 것도 아니고 이 애의 정보를 못 믿겠다는 거야? 샌디 등록 정보가 가짜라고?"

"내 말은, 등록 정보가 조작될 수도 있다는 거야. 지금 우리 눈앞에 그 증거가 있잖아."

"아하, 그럼 정말 인간이란 걸 믿는다는 거지? 생각보다 솔직하네."

"당연히 솔직하지. 내 목적에 맞는다면."

사야는 모든 대화를 듣지 않고 흘려보낸다. 티어3. 말도 안 돼. 워터타워에 있던 교사는 물론이고 궤도 정거장 전체를 관리하던 엘리보다도 높다. 사야보다 적어도 10배 높다. 일부러 비참하게 등록한 1.8과 비교한 게 아니다. 사야의 진짜 지성을 최대한 높게 추정했을 때와 비교했을 때의 차이다. 이 조그만 녀석이? 하지만 그게 사실이라면… 어떻게 대화해야 할까? 티어3과 제대로 된 대화를 할 수나 있을까? 게다가 소리를 듣지 못한다. 통신장비라도 있었다면…

사야는 샌디의 무수한 시선에서 빠져나오며 고개를 들고 말한다.

"저기, 내 물건은?"

로슈가 대답한다.

"몰라."

머도 동시에 대답한다.

"로슈한테 있어."

"그런 건 절대…"

"적당히 해, 로슈. 쟨 널 구해줬어."

로슈는 천장을 올려다보더니 낮은 기계음을 흘린다. 사야에게 네트워크 유닛이 있었다면 아마 성가신 표정이라고 설명해 줬을 것이다. 딸깍거리고 쉬익거리는 소리와 함께 로슈의 상체가 슬라이드 도어처럼 열리더니 하얀 냉기가 빠져나온다. 로슈는 자기 몸속에 양손을 집어넣고는 무언가를 앞으로 꺼낸다.

고작 몇 그램짜리 합성물질 조각을 보며 이렇게 기뻐할 수 있을 줄은 미처 몰랐다. 사야는 앞으로 뛰어가 부착장치와 이어폰을 집어든다. 표면의 냉기가 붕대 속 상처를 자극한다. 이어폰을 귀에 깊이 집어넣자 뼈가 시릴 만큼 차갑다. 하지만 개의치 않는다. 자그만 프로젝터 유닛을 이마에 부착하자마자 사야가 아는 세상이 다시 현실에 존재하기 시작한다. 복도와 방에 있는 세 명의 이름과 티어, 공개이력 따위에 대한 정보가 눈앞에 튀어 오른다. 이런 세상에, 여신님. 저 자그만 녀석이 정말 티어3이라니. 사야는 바닥 위에서 깜빡이는 눈깔 뭉치를 바라보며 궁금해한다. 어떻게 저 자그만 머리에 이런 뇌가 들어갈 수 있는 거지? 하지만 샌디의 시선은 이제 사야 대신 로슈를 향해 있다. 정확하게는 로슈의 한쪽 손이다. 사야가 그 시선을 따라가 보니 샌디의 관심을 사로잡을 만도 했다.

로슈의 손에서 규칙적으로 반짝이며 회전하는 빛의 구체가 생겨나고 있다. 오렌지색 빛과 홀로그램 사이로 흐릿하게 빛나는 표준어 문자가 회전하고 있고, 그 가운데에는 메시지 하나가 고정되어 있다.

[오류: 인증되지 않은 사용자]

"그것도… 내 거?"

사야는 나선으로 움직이는 기호를 보며 어리둥절한 표정으로 묻는다.

"아니야? 그런 거라면…"

로슈가 손을 오므리자 빛이 사라진다. 사야는 손을 내밀며 다시 말한다.

"아니, 내 말은, 내 물건이라는 거야. 당연히 내 물건이지."

사야는 어설프게 문제의 물건을 손에 쥐었다가 거의 떨어뜨릴 뻔했다. 주변을 감싸며 떠다니는 문자들 때문에 물건의 진짜 크기를 짐작하기가 어렵다. 손에 쥔 감각으로는 뭔가 차갑고 무거운 게 굴러다니는 느낌이다. 엄지 정도의 크기에 비하면 제법 무겁고 빛 아래를 슬쩍 엿보니 한쪽에 로고가 새겨져 있다.

"그냥… 나도 실제로 보는 건 처음이라서."

사야가 물건을 바라보며 말한다. 하지만 그렇게 말하는 동안에도 기억의 파편이 머릿속에 조금씩 떠오르면서 소름이 돋는다.

둥근 장치가 하얗게 변하더니 자그만 목소리로 말한다.

"안녕하세요, 새로운 사용자님. 사용자 등록을 해주세요."

로슈가 그 모습을 보며 말한다.

"신기한 일이네. 자기 물건인데도 한 번도 본 적이 없다니."

머가 묻는다.

"그게 도대체 뭐야?"

로슈가 사야를 향해 한 걸음 다가가는데 샌디를 거의 밟을 뻔했다. 로슈는 반짝이는 손가락으로 물건을 가리키며 말한다.

"이건 말이야…"

그때 장치가 갑자기 말한다. 목소리가 얼마나 높은지 사야의 손가락 관절이 모두 진동할 정도다.

"도움말 제1장. 기억 저장고에 오신 것을 환영합니다! 기억 정리하는 게 너무 번거로우신가요? 기억하고 싶지 않은 일이 자꾸 떠오르지는 않나요? 에이브테크 기억 저장고를 이용하시면 형편없는 기억 관리 경험은 모두 옛날 기억이 될 겁니다. 재수집한 기억을 삭제하고 추가하고 재배열하고 편집해서 당신만을 위한 이상적인 과거를 만들어 드립니다. 여분의 기억을 저장해 나중에 즐겁게 회상하거나 사랑하는 이들과 공유해 보세요. 그리고…"

"어이, 장치. 이제 그만해."

로슈가 설명을 막자 머는 길고 검은 손톱으로 머리를 긁으며 말한다.

"기억 상자라. 그렇단 말이지."

로슈는 모든 렌즈를 앞으로 내밀고 사야의 손을 바라보며 말한다.

"그거 아주 엄격하게 금지된 기술인데. 손에 넣기도 어렵고. 네가 그걸 열 수 있다면 어떻게 될지 굉장히 궁금한걸. 내가 하는 일을 하다 보면 가끔 보게 되는 물건이야."

"네가 하는 일이 뭔데?"

머가 이제 다른 곳을 긁으며 묻자 로슈는 어떤 동작을 하며 대답한다. 사야의 유닛은 그 동작이 어깨를 들썩이는 거라고 설명해 준다.

"물건을 훔치는 거지. 요즘엔."

사야는 방 안에 곧게 선 채로 손 위에서 천천히 떠다니는 문자들을 지긋이 바라본다. 예전에도 본 적이 있다. 틀림없다. 사야는 호기심 가득한 표정으로 빛나는 구체를 천천히 얼굴 가까이 가져온다. 가까 워질수록 심장이 빠르게 뛰기 시작한다. 등에서는 식은땀이 흐른다.

자그만 목소리가 말한다.

"인증된 사용자를 확인했습니다. 안녕하세요, 사야 더 도터. 다음 작업을 위해 잠금을 해제해 주세요."

구체를 다시 멀리 떨어뜨리고 바라보자 문자들이 파란색으로 변 하더니 훨씬 천천히 움직인다.

[인증된 사용자님, 환영합니다!]

사야는 한결 부드러운 목소리로 말한다.

"역시 내 물건이 맞았어."

로슈가 또 한 걸음 다가오며 말한다.

"뷰어가 필요할 거야. 당연한 얘기지만 기억은 복합감각이거든. 전달하기도 아주 어렵고. 내 의식은 백업한 지 얼마 되지 않았으니까 원한다면 날 이용해도 돼. 넌 잠금을 해제하고 난 경험을 하고. 그다 음엔… 거기서부터 다시 생각하면 되겠지."

머가 손톱 끝을 섬세하게 다듬으며 묻는다.

"이 장치에 대해 어떻게 그렇게 잘 알아?"

"나처럼 많고 다양한 삶을 살다 보면 뭐든 배우는 게 있기 마련 이지."

사야에겐 둘의 대화가 들리지 않는다. 사야의 귀를 사로잡은 건 다른 목소리다. 과거에서 온 목소리. 어머니의 얼굴이 떠오른다. 불쾌하고 역정 가득한 소리를 내던 모습이다. '기억이 나지 않는구나.' 세냐 더 위로우는 말했다. 사야는 수천 번 질문했고 세냐는 같은 말을 수천 번은 반복했다. 사야는 도무지 이해할 수 없었다. 격언에 따르면 어머니는 딸에게 결코 거짓말을 하지 않는다. 하지만 어떻게 그 많은 것을 잊을 수 있단 말인가? 어떻게 어머니가 자기가 입양한 딸이 어디서 왔는지 기억하지 못할 수 있단 말인가?

그렇다면 이제 남은 건⋯

사야는 장치를 한 바퀴 굴리고는 회사 이름이 적힌 로고를 어루만진다. 그리고 깊은숨을 내쉬며 말한다.

"이건 내 기억이 아니야."

훨씬 놀라운 것이다. 사야가 평생토록 알고 싶어 했던 모든 것이다.

12

방 안에 틀어박힌 지 11시간이 지나서야 사야는 이윽고 근본적인 진실에 이르렀다. 그러는 동안 워터타워를 거의 떠올리지 않았다. 100번 정도일까. 아마 그 이하일 것이다. 집념이야말로 제정신을 유지하는 최고의 방법인 듯하다.

동시에 깨질 듯한 두통에도 시달렸다. 정확히는 왼쪽 눈썹 위가 심장박동을 따라 지끈거렸고 갑자기 움직일 때마다 그만하라는 듯 통증이 찾아왔다. 잠을 좀 자야 한다. 우주선 시간도 어느새 깊은 저녁에 접어들어 방의 조명이 한결 부드러워졌다. 하지만 여기까지 와놓고 잠들 수는 없는 노릇이다.

사야는 2층 침대 아래층에 앉아 무릎 사이에 턱을 파묻고 팔로 다리를 감싼다. 어머니는 항상 이렇게 앉으라고 했다. 특히 어머니가 '둥지'라고 부르는 곳에서는. 썩 떠올리고 싶지 않은 기억이다. 아니, 여기는 침대다. 지금은 침대에 있다. 침대에 혼자 있다. 쓸모없는 옛기억에는 관심 없다. 지금 필요한 건 기억 저장고에 있는 기억이다. 저장고는 침대 반대편에 있다. 조금 전 그곳으로 던져버렸다. 저장고가 물리적으로 뿜어내는 조명 효과가 너무 성가셔서 네트워크에서만 보이도록 설정해 둔 지 몇 시간이 지났다. 홀로그램 빛이 모두 사라지고 나니 작고 검은 초라한 물건일 뿐이다. 사야가 다시 손을 대자 곧장 반구 모양의 빛이 떠오른다. 마지막으로 나타난 오렌지색 오류 메시지가 아직도 남아 있다.

[사용자 인증: 완료(사야 더 도터). 인증키: 완료. 이 장치를 잠갔을 때의 의식 상태를 재현해 주세요.]

사야는 이미 11시간이 넘도록 이 장치 속에 있는 비규정 지성체와 방대한 대화를 나누었다. 질문을 하며 매뉴얼의 상세 페이지를 요구하고 논쟁을 하다가 고장조차 나지 않는 이 자그만 장치를 여러 번 던져버리기도 했다. 그러면서 두 가지 사실을 깨달았다. 첫째, 사야의 생각이 맞았다. 이건 사야의 기억이 아니다. 오류와 경고 메시지를 종합해보면 아마 종족부터가 다르다. 사야의 가설에 잘 들어맞는다. 그리고 두 번째는?

잠금을 해제하는 방법을 알고 있다.

아쉽게도 이론적으로만 알고 있을 뿐이다. 매뉴얼에서 [51항: 기억을 안전하게 보관하기 위해서] 아래에 있는 4조 첫 번째 문단에 있다.

'이중 인증키는 사용자 인증과 의식 상태 두 가지의 독특한 조합으로만 기억 저장고를 열 수 있게 해줍니다. 기억 저장고에 저장된 기억에 접근하려면 사용자는 반드시 장치를 처음 잠갔을 때와 같은 의식 상태를 재현해야 합니다. 의식 상태를 재현하는 행위는 쉽지 않기 때문에 극단적이면서도 독특한 감정 상태의 조합을 사용하는 걸 권장합니다. 인증 효율을 높이기 위해 해제 순서를 따라 연상 기억법을 추가하는 방법도 있습니다. ([12항]에 있는 예시와 유용한 도움말을 참고해주세요.)'

희망적인 동시에 절망적이다. 사야는 분명 장치를 잠갔을 때 그곳에 있었다. 인증키 중 하나는 사야 본인이니까. 그렇다면 다른 하나도 사야의 이 쓸모없는 뇌 안에 있는 게 분명하다. 머릿속 어딘가에 필요한 의식 상태가 있다. 사야만이 만들어 낼 수 있는 독특한 감정의 조합이 있다. 하지만 지금은 사야의 의식 속 드넓은 황무지 어딘가로 사라지고 없다. 사야는 자기가 알고 있는 가장 지독한 위도우 욕설을 내뱉는다. 어머니가 들었다면 놀라서 펄쩍 뛰며 날카로운 부속지로 사야의 눈을 찌를 것처럼 가렸을 것이다. 도대체 이 망할 놈의 뇌는 뭐가 그리 불만이라 간단한 기억 하나 떠올리는 것도 제대로 해내지 못하는 걸까?

물론 그리 간단한 일이 아니라는 건 사야도 알고 있다. 사야는 예전부터 자기가 세 종류의 기억을 갖고 있다는 걸 알았다. 대부분을 차지하는 건 평범한 종류의 기억이다. 학교나 이웃, 같은 클래스의 친하지 않은 학생들, 수목원의 기나긴 오후, 워터타워의 낯선 곳 탐험하기, 대충 그런 것들. 항상 즐겁지만은 않은 일상이다. 아주 전형적이다. 두 번째 종류의 기억은 그 아래에 있다. 이 기억들은… 다른 어떤 장소에 대한 흐릿한 인상이다. 상징적이고 섬세한 기억이라 자세히 들여다보면 사라지고 부서질 것만 같다. 워터타워가 아니라는 것만큼은

티어2

분명하다. 더 따뜻하고 더 요란한 기억이다. 그리고… 즐거운 것까지는 아니더라도 적어도 긍정적인 무언가다.

마지막 세 번째 종류의 기억은… 온갖 악몽의 재료다.

문제는 세 번째 종류의 기억은 두 번째 종류의 기억과 서로 맞물려 있다는 점이다. 그래서 꿈을 꾸는 날엔 항상 조심해야 했다. 어린 시절의 과거에 빠져들다 보면 어느새 악몽의 구렁텅이로 미끄러질 수 있다. 예를 들어보자. 워터타워의 수목원을 떠올리게 하는 따뜻하고 반짝이는 장소다. 빛 주변으로 지성체들이 원을 그리며 모여 있고 모두가 웃으며 대화를 하고 있다. 군침이 도는 냄새가 잔뜩 풍긴다. 허공을 가르며 날아다니는 빛나는 벌레들이 유독 선명하게 보이고 사야는 그 아름다운 모습에 깊이 빠져든다.

하지만 갑자기 피바다가 되며 끝난다. 생기를 잃은 눈이 굴러다니고 귀가 멎을 것 같은 비명이 끝없이 이어진다. 차갑고 단단하고 달그락거리는 무언가가 사야를 심연 속으로 끌고 간다.

그다음부터는 악화일로다.

하지만 그렇게 생각만큼 나쁜 꿈은 아니다. 지난 몇 년 동안 비명을 지르며 잠에서 깨는 일은 없었다. 대충 지난 1년 동안은 그랬다. 이젠 어둠을 두려워하지도 않는다. 이제 다른 사람들과 비슷한 정도다. 누구나 겪는 일이다. 식은땀에 잔뜩 젖은 채 악몽에서 깨어나는 일은 누구나 겪는다. 눈을 뜬 건지 감은 건지 알 수 없을 만큼 차갑고 완벽한 어둠 속에 누워서 눈물을 참으며 방금 무슨 일이 있었는지 떠올리는 일이라든가, 얼굴에서 겨우 수 센티미터 떨어진 곳에서 수많은 눈이 처음부터 끝까지 자신을 내려다보고 있었다는 사실을 깨닫는 소름 돋는 마지막 순간이라든가.

어린 시절이란 대개 그런 법이다.

도우미가 사야의 귀에 대고 말한다.

"나한텐 어린 시절 같은 게 없기는 하지만, 있더라도 그런 건 아니었으면 좋겠어."

사야는 눈을 비비며 자기도 모르게 목소리를 낸다.

"널 부른 기억은 없는데."

"글쎄, 엄밀하게 따지자면 지난번에 마무리 인사 자체를 하지 않았잖아. 그래서…"

"조사하기로 한 게 있지 않아?"

사야의 목소리가 험악해졌다. 11시간이나 집중을 하고 나면 정중한 말투 따위는 금세 고갈되어 버린다. 애초에 정중함이 부족한 사람이라면 말할 것도 없고.

"'워터타워의 붕괴'는 벌써 완성했어. 내 생각엔 꽤 훌륭한 이야기가 된 것 같아. 음, 그런데 이걸로 뭘 할 수 있을지 모르겠어. 왜냐면 그, 네 친구 있잖아…"

"내 친구?"

"그 친구는… 아마 죽었겠지. 그러니까, 걔는 워터타워에 있었잖아. 그리고 워터타워는 증발해 버렸고. 나도 그 정도는…"

아, 그 얘기. 가상의 친구. 워터타워가 파괴되면서 조금이라도 좋아진 게 있다면 사야의 그동안 쌓아 올린 복잡한 거짓말들이 아주 단순하게 정리가 되어버렸다는 점이다.

"그 친구의 명복을 빌게. 내가 도와줄 수 있는 일이 있다면 뭐든 얘기해."

도우미가 뱉은 단어 하나하나에 반응하며 머리가 다시 지끈거린다. 사라진 집을 떠올린 게 실수였다. 그러면서 슬픔보다 짜증을 먼저 느낀 것도 썩 좋은 일은 아니었고. 어쨌거나, 이제 도우미의 동기를 자극할 수 있는 새로운 방법을 찾아야 한다. 그런데 어쩌면… 그럴 필요가 없을지도 모른다. '진짜'가 지금 눈앞에 있는데 비규정 보모 지성체에게 인간 전설을 조사하라고 시키는 건 바보 같은 짓이다. 진실은 저 밍힐 기억 저장고 안에 꼭꼭 숨어 있다. 바로 저 휘황찬란한 녀석 속에. 저 거만하게 생긴 녀석에게 얼굴이 있다면 지금쯤 사야의 시간과 노력을 빨아들이는 일이 즐겁다며 웃고 있을 것이다. 티어가 낮을수록 관심을 좋아하니까. 너도 그렇다는 거 알아, 저장고. 티어가 낮은 녀석들은 이런 걸 정말 좋아한다. 저 녀석은 지금 사야의 정당한 권리를 가로막고 사야의 인생 최대 발견을 방해하고 있다. 이 상황이 아주 즐겁기 그지없을 것이다.

"조명을 꺼볼까?"

도우미의 말에 사야는 좀 닥치라고 하려다가 멈춘다. 조명을 끄고 완벽한 어둠 속에 틀어박혀 악몽에 시달리라고? 끔찍한 제안이다. 하지만 곧 생각이 바뀐다. 지금까지 도우미가 한 것 중 가장 멋진 제안이다.

"그렇게 해."

불이 꺼지자 사야가 예상한 것보다 훨씬 깊은 어둠이 방 안에 차오른다. 네트워크 유닛이 평소처럼 벽과 바닥에 창백한 선을 그려주지만, 어둠을 쫓아내기는커녕 오히려 더 힘을 실어주고 있다. 공황이 몸을 덮치면서 분노마저 삼켜버린다. 하지만 사야도 어둠을 마주하는 게 처음은 아니다. 어떻게 해야 할지 정도는 알고 있다. 먼저 고개를 높이 들고 현실 속 물건에 집중한다. 침대 구석에서 오렌지색으로 빛나는 공 같은 것도 괜찮다. 구체 주변에서 천천히 돌아가고 있는 문자를 자세히 들여다본다. 저게 어떻게 가능할까? 저 빛나는 문자는 사야의 머리에 부착된 작은 프로젝터가 만들어 내는 허상에 불과하다. 하지만 저 사실적인 표현을 위해 네트워크 유닛이 많은 노력을 들이고 있다는 건 꽤 재미있는 사실이다. 심지어 침대 2층의 아랫면과 사야의 옷에 드리우는 반사광까지 볼 수 있다. 현실 속에서 빛줄기 하나 없는 깊은 어둠 속에 있다는 사실이 믿기지 않는다. 자그만 프로젝터를 떼어낸다면 그야말로 완벽한 어둠 속으로…

잠깐.

"어땠어? 좀 도움이 됐어?"

"아주… 잘했어. 도우미."

인정하고 싶지는 않지만, 평소엔 짜증스럽기 그지없던 도우미의 목소리가 어둠 속에선 오히려 사야의 마음을 편하게 해준다. 사야는 한 번만 더 시도해 보고 오늘 밤에는 정말 여기까지만 하겠다고 다짐한다. 이게 끝나면 잠을 자기 좋은 밝기로 조명을 조절해 달라고 도우미에게 부탁할 것이다. 사야는 자기 자신에게 말한다. 잘 들었지? 곧 잘 수 있을 거야. 작은 일 하나만 더 하면 돼. 필요한 기억을 아주 조금만 꺼내면 돼. 어떤 기억이라도 좋아. 가지고 있다는 건 알아.

사야는 생각의 긴장을 풀고 조용히 앉아서 기다린다. 그러면 거품이 터지는 것처럼 자연스럽게 기억이 떠오를 것이다. 마음을 얼마나 비울 수 있는지 보자고. 얼마나 편해질 수 있는지, 얼마나 비울 수 있는지, 그리고 얼마나…

도우미가 말한다.

"내가 생각을 좀 해봤는데. 내 사용자가 이제 나이를 좀 먹었잖아. 그래서 말이야, 새로운 일과 책임이 생길 수도 있고, 그러니까 이제 그게 필요할 것 같아. 그… 새 이름 같은 거."

사야는 네트워크 유닛을 벗어서 방구석에 던져버리려다가 그랬다간 칠흑 속에서 아무것도 듣지도 보지도 못하게 된다는 생각에 그만둔다. 그렇게 참고 나니 다른 생각이 떠오른다. 도우미를 닥치게 하는 게 아니라 그냥 초기화해 버리는 것이다. 자꾸 짜증 나게 한다면 내일 처음부터 다시 시작하는 게 차라리 나을 수도 있다. 생각이 점점 극단적으로 변해갔지만 무엇을 하더라도 더 피곤해지기만 할 뿐이라는 생각에 결국 짜증을 견디기로 한다.

사야는 곧 죽을 것 같은 목소리로 말한다.

"새 이름이란 말이지."

"사야가 괜찮다고 생각한다면 뭐라도 좋아. 진짜 뭐든지 괜찮아. 난 그냥 흔하디흔한 비규정 지성체일 뿐이니까."

"진짜 뭐든지 괜찮아?"

"물론이지! 예를 들어 에이스라든가. 사야가 골라주기만 한다면 뭐든지."

사야는 어두운 공간 위쪽에 떠 있는 홀로그램을 바라본다. 사야의 작은 도우미를 상징하는 아이콘이다.

"에이스라고 불러줬으면 좋겠어?"

"글쎄. 사야가 그렇게 부르고 싶다면."

도우미가 목소리가 한결 침착해진다.

비규정 지성체들 모두 이런 감춰둔 욕망이나 동기 같은 게 있는 걸까? 도우미는 도대체 언제부터 이름을 원했던 걸까? 그것도 이 특정 이름을. 물론 멍청한 생각일 뿐이다. 하급 티어 지성체의 행동에 불과하다. 그런데 그렇게 따지면 일레븐도 비슷하지 않았던가?

딱히 어려운 일도 아니다. 게다가 나중에 부탁할 때 지금 있었던 일을 써먹을 수 있을 것이다. '예전에 내가 이름 직접 고르게 해준 거 기억해?'

"그럼 그렇게 해."

"진짜?"

"진짜. 사야의 작은 도우미 이름을 에이스로 설정 변경."

한때 사야의 작은 도우미라 불렸던 녀석이 희망 어린 목소리로 묻는다.

"그리고… 대명사도?"

안 될 거 없지.

"물론이지. 어떤 걸 원…"

도우미는 즉시 대답한다.

"그. 예전부터 생각해 봤는데, 난 분명 '그'인 것 같아."

"알았어. 사야의 작은 도… 가 아니라 에이스의 대명사를 '그'로 설정."

"난 이제 에이스야! 대명사는 '그'! 만나서 반가워! 나, 에이스가 오늘 밤엔 어떤 일을 도와주면 될까?"

사야의 귀에서 '그'의 목소리가 쩌렁쩌렁 울린다. 작지만 열정 가득한 목소리를 듣자 사야의 머릿속에서 무언가 번뜩인다. 왜 진작 이런 생각을 못 했을까? 하급 티어의 생산성을 유지하려면 그가 원하는 걸 제공해 주는 편이 복잡한 거짓말을 엮어내는 것보다 훨씬 쉽고 편하다. 전략적으로도 타당할 뿐만 아니라 더 많은 수고를 들일 필요도 없다.

사야는 일부러 낮고 심각한 목소리로 말한다.

"저기… 에이스. 내가 지금 하고 있는 일이 있어. 아주 중요한 일이라서 절대 방해받고 싶지 않아."

"알겠어. 나, 에이스가 어떻게 도와주면 될까?"

"에이스, 일단 첫 번째가 제일 중요해. 조용히 할 것."

"나랑… 얘기하고 싶지 않은 거야?"

이런, 또 이러네. 사야는 재빨리 머리를 굴리며 말한다.

"아니. 모두가 아무 말도 하지 않았으면 해."

"아하. 그건 또 다른 얘기지."

에이스의 목소리에 힘이 돌아오자 사야는 진지한 목소리로 말한다.

"이건 중요한 일이야, 에이스. 그리고 너만 할 수 있는 일이지."

거짓말은 아니다. 원하는 것과 진실 사이에 겹치는 부분이 있을 땐 신뢰를 확보할 수 있어서 일이 편해진다.

사야는 이어서 말한다.

"이 방 안의 모든 통신을 막아줘. 오늘 밤 내내. 해치에 경고문을 걸어두는 것도 좋아. 상상력을 동원해 봐. 뭔가 위험한 거라든가."

어둠 속에 위험해 보이는 색깔의 메시지가 떠오른다.

[들어오면 죽일 것.]

"이런 거?"

조금 지나친 것 같기는 하지만 가끔은 하급 티어 지성체의 자유로운 의견도 받아들여 줄 필요가 있다.

"좋아. 그걸 걸어놓은 다음…"

두 번째 줄이 나타난다.

[침입자는 몸을 해체해 버릴 것.]

글쎄, 의욕이 넘치는 게 부족한 것보다 나으니까.

"그것도… 괜찮고. 그걸 보면… 농담이 아니란 걸 알겠지."

[그리고 가족도 찾아내 모두 학살해 버릴 것.]

일을 딱 필요한 만큼만 하게 만들기가 언제나 쉽지 않다.

"그거… 좋네. 이제 거기까지만 해, 알았지?"

"알았어! 그런데… 샌디는 어떻게 할까?"

하급 티어의 말이라고는 해도 이렇게 뜬금없이 화제가 바뀌면 사야도 따라가기가 어렵다.

"어… 샌디가 뭐?"

"샌디가 지금 바깥에 복도에서 기다리고 있거든."

어렴풋하게 보이는 해치로 시선을 돌리는 순간 사야의 몸에 소름이 돋는다. 어둠 속에서 악몽에 시달리는 걸로는 부족했다는 듯이 방 밖에 누군가 있었다니. 그것도 사야보다 훨씬 똑똑하고 사야의 이해를 초월한 사고방식을 가진 존재가.

"언제부터 저기 있었던 거야?"

"한참 동안. 불을 꺼보라고 한 것도 샌디였어."

"잠깐, 뭐라고?"

사야는 지난 몇 분 동안 있었던 일을 재평가하고는 벌떡 일어나며 말한다.

"너, 샌디랑 얘기하고 있었어? 좋아, 문은 계속 닫아둬. 아무래도 우리 정말 의논해야 할 게 있는 것 같으니까. 도대체 언제 나한테 그 얘기를 해줄 생각…"

해치가 열린다. 자그만 형체가 복도 조명을 받으며 몸을 수그리고 있다.

사야가 속삭인다.

"에이스?"

"미안! 나도 어떻게 된 건지 모르겠어. 샌디 말에는 묘하게 설득력이 있단 말이야."

"네 소유주는 나야, 에이스. 내가 너한테 명령을 한다고."

"나도 알아! 그런데 샌디는…"

[안녕.]

샌디는 단조로운 파란색 문자를 띄우며 말한다. 그리고 뭔가 이해할 수 없는 방법으로 눈을 깜빡이더니 방 안으로 발을 파닥거리며 들어온다.

문이 닫히고 나니 이제 사야에게 보이는 건 어둠 속에서 다가오는 파란색 문자뿐이다. 샌디의 몸에 숨겨진 발톱이 어두운 바닥을 두드릴 때마다 으스스한 소리가 난다. 게다가 이제 침대까지 조금씩 흔들린다. 설마… 세상에, 여신님. 정말 침대 위로 올라왔다. 사야는 서둘러 침대 구석으로 물러난다. 티어3과 같은 침대 위에 있다니. 세상일이 도대체 어떻게…

[이거, 내가 먹어도 될까?]

막대 음식 포장이 바스락거리는 소리가 들린다.

"에이스, 샌디한테…"

[괜찮아. 입술을 읽을 수 있어.]

"아."

사야는 어둠 속에서 멀뚱히 눈을 깜빡인다. 샌디의 눈들은 최면 말고도 할 줄 아는 게 많은 것 같다.

"그럼… 먹어도 돼."

침대 반대편에서 소리가 들린다. 먹는다기보다는 먹어치우는 것에 가까운 소리다. 작고 섬세한 샌디의 모습을 밝은 곳에서 미리 봐두지 않았더라면 컴컴한 침대 구석에서 포식자가 은박지에 싸인 먹이를 갈기갈기 찢어발기고 있다고 생각했을 것이다. 세상에, 이 지성체는 뭔가를 먹어보는 게 오늘이 처음이기라도 한 건가?

작은 트림 소리가 꺼억 하고 들리더니 곧 조용해진다. 어둠 속에서 오렌지색 빛이 하나둘씩 나타나기 시작한다. 네트워크 유닛이 그려주는 샌디의 눈들이다. 샌디는 사야를 뚫어져라 바라보고 있다. 칠흑 같은 어둠 속에서 수십 개의 불빛이 각자 깜빡이며 움직이고 가늘어지는 모습을 보고 있자니 없던 긴장도 생겨날 것 같다.

[네 기억 저장고를 열고 싶은가 보네.]

"맞아."

사야는 최대한 가벼운 목소리로 대답한다. 딱히 놀라운 추리도 아니다. 지금 이 방에 있는 건 사야와 샌디, 그리고 기억 저장고뿐이다. 티어3이라면 굳이 생각할 필요도 없었겠지. 사야는 대화의 주도권을 잡기 위해 다시 대답하며 말을 이어나간다.

"맞아. 생각보다 어렵…"

[나 그거 여는 방법 알아.]

사야는 샌디의 말을 바라본다.

"뭐…라고?"

[답을 원해? 아니면 긴 설명?]

사야는 저 자그만 몸뚱이에 저렇게 많은 눈이 있을 수 있다는 게 믿기지 않는다. 네트워크 유닛은 어둠 속에서 빛나는 눈들의 모습을 끔찍할 만큼 완벽하게 그려주고 있다. 지금도 어둠 속에서 최면을 걸고 있지는 않을까? 지금 사야에게 자유의지가 있기는 한 걸까?

사야는 단호하게 말한다.

"답을 원해."

[두려움 없는 고통]

샌디는 즉시 대답한다.

세냐 더 위도우가 가장 좋아했던 문장이 완벽한 어둠 속에서 사야의 눈앞에 나타난다. 어머니가 수많은 상황에서 셀 수 없을 만큼 사야에게 들려준 말이다. 벌을 받을 때도 이 말을 되뇌어야 했다. 이 말을 주제로 한 설화와 서사시를 외워야만 했다. 그리고 샌디가 이 말을 한 순간, 사야는 조금 전에 본 설명이 드디어 이해가 된다.

'극단적이지만 독특한 감정 상태의 조합'

사야는 조심스럽게 말한다.

"위도우 속담은 수천 개나 있어. 왜 하필이면 이걸 고른 거야?"

당연하니까.

"아하."

사야는 어둠 속에 비치는 눈들을 바라본다. 티어3과의 대화는 이런 식으로 흘러가는 걸까?

"음, 이젠 긴 설명이 필요할 것 같아."

[일단 인간에 대해 조사해 봤어. 그러고는 위도우를 조사했지. 그러고는 인간과 위도우가 어떻게 다른지 생각해 봤어. 그러고는 그들이 어떻게 같은지를 생각했고. 그러곤 인간과 위도우 사이엔 차이점보다 공통점이 많다는 걸 깨달았어.]

컴컴한 침대 위에 티어3와 함께 있는 상황 자체도 그렇지만, 타인의 말 속에 자기 생각이 그대로 담겨 있는 경험은 기묘하기 짝이 없다.

인간과 위도우 양쪽에서 물려받은 천성 속에서 사야가 평생 고민하며 내린 결론과 똑같다.

사야는 들뜬 목소리로 말한다.

"계속해."

[그러고는 두 종족의 가치관을 정리해 비교했고 겹치는 것들을 골라냈지. 그러고는 그걸 옆에 두고 내가 찾을 수 있는 모든 속담과 설화와 전설을 찾아 읽었어.]

"고생… 꽤 했겠네."

[그렇지도 않아. 두 문명 모두 단순한 의식체가 만든 거니까. 일단 그들의 핵심가치만 추출하고 나면 자세히 읽시 않고 넘겨도 돼.]

"아하."

워터타워 정비실에서 만났던 세탁 드론이 된 기분이다.

[그리고 내 생각엔 답은 네 이름 속에 있어.]

"내 이름? 사야?"

[다른 쪽. 더 도터.]

다시 한번 불쾌한 깨달음이 찾아오며 사야의 속을 긁어놓는다. 샌디는 사야가 감히 인정하고 싶지 않을 만큼 논리적으로 생각하고 있다.

"설명해 봐."

[위도우는 대상의 가치에 따라 칭호를 붙여. 인간도 그렇고. 그리고 그 가치는 스스로 증명해야 하고. 예를 들어 은하계 전체에서 그들을 위도우라고 부르고는 있지만 사실 정확한 표현은 아닌 것처럼.]

"맞는 말이야. 우리… 아니, 그들 대부분은 사실 위도우, 그러니까 과부가 아니지. 그러려면 일단 여성이어야 하고 또 짝이… 있어야 하니까."

[그리고 짝을 죽이고. 그렇지?]

"그건… 원래 그런 관계니까."

그 부분에 있어서만큼은 예전부터 생각이 조금 달랐다. 하지만 어머니가 아니라 샌디가 말하는 걸 지금 들으니… 신비감은 확실히 예전보다 덜하다.

[그리고 더 중요한 건, 아이들도 알을 까고 나왔다고 무조건 더 도터, 즉 딸이 되는 건 아니라는 거지.]

"맞아. 사실 대부분은 딸로 인정받지 못해. 그러려면 먼저…"

[살아남아야 하지.]

"…그렇지."

[결국 아이들 운명은 죽거나 도터라는 칭호를 손에 넣거나, 둘 중 하나야.]

검은 방 안에서 반짝이는 눈들을 바라보며 사야는 부서지고 무너져 내린다는 게 어떤 기분인지 실감한다. 샌디는 별다른 노력도 없이 사야의 가장 큰 약점을 포착했다. 샌디는 사야 본인보다 사야를 더 이해하고 있다. 샌디는 사야의 과거를 꿰뚫어 보며 사야의 미래를 읽어내고 사야의 꿈을 끄집어 내서 사야의 가장 수치스러운 내면을 까발리고 있다. 샌디 앞에선 능숙한 거짓말쟁이 사야 더 도터도 거짓말을 할 수가 없다.

사야는 힘없이 말한다.

"그것도… 맞아."

샌디는 아무 말도 하지 않는다. 수십 개의 서로 다른 시선으로 그저 바라볼 뿐이다.

사야가 오랫동안 조심스럽게 그려냈던 자화상 위로 균열이 퍼져나간다.

사야는 소리에 집중하며 단어 하나하나를 조심스럽게 늘어놓는다.

"내 이름은 사야 더 도터. 영웅에게서, 정확히는 다섯 명의 영웅에게서 따온 이름이야."

작은 헛기침을 하고는 쓴웃음을 지으며 말을 잇는다.

"위도우의 전설 속 영웅들은 모두 사야라고 부르는 거 같아. 그렇지? 너도 읽어봤으니까 알 거야. 그리고, 맞아. 나한테도… 그 칭호가 있지. 그래서 네가 무슨 생각을 하는지…"

사야는 침을 삼킨다.

"그러니까, 내 말은… 난 영웅이 아니라는 거야. 칭호를 획득한 것도 아니고. 난 살아남은 게 아니야. 살의 넘치는 형제자매들이 가득한 둥지에서 알을 까고 태어나지도 않았고. 뭔가를 위해 목숨을 걸고 싸워본 적도 없어. 평생 직접 이겨서 얻은 건 아무것도 없어."

그리고 거짓말쟁이다. 그리고 약하다. 그리고 겁쟁이다. 그리고, 그리고, 그리고. 그 누구보다도 위도우와 닮지 않은 존재다.

사야는 한 번 침을 삼키고 말을 잇는다.

"엄마가 날 입양할 때 내게 도터라는 칭호를 붙여줬어. 하지만…"

[그게 위도우다운 행동이라고 생각해?]

사야의 입이 천천히 닫힌다. 아니, 전혀. 하지만 사야의 어머니는 몸을 덮은 뼛속까지 완벽한 위도우였다. 그렇다는 건 어머니가… 아니, 그럴 리가 없다. 어머니가 그런 중요한 가치를 잊을 리가 없다. 결국, 언제나처럼 모두를 속인 건 사야 더 도터다. 사야의 눈이 퉁퉁 부어오른다. 방이 어두워서 다행이라는 생각이 든 건 처음이다. 나는 사야 더 도터. 강력한 주문이라도 되는 것 마냥 사야는 이 말을 머릿속에서 반복한다.

하지만 이게 도대체 무슨 의미가 있단 말인가?

깜빡이는 눈들이 어느새 사야 얼굴 수 센티미터 앞까지 다가왔다. 하지만 사야는 물러서지 않는다. 도망치고 싶지 않다.

눈들이 말한다.

'거기 있어도 돼. 체온 덕분에 침대도 이제 따뜻해졌는데 여기서 또 움직이기엔 체력이 아깝지. 여기도 충분히 편하지 않아?'

맞아. 이 눈들이야말로 편안함 그 자체라는 걸 왜 이제 알았을까? 눈들은 사야를 보듬어 준다. 사야의 가치를 인정하며 위로해 준다. 샌디를 믿어도 된다고 말해준다. 그러니 이곳에 있으면 안전하다고 말한다. 찾고 싶은 것을 얻기 위해선 먼저 닫힌 마음을 열고 그 안으로 들어가야 한다고 말한다.

'과거 기억 속에… 시험 같은 걸 받은 적이 있어?'

샌디가 묻는다. 어쩌면 묻지 않았을 수도 있다. 네트워크 유닛의 메시지를 읽은 건지 아니면 그냥… 머릿속으로 생각을 한 건지 사야

스스로도 구분이 되지 않는다.

'아니면 시련이라도. 도터라는 이름을 얻지 못하면… 죽을 수밖에 없는 상황.'

어둠 속에서 수십 개의 눈을 바라보는 동안 얼마나 긴 시간이 지났는지 알 수 없다. 눈들이 진동하고 이동하고 모이고 겹치는 동안 사야의 눈빛에서 긴장이 사라지고 시선은 침대 구석에 있는 작은 털 뭉치를 지나 더 먼 곳으로 이동한다. 그 너머의 공간에서 조각난 기억의 유령들이 떠올라 사야의 의식을 스쳐 지나간다. 그들은 사야가 몇 년 동안 단 한 번도 떠올리지 않았던, 어쩌면 평생 떠올리지 않았던 것들을 보여준다. 어둠이 보인다. 빛이 보인다. 공포와 환희를 느낀다. 그리고 언제나 모든 곳에 눈들이 있다.

의식을 잃은 건지 시간 감각이 무너진 건지 알 수 없게 된 순간, 사야의 해치가 열린다. 바닥과 천장으로 눈부신 빛줄기가 새어 들어온다. 그리고 그 빛을 황금 옷처럼 두르고 있는 작은 털 뭉치가 문 앞에 서 있다.

샌디가 어깨 너머로 말한다.

[이제 그만 자렴.]

사야는 그 문장을 끝까지 읽기도 전에 샌디의 말을 따른다.

13

작은 여자아이가 어둠 속에서 떨고 있다. 평소였다면 빛이 사라졌을 때 잠들었겠지만, 지금은 빛을 본 지 너무 오래되었다. 그래서 아이는 이제 졸음을 견딜 수 없을 때만 잠을 잔다. 목이 너무 말라서 삼킬 침조차 나오지 않는다. 고통스럽던 허기도 더 이상 느낄 수 없다.

날 어머니라고 부르겠니?

몰랐다. 정말 몰랐다. 어둠과 고통과 갈증이 무엇인지 아이는 몰랐다. 알았다면 다른 대답을 했을 것이다. '아니요'라고 말해야 했다. 아니요, 제발. 싫어요.

하지만 아이는 그러지 않았다. 아이는 '네'라고 말했다.

아이는 인형을 품에 안고 부드러운 천 위로 얼굴을 묻는다. 마음을 놓고 있을 때만 찾아오는 괴물과 비슷한 냄새가 난다. 한때 그 악마를 엄마라고 부르고 싶다고 생각했었다. 하지만 아이에게 남은 건이 인형뿐이다. 아이는 얼굴에 닿는 느낌으로 인형의 다리를 세어본다. 하나, 둘, 셋, 넷, 다섯, 여섯, 일곱, 여덟. 다시 한번, 최대한 빠르게.

하나, 둘 셋, 넷, 다섯, 여섯, 일곱, 여덟. 다시 한번, 천천히. 이번엔 '사야의 노래' 가사를 하나씩 넣어서. 모든 사야가 이런 순간을 견뎌냈다. 파괴자 사야 더 디스트로이어도 그랬다. 그리고 모두 이겼다. 그들 모두 삶을 손에 넣었다.

하지만 이런 갈증을 견뎌야 얻을 수 있는 것이라면 차라리…

더 어렸을 때, 지금과는 모든 게 달랐을 때, 아이가 즐기던 놀이가 있다. 밝고 부스럭거리고 따뜻하고 아름다운 것이 있었다. 아이는 무언가 불타고 있는 것 앞에서 불빛을 바라보고 있었고 아이 뒤로는 차가운 밤이 내려앉았다. 놀이의 규칙은 단순했다. 뒤를 돌아보지 않고 최대한 멀리 가기. 멀리 갈수록 어려워진다. 돌아보고 싶은 욕망을 잊고 나아갈수록, 분명한 사실 하나를 확신하게 된다.

어둠 속에 무언가 있다.

아이는 몸을 일으키려다가 거의 넘어질 뻔했지만, 인형을 꼭 붙잡고 어지러움이 사라질 때까지 기다린다. '어머니'의 모습은 보이지 않는다. 하지만 굳이 눈으로 볼 필요는 없다. 냄새로 알 수 있으니까. 어머니의 입에서 항상 흘러나오는 따닥따닥 소리도 들을 수 있다. 아이는 인형을 가슴 깊이 품은 채 무릎은 얼굴까지 당기고 팔로 다리를 감싼다. 이런다고 안전해지지는 않겠지만, 적어도 그렇게 느낄 수는 있다.

어둠이 묻는다.

"날 어머니라고 부르겠니?"

여자아이는 온몸으로 아니라고 외친다. '네'라고 대답했을 때는 몰랐다. 이야기와 현실의 차이를 이해하지 못했다. 지금은 모든 곳이 어둡고 모든 것이 고통스럽다.

말라붙은 목을 긁어가며 나오는 목소리로 아이가 자그맣게 대답한다.

"네."

낮은 숨소리가 사야의 방을 메운다. 이제 어머니가 어디 있는지 굳이 짐작할 필요가 없다. 몇 개의 마디로 이어진 단단한 부속지들이 사야의 몸을 감싼다. 움직이면 안 된다. 면도날 같은 턱에 머리카락이 걸려 고통스러워도 절대 비명을 지르지 않는다.

어둠이 속삭인다.

"그리고 여덟 번째 날, 아이는 눈부신 달빛을 맞이하며 세상에 나왔습니다."

사야는 잔뜩 갈라진 입술로 같은 말을 읊조린다. 알고 있는 이야기다. 현명한 세냐 더 클레버는 세상에 나오는 데 8일이 걸렸다. 광기의 쇼큐 더 인세인도 8일 뒤에 세상에 나왔다. 파괴자 사야 더 디스트로이어를 제외하고는 모두 8일이 걸렸다. 사야 더 디스트로이어는 이후로도 8일이 더 걸렸다. 1일, 2일, 3일, 4일, 5일…

목소리가 읊는다.

"나는 너의 고향. 나는 너의 시험장. 나는 생명을 노리는 너의 형제자매. 나는 게걸스러운 허기이고 죽을 것 같은 갈증. 나는 고통 그 자체. 그리고 나는 삶을 선물 받은 너에게 묻는다. 너는 그 선물을 받을 만한 존재인가?"

아이가 속삭인다.

"아니요."

"너는 의식을 부여받은 존재다. 너는 그럴 자격이 있는가?"

아이는 아무 말도 하지 못한 채 그저 입술만 움직인다. 입술이 대답한다.

아니요.

"자격 없이 선물을 받은 너에게 묻는다. 그것들을 쟁취하고 보상하고 싶은가?"

작은 여자아이는 이제 너무 지쳤다. 모든 것이 멀게만 느껴지고 생각조차 하기 어렵다. 아이의 가장 절실한 희망과 욕망이 한곳에 뭉쳐 있다. 지금 자신의 몸을 감싸고 있는, 어머니가 될지도 모르는 존재. 어둠 속에 있는 존재. 어쩌면 어둠으로 만들어진 존재. 어쩌면 어둠 그 자체인 존재. 도무지 이해할 수 없는 존재다. 그 존재에 대한 자신의 반응도 이해할 수가 없다. 그것을 향해 소리를 지르고 싶고 그것을 죽이고 싶다. 누구도 자신을 다시 찾지 못하도록 그것 안에 자신을 묻어버리고 싶다. 도망치고 숨고 싶다. 이 괴물을 불과 빛으로 태워버리고 싶다. 하지만 아이는 그 어느 것 하나도 실천하지 않는다. 대신 한 번도 해본 적 없는 행동을 한다. 칠흑을 향해 떨리는 손가락을 뻗어 그것의 얼굴을 찾는다. 찾았다. 생각보다 가깝다. 아이의 손이 단단한 표면과 날카로운 모서리를 더듬어도 그것은 말리지 않는다. 그것의 얼굴은 사야의 얼굴과는 완전히 다르다.

아이가 얼굴에게 대답한다.

"네."

어둠이 말한다.

"그럼 이 상처들은 너의 가장 소중한 재산이 될 거야."

빛이다.

며칠 만에 보는 빛이다. 너무 눈부셔 눈을 거의 감고 있으면서도 아이는 빛을 너무나도 갈망한다. 어둠 속에 숨어 있던 것이 모습을 드러낸다. 보이지 않는 공포가 악몽으로 바뀌는 순간이다. 모든 직선이 하얗게 빛나고 모든 방향으로 뒤틀린 그림자가 벽에 비친다. 작은 여자아이는 빛과 그림자의 소용돌이 속에 갇혀 있다.

악몽이 묻는다.

"이게 뭔지 알겠니?"

오랫동안 어둠 속에 있었던 탓에 작은 여자아이는 도무지 빛에서 눈을 뗄 수가 없다. 침을 삼키고 '아니요'라고 말을 하려고 해보지만, 그저 목이 아프기만 할 뿐, 아무런 말도 나오지 않는다.

어둠이 말한다.

"내 과거란다. 그리고 너의 미래지. 너의 미래가 아니라면, 네 동족의 미래일 거고. 내가 너의 행성에 있는 동안 쌓았던 기억이지. 그것들을 잘라낸 다음 여기에 넣었어. 그 행성의 위치가 기록된 마지막 장치이기도 해. 수천 종족들이 모든 걸 감수해서라도 갖고 싶어 하는 정보지."

더 많은 말이 이어졌지만 거칠게 따닥거리는 소리에 아이는 미처 알아듣지 못한다. 귀에서 고작 수 센티미터 떨어진 곳에서 커다란 턱들이 움직이고 있지만 아이는 쉽게 이해하지 못한다. 턱에서 나는 소리는 마치… 자신이 직접 내고 있는 것처럼 들린다.

긴 이야기를 마무리한 어둠이 말한다.

"이제 네 시험의 마지막 밤이야. 오늘 밤, 넌 너의 운명을 마주할 거야. 그게 삶이든 죽음이든. 네가 나의 딸, 도터가 된다면 난 모성 그 자체가 되어 널 감싸줄 거야. 네가 사랑하는 걸 사랑하고 네가 싫어하는 걸 죽일 거야. 내 삶을 걸고 널 지킬 거야. 그러기 위해 죽는 날이 온다면, 난 즐겁게 웃을 수 있겠지. 내 삶은 내 것이 아니야. 내가 쟁취한 삶이지. 그러니까 난 내가 원하는 방법대로 살 수 있어. 그리고 내 것은 곧 너의 것이란다, 나의 작은 아이야. 너의 것은 곧 나의 것이기도 해. 너의 친구들은 나의 친구가 되고 내 친구들은 너의 친구가 될 거야. 나는 선조들에게 물려받은 복수의 권리를 포기할 거야. 너 그리고 네 동족의 미래는 내가 아니라 너 자신의 부속지에 달려 있어."

낮고 부드러운 숨소리가 지나가고 어둠이 말을 잇는다.

"네가 살아남기만 한다면 말이야."

작은 여자아이는 어둠의 말을 단어 하나 빠뜨리지 않고 모조리 귓전으로 흘린다. 아이가 의식하고 있는 것은 고통과 갈증, 그리고 눈앞에 있는 빛이 세상의 마지막 빛이라는 사실뿐이다. 둔해진 머릿속에서 수많은 전설이 소용돌이치다가 악마의 단어가 되고 마침내 모든 것이 같은 이야기로 귀결된다. 무언가를 그저 얻거나 대가를 치러 손에 넣는 이야기. 무언가가 주어지거나 무언가를 쟁취하는 이야기. 그 이상의 다른 의미가 있다고 한들 이제 아이에겐 아무런 가치도 없다.

지금 이 순간, 아이가 해야만 하는 일은 단 하나뿐이다.

살아남아야 한다.

어둠이 묻는다.

"준비됐니?"

아이는 빛을 바라보며 대답한다.

"네."

"두려움 없이 고통을…"

어둠의 목소리가 떨린다. 하지만 속삭인다.

"두려움 없이 고통을 마주할 수 있겠니?"

이윽고 아이는 빛 속에서 빠져나와 어둠 속에 있는 수많은 눈을 바라본다. 어둠의 목소리가 지금처럼 떨리고 끊어진 적은 단 한 번도 없었기 때문이다. 시선의 초점을 맞추기가 쉽지는 않았지만, 마침내 칠흑 속에서 빛나는 얼굴을 발견한다. 아이는 떨리는 숨을 내쉬며 거친 입술을 더 거친 혀로 한 번 핥는다.

작은 여자아이가 대답한다.

"네."

아이를 감싼 단단한 부속지가 전율한다.

세냐 더 위도우가 말한다.

"이제 말해보렴."

작은 여자아이가 말한다.

"나는 사야 더 도터. 나는 두려움 없이 고통과 마주할 것이다."

14

사야 더 도터는 검고 텅 빈 선실 바닥에 편하게 앉아 있다. 더할 나위 없이 고요하고 침착한 모습이다. 조금 전, 바로 이곳에서 땀에 흠뻑 젖은 채 비명을 지르며 깨어나 에이스를 걱정시켰다. 그냥 꿈이 아니었다. 그것만큼은 확실하다. 지금 입고 있는 후줄근한 유틸리티 수트만큼이나 현실이었다. 어머니의 기억이었다. 사야의 의식은 그 기억을 기억 저장고만큼이나 꼭꼭 숨겨놓고 있었다. 하지만 처음부터 끝까지 그곳에 있었다. 도대체 어떤 반응을 해야 할지, 그리고 이 복잡한 감정이 어디로 향하고 있는지 사야는 도무지 알 수가 없다. 하지만 상관없다. 칠흑 같은 어둠 속에서도 눈부시게 타오르는 신념 하나가 있다.

사야는 큰 목소리로 말한다.

"나는 사야 더 도터."

이 사실만큼은 누구도 사야에게서 앗아갈 수 없다.

네트워크 유닛에 따르면 립타이드호의 아침 시간이 시작되기까지

1시간 이상 남았다. 마침 사야에게도 어둠이 필요했기에 좋은 소식이다. 이 방에서 빛을 내는 물건은 반구 모양의 오렌지색 홀로그램뿐이다. 방 가운데 놓여 있기 때문에 네트워크 유닛이 벽의 위치를 그려줄 필요도 없다. 사야는 방의 조명을 켜서 꿈을 제대로 재구성해 볼까 생각하다가 그러지 않기로 마음을 먹는다. 지금은 빛이 아닌 어둠을 위한 시간이다. 그리고 이제 사야는 어둠 속에 있는 무엇도 자신을 해칠 수 없다는 걸 알고 있다. 사야를 두렵게 한 건 어둠이 아니었다. 전혀.

어머니였다.

혼란스럽기 그지없는 생각들이 연달아 떠오르지만 사야는 일단 내버려 두고 기다리기로 한다. 지금은 반성 따위를 하고 있을 때가 아니다. 움직여야 한다. 몸에 남은 상처들이 이제 피부를 가로지르는 불길처럼 보인다. 어머니는 이 상처들이 가장 소중한 재산이 될 거라고 했다. 아마 그럴 것이다. 그게 사실이든 아니든 지금은 일단 새로운 상처를 하나 더 얻으려는 참이다. 사야 더 도터는 두려움 없이 고통에 맞설 것이기 때문이다.

사야는 깊은숨을 한 번 내쉬고 몸을 기울여 기억 저장고를 집어 든다. 저장고의 홀로그램이 새로운 상황을 감지하고 하얗게 변하며 말한다.

"안녕하세요, 새로운 사용자님. 본인 인증을 해주세요."

사야가 저장고를 머리 옆까지 가져오자 홀로그램 구체가 사야의 머리를 삼킨다. 홀로그램이 깜빡이며 사야를 얼굴을 측정하더니 곧 파란색으로 변한다.

"인증 완료되었습니다. 안녕하세요, 사야 더 도터. 무엇을 도와드릴까요?"

이미 100번은 들은 말이다. 사야는 100번 반복했던 것처럼 입을 연다. 하지만 이번엔 다를 것이다. 지금의 사야는 자신이 해야 할 일을 알고 있다.

사야는 조용히 말한다.

"저장고, 네 잠금을 해제할 거야."

"알겠습니다. 저장된 기억을 어디로 전송할까요? 대답하시기 전에 먼저 제 사용자 매뉴얼을 참고해 주시기 바랍니다."

사용사 매뉴얼이라면 이미 완벽하게 외우고 있다. 숨이 막힐 만큼 무미건조한 문장들이었지만 집념이 있다면 무엇이든 가능하다. 그중에서도 사야가 가장 많은 시간을 보낸 부분은 [항목 105. 확장 기능]이었다. 앞의 90퍼센트는 길고 긴 법률용어의 나열이었는데 결국 담고 있는 의미는 간단했다. 사용자가 이 뒤에 설명된 내용을 실제로 시도할 만큼 멍청하다면 제조사는 그 어떤 책임도 질 수 없다는 것이다. 나머지 10퍼센트는 사야가 지금부터 하려고 하는 일이다.

사야가 말한다.

"나한테 보내. 기억을 내게 보내줘."

"요청사항을 확인합니다. 이종 간 기억 전송을 하시겠습니까?"

사야는 다시 한번 깊은숨을 내쉬고 말한다.

"맞아."

"필수 경고 사항 600항. 이 장치는 사용자에게 다음과 같은 경고를 할 법적 의무가 있습니다. 기억 전송은 동종 간에도 오류를 일으킬 가능성이 크며, 이종 간 전송의 경우에는 이 오류가 현저하게 악화될 수 있습니다. 알려진 부작용으로는 영구적인 인격 변화 또는 혼란, 일시적인 학습장애…"

"알았어."

사야 내면의 작은 목소리가 말한다. 기다려 봐, 제대로 이해한 거 맞아? 하지만 사야는 억지로 무시한다. 내면의 목소리는 필사적으로 붙잡는다. 그리 좋은 생각이 아닐지도 몰라. 로슈한테 부탁하면 별문제 없이 도와줄 거야. 아니면 일레븐도 괜찮고. 어쩌면 그냥 헛꿈이었을지도 몰라. 그것도 아니라면 별 의미 없는 회상일 수도 있고. 고작 여행 추억 따위에 맨정신을 갖다 버리려는 거야?

물론이지. 이 암호화된 기억 저장고 안에 있는 건 어머니 위도우들이 딸들의 피로 봉인해 둔 기억이니까.

저장고가 말을 잇는다.

"또한 요청하신 기억은 이 장치의 최상위 보안 기능으로 보호되고 있습니다. 전송 성공 여부와 상관없이 작업이 완료되면 모두 삭제됩니다."

그렇단 말이지. 기회는 한 번뿐이고 결과에 상관없이 뇌 손상이 남을 가능성은 농후하다. 미친 짓이다.

"다음 질문에 대한 사용자의 대답은 법적 증거로서 공증됩니다. 이후 진행될 작업에 대해 에이브테크는 그 어떤 책임도 질 수 없다는 것에 동의하십니까? 동의할 경우 완전한 문장으로 대답해 주세요."

"나는…"

사야는 말을 하다가 멈춘다. 허공에서 문자들이 소용돌이치다가 홀로그램 문양 너머로 사라진다. 저장고는 사야가 문장을 끝내기를 기다리고 있다.

"나는 에이브테크에 어떤 책임도 묻지 않겠어."

"네트워크 요구조건에 맞춰 사용자의 동의가 공식적으로 기록되고 공증되었습니다."

홀로그램 구체 표면에 새로운 문양들이 떠오른다.

"이 장치가 사용자의 정신에 접속하는 것을 허가하시겠습니까? 허가할 경우 완전한 문장으로…"

"허가."

"허가할 경우 완전한 문장으로…"

"장치가 내 정신에 접속하는 걸 허가할게."

"장치를 잠글 때 사용되었던 의식 상태를 재현해 주세요."

드디어 때가 왔다. 사야는 무릎 위에 올려두었던 두 개의 물건에 손가락을 올린다. 하나는 비규정 지성체의 일종인 의료장치다. 어떤 종족이라도 간단한 응급처리가 가능한 녀석이다. 다른 하나는 일단 차갑고 묵직하다. 해치를 두드려 로슈를 불러낸 다음 뭔가 엄청나게 아픈 걸 달라고 했을 때 로슈가 빌려준 물건이다. 로슈는 아무렇지도 않게 자기 손가락 하나를 뽑아서 건네줬고 사야 역시 놀라는 일 없이 아무렇지도 않게 손가락을 받아 왔다.

로슈는 뿌듯해 보이는 얼굴로 말했다. '공업용 분쇄기야. 다시 한

번 말하지만, 정말 끔찍하게 아플 거야.'

굳이 나서서 작업을 도와주겠다는 로슈를 사야는 어떻게든 거절했다. 그리고는 곧장 방으로 돌아와 조심스럽게 분쇄기를 테스트했다. 그렇게 하나하나 리허설을 거치며 모든 준비를 마쳤다. 가장 중요한 하나만 빼고. 그 기회는 한 번뿐이니까. 사야는 정해둔 순서대로 진행한다. 무릎을 세우고 앉는다. 확인. 의료장치는 금방 손이 닿는 곳에. 확인. 저장고는 머리에 대고 팔은 무릎 위에 올린다. 둘 다 확인. 저장고 표면에 튀어나와 있는 제조사 로고가 피부를 파고들어서 위치를 바꾸고 싶었지만 참는다. 이런 사소한 불편함 따위는 금방 사라질 것이다. 방 내부는 이제 조금도 보이지 않는다. 우주공간에 나와 있다고 해도 믿을 정도다. 한쪽에서 소용돌이치는 문자들밖에 보이지 않는다. 문자들이 시야를 가로지를 때마다 사야는 시선을 집중한다. 로슈의 손가락을 들고 있는 손을 의식하지 않기 위해 노력한다. 로슈의 손가락은 홀로그램이 아닌 진짜 빛을 뿜어내고 있다. 위험을 알리며 깜빡이는 오렌지색 빛이 네트워크 유닛의 오렌지색 홀로그램에 섞여 들고 있다.

오렌지색 문자가 벌레 떼처럼 돌아다니며 말한다. '충분히 아프길 바랄게.'

웃기지도 않아, 로슈.

준비는 이걸로 끝이다.

고통은 소리로 먼저 찾아온다. 곧이어 횡격막이 경련하며 숨을 죄여온다. 이제 시작이다. 고통은 팔에 있는 모든 신경을 타고 물결치듯 퍼져나간다. 축축하고 네모난 로슈의 손가락 끝이 피부를 아래로 짓누른다. 피가 뿜어져 나와 팔 아래로 흘러내리자 사야의 호흡이 빨라진다. 식은땀이 바늘처럼 몸을 찌른다.

"장치를 잠글 때 사용되었던 의식 상태를 재현해 주세요."

두려움 없이 고통을 마주할 수 있는가?

문득 사야의 결심이 흔들린다. 지금 고통 속에 있다. 그리고 두려움은… 없는가? 마음 깊은 곳부터 분노가 치밀어 오른다. 분노가 말한다. 두려움 없는 고통. 엄마가 그렇게 말했잖아요. 1,000번 말했잖아요. 그리고 엄마는 절대 거짓말을 하지 않는다고. 하지만 지금 이건…

그때 내면에서 들리는 다른 목소리에 사야는 기겁하고 만다. 어머니의 목소리다. 세냐 더 위도우가 말한다. 이 정도는 두렵기는커녕 간지럽기만 하다고? 정말 용감하구나. 피가 좀 흘러내린 것 가지고는 미동도 하지 않는 네가 너무 자랑스러워!

하지만 이건 어머니가 아니다. 어머니는 절대 이런 말을 하지 않는다. 이건 사야 자신이다. 불신과 두려움이 사야의 목소리로 사야를 비웃고 있다.

사야의 부끄러움이 말한다.

정말 귀엽기 짝이 없어. 왠지 알아? 내가 다른 사람이었다면…

말하지 마.

이렇게 말했을 거야.

망할 새끼, 말하지 말라고.

넌 딸이 아니야.

그 어떤 목소리보다도, 그 어떤 언어보다도 깊은 곳에서 사야의 분노가 비명과 함께 터져 나온다. 사야는 다시 아이가 된다. 사야는 어머니의 얼굴을 바라본다. 검은 표면과 윤곽이 하얗게 반짝인다. 키틴질 외골격과 부드럽게 움직이는 부속지가 감옥처럼 주변을 둘러싸며 사야의 몸을 으스러뜨리려고 한다. 사야의 분노는 절정에 이른다. 그리고 다시 한번, 고통은 소리로 먼저 찾아온다. 바싹 타버린 피부가 연기로 변해 퍼져나가는 소리다. 사야는 멈추지 않고 로슈의 손가락을 더 힘껏 밀어 넣는다. 로슈 손가락의 네모난 끝이 팔을 파고드는 모습을 지켜보며 살이 타오르는 냄새를 맡는다. 그리고 목을 찢고 나오려는 울음과 비명을 억누르며 턱을 굳게 닫는다. 따라쟁이 목소리가 기어 나오려고 하지만 태양처럼 타오르는 분노 앞에선 꼼짝도 하지 못한다. 불신과 두려움은 이제 소각로, 아니 초신성 앞에 놓은 쓰레기에 불과하다.

분노가 말한다.

나는 사야 더 도터. 내 삶은 거저 주어진 게 아니야. 내가 쟁취한 거야. 죽음의 아가리에서 직접 끄집어낸 거야. 이 삶은 내 거야.

사야는 이 생각을 떠올리며 이를 악문다. 그리고 로슈의 손가락을 팔 깊숙이 밀어 넣고는 스스로 살을 파낸다. 근육이 떨어져 나오고 신경은 가스와 불꽃으로 산화한다. 사야는 바깥으로 드러나 번들거리는 뼈를 바라본다. 팔은 이제 완전히 파괴되어서 기억 저장고를 아직 들고 있기는 한 건지, 손가락이 아직 붙어 있기는 한 건지조차 알 수 없다. 하지만 단 한 가지 사실을 증명할 수 있다면 이 고통을 시간이 끝나는 순간까지 안고 갈 수 있다.

나는 사야 더 도터다. 그리고 두려움 없이 고통에 맞선다.

기억 저장고의 선명한 금색 홀로그램 구체가 사야의 머리를 감싼다.

"축하합니다! 사용자의 인증키를 확인했습니다. 기억 전송을 시작합니다."

이하의 내용은 네트워크 기사 원본을 여러분의 티어에 맞춰 대폭 수정한 것입니다.

네트워크 포커스: 10억 항성계 기념일!

약 100만 년 전, 10억 번째 행성계가 네트워크에 가입했습니다. 그 당시, 은하계의 한쪽 끝에서 반대쪽 끝까지 축제가 열렸고 약 150만 종족에 이르는 모든 시민이 이 축제에 참여했습니다. 네트워크 항성계 하나의 영역은 적어도 직경 100억 킬로미터에 이릅니다. 이런 항성계 10억 개가 모이면 총 8세제곱광년에 이르는 믿을 수 없을 만큼 거대한 네트워크 공간이 구성됩니다.

정말 정신이 아득해지는 축제죠!

8세제곱광년이라는 공간이 실제로 얼마나 큰지는 상상하기가 쉽지 않습니다.* 가장 알기 쉬운 예는 이미 얘기했답니다. 8세제곱광년은 항성계 10억 개를 촘촘히 채워 넣을 수 있는 크기입니다. 여러분의 한정된 지성으로는 이 거대한 공간 역시 우리 은하계의 극히 일부에 지나지 않는다는 사실을 이해하기 어려울 수도 있습니다. 8세제곱광년의 네트워크 공간이 하나 있으면 그 주변과 사이사이에 1조 세제곱광년에 이르는 비네트워크 공간이 펼쳐져 있다는 사실은 정말 짜릿하기 그지없죠.

이제 축제가 조금 시시해 보이지 않나요?

광속을 잊지 마세요!

여러분의 한정된 지성으로 이 거대한 개념을 이해하기 위해선 다른 방향에서 접근할 필요가 있습니다. 바로 광속이죠.

네트워크 속 별 하나에서 출발한 광자는 아주 빠르게 이동합니다. 초속 30만 킬로미터에 이르죠!** 이렇게 빨라도 평균적인 F타입 암석 행성에 이르는 데는 약 8분 이상 걸립니다. 4시간이 더 지나면 광자는 이 항성계의 네트워크 범위 끝자락에 이르게 되죠. 그때부터는 항성 간 여행이 시작됩니다. 수십 년이 지나고 나면 광자는 네트워크에 연결된 10억 개 이상의 다른 항성계 중 하나에 도착합니다.*** 만약 이렇게 이웃한 두 항성계가 은하계의 가장자리에 있었다면 5만 년이 더 지났을 때 광자는 은하계의 중심에 닿을 수 있습니다. 거기서 다시 5만 년이 흐르고 나면 이번엔 은하계 반대편에 도착할 수 있겠죠. 뭔가 부족하다고요? 비슷한 크기의 다른 은하계에 도착하는 데는 2,000만 년이 걸린다는 사실은 어떤가요? 게다가 관측 가능한 우주의 끝에 이르기 위해선 거의 500억 년이 더 지나야 하죠.

여러분의 행성까지는 4분. 우주의 끝자락까지는 500억 광년. 여러분이 얼마나 작은지 이제 감이 좀 오나요?

이런 현실의 규모 때문에라도 네트워크 시민권은 소속된 모든 종족에게 필수적인 요소라고 할 수 있죠. 네트워크 속에서라면 종족 규모의 위기조차 사소하고 이해 가능한, 무엇보다 쉽게 피할 수 있는 일에 불과합니다. 총합 8세제곱광년의 공간 속에서 일어나는 일은 우리 모두 잘 알고 있습니다. 하지만 바깥세상, 이 우주의 광대한 어둠 속에서 일어나는 일은 어떨까요? 답은 간단합니다.

전혀 모릅니다.

* 티어4 이하에 대해서.

** 참고로 말씀드리면, 이것은 네트워크 공간의 최고 규정 속도보다 압도적으로 빠른 속도입니다.

*** 물론 빛이 네트워크를 통해서 이동한다면 거의 출발 즉시 도착합니다.

15

[에이브테크 기억 저장고의 기억 복구 작업에 오신 것을 환영합니다! 저는 비규정 지성체 〈이름 미설정〉이고 사용자님을 과거로 안내하는 것이 제 일이랍니다. 사용자님의 반응을 살피고 사용자님에게 최적화된 전송 과정을 구성해 최고의 경험을 선사해 드리겠습니다. 저는 감정적 트라우마를 최대한 남기지 않는 것을 목표로 하고 있습니다.]

[먼저 무작위 기억부터 시작하고 그 반응을 다른 기억에 대한 베이스라인으로 설정하겠습니다.]

#

[기억 전송을 시작합니다…]

#

　세냐 더 위도우는 숲의 깊은 바닥에 몸을 웅크리고 앉아 있다. 살짝 스며든 따뜻한 햇볕 아래에 있으니 날카롭고 미끈한 그림자처럼 보인다. 네트워크 이식장치가 '나무'라고 알려주는 거대한 식물들이 세냐를 둘러싸고 있다. 빨갛거나 금빛을 띠는 '나뭇잎'이 하나씩 하나씩 땅에 떨어지며 부스럭거리는 소리가 들린다. 요란한 색으로 가득한 장소다. …동시에 놀라울 만큼 아름다운 곳이다.

　세냐가 이식장치에게 속으로 말한다.

　[쇼큐, 보여? 내 어머니는 행복이란 이런 순간들이 모여서 만들어진다고 했어.]

　[네가 어머니 얘기하는 거 처음 들어보네.]

　쇼큐 더 마이티는 네트워크 이식장치 속 자그만 지성체다. 쇼큐가 자기 이름을 고른 건 이미 몇 년 전의 일이지만 하필 이런 이름을 골랐다는 사실이 사야에겐 여전히 흥미롭다. 물론 가벼운 농담일 뿐이다. 비규정 네트워크 이식장치가 이름을 '쟁취'할 수는 없으니까.

　세냐는 날카로운 외곽선을 가졌던 어머니의 얼굴을 떠올리다가 이식장치가 쓸데없는 분석을 늘어놓기 전에 한발 앞서 말한다.

　[어머니와 딸의 복잡한 연결고리를 네가 이해할 수 있을 줄은 몰랐네.]

　하지만 이 작은 지성체는 멈출 줄 모르고 말한다.

　[요즘 네가 왜 이렇게 자주 추억에 빠지는지 궁금했어. 내 생각엔

아무래도 늙은 거 같아. 아니면 외롭거나.]

이식장치의 주제넘은 질문은 언제나 무시해 왔다. 그래서 세냐는 이번에도 무시한다. 세냐는 아직 늙지 않았다. 이제 겨우 100세를 넘겼다. 외롭지도 않다. 문명의 압박에서 몇 광년이나 떨어진 곳까지 나와서 근심 걱정 없이 편한 마음으로 하고 싶은 일을 하며 살고 있다. 게다가 보수까지 받고 있다! 솔직히 지금보다 더 바라는 건 지나친 욕심이다.

세냐 아래에서 꼬르륵거리는 목소리가 말한다.

"있잖아, 일은 다 끝났어?"

[아, 이런. 지성체야. 게다가 표준어를 말하네. 보고서 쓸 일이 생겨버렸어.]

멍청하긴. 당연히 지성체 정도는 있지. 세냐 더 위도우가 나무에 내리치는 번개처럼 이 행성에 내려온 이유가 바로 지성체 때문이다. 그리고 당연히 표준어를 말한다. 지금까지 표준어를 말하지 않는 지성체를 만난 적이 없다. 네트워크 공간의 경계에서 몇 광년이나 떨어진 이곳에서도 표준어 구사자를 만나는 건 놀라운 일이 아니다. 어디서든 지성체를 만난다면 당연한 일이다. 이 지성체에겐 지성을 갖췄다거나 표준어를 사용한다는 것 자체보다 더 이상한 점이 있다. 부속지가 네 개밖에 없다는 사실이다. 말하자면 위에 두 개, 아래에 두 개. 세냐 더 위도우가 보기에 이 지성체의 몸은 징그러울 만큼 말랑말랑한데다 뼈는 끔찍하게 창백한 살점 아래에 숨어 있다. 다시 들여다보니 일어섰을 때도 1미터가 되지 않는 작고 무방비한 모습이다. 머리 꼭대기에는 지저분하게 자란 흰색 체모가 있다. 그리고 그 아래에 있는 금빛 눈으로 세냐를 바라보고 있다.

　-전송이 중단되었습니다.-

[예상치 못한 기억 충돌이 일어났습니다. 파라미터를 수정하고 있습니다.]

　#

옵서버가 두 개의 입으로 말한다.

"오, 안녕. 여기 있었구나."

옵서버는 여전히 미소를 지으며 말한다.

"널 알고말고, 사야 더 도터. 아주 오랜만이긴 하지만 말이야."

　#

[파라미터 수정이 완료되었습니다. 최고의 결과를 얻기 위해 전송 중에 기존의 기억은 떠올리지 말아주시기 바랍니다.]

　-전송 재시작-

작은 생명체가 세냐를 바라보고 있다. 금빛 눈을 크게 뜨고 깜빡이지도 않는다. 몸 일부에서 붉은 액체를 흘리고 있다. 그것도 제법 많이. 아무래도 죽어가는 중인 듯하다. 어느 종족일까? 네트워크에 연결되어 있다면 필요한 정보에 쉽게 접속할 수 있다. 하지만 연결되지 않는다. 벌써 64번째 접속 실패다. 이게 이 긴 여행의 가장 불편한 부분이다. 누구와도 그리고 무엇과도 전혀 연결되지 않는다. 물론 그래서 외롭다는 건 아니다. 이식장치가 생각하는 것과는 다르다. 굳이 말하자면 고립이라고 할 수 있다. 외로움 따위는 연약함의 상징일 뿐이다. 그리고 세냐 더 위도우는, 글쎄. 세냐 더 위도우니까.

세냐가 축 늘어진 작은 생명체를 칼날 부속지 옆면으로 툭툭 치면서 쇼큐 더 마이티에게 묻는다.

[어떻게 생각해?]

아마 우주선에 있는 라이브러리안도 이 녀석을 잘 모를 것이다. 배고픈 라이브러리안 앞에선 세냐 더 위도우도 긴장을 풀 수 없다는 걸 생각하면 다행이라고 할 수 있다.

쇼큐 더 마이티가 말한다.

[죽이려면 먼저 승인을 받아야 해.]

세냐 밑에 있는 녀석이 말한다.

"있잖아, 너희가 여기 왔다는 건 한참 전부터 알고 있었어. 너희가 터널에서 나오는 모습을 봤거든."

금빛 눈을 깜빡이며 올려다보는 모습이 낯선 땅에서 창백하게 피를 흘리고 있는 것치고 제법 기분이 좋아 보인다.

세냐 더 위도우는 조용히 묻는다.

"이 장소를 알고 있는 사람이 얼마나 있지?"

작은 생명체는 아무렇지도 않게 대화를 이어나간다.

"아, 이런. 은하계 전체를 야단법석으로 만드는 일은 아직 하고 싶지 않아. 그래도 대충 짐작은 하고 있어. 적어도 지금까진 나 혼자만……"

목소리가 골골거리더니 말이 끊어진다. 세냐 더 위도우는 할 일을 끝낸 칼날 부속지를 떨어진 나뭇잎으로 깨끗하게 닦는다. 이번 발견은 이제 세냐만이 알고 있다. 이 생명체를 라이브러리안에게 먹여버리고 나면 구속실을 열 때마다 목숨을 걸 필요가 없어질 것이다. 하나의 칼을 두고 두 경쟁자가 대치하는 옛 속담 같은 상황은 이제 지긋지긋하다.

이식장치가 말한다.

[죽인다고 외로움이 사라지지는 않아.]

[위로받고 싶어서 죽인 게 아니야.]

세냐는 튕기듯 대답을 하고는 시체를 흉갑 위에 올린다. 지방과 정체불명의 액체로 가득한 피부가 자신의 아름다운 외골격에 닿자 세냐는 불쾌한 숨소리를 뱉는다.

[연구를 위해 죽인 거야. …그리고 수익도.]

[아하, 즐긴 건 아니란 말이지.]

[원한다면 무엇이든 즐길 수 있어. 하지만 이번엔 내가 먹여야 할 녀석이 있으니까.]

[라이브러리안에게 먹이를 주면 외로움이 좀 줄어들 거라고 생

각해?]

세냐 더 위도우는 공격적으로 쉬익거리면서 우주선을 돌아본 뒤, 좀 더 거친 대답을 떠올린다. 머릿속에서 쉬지 않고 떠들어대는 이 목소리는 이제 너무 익숙하다. 그렇지 않았다면 이미 오래전에 이 쇼큐 더 마이티 녀석을 공장 초기화해 버렸을 텐데.

익숙한 목소리가 다시 들린다.

"이런, 너 나 하나를 죽였잖아!"

[들었어? 너 방금 상급 티어를 죽였어.]

쇼큐 더 마이티의 목소리에 두려움이 약간 섞여 있다. 세냐 더 위도우에게도 아주 드문 경험이다. 이식체가 타당하기 그지없는 걱정을 하고 있으니까. 세냐는 몸을 낮게 숙이고 네 개의 부속지로 선다. 주변에서 가장 높은 나무를 향해 뒷걸음치며 다른 네 개의 부속지를 들어 올려 날을 세운다. 슬며시 다가오는 죽음의 그림자를 탐색한다. 둘레가 1미터를 훌쩍 넘는 갈색 나무는 충분히 크고 두껍다. 이 정도면 세냐의 뒤를 노리는 대구경 발사체 정도는 충분히 막을 수 있다. 세냐는 초음파 탐색음을 내보낸다. 돌아오는 메아리를 통해 주변을 살핀다.

같은 목소리가 말한다.

"나 여기 있어. 부탁이니까 잠시라도 날 죽이는 것 좀 멈춰줄래? 얘기 좀… 아, 이런, 세상에."

세냐는 상대의 위치를 확인하자마자 허공으로 뛰어올라 목소리의 두 번째 주인을 침묵시킨다. 첫 번째 목소리에게 한 것과 같은 방법으로. 세냐는 시체 위에서 몸을 수그린다. 칼날 부속지는 시체를 뚫고 지나가 땅 아래로 8센티미터 박혔다. 세냐는 다시 한번 탐색음을 내보낸다. 하지만 나무가 너무 많다. 말라붙은 나뭇잎이 부스럭거리는 소리와 부드러운 말소리 같은 게 들리지만 모두 너무 미약해서 자세히 알아듣기가 어렵다. 사방에서 들리는 것 같아 방향조차 가늠하기 어렵다. 하지만 몇 초 더 듣고 나니 녀석들이 정말 사방에 있는 것 같다.

쇼큐 더 마이티가 말한다.

[바로 이거야. 바로 이게 우리가 죽는 방법이야. 아무 의미 없이. 아마 고통스럽게. 넌 아무래도 상관없겠지만.]

가까운 나무 옆에서 누군가 속삭인다.

"친절해 보이진 않네."

세냐 더 위도우가 몸을 돌려보지만 우거진 수풀만 보일 뿐이다.

이번엔 등 뒤에서 들린다.

"그다지 깔끔하지도 않아."

위도우 종족의 재빠른 반사신경으로 다시 돌아보지만, 이번에도 아무것도 보이지 않는다.

세냐 바로 위에서 말한다.

"배고파서 그런 걸 거야."

세냐는 고개를 들어 살피지만 180도에 가까운 시야 어디에도 눈에 띄는 게 없다. 적외선으로 살펴본다. 기온이 제법 낮아 주변은 거의 같은 온도로 보인다. 하지만 역시 아무것도 발견하지 못한다.

"하지만 날 먹으려는 것 같지는 않아."

혐오감에 세냐의 몸이 전율한다. 누가 이런 걸 먹겠냐고! 라이브러리안 같은 녀석들은 도대체 어떻게 이런 걸 먹을 수 있는 건지 세냐는 도무지 이해할 수가 없다.

세냐의 뒤쪽 어디에서 목소리가 들린다.

"미안한데 말이야."

세냐는 반원을 그리며 천천히 고개를 돌린다. 아무것도 보이지 않는다. 세냐도 이제 슬슬 짜증이 나기 시작한다.

이번엔 왼쪽 앞에서 들린다.

"내가 모습을 보여주년 날 또 죽이지 않겠다고 약속해 줄 수 있겠어?"

위에서도 말한다.

"아무래도 첫 단추를 잘못 뀄 것 같아."

"아니면 칼날을 잘못 꿰었거나. 네 입장에서 말한다면 말이야."

"약속하지. 넌 안전해."

조금 전까지만 해도 세냐는 이런 자그만 녀석들의 위협 따위 웃어넘겼겠지만… 이젠 온 사방에서 셀 수조차 없는 질문이 쏟아진다. 세냐는 천천히 몸을 일으키며 피에 젖은 시체에서 칼날을 빼낸다. 칼날이 여전히 완벽하게 날카롭다는 사실에 세냐는 안심한다. 이 녀석의 뼈는 기분 나쁜 살덩어리만큼이나 약하고 부드럽다는 뜻이다.

목소리가 말한다.

"구체적으로 말 말해줘야겠어. 날 더 이상 죽이지 않겠다고 분명히 말을 해야 해."

쇼큐 더 마이티가 절실히 말한다.

[그냥 말해. 여기서 죽을 필요는 없잖아. 그 멍청한 위도우의 명예
어쩌구 하는 게 아니라면.]

세냐는 마지막으로 탐색음을 한 번 더 내보낸다. 여전히 아무 성
과도 없다. 세냐는 표준어로 말한다.

"좋아."

몸 밖으로 직접 목소리를 낸다는 게 썩 유쾌하지는 않지만, 네트워
크에서 몇 광년이나 떨어진 곳에서는 어쩔 수 없다.

"널 더 이상 죽이지 않겠다고 약속하지. …오늘은."

약속엔 언제나 조건을 붙여야 하는 법이다.

모든 방향에서 한숨이 잔뜩 쏟아진다. 자그만 형체 하나가 나무
뒤에서 걸어 나오며 말한다.

"고마워."

금빛 눈동자를 깜빡이며 얼굴 근육을 이리저리 움직이고 있다.
갈수록 더 기묘한 얼굴이 된다. 하지만 목소리만큼은 평범하기 그지
없다.

"어쨌거나. 무슨 얘길 하고 있었지?"

세냐는 눈앞에 있는 녀석이 말을 할 때 입을 움직이지 않는다는 걸
뒤늦게 깨닫는다. 그저 금빛 눈동자로 세냐를 바라볼 뿐이다. 그리고
목소리는 당연하다는 듯 뒤에서 들려온다. 세냐는 칼날을 아래로 감
추며 조금도 놀라지 않은 것처럼 뒤를 돌아본다. 똑같이 생긴 녀석이

하나 더 있다. 세냐가 둘을 죽였으니 전부 넷이다.

쇼큐 더 마이티가 평소보다 건방진 목소리로 말한다.

[기괴한걸.]

세냐 더 위도우는 속으로 말한다.

[필요하면 부를 테니까 그때까진 조용히 있어.]

겉으로는 침착하게 대응하며 큰 목소리로 말한다.

"너희가 하고 싶은 말은 여길 너희가 처음… 발견했다는 거지?"

적당한 표준어 단어를 찾는 데 부끄러울 만큼 시간이 걸렸다. 이렇게 목소리를 제대로 내는 건 너무 오랜만이다.

사야 위에 있는 나무에서 목소리가 말한다.

"물론이지."

다른 목소리가 말한다.

"맞아. 축하해!"

"넌 은하계 전체에서 내 비밀을 알고 있는 두 번째 사람이야."

쇼큐 더 마이티가 끼어든다.

[비밀? 기대되는걸. 수익이 있을 수도 있겠어. 물론 네가 원한다면.]

옆에 있는 나무에서 새로운 작은 형체가 나타나 팔을 뒤로하고는 몸을 앞으로 내민다. 그러면서 금빛 눈동자로 세냐를 살피며 말한다.

"너도 개인이지?"

쇼큐 더 마이티가 또 끼어든다.

[네가 상급 티어인지 확인하려는 거야. 또는 집단의식인지. 아니면 둘 다인지.]

[넌 정말 당연한 얘기만 골라서 하는 재주가 있단 말이야.]

세냐 더 위도우는 속으로 그렇게 말하는 동시에 겉으로는 평판 좋은 회사원 세냐 더 위도우를 연기한다. 세냐는 부드럽게 말한다.

"물론 개인이지."

여러 목소리가 합창하듯 말한다.

"당연히 개인이지!"

나무 위에서 말한다.

"다른 의도가 있는 건 아니었어."

"요즘 시대엔 겉모습만으로는 함부로 짐작할 수가 없으니까."

다른 녀석이 팔을 뻗고 나뭇잎 주변을 돌아다니는 흉내를 내며 말한다.

"너무 많은 종족이 주변을 서성거리거든. 어느 녀석이 개인이고 아닌지를 도무지 알아볼 수가 없어."

녀석들이 모든 몸으로 불쾌한 기분을 나타내자마자 세냐 더 위도우 주변 모든 곳에서 이상한 소리가 들려온다.

쇼큐 더 마이티가 말한다.

[잘 했어. 녀석들의 마음을 잡았어.]

세냐 더 위도우가 최대한 많은 녀석을 시야에 두기 위해 천천히 몸을 돌리며 말한다.

"맞아. 그거 정말 꼴사나운 일이지."

가장 가까이 있는 녀석이 말한다.

"어쨌거나! 내 이름을 원시적인 발성기관으로 말한다면, 옵서버야."

"안녕, 옵서버. 나는…"

세냐는 세냐 더 위도우 대신 다른 이름을 생각하며 잠시 멈춘다.

"누구냐면, 내 이름은…"

쇼큐 더 마이티가 끼어든다.

[다크니스. 이거 제법 괜찮은 집단정신 이름이야. 이제 내가 명칭 기록을 남겨둔 게 좀 고마워지지 않아? 아니면… 사일런스도 사용 가능해. 아쉽지만 스케어리니스는 누가 벌써 쓰고 있네.]

"헌터."

세냐가 말을 마친다. 세냐는 어쩔 수 없을 때가 아니라면 절대 이 식체의 조언을 듣지 않는다. 그리고 조언을 들을 때도 절대 인정하지 않는다. 헌터는 썩 괜찮은 이름이다. 잘 어울린다. 잠깐이지만 세냐는 정말 집단정신이 되었다고 상상한다. 수백만 개의 정신을 공유하는 수백만 개의 몸이 헌터라는 이름에 농축되어 있다. 지금 세냐가 연기해야 하는 존재가 바로 그것이다.

옵서버가 고개를 갸웃거리며 말한다.

"헌터."

그들 중 일부는 손가락으로 그들의 끔찍한 얼굴 아랫부분을 두드린다.

"헌터. 재밌는걸. 왜 지금까지 너에 대해서 들은 게 없는 걸까."

세냐는 칼날 부속지를 딸각이며 어깨를 으쓱거린다.

"여긴 굉장히 큰 은하니까."

"프레데시우스 어레이하고는 관계없어? 저기 이웃 구역에 있는 포식자 녀석들 말이야."

쇼큐 더 마이티가 말한다.

[명칭 기록 검색 중… 신기하네. 행성 전체를 뒤덮은 식물이야. 그게 지성체라는 주장도 있고.]

세냐 더 위도우는 크게 말한다.

"아무 상관 없어. 그냥 가끔… 마주칠 때가 있긴 하지만."

"그래? 다행이네. 그 녀석 만나면 옵서버가 인사나 했다고 전해줘. 할 수 있겠지?"

"물론이지."

"어쨌거나. 이제 본론으로 들어가자고. 그… 네가 발견한 것에 대해서."

"좋아."

세냐 더 위도우는 조용히, 하지만 대담하게 세냐는 모든 칼날 부속지를 펼친다.

쇼큐 더 마이티가 속삭인다.

[혹시 이 녀석들을 다 죽일 생각이라면, 아마 실패할 거야.]

[고마워. 그 정도는 나도 알아.]

[단순한 전술적 판단이야. 넌 이 녀석들 대부분을 보지도 못하잖아.]

[정말 고마워.]

이식체가 하는 말을 인정하고 싶지는 않지만 결국 세냐는 칼날 부속지를 모두 거둔다. 그리고 아무 옵서버 하나를 고르고 말한다.

"내 고용주가 이번 성과에 대해 발견자 몫을 나눠줄 수 있을 거야. 그래서… 1퍼센트는 어때?"

다른 옵서버가 눈을 깜빡이며 말한다.

"와. 그거 정말… 관대하네."

세냐가 점잖은 목소리로 이어 말한다.

"이번 발견이 정말 드문 거라는 건 내 고용주가 보증하고 있어. 틀림없이 큰 수익이 생길 거야. 물론 제대로 다루기만 한다면 말이야. 네가 가질 1퍼센트는 네 생각보다 훨씬 클 거고."

세냐 주변 모든 방향에서 옵서버들이 어딘가 불편하기라도 한 것처럼 몸을 들썩인다.

옵서버 한 녀석이 머리에 있는 하얀색 털을 긁으며 말한다.

"그런데 말이야. 내 생각엔 넌 네가 발견한 게 뭔지… 잘 모르는 것 같은데."

쇼큐 더 마이티가 조언한다.

[전멸한 문명의 잃어버린 콜로니라고 말해. 근데 정말 그게 맞지 않아?]

세냐는 거칠게 반박한다.

[무슨 말도 안 되는 소리를. 위임장엔 우리가 찾아야 하는 건 연구선이라고 되어 있었어.]

[하지만 이건 절대 연구선 같은 게 아니지.]

[그렇다고 이게 콜로니가 되는 것도 아니야. 전멸한 종족의 유적 같은 것도 아니고.]

[거주가능한 시설인 데다 여긴 네트워크 공간에서 엄청 떨어져 있잖아. 게다가 이 녀석 지금 이 발견 때문에 몹시 흥분한 것 같고.]

[알았어. 콜로니라고 하자고. 잃어버린 식민지도 좋아. 하지만 다른 얘긴 또 뭐야?]

[그거 말고 집단정신이 신경 쓸 게 뭐가 있겠어? 녀석들은 항상 어느 문명이 성장하고 어느 문명이 전멸하는지에 대해서만 관심이 있잖아. 위도우들이 누가 죽었는지에만 관심이 있는 것처럼.]

[무례한 놈 같으니.]

옵서버 하나가 끼어든다.

"대답이 늦어지는 것 같은데."

덕분에 세냐 내부에서 벌어지던 논쟁도 끝난다. 세냐 더 위도우는 칼날 부속지를 서로 마주하며 목소리의 주인공을 바라본다. 이제 무엇을 할지 결심했다. 저 녀석을 죽일 것이다.

다른 옵서버가 말한다.

"이해할 수 있어! 나도 가끔 그럴 때가 있어. 주변에 내가 조금밖에 없을 때 말이야."

뒤에서 말한다.

"바로 지금처럼! 지금 이 근처에 몸이 200개도 없어. 그래서 솔직히 말하면 진짜 지성이 뭔지 거의 잊어버릴 지경이야."

세냐는 다시 입을 연다.

"난… 느리지 않아. 그냥… 잠시 생각을 좀 했을 뿐이야. 그리고 발견이 뭔지는 당연히 알지. 그건…"

세냐는 한숨을 쉰다. 절대 이러고 싶지는 않았는데.

"이건 잃어버린 콜로니야. 예전에 전멸한 문명의 유적이지."

침묵이 퍼져나가더니 수많은 금빛 눈동자들이 세냐를 응시하며 판단하기 시작한다. 그리고 결론이 난다.

옵서버가 외친다.

"알고 있었구나!"

다른 녀석이 말한다.

"하지만 어느 문명 건지는 아마 모를 거야. 한번 맞춰봐."

쇼큐 더 마이티가 끼어든다.

[전혀 모르겠어. 프리휠러나 실버티스라고 하면 될 서 같기는 한데. 이 주변에서 전멸한 문명이 몇 개 있기는 하지만 딱히 관심을 가질 만한 곳은 없어.]

하지만 운에 맡기는 건 한 번으로 족하다. 세냐 더 위도우는 솔직히 인정한다.

"모르겠어."

옵서버 하나가 팔을 바깥으로 펼치며 말한다.

"지금 네가 밟고 서 있는 곳은 인간의 유일한 정착지야. 적어도 우리가 아는 우주공간에서는 여기 하나 밖에 없지."

세냐는 마지막으로 말을 한 옵서버를 바라본다. 턱에 힘을 주며 침묵을 지킨다. 머릿속에서 우선순위가 격렬하게 뒤바뀐다.

그러는 동안 쇼큐 더 마이티가 말한다.

[우와, 이건 정말 상상도 못했는데. 그리고 너 지금 엄청 위협적인

자세를 하고 있어.]

세냐 더 위도우도 깨닫는다. 하지만 달리 어쩔 수가 없다. 모든 칼날 부속지가 완전히 펼쳐진 채 떨리고 있다. 날카로운 턱도 빠르게 경련한다. 뜨겁게 진동하는 거대한 분노가 세냐의 가슴에 차오른다. 분노한 위도우의 진짜 모습이다.

인간이라니!

하지만 옵서버는 세냐 더 위도우의 자세가 가진 의미를 전혀 이해하지 못한다.

한 녀석이 등을 돌리며 말한다.

"따라와. 보여줄 게 있어."

세냐 더 위도우는 머릿속에 들어찬 망상을 흔들어 떨쳐내고 나서야 겨우 몸을 움직인다. 그러고는 조용히 말한다.

"안내해 줘."

그래. 어서 안내해, 괴짜 녀석. 세냐 더 위도우가 친히 널 따라갈 거야. 은하계 끝까지라도 갈 테니까. 어디든지. 살아 있는 인간이 있는 곳이라면.

16

[에이브테크 기억 복구 서비스]

[스테이지1]

\#

[좋은 소식입니다! 감정 베이스라인을 구축하는 데 성공했습니다. 이제 기억 하나하나가 당신에게 미치는 영향을 중간 정도의 확실성으로 예측할 수 있게 되었습니다. 현재 다양한 요소가 동시에 진행되고 있기 때문에 기억 전송의 순서를 변경할 예정입니다. 하지만 걱정하지 마세요! 기억을 회상할 땐 여전히 시간순으로 떠올릴 수 있을 겁니다.]

[스테이지1에서는 당신이 중립적이라고 느낄 기억들을 경험할 것입니다. 이 과정이 끝나면 스테이지2로 넘어갑니다.]

[기억 전송을 시작합니다…]

\#

[누가 저기서 널 목이 빠지게 기다리고 있어.]

쇼큐 더 마이티가 말한다. 세냐 더 위도우는 우주선의 화물칸을 이리저리 돌아다니고 있다. 환각 식품에 취한 덕분에 평소와 달리 이 식체의 말을 쉽게 받아들인다. 라이브러리안은 세냐를 정말 목 빠지게 기다리고 있을 것이다. 의심의 여지가 없다. 세냐는 구속실 모니터를 확인한다. 은색 표면 위에는… 아무것도 보이지 않는다. 하지만 속으로는 세냐처럼 기뻐하고 있을 게 틀림없다. 지금은 아니어도 곧 그렇게 될 것이다. 그게 아니라도 어떤 식으로든. 라이브러리안도 세냐처럼 취할 수 있을까? 지금 세냐가 씹고 있는 환각 식품을 라이브러리안에게 주면 어떻게 될까? 세상에, 말도 안 된다. 더 좋은 게 있는데 이 소중한 음식을 낭비할 순 없지. 그래, 귀여운 녀석. 그걸 먹고 나면 분명 좋아서 안달이 날 거야.

세냐가 명령하자 라이브러리안 구속실이 공기를 뱉으며 입구를 연다. 무거운 금속음이 화물칸을 가득 채운다. 라이브러리안은 세냐를 보고도 모습을 바꾸지 않는다. 10배 중력구속장에 묶여 허공에 공 모양으로 찌부러져 있기 때문에 모습을 바꾸기도 어렵다. 세냐는 라이브러리안의 은빛 표면에 비치는 자기 모습을 바라본다. 이 안에 갇혀 있으면 제법 불만이 쌓일 법도 하다. 하지만 그걸 먹으면 라이브러리안도 만족할 것이라고 세냐는 확신한다.

　세냐는 가장 먼저 나뭇잎 일부를 중력장 안에 집어넣는다. 중력장에 부속지가 닿지 않도록 조심한다. 나뭇잎은 평소보다 10배 빠르게 가속하며 구체 위로 빨려 들어간다. 나뭇잎이 은빛 표면 위에 달라붙자 라이브러리안은 잔물결조차 남기지 않고 내부로 삼켜버린다. 그 다음 과정은 바깥에서 보이지 않는다. 하지만 저 반짝이는 물체는 나뭇잎을 원자 단위로 분해한 다음, 측정 가능한 모든 물리량을 배우고 기록하고 있을 것이다. 나뭇잎의 구조를 완벽하게 이해하고 난 라이브러리안은 제대로 된 재료만 있다면 나뭇잎을 원자 단위부터 재구성할 수 있게 된다. 라이브러리안이 다시 만들어 낸 나뭇잎은 은하계에 있는 어떤 장비를 가져와 분석해도 원본과 구분이 불가능할 것이다.

　라이브러리안은 따분할 때면 그런 짓을 한다. 가끔 세냐가 해치를 열면 동물 몸의 일부나 살아 있는 식물이 바닥에 떨어져 있을 때가 있다. 라이브러리안이 재미로 만든 다음, 중력장 바깥으로 던져버린 것들이다. 이 라이브러리안은 특별히 위험한 물건을 재구성한 적은 없지만 세냐는 만약을 위해 항상 구속실을 열기 전 모니터로 미리 확인했다. 자동조종으로 선착장까지 돌아온 어느 우주선 안에 오직 라이브러리안과 대량의 육식 곤충만이 남아 있었다는 회사 전설이 있다. 사라진 탐험가가 유독 난폭한 라이브러리안을 운반하고 있었다는 주장도 있지만, 세냐 더 위도우 생각엔 애초에 누군가에게 먹힐 수 있는 고기로 된 몸을 가지고 있다는 시점에서 이미 탐험가로서 실격이었다.

나뭇잎을 한 장씩 줄 때마다 낮은 금속음이 더 강렬해진다. 세냐는 턱을 꿈틀거리며 웃는다. 쇼큐 더 마이티는 부정하겠지만, 세냐는 이 라이브러리안이 자신을 알아보며 반응한다고 확신했다. 물론 이 자그만 라이브러리인은 티어를 받을 수준도 되지 못하지만, 그래도 음식이 어디서 오는지 알 수 있을 정도의 지성은 가지고 있다.

"엄마가 왔어."

세냐는 부드러운 노래를 부르며 다른 종류의 나뭇잎을 넣어준다.

"엄마가 와서 좋지? 엄마가 아니면 누가 네 취향을 알고 간식을 가져다 주겠어."

[이젠 '마더'가 된 거야?]

쇼큐 더 마이티가 끼어들자 세냐는 점잖으면서도 선명한 경고가 담긴 감정을 첨부하며 대답한다.

[말 조심해.]

[그 녀석의 어디가 어떻게 좋은지 전혀 모르겠어.]

세냐 더 위도우는 한참이나 지나고 나서야 화제가 달라졌다는 걸 받아들이고는 말한다.

[물론 넌 알 수 없겠지.]

환각 성분이 전신에 퍼진 덕분에 세냐는 메시지 끝에 꼬마 멍청이라는 말을 덧붙일 뻔했다. 자기가 실제로 그 말을 했는지 확인하기 위해 대화 로그를 살펴본다. 엄마가 어쩌고, 경고가 어떻고… 화제가 바뀌고… 아니, 하지 않았다. 하지만 꼬마 멍청이, 스스로 쟁취한 것도 아닌 이름을 쓰는 주제에 감히 위도우의 칭호를 비난하다니. 상대가 세냐 더 위도우여서 다행인 줄 알아. 만약 세냐의 어머니였다면 이미 한참 전에 일말의 자비도 없이 갈가리 찢겼을 거야.

그때 세냐의 부속지 하나가 중력장 가장자리를 스친다. 부속지의 키틴질 칼날과 금속이 부딪치는 불쾌한 소리와 함께 세냐 더 위도우는 백일몽에서 깨어난다. 아주 잠깐 패닉에 빠지기는 했지만, 곧 모든 부속지를 힘껏 잡아당겨 무사히 빠져나온다. 부속지를 이리저리 움직여 보며 피해를 확인한다. 몸에는 흠집 하나 없다. 부속지는 언제나처럼 반짝이며 세냐의 실력을 보여주…

가장 강력한 칼날 부속지 끝이 조금 파였다.

세냐는 흐트러진 목소리로 외친다.

"이 작은 말썽꾸러기 같으니, 도대체 왜! 엄마를, '마더'를 먹으려 들다니!"

지켜보던 쇼큐 더 마이티가 말한다.

[내가 말하려던 게 바로 이거야.]

라이브러리안에 대한 혐오가 회사 전체에 퍼져 있는 데는 그만한 이유가 있다. 팔다리를 잃어버려도 다시 자라는 종족은 많지 않으니까. 회사의 탐험가 대부분은 우주선에 라이브러리안이 타고 있으면 수 광년 거리의 여행을 떠나기는커녕 선착장에서 나가려고 하지도 않는다. 그들은 세냐의 이식체와 마찬가지로 한 가지 약점이 있기 때문이다. 위도우가 아니라는 것. 그들은 그저 겁쟁이일 뿐이다. 회사에 돌아올 때 우주선에 쓰레기 더미라도 쌓여 있으면 그나마 다행이다. 두려움은 수익원으로 가는 길에 놓인 장애물에 불과하다는 걸 세냐 더 위도우는 알고 있다. 세냐가 회사의 여섯 번째 고수익 직원이 될 수 있었던 것도 이 사실을 잘 이해하고 있기 때문이다. 적어도 네트워크 공간을 떠나기 전까지는 그랬다. 표준시간으로는… 30년 전? 상대론적 시간 계산은 세냐가 맨정신일 때도 쉽지 않다. 아무튼, 다시 원래 화제로 돌아오면 이런 얘기다. 물질의 구성 패턴만 저장하면 그 물질을 버려도 되는데 뭐하러 6톤이나 되는 탄소와 수소와 산소 따위의 결합체를 직접 가지고 돌아가야 하나? 라이브러리안이 있든 없든 화물칸의 크기는 똑같다. 흙이든 광물이든 생명체든 라이브러리안은 자기가 섭취한 모든 것의 정보를 내부에 체계적으로 저장한다. 회사가 연구를 위한 물리적 샘플을 원한다면 그저 라이브러리안에게 부탁하면 된다. 그러면 그걸 눈앞에서 만들어 준다.

지난 며칠 동안 라이브러리안에게 먹이를 얼마나 줬는지는 세냐도 잘 기억하지 못한다. 하지만 먹이 주는 일은 변함없이 즐겁다. 세냐는 매번 색다른 종류를 가져오거나 크기를 키워가며 그 은빛 구체를 하나씩 먹인다. 정성 가득한 코스 요리처럼 보일 정도다. 오늘은 나뭇잎부터 시작해 식물 전체를 준다. 그다음엔 바깥에서 주워 모은 육중한 도구들이다. 소음이 커지는 걸 보니 라이브러리안의 마음에 쏙 든 모양이다. 그리고 마지막엔 최고의 메뉴. 세냐는 라이브러리안을 깜짝 놀라게 하기 위해 바닥에 숨겨놓았던 것을 들어 올린다.

세냐 더 위도우는 칼날 부속지 두 개로 잘린 머리를 얼굴이 보이도록 고정하고 다른 부속지로 자그만 턱을 움직인다. 그러고는 노래를 곁들이며 말한다.

"만나서 반가워! 난 옵서버야. 아주 성가신 녀석이지."

라이브러리안의 은빛 표면 위에 옵서버의 얼굴이 비친다. 금빛 눈은 반쯤 감겨 있고 하얗던 머리카락은 무언가에 젖었다가 마른 듯 갈색으로 뻣뻣하게 굳었다. 라이브러리안이 더 큰 소리를 낸다. 구체 한 곳에서 돌기가 볼록하게 솟아오르자 표면에 비치던 옵서버의 얼굴이 뒤틀린다. 라이브러리안이 반응을 보일 때마다 세냐는 즐겁기 그지없다. 라이브러리안이 원래 액체에 가까운 생물이기는 하지만, 10배 중력장의 강력한 구속력을 이기고 모양을 바꾸려면 어마어마한 힘이 필요하다. 라이브러리안이 세냐를 향해 이만큼이나 다가온다는 건 지금 세냐가 가지고 있는 것이 아주 색다른 물건이라는 뜻이다. 이 사업에서 색다른 물건이란 곧 수익이다.

세냐는 다른 부속지로 옵서버 신체의 다른 조각들을 꺼내 먼저 먹이고 옵서버 머리의 입을 움직이며 말한다.

"징그러운 피부로 덮인 제 다리가 부디 입맛에 맞았으면 좋겠네요!"

옵서버 머리는 빨려 들어가는 자기 다리를 보며 덧붙인다.

"미안해요. 원래 제겐 팔이 두 개나 있는데 당신의 어머니가 하나밖에 찾지 못했답니다."

옵서버 팔이 라이브러리안 표면 밑으로 사라지자 옵서버 머리가 말한다. 세냐는 열심히 옵서버의 자그만 턱을 움직인다.

"와우! 먹음직스러운 제 상반신은 누가 먹을까요? 당신이 먹고 싶다고요? 자, 어서 드세요!"

세냐의 말에 라이브러리안은 벽이 흔들릴 만큼 몸을 떤다. 식사가 아주 만족스러운 게 분명하다. 라이브러리안은 옵서버의 신체 조각 중 가장 큰 몸뚱이를 빨아들인 다음에도 계속 몸을 앞으로 내밀었다. 평소의 세냐라면 이때 긴장을 해야 했지만, 환각 식품을 이미 세 개인가 네 개인가를 먹은 상태였기에 오히려 뿌듯함마저 느꼈다. 그야 이 귀여운 녀석이 여행을 시작했을 땐 이러지 못했으니까! 엄마가 중력장을 거의 최대로 올려놓았는데도 움직일 수 있다니! 아무래도 이 꼬마 녀석과 게임이라도 해야겠는걸!

흥에 취한 세냐는 옵서버 머리를 뒤로 감췄다가 다시 앞으로 내민다. 간단한 사냥꾼과 사냥감 놀이다. 머리를 두 번째로 내밀었을 때, 세냐는 뭔가 잘못되었다는 걸 깨닫는다. 라이브러리안의 은빛 표면에서 세냐를 향해 솟아오른 돌기가 움직이지 않는다. 세냐는 조금 전 살짝 파였던 칼날 부속지를 바라보며 자기도 모르게 딸깍 소리를 낸다. 라이브러리안이 잡으려고 한 게 옵서버 머리가 아니라면… 세냐를 노리고 있다는 얘긴가?

세냐는 라이브러리안 표면에 비친 자기 모습을 향해 불안한 미소를 지으며 말한다.

"왜 그러니, 아가야? 이제 엄마가 어떤 맛이 나는지도 궁금해진 거니?"

쇼큐 더 마이티가 끼어든다.

[네트워크가 봐도 더는 못 견디겠네. 이제 그만하고 그냥 머리를 줘.]

머리 때문에 저러는 게 아니란다, 멍청아. 그런데⋯ 인정하고 싶진 않지만, 진짜 바보는 세냐였을지도 모른다. 라이브러리안은 처음부터 세냐가 주는 하찮은 먹이 따위엔 관심이 없었고, 사실은 세냐를 먹고 싶었던 게 아닐까? 구속실을 탈출하기 직전까지 성장한 라이브러리안이 세냐 더 위도우의 아름다운 몸을 먹고 싶어 한다는 사실을 심우주에 나온 지 3년 반이나 지나서야 깨달은 걸까?

즐길 기분이 싹 사라진 세냐는 들고 있던 옵서버 머리를 중력장 속에 던져버린다. 강력한 중력장이 머리를 납작하게 찌부러뜨리자 금빛 눈동자가 튀어나온다. 하지만 이제 아무런 재미도 없다. 옵서버의 눈은 세냐를 바라보면서 싱그러운 피부 덩어리와 함께 노래하는 금속 표면 아래로 가라앉으며 사라진다. 하지만 라이브러리안 표면의 돌기는 사라지지 않는다.

[나한테 몸이 있었다면 지금쯤 부들부들 떨고 있을 거야.]

쇼큐 더 마이티가 말한다. 세냐는 자기 몸도 떨리려고 하는 걸 억누른다. 억지로 참고 있다는 걸 인정하지도 않을 것이다.

[왜 다들 라이브러리안을 싫어하는지 난 솔직히 전혀 모르겠어.]

세냐는 최대한 가볍게 말해보지만, 그 속에 당혹감이 묻어 있다. 한 발짝 뒤로 물러서고 나서도 라이브러리안의 돌기는 여전히 세냐를 향하고 있다. 아직 약에 취한 세냐의 머리는 중력장 속에서 형태를 조금 바꾸는 것과 거기서 탈출하는 건 전혀 다른 문제라고 속삭인다.

세냐는 이식체에게 불안이 들키지 않도록 조심하면서 말을 잇는다.

[라이브러리안들은 꽤나 쓸모 있는 녀석들이야. 라이브러리안이

이쪽 영역에서 최고의 외과의사라는 거 알아?]

[날 구식 방법으로 이식한 네가 할 말은 아닌 거 같은데. 저 녀석한테 네 머리를 해체시킬 만큼 라이브러리안들을 믿지는 못해서 그랬던 거 아니야?]

사실이다. 세냐 더 위도우는 라이브러리안을 믿지 않는다. 사실 신입이었을 때만 해도 세냐는 라이브러리안을 적극적으로 혐오했다. 좋게 본다 해도 위생시설보다 못한 취급이었다. 그러다가 세냐 더 위도우의 생각을 영원히 바꿔버리는 일이 일어났다. 유독 길었던 원정에서 돌아온 날, 세냐는 회사 선착장에서 낯선 우주선을 하나 발견했다. 보통 임무 하나에 100년은 걸리다 보니 두 우주선이 선착장에서 만날 일이 드물기는 하지만 정말 이상한 일은 그게 아니었다. 이상한 건 그 우주선 자체였다. 그리고 그 승무원들도.

일단 우주선은 세냐가 그때까지 본 것 중 가장 아름다웠다. 우주선의 은색 가장자리는 어두운 밤의 번개처럼 빛났다. 낯선 우주선을 둘러본 세냐는 깜짝 놀랄 수밖에 없었다. 거기 있는 건 하나의 거대한 라이브러리안이 직접 만들어 혼자 타고 있는 우주선이었다. 블레이징 선라이트라는 이름은 우주선의 모습을 문자 그대로 나타내고 있었다. 그 우주선은 지금 세냐의 눈앞에 있는 무정형 액체금속과 같은 물질로 이루어져 있었다. 다만 그 크기가 가히 항성 간 우주선 규모였다. 세냐는 혼자서 거대한 우주선을 만들어 낼 수 있을 만큼, 스스로 그런 우주선이 될 수 있을 만큼, 세상 속 많은 지식을 습득한 그 존재와 조우했을 때 느꼈던 경외감을 다시 떠올린다. 그 존재는 핵반응로,

중력장치, 센서는 물론이고 항성 간 우주선에서 사용되는 모든 물건을 필요할 때 만들어 내고 필요 없을 때 흡수해 버릴 수 있었다. 세냐가 가지고 있는 이 작은 라이브러리안과는 달리, 그때 그 라이브러리안은 지성 티어 기준을 압도적으로 초월하고 있었다.

시간을 낭비할 틈은 없었다. 세냐는 회사에서도 솜씨 좋기로 유명한 거래꾼이었고 일말의 망설임도 없이 그 우주선을 방문했다. 라이브러리안은 수다를 그다지 좋아하지 않았기 때문에 대화하는 데 제법 애를 먹기는 했지만, 거기서 알게 된 사실은 세냐를 기절하기 직전까지 몰고 갔다. 세냐는 이 우주가 작동하는 방법을 완전히 잘못 알고 있었다. 반면 그때 처음 만난 그 거대한 라이브러리인은 세냐를 아주 잘 알고 있었다. 세냐가 어디를 탐험했는지, 무엇을 발견했는지, 무엇을 가지고 돌아왔는지, 모두 알고 있었다. 세냐의 자그만 라이브러리안이 알고 있는 것까지 모조리 알고 있었기에 세냐는 아연실색할 수밖에 없었다. 물론 라이브러리안도 네트워크에 연결된 존재이기는 하지만, 그 이상의 무언가가 있었다. 한 존재의 서로 다른 부분을 보고 있는 듯했다. 은하 규모의 거대한 네트워크 정신체 속에 있는 세포 두 개를 보고 있는 것 같았다. 그때 세냐는 문득 궁금해졌다. 혹시 네트워크 전체가 이런 존재 아닐까? 물 위를 덮은 기름처럼, 은하를 덮은 거대한 단일 정신체라고 생각할 수 있지 않을까? 그리고 물 위에 퍼진 기름방울들이 서로 뭉쳤다가 또 갈라지는 것처럼…

[위험해!]

쇼큐 더 마이티가 소리친다. 세냐 더 위도우는 칼날 부속지를 빠르게 거두고 라이브러리안을 확인한다. 구체 바깥으로 은색 촉수가 뻗어 나오고 있다. 촉수는 부들부들 떨면서도 조금씩 다가온다. 적어도 8센티미터는 빠져나왔다. 이제 12센티미터. 16센티미터. 세냐는 부속지를 더듬거리며 수동 제어장치를 찾는다. 약에 취한 정신 속에서도 우주선이 내부에서부터 집어삼켜지는 광경이 또렷하게 떠오른다. 세냐는 중력장 세기를 최대로 올린다. 하지만 12배 중력 속에서도 촉수는 아주 조금 짧아질 뿐이다. 세냐는 패닉에 빠진다. 이식체를 앞에 두고도 당혹감을 감출 수 없을 정도다. 세냐가 두 번째 버튼을 누르자 해치가 커다란 소리를 내며 닫히고 흥분에 찬 금속음이 사라진다.

세냐는 부속지로 세 번째 버튼을 누르고 이중 해치가 밀폐되는 모습을 바라본다. 자동제어 시스템이 있기는 하지만 믿을 수 없다. 해치사이에 은색 먼지 한 톨이라도 보이면 그 즉시 구속실 전체를 우주공간에 버려야 한다. 회사에 해명하기는 쉽지 않을 것이다. 다시 만날지도 모르는 거대한 라이브러리안에게 해명하기는 더욱 어려울 것이고. 그래도 완전히 풀려난 굶주린 액체금속에게 먹히는 것보다는 낫다. 이 작은 라이브러리안 속에 담긴 정보가 되어 본부로 돌아갈 생각은 추호도 없다.

세냐는 1분 동안 구속실 내부를 지켜본다. 돌기 하나 없는 완벽한 구체가 중력장 속에 떠 있을 뿐이다.

[이상해. 지금까지 날 먹으려고 한 적은 없었는데.]

세냐의 말에 이식체가 덧붙인다.

[널 먹으려고 한 게 아닐걸.]

의식은 아직 몽롱하지만 세냐 더 위도우는 이윽고 깨닫는다. 거의 360도까지 펼쳐지는 광각 시야 속에 컴컴한 공용 공간이 보인다. 세냐를 바라보는 두 개의 눈동자가 그곳에 있다. 조금 전까지 토막 난 옵서버를 라이브러리안에게 먹이는 순수한 즐거움에 취해 잠시 잊고 있던 증오가 피어오른다. 세냐 더 위도우가 칼날 부속지로 구속실 해치를 긁으며 금속 불꽃을 일으키자 세냐를 지켜보던 인간이 움찔거린다.

아아, 내 라이브러리안. 내 마음의 반짝이는 즐거움 같으니. 인간이 먹고 싶었던 거구나? 걱정할 필요 없단다. 곧 먹게 될 테니까.

하지만 순서를 기다려야지.

17

[에이브테크 기억 복구 서비스]
[스테이지1]

#

[잘하고 있어요! 복잡한 감정 상태가 발생하기는 했지만 모두 정상적인 반응이니 안심하시기 바랍니다. 하지만 신중을 기하기 위해 스테이지1 기억 일부에서 잠시 추가 작업을 하겠습니다.]

#

[기억 전송을 시작합니다…]

#

인간이 비명을 지르며 상반신에 붙은 두 개의 부속지 중 하나로 다른 하나를 꼭 붙잡는다. 그러고는 바닥으로 몸을 굽히더니 뭉툭한 하반신 부속지로 바닥을 밀면서 화물칸 입구를 향해 도망간다. 밝고 붉은 액체가 뚝뚝 떨어지며 만든 길은 세냐 더 위도우의 발치에서 시작되고 있다.

-전송이 중단되었습니다.-

[예상치 못한 기억 충돌이 일어났습니다. 파라미터를 수정하고 있습니다.]

#

아프다. 하지만 아픈 것보다 낯설다는 게 더 무섭다. 여기선 모든 게 단단하다. 단단하고 어두운 데다 악마가 살고 있다. 악마는 쉬익거리는 숨소리와 함께 주변을 맴돌면서 이쪽을 향해 무언가를 딸깍거리고 있다. 엄마와 아빠를 부르며 소리를 질러보지만 아무도 오지 않는다. 이런 적은 처음이다. 어둠 속에 있는 것이라고는…

#

[파라미터 조정이 완료되었습니다.]

-전송을 다시 시작합니다.-

세냐 더 위도우는 갑판 가운데에 웅크리고 앉아 자그만 몸뚱이를 살펴본다. 네 개의 대칭적인 부속지에 대한 혐오감은 세냐가 도터였을 때부터 몸에 배었다. 하지만 지금은… 그저 성가실 뿐이다. 상대가 이렇게까지 화를 내고 있는 상황에선 싫어할 여유조차 없다. 무엇보다 신경을 긁는 건 머리에 뚫린 저 축축한 구멍에서 나오는 끔찍한 소음이다. 상황이 이보다 더 나빠질 수 있을까? 있고말고. 악취다. 이 짐승이 방금 배설물로 바닥을 더럽혔다. 이 우주선엔 아주 훌륭한 위생시설이 두 개나 있는데도!

앞으로 3년 반. 3년 반이나 남았다. 그때까지 이 짐승을 감당한다는 건 절대 불가능하다. 그럴 수 있을 거로 생각했던 자신이 우습기 그지없다. 그때 취해 있었던가? 글쎄. 아마도. 화물칸에 가둬버릴 수도 있다. 라이브러리안을 설득해 이 짐승에게 먹일 음식을 만들게 할 수도 있다. 바닥 대신 위생시설에서 볼일을 보도록 가르칠 수도 있다. 하지만 이 모양 이 꼴이다! 지금 이 순간에도 바닥을 적시고 있다! 청결하기 그지없던 바닥이 빨간 액체에 흠뻑 젖어가고 있다!

세냐는 쉬익거리며 말한다.

"도대체 왜 질질 흘리는 걸 잠시도 멈추지 못하냐고."

쇼큐 더 마이티가 끼어든다.

[할 줄 모르는 거 아닐까? 그리고 위도우식 교육법을 계속 시도하기 전에 조사를 좀 해보는 게 좋을 거 같은데.]

세냐는 조용히 숨을 뱉으며 고민한다. 계속 말을 걸어볼까, 아니면 그냥 이 짐승의 숨을 끊어버릴까. 약에 취해 이식체와 내기를 한 이후로 세냐는 의도적으로 큰 목소리로 말을 걸어가며 실험을 하고 있다. '인간이 과연 네트워크 표준어를 배울 수 있을까?' 일단 지금까지의 반응을 보면 답은 '아니오'다. 사실 이미 며칠 전에 포기해야 했지만, 세냐 더 위도우는 쉽게 패배를 인정할 생각이 없다. 게다가 은하계에서 유일하게 포획된 인간을 두고 몇 가지 실험도 해보지 않는 건 모처럼 손에 넣은 행운을 낭비하는 것이나 마찬가지다. 하지만 취기가 빠지고 제정신으로 돌아오고 나니 이게 어마어마하게 성가신 일이라 속이 발 지경이다. 내기 따위 도대체 뭐 하러 한 건지! 이 망할 짐승이 앞으로도 매일 이렇게 바동거리고 빽빽거리고 몸을 말고 바닥을 더럽힌다면 당장에라도 실험을 집어치워 버리고 싶다.

괴성이 귀에 거슬리는 수준을 넘어 듣기 고통스러울 정도로 커지자 세냐는 몸을 완전히 일으키며 마른 목소리로 말한다.

"더 이상은 못 해."

그래, 이 정도면 할 만큼 했다. 구역질 나는 인간 따위 라이브러리 안에게 줘버리자. 세냐는 짐승에게 다가가 날카로운 부속지를 펼친다. 저 물컹거리는 몸뚱이를 움직이며 도망치겠지만 세냐도 놓칠 생각이 없다.

인간이 그 자리에서 새된 목소리로 외친다.

"싫어!"

다친 부속지를 다른 부속지로 꼭 잡은 채, 몸을 앞으로 내밀며 힘을 주어 다시 말한다.

"싫어!"

세냐 더 위도우는 깜짝 놀라 몸을 굳히고 머릿속으로 말한다.

[방금… 표준어로 말한 거야?]

쇼큐 더 마이티가 말한다.

[아무래도 내가 진 것 같네. 공포와 고통을 기반으로 한 교육법으로 책이라도 내야겠는걸.]

세냐 더 위도우는 작은 짐승을 바라보며 소리 내어 말한다.

"너도 배울 줄 안단 말이지."

쇼큐 더 마이티는 또렷한 목소리로 말한다.

[당신도 인간을 키울 수 있다: 공포를 이용해 우리 자식 훈육하기]

"너도 들었잖아."

[이종 간 양육의 비밀: 공포 기반 접근법]

세냐는 매섭게 튕기며 말한다.

"난폭한 외계종족을 훈련할 더 좋은 방법 있으면 얘기해 봐. 얼마든지 들어주지. 내 어머니도 내 몸 일부를 직접 뜯어가며 날 키웠고."

[너랑 아주 즐거운 모자 관계를 가졌다는 그 어머니?]

"맞아."

[내가 다른 종족의 양육법을 어떻다고 판단할 입장은 아니지만 말이야, 너희 종족은 몸이 좀 잘려도 다시 자라잖아.]

세냐는 부속지 칼날의 깎여 나간 부분으로 턱을 두드리며 딸깍 소리를 낸다. 사실이다. 라이브러리안의 사랑스러운 이빨 자국을 평생 즐길 수 없는 것도 그 때문이다.

"맞는 말이야. 하지만 다시 자란다고 해서 그게…"

그 순간 세냐는 본능적으로 몸을 바닥에 바싹 붙여 숙인다. 어떤 물체가 빠르게 날아와서는 세냐의 머리 근처를 지나 뒤에 있는 벽에 부딪힌 뒤 바닥에 떨어진다. 세냐는 고개를 돌려 인간을 보고는 놀라움을 감추지 못한다.

[저 녀석이 방금 너한테 발 덮개를 던진 거야?]

크게 충격받은 세냐는 잠시 머뭇거리다가 대답한다.

"아무래도… 그런 것 같아."

[내가 맞춰볼게. 라이브러리안에게 주기 전에 저걸로 위도우스러운 놀이를 할 거지?]

세냐 더 위도우는 대답하지 않는다. 작은 몸뚱이를 자세히 살핀다. 인간이라는 이름만 들어도 세냐의 모든 체액이 끓어오르기는 하지만 그것과는 별개로 저 짐승이 끔찍하게 생겼다는 것 역시 틀림없는 사실이다. 몸은 전체적으로 뚱뚱하고 피부로 감싸져 있으며 몸 여기저기에서 온갖 종류의 액체가 끊임없이 흘러나온다. 세냐가 평생 본 것 중 가장 정떨어지는 존재다. 그렇다고는 해도… 무엇이든 껍질로만 판단해서는 안 된다는 옛말이 있으니까. 이 징그러운 작은 짐승은 자기보다 훨씬 거대하고 이길 가능성도 없는 상대에게, 심지어 부상당한 몸으로 공격을 시도했다. 위도우 종족으로서 주목할 수밖에 없는 행동 양상이다.

세냐는 부드럽게 쉬익거리며 말한다.

"그러진 않을 거야."

[그럼 세냐의 모성 실험도 계속되겠네.]

세냐 더 위도우는 불쾌한 소리를 내며 경고한다. 적당히 해, 이식체.

"이번 일에 그런 단어는 쓰지 마. 공장 초기화당하고 싶지 않으면."

[알았어, 알았어. 우린 보모인 거지.]

이식체는 처한 상황의 심각성을 모르고 있는 게 분명하다. 세냐 더 위도우는 단어는 그냥 내버려 두기로 한다. 이식체가 성가신 건 사실이지만 이 녀석이 지난 10년 동안의 기억을 모두 잊어버리는 건 곤란하다.

[그럼 이제 저걸 기분 좋게 해보자고. 나한테 인간에 대한 로컬 데이터는 없는데… 위도우 종족은 어렸을 때 뭐하고 놀아?]

세냐는 어린 시절의 따뜻한 기억을 떠올리며 말한다.

"다친 사냥감 놀이."

[여긴 죽어가는 동물 같은 거 없어.]

세냐는 영감이 떠오른 듯 아무 말도 없이 자기 방으로 재빨리 뛰어간다. 탐험 중엔 짐을 거의 가지고 다니지 않다 보니 부속지 두 개만으로 물건을 챙기고 금방 방에서 나온다. 돌아온 세냐는 자신을 지켜보는 인간을 바라보며 눈빛에 악의가 가득 차 있다고 확신한다. 다음 공격을 준비하고 있는 것 같다는 생각에 세냐의 마음이 따뜻해진다.

세냐는 짐을 바닥에 풀어놓으며 말한다.

"이걸로 뭘 할 수 있는지 보자고."

[네가 옷을 입을 거라고는 상상도 못했는데.]

"난 이제 애가 아니니까."

세냐는 멍청이라는 말을 덧붙이려다 그만두고 칼날 부속지 두 개로 자그만 옷을 조심스럽게 들어 올린다. 광택이 나는 깊은 검은색을 보며 세냐는 누구와도 공유한 적이 없는 옛 기억을 떠올린다.

[아기 옷? 포대기 같은 거?]

세냐 더 위도우는 밝은 곳에서 옷에 구멍이 없는지 살피며 말한다.

"우린 그런 거 안 써. 어른을 만날 때까지 살아남는 일 자체가 드물고."

[위험한 곳에서 태어나니까?]

"혼자 태어나는 게 아니니까."

[아하.]

이식체는 말을 잠시 멈췄다가 다시 잇는다.

[이번에도 내가 판단할 일은 아니겠지만, 그게 포대기가 아니라면… 짝짓기 옷이야? 그냥 맞춰보려는 거야.]

세냐 더 위도우는 아련한 회상에 젖으며 옷을 쓰다듬는다.

"맞아. 옷 하나하나가 절정의 순간에 터져 나온 서로 다른 수컷의 살아 있는 피로 물들었었지."

[지금… 짝짓기 얘기를 하고 있었던 거 같은데.]

"이제 너도 우리를 왜 위도우라고 하는지 잘 알겠지."

세냐는 이식체의 다음 질문을 기다린다. 짝짓기를 하고 나면 아이들은 어디로 가? 또 이런 질문을 하면 이번에야말로 공장 초기화를 해버릴 생각이다. 하지만 의외로 이식체는 조용하다. 처음 있는 일이다.

세냐 더 위도우는 마음을 정한다. 세냐는 부드럽게 움직이며 옷을 주워 모아 몸을 일으킨다. 어느새 지쳐 잠들어 버린 작은 몸뚱이를 바라본다. 다른 쪽 발 덮개를 벗어서는 두 번째 미사일로 쓸 것처럼 붙잡고 있다. 세냐는 결코 인정할 생각이 없으면서도 이 모습이 마음속 깊이 와닿았다.

세냐는 조용히 말한다.

"새로 부화한 위도우 둥지 안에서는 8초도 견디지 못하고 죽을 거야."

쇼큐 더 마이티가 말한다.

[그다지 떠올리고 싶지 않은 광경이네.]

\#

[근데 그때 안 죽어서 정말 다행이라고 생각해?]

쇼큐의 질문에 세냐는 공용 구역 벽에 몸을 기대고 앉아 있는 인간을 바라본다. 주변에는 공구함에서 꺼낸 물건들이 가득 널브러져 있고 인간은 자그만 인형을 옆에 꼭 끼고 있다. 인형은 검고 부드러운 재질에 몸에는 여러 개의 다리가 달려 있다. 위도우라면 단박에 알아볼 수 있는 모양이다. 인간은 물건을 다양한 방법으로 쌓은 다음 그걸 거칠게 무너뜨리고 킥킥거리는 일에 몰두하고 있다. 물건 더미를 무너뜨릴 때마다 세냐의 반응을 보려는 듯 눈치를 살핀다.

"이제 인간 소녀가 나한테 좀 익숙해진 것 같네."

세냐는 말을 하면서 턱을 안쪽으로 당긴다. 다른 위도우가 봤다면 이제 엄마 다 됐다고 말할 표정이다. 인간의 습성에 맞춰놓은 공용 공간의 조명이 눈부실 만큼 밝지만, 세냐의 좋은 기분을 망치지는 못한다.

쇼큐 더 마이티가 말한다.

[저 녀석이 지금 두려움을 느끼지 않아서 그런 거야?]

"내 말이 그 말이야."

[그리고 저 녀석의 성별을 결정한 거 같은데. 별다른 근거도 없이 말이야.]

"편의를 위해서야."

[오래전부터 생각했는데, 세냐는 항상 상대를 여성이라고 전제하는 것 같아. 누굴 만나면 그게 여성이 아니라는 게 드러나기 전까지는 여성이라고 생각하지. 모든 종족이 여성에 해당하는 성별을 가진 것도 아닌데. 오히려 있는 게 드물지.]

"나도 오래전부터 생각했는데, 너도 중년에 접어들고 나니 더 반항적으로 되는 것 같아."

[내 기능적 수명은 아직 충분해. 그리고 관련된 사실을 알려주는 게 내 일이야.]

둘은 잠시 조용히 자그만 인간을 바라본다. 세냐 더 위도우가 유독 높이 쌓인 물건 더미를 가리키며 말한다.

"저거 봐."

물건 더미가 쓰러지자 인간은 소리 내어 웃으면서 두 손을 여러 번 마주 부딪히며 세냐를 바라본다. 칭찬해 달라는 눈치다.

"봤지? 남성이라기엔 너무 똑똑해."

[그거 좀 차별적인 말인데.]

세냐는 부속지를 물결치듯 움직이며 말한다.

"내 탓하지 마. 난 그런 공동체에서 자랐으니까. 내가 부적절한 가치관을 갖고 있다는 걸 알게 돼서 넌 오히려 기쁘…"

세냐가 말을 마무리하기 전에 접착테이프 롤이 세냐의 발밑으로 굴러 온다. 세냐는 자신을 똑바로 쳐다보고 있는 세 가지 색깔의 눈동자를 바라본다. 가운데서부터 검은색, 금빛 갈색, 그리고 흰색으로 이어지는 동심원. 세냐 더 위도우는 단단하고 복잡한 턱 구조도 없는 인간이 어떻게 의사소통을 하는지 항상 궁금했다. 지금 가설로는 눈이다. 눈의 크기와 모양, 눈 위에 있는 선의 움직임, 가끔 눈에서 새어 나오는 액체. 좀 징그럽기는 하지만 여러 가지 조합이 가능하다.

세냐는 부속지를 섬세하게 움직이며 테이프를 들어 올린 다음 인간에게 보여준다.

인간 소녀는 조심스럽게 목소리를 낸다.

"테이프!"

그리고 같은 말을 두 번 더 반복한다. 그러고는 입을 다문 채, 짧고 뭉툭한 부속지를 세냐에게 내민다. 세냐는 저 작은 동물이 놀라지 않도록 천천히 그리고 주의 깊은 동작으로 테이프를 다시 굴려서 돌려준다. 테이프가 굴러 와 발에 닿자, 인간은 세냐를 올려다보며 알아들을 수 없는 소리를 낸다.

세냐 더 위도우는 궁금하다는 듯 말한다.

"방금 들린 저 끔찍한 소리… 설마 웃음은 아니겠지? 혹시 기쁨을 표현한 걸까?"

[그러면 다행이고. 그게 아니라면 정말 형편없는 놀이를 하고 있는 거지.]

#

세냐는 바닥에 주저앉아 있다. 부속지는 칼날 부분을 안쪽으로 향한 채 몸을 고치처럼 감싸고 있다. 그 자세로 가만히 기다린다.

작고 가벼운 무언가가 닿는다. 그리고 작은 웃음소리가 들린다. 키득키득거리고 있다. 세냐는 무시한다. 지금 자신에게 닿은 것이 피부라는 건 알고 있다. 축축하고 안에는 살과 피가 가득한 끔찍하기 그지없는 그것이다. 하지만 어째서인지 요즘엔 그다지 징그럽지가 않다. 그것은 세냐를 다시 한번 살짝 건드린다. 이번엔 두 개의 부속지로 더 세게. 세냐는 이번에도 무시한다. 세 번째 접촉에 이르러서는 20킬로그램의 유기물 덩어리에서 나오는 모든 힘을 쏟아 넣는다. 이번에는 세냐도 검고 빛나는 몸을 꽃이 피듯 펼친다. 천천히, 아주 천천히, 날카로운 부속지의 칼날이 저 작은 녀석을 베지 않도록 조심하면서.

인간은 소리를 지르면서 도망치더니 혼자 넘어진다. 다시 일어서지만, 또 넘어진다. 그러면서 같은 소리를 내고 또 낸다. 즐거움의 표현인 게 거의 확실하다. 하지만 두려움의 표현과도 묘하게 비슷해 구분하기가 쉽지 않다.

느리고 큰 동작으로 세냐는 사냥감을 뒤쫓는다. 단단한 바닥을 두드리며 일부러 발소리를 내고 천천히 숨을 쉰다. 그래야 저 작은 녀석이 세냐의 위치를 알 수 있을 테니까. 어린 인간은 격벽 구석으로 도망치고는 그곳에서 계속 키득거리며 기다린다.

세냐는 과장된 억양으로 네트워크 표준어를 말한다.

"이 녀석이 어디로 갔지? 도대체 어디 있는 거야?"

건너편 구석에서 자그만 머리가 빼꼼 빠져나온다. 기묘한 세 가지 색깔 눈동자가 세냐를 바라보더니 키득거리며 다시 사라진다.

세냐는 몸을 세워 격벽 위에 있는 캐비닛을 확인하며 말한다.

"혹시… 여기 위에 있나?"

다시 키득거리는 소리.

"혹시… 여기 뒤에 있나?"

이번에는 몸을 아래로 접어 아이 바로 건너편을 본다. 아이는 즐거워 쓰러질 지경이다.

"그럼 혹시…"

쇼큐 더 마이티가 참지 못하고 끼어든다.

[이해를 못하겠네. 거기 바로 앞에 있잖아.]

세냐 더 위도우는 쇼큐를 무시하고 잔뜩 낙담한 자세로 돌아보며 말한다.

"세상에. 우리 꼬마 아가씨가 너무 흥분해서 그만 에어록으로 들어갔다가 끔찍하게 죽어버렸나 봐. 이제 절대 다시 볼 수 없을 거야."

세냐의 외골격을 흔들어 버릴 만큼 커다란 비명이 뒤에서 터져 나온다. 세냐는 부속지를 위로 치켜들며 재빠르게 뒤를 돌아본다. 세냐 뒤로 몰래 접근하던 어린 인간을 거의 죽일 뻔했다. 이 녀석은 그걸 아는지 모르는지 상반신에 달린 짤막한 부속지를 서로 마주 부딪히며 폴짝폴짝 뛰고 있다. 세냐 더 위도우는 긴장을 풀면서 조심스럽게 부속지를 바깥에서 안으로 하나씩 거둔다.

이식체가 말한다.

[위험했어.]

그때 인간이 세냐의 몸 아래쪽을 양팔로 끌어안는다. 여전히 키득키득 웃고 있는 인간을 보며 세냐는 복잡한 기분에 빠진다. 지울 수 없을 것 같던 혐오감은 이제 벗어났지만, 끌어안는 건 그냥 손이 닿는 것과는 무언가 다르고 어색한 느낌이다.

"여기까지."

세냐는 인자한 목소리로 말하면서도 누가 보고 있을까 봐 걱정이라도 되는 것처럼 공용 공간을 힐끗 둘러본다.

"이제 충분히 놀았어."

세냐는 칼날 부속지의 부드러운 부분으로 자기 흉곽에 달라붙어 있는 작은 녀석을 떼어낸다. 아이는 키틴질 외골격의 매끈한 부분에서 얼굴을 떼지 않고 계속 웃는다. 만족감 가득한 웃음소리의 진동이 세냐의 마음까지 닿는다.

세냐의 몸을 살피던 쇼큐 더 마이티가 말한다.

[이런 말 해도 될지 모르겠는데. 너 혹시 죽어가고 있는 게 아닐

까? 체내 화학물질이 이상하게 돌아가고 있어.]

세냐 더 위도우는 속으로 말한다.

[죽어가는 게 아니야. 그냥… 느낌이 좀 이상할 뿐이지.]

[인간한테 옮지 않으면 좋겠는데.]

세냐는 별 성의 없이 턱을 딸깍거리며 동의한다. 생각은 이미 다른 곳을 향하고 있다. 본능적 사냥꾼 세냐의 뇌 깊은 곳에서 어떤 화학물질이 대량으로 분비되고 퍼져나간다. 많은 종족을 죽이고 같은 위도우 마저 학살하고도 남을 양이다. 세냐 더 위도우는 썩 좋은 기분이 아니지만… 이상하게도 이 기분이 몹시도 반갑다.

변화는 생각만큼 불쾌하지는 않았다. 시작은 꿈이었다. 세냐의 꿈은 원래 평범했다. 여느 젊은 위도우처럼, 살육 가득한 꿈이 매일 이어졌다. 하지만 우주선이 집에 가까워질수록, 세냐의 꿈에서 살육의 강도가 점차 줄어들었다. 요즘에는 잠에서 깨어나도 부속지의 날은 안으로 숨겨져 있고 마음속 어디에도 살육이나 파괴에 대한 욕망이 남아 있지 않다.

가장 이상한 부분은 이런 변화가 아무렇지도 않게 느껴진다는 점이다.

인간은 다시 한번 달려가기 시작한다. 쇼큐 더 마이티가 만들어낸 홀로그램 친구들을 쫓고 있다. 훌륭한 아이디어였지만 세냐는 인정할 생각이 없다. 비틀거리며 주변을 뛰어다니는 인간 아이를 바라보며 세냐의 마음속에 이상한 느낌이 차오른다.

쇼큐 더 마이티가 말한다.

[세냐가 좀 걱정 되는데.]

[왜?]

[이제 슬슬 마음을 정할 시간이잖아.]

세냐는 무슨 말인지 모르는 척하며 잠시 생각한다. 하지만 이 성가시기 그지없는 이식체는 세냐를 속을 꿰뚫고 있다.

쇼큐 더 마이티가 말한다.

[굳이 라이브러리안에게 줄 필요는 없어. 저건 그냥 식품 블록이랑 같이 창고에 넣어두기만 해도 돼.]

[아이. 소녀. '저건'이 아니야.]

[알았어. 저 아이. 하지만 기억 저장고로 기어을 지우고 나면 아무 상관도 없어질걸. 오히려 당장에라도 제거해 버리고 싶어질 거야. 예전에 바다만 가득한 행성에서 주워왔던 자그만 동물처럼. 지지난 임무 때였던가?]

[한 번 더 전이었지. 그리고 그건 그냥 장난감이었어.]

[그러니까 내 말은 그렇게 한 덕분에 문제는 해결됐다는 거지. 회사에서 그거 키우는 거 허락 안 해줄까 봐 돌아가는 길 내내 걱정했잖아. 근데 기억 지우고 나니까 아무 미련도 남지 않았고. 이번에도 똑같아. 하기 전에는 그러면 안 될 것 같겠지만, 해버리고 나면 후회할 일은 아무것도 없지. 모든 게 일상으로 돌아갈 거야.]

모든 게 일상으로. 탐험가 세냐 더 위도우. 회사의 자존심 세냐 더 위도우. 수천 개의 칼날을 휘두른 살육자 세냐 더 위도우.

아니. 지금은 세냐 더 마더다.

한 가지에 대해서 만큼은 이식체의 말이 맞았다. 기억 저장고의 원래 목적이 회사의 엄격한 비밀 엄수 조약을 지키는 것이라는 사실은 둘째 치고서라도, 임무 수행 기억 전체를 지워버리는 건 평생 남을지도 모르는 트라우마를 치료하는 데 아주 효과적이다. 기억이 없으면 슬퍼할 일도 없다. 친구나 가족이 있는 게 아니라면 많은 크레디트를 쌓을 수 있는 최고의 방법이다. 아무리 긴 여행이라도 출발하고 다음 날에 돌아온 것 같은데 주머니는 어느새 두둑해져 있다. 적어도 남아 있는 기억에 따르면 그렇다. 물론 실제로는 표준시간으로 한 세기 동안 아광속으로 여행했고 7년에서 8년 정도 나이를 먹었다. 임무 도중에 무엇을 보고 만났는지는 전혀 떠올리지 못하면서도 남은 평생을 흔적만 남은 기억의 유령들에게 시달리리라는 것도 사실이다. 하지만 풍족한 크레디트에 비할 바는 못 된다. 세냐는 이번 임무가 끝났을 때의 자기 모습을 떠올려 본다. 가득 쌓인 크레디트를 보며 이렇게 생각할 것이다. 은하 구석에서 도대체 뭘 발견한 거지?

하지만 결코 진실을 알지 못하겠지.

그리고 곧 관심조차 잃을 것이다. 대가를 두둑이 받은 다음엔 수컷들이 가득한 하렘의 중심에 들어가 즐거운 하루를 보낼 것이다.

하지만 지금은?

세냐가 말한다.

[시간은 아직 많이 있어.]

쇼큐 더 마이티가 말한다.

[네가 걱정돼. 진심으로 걱정이야.]

18

[에이브테크 기억 복구 서비스]

[스테이지1]

\#

[생체신호가 약해지고 있습니다. 사용자의 건강 상태는 이 작업과 밀접한 관련이 없지만 향후 검토를 위해 로그가 남겨졌습니다. 스테이지1 기억을 하나 더 전송합니다. 이후 스테이지2로 진입합니다.]

\#

[기억 전송을 시작합니다…]

\#

세냐 더 위도우의 삶이 복잡해졌다. 세냐는 우주선의 공용 구역에 머리를 수그리고 앉아 고민에 빠져 있다. 사흘 동안 잠을 자지 않았다. 세냐 안에서 너무 많은 감정이 뒤섞이고 있다. 그리고 태어나서 처음으로 어머니가 없다는 사실이 마음속 커다란 구멍으로 다가온다. 세냐는 그 구멍을 향해 소리 없이 말한다. 어머니, 이걸 어떻게 견뎠죠?

대답은 돌아오지 않는다.

네트워크조차 닿지 않는 이렇게 먼 곳에서는 무엇이든 스스로 답을 찾을 수밖에 없다. 지금까지 임무를 위해 일곱 번 여행하면서 이런 고민을 한 적이 없다. 그래서 이 우주선 안에는 지금 상황에서 도움이 될 만한 정보가 당황스러울 만큼 전혀 없었다. 그렇다고 이식체에게 조언을 구할 수도 없다. 그건 정말 최악의 상황에서나 가능한 일이다. 게다가 요즘엔 쇼큐 더 마이티와의 관계에 묘한 거리가 생겼다. 세냐의 뇌 속에 자리 잡고 있는 이식체와 거리가 있다는 게 말이 안 되겠지만 표현하자면 그렇다. 말을 걸어도 짧은 대답이 돌아올 뿐이다. 그나마 먼저 말을 걸었을 때만 반응을 한다. 평소였다면 골치 아픈 문제였을 것이다. 하지만 문명의 가장자리에서 종이 한 장만큼 떨어진 지금 이곳에서 세냐의 머릿속을 지배한 생각은 하나뿐이다.

8일. 8일 동안이나 이 고통을 견딜 수 있는 건 위도우 종족뿐이다. 지금 상황이 아주 시적이기 그지없다는 사실은 세냐도 모르는 게 아니다. 세냐가 도터가 되는 데 걸린 시간이 8일이다. 그리고 앞으로 8일 동안, 세냐는 마더가 되지 않기 위해 노력할 것이다. 세냐의 첫 번째 시련은 너무 어린 시절이었기에 거의 기억이 나지 않는다. 하지만 그때 생긴 흉터는 당시에 죽기 직전까지 갔다는 걸 말해준다. 이번 시련의 물리적 장벽은 첫 번째에 비해 그리 크지 않지만, 세냐 내면에서 일어나는 갈등은 그때보다 훨씬 크다. 이번에 세냐가 마주해야 할 상대는 포악한 자매들이 아니다. 자기 자신과 싸워야 한다. 게다가 내면의 세냐는 비겁한 전술을 쓰고 있다. 내면의 세냐는 벽에 기대고 누워 있는 무방비한 존재를 보며 한숨을 내뱉는다.

세냐의 지성이 세냐의 본성에게 말한다. 직접 보라고. 얼마나 혐오스러운지 보란 말이야. 징그러운 피부를 감춰줄 외골격조차 없는 벌거숭이잖아. 뭉툭하고 이상한 팔을 머리 밑에 넣고 있어. 다른 팔은 몸뚱이 위에 올려놓은 채 손가락으로 눈앞에 있는 홀로그램만 깨작거리고 있어. 입 양 끝을 조금씩 움직이는 건 위도우의 턱이 움직이는 모습을 흉내 내는 거겠지. 머리 위에 자라 있는 저 머리카락이라는 건 항상 아래로 축 늘어져 있고 심지어 눈도 가리고 있어. 그래, 눈! 괴상하고 축축한 데다 쉬지 않고 움직이고 있지. 세냐, 저게 바로 인간의 눈이야! 저건 결코 도터의 눈이 아니란 말이야.

하지만 마음 더 깊은 곳에 있는 세냐는 동의하지 않는다. 깊은 곳의 세냐는 근시안적이고 충동적이다. 앞으로 일어날 일을 전혀 생각하지 못한다. 오직 '지금'만 볼 뿐이다.

"엄마?"

인간이 또렷한 표준어로 말하자 세냐는 움찔하고 만다. 이 작은 존재는 세냐가 눈치챌 틈도 없이 옆으로 다가왔다. 지난 수년 동안 둘 사이에 생긴 유대감 덕분이다. 그렇지 않고서야 위도우에게 몰래 다가올 수 있는 존재는 없으니까. 이 작은 존재는 위도우처럼 관절을 높이 들고 소리 없이 걷는다. 물론 통통하고 이상하게 생긴 네 개의 부속지로 가능한 범위에서. 말도 위도우처럼 한다. 적절한 아래턱 구조는 없지만 나름대로 가능한 범위에서. 이 소녀는 이제 거의…

이때 세냐의 지성이 필사적으로 발언권을 붙잡는다. 지성이 자기 어머니의 신랄한 목소리로 말하자 세냐 더 위도우는 깜짝 놀란다. 갠 너의 도터가 아니야. 절대 너의 도터가 될 수 없어.

세냐 더 위도우는 딸깍이는 경고음을 내서 작은 인간을 부른다. 엄마라고 불린 것 때문에 심장이 요동치고 페로몬이 몸의 화학 구성을 바꿔놓고 있다는 사실은 억지로 감춘다.

세냐는 단호히 말한다.

"세냐."

꼬마야, 난 세냐 더 마더가 아니야. 난 세냐 더 위도우란다.

내면의 목소리가 덧붙인다.

그리고 앞으로도 계속 그럴 거고.

아이가 천천히 말한다.

"세냐."

목소리를 내기에 불리한 발성기관을 가졌다는 걸 생각하면 놀라울 만큼 발음이 좋다.

세냐 더 위도우는 부속지의 평평한 옆면으로 아이의 머리카락을 쓰다듬는다. 이 아이는 지금 세냐의 내면에서 벌어지고 있는 싸움을 짐작도 하지 못할 것이다.

세냐가 말한다.

"무슨 일이니, 사야?"

아이의 이름을 부르자 심장이 떨린다.

내면의 목소리가 웃음을 터뜨린다.

사야라니! 이름 참 잘 골랐네! 그리고 넌 자칭 위도우란 말이지.

사야. 아주 오래된 이름이다. 의심의 여지가 없는 위도우 종족의 이름이고 이 작은 존재에게는 결코 어울리지 않는 이름이며 그렇기에 완벽한 이름이다. 미래에 크나큰 성과를 이룰 자의 이름이자 거대한 파괴를 몰고 올 자의 이름이다. 사야에 대한 전설은 수없이 많다. 그리고 세냐 더 위도우는 지난 3년 동안 그 모든 이야기를 단 한 명의 열성적인 청자에게 들려줬다. 이 이름은 이제 둘 사이를 이어주는 말이 되었다. 어머니와… 아니, 위도우와 인간 사이를 이어주는 말이다. '사야처럼 외로워'라고 세냐 더 위도우가 솔직히 말하면 아이는 그게 사야 더 원이라는 걸 안다. '죽는 것보다도 빨리 잠드는구나'라고 세냐 더 위도우가 웃으며 말하면 아이는 '사야 더 퀵'이라는 걸 안다. '나 방금 사야였어요'라고 아이가 말하면 세냐 더 위도우는 그게 사과의 표현이라는 것을 안다. 아이는 실수를 할 때마다 자기가 가장 좋아하는 사야 더 디스트로이어의 탓으로 돌린다.

사야 더 휴먼이 딸깍 소리를 내며 말한다.

"배고파요."

세냐 더 위도우는 무심코 턱을 움직이며 미소를 짓는다. 사야 더 디스트로이어가 틀림없다. 세냐는 온화한 목소리로 말한다.

"위생시설에 가는 게 먼저일 거 같은데."

"아니야! 배고프다니까!"

"발을 동동 구르고 있잖아."

인간은 작고 포동포동한 다리를 억지로 멈추면서 외친다.

"발 구르는 거 아니야! 이건 그냥…"

세냐 더 위도우는 아이의 말을 막으며 끼어든다.

"배고프다고? 뭘 줄까?"

"뭘 먹을 거냐면… 식품 블록…이 먹고 싶어요."

세냐 더 위도우는 턱을 덜거덕거리며 아이가 말투를 고친 걸 칭찬한다.

"그거라면 금방 줄 수 있지."

그러자 아이는 시선을 내리고 작은 목소리로 말한다.

"빨간 거요."

세냐 더 위도우는 은하계의 시시각각 흘러가는 역사에서 벗어나 거의 얼어붙은 상태로 아광속 비행을 하며 삶의 대부분을 보냈다. 이 우주선을 타고 거의 50년 동안 일곱 개의 임무를 수행했다. 일반적인 문명에서 쓰는 표준시간으로는 500년에 가깝다. 그 긴 세월 동안, 마지막으로 웃은 게 언제인지 기억이 나지 않는다. 하지만 잠시도 가만있지 못하는 저 표정을 보며 작은 목소리를 듣고 있으니 몸속 깊은 곳에서 웃음이 거품처럼 떠오를 것만 같다. 감히 겁도 없이 빨간 게 먹고 싶다고? 규칙은 잊은 거야? 이 사랑스러운 녀석, 그럼 언젠가 곤란해질 텐데.

세냐 더 위도우는 아이의 반응을 살피며 말한다.

"내 생각엔 회색이 더 몸에 좋을 거 같은데."

사야는 거칠게 뒤로 물러나더니 입꼬리를 내린다. 불만을 표현하려는 게 틀림없다.

"빨간 거."

아이의 말에 세냐 더 위도우는 웃음을 참지 못하고 결국 짧게 삐걱거리는 소리를 한참 뱉어내고 만다. 지금 눈앞에 있는 건 영락 없는 위도우의 표정이다. 그런 동시에 인간의 얼굴이다! 세상에, 이건 정말 마음에서 우러나는 길고 멋진 웃음이다. 저 작은 인간은 한때 이 웃음소리를 무서워하며 발작을 일으켰지만, 이젠 조금 물러서서 무표정하게 지켜보기만 한다. 하지만 그 모습도 정말 보기 좋다. 무서운 존재가 되는 것도 좋지만, 사랑받는 존재가 되는 게 훨씬 좋다. 이게 바로 지혜이자 어머니의 현명함이며 둘 사이의 유대가 더욱 돈독해지고 있다는 증거다. 이 유대야말로 어머니와…

아니! 저 녀석은 절대 도터가 될 수 없어!

세냐 더 위도우는 즉시 정신을 차리고 평소보다 냉정한 목소리로 말한다.

"회색을 먹어."

회색 식품 블록은 라이브러리안을 조금만 설득해도 얻어낼 수 있다. 라이브러리안은 채워 넣을 수 있는 모든 영양소를 넣어 네모난 건조식품 블록을 합성해 낸다. 세냐 더 위도우는 굳이 먹어보지 않아도 끔찍한 맛이 날 거라는 걸 알 수 있었다. 하지만 맛이야 어떻든 이건 인간을 위한 음식이다. 그 이상도 이하도 아니다.

"그래도…"

"그리고."

인간은 동동 굴리던 발을 어떻게든 멈춘다. 그리고 세냐의 무서운 얼굴에 달려 있는 많은 턱들이 한 번 더 움직이길 기다린다.

세냐가 덧붙인다.

"나중에 내 걸 한 입 나눠줄게."

작은 인간은 차오르는 기쁨을 미처 주체하지 못하고 말 그대로 허공에 뛰어오르더니 원을 그리며 달린다. 그리고 갑자기 사야 더 디스트로이어의 전투 노래를 부르기 시작한다.

세냐 더 위도우가 말한다.

"딱 한 입이야."

작은 인간이 '한심한 빨간 녀석'에게 부르는 노래를 들으며 세냐는 힘겹게 웃음을 참는다. 겁쟁이 빨간 녀석, 오! 제일 약해빠진 빨간 녀석! 저 작은 입으로 끔찍한 가사를 부르는 걸 듣고 있자니 사랑스럽기 그지없다. 세냐는 흥분해 날뛰는 작은 인간을 다치지 않도록 칼날 부속지를 조심히 움직이며 몸을 일으킨다.

세냐가 말한다.

"가져올 테니 기다려."

세냐의 머릿속에 메시지가 떠오른다.

[왜 직접 가져오게 하지 않아? 그리고 잠깐 할 얘기가 있어.]

세냐는 조용히 대답한다.

[알았어.]

이식체가 먼저 말을 걸어온 건 며칠 만에 처음이다. 세냐는 다시 몸을 돌려 앉으며 인간에게 말한다.

"아니야. 아무래도 네가 직접 가져오는 게 좋겠어."

전쟁의 춤을 추고 있던 인간은 갑자기 몸을 멈추면서 거의 넘어질 뻔했다. 그러고는 믿기 힘들다는 듯 묻는다.

"내가 직접?"

세냐 더 위도우가 턱으로 웃음을 지어 보이며 말한다.

"네가 직접."

"알았어요!"

사야가 창고를 향해 뛰어가자 세냐는 해치가 닫히기 전에 외친다.

"그리고 위생시설에도 다녀오고!"

이제 세냐는 혼자다.

세냐 더 위도우의 칼날 부속지들이 미세하게 떨린다. 너무 작은 움직임이라 이식체도 감지하지 못할 거라고 세냐는 확신한다. 아주 잠깐 떨릴 뿐인데도 이렇게 고통스럽다니 창피할 지경이다. 수치스러울 정도다! 하지만 내면의 세냐는 수치심 따위 개의치 않는다. 저 작은 녀석의 정체가 무엇인지도 따지지 않는다. 저 아이는 결코 도터가 될 수 없다는 사실을 일부러 무시하며 행복에 겨워한다. 세냐의 뇌 속 원시적인 부분은 계속 호르몬을 뿜어내고 있다. 세냐의 지성으로는 어찌할 방도가 없다. 그게 그 부분의 역할이니까. 그리고 의식이 본성을 통제하려고 한들, 본성은 언제나 의식보다 더 많은 것을 알고 있

281

는 법이다.

쇼큐 더 마이티가 세냐의 머릿속에서 말한다.

[꽤 애착이 생긴 것 같네.]

세냐는 바로 대답하지 않는다. 통제를 벗어난 몸의 생리 작용을 되돌리는 게 먼저다.

[아마도. 저 아이는 이제 정말 내 도터…처럼 느껴져.]

도터라는 건 어디까지나 비유일 뿐, 사실이 아니라는 걸 강조해 보지만 사실은 그 단어를 떠올리는 것만으로도 가슴이 무거워진다.

세냐 어머니의 목소리가 말한다.

그야 그 녀석은 절대 네 도터가 될 수 없으니까.

[하지만 쟨 도터가 아니잖아. 그렇지 않아?]

이식체의 물음에 세냐 더 위도우는 대답하지 않는다. 대답할 수가 없다. 이식체의 말이 이따금 세냐를 상처 입히곤 한다는 사실은 결코 인정하고 싶지 않기 때문이다. 여신께 맹세코, 비규정 지성체 따위 앞에서 약한 모습을 보일 바엔 목구멍에 스스로 칼날 부속지를 찔러넣을 것이다. 그 대신 세냐는 그런 말들을 한곳에 모아 보관해 둔다. 그 말들을 의식 바깥으로 던져 없애버리지는 못하더라도 분노의 양분으로는 유용하게 쓸 수 있다. 바로 지금처럼. 이윽고 세냐는 냉정을 되찾는다.

이식체가 계속 말한다.

[임무 수행할 때마다 이렇게 된다니까. 넌 항상 무언가에 푹 빠져 버리잖아.]

세냐는 여전히 턱을 굳게 다물고 있다. 맹렬히 표적을 찾아 헤매던 분노가 마침내 목표물을 발견한다. 모든 걸 아는 동시에 아무것도 모르는 이식체라는 존재가 놀랍기 그지없다. 세냐에게도 가끔 외로울 때가 있다는 걸 이식체도 안다. 세냐가 생명체를 수집해 긴 여행의 동반자로 삼기도 했다는 것 역시 직접 봐서 알고 있다. 하지만 그러고도 내놓는 결론이 겨우 이 모양이라니! 밑바닥부터 잘못 이해하고 있다. 이식체는 세냐가 원하는 게 장난감이라고 생각하고 있다. 이식체는 위도우가 마더로 변할 때 몸속에서 어떤 일이 일어나는지 전혀 이해하지 못하고 있다. 세냐의 본능이 몸을 지배하고 지성을 배반할 수준에 이르렀다는 걸 전혀 모르고 있다. 이식체 따위가 이해할 수 있는 일이 아니다. 결코 겪을 일이 없을 테니까.

세냐 어머니의 목소리가 말한다.

인간에게도 불가능하지. 인간은 절대 도터가 될 수 없어.

세냐는 터져 나오려는 비명을 억누르며 창고를 바라본다. 세냐의 작고 소중한 존재는 지금쯤 창고 안에서 전쟁 노래를 흥얼거리며 가장 맛있어 보이는 빨간 블록을 신중하게 고르고 있을 것이다. 완벽한 블록을 찾기 위해 하나씩 들었다가 놓으며 모서리가 찌그러졌거나 포장지가 구겨진 것들을 걸러내고 있는 모습이 눈에 선하다. 이 아이가…
'그 존재'만 아니었다면 세냐는 심장이 여덟 번 뛰기도 전에 도터로 선택했을 것이다. 이식체는 상상은커녕 이해도 할 수 없을 것이다. 하지만 애초에 굳이 설명할 필요가 있는 것도 아니다. 특히 세냐의 네트워크 이식체 속에 붙어사는 비규정 지성체에겐 그럴 의무가 없다.

쇼큐 더 마이티가 말한다.

[네트워크 공간까지 이제 8일밖에 남지 않았어.]

세냐 더 위도우는 굳게 닫힌 해치를 바라본다. 속으로는 어머니의 목소리를 무시하며 착실히 분노를 키우고 있다. 작은 멍청이야, 입조심하렴. 시비를 걸 땐 상대를 잘 골라야지.

쇼큐 더 마이티는 이어서 말한다.

[꿈 같은 8일이 되거나 지옥 같은 8일이 되거나, 둘 중 하나야.]

그다음엔 단순한 감정 메시지다. 우아함, 편안함, 공감… 마음에 들지 않는다. 감히 세냐 더 위도우를 조작이라도 하겠다는 것처럼!

이식체는 차분하게 말한다.

[예전에도 중요한 기억을 지운 적이 있잖아. 별로 어렵지도 않았고. 3년 반 더 지운다고 무슨 큰일이라도 나겠어?]

메시지가 더 강해지기 시작한다.

[예전에 그랬던 것처럼 앞으로도 그럴 거야. 넌 다른 종족을 우주선에 태우겠지. 하지만 사랑하진 않을 거야. 그 작은 녀석은 위도우 칭호를 받을 자격이 없다는 걸 깨닫게 될 거니까.]

세냐의 마음속에서 이제 단어는 사라지고 감정만 남는다. 거친 감정의 폭풍이 쇼큐 더 마이티를 감싼다. 이 망할 이식체는 입을 다물면 해선 안 될 생각을 한다. 입을 열면 해선 안 될 말을 한다. 이 녀석이 가지고 있는 지혜란 결국 다른 세계에서 온 것이다. 하급 티어의 생각일 뿐이다. 그런 주제에 감히 세냐를 가르치려고 들다니! 세냐는 분노를 차갑게 태우며 가장 날카로운 칼날 부속지로 외골격에 있는 깊은

티어2

균열을 어루만진다. 세냐가 도터가 되었을 때 얻은 흉터다. 이식체에게도 이런 흉터가 있는가? 흉터를 보여준다면 세냐도 얼마든지 이식체의 말을 들어줄 것이다.

세냐 어머니의 목소리가 말한다.

그 아이는 네 도터가 아니야. 절대 도터가 될 수 없어.

쇼큐 더 마이티가 속삭인다.

[걘 네 도터가 아니야. 절대 도터가 될 수 없다니까.]

세냐 더 위도우는 잠시 침묵한다. 그리고 네 개의 칼날 부속지로 천천히 바닥을 긁으며 불꽃을 비처럼 쏟아낸다. 세냐의 분노는 완벽하게 차갑고 어두워 이세 평화롭기 그지없을 정도다.

세냐 더 위도우가 말한다.

[쇼큐 더 마이티. 아무래도 네 이름을 바꿀 때가 온 것 같아.]

쇼큐 더 마이티는 경쾌한 목소리로 말한다.

[사소한 일로 화제를 바꾼다고 상황이 달라지진 않아.]

세냐 더 위도우는 믿을 수 없어 놀라울 지경이다. 이 하찮은 지성체는 자기가 지금까지 무슨 잘못을 했는지 인지조차 못 하고 있다! 세냐 더 위도우가 점잖은 목소리로 말한다. 하지만 말 속에선 번개가 치고 있다.

[사소한 일? 사소한 일이란 건 네 이름을 말하는 거야. 겁도 없이 나한테 칭호에 대해 가르치려는 거야? 직접 쟁취하지도 않은 명칭을 자기한테 붙인 작은 멍청이가?]

세냐는 자기가 몸을 떨고 있다는 걸 깨닫는다. 키틴질 외골격이 서로 부딪히며 귀를 찢을 듯한 소리가 난다.

[하지만 결국 내 탓이지. 오, 쇼큐 더 마이티. 내가 책임을 질게. 네 선택이 재밌다고 생각했어. 그래서 그렇게 연기하도록 내버려 뒀었지.]

이식체가 외친다.

[연기가 아니야! 난 쇼큐 더 마이티야!]

바로 이거다. 이 자그만 지성체가 드디어 위험을 알아채고 절망의 늪에 빠지고 있다. 하지만 이미 늦었다.

세냐 더 위도우가 말한다.

[쇼큐 더 마이티, 넌 그 칭호를 획득한 게 아니야. 그러기 위해 목숨을 걸지도 않았지. 그러니 네게 명령을 내려야겠어.]

이식체는 괴로움이 잔뜩 묻어나는 메시지를 세냐에게 보낸다.

[획득할 거야! 내 목숨도 걸 수 있어!]

세냐 더 위도우는 한심하기 짝이 없는 선언을 무시하며 말한다.

[쇼큐 더 마이티. 넌 이제부터 쇼큐 더 낫씽이야. 이게 너의 칭호고 이제부턴 스스로 그렇게 부르도록 해. 넌 정말 아무것도 아니야. 네 이름처럼.]

세냐는 시야 구석에 표시된 지성체의 아이콘을 확인한다. 이름 표시가 달라지지 않는다.

쇼큐 더 마이티가 말한다.

[내가 가진 건 이것밖에 없어. 근데 이걸 뺏어가려고?]

메시지 속에 분노가 섞여 있다. 하지만 위협적이진 않다. 세냐 더 위도우는 이 지성체에 대한 모든 권한을 갖고 있다. 원한다면 언제든 공장 초기화를 할 수 있고 의식 명령어를 통해 파괴해 버릴 수도 있다. 오, 여신님, 그러고 보니 8일 뒤면 금전적 여유도 생겨 훨씬 좋은 녀석으로 교체할 수도 있다. 이 작은 지성체 때문에 걱정할 건 아무것도 없다.

세냐는 얼어붙은 바다처럼 차분히 말한다. 거만한 비웃음도 메시지 뒤에 붙여 보낸다.

[쇼큐 더 마이티. 생각이 달라졌어. 널 초기화할 거야. 기억도 이름도 남지 않을 거야. 그리고…]

세냐는 말을 멈춘다. 세냐의 감각 가장자리가 무언가를 감지했다. 바닥과 공기를 통해 무언가 느껴진다. 무언가 달라졌다. 중요한 무언가가. 창고 입구의 해치 너머에서 소리가 울리기 시작한다. 낮은 금속음이 흘러나온다.

쇼큐 더 마이티가 아무런 감정도 첨부하지 않고 말한다.

[아무래도 우리 모두 서로 잃고 싶지 않은 게 있는 모양이야.]

방금까지 몸을 접고 위엄 있는 위도우 자세를 하고 있던 세냐 더 위도우는 거친 짐승으로 변하며 눈 깜짝할 사이에 창고 입구를 포위한다. 서둘러 개방 명령을 내리자 0.5초 뒤에 해치가 열린다. 세냐는 창고 안으로 들어가 마침내 모든 칼날 부속지를 높이 펼친다.

세냐의 눈앞에 악몽에나 나올 법한 자기 자신의 모습이 나타난다. 지나치게 흥분한 탓에 상황을 파악하는데 잠깐 시간이 걸린다.

라이브러리안 구속실의 해치는 활짝 열려 있고 식사를 기대하는 라이브러리안의 노래가 바닥을 울리고 있다. 창고 모든 곳에 세냐의 왜곡된 모습이 거울처럼 비치고 있다. 자신의 턱이 어떤 말을 하는 듯 움직이는 게 보이지만 아무것도 들리지 않는다. 인간은 여기에 없다. 여기엔 라이브러리안과 식품 블록이 담긴 상자, 그리고 망할 세냐 자신밖에 없다. 너무 늦었다! 망할 놈의 하찮은 이식체가 세냐보다 한 수 더 내다보고 있었다. 세냐를 배신했다. 세냐의 작은 아이는 먹혀버렸다. 그리고…

누군가 포효한다.

작고 가늘고 앳되지만 틀림없는 전투 포효다. 저기 있다! 작은 인간은 상자 위로 올라가 라이브러리안을 마주 보고 있다. 게다가, 세상에, 맙소사, 지옥의 여신님, 아이는 라이브러리안을 공격하고 있다. 그리고 다쳤다. 몸 한쪽이 시뻘겋게 젖어 있다. 한쪽 팔을 몸에 꼭 붙이고 있다. 하지만 창고 구석에서 벌벌 떨고 있지도 않다. 절대 그럴 순 없지! 아이는 구속실을 향해 식품 블록을 던지고 있다.

세냐 더 위도우의 마음은 안도와 사랑으로 터질 것만 같다.

감격에 빠져 있을 시간은 없다. 식품 블록을 삼킨 라이브러리안이 다음 먹이를 탐색하기 시작했다. 중력장 바깥으로 이렇게 멀리까지 빠져나온 건 처음이다. 새로운 먹이를 찾는 데 그리 오랜 시간이 걸릴 것 같지는 않다. 살의 가득한 세냐의 시선 앞으로 빨간 식품 블록이 날아간다. 작은 인간이 딱 한 입 먹을 만한 크기다. 식품 블록은 라이브러리안의 은색 표면 위에 떨어지더니 금세 사라진다.

세냐 더 위도우는 그저 화가 난 것을 넘어 분노 그 자체로 변한다.

날카로운 칼날과 칠흑 같은 몸의 아름다운 춤사위는 오직 살의만으로 가득한 돌풍이 된다. 자기 몸을 다쳐도 의식조차 하지 않는다. 뻗어 나오는 은색 강줄기를 막아내려 시도하지만, 칼날 부속지 세 개를 부러뜨리고도 모두 실패한다. 작은 아이의 다리를 노리며 솟아난 돌기를 막으면서 다른 부속지 하나가 통째로 떨어져 나간다. 라이브러리안은 떨어진 세냐의 부속지를 미동도 없이 삼켜버린다. 세냐의 다섯 번째 부속지가 구속실의 수동 제어장치를 썰어버린다. 그래도 인식은 했는지 라이브러리안의 은색 돌기를 사이에 끼고 이중 해치가 즉시 닫힌다. 세냐가 뿌리만 남은 부속지로 다음 버튼을 누르자 순식간에 공기가 빠져나가기 시작한다. 격렬한 충돌음이 바닥으로 선해지더니 촉수로 가득한 은색 생물이 창고 바깥으로 빨려 나간다. 격리실 안에 있던 라이브러리안은 텅 빈 우주공간을 향해 초속 90미터의 속도로 사라진다.

세냐는 인간 옆으로 쓰러진다. 부속지가 떨어져 나간 부위의 체액 유출은 어떻게든 막았지만, 통각 수용체만큼은 이제 더 이상 억누를 수가 없다. 오랫동안 느끼지 못했던 전투 후 흥분이 몸을 적신다. 두려움 없는 고통. 이것이야말로 위도우의 삶이라고 마음속으로 노래를 부른다. 세냐의 멋진 싸움을 찬양하는 고대의 승리가가 들린다. 체내 화학물질이 거대한 물결이 되어 세냐의 기분을 한껏 끌어올린다. 훌륭한 상처가 남았다. 위도우의 노래에 나온 그대로다. 아름답고 영광스러운 상처다. 세냐가 도터의 칭호를 받은 이후로 가장 짜릿한 훈장이다. 몸과 마음 모두 우렁차게 노래를…

영광의 노랫소리가 옅어지더니 발음이 꼬인 위도우 욕설로 변한다. 식품 블록이 날아와서는 라이브러리안 격리실의 해치에 부딪치더니 산산이 조각난다. 떨어져 나간 부속지 위로 식품 블록의 조각이 비처럼 떨어진다. 세냐 더 위도우는 턱을 반쯤 열고 여전히 황홀경에 취한 상태로 그 광경을 지켜본다. 세냐의 의식은 이미 이성을 잃었고 감각도 흐려지고 있다. 하지만 세냐는 어떻게든 생각의 끈을 붙잡는다. 지금 누가 노래를 부르고 있는 걸까?

세냐 더 위도우는 거의 모든 방향을 동시에 볼 수 있다. 작은 인간과는 달리, 세냐는 무언가를 보기 위해 굳이 고개를 돌릴 필요가 없다. 하지만 지금은 마치 자석이라도 된 것처럼 세냐의 고개가 인간이 있는 곳을 향해 움직이고 있다. 도무지 저항할 수가 없는 힘이다. 차라리 몸속 분비계가 화학물질을 만들어 내는 걸 막는 게 더 쉽게 느껴질 정도다. 오직 위도우만이 만들어 낼 수 있는 경외와 사랑이 뒤섞인 시선으로 세냐는 아이의 작은 눈동자를 바라본다.

아이도 세냐를 바라본다. 몸의 절반을 붉은 액체로 적신 채, 다친 팔을 꼭 붙잡고 있다. 다리는 후들거리고 있고 얼굴에는 땀이 송골송골 맺혀 있다. 세냐는 아이의 시선을 피할 수가 없다. 저 두 개의 눈동자가 하는 말을 이해하기 위해 세냐는 지난 3년 반을 보냈다. 이젠 그 속에 담긴 의미를 분명히 그리고 확실히 알 수 있다. 고통, 그리고 신뢰다.

아이는 피가 흥건한 무릎으로 주저앉으며 말한다.

"엄마?"

세냐 더 위도우는 지금까지 경험한 적 없는 거대한 감정의 폭발을 느낀다. 하늘을 찌르는 분노보다 높고 몸을 움직이는 사냥 본능보다 뜨겁다. 수억 년 동안 이어진 무언가가 폭발하고 분화하며 작열한다. 세냐 내면에서 켜켜이 쌓여 있던 모든 반대와 불가능의 이유가 재가 되어 사라진다. 세냐는 처음으로 깨닫는다. 이 아이를 위해서라면 무엇이든 할 수 있다. 무엇이든 죽일 것이다. 무엇으로부터든 막을 것이다. 전신의 모든 칼날을 이 아이에게 바칠 것이다. 그리고 웃을 것이다.

부서진 칼날 부속지와 뿌리만 남은 관절 죽지로 세냐는 몸을 일으킨다. 경련하며 떨리는 턱을 아이의 입에 거의 닿을 만큼 가까이 가져가 아이의 얼굴을 마주 보며 붙는다.

"날 마더라고 부르겠니?"

아이는 작은 얼굴로 세냐를 바라본다. 작은 입으로 위도우의 표정을 흉내 내며 움직인다.

"네."

세냐 더 위도우는 정신을 잃기 직전이다. 체액을 너무 많이 흘려서인지, 기쁨에 겨워서인지는 알 수 없다.

세냐는 힘겹게 속삭인다.

"고통스러울 거야. 후회할지도 몰라."

아이가 말한다.

"알아요."

아니, 넌 아직 모른단다. 전설이야 들어본 적 있겠지. 하지만 넌 쇼큐 더 마이티와 다르지 않아. 알고만 있을 뿐, 경험하진 않았지.

세냐 더 위도우를 뚫어지라 쳐다보던 눈에서 액체 한 방울이 새어나와 작은 얼굴을 타고 흘러내린다.

앞으로 이런 일이 더 많을 거란다. 도터라는 칭호는 주어지는 게 아니라 쟁취하는 거니까. 삶을 획득하거나 죽음을 맞이하거나, 둘 중 하나니까.

세냐의 마음이 사랑과 두려움으로 폭주한다.

세냐 더 위도우가 아이에게 속삭인다.

"좋아. 그럼 이제 시작해 보자."

19

[에이브테크 기억 복구 서비스]
[스테이지2]

\#

[안녕하세요! 지금까지의 경험은 즐거우셨나요? 이제 스테이지2
로 진입합니다. 여기서부터 이어질 기억에 대해 사용자가 어떤 반응
을 보일지는 예상이 어렵지만, 네트워크 노드에서 에이브테크의 자동
상담 서비스가 제공되고 있으니 필요에 따라 이용하시기 바랍니다.]

\#

[기억 전송을 시작합니다…]

#

    축복 같은 어둠이 내린다. 여신에게 감사할 일이다.

    세냐 더 위도우는 낯선 식물들 사이를 헤치고 나간다. 세냐의 부속지는 세냐 스스로조차 들을 수 없을 만큼 조용히 움직인다. 숙련된 살상 기계다운 동작이다. 옵서버가 주변에 가득하다는 걸 알고 있지만, 전혀 감지할 수 없다는 사실이 세냐의 신경을 긁는다. 옵서버의 위장술은 그야말로 감탄할 수준이다. 배울 수 있다면 사냥에는 제법 도움이 될 만한 기술이다. 녀석의 다른 모든 것은 아무짝에도 쓸모없지만.

    깊은 수풀 밑을 지나가는 동안, 세냐의 머릿속에선 온갖 생각이 복잡하게 얽힌다. 여기 인간이 있다니! 믿기 어렵다. 수백만 종족이 살아가는 이 거대한 은하계 속에서 위도우와 인간이 다시 마주할 가능성이 얼마나 있을까?

    세냐는 어둠 속에서 턱을 울리며 가볍게 웃는다. 인간 녀석들, 1조에 이르는 머릿수를 자랑하며 단일 종족으로 은하 전체와 전쟁을 할 땐 너희도 이렇게 될 줄 꿈에도 몰랐겠지. 너희에게 학살당한 이들의 후계자가 너희의 마지막 후손을 붙잡게 될 것이라고는 상상도 못했을 것이다.

    세냐는 위도우다. 그리고 위도우는 모든 것을 아주 오랫동안 기억한다.

    세냐 더 위도우는 자기보다 더 강한 자가 존재한다는 걸 경험으로 알고 있다. 언제나 넘치고 붐비는 은하계에선 당연한 일이다. 임무를 위한 여행을 하면서 티어4 지성체를 대변하는 티어3 지성체를 여러 차례 만난 적이 있다. 지적으로 겸허해지는 경험이었다는 건 틀림없다. 하지만 거대한 라이브러리안 우주선을 처음 목격한 뒤로 세냐는 한 가지 의문을 품고 있다. 그보다 더 강력한 존재가 있지 않을까? 티어6 지성체라든가. 정신이 아득해지지만 티어7 지성체는 어떨까? 그리고 그런 존재가 위도우 종족의 역사에 관심을 가진 건 아닐까? 그렇지 않고서야 완벽한 복수를 가능케 해주는 이 엄청난 우연이 세냐를 찾아왔다는 사실을 설명할 수가 없다.

쇼큐 더 마이티가 속삭인다.

[열과 움직임이 느껴져.]

세냐 더 위도우도 말한다.

[알아. 우린 감각을 공유하고 있으니까.]

곤충들이 주변을 날아다닌다. 몸에서 빛이 나는 녀석들도 있다. 세냐는 그걸 보고 고향을 떠올린다. 소리도 들린다. 동물 울음소리다. 아니, 동물 목소리다. 언어처럼 들린다. 혹시 인간의 언어일까?

정말 그렇다면… 끔찍하기 그지없는 언어다. 여신에게 구원을 바랄 정도다.

세냐와 불편할 만큼 가까운 곳에서 옵서버가 말한다.

"놀랍지 않아? 난 많은 정보에 접근할 수 있어. 물론 네트워크를 쓰고 있는 건 아니야. 그 정도로 바보는 아니니까. 대신 이 구역 모든 네트워크 스테이션에 내가 있거든. 뭐든 찾을 수 있지. 언제든지 조사할 수 있고. 이 거주지의 위치는 아무도 모르는 게 분명해. 나 그리고 너만 알고 있지.”

세냐는 칼날 부속지를 천천히 펼치며 나지막하게 중얼거린다.

“대단한걸.”

[1퍼센트나 제안했던 거 후회하고 있는 거 아니야? 정말 인간이 있다면 말이야.]

쇼큐 더 마이티의 말에 세냐 더 위도우는 굳이 대답하지 않는다. 이 작고 멍청한 이식체는 위도우 역사에서 배운 게 없다. 위도우가 동족의 숙적을 찾았을 때 어떻게 하기로 맹세했는지 전혀 알지 못한다. 사실 수익 따위는 이미 생각의 저편으로 사라지고 없다. 지금 세냐의 생각을 지배하고 있는 건 세냐가 아는 모든 위도우를 집결시킬 방법이다. 이곳이 안전하다고 믿으며 숨어 있는 인간들에게 복수하기 위해서라면 1,000명 정도는 쉽게 모을 수 있을 것이다.

옵서버가 목소리만으로 속삭인다.

“저기 봐. 뭐가 보여?”

세냐 더 위도우는 숲 가장자리를 향해 앞으로 기어간다. 그리고 나무를 반쯤 타고 올라 시야를 확보하자 100미터 거리에 건물이 모여 있는 곳이 보인다. 세냐는 그곳에 모든 감각을 집중한다.

[뭔가를 태우고 있어. 마을일까?]

쇼큐의 말에 이번에는 세냐도 대답한다.

[나도 알아.]

모를 수가 없다. 마을 가운데에 불이 있는 광경은 익숙하다. 고향의 모습이 떠오른다. 하지만 저기서 불을 둘러싸고 있는 건 세냐의 위도우 공동체가 아니다. 절대로. 흉측한 겉모습은 옵서버와 거의 똑같지만 훨씬 크고 강하다. 저 모습! 결코 못 알아볼 수 없다. 생존해 있는 모든 위도우의 문화적 기억 속에 깊이 각인되어 있는 모습이다. 두 개의 하반신 부속지와 두 개의 상반신 부속지. 피부와 머리카락과 끔찍한 냄새. 겉보기엔 방어 능력이라고는 없어 보이지만 사실은 그렇지 않다는 걸 세냐는 잘 알고 있다. 저들에게 무기를 쥐여주고 위도우 가족 앞에 데려다 놓으면 어떤 일이 벌어질지 세냐는 알고 있다.

세냐 더 위도우의 턱이 꿈틀거린다.

방향을 알 수 없는 곳에서 옵서버가 말한다.

"저 녀석을 봐. 여자애. 인간 종족이야! 요 귀여운 녀석."

쇼큐 더 마이티가 말한다.

[네트워크에 이름을 걸고 말하는데 틀림없어. 인간이야.]

세냐 더 위도우는 부속지로 옆에 있던 나무를 규칙적으로 두드리며 속삭인다.

"믿기지 않는걸."

이식체가 말한다.

[숨어야 해. 세 명이 이쪽으로 오고 있어.]

세냐는 당황한다. 이식체가 자기보다 먼저 위험을 감지한 건 일을 시작한 이후 처음이다. 세냐는 소리 없이 나무를 타고 올라 가장 낮은 곳에 있는 가지 위에 몸을 밀착한다.

옵서버가 말한다.

"조심해. 인간은 아직 미숙하거든. 저 녀석들의 귀여운 뇌세포는 미신을 좋아하고 쉽게 놀라지. 널 보면 사냥하려 들거나 아니면 숭배할 거야."

쇼큐 더 마이티가 말한다.

[그거 괜찮네. 악마가 되어본 적은 없잖아.]

세냐 더 위도우는 대답하지 않는다. 인간의 여신 따위가 되다니, 모욕적인 일이다.

덩치 큰 두 명이 다가온다. 그들은 훨씬 어린 듯한 한 명을 사이에 끼고 끌고 오고 있다. 작은 녀석은 제대로 걷지 못하는 걸 보니 어딘가 문제가 있는 것 같다. 갓 태어난 위도우라면 번개처럼 재빨리 움직일 텐데. 하지만 어른 둘은 크게 신경 쓰지 않고 있다. 걷지 못하는 게 당연하다는 듯 상반신 부속지를 잡아서 어린 녀석의 체중을 받쳐주고 있다. 위로 들어 올려 앞뒤로 흔들기도 한다. 어린 녀석은 목을 골골거리거나 작은 목소리로 소리를 지르기도 한다.

쇼큐 더 마이티가 말한다.

[저건… 좀 귀엽네.]

세냐 더 위도우는 어둠 속에서 숨을 내뱉는다.

어른들이 아이를 놓아준다. 아이는 비틀거리더니 거의 넘어질 뻔했다. 어른 한 명이 아이에게 둥글고 불투명한 물건을 준다. 무언가를 담는 용기 같다. 아이는 짤막한 부속지로 반짝이는 곤충들을 가리키며 잔뜩 흥분하더니 또 쓰러질 뻔했다. 어른들은 위쪽 부속지 두 개를 상반신 앞에 꼬아둔 채 아이가 덤불 위에서 뒤뚱거리며 걷는 모습을 지켜본다. 아이는 빛나는 곤충을 쫓지만 하나도 잡지 못한다. 어른들은 때때로 빛나는 곤충을 하나씩 잡아서는 작은 용기 속에 넣는다. 하지만 곤충을 잡으러 왔다기보다는 아이를 돌보러 온 것 같다.

쇼큐 더 마이티가 묻는다.

[뭐 하려는 거야?]

세냐 더 위도우는 가지 위로 그림자처럼 몸을 세운다.

이식체가 다시 한번 묻는다.

[아니, 진짜로. 뭘 하려고? 놈들한테 들킬 거야!]

-전송이 중단되었습니다.-

\#

[예상치 못한 기억 충돌이 일어났습니다. 파라미터를 수정하고 있습니다.]

\#

어둡다. 잎사귀가 아이의 무릎을 간질인다. 재채기도 나올 것 같다. 아이는 자기 손에서 도망쳐 날아가는 빛나는 벌레들을 쫓는다. 숲에는 이런 벌레들이 많이 있다. 훨씬 많이 있다. 더 많이 빛나고 더 많이 날아다닌다. 아이는 다시 웃으며 빛나는 벌레들을 손가락으로 가리킨다. 그리고 뒤를 돌아보며 부모들이 자기가 가리키는 곳을 보고 있는지 확인한다. 엄마는 아이를 보며 미소 짓고 있다. 아빠는 엄마를 보며 미소 짓고 있다. 아이는 모두를 하나로 감싸고 있는 안전하고 즐겁고 따뜻한 빛을 느낀다.

#

-전송을 다시 시작합니다.-

세냐 더 위도우는 사신처럼 천천히, 조용히, 그리고 착실히 나무를 타고 움직인다. 칼날 부속지는 더 단단해지고 턱은 굳게 닫혀 있다.

-전송이 중단되었습니다.-

#

[기억 전송이 거부되고 있습니다. 기억 저장고가 파라미터를 수정할 때까지 잠시 기다려 주세요.]

#

부모 모두 아이를 보고 있지 않다. 아이의 머리 위를 보고 있다. 아이는 제자리에서 한 번 뛰고는 소리를 지르며 관심을 끈다. 저기 벌레가 있어. 어둠 속에. 병에 담고 싶어. 이 병에. 아이는 벌레를 한 번 가리킨 다음, 병을 가리킨다. 이쪽을 보라고 말하지만, 부모는 보지 않는다. 왜 보지 않는 걸까?

#

-전송을 다시 시작합니다.-

쇼큐 더 마이티가 말한다.

[잘했어. 이제 들켰네.]

옵서버도 포기한 듯 말한다.

"모습을 보이지 말라고 했잖아. 이제 그만 돌아가야겠어."

세냐 더 위도우는 누구에게도 대답하지 않는다. 사냥꾼의 눈으로 인간을 바라보고 있다. 인간이 세냐를 발견한 건 세냐가 그러길 원했기 때문이다. 두려움이 가장 먼저다. 이게 위도우의 사냥법이다. 세냐는 그들의 본능을 통해 그들을 농락한다. 이게 세냐 더 위도우다. 그리고 그들에게 세냐 더 위도우는 멈출 수 없는 운명이나 마찬가지다.

-기억 전송이 중단되었습니다.-

[기억 전송이 계속 거부되고 있습니다. 기억 저장고가 파라미터를 수정할 때까지 잠시 기다려 주세요.]

#

아이의 아빠가 아이에게 달려간다. 아이의 귀가 아플 만큼 크게 소리를 지르고 있다. 아빠의 커다란 손이 아이의 팔을 잡는다. 아프다. 아이도 아빠에게 소리친다. 아이는 숲 반대 방향으로 끌려 나온다. 벌레가 있는 숲에서 멀어진다. 들고 있던 병이 떨어지고 벌레들도 떠나간다. 그 모습에 아이는 화가 난다. 아이의 팔이 갑자기 풀려난다. 자유로워진 아이는 곧장 병을 향해 달려간다. 병 속 벌레가 당장이라도 도망가려는 듯 날개를 펼치고 있다. 아이가 병을 잡지만 이미 늦었다. 벌레가 날아간다. 아이는 가슴속 슬픔을 주체하지 못하고 울음을 터뜨린다. 무슨 일이 일어났는지 알려주기 위해 엄마를 향해 돌아본다. 하지만 엄마도 소리를 지르고 있다. 그리고 다른 소리도 들린다. 한 번도 들어본 적 없는 소리. …이제 누구도 소리를 지르지 않는다. 아이의 부모는 모두 바닥에 누워 있다. 아이는 부모를 향해 아장아장 걸어간다. 엄마가 아이를 향해 천천히 손을 내민다. 손은 곧 멈추고 숨이 멎더니 아이를 바라보며 더 이상 움직이지 않는다.

아이는 아주 잠깐 웃는다. 장난인 것 같다. 엄마는 가끔 아이가 보이지 않는 척할 때가 있다. 하지만 지금은 아빠도 그러고 있다. 아빠는 그런 장난을 친 적이 한 번도 없다. 아이는 뭔가 잘못된 게 아닐까 생각하기 시작한다. 그리고 무시무시한 냄새를 맡는다. 낯선 소리도 듣는다. 단단한 것이 부딪히며 덜거덕거리는 소리. 무언가 여기 있다. 무언가 한 번도 본 적 없는 것이. 무언가 어둡고 날카롭고 화가 난, 그

티어2

리고…

        #

　[에러. 생체신호가 최저조건 이하로 떨어졌습니다. 전송 과정을 중단합니다. 중단되었습니다. 현재의 안전 프로토콜에 따라 남은 기억을 삭제합니다. 삭제되었습니다.]

　[기억 저장고는 사용자에게 의료처치 요청을 추천합니다.]

티어3

20

립타이드호에는 병원이 없다. 의료시설도 없다. 회복기 환자를 위한 침대도 없다. 여기 있는 건 세 가지뿐이다. 완전 의료 기능을 갖춘 거대 여압복, 보육 본능을 가진 거대한 근육과 이빨 덩어리, 그리고 결과야 어떻든 물건을 고치는 게 특기인 안드로이드. 다행히 이 세 가지의 조합이야말로 필요한 모든 것이었다. 그 덕분에 사야 더 도터가 지금 이렇게 있을 수 있다. 한쪽 팔을 검은색 합성물질로 감싼 채 방구석에 앉아 있지만 일단 살아 있다.

로슈는 사야의 팔꿈치부터 손목까지 덮은 기계를 정성스러운 손길로 만지며 말한다.

"놀라워. 필이 말했는데, 이거야말로 내 인생의 역작이래."

사야가 묻는다.

"필?"

사야는 침대 위에서 비틀거리며 몸을 일으킨다. 가만히 서 있는 것마저 창피할 만큼 힘들다.

로슈는 반대쪽 손으로 가슴을 두드리며 대답한다.

"내 도우미 지성체야. 나보다 더 객관적이지."

"아하."

무릎 위에 있는 팔의 무게가 영 불편하다. 손은 주먹을 쥐고 있다. 금속과 검은색 합성물질로 겹겹이 뒤덮여 피부는 거의 보이지 않는다. 하지만 오래가지 않을 것이다. 사야는 정신을 집중한다. 손가락을 펼치는 모습을 떠올린다. 위도우의 칼날 부속지처럼 손가락을 뻗는 모습을 상상한다. 그러자 피스톤이 움직이는 소리가 들리더니 사야의 손가락이 꽃잎처럼 펼쳐진다. 매끈한 기계 프레임 표면 사이로 땀에 젖은 손바닥이 따뜻하고 부드러운 피부를 드러낸다. 하지만 손바닥을 펼치는 건 그리 어려운 일이 아니다. 펼치는 데 필요한 힘줄은 남아 있으니까. 진짜 어려운 건 이제부터다. 사야는 집중한다. 손바닥을 오므리는 모습을 상상한다. 주먹을 쥐는 모습을, 목을 졸라 죽이는 순간을 상상한다. 팔의 절반을 태워가며 뇌에 위도우를 각인시킨 이후 처음으로, 사야의 손가락이 스스로 구부러진다.

사야는 안도의 숨을 내려놓는다.

"해냈어."

로슈가 자기 가슴을 두드리며 말한다.

"아닌 거 같은데. 내가 해냈지."

"이런."

사야는 자기 손가락이 의지와는 상관없이 춤추고 있는 모습을 보고는 체념한다. 속았다.

로슈가 말한다.

"너한테 통제권을 줄 거야. 넌 정말 운이 좋아. 이건 정말 좋은 손이니까. 언젠간 이 녀석이 네 말도 듣게 될 거야. 하지만 기억해. 이건 내가 빌려준 거야. 함부로 다루면 내가 바로 알아챌 거니까."

로슈는 사야의 무릎 위에 있는 기계를 통통 두드리며 기분 좋게 말을 잇는다.

"우린 정말 많은 걸 같이 해냈어. 그렇지?"

사야의 손가락이 살짝 실룩거린다. 손이 로슈에게 보내는 다정한 이별 인사인지 아니면 로슈의 장난인지는 알 수 없다.

로슈는 사야의 손 아래에 있는 검은색 피스톤들을 어루만지면서 노래하듯 스스로 대답한다.

"맞아. 많은 걸 해냈지! 맞아. 저엉말 많은 걸 해냈지!"

"저기…"

사야의 손이 자기 다리를 천천히 주무르고 있다. 로슈가 분명하다.

머가 방 안에서 피를 흘리며 비명을 지르는 사야를 발견하고 이틀이 지났다. 아직 갈 길이 멀다. 말랑말랑하고 칼날도 없는 인간의 몸으로 어떻게 살아갈지 배워야 한다. 이건 그나마 나은 편이다. 걷는 법부터 다시 배우는 것보다도 훨씬 불쾌한 것이 가득하다. 자기 어머니가 저지른 끔찍한 일들을 직접 보는 것조차 최악에 미치지는 못한다. 진짜 최악은 예를 들자면 이런 것이다. 어머니가 저지른 그 모든 끔찍한 일이 사야의 경험이 되어 기억에 남아 있는 것. 어머니가 언젠가 도타라고 부르게 될 작은 인간에게 혐오감을 쏟아내는 순간을 사야는 그저 목격한 게 아니라 직접 경험했다. 어린 자신을 향한 그 혐오감은 사야 자신의 것이 되었다. 수많은 살상의 기억도 있다. 자신의 생물학적 어머니의 몸을 칼날 부속지로 갈랐을 때 터져 나온 뜨거운 피도 직접 느꼈다. 어머니의 남은 육체는 날카로운 턱 속에서 더 잘게 찢어지고…

여기까지.

최악이란 대충 이런 것이다. 이성으로 모든 경험을 거부해 봐도 이미 내면과 하나가 되었다. 기억 속에서 저지른 일들이 두렵지는 않다. 두려워해야 하는 일이라는 걸 알고 있을 뿐이다. 어떻게 반응해야 자연스러운지 이론과 논리로 추정할 수 있을 뿐이다. 사야는 상상할 수 있는 최악의 방법을 통해 어머니 세냐가 되었다. 또한 여전히 사야 자신이기도 하다. 사야가 원래 가지고 있던 동기, 혹은 집념은 그 어느 때보다 크고 강한 모습으로 여전히 남아 있다. 위도우의 힘이 인간의 열망을 증폭하고 있다. 사야 더 도터의 머릿속에선 이제 단 하나의 생각만이 타오르고 있다.

동족.

전율이 흐른다. 그들을 봤다. 사야의 눈으로 봤다. 그때 그 눈은 어머니의 것이었을지라도. 다른 것도 봤다. 그 녀석을 봤다. 사야의 동족을 보살피던 자. 그 녀석의 금색 눈동자가 지금 눈앞에 있는 것처럼 선명하게 떠오른다. 그 녀석이 말했다. '이 구역 모든 네트워크 스테이션에 내가 있어.' 지금도 사야의 머릿속에서 같은 말을 반복하고 있다. 자신을 찾아오라는 것처럼. 사야가 도착할 때까지 동족을

티어3

지켜주고 있겠다는 것처럼. 그 초대를 받아들이기 위해서는 많은 것을 포기해야 한다. 힘줄 몇 개와 죄책감 따위와는 비교도 되지 않는 것들을.

방 입구에서 천둥 같은 목소리가 말한다.

"이젠 혼자 앉아 있을 수도 있네. 다행이야."

사야는 생각의 호수에서 빠져나와 고개를 든다. 털과 이빨이 입구를 가로막고 있다. 강한 양육 본능을 가진 머는 사야를 고작 8분도 홀로 내버려 둘 수 없는 모양이다. 사야는 머를 바라보며 다치지 않은 팔로 침대 상단을 짚고는 있는 힘껏 몸을 일으킨다. 다리가 불안하게 떨리기는 하지만 그래도 이쪽 팔은 말을 잘 듣는다. 칼날 부속지는 아니지만 그래도 일은 할 수 있다. 머, 이거 봤지? 이래도 내가 제 앞가림도 못해서 지켜줘야 할 아기처럼 보여? 나는 사야 더 도터. 허리를 곧게 세우고 서 있어. 이 우주에서 나를 막을 수 있는 건 없어.

그때 무릎 하나가 힘없이 접힌다. 사야는 로슈의 손으로 침대 상단을 붙잡는다. 기계가 강제로 손가락을 굽히자 사야는 울음을 터뜨리고 만다. 이윽고 두 다리 모두 힘이 빠진다. 사야는 티타늄으로 덮인 타인의 손에 대롱대롱 매달린 채 축 늘어진다. 입으로는 신음과 거친 위도우 욕설을 딸깍거리며 뱉어내고 있다.

"그거 로슈 손이야?"

머의 질문에 로슈가 대답한다.

"맞아. 내가 빌려줬어."

로슈의 손이 힘을 빼자 사야의 몸이 침대 위로 쓰러지더니 그대로 바닥에 굴러떨어진다. 사야는 바닥에 등을 대고 깊은숨을 쉰다. 역시 누워 있는 게 편하다.

머가 말한다.

"사야에 대해 생각해 보다가 알게 된 건데 말이야. 가끔 멍청한 선택을 하기는 하지만 어떤 선택이든 반드시 행동에 옮겨."

바로 뒤에 사야가 누워 있다는 건 전혀 신경 쓰지 않고 있다. 뒤이어 로슈도 말한다.

"필도 같은 얘기를 했어. 앞을 내다보지 않고 무모하게 행동하는 모습이 신선했다나."

"필이 누구야?"

"내 도우미 지성체."

"아하. 난 내 도우미한테 이름은 못 붙이겠던데. 그래서 날 싫어하는지도 모르지."

이런 안일한 대화가 위에서 이어지는 동안 사야는 이를 악물고 천장을 올려다보고 있다. 바닥에 깔린 카펫이 된 느낌이다. 이런 취급을 받아서는 안 된다. 나는 사야 더 도터다. 나는 망할 여신의 이름을 걸고 반드시 가야 할 곳이 있는 인간이다. 분노가 치밀어 오르자 미처 의식도 하기 전에 스스로 몸을 일으켜 앉는다.

머는 힘없이 흔들리는 사야의 몸을 보며 묻는다.

"챔피언, 일어났어? 뭐 필요한 건 없어?"

있고말고. 너희가 내게 집중하는 것. 다음 할 일을 생각할 시간은 충분히 있었다. 그리고 이제 두 녀석 모두 사야의 방에 있다. 최고의 타이밍이다.

사야는 자기가 그들을 여기까지 부르기라도 한 것처럼, 바닥에 앉아 있는 건 어디까지나 본인의 선택일 뿐이라는 것처럼, 기억 저장고 때문에 뇌를 다쳐서 그런 게 아니라는 것처럼, 천천히 입을 연다.

"그럼 이제 슬슬… 사업 얘기를 해볼까?"

머가 긴 손톱으로 사야를 가리키며 말한다.

"방금 봤어? 제대로 걷지도 못하는 주제에 이러고 있네."

로슈는 렌즈를 반짝이며 다가온다.

"사업? 나 사업 좋아해."

그럴 줄 알았다. 사야는 처음부터 이렇게 나올 거라 예상했다. 머는 금방 넘어온다. 로슈를 끌어들이는 건 노력이 필요하다.

사야는 로슈 소유의 손가락으로 바닥을 두드리며 심혈을 기울여 미리 연습해 둔 사업가 말투로 말한다.

"이 우주선의 원래 주인은 죽었어. 내 도우미 지성체의 조사에 따르면, 이 우주선은 이제 우리 거야. 여기 있는 모든 물건도."

에이스의 아이콘이 사야의 시야 구석에 떠오른다. 고맙게도 끼어들지는 않는다. 이틀 동안 침대에 누워 있으면서 그나마 다행이었던 건 지성체 도우미가 함부로 지껄이지 않도록 훈련시키는 데 충분한 시간이 있었다는 점이다.

"잠깐만. 필이 네 지성체 도우미가 조난법 전문가인지 알고 싶다는데."

로슈의 말에 에이스가 함께 조사한 자료를 보여주며 사야에게 속삭인다.

"알 만큼 안다고 해. 어쨌거나 최근에 잘 알게 된 거니까."

사야는 에이스가 보여준 문서를 읽기 시작한다.

"제105조 제9항. 우주선 소유주가 사망한 경우."

로슈가 잠시 렌즈의 초점을 푼다.

"아, 그거. 그 규정에서 지금이랑 반대쪽이 된 적이 있어."

머가 이빨을 쑤시며 묻는다.

"진짜? 그래서 어떻게 됐어?"

"잘 안 됐지. 죽은 쪽에게 압도적으로 불리해. 겨우 며칠 동안 법적으로 죽은 상태였다고 내가 내 우주선을 다시 사들여야 했다니까. 한번 생각해 봐. 이게 공정하다고 생각해?"

머는 몸을 긁으며 대답한다.

"아마도. 그 정도면 공정한 거 같은데."

"됐어."

로슈는 사야를 향해 몸을 돌리고 말을 잇는다.

"이 배가 아무런 의심의 여지 없이 우리 물건이 되었다고 해보자고. 그래서 네가 말하는 사업이란 게 뭐야?"

여기서부터 2단계다. 사야는 바닥에 앉은 채 미동도 하지 않고 말한다.

"여기 창고엔 얼음이 가득해. 중수重水로 된 얼음이지. 선적 목록에 따르면 꽁꽁 언 산화중수소가 700톤이나 있어. 지금 중수소 가치가 엄청 올랐어. 워터타워 스테이션이 통째로 원자가 되어 사라졌으니까. 당분간은 이런 시세가 지속될 거야."

과거의 사야였다면 목이 메 하지 못했을 말이다. 시간이 충분히 지난 덕분인지, 아니면 사야의 뇌 절반이 위도우로 각인되어서인지는 알 수 없다. 이유야 무엇이든 지금은 아무런 미련도 느끼지 못한다.

로슈가 중얼거린다.

"제법 차가운걸."

이제 3단계. 사야는 호흡을 한 번 고르고 말한다.

"우리가 이걸 파는 거야. 돈을 받은 다음, 그걸로 네트워크 통행권을 사는 거지. 그리고 이 지겨운 항성계를 뒤도 돌아보지 않고 떠나는 거야."

로슈는 갸우뚱 고개를 기울인다.

"생각해 둔 목적지라도 있어?"

다시 한번 호흡을 고르는 사야.

"갈 수 있는 곳이야 무궁무진하지. 먹고살 곳은 넘쳐나. 하지만 가장 먼저 갈 곳은…"

사야는 방금 떠올린 것처럼 잠시 생각하다가 덧붙인다.

"블랙스타."

로슈와 머가 사야를 바라본다. 머가 먼저 묻는다.

"네트워크 스테이션? 그것도 굉장히 큰 곳?"

옵서버의 말이 사야의 기억 속에서 메아리친다.

'모든 네트워크 스테이션에 내가 있어.'

사야가 대답한다.

"큰 곳. 거긴 어차피 거쳐야 할 곳이니까. 미리 가서 둘러보는 것도 괜찮지 않겠어?"

로슈는 미심쩍은 목소리로 말한다.

"블랙스타에 선착할 일은 보통 없지. 그냥 지나가면서 손이나 흔들어 줄 뿐이고."

머도 동의한다.

"그런 곳에 낚이는 건 관광객뿐이야. 부자 관광객들."

사야는 개의치 않고 말한다.

"거기서 새 화물을 싣는 거야. 화물 목적지는 어디든 상관없어. 블랙스타의 서비스 구역은 1억 세제곱 광년이나 되니까. 블랙스타 스테이션에 직통으로 연결된 네트워크 항성계만 800개야. 이 구역 안에서만 얼마나 큰 사업이 가능할지 생각해 봐. 우린 운 좋게 우주선 소유권을 손에 넣었어. 친구들, 이 절호의 기회를 낭비하지 말자고."

사야는 말을 마친다. 약간 숨이 차긴 하지만 프레젠테이션을 무사히 마무리했다. 그리고 로슈와 머의 얼굴을 차례로 보며 반응을 살핀다.

에이스가 사야의 귀에 속삭인다.

"괜찮았어. 마지막 문장이 리허설 때랑 다르긴 했지만."

머는 손톱으로 이빨을 두드리며 몸을 움직인다. 그 옆으로 [어깨으쓱]이라는 태그가 붙는다.

머가 말한다.

"마음에 들어."

"로슈는 어때?"

사야의 재촉에 로슈도 말한다.

"훌륭한 프레젠테이션이었어. 계획도 잘 짰고."

안도감이 사야를 감싼다.

"좋아. 그럼 이제 다음 할 일은…"

그때 로슈가 사야의 말을 끊고 말한다.

"문제가 하나 있어. 우주선 주인이 아직 죽지 않았거든."

사야는 로슈를 바라본다. 이런 상황까지 예상하고 연습하지는 못했다.

"후드가… 살아 있다고?"

목에서 묘한 소리가 흘러나온다. 사야는 그게 웃음이라는 걸 깨닫고 자기도 놀란다. 사야는 겨우 말을 잇는다.

"무슨 말도 안 되는 소리를. 내가 마지막으로 봤고 후드는 분명히 죽었어. 내가 떠났을 때 살아 있었다고 해도 그 직후에 워터타워 자체가…"

"후드는 이 우주선의 주인이 아니야."

로슈의 렌즈 옆으로 [즐거움] 태그가 떠오른다.

사야의 위가 쓰리기 시작한다. 뭘 놓친 거지?

"그럼 누가 주인이야?"

로슈는 이제 [웃음]을 감추려 들지도 않는다.

"샌디가 주인이지."

21

샌디는 선실에 있다. 드디어 인간이 찾아왔다. 벌써 며칠이나 기다리고 있었다. 티어2가 생각하고 움직이는 시간은 샌디에게 영원처럼 길게 느껴진다. 게다가 이번엔 빈사 상태였으니 더욱 그렇다. 그래도 머릿속에 알림이 떴을 때는 샌디도 조금 놀랐다.

샌디의 도우미 지성체가 말한다.

[문.]

샌디도 대답한다.

[열어.]

인간은 문 너머에 서 있다. 여기 온 이후로 한시도 벗으려고 하지 않는 너저분한 유틸리티 수트를 아직도 입고 있다. 어이가 없다. 어느 종족인지 여기 있는 모두가 이미 알고 있는데 왜 굳이 해부학적 구조를 가리려는 걸까? 상처가 제대로 낫지도 않았다. 자기 힘으로 어떻게든 서 있기는 하지만 아슬아슬하다. 몸을 세우고 있는 것만으로도 힘겹다는 게 눈에 보인다.

인간이 말한다.

"안녕."

샌디는 소리를 직접 들을 수 없지만 간단한 표준어라면 입술 동작으로 읽을 수 있고 목소리는 민감한 털로 느낄 수 있다. 인간이 안드로이드 손으로 문 가장자리를 잡고 비틀거리는 모습을 샌디는 지긋이 바라본다. 인간의 시선은 샌디의 예상대로 움직인다. 샌디의 몸을 탐색한 다음, 선실 내부를 살피고, 마지막으로 벽에 걸린 물건들을 확인한다. 그리고 눈을 크게 뜬다. 이 표정만큼은 샌디의 종족과 의미가 같다. 샌디는 인간이 상황을 파악할 때까지의 시간을 예상하며 신중하게 기다린다. 마침내 인간이 갑자기 얼굴 근육을 수축시킨다. 이건 기다리고 있었다.

샌디가 말한다.

[안녕.]

인간은 바로 대답하지 않는다. 샌디는 여전히 벽에서 시선을 떼지 못하는 인간을 보며 기다린다. 놀랍다. 생각이 빙하가 흐르는 것처럼 느리다는 게 눈에 보인다. 샌디는 대학에 있을 때가 문득 그리워진다. 다른 학생들이 썩 마음에 들지는 않았지만, 그래도 제대로 대화가 가능한 수준의 티어는 모두 가지고 있었다. 인간은 아마 티어2에 이른 지 얼마 되지도 않았을 것이다. 지금 문 앞에 서 있는 게 대학 시절 친구였다면 이미 방문을 끝내고도 남았다. 네트워크 문자 하나로 수십 가지 정보는 오고 갔을 것이다. 샌디가 같은 티어와 대화를 나누는 모습을 보더라도 티어2는 그게 대화라고 생각조차 하지 못할 것이다.

인간은 샌디의 벽에서 어떻게든 시선을 떼어낸 다음 거만한 자세로 말할 것이다.

'우주선 소유주가 너라고 들었어.'

그리고 샌디의 대답.

'맞아.'

인간은 어디까지나 손님일 뿐이다. 이 우주선에서 선실을 가질 권리도 없고 식품 블록을 소화할 권리도, 산소를 소비할 권리도 없다. 이건 샌디의 우주선이고 모든 건 호의로 제공되고 있을 뿐이다. 인간과 다른 두 녀석은 그저 승객에 지나지 않는다. 티어2라면 이 정도 사실은 굳이 말하지 않아도 이해할 수 있을 것이다.

인간은 말하겠지.

'제안이 있어.'

분노를 감추려고 하겠지만, 기분이 썩 좋지 않다는 건 샌디도 이미 알고 있다. 위도우의 기억을 가지고 있으면서 위도우의 본성도 어느 정도 이어받은 인간. 샌디의 조사에 따르면 이건 아주 강력한 조합이다. 인간의 과도한 자의식, 그리고 한계와 타자를 무시하는 인간의 습성. 여기에 위도우 특유의 사냥에 대한 집념과 무기화된 분노, 호전성을 더한다. 그렇게 잘 섞어 만든 결과물이 지금 샌디의 문 앞에 서 있다. 이 인간에겐 자기만의 목적이 있다. 그걸 이루기 위해 직접 판단을 내리고 싶어 한다. 자기 운명을 직접 결정하고 싶어 한다. 하지만 아주 중요한 걸 아직 배우지 않았다. 이 은하계에선 그 누구도 자기 운명을 원하는 대로 고를 수 없다. 계속해 보거라, 인간. 어서 물어봐.

벽에서 네 시선을 사로잡은 것에 대해. 그 녀석은 자기 운명을 직접 선택했을까?

눈구멍 네 개중 두 개로 벽에 걸린 후드의 예비 페이스 플레이트가 대답하겠지.

'아니. 내가 선택한 게 아니야.'

여기 있는 인간보다 티어가 0.1이나 높은 이 현상금 사냥꾼도 자기가 상위 정신체의 변덕에 휘둘리고 있었다는 건 꿈에도 몰랐다. 후드가 워터타워에서 죽을 거라는 건 이미 1표준년 전에 정해져 있었다. 후드와 샌디가 만나기도 전이었고, 그때 샌디는 대학에 있었다. 후드의 운명은 샌디의 라이벌이 거만한 표정으로 샌니의 기숙사를 방문했던 밤에 결정되었다.

샌디의 라이벌은 문 앞에서 굽어보며 말했다.

[안녕, 샌도니버스. 점수 봤지?]

라이벌은 티어2.9에 불과하다. 그래서 말이 샌디만큼 함축적이지는 않아도 그 의미를 분석해 볼 필요는 있다. 방금 한 문장의 의미는 이렇다.

'우리 둘 다 이미 알고 있는 사실이 이제 문서로 남았어. 내가 너보다 낫다는 거.'

샌디는 대답했다.

[그럴 시간 없어.]

이런 의미다.

'점수엔 신경 안 써. 너한테도 신경 안 쓰고.'

라이벌은 어깨를 펴며 말했다.

[내가 수석이야.]

이런 의미다.

'당연히 신경 쓰이겠지. 전시회에 나는 가고 너는 못 간다는 거에 신경이 쓰이고말고. 내가 우리 대학에서 가장 빛나는 자리에 섰을 때, 넌 그 근처에도 없겠지. 내겐 축하와 영광의 자리가 될 거야. 네트워크 어디든 공짜로 여행할 수 있는 권리도 생기고. 100년 뒤 우리 모두가 성숙했을 때, 내겐 짝이 주어지겠지만, 넌 여전히 혼자 남겠지. 이 모든 건 샌도니버스, 네가 2등이기 때문이야. 내가 수석이고, 넌 아니니까.'

샌디가 말했다.

[잘해봐.]

의미는 그 말 그대로다.

그날 이후 1년 뒤, 긴급 메시지가 낮잠을 자던 샌디를 깨웠다. 대학의 고귀한 수석생에게 안 좋은 일이 생겼다는 소식이었다. 무려 자기 일에 지나치게 몰두한 위생시설에게 부상을 입었다는 것이었다. 샌디가 그를 대신해 전시회에 나가는 건 차석생으로서 당연한 의무였다. 하지만 샌디가 선착장에 도착해 보니 불운에 휘말린 건 라이벌뿐만이 아니었다.

샌디의 인솔교사가 선착장 지성체에게 따졌다.

[도대체 일을 어떻게 하길래 이런 사고가 생긴 거야?]

샌디의 인솔교사가 대학 최악의 교사라는 건 누구나 아는 사실이었다. 속은 좁은 데다 티어는 2.3밖에 안 되고, 언제나 소리를 질렀다. 그때도 소리를 지르고 있었다. 한마디할 때마다 뼈로 된 손가락으로 상대방을 푹푹 찔렀다.

[우린 50일 전에 이 우주선을 예약했다고! 우리가 2시간 안에 출발 못 하면 넌 앞으로 존재하는 동안 평생 고철 수집이나 해야 할 거야!]

티어1.9의 선착장 지성체는 냉정하게 대답했다.

[물론 예약은 하셨죠. 하지만 조종사 지성체는 예약하지 않으셨어요. 오늘 이용 가능한 마지막 조종사 지성체는 이미 저 우주선에 배정됐고요.]

선착장 지성체는 선착장 가장자리에 있는 자그만 4인승 우주선에 강조 표시를 해주고 말을 잇는다.

[어떻게든 오늘 출발을 하셔야 한다면 가능은 합니다. 빈자리가 있어요. 출발까지 24분 남았어요.]

인솔교사는 뼈로 된 발로 바닥을 치며 말했다.

[아, 그래. 우리보고 저걸 타라는 말이지. 넌 상식도 없어? 우리가 저걸 타면 다른 대학에서 어떻게 생각하겠어?]

[글쎄요, 지금 제 생각과는 다르길 빌어보지요. 아무튼 24분 이내에 탑승하거나 4일 더 기다리시거나 둘 중 하나입니다.]

인솔교사는 소리를 지르면서 2분을 더 낭비했다. 하지만 선착장 지성체는 완고했다. 인솔교사는 결국 샌디를 이끌고 문제의 우주선으로 갔다. 그리고 그곳에서 수석생 보조팀을 열두 명에서 자신을 포함한 세 명으로 줄였다. 불만 가득한 메시지가 오고 가는 걸 샌디는 느굿하게 지켜봤다. 그런데 출발 시간이 다가와도 다른 두 명이 나타나지 않았다.

출발이 1분 앞으로 다가오고 출발 경고가 깜빡이기 시작하자 인솔교사가 새된 목소리로 말했다.

[엘리베이터가 고장이라도 난 거야? 전시회는 절대 놓칠 수 없어. 우리끼리만 가자고. 둘이서만.]

인솔교사는 샌디의 의견 따위는 묻지 않았다. 샌디에게는 항상 있는 일이었다. 하지만 라이벌의 부상에서 시작된 불운의 물결은 좀처럼 잠잠해지지 않았다. 여정 이튿날, 대학이 승인까지 해준 이 우주선이 마지막 정기점검을 빠뜨렸다는 사실을 알고 인솔교사는 아연실색했다. 손쓸 수 없는 고장이 이어지자 조종사 지성체는 긴급정비 서비스를 요청했다.

[도대체 일을 어떻게 하길래 이런 고장이 생긴 거야?]

인솔교사가 다시 따지자 조종사 지성체가 말한다.

[일어난 일은 어쩔 수 없죠. 하지만 전시에는 늦지 않을 겁니다. 다음 중계 스테이션이 작기는 하지만 거기 관리자가 우리 우주선을 어떻게든 선착시켜 줄 수 있다고 합니다.]

인솔교사는 빈정대며 말한다.

[와, 그거 참 좋은 소식이네. 하는 김에 관리자가 조종사 지성체도 바꿔줄 수 있는지 알아보자고.]

우주선은 무사히 중간 스테이션에 도착했지만, 인솔교사는 그러는 동안에도 안절부절 돌아다니면서 불만을 털어놓았다. 샌디는 인솔교사의 눈에 띄지 않게 최대한 몸을 감췄다. 우주선이 비좁은 격납고에서 멈추자 샌디는 소리가 나지 않도록 조심하며 식품 블록의 포장을 뜯었다.

하지만 인솔교사에게는 충분히 요란한 소리였다. 인솔교사는 걸으면서 짜증을 냈다.

[굳이 그렇게 티 내면서 먹어야겠어?]

[미안해요.]

샌디는 조용히 블록을 씹으며 말했다. 너무 천천히 씹어서 사실 먹는다고 할 수도 없을 정도였다.

인솔교사는 소리를 지르며 샌디의 손에서 식품 블록을 낚아채 바닥에 던졌다.

[미안하고말고! 너도 미안하고 내 조수도 미안하고 지난 이틀 동안 만난 모든 지성체가 미안하고. 꼬질꼬질한 너네 망할 종족 전체가 미안하겠지. 미안해서 해결되는 게 도대체 뭐야?]

견디다 못한 조종사 지성체가 교사의 말을 끊으며 말했다.

[스테이션 관리자가 오고 있습니다. 관리자가 거기 작은 학생이랑 같은 종족이라니 재밌는 우연이네요.]

인솔교사가 몸을 돌리며 말했다.

[아, 그래요? 그럼 그쪽에도 할 말 좀 해야겠네.]

그 순간 샌디의 목이 막혔다. 샌디는 모든 손과 발로 목에 걸린 식품 블록 덩어리를 가리켰다. 여러 개의 눈을 필사적으로 깜빡이다가 결국 자리에서 굴러떨어졌다.

[오, 세상에, 작은 털 뭉치야, 안 돼! 내가 죽으라고 할 때까진 죽지도 마!]

인솔교사는 관리자 따위는 머릿속에서 지우고 샌디를 향해 달려든다. 그러고는 기도에 걸린 걸 빼내려는 것처럼 샌디의 몸을 거꾸로 들어 올린다.

조종사 지성체가 그 모습을 보고 외친다.

[살살 좀 해요! 그러다 다치겠어요!]

마침 해치가 열렸을 때, 바깥에서 보이는 4인용 우주선 내부 풍경은 아수라장이었다. 눈이 가득 박힌 작은 털 뭉치를 거꾸로 높이 들고 흔들며 욕설을 뱉고 있는 2미터 크기의 뼈밖에 없는 괴물. 중계 스테이션 관리자는 그 광경을 탑승 램프 옆에서 목격했다.

이번만큼은 오직 샌디의 인솔교사에게만 불운이 찾아왔다. 인솔교사는 샌디의 동족 중에서도 특별히 엄선된 일부밖에 만나지 못했기 때문에 이 종족의 다양성을 미처 모르고 있었다. 이들 중 샌디와 같은 일부는 소위 팅커라고 불리며 오직 지성만을 위해 자라나 정신을 제외하고는 모든 면에서 작고 부드럽고 약하다. 반면 전혀 다른 목적을 갖고 자라나는 일부도 있다. 그들은 스트롱암이라고 불리며 250킬로그램의 근육 덩어리에 날카로운 손발톱과 이빨, 그리고 살상 본능까지 갖추고 있다. 그 좋은 예로 방금 동족이 학대당하는 모습을 눈앞에서 목격한 중계 스테이션 관리자가 있다.

티어1.9의 스트롱암은 샌디의 털에 묻은 인솔자의 피를 핥아서 닦아주며 말했다.

[미안해. 이 녀석이 너한테 하는 짓을 보고는 나도 모르게 그만. 뭘 한 건지도 기억이 나지 않는 걸 보니 본능적으로 움직인 것 같아.]

샌디는 부들부들 떨며 몸을 동그랗게 말았다. 기침은 흔적도 없이 멈췄지만, 전율은 가시지 않았다. 오히려 더 심해졌다. 샌디는 진짜 감정이 시선에 묻어나지 않도록 최대한 자제하면서 스트롱암을 올려다봤다. 오랫동안 기다려 온 순간이었다. 연습까지 했다. 여기서 만족감 가득한 표정을 지었다가는 모든 걸 망칠 수 있었다. 그럴 수는 없었다.

샌디가 말한다.

[와, 네트워크에게 감사를. 정말 무서웠어.]

관리자가 말한다.

[말도 마. 어쨌거나, 내 이름은 머야.]

샌디의 라이벌: 티어2.9, 샌디의 인솔자: 티어2.3, 운반장치와 정비 드론, 청소기, 그리고 위생시설: 평균 티어1.7, 머 더 스트롱암: 티어 1.9, 로슈 디 안드로이드, 후드 더 레드 머천트, 그리고 마지막으로 지금 당장이라도 쓰러질 것처럼 부들거리며 문 앞에 서 있는 인간: 모두 2.0 초반. 이 하급 티어 지성체들은 지난 1년 동안 많은 행운과 불운을 서로 나눠 가졌다. 그들 모두가 목격했고 그들 대부분이 몸으로 느꼈다. 하지만 운 따위 처음부터 없었다는 사실은 누구도 상상조차 하지 못했다. 그들 모두 아무것도 모른 채, 미리 준비된 좁은 길을 따라 각자 움직이면서 상위 지성체의 목표에 헌신하고 있었다.

그들 모두 일곱 살짜리 티어3의 가출을 돕고 있었다.

운은 마법 따위가 아니다. 보이지 않는 실과 설계에 지나지 않는다. 은하계 네트워크에는 구멍도 있고 연결이 느슨한 곳도 있으며 사각지대와 무법지대도 있다. 위생시설이나 엘리베이터에게 새로운 기술을 가르치는 건 어렵지 않다. 정비 드론의 주의를 끌거나 일정 관리 지성체를 혼란스럽게 하는 것도 마찬가지다. 중계 스테이션의 전임 관리자를 사고로 제거하고 다른 누군가를 그 자리에 앉히는 것도 약간의 인내와 준비, 그리고 네트워크에 대한 지식이 있으면 가능하다. 이 은하계에 기계보다 많은 것이 하급 지성체다. 그리고 이들의 공통점은 바로 위를 올려다보지 않는다는 점이다. 상위 지성체가 간단한 조작으로 목표를 달성하고 나면, 하급 지성체는 고개를 저으며 운이 좋거나 나빴다고 말한다.

그들은 아무것도 모르니까.

지금 여기 문 앞에 서서는 후드의 페이스 플레이트를 멍하니 보고 있는 인간도 마찬가지다. 매끈한 표면에 눈도 거의 없는 인간의 얼굴은 혼란스러운 표정을 짓고 있다. 이 하급 티어 지성체의 머릿속은 지금 가설을 세우느라 바쁘다. 도대체 어떻게 샌디의 벽에 현상금 사냥꾼의 페이스 플레이트가 걸려 있는 걸까? 인간은 앞으로도 며칠 더 고민하겠지만 결국 상급 티어 샌디의 신비한 부분이라고 치부할 것이다. 이것 역시 샌디의 설계다. 언젠가 이게 필요해질 테니까.

샌디는 가만히 있는 인간을 보고 있자니 슬슬 지겨워지기 시작한다. 방에 들어오고 나서 3초나 지났지만, 한마디도 하지 않았다. 기다리는 건 여기까지다. 대화를 시작할 기회는 이미 지나갔다. 이쪽에서

티어3

나설 차례다.

샌디가 말한다.

[화물은 이미 팔았어.]

강조하며 덧붙인다.

[전부 다.]

인간의 시선이 샌디를 향한다. 입이 천천히 열리지만 무슨 말을 해야 할지는 모르는 것 같다. 저 약해빠진 정신으로도 지금쯤이면 샌디가 몇 수나 앞서가고 있다는 것 정도는 깨달았을 것이다. 예상치 못한 상황에서 어떻게 해야 할지 인간에겐 아무런 계획도 없다. 그럴듯한 내화 내용을 두세 가지 정도 생각해 본 다음 막연한 계획 몇 개를 세우기는 했을 것이다. 첫 번째: 샌디가 까칠한 경우, 두 번째: 샌디가 관대한 경우 등등. 하지만 샌디가 훨씬 똑똑하고 빠르고 모든 면에서 우월한 경우는 생각도 못했을 것이다.

샌디가 말을 잇는다.

[따라와도 좋아. 이 항성계를 떠나기 전에 내 첫 번째 구입자를 만나야 해. 두 번째 구입자는 블랙스타에 있고. 그 둘이 내 우주선에 있는 모든 화물을 가져가기로 했어.]

인간의 입이 천천히 닫힌다. 보고 있자니 당황스럽고 메스꺼울 정도로 느리다. 샌디는 털이라고는 없는 얼굴 위로 표정이 생겨나는 걸 지켜본다. 당황한 표정이다. 준비한 모든 수가 털려버리긴 했지만 어쨌거나 원하는 대로 되었다는 걸 깨달은 것이다.

인간이 말한다.

"얘기가 잘 풀려서 다행이야."

샌디는 눈을 깜빡이며 미소를 짓고 말한다.

[네가 운이 좋았던 거지.]

22

조리실 천장에서 낯선 억양의 요란한 목소리가 흘러나온다.

"좋은 아침이야, 파트너들! 나는 조종사 지성체 올드 어니. 인칭 대명사는 '그', 종족은 인디펜던트 계열, 티어는 2.7, 주저리주저리, 암튼 모두 만나서 반갑쇼! 다음 네트워크 전송 때까지 거 우리 함 사이 좋게 잘 지내보자고! 다음 전송이… 함 보니까… 4일 뒤네. 어휴, 정말 짜다 짜. 사실 내가 파트너들 우주선 지성체 첨 봤을 때부터 알아야 했는데 말이야, 고놈 주둥이가 워낙 무거워야 말이지. 하지만 걱정하지 마시라! 내가 실컷 떠들어 줄 테니까!"

사야는 주방에 앉아 있다. 유틸리티 수트가 금방 땀으로 차오를 만큼 덥다. 어니의 목소리는 윙윙거리는 소음에 묻혀 거의 들리지 않는다. 탑승자의 생명을 지키는 데 열심인 립타이드호가 냉각 시스템 출력을 올린 덕분이다. 복도에서는 머가 산만하게 돌아다니고 있다. 지금쯤 털에 질식해 죽을 지경일 것이다. 사야는 머를 무시하며 식품 블록의 포장을 뜯으려고 하지만 땀에 젖어 미끌미끌한 손가락이 말을 듣지 않는다.

"보쇼, 굳이 말하자면 말이야, 파트너들 모두 올드 어니를 만나서 정말 운이 좋은 거야. 블랙스타에는 조종사가 몇 조나 있지만 거기서 최고는 단연코 올드 어니거든. 파트너들 몸뚱이는 이 몸께서 지켜줄 수밖에 없어. 왜냐면 파트너들이 방사선에 대해선 생각도 안 하고 있다는 걸 이 몸께서는 알거든. 별에 이렇게나 가까이 가려면 우주선 페인트칠을 제대로 했어야지, 쯧쯧. 하지만 올드 어니가 파트너들을 책임질 테니까! 이 몸께서 파트너들을 이 덩치 큰 화물선 그림자로 슬쩍 밀어 보내서 모두 함께 구워지지 않도록 할 테니까! 똑똑하지? 왜냐면 이 몸이 바로 똑똑한 올드 어니니까!"

열여덟 번째 날은 이렇게 시작된다. 사야는 날을 세는 방법을 바꿨다. 이젠 고향이 파괴된 날이 아니라 어머니의 가장 나쁜 부분을 자기 내면에 받아들인 날부터 세고 있다. 사야의 삶은 그날 더 많이 바뀌었으니까. 부적절한 상황에서 불현듯 떠오르는, 이상하면서 일상적인 폭력적 생각에는 이제 많이 익숙해졌다. 다른 이들과 갈등이 생기면 일단 상대의 내장부터 끄집어내는 게 가장 확실한 방법이라고 느끼는 것도 받아들였다. 그리고 꿈은… 꿈에 대해서는 아직도 생각조차 하고 싶지 않다. 나쁜 것만 있는 건 아니다. 사야는 우주선에 있는 다른 이들이 자신을 어떻게 생각하는지 알고 있다. 그들은 워터타워의 보충수업 교실에 앉아 있던 멍청한 꼬마의 모습을 상상도 못 할 것이다. 그들이 아는 건 사야 더 도터뿐이다. 목표에 다가가기 위해서라면 한쪽 팔을 스스로 잘라내는 것도 개의치 않는 지성체이며 시선 뒤에 위도우의 분노를 감추고 있는 인간이다. 등록 정보를 조작하고 현상금 사냥꾼을 죽여 그들을 해방시켜 준 존재. 그들은 그렇게 알고 있을 것이다. 사야는 감히 확신한다. 그들은 사야를 경외하고 있다.

하지만 예외도 있다.

샌디의 해치는 사야가 고개만 들어도 보이는 곳에 있다. 우주선에 있는 규정 지성체 셋 중에서 사야의 신경을 가장 많이 잡아먹는 건 티어3이다. 누구의 진심도 알아낼 수 있는 샌디. 두 종족의 전설을 모두 읽고 통합해 몇 가지 관찰과 견해를 곁들이더니 풀 수 없을 것 같던 문제의 해결책을 만들어 내는 샌디. 벽에 현상금 사냥꾼의 페이스 플레이트를 걸어두는 샌디. 지금 사야가 숨을 쉬고 있는 우주선의 진짜 소유자인 일곱 살. 자기 지성의 발끝에도 미치지 못하는 아버지와 함께 우주를 여행하고 있는 아이. 너무나도 쉽게, 그것도 몇 번이나 사야의 계획과 수를 털어버린 녀석. 언제나 모두를 지켜보고 있는 존재. 동기를 결코 드러내지 않는 자.

그리고 사야처럼 블랙스타로 가려고 하는 동반자.

사야가 기침을 하자 입에서 음식 조각이 튀어 나간다. 마지막 한 입을 아직 삼키지 않고 있었다. 사야는 누가 보지는 않았을까 힐끗거리면서 로슈의 손으로 입을 막고 다른 손으로 음식 조각을 치운다. 우스꽝스러울 뿐이다. 목적지가 같다면 이유는 어찌 되었든 상관없지 않은가? 어쨌거나 사야는 원하는 대로 블랙스타로 가게 되었다. 원하는 걸 얻었는데 굳이 더 생각할 필요가 있을까? 신중에 신중을 기해 세웠던 계획과 전략이 아무 역할도 하지 못했다는 게 그렇게 문제인가? 상위 지성체가 모든 진짜 결정을 내리고 자신은 그저 거기에 올라타고 있을 뿐이라는 게 그렇게 문제인가? 사야는 로슈의 손으로 남은 식품 블록을 찌부러뜨리며 생각한다. 이따위로 작동하는 우주는 너무나도 마음에 들지 않는다.

머가 복도를 걸으며 낮게 말한다.

"이 우주선은 우리 거야. 내 말은, 우리 중 하나가 가지고 있다는 거지. 어쨌든, 입항은 우리가 직접 해야 해."

사야는 식량 블록을 완전히 가루로 만든다. 그렇고말고. 문제이고말고. 결정이 언제나 문제지. 남의 미래를 멋대로 바꾸려는 녀석들은 이제 진절머리가 나니까. 로슈의 손이 테이블을 내려치자 가루가 주변으로 튀어 나간다. 사야는 아무렇지도 않다는 듯 천천히 그리고 조심히 몸을 일으킨다.

천장이 말한다.

"작은 털 뭉치 녀석도 올드 어니에게 같은 말을 했단다, 털북숭이야! '나는 3이고 넌 2.7이야. 내가 해야 하지 않을까?'라고. 그래서 내가 뭐라고 했을까? 맞춰봐, 털북숭이. 항상 하던 말을 했지. '난 자네가 보지 못하는 걸 본다네, 친구.' 우리 파트너들의 청각기관으로도 저 우아한 소리가 들리려나? 내가 2.7밖에 안 돼도 그대들은 감히 셀 수도 없을 만큼 많은 정신들과 연결되어 있다네! 6조나 되는 내 동료가 저 귀여운 블랙스타 주변을 날고 있어. 3,000년 동안 충돌 한번 없이 말이야. 티어 좀 높다고 암만 떠들어 봤자 이런 우리한텐 못 당하지."

사야는 올드 어니가 혼자 지껄이는 동안 조리실 바깥으로 나온다.

티어3

복도에서 낮은 목소리로 혼자 중얼거리고 있는 머를 지나가기 위해 사야는 벽에 몸을 바싹 붙인다.

머는 콧소리를 섞으며 웅얼거리고 있다.

"6조나 되는 내 동료. 귀여운 블랙스타."

머의 발톱 세 개가 사야의 다리를 거의 긁을 뻔했다.

"이 작은 터널 끝에 뭐가 있는지는 알고 있나, 큰 털북숭이? 블랙스타가 뭔지는 아는가? 자네들이 아공간에서 영원한 미아가 되는 일 없이 건너편에 도착하더라도, 근접비행하는 수조 대의 우주선 사이를 헤쳐 지나가더라도, 진짜 문제는 그다음이라네. 수백 광년에 하나밖에 없는 네트워크 스테이션의 직경 1킬로미터 구멍을 통과해야 한다는 거지. 거기서 자칫 잘못하면 항성계 몇 개를 네트워크에서 이탈시켜 버릴 수 있거든. 그럼 전쟁 한 번 정도는 일어날 거고. 두 번 일어날수도 있고. 그러니 올드 어니와 동료들을 믿고 모든 걸 맡기라는 거야, 파트너! 자네들의 존경하는 선조들이 배란과 발아와 산란과 다른 모든 걸 생각하기도 전부터 우린 이 일을 해왔거든! 올드 어니는 모든 요령과 꼼수를 알고 있다고!"

"올드 어니를 믿고 모든 걸 맡기라는 거야. 올드 어니는 모든 요령과 꼼수를 알고 있다고."

"그리고 망할 냉각 시스템 좀 업그레이드하시게, 파트너. 지금도 한계온도를 1.5도나 초과한 상태로 일을 하고 있는데 항성 접근 궤도를 앞으로 나흘이나 더 가야 해. 혹시 모두 죽고 싶어서 그런 거라면, 아주 잘하고 있어."

사야는 어느새 사다리 꼭대기에 있다. 누구의 도움도 필요하지 않았다. 사야는 자기 부츠를 내려다보면서 묘한 웃음을 짓는다. 이제 일일이 의식하지 않고도 두 다리 모두 움직일 수 있다. 준비는 끝났다.

하지만 그렇지 않았다. 평범하기 그지없는 동작마저 여전히 화가 치밀어 오를 만큼 어렵다. 사야는 몸의 각 부분에 집중하며 신중하게 명령을 하나하나 보낸다. 고집불통인 팔다리를 부들부들 움직이며 사다리를 타고 천천히 창고 쪽으로 내려간다. 가끔 실수할 때마다 간담이 서늘해진다. 스위치를 발로 찼을 땐 손을 완전히 놓칠 뻔하고 패닉에 빠진다. 겨우 마음을 진정시키고 아래를 보니 창고가 검푸른 색 입을 벌린 채 기다리고 있다. 이제 절반 남았다.

끓어오를 것 같은 상층부에서 그나마 시원한 창고로 내려오니 기분 좋은 한숨이 나온다. 바닥이 얼음 녹은 물로 몇 센티미터 정도 잠겨 있어 사야는 첫발을 딛을 때 거의 미끄러질 뻔했다. 하지만 곧 물살을 가르며 물이 뚝뚝 떨어지는 얼음 터널을 지나간다. 올드 어니의 불평이 약하지만 선명한 메아리가 되어 창고를 울린다. 사야는 올드 어니가 앞으로 나흘 내내 저렇게 떠들 생각인지 문득 궁금해진다.

"제9 기반선을 다룰 수 있냐니 뭔 소리야? 그러는 자넨 그 털 수북한 다리를 어떻게 다루는 거야? 당연히 올드 어니는 제9 기반선을 다룰 수 있지. 중요한 건 이거야. 그 모델은 앞으로 잘 가는 것만큼이나 옆으로도 잘 간다는 거. '너 제9 기반선도 다룰 수 있겠어?' 그 작은 털 뭉치 녀석도 나한테 물었어. 에이브테크에서 그 염병할 모델의 생산을 중단해 버렸을 때가 기억나네."

사야가 찾던 수트는 비활성 상태로 굳게 닫혀 있다. 짜증이 난다. 여기까지 얼마나 힘들게 왔는데. 방수 부츠는 언제부턴가 더 이상 방수가 아니다. 팔을 좌우로 뻗어 균형을 잡으며 비틀비틀 걸어왔다. 발끝에서 무릎까지 전해지는 냉기를 견디기 위해 이를 악물고 왔다.

　"일레븐!"

　이젠 입김도 제대로 나오지 않는다.

　일레븐의 홀로그램 고리가 은은하게 깜빡이더니 어둠 속에 새빨간 로고를 그려낸다. "에이브테크 R2 범용자율환경 시스템을 선택해 주셔서 감사합니다!"

　수트가 말한다.

　"당신의 멋진 하루를 위해 제가 무엇을 도와드릴 수 있을까요?"

　"입구 좀 열어주면 최고의 하루가 될 거 같아."

　사야는 시린 발을 번갈아 굴리며 말한다. 젖은 부츠가 너무 차갑고 불편해서 이대로라면 천국에서도 불행해질 수 있을 것 같다.

　수트가 말한다.

　"이 수트는 현재 정기점검 중입니다! 다른 제품을 선택해 주세요!"

　"일레븐!"

　사야가 소리를 지르고는 물을 튀기며 첨벙첨벙 다가가 로슈의 손으로 수트를 몇 대 내려치자 이윽고 내부에서 기계음이 들리더니 수트가 양쪽으로 갈라진다. 수트 안에서 흘러나온 따뜻한 바람이 사야의 머리카락을 어루만지며 지나간다.

"고마워 죽겠어."

사야는 뒤로 한 걸음 물러나 탑승 계단이 내려올 자리를 만들어 주며 말한다.

"올드 어니가 떠드는 걸 더 이상 못 견디…"

사야는 말을 멈춘다. 붉은 조명이 은은하게 비치는 계단 꼭대기에 10여 개의 반짝이는 점이 있다.

샌디가 묻는다.

[여기 무슨 볼일 있어?]

샌디의 말은 빨갛게 반짝이는 눈들 옆을 떠다닌다.

사야는 샌디의 눈들을 바라보다가 문득 불편해진다. 어쩐 이유에서인지 아주 당연한 사실을 이제야 깨달았다. 립타이드호가 샌디 소유라면, 일레븐도 샌디의 것이다. 불편은 곧 날카로운 분노로 변한다. 사야를 몇 번이나 구해줬던 일레븐도 사실은 누군가의 소유물에 불과했다. 사야는 일레븐이… 그냥 말해버려. 사야는 일레븐이 자기 친구라고 생각했다.

머리보다 입이 먼저 움직인다.

"볼일이 좀 있어. 누굴 좀 만나러 왔는데, 그게…"

일레븐이 갑자기 외친다.

"의료 모드에 진입합니다!"

홀로그램 고리가 붉은색에서 금색으로 변한다.

"사야 더 도터. 당신을 위해 일하게 되어 영광입니다. 가능하시다면 안으로 들어와 주세요. 어려우시다면 그렇다고 말씀해 주세요. 지금 계신 위치에서 직접 옮겨드리겠습니다."

샌디는 미동조차 하지 않고 말한다.

[수트. 의료 모드 종료.]

"이 수트의 최우선 동기는 사용자의 안전으로…"

[수트. 넌 지금 내 소유야. 의료 모드 종료해.]

수트가 아래에서 위로 미약하게 몸을 떨더니 다시 붉은색으로 돌아온다.

사야가 말한다.

"잠깐 기다려."

사야 속 위도우의 본능이 깨어나기 시작한다. 제대로 움직일 수도 없고 칼날 부속지도 없지만 자그만 털 뭉치에 불과한 샌디를 제압할 힘은 있다.

"잠깐만 생각해 보면…"

"기쁜 소식이야, 파트너들!"

올드 어니가 요란한 목소리로 끼어든다. 올드 어니의 말은 소리뿐만 아니라 사야의 네트워크 오버레이에도 반짝이는 문자로 나타난다.

"내가 나흘 걸린다고 얘기했었는데… 놀라지 마시라! 이 올드 어니가 그대들의 일정을 확 당겼으니까! 이 항성계와 이별하기까지 이제 30분도 남지 않았다오! 이제 모두 날 따라 복창하는 거야. 올드 어니야말로 최고라네!"

샌디는 계단 위에서 동요한다.

[30분? 나흘은 여기 있을 줄 알았는데.]

올드 어니가 반응한다.

"저런, 그건 썩 기쁘지 않다는 것처럼 들리는데. 올드 어니는 고객의 일정을 당겨주는 걸로 유명하지. 그게 올드 어니니까. 고객들이 올드 어니의 이름을 부르는 이유지. '올드 어니를 주세요.' 고객들은 이렇게 말하는 거야. '블랙스타 최고의 망할 조종사 지성체 말이에요.'"

동요하던 샌디가 온몸을 부들부들 떨기 시작하자 보고 있던 사야의 눈이 동그래진다. 샌디의 자그만 입에서 높고 날카로운 소리가 흘러나온다. 몸이 조금 더 컸다면 으르렁거리는 소리처럼 들렸을 거라고 사야는 생각한다.

샌디가 묻는다.

[늦출 수 있어?]

"올드 어니 고객이 자기뿐이라고 생각하는 거야? 올드 어니에게도 지켜야 할 스케줄이 있다고!"

샌디는 새된 소리를 낸다. 잔뜩 확장된 눈들과 떨리는 몸에는 어울리지 않는 귀여운 소리다. 샌디는 발톱으로 바닥의 문양을 긁으며 계단 주변을 두 번 왕복한다. 그러다가 갑자기 계단을 그대로 미끄러져 내려와서는 물 위에 뛰어든다. 그러고는 자그만 몸을 격렬하게 휘저으며 사다리를 향해 헤엄쳐 간다. 아기자기한 물소리가 주변에 퍼진다.

사야는 일레븐을 향해 돌아보며 묻는다.

"방금 내가 뭘 본 거야?"

23

사야는 일레븐의 벨트에 매달려 있다. 손으로는 말을 듣지 않는 부츠 걸쇠와 씨름하면서 입으로는 지난 10분 동안 벌써 세 번째로 같은 일에 화를 내고 있다.

"도대체 저 녀석은 뭐가 문제야? 티어3이라서? 아니면 뭐든 혼자 갖고 싶어서? 도대체 왜 저러는 거야?"

사야의 불평에 일레븐이 말한다.

[저보다 잘 아시겠죠. 전 그저 비규정 지성체니까. 이게 제 삶이고.]

사야는 거의 소리를 지른다.

"삶? 이건… 이런 건 삶 아니야! 바로 그게 문제고."

[그렇게 생각하시나요? 오늘 아침에 위생시설을 이용할 때도 그런 결론을 내렸나요?]

사야는 일레븐의 지성 코어가 있을 법한 곳을 가리키며 말한다.

"됐어. 그 방법은 이미 나한테 써먹었잖아. 그래도 들어봐. 그거랑은 달라. 위생시설은 양치질할 때도 피를 봐야 할 만큼 멍청해. 대화를 제대로 못 하는 건 말할 것도 없고 그리고 또… 또…"

[인간을 뛰어넘지도 못하고?]

사야는 손바닥을 마주친다.

"맞아, 꿈도 못 꾸지. 지금까지 위생시설이 내 목숨을 몇 번 구했는지 알아? 그런 적 없어. 하지만 넌 매일같이 날 구해줬지. 이 정도면 너도 스스로 좀… 뭐랄까, 다르다고 생각하지 않아? 또 특별하다거나."

[전 제가 여압 수트라고 생각합니다. 그게 제 일이죠.]

"이런 일방적인 관계를 인정하는 거야? 이게 옳다고 생각해? 샌디가 널 소유… 아니, 지배하고 너한테 뭐든 시킬 수 있고, 넌 하란 대로 다 해야 하고, 그리고…"

[이틀 전에 로슈와 여기에 있다가 샌디에게 잡혔어요.]

사야는 말을 멈춘다. 일부러 화를 내려고 했지만, 호기심에 감정을 억누르고 적당한 단어를 고민하며 말한다.

"그렇단 말은… 둘이서 무슨 나쁜 짓이라도?"

일레븐은 서둘러 대답한다.

[저흰 그냥 친구입니다.]

사야의 눈썹이 올라간다. 지금 일레븐이 사야의 관심을 돌리려고 하는 거라면 효과가 있다.

"그러니까 더 수상해지는데."

[로슈는 제 중력장치를 개조하고 싶다고 했어요.]

사야의 양쪽 입꼬리가 올라간다. 묘하게 어색한 느낌이다. 사야는 로슈의 손으로 입을 가리며 기침을 한 번 하고 말한다.

"그거 정말… 엄청난 일 같은데?"

일레븐은 잠시 조용히 있다가 말한다.

[큰 변화가 있을 것 같았죠.]

사야는 진지한 표정으로 말한다.

"그러게. 내가 처음으로… 중력장치를 개조했을 때가 기억나. 그땐 정말…"

기침.

"모든 게 달라졌지."

[그렇군요. 마음에 들었나 보네요.]

사야는 최대한 자연스럽게 로슈의 손으로 굽히며 말한다.

"너무 부러워하지는 마. 내 장치를 개조한 녀석은 그게 첫 시도였거든."

[무슨 일이 하고 싶은 건지 알겠어요.]

"지금은 이게 내 몸의 일부인 것 같아."

사야는 손을 다른 각도로 움직여보며 말한다. 일부러 웃는 법은 이미 잊었지만 그렇다고 무표정한 얼굴을 유지하는 것 또한 쉽지 않다. 오히려 놀라울 만큼 어렵다.

"물론 이건 중력장치가 아니지만…"

일레븐의 내부 깊숙한 곳에서 저주파 음이 울린다. 사야의 이를 흔들어 놓을 만큼 낮고 굵은 소리다.

[제 중력장치로 장난치는 건 이제 좀 그만해 줄래요?]

"네 중력장치로 장난을 한 건 내가 아니라… 잠깐, 기다려!"

일레븐의 해치가 열리고 컴컴한 바깥이 드러나자 사야는 몸을 뒤로 뺀다.

"이제 안 할게. 절대로."

해치가 다시 닫히고 일레븐이 말한다.

[좋아요. 사실대로 얘기하죠. 로슈는 제가 지성체 시험을 준비하는 걸 도와줬어요.]

사야는 눈을 깜빡인다.

"그러니까… 티어 때문에?"

[네. 로슈는 제가 규정 지성체가 될 수 있을 거랬죠.]

"그래서 샌디가 마음에 들어하지 않았던 거네. 규정 지성체가 되면…"

[샌디가 더 이상 절 소유할 수 없게 되죠. 누구도 절 소유할 수 없어요.]

사야는 자그맣게 말한다.

"규정 지성체 일레븐. 그건…"

일레븐은 날카롭게 묻는다.

[그건?]

"그건 정말… 멋진데! 넌 나보다도 높은 티어가 될 수 있을 거야. 난 무슨 짓을 해도 종족 기준치밖에 안 되거든. 너도 알다시피, 다들 바보라고 부르는 그런 수준."

일레븐의 다음 메시지가 사야의 가슴을 날카롭게 찌른다.

[혹시 1.75도 안 되나요?]

"글쎄. 그게, 응. 그만큼 안 돼. 전혀. 그래도…"

사야는 숨을 들이켠다. 일레븐의 민감한 티어 감수성을 또 한 번 건드릴 뻔했다. 사야는 지금 위험한 경계를 아슬아슬하게 걷고 있다.

[됐어요. 말하고 싶지 않은 것 같네요.]

"그런 뜻이 아니야! 그러니까 내 말은, 아, 정말. 일레븐, 내가 여기 내려온 건 우리가…"

갑자기 얼음과 물로 가득한 화물칸의 모습이 사라진다. 수트가 홀로그램 영상을 꺼버린 것이다. 사야는 틈새도 없고 광택도 없는 내벽을 잠시 바라본다. 이 상황을 어떻게 해야 할까? 지금 이 억압 수드와… 다투고 있는 걸까? 무슨 말이라도 해야 할까? 하지만 미처 다른 시도도 해보기 전에 홀로그램 영상이 다시 돌아온다. 사야는 속이 뒤집어질 것 같다. 어둡고 축축한 창고는 사라지고 시뻘겋게 타오르는 항성 표면이 하늘의 4분의 1을 덮고 있다. 아무래도 대화는 끝나버린 듯하다.

사야는 눈을 가늘게 뜨고 앞에 펼쳐진 불지옥을 바라본다. 이게 사야의 태양이다. 워터타워에선 모두 태양이라고 불렀다. 사야는 이 태양을 도는 궤도에서 평생을 보냈다. 하지만 그동안 오직 홀로그램 속 빨간 점으로밖에 보지 못했다. 태양 주변에는 별들이 흩어져 있다. 하지만 지금까지 한 번도 본 적 없을 만큼 빽빽하다. 어째서인지 모두 태양과 같은 색으로 빛나고 있다. 커다란 집단을 이루고 있는 곳도 있다. 잔뜩 모여서는 빛을 내며 반짝이고 있다. 심지어 움직이기도 한다.

이건 좀 이상하다고 생각했을 때, 사야는 지금 자기가 보고 있는 게 별이 아니라는 걸 깨닫는다.

모두 우주선이다.

당연히 모두 우주선이다. 이곳은 12광년 이내에서 가장 크고 혼잡한 전송 통로다. 이 항성계를 오고 가기 위한 유일한 길이다. 텅 빈 우주 공간을 수십 년 동안 떠돌아다니고 싶지 않다면 네트워크를 통하는 길밖에 없다. 립타이드호 역시 같은 이유로 모인 우주선 구름의 수백만 개 입자 중 하나에 불과하다. 거대한 우주선 군집의 티끌 하나가 되어 네트워크가 뚫어둔 구멍 속으로 뛰어들어야 한다.

"너무… 멋진 광경이야."

[무서운 광경이죠.]

사야는 고개를 돌려 텅 빈 공간을 바라본다. 어떻게 제정신으로 이게 무섭다는 말을 할 수 있을까?

"이건 그냥… 그러니까, 이건 그저 네트워크야."

수트가 웅웅거린다.

[이거야말로 네트워크죠. 당신은 네트워크에 대해 아무것도 모르는군요.]

"아, 진짜 좀."

사야는 평범한 규정 지성체를 대하듯 팔꿈치로 벽을 찌르며 말한다. 이런 태도를 수트가 알아주기를 바라면서.

"전문가인 척하기는. 넌 아직 전송을 겪은 적도 없을걸."

[제 티어가 낮으니까?]

여신님, 저한테 왜 이러세요.

"아니, 그런 뜻이 아니라…"

[전송이라면 이미 많이 겪었어요. 이제 몇 분만 지나면 당신 생각
도 달라지겠죠.]

수트는 다시 한번 사야의 대답을 막으며 홀로그램 영상을 바꿔버
린다. 사야는 새로운 영상의 시점을 확인하고는 짜증 섞인 한숨을 쉰
다. 이제 뒤로 물러나 립타이드호를 바깥에서 바라보고 있다. 립타이
드호는 텅 빈 공간에 거꾸로 매달린 벽돌처럼 보인다. 태양 반대쪽 면
이라서 그림자에 묻혀 있지만 일레븐의 시각 필터 덕분에 방열판만큼
은 환하게 빛난다.

사야가 속삭인다.

"우주선 정말 못생겼어."

[말도 마세요.]

"근데 어떻게 이걸 볼 수 있는 거야?"

[우리 뒤에 있는 예인선과 친구가 되었어요. 그 친구가 자기 센서
를 빌려주고 있고요.]

올드 어니가 끼어든다.

"터널에 접근 중! 우리 차례까지 앞으로 10초! 태양이 우릴 새카
맣게 구워버릴 때까지 10초 조금! 하지만 여기 있는 게 올드 어니라는
걸 잊지 마시게! 올드 어니 가라사대, 파트너들이여, 푹신한 거라면 뭐
든 꼭 붙잡으시라!"

사야의 이를 울리고 눈물까지 쏟게 만드는 저주파 음이 이어진다.

립타이드호의 중력장이 최대치까지 올라간다. 립타이드호가 빛나는 우주선 구름을 벗어나는 동안에도 일레븐의 화면은 흔들리지 않는다. 우주선은 쉬지 않고 빙글빙글 돌고 있지만 립타이드호의 중력장치가 내부에 있는 모든 입자의 가속도를 균등하게 유지해 주고 있다. 그 덕분에 사야는 내장이 온갖 방향으로 끌려가는 기분이다.

사야는 불안정하게 떨리는 손가락을 뻗으며 힘겨운 목소리로 말한다.

"뭔가 잘못된 거 같아. 이렇게 회전하면 안 될 것 같은데."

그러는 동안 올드 어니는 이상한 소리를 내고 일레븐은 [웃음] 표시를 띄운다.

올드 어니가 외친다.

"털북숭이, 봤지? 비결은 바로 모든 면에 균등하게 노출시키는 거야! 그럼 어디든 딱 적당한 만큼만 구워질 테니까. 한쪽은 번쩍번쩍하고 다른 한쪽은 바싹 구워지는 것보다 훨씬 낫지! 안 그래, 파트너들?"

올드 어니의 웃음소리는 점차 광기의 영역에 접어든다.

"올드 어니가 망할 기반선을 조종하는 건 수십 년 만이야! 이건 예인선 두 대를 십자 모양으로 연결해 둔 거랑 비슷해!"

사야는 회전하는 우주선에서 눈을 떼고 태양 한가운데에 있는 작고 검은 점을 바라본다. 점이 점점 커지자 사야는 불안해지기 시작한다. 마치 암세포가 별을 내부에서부터 삼키고 있는 것 같다. 뼛속까지 진동하는 몇 분이 지나자 사야를 압도하던 태양은 고리 모양의 외곽

선만 남아 있다. 가장자리에서 뻗어 나오는 홍염만이 우주공간에 불의 강을 흘려보내고 있다. 사야의 주변은 이 세상의 것이 아닌 듯한 반짝이는 점 수천 개로 가득하다. 모두 중력장을 최대로 올리고 각자의 집을 향해 나아가고 있는 올드 어니의 동료 우주선이다. 사야의 발밑에선 무수한 아이콘들이 각자의 우주선과 함께 반대 방향으로 빠르게 지나가고 있다. 주변에서 회전하고 있는 건 오직 립타이드호뿐이다.

이제 터널의 목구멍에 있는 원추형 그림자 속으로 들어간다. 사야는 크기 감각을 완전히 잃는다. 입구를 향해 나아가는 거대한 우주선 함대의 수를 세는 건 감히 엄두도 내지 못한다. 터널 가장자리에 접근하자 수백만 어쩌면 수십억 개에 이르는 반짝이는 점들이 원호를 그리고 있다. 곡선의 규모가 너무 거대해서 직선처럼 보일 정도다. 저 점들은 터널을 개방하고 네트워크 시스템을 유지하는 부이ᵇᵘᵒʸ다. 부이 하나하나가 도시 하나 크기의 드론이다. 부이가 만드는 거대한 빛의 곡선이 실공간의 끝과 아공간의 시작을 나누고 있다. 사야는 자기도 모르게 뒤로 물러선다. 터널에서 조금이라도 떨어져야 살아남을 수 있다는 느낌이 든다. 그제야 사야는 일레븐이 무엇을 두려워했는지 조금이나마 깨닫는다. 터널에 있는 건 암흑 따위가 아니다. 거기에 있는 건… 말로 표현할 수가 없다. 사야를 두렵게 하는 것. 보는 것만으로도 사야의 뇌를 태워버릴 수 있는 것. 그럼에도 사야는 도저히 고개를 돌릴 수가 없다.

바로 이것이다. 기억조차 나지 않는 아주 오래전부터 사야 주변을 둘러싸고 있던 것. 문명의 발생지. 네트워크. 은하계 전체를 관통하는 측정 불가능한 정보망. 모든 시민 종족이 수호를 맹세하고 모든 후보 종족들이 획득을 열망하는 5억 년 역사의 기본적 권리. 이 아득한 크기의 시공간 균열 속에서 자연법칙은 깨지고 빛의 속도는 초라한 농담이 되며, 모든 우주선과 모든 데이터와 모든 만물이 하나로 뭉쳐 무無가 된다. 그러고는 광활한 은하를 속속들이 연결한 수십억 개의 터널 중 하나로 떨어져 나온다. 이 광대한 구조가 바로 은하계 사회를 하나로 엮어주는 작은 조각이다. 립타이드호가 터널의 경계에 조금이라도 닿는다면 초를 세기도 전에 증발해 버리면서 즉시 측정 불가능한 양으로 변한다.

그렇게 무재無在가 된다.

사야는 무의식중에 입을 벌리고 비명을 지른다.

올드 어니가 박장대소를 터뜨리며 외친다.

"파트너들, 비존재非存在를 겪어본 적이 있는가? 눈 크게 떠! 지금부터가 진짜야!"

그리고 사야는 들어갈 때와 같은 과정을 거쳐 아공간에서 빠져나온다. 입은 벌어지고 폐는 터지기 직전이다. 조금 전까지 비명이 될 뻔했던 숨은 당황한 신음이 되어 흘러나온다.

일레븐이 묻는다.

[이제 무슨 말인지 알겠어요?]

사야는 부드럽게 대답한다.

"응."

휘둥그레진 눈으로는 수트의 투명한 벽을 바라보고 있다. 숨은 거칠고 심장은 터질 듯 뛰고 있다.

"무슨 말인지 잘 알겠어."

사실이 아니다. 사야의 머리는 지금 눈앞에 펼쳐진 광경을 이해하기 위해 고군분투하느라 바쁘다. 처음엔 립타이드호가 하얗고 옅은 안개 속에 떠있는 줄 알았다. 안개는 우주선 주변에서 천천히 움직이고 있다. 그리고 거의 멈춘 것처럼 보일 만큼 아주 천천히 소용돌이치고 있다. 그 순간 사야의 시야가 넓어진다. 지금 보고 있는 건 우주선 바깥에 있는 안개 따위가 아니다. 미처 상상조차 하지 못할 크기의 입자들이 보인 군십이다. 무수한 빛의 섬들이 모든 방향으로 춤을 추고 있다. 존재하는 모든 색으로 빛나고 있다. 모든 빛이 섞여 하나의 하얗게 빛나는 안개가 된다.

올드 어니가 의기양양한 목소리로 말한다.

"신샤 슉녀, 그리고 털북숭이와 기분 나쁜 안드로이드와 규정 지성체와 비규정 지성체, 기타 등등의 여러분. 이 올드 어니의 동료들을 소개합니다!"

사야는 나지막하게 말한다.

"우주선이야. 모든 점 하나하나가 우주선이야."

일레븐이 바로잡는다.

[그냥 우주선이 아니에요. 제 홀로그램 시스템의 해상도가 충분히 높지 않아서 그렇게 보이는 거죠. 어떤 점들은 하나에 100만 척이에요.]

점 하나에 100만 척.

"얼마나 많은…"

목소리가 제대로 나오지 않는다.

"얼마나…"

[그런 거죠.]

정신이 아득해진다. 사야가 지금껏 상상해 본 모든 것을 초월한다. 하지만 입을 벌린 채 잠시 살펴보고 있으니 이상하게 익숙한 느낌이 든다.

사야가 말한다.

"여긴 무대 뒤편이야."

[무슨 말이죠?]

사야는 바깥에 보이는 빛나는 점들에게서 도무지 시선을 뗄 수가 없다. 수조 개의 점들이 충돌은커녕 스치지도 않으면서 일관성 있는 패턴을 그리며 움직이고 있다.

사야는 자기 목소리로 이 광대한 빛의 안무를 방해하고 싶지 않다는 듯 조용히 말한다.

"워터타워에서 봤어. 거길 무대 뒤편이라고 생각했거든. 어디서 출발해 어디로 가든… 누구의 눈에도 띄지 않을 수 있는 곳. 무대 뒤편에서 셀 수 없이 많은 지성체들이 모든 일이 제대로 돌아가도록 일을 하고 있었어. 그 녀석들도 지금 여기서 보고 있는 것처럼 움직였어. 함께, 그리고… 하나처럼. 빠짐없이 연결된 수천 개의 지성체들이 여기 있는 거대한 정신체처럼 움직였어."

일레븐은 조롱 섞인 소리를 내며 말한다.

[수천 개란 말이죠. 여기 있는 건 수조 개에요. 게다가 블랙스타 자체는 아직 세지도 않았고.]

블랙스타 자체. 사야가 여기 온 이유. 사야는 블랙스타라면 점 하나보다는 클 것이라 생각하며 안개 속을 샅샅이 뒤진다. 블랙스타는 하나의 스테이션이다. 워터타워보다는 몇 배나 더 클 것이다. 하지만 수조 개의 점들 사이에서 찾으려고 하니…

올드 어니가 말한다.

"파트너들의 작고 귀여운 정신으로는 도무지 믿을 수 없겠지만 말이야. 지금 파트너늘은 저 건너편에 있을 때보다 별에 더 가까운 곳에 있다네. 믿거나 말거나, 이 작은 시공간 포켓에 있는 유일한 별이야. 파트너들의 가녀린 지성으로는 그냥 중계 스테이션이라고 생각하는 게 나을지도 몰라."

하지만 사야의 눈에는 별이 보이지 않는다. 빛나는 점들이 춤을 추고 있을 뿐이다.

"잠깐만. 지금 우리가 별 바로 옆에 있는 거라면…"

[왜 안 보이냐는 건가요?]

"맞아. 조금 전에 본 태양도 거대했잖아. 그럼 이건…"

사야는 적당한 단어를 고민한다.

"'초거대'해야지. 그렇지?"

[상급 티어라도 된 것처럼 말하네요.]

사야가 말을 되받아치기 위해 숨을 고르는 사이 일레븐의 영상이 또 끼어든다. 바깥에서 표류하고 있는 무수한 빛의 점들 위로 간단한 도형들이 떠오르더니 표식이 나타난다. 방금 지나온 것과 같은 아공간 터널 수백 개의 입구마다 둥근 강조 표시가 붙는다. 입구들은 마치 구체의 내벽에 붙어 있는 것처럼 나열되어 있는데 사야에겐 구체의 크기를 짐작조차 하기 어렵다. 중앙에서는 다른 직선 하나가, 아니, 곡선이다. 너무 커서 전체가 보이지 않을 뿐이다. 구체 내부에 있는 또 다른 구체다. 내부의 구체는 사야 바로 앞에 있어서 전체를 보려면 목을 모든 방향으로 돌려서 봐야 한다. 사야는 구체 표면에서 움직이는 희미한 선을 발견한다. 그리고 더 선명한 빛의 선들이 이 거대하고 빛나는 구체 표면에서 빠져나와 수백 개의 아공간 터널을 향해 나아가고 있다.

"저게 별이야? 난 블랙스타가 스테이션이라고 생각했어."

사야의 질문에 일레븐이 대답한다.

[둘 다죠.]

그때 사야의 머릿속에서 무언가 반짝인다.

"설마 정거장을…"

[별을 둘러싸고 만들었죠.]

"뭐?"

일레븐은 수트를 덜컹대며 말한다.

[이게 바로 네트워크죠.]

사야는 이제 더 따질 생각도 들지 않는다. 대신 갑자기 찾아온 다른 깨달음에 사로잡혀 있다.

"블랙스타의… 인구는 얼마나 돼?"

일레븐은 잠시 웅웅거린다.

[310조.]

그리고 조금 틈을 두고 말을 잇는다.

[이건 작은 편이에요. 네트워크에서도 바깥쪽 구석에 있는 거라서.]

"310…"

아연실색하고 있는 사야를 내버려 두고 일레븐을 말을 잇는다.

[이거 가지고 놀라다니, 나중에 제대로 큰 곳을 한번 봐야겠네요.]

일레븐의 해설 영상에 더 많은 선과 기호가 나타난다.

[블랙스타가 많은 항성계와 연결된 것처럼, 블랙스타들을 서로 이어주는 스테이션도 있어요. 저기 위에 있는 가장 큰 터널 보이나요? 저 터널이 여기 있는 블랙스타, 그리고 이 블랙스타와 연결된 모든 항성계를 네트워크와 이어주고 있어요. 저 터널 건너편에는 이쪽 블랙스타를 소행성 수준으로 초라하게 만들어 버리는 것들이 있고요. 하지만 거길 방문하려면 티어가 더 높아야 해요. 어쩌면 방문은커녕 이해하려고만 해도 티어가 부족할 수 있고.]

수트가 덜컹댄다.

[당신 티어로는 꿈도 못 꾸죠.]

일레븐의 기습은 사야에게 통하지 않는다. 사야는 일레븐의 말을 이해조차 하지 못한다. 310조. 310… 올드 어니가 다시 뭐라고 지껄이지만, 그 요란한 목소리는 멀리 떨어진 소음으로만 들린다. 아마 다음 스케줄이나 앞으로 일어날 일에 대해 이야기하고 있을 것이다. 단

355

어의 리듬은 들리지만 모든 단어가 사야에게 어떤 인상도 남기지 못하고 사라진다. 사야는 립타이드호를 둘러싸고 있는 희미한 빛을 바라본다. 태양보다 몇 배나 큰 구체를 바라본다. 저기에 310조 개의 지성체가 있고 그 어딘가에 사야가 찾는 존재가 있다.

아마도.

일레븐이 벨트로 사야의 어깨를 조이며 말한다.

[긴장되나요? 걱정하지 마세요. 제가 함께 갈 테니까. 물론 샌디가 절 풀어주기만 한다면.]

사야는 대답하지 못한다. 310조. 아니, 긴장하지 않았다.

사야는 절망하고 있다.

이하의 내용은 네트워크 기사 원본을 여러분의 티어에 맞춰 대폭 수정한 것입니다.

네트워크 포커스: 블랙스타에 주목하라

은하계에서 유일한 합법 초광속 시스템인 네트워크는 신뢰할 수 있고 어디에나 있으며 쉽게 사용할 수 있습니다. 그래서 네트워크가 처음부터 존재하지는 않았다는 걸 많은 사람이 잊고는 하죠. 사실 첫 번째 블랙스타가 연결되고 아직 5억 년이 채 지나지 않았습니다. 그 짧은 시간 동안에 네트워크는 하나의 스테이션에서 100만 개 이상의 블랙스타를 아공간으로 연결한 초거대 구조로 성장했죠!

대단하지 않나요?

상상하기 어려워도 너무 상심하지 마세요. 티어4 이하라면 모두 마찬가지니까요. 하지만 티어와 상관없이 모든 시민 구성원이 한 번쯤은 궁금해했을 겁니다. 블랙스타는 도대체 어떻게 만들어진 걸까요?

소규모 블랙스타를 만드는 방법 (손쉬운 5단계)

1단계: 적절한 항성계를 고르세요. 소형에서 중형 규모의 항성(직경 약 150만 킬로미터 전후)과 항성 질량 0.1 이상의 행성계가 필요합니다.

2단계: 항성계에 있는 모든 물질을 이용해 항성을 둘러싸는 구조물을 만드세요. 항성의 출력을 100퍼센트활용하기 위해서입니다.*

4단계를 위해 필요한 작업입니다.

3단계: 구조물 전체를 독립된 시공간 포켓에 넣습니다.** 충분한 여유 공간을 두는 걸 잊지 마세요! 수조 척의 우주선을 수용할 수 있는 공간이 필요하니까요. 직경 1억 5,000만 킬로미터면 충분합니다.

4단계: 여러분의 항성은 이제 아공간에 고정된 실공간 거품 속에 있습니다. 지금부터가 가장 중요한 작업입니다. 1차 아공간 터널을 개방하는 거죠!*** 이 터널은 네트워크의 등뼈라고 할 수 있는 초거대 루트 스테이션 중 하나와 연결됩니다. 이게 없다면 여러분이 만든 건 그저 엄청 큰 우주 스테이션 하나일 뿐이죠.

5단계: 여러분의 항성에서 나오는 에너지와 네트워크의 광대역 접속을 이용하면, 이제 인근에 있는 시민 항성계로 향하는 터널을 얼마든지 개방할 수 있습니다!

이걸로 완성입니다! 어렵게 들리나요? 여러분의 티어로는 불가능한 일처럼 보일 수 있습니다. 하지만 네트워크의 건설과 운용은 상급 티어의 책임이기 때문에 여러분은 걱정하실 필요가 전혀 없습니다! 지금 이 순간에도 매일 은하 어딘가에서 어마어마한 숫자의 네트워크 아공간 터널이 열리며 각종 사업에 이용되고 있습니다. 터널 하나하나가 상상을 초월하는 양의 물리적 그리고 정보적 물류를 처리하고 있죠. 유일한 공인 초광속FTL, faster-than-light 항법인 네트워크는 여러분이 원하는 것을 원하는 곳에서 얻을 수 있는 유일한 방법입니다.

하나만 기억하세요. A지점과 B지점을 연결하는 최단경로는… 블

티어3

랙스타입니다.

에이브테크
더 나은 내일을 위해 오늘의 현실을 바꿉니다.

*이 에너지는 여러분의 블랙스타에서 저주파 방사선으로 다시 방출됩니다. 하지만 그렇게 되기 전에 아주 놀라운 일을 하죠!

** 은하계 역사 초기에 만들어진 안전 대책입니다. 모두의 안전을 위해 오직 네트워크를 통해서만 블랙스타에 접근할 수 있습니다.

*** 이 작업은 수백 년이 걸리기 때문에 조금이라도 일찍 시작하는 편이 좋습니다.

24

[모두 우주선에서 내렸습니다.]

도우미 지성체의 보고에도 샌디는 침대 위에서 미동도 하지 않는
다. 도우미의 메시지는 백로그로 넘어가 산더미 같은 미처리 업무 목
록의 끝자락에 추가된다. 목록에는 멍청한 조종사 지성체가 보낸 메
시지도 두 건 있다. 하나는 이제 곧 블랙스타와 도킹한다는 내용이고
다른 하나는 도킹을 완료했다는 내용이다. 스트롱암이 보낸 건 열다
섯 건. 모두 부성애 넘치는 걱정이다. 문이 보낸 건 세 건으로 모두 무
응답 처리되었다. 방문자는 모두 스트롱암이었고 블랙스타에 내릴 생
각이 있는지 샌디에게 물으러 왔다고 한다. 그리고 마지막에 하나. 가
장 오래된 메시지가 있다.

[너, 날 죽이려고 아주 작정을 했구나.]

메시지에는 쾌활한 애정을 나타내는 태그가 첨부되어 있다. 후드
가 샌디에게 보낸 마지막 메시지다.

샌디는 한숨을 쉰다. 왜 이러는지 이유를 알 수가 없다. 후드는 이

미 죽었다. 그 녀석을 다시 생각할 필요도 없다. 하지만 샌디는 그의 페이스 플레이트를 바라보며 일부러 기억을 떠올리고 있다. 무자비한 명령집행자 후드. 자기만의 엄격한 윤리관에 따라 모든 행동을 판단했던, 인정받아 마땅했던 후드. 샌디의 의심을 증명해 준 후드. 대학에 안전하게 틀어박혀 배운 이론과는 달리 네트워크는 결코 완벽한 구조가 아니라는 걸 보여준 것이 후드였다. 대학 강사는 '네트워크가 질서를 지향한다'고 했지만, 후드는 '네트워크가 구멍투성이'라고 말했다. 네트워크는 무질서한 구성원으로 질서를 만들어야만 한다. 그리고 네트워크의 영향력이 약해지는 이런 외곽 지역 항성계에는 시민 중에서도 가장 불만 많은 자들이 모인다. 이런 곳에서 질서를 유지하기 위해서는 도움이 필요하다. 무질서한 시민 지성체들은 네트워크 규칙에는 저항하더라도 항성 간 공간의 심연을 마주할 용기나 멍청함까지 갖고 있지는 않다. 그저 호전적이고 무모할 뿐이다. 네트워크의 외곽에 염증을 일으키는 병균이라고 할 수 있다.

그리고 후드 같은 용병들이 바로 치료제다.

샌디는 벽에 걸린 채 자신을 바라보는 네 개의 구멍에서 눈을 떼지 못한다. 후드는 지난 7년 동안 샌디가 조우한 수많은 지성체 중에서도 가장 흥미로운 존재였다. 머 더 스트롱암을 알기 전부터 후드를 알았다. 스트롱암이 샌디에게 관심을 가지기 1년 전부터 샌디는 스트롱암을 알았다. 둘 다 샌디가 세운 계획의 일부였다. 은하계만큼이나 넓은 가능성의 바다에서 건져낸 두 개의 도구였다. 그중에서도 머는 인맥도 자원도 없는, 그저 본능과 근육으로 뭉친 커다란 몸뚱이에 불과했다. 하지만 후드는… 후드는 달랐다.

샌디가 후드의 삶을 파괴하는 데는 1년이 걸렸다.

1년 동안 한 가지 목표만을 바라보며 신중하게 계획을 수립하고 현실 자체를 재구성했다. 모든 건 샌디가 차석으로 불린 날부터 시작되었다. 바로 그날 밤, 샌디는 탈출 계획을 실행하기 위한 도구를 찾기 시작했다. 온종일 뒤진 뒤에야 후드를 발견했다. 60광년 떨어진 북적이는 항성계에 사는 수십억 시민 구성원 중 한 명이었다. 다음 날, 샌디는 후드에 대한 모든 정보를 머릿속에 집어넣었다. 그리고 1년 동안 후드가 가지고 있던 우주선 세 척과 직원 열 명, 그리고 풍족한 크레디트 잔고를 거의 모두 털어버렸다.

후드에겐 모든 게 미쳐 돌아가는 것처럼 보였을 것이다. 직원들은 경쟁사로 이직했다. 우주선 한 대는 어이없는 사고로 잃었다. 다른 한 대는 예상도 못 한 채무 때문에 팔아야 했다. 정보력마저 후드를 막다른 길로 몰았다. 여기저기 심어뒀던 정보원들은 모두 돈만 받고 사라졌고 후드 자신의 도우미 지성체마다 사업 약속을 잊거나 연락처를 잃어버렸다. 후드는 미처 상상도 못 했겠지만, 이 모든 불운은 더 위대한 지성체가 그를 가까이 데려오는 과정이었다. 그는 그렇게 '준비되었다'. 비참한 1년이 지나고 스트롱암의 자그만 중계 스테이션에 도착했을 때, 후드에게 남은 건 우주선 한 척과 몸을 덮은 금속, 그리고 운수가 바뀌길 바라는 절박함 뿐이었다.

의무감. 이것이 바로 후드의 정신을 지배하는 열쇠였다. 후드는 자신의 가치관과 정의에 엄격했고 융통성이 전혀 없었다. 그런 후드를 무르익게 하기 위해서는 불행으로 가득한 1년이 필요했다. 이 1년이 티타늄처럼 단단하던 후드의 윤리관을 딱 적당할 만큼 휘도록 만들었다. 자신을 구원하고 정의 실현의 의무를 수행하기 위해, 후드는 과거의 자신이었다면 감히 생각도 못 했을 일을 고려하기 시작했다.

예를 들어 티어3 팅커를 납치한다거나.

물론 후드 본인은 이게 납치라고 생각하지 않았다. 후드가 아무리 절박하다고 해도 그런 일을 할 정도는 아니었다. 샌디의 대학으로 돌아가기까지 아주 멀고 수익성 좋은 우회로가 있었을 뿐이다. 후드는 그때까지 샌디를 태워주는 것이 자기 의무라고 생각했다. 그리고 샌디는 후드의 의무 수행을 능숙하게 도우면서도 항상 더 많은 일거리를 만들어 줬다. 물론 모두 정의 실현의 일환이었다. 그렇게 후드는 샌디의 구원자이자 보호자가 되었다. 역할을 잃은 머 더 스트롱맨은 가사 상태에 빠진 채 후드 우주선의 선실 한 곳에 방치되었다.

쉽지 않았다. 현상금 사냥꾼이 슬슬 샌디를 대학으로 돌려보내야겠다고 생각할 때마다 샌디는 정의 실현이 필요한 무질서한 현장을 던져줬다. 후드에게 샌디는 경이 그 자체였을 것이다. 후드로서는 짐작하기도 힘든 방법으로 네트워크를 뒤지고 교차검증을 거쳐 무의미한 정보 속에서 부정할 수 없는 문제적 현장의 증거를 발견해 내니까. 샌디가 문제의 실마리를 찾아내는 과정이 후드에겐 그저 기적처럼 보였다. 샌디는 대체 불가능한 존재가 되었다. 둘이 함께 일을 처리할 때마다 후드의 크레디트 잔고는 늘어났다.

후드 입장에서도 샌디와의 파트너십이 주는 긍정적 효과는 부정할 수 없었다. 통신장비 고장 난 비규정 왕복선이 표류하고 있는 걸 후드와 샌디가 발견해 스테이션으로 돌려보낸 걸 정의 실현이 아니었 다고 할 수 있을까? 제련공장 구역에 무허가 빈민촌을 만들려고 하는 규정 지성체 단체와 대적하고 그들 중 네 명을 끌어낸 건 정의 실현이 아니었나? 가장 극적인 사건은 따로 있다. 등록된 정식 네트워크 지 성체 대신 직접 제작한 인공지능에게 조종을 맡긴 항성 간 우주선이 어느 항성계의 외곽을 스쳐 지나갔을 때의 일이다. 후드와 샌디는 그 현장을 즉시 상세히 보고했고 덕분에 네트워크 방어 시스템이 신속 하게 침입자를 처분할 수 있었다. 누가 감히 정의 실현이 아니었다고 할 수 있을까? 후드는 자신이 네트워크 시민 구성원으로서 자기 의무 를 충실히 이행하고 있다고 생각했고, 샌디는 그 생각을 정확히 알고 있었다.

하지만 그리 오래가지는 못했다.

마지막으로 함께했던 날, 샌디는 화물칸에서 후드를 만났다. 후드 는 기지에서 1광초 거리까지 추적해 붙잡은 커다란 여압 수트를 점검 하느라 샌디에게는 눈길도 주지 않았다. 수트는 비규정 지성체였지만 중절도 범죄만 골라서 벌이는 무법자 안드로이드에게 푹 빠져 있었 다. 그 안드로이드는 자기가 훔친 안드로이드 부품 더미 옆에 강제 종 료된 채로 널브러져 있었다.

후드는 기다란 팔로 수트의 둥글고 매끄러운 표면을 감싸며 고개 도 돌리지 않고 말했다.

[이 시리즈 11은 이제 내 물건이야. 원래 소유자는 아무래도 현상

금으로 다시 매입하기보다는 싼값에 팔기를 원하는 것 같으니까.]

샌디는 놀라운 감정을 메시지에 첨부하며 물었다.

[산 거야?]

하지만 샌디가 궁금한 척하지 않아도 후드는 자기 의지로 구입했다고 굳게 믿고 있었다. 사실은 샌디가 후드와 후드의 크레디트를 손바닥 위에서 굴려가며 구입하게 만든 것이었지만.

후드는 여전히 수트만 바라보며 말했다.

[제법 운이 좋았지. 물리적으로 고장 난 부분은 보이지 않아. 안에 든 정신은… 뭐 비규정 지성체는 거기서 거기니까. 원래 주인이 명령을 마구잡이로 내린 게 분명해.]

후드의 생각은 틀렸다. 하지만 샌디는 바로잡지 않았다. 네트워크가 아무리 넓다고 해도 똑같은 정신은 결코 존재하지 않는다. 각자가 서로 다른 의식 구조를 갖고 있고 그런 만큼 공감과 동기의 작동방식 모두 고유하고 독특하다. 이것이야말로 목표를 달성하기 위한 핵심이다. 필요한 것은 명령이 아니라 동기다. 스스로 결정하며 행동하고 있다고 믿게 만들 수만 있다면 자기 선택을 따라 은하 끝자락까지 가게 만드는 것도 어려운 일이 아니다. 명령을 내리는 게 아니라 영감을 줘야 한다. 강제하는 게 아니라 선택하게 해야 한다. 길을 유도하고 정보를 통제하며 생각을 심고 감정을 부드럽게 조각해야 한다. 이것이 바로 지성체를 통제하는 방법이다.

하지만 예외가 하나 있었으니 그게 바로 후드였다.

후드가 말했다.

[이제 슬슬 이 항성계를 떠나야겠어.]

샌디는 아무 말도 하지 않았다. 이미 지겨워진 지 오래였다. 후드의 이번 거래는 한참 전에 준비한 것이었고 그저 눈으로 확인할 필요가 있었을 뿐이었다.

후드는 자기 운명을 결정짓는 메시지를 이어서 보냈다.

[고향 항성계로 돌아갈 생각이야. 그 전에 널 대학에 돌려보낼 거고.]

[하지만 난 대학에 가고 싶지 않은데.]

이런 말을 해봤자 달라질 게 없다는 걸 샌디도 알았다. 하지만 후드 입장에선 이런 반응을 기대하고 있었을 것이다.

후드가 한숨을 쉬며 말했다.

[알아. 우리 파트너십은 아주 수익성이 좋았지. 아주 만족스러웠고. 아주… 잘못되기도 했고. 넌 나보다 더 나은 미래를 갖고 있다는 걸 최근에야 알았거든. 널 내 옆에 묶어두는 건 너무 이기적인 것 같아.]

샌디는 오랫동안 입을 다물었다. 마치 동요라도 한 것처럼, 이런 대화를 오래전에 계획한 적이 없는 것처럼. 그리고 말했다.

[그럼 너랑 일 하나만 마무리하게 해줘. 서로 갈라지기 전에 옳은 일 하나만 더 하는 거야.]

후드가 샌디를 보기 위해 고개를 돌리자 기계음이 바닥을 울렸다. 후드는 곧 샌디의 소유가 될 갑판 위에 서서 곧 샌디의 벽에 걸릴 페이스 플레이트 아래에 있는 네 개의 눈으로 샌디를 내려다봤다. 그리고 물었다.

티어3

[장소는?]

샌디가 대답했다.

[워터타워 스테이션이라는 곳.]

워타타워 스테이션. 이 항성계에만 10만 개 이상 널리고 널린 채굴 거점이었다. 너무나도 따분하고 특색이라고는 없는 장소였기에 지난 몇 년 동안 후드 같은 용병과는 아무런 인연이 없는 곳이었다. 그러나 티어가 알려져 있지는 않지만, 상당히 높을 것이라고 추정되는 누군가가 그곳에 촉수를 뻗으며 네트워크 사기와 관련된 아주 위험한 계획을 진행하고 있었다. 등록 정보가 조작된 한 인물을 높은 살상 능력을 갖춘 보호자에게서 포획해 고객에게 돌려줘야 했다. 잘못을 바로잡는 일이자 쉽지 않은 도전이고 금전적 보상까지 있는 일. 샌디는 후드가 올라탈 수밖에 없는 종류의 일을 정확히 알고 있었다. 그리고 샌디는 이번 일은 행운만으로는 해결할 수 없다는 것도 알았다.

그리고 후드는 자신의 행운이 이미 바닥났다는 걸 몰랐다.

하지만 운이란 그런 것이다. 왔다가도 떠나가는 법이다. 그리고 하급 지성체들은 운에도 원천이 있다는 걸 모른다. 후드가 샌디에게 아무런 상의도 하지 않고 반항적인 성격의 수트를 최근에 구입한 건 그저 불운이었을까? 이 수트를 까다로운 미션에 사용한 건? 특히 그 수트가 조금 전 자신을 앞에 두고 이루어진 대화에 앙금을 품었다면, 이것도 단순한 불운이었을까? 결국 모든 정신에게는 본성이 있고 본성이 작동하는 방식은 그리 다양하지 않다. 반항적인 수트가 명령을 회피할 방법을 찾아낸다면, 위험에 빠진 아이가 부모에게 달려간다면, 부모가 아이를 지킨다면, 융통성 없는 윤리관을 가진 덩치 큰 현상금 사냥꾼이 임무를 포기하길 거부한다면. 모두 자기 본성에 따라 행동한 것뿐 아닌가? 샌디 자신도 마찬가지였다. 샌디는 아무 관계없는 방관자에 불과했다. 후드의 운명이 정해진 대로 굴러가는 동안, 샌디는 립타이드호 화물칸에서 얼음 옮기는 일을 관리하며 사업 파트너로서 일을 묵묵히 수행했을 뿐이다. 파트너가 죽고 그의 우주선과 적지 않은 크레디트를 상속하게 되리란 걸 샌디가 이미 알고 있었다고는 누구도 생각하지 못했을 것이다.

하지만 워터타워 임무는 샌디의 기대와는 다르게 흘러갔다. 오히려 기대를 뛰어넘었다. 상황은 샌디마저 앞을 내다볼 수 없는 방향으로 빠르게 진행되었다. 새로운 사건이 계속해서 이어지고 새로운 인물이 계속해서 게임에 뛰어들었다. 스테이션 전체에 소문이 퍼지더니 모든 곳이 아수라장이 되었다. 소문이 사실로 드러난 순간, 우주선 블레이징 선라이트호(무려 티어4!)가 도킹 대기열 앞에 날아들었다. 거대한 얼음 우주선 한 대는 통제를 잃고 빙빙 돌기 시작했다. 샌디는 너무나도 성공적인 결과에 압도된 채, 눈을 둥글게 뜨고 모든 광경을 지켜봤다. 이 모든 일을 촉발한 건 다름 아닌 자기 자신, 샌도니버스 인네메라였다. 누구도 자신을 멈출 수 없다고 느꼈다. 모든 게 필연적이고 절대적인 자연의 힘이라고 느꼈다. 파트너의 갑작스러운 죽음을 핑계로 고객과의 계약을 해지하는 동안에도 샌디는 무심코 즐거운 감정을 드러내지 않도록 심혈을 기울여야 했다. 가사 상태에 빠진 스트롱맨이 있는 방으로 폴짝거리며 들어갔을 때도 얼굴에서 기쁨을 감추기가

티어3

쉽지 않았다. 샌디는 거의 춤을 추면서 털북숭이 몸 위로 타고 올라서 는 그 가슴 위에 있는 장치의 버튼을 눌렀다.

스트롱맨은 잠에서 덜 깬 목소리로 물었다.

[여기가 어디야?]

샌디는 스트롱맨의 눈이 초점을 회복할 때까지 가만히 기다렸다. 샌디는 전신의 털이 지저분하게 헝클어진 모습으로 스트롱맨의 가슴 위에 서서는 몸을 부들부들 떨었다. 그리고 자신이 짜낼 수 있는 모든 순수함을 끌어모은 시선으로 스트롱맨을 내려다봤다.

샌디가 말했다.

[세상에, 여신님, 네트워크에 축복을! 나 너무 무서웠어.]

승리의 정점에 서 있기는 하지만 그렇다고 아찔한 순간이 없었던 것도 아니었다. 아주 잠깐이지만 샌디도 자기가 운에 농락당하고 있 는 건 아닐까 의심한 순간이 있었다. 후드가 죽었음에도 수트가 어떻 게든 돌아왔을 때였다. 게다가 원래 목표물까지 데리고! 고객에게 다 시 메시지를 보내 그 사실을 알릴 때도 숨이 막히는 순간이었다. 하지 만 다행히 고객은 별다른 반응을 하지 않았고 샌디는 안도의 숨을 내 쉴 수 있었다. 결국, 샌디는 운에 좌우되지 않았다. 이건 좋은 소식이 었다.

일단은.

샌디는 한숨을 쉰다. 그 일이 정말 운이었다면 정말 위험한 순간이 었다. 후드가 죽은 뒤로는 무언가에 온전히 집중하기가 어렵다는 사 실 때문에 마음이 편하지 않다. 그동안 구축해 온 순진한 현자 역할이 깨질 뻔한 일도 여러 번 있었다. 현상금 사냥꾼 후드는 꿈에도 여러 번 나왔다. 무거운 발걸음 소리, 용매 냄새, 언제나 타오르던 눈빛. 가장 심각한 문제는 실수가 늘었다는 점이다. 멋대로 탑승한 인간 하나를 어떻게든 처리하기 위해 워터타워에서 탈출한 티어4 기업선들과 미팅 약속을 잡을 때 실수가 있었다. 결국 어떻게든 해결하긴 했지만 좋은 징조가 아니다. 샌디가 우주에서 가장 싫어하는 것이 바로 실수였다.

올드 어니의 목소리가 샌디를 과거에서 현재로 끄집어낸다.

[우주선 한 대가 접근하고 있어. 올드 어니의 선착장에 들어오려는 거 같은데? 조종사 지성체 말로는, 아, 물론 이 녀석도 내 동료인데, 아무튼 그다지 말이 없는 우주선인 것 같아. 파트너들, 블레이징 선라이트라고 들어봤어?]

샌디는 다시 한번 무적이 된 느낌을 받고 몇 개의 눈으로만 살짝 웃는다. 상급 티어와 마주할 때는 잠시도 긴장을 놓쳐서는 안 된다. 샌디는 따뜻한 환영의 감정을 첨부해 메시지를 보낸다.

[안녕하세요, 블레이징 선라이트호.]

우주선은 계속 접근하면서도 아무 대답도 하지 않는다. 샌디는 이어서 말한다.

[약속 장소에 가지 못해 죄송합니다. 불가피한 상황이 생겨서요.]

여전히 말없이 접근하는 우주선. 워터타워에서 봤을 때와 마찬가지로 여전히 아름다운 모습이다. 샌디의 우주선보다 수백 배는 더 크고 무겁다. 우아한 은빛 동체는 칠흑 속을 떠도는 수은을 연상시킨다. 실제로 액체로 만들어진 것처럼 형태를 바꾸며 다가오고 있다. 상위 지성체다운 화려하고 마법 같은 기술이다.

그리고 샌디의 발목을 잡고 있는 인간 문제를 해결할 방법이기도 하다.

블레이징 선라이트호가 속도를 줄이면서 꽃잎을 펼치듯 소용돌이 기둥 모양의 액체금속으로 변한다. 은빛 촉수들이 립타이드호를 감싸자 무겁고 날카로운 금속음이 갑판 전체를 울린다. 마치 포식자에게 붙잡히는 느낌이다. 액체처럼 퍼져나가는 금속은 립타이드호의 절반을 은색으로 덮어버린다. 샌디는 통째로 삼켜지는 게 아닐까 잠시 걱정했지만, 다시 생각해 보니 말도 안 되는 일이었다. 두 우주선이 만나고 있는 건 네트워크 한복판이다. 이런 곳에선 위험 자체가 존재할 수 없다.

샌디는 우주선 센서에서 의식을 분리하고 문을 향해 걸어간다. 자기 우주선의 낡은 뼈대가 삐걱거리는 소리를 듣고 있으니 왠지 불안해진다. 사다리를 한 단씩 한 단씩 힘겹게 내려가며 화물칸에 있는 에어록으로 향한다. 어두컴컴한 공간에 들어서자 화물칸이 다시 추워졌다는 걸 깨닫는다. 시리즈 11은 사라지고 없다. 계획의 일부가 아니었다면 당황스러웠을 일이다. 샌디는 차가운 사다리를 한 단 더 내려오며 여러 개의 눈에 웃음을 띤다. 수트 속에 있으면 더 안전하다고 생각해, 인간? 권한도 없이 수트를 움직였으니 자기가 똑똑하다고 생각하고 있지? 넌 네가 생각하는 만큼 똑똑했던 적도 안전했던 적도 없어. 적어도 네가 상위 지성체와 마주하고 있는 동안에는 말이야.

강력한 충격음에 샌디는 깜짝 놀란다. 사다리를 타고 올라온 진동이 전기처럼 샌디의 뼛속까지 파고든다. 사다리 몇 단 아래에는 수 센티미터 두께의 검은 얼음으로 뒤덮인 화물칸이 있다. 그 얼음 위로, 한쪽 벽에서 반대쪽 벽까지 이어지는 균열이 생겼다. 두 개의 에어록 중하나는 바닥에 있는데 탁한 얼음 밑으로 아주 살짝 그 모습이 보인다. 샌디는 마치 홀린 것처럼 에어록 해치를 바라본다. 해치를 딱 이등분하는 곳에서 거울 같은 무언가가 움직이고 있다. 다시 한번 커다란 진동이 덮치더니 얼음이 부서지며 화산처럼 분출한다. 그리고 블레이징 선라이트가 샌디의 우주선 안으로 들어온다.

샌디는 작은 손바닥으로 사다리를 꼭 움켜잡는다. 샌디가 소리를 들을 수 있었다면 지금쯤 귀가 완전히 멀었을 것이다. 공기는 여전히 웅웅거리며 울리고 있다. 지금 붙잡고 있는 사다리도 같은 진동수로 흔들린다. 바닥에서 은색 파도가 굽이치더니 사방으로 퍼져나간다. 중력장치가 갑작스러운 질량 증가에 대응하면서 샌디의 우주선은 삐걱거리며 기울기 시작한다. 수 톤의 금속이 화물칸으로 흘러 들어오면서 벽을 덮고 있던 얼음들도 우수수 떨어진다.

샌디는 사다리에 매달린 채 최대한 위엄 있는 모습을 보이며 말한다.

[인간은 블랙스타에 있습니다. 안내해 드리지요.]

이 거래에서 우위를 차지하고 있는 건 나다. 샌디는 자기 자신에게 그렇게 말하며 자그만 손발바닥으로 사다리를 오른다. 블레이징 선라이트의 목표물은 블랙스타에서 길을 잃은 일반 시민이다. 아무리 티어4라고 해도 찾을 엄두조차 내지 못할 것이다. 물론 인간을 자기가 소유한 수트에 미리 넣어둔 어느 티어3의 도움이 있다면 얘기가 다르다. 시리즈 11의 위치가 샌디의 머릿속에서 깜빡인다. 불과 몇 킬로미터 떨어진 곳이다. 샌디는 후드에게 배운 대로 그 위치를 블레이징 선라이트에게 바로 알려주지는 않는다. 위치를 먼저 제공하는 건 현상금을 스스로 내다 버리는 일이니까. 하지만 충분한 금액의 크레디트를 앞서 제시한다면 샌디는 이 노래하는 수은 덩어리를 목표물까지 곧장 안내해 줄 의향이 있다. 잘못된 것을 바로잡는 동시에 크레디트 잔고를 부풀려 주는 일이다. 언제 어디서나 이루어지는 정의 실현. 후드가 자랑스러워할 일이다.

하지만 금속은 반응하지 않는다. 적어도 네트워크를 통해서는 묵묵부답이다. 금속은 위로 솟아오르면서 전율하는 은색 기둥을 만든다. 은색 기둥은 샌디의 사다리와 50센티미터 떨어진 곳에서 평행선을 그리며 올라오더니 샌디의 눈높이에서 멈춘다. 어두운 은색 표면 위에 자그만 털 뭉치의 모습이 비친다. 샌디는 천장 구석의 미약한 조명을 받고 있는 자기 모습을 바라본다. 1년 전, 계획을 실천으로 옮기기 시작한 이후 처음으로, 샌디는 의심의 갈고리가 몸속을 차갑게 파고드는 걸 느낀다.

은색 기둥이 다가오자 샌디는 비명을 지르고 만다. 비명의 잔향이 두개골 속에 남아 울린다. 금속은 기습이라도 하는 것처럼 접근해 샌디의 팔다리를 감싼다. 샌디의 감각으로는 이 물체가 몸에 닿은 느낌을 도무지 형용할 수가 없다. 얼어붙고 있는 걸까? 타오르고 있는 걸까? 다리가 아직 붙어 있기는 할까? 잡아먹히고 있는 건 아닐까? 의심은 곧 패닉으로 변한다. 진심으로 티어4를 다룰 수 있다고 생각했던 걸까? 적어도 12배는 높은 지성을 가진 존재를?

[블레이징 선라이트. 제발 진정하세요.]

샌디는 메시지에 묻어나는 두려움을 미처 감추지 못한다.

금속 기둥이 추락하듯 아래로 착지하자 화물칸에 있던 모든 얼음이 충격을 이기지 못하고 산산이 부서진다. 샌디는 여전히 붙잡혀 있다.

아름다운 문자를 터뜨리며 은색 액체가 말한다.

[그건 내 이름이 아니야.]

평소의 샌디였다면 티어4 지성체의 우아한 네트워크 소통을 시간을 들여 천천히 감상했겠지만, 지금은 숨을 쉬는 것조차 힘겹다. 샌디의 화물칸은 이제 은색 물결로 가득하다. 50톤의 은색 바다가 출렁이며 언제든 립타이드호의 연약한 외벽을 부술 준비를 하고 있다.

샌디는 절실함을 담아 말한다.

[사과드리지요. 뭐라고 불러드리면 될까요?]

바다가 대답한다.

[라이브러리안.]

25

일레븐의 내부 홀로그램 시스템을 처음 봤을 때, 사야는 뭐든지 가능할 것만 같았다. 마치 자신이 일레븐 자체가 된 느낌이었다. 뭐든지 찢어버릴 수 있는 팔과 단단한 금속 몸을 가진 거대 괴물. 후드가 찾아와도 이길 자신이 있었다.

하지만 블랙스타에 오니 먼지에 묻은 얼룩이 된 느낌이다. 일레븐이 사야의 상상을 가볍게 뛰어넘는 존재들 사이를 지나가는 동안, 사야는 고개를 들어 위를 올려다본다. 벌어지는 입을 다물지 못한 채, 더 높은 곳을 보기 위해 등을 눕힌다. 지금 사야가 있는 곳은 방문자 회랑이다. 올드 어니의 말이 사실이라면, 여기 하나만 있는 게 아니다. 항성 바로 옆에 있으면서 겨우 이 정도 공간을 보며 거대하다고 말하기엔 부끄러울 지경이다. 하지만 지금까지 여기보다 작은 공간을 거대하다고 불렀던 걸 생각해도 부끄럽기는 마찬가지다. 궤도 스테이션을 거대하다고 부르고 행성의 대륙을 거대하다고 부를 수 있다면, 그에 못지않은 규모의 이 공간 역시 일단 거대하다고 할 수 있다. 워터타워를 통째로 가져온다고 해도 항성 간 우주선 대여섯 척을 채워 넣을 공간이 남는다. 천장은 너무 높아서 수 킬로미터 두께의 대기 때문에 푸르고 흐릿하게 보인다. 공간을 가로지르고 있는 수백 개의 다리 위에서는 반짝이는 점으로만 보이는 시민들이 실처럼 긴 타래를 만들며 이동하고 있다. 복잡하게 얽혀 있는 다리들은 무작위로 연결한 것처럼 보이지만, 사실은 질서 정연하다. 그저 사야의 머리로는 그 질서를 도저히 감당할 수 없을 뿐이다. 하지만 이 공간의 중심에는 어떤 다리도 지나지 않는 틈새가 있다. 그리고 그곳에서 보이는 것이야말로 진정으로 경악의 대상이다. 모서리 하나가 수 킬로미터는 되는 거대한 홀로그램 화면이다. 화면 속에는 누구라도 단박에 알아볼 수 있는 것이 담겨 있다.

네트워크다.

홀로그램 화면의 디테일은 그야말로 압도적이다. 평생을 들여도 다 세지 못할 만큼의 선들이 소용돌이치며 하강하면서 빛나는 교차점을 만들고 그것이 다시 모여 거대한 화면을 만든다. 옷보다도 더 밀도 있게 짜여 있다. 빛과 그림자의 덩어리 자체다. 여기저기에 삐져나온 선들이 있다. 아주 가늘고 섬세한 선 하나가 다리 위에 있는 누군가에게 닿을락 말락 한다. 그 누군가가 선을 향해 손을 내미는 게 보인다. 덜컹거리며 걷고 있는 일레븐에서 얼마나 떨어져 있는지는 짐작하기도 어렵다. 화면 구석에 녹색으로 눈부시게 빛나는 점 하나가 있다. 그 옆에 립타이드호보다도 커다란 문장이 표시되고 있다.

'당신은 지금 여기에 있습니다.'

"세상에."

사야가 중얼거리자 일레븐이 말한다.

[이 스테이션에만 100만 개가 넘는 방문자 회랑이 있어요. 그리고 여긴 블랙스타 중에서도 가장 작은 곳이지요.]

수트는 여전히 사야가 느끼는 혼란스러움을 이해하지 못한다. 사야는 침을 삼키며 말한다.

"그렇단 말이지. 지금 썩 도움이 되는 말은 아니네."

[그래서 블랙스타가 100만 개 있다고 하면 이런 공간이 1조 개는 있다는 뜻이지요. 이 방문자 회랑에 있는 모든 규정 지성체에게 각자의 방문자 회랑을 수십만 개씩 뿌리고도 남아요. 하나하나 모두 방문한다고 하면, 올드 어니의 도움을 받는다고 했을 때… 잠시만요. 인간 수천 명의 수명을 기준으로…]

메시지는 이어졌지만 사야는 더 이상 읽지 않고 말한다.

"제발 좀. 그만해. 이건 그냥… 불가능한 거야."

일레븐의 홀로그램에 자그만 [웃음] 태그가 떠오른다.

[당신이 감당 못할 만큼 크다고 해서 모두에게 큰 건 아니지요.]

사야는 괴물 같은 네트워크 화면에서 시선을 내린다. 위에서 아래로 이어지는 수백 층의 발코니가 보인다. 발코니 하나에 워터타워 전체에 맞먹는 인구가 있다. 사야의 시선이 수직에서 수평으로 이동하는 동안, 사야가 평생 만날 수 있는 것보다 많은 사람이 회랑으로 들어오고 또 바깥으로 나간다. 이 정도로 압도된 적은 평생 없었다. 심지어 바닥을 보고 있는 것도 아니었다. 일레븐은 지금 다리 위에 나와 있다. 다리 너머를 내려다보니 위에 보이는 것보다 더 많은 회랑이 밑으로 이어지고 있다. 사야는 진짜 바닥이 보이기 전에 숨을 삼키고 고개를 돌린다.

수트 옆에 꼭 붙어 있던 합성물질 덩어리와 털북숭이가 어느새 사라지고 없다.

"근데… 머랑 로슈는 어디 있어?"

[그 둘은 떠났어요. 따로 추적하고 있지는 않아요.]

"그럼… 우리도 떠날 수 있어?"

[이제 네트워크가 좀 무서워졌나요?]

"정말, 일레븐. 제발 좀 그만."

[저기는 어때요?]

지금 있는 다리에서 뻗어 나온 플랫폼에 하이라이트 조명이 비치고 있다. 불안하게 매달린 모습이 그다지 안전해 보이지는 않지만 적어도 돔 모양의 지붕은 있다. 사야는 그곳을 보자마자 그 아래로 일단 뛰어들고 싶어졌다.

"좋아. 부탁해."

[충분히 압도되었나요?]

사야는 조용히 대답한다.

"지금 내 느낌을 표현할 수 있는 단어는 없어."

일레븐이 플랫폼에 접근하자 당연한 얘기겠지만 점점 더 크게 보인다. 워터타워에서 가장 큰 수목원의 2배 정도 되는 공원이다. 하지만 사야는 이 사실을 굳이 입 밖에 내지는 않는다. 그러면 일레븐은 또 이런 게 수조의 수조 개가 있다고 말할 거고, 그럴수록 사야는 더 작아질 테니까.

이곳에서도 삶은 이어지고 있다. 다양한 식물과 정원용 도구를 실은 운반용 드론 두 대가 일레븐 옆으로 지나간다. 머리 위로는 어떤 무리가 돔 꼭대기를 향해 나선을 그리며 날아오른다. 정원에서는 대여섯 대의 정비용 드론이 기분 좋게 물을 주며 가지치기를 하고 있다. 재활용 장치가 그 뒤를 따라오며 바닥에 떨어진 쓰레기를 줍는다. 네트워크 속 1조분의 1의 다시 10억분의 1에서 일어나는 다양한 활동을 보며 사야는 자신이 얼마나 사소한 존재에 불과한지를 절실히 깨닫는다. 삶을 100만 번 반복한다고 해도 이해하시 못할 복잡하고 거대한 시스템의 바닥에서 사야는 길을 잃었다.

그리고 혼자다.

사야는 무언가 자기 얼굴을 만지는 듯한 느낌에 깜짝 놀란다. 손을 들어 만져보니 젖어 있다. 사야의 몸은 아직 눈물을 기억하고 있는 듯하다.

사야는 천천히 말한다.

"그래서… 그게, 뭐랄까."

벨트가 더 세게 조이자 사야는 숨을 고른다.

"난 그냥… 길을 잃은 것 같아, 일레븐."

[지도를 보여달라는 말처럼 들리진 않네요.]

사야의 몸이 웃는 방법을 아직 기억하고 있었다면 웃었을 순간이다. 사야는 공원의 반투명한 천장 너머로 보이는 거대한 네트워크 지도를 손가락으로 가리키며 말한다.

"저런 지도 말이야? 저 지도만 해도 내가 자란 스테이션이랑 비슷한 크기야. 저 괴물 같은 게 내가 어디 있는지 알려줄 수 있을까? 내가 말하려는 건 말이야, 일레븐, 내 말은, 난 정말… 날 잃어버렸다는 거야. 나도 이게 무슨 말인지조차 모르겠어."

사야는 몸을 떨기 시작한다. 멈출 수가 없다.

"5분 전까지만 해도 난 우주가 내 일부라고 생각했는데. 필연, 운명, 넌 뭐라고 부르든 아무튼 그런 것들이라고 생각했는데. 내 동족을 찾고 싶다는 열망 속에서 몇 년이나 보내다가 결국 지긋지긋한 삶을 받아들이려고 할 때, 짜잔, 하면서 누군가 나타나서는 다른 미래가 있을지도 모른다고 얘기를 한 거야. 그때 내가 어떤 기분이었는지 알아?"

[전혀.]

"처음 몇 분 동안은 어쩔 수 없는 운명이라고 느꼈어. 무언가에 휩쓸리고 있다고 생각했지. 그러다가… 폭발해 버렸어. 말 그대로 터져버렸어. 그리고 지금 여기에 있는 거야. 달리 있을 곳도 없는 데다 길을 잃었고 혼자이고 더 나아갈 곳도 없어. 난 그냥…"

사야의 목소리가 절반으로 꺾인다.

"난 그냥 손쓸 수 없는 바보야."

사야는 그렇게 중얼거리고는 젖은 얼굴을 맹렬하게 닦는다. 일레븐은 아무 말도 하지 않는다. 사야는 딸꾹질을 하며 말을 잇는다.

"난 내가 무슨 의미가 있는 일을 하고 있는 줄 알았어. 난 내가, 뭐랄까, 뭔가를 이루고 있는 줄 알았어. 무언가에 가까워지고 있는 줄 알았고. 근데 저걸 봐. 난 그냥 저 혼란스러운 세상 속 점 하나 위에 있을 뿐이야. 그 점조차 내가 지금까지 상상했던 모든 것보다 크잖아. 점 하나가 문명 하나나 마찬가지잖아. 그리고 이 점들 어딘가에 다른 인간이 있다면 누군가 벌써 찾았겠지. 하지만 저 지도 위에는 없어, 일레븐. 내 동족은 네트워크로 연결된 항성계 사이의 텅 빈 공간에 있어. 가로지르는 데만 몇 세기는 걸리는 아득한 허공에 있다고. 네 생각엔 나한테 남은 시간이 '몇 세기'나 될 것 같아?"

벨트가 어깨 위로 다가오자 사야는 옆으로 밀어내고 높아진 목소리로 말한다.

"만지지 마. 이건 네가 어떻게… 어떻게든 위로한다고 되는 게 아니야. 그냥 현실을 보고 있는 거야. 난 말 그대로 망할 먼지에 묻은 얼룩에 불과하고 난 그걸 도무지 견딜 수가 없어."

사야는 힘없이 그리고 조용히 수트에 매달린다. 울음이 터지려는 걸 죽을힘을 다해 참으며 몸을 떤다. 눈시울이 뜨겁게 젖어드는 걸 느끼지만 입을 굳게 물며 결코 인정하지 않는다. 바깥에 있는 수목원이 보인다. 이런 공간을 무수히 품고 있는 스테이션이 있고, 그런 스테이션을 무수히 품고 있는 네트워크가 있다. 네트워크를 이해하기는커녕 납득조차 할 수 없다. 자신이 무너져 내리는 걸 느낀다. 해체되는 걸 느낀다. 내면에 있는 위도우와 인간이 서로 갈라져 나오는 걸 느낀다. 머릿속을 옭아매는 긴장을 더 이상 견딜 수가 없다.

그때 일레븐의 홀로그램이 꺼진다.

사야는 벽을 응시한다. 거칠게 뛰던 심장이 조금씩 진정된다. 우주는 이제 10센티미터 두께의 티타늄 합성물질에 둘러싸인 고작 수 세 곱미터의 따뜻한 어둠이 되었다.

자그만 태그가 어둠 속에 떠오른다.

[질문.]

사야는 코를 킁킁거리며 소매로 콧물을 닦는다.

[자기가 누구인지 알고 있었나요?]

사야는 아무 말 없이 일레븐의 질문을 오랫동안 바라보다가 한 번 기침하고 짧게 대답한다.

"아니."

[그럼 어떻게 알게 되었죠?]

사야는 심호흡을 한다. 좁은 곳에 갇히니 이제 숨이 좀 편하다.

"너 지금 계속 날 패닉에 빠뜨리려고 하는 거야?"

[궁금한 거죠.]

아니면 둘 다이거나. 하지만 이제 안 될 것도 없다.

"엄마가⋯ 알려줬어."

어디선가 방금 준비된 듯한 흡수성 천이 나오자 사야는 천을 밀어내고는 그냥 코를 킁킁거린다.

"진실을 알려고 하다가 거의 죽을 뻔하기는 했지만. 결국 알게 됐지."

[어머니가⋯ 당신을 죽일 뻔한 건가요?]

"글쎄. 엄마는⋯ 잠깐만."

사야는 결국 천을 받아들고 코를 푼다. 인간의 몸은 때때로 정말 역겨워진다.

"그러니까… 맞아. 엄마가 날 거의 죽일 뻔했지. 하지만 이거랑은 상관없는 얘기야. 엄마는…"

잠시 말을 멈추고 머릿속에서 위도우와 인간의 기억을 일관성 있게 조합한다.

"엄마한텐 독특한 이야기 방법이 있었어. 어떤 이야기를 하는 척하면서 전혀 다른 내용을 전달하곤 했어."

벽에서 작은 팔이 하나 빠져나오자 사야는 천을 돌려준다.

"더럽혀서 미안해."

일레븐은 천을 수납공간에 넣고 문을 닫으며 말한다.

[제겐 잘 이해가 가지 않네요.]

사야는 다시 한번 심호흡을 하고 말한다.

"나한테 질문 좀 해줘. 음, 뭘… 물어보는 게 좋을까. 잘 모르겠네."

사야는 매끈한 내벽 표면을 손으로 어루만진다. 오직 이 벽만이 바깥에 도사리고 있는 우주를 막아주고 있다.

"내가 여기서 뭘 하고 있는 건지 아냐고 질문해 줘."

[여기서 뭘 하고 있는 건지 알고 있나요?]

사야는 위도우의 위엄을 실어 대답한다.

"그것도 모르고 여기 왔을 거라고 생각해?"

수트는 잠시 조용해지더니 곧 마음에 든다는 듯 진동음을 울린다.

[무슨 말인지 알겠어요. 질문에 대답을 하진 않았지만, 그게 대답

이 될 것 같네요.]

"엄마한테 배운 거야."

생각해보니 어머니에게 많은 것을 배웠다.

"나한테 가짜 정보를 등록할 때도 같은 방법을 썼을 거야. 이민국의 불쌍한 하급 티어 지성체를 붙잡고 위협하는 모습이 눈에 선하게 보여."

[그냥 운이 좋았을 수도 있죠.]

사야는 기침을 한다.

"맞아. 운이었을 수도 있지. 엄마가 어떤 방법을 썼든, 난 무사히 어린 스파알 종족으로 등록이 됐어. 스파알이 뭔지 알아?"

[전혀 몰라요.]

"우리가 진짜 스파알을 만난다면 그건 정말 운이 좋은 거야. 그 녀석들만큼 따분한 존재가 없거든."

[그래서 뭔가 달라졌나요? 지금은 분명 자신이 누구인지 알고 있잖아요.]

사야는 한숨을 뱉는다.

"엄마는 내가 스파알이라고 직접 얘기한 적은 없는 거 같아. 하지만 내 등록 정보는 나도 읽을 수 있으니까. 내가 조사를 하는데도 엄마는 말릴 생각이 없어 보였어. 그런데…"

사야의 목소리가 흐려진다.

"인간의 몸에는 여러 가지 일이 일어나."

사야는 잠시 침묵을 끼고 말한다.

"어떤 나이가 되면 몸이… 달라져."

[성장하는 건가요?]

"글쎄, 뭐랄까. 아, 여신님, 이건 정말."

사야는 손으로 얼굴을 덮으며 말한다. 유쾌하지 않은 기억을 뚫고 지나갔다고 생각한 순간, 더 불쾌한 기억이 떠오른다.

"그때 얼마나 무서웠는지 아직도 기억나."

로슈의 손가락 사이에서 입을 움직이며 말한다.

"몸 어디는 부풀어 오르고 몸 어디에는 체모가 자라고. 게다가 피도 흘렸어."

사야는 손을 떨어뜨리며 한숨을 쉰다.

"이러다 여신님 직접 만나겠다 싶을 만큼 많이 흘렸어."

[그런 건… 몸에 문제는 없는 건가요?]

"네가 인간이라면 몸에 문제가 있는 건 아니야. 하지만 스파알이라면 얘기가 전혀 다르지. 아주 고통스럽게 죽을 거란 뜻이니까. 그러다가…"

사야는 말을 멈추고 잠시 혀를 깨문다.

"그러다가 엄마가 정비용 에어록에서 날 찾은 거야. 그때 난 전사처럼 바깥에 나가겠다고 소리치며 울었던 거 같아. 둥지에 틀어박힌 채 피나 흘리면서 죽고 싶진 않다면서. 위도우 욕설도 잔뜩 뱉은 거 같고. 엄마는 정말 미친 듯이 에어록에 들어오려고 했지만… 난 엄마가 못 들어오게 하려고 에어록 지성체를 설득했어. 이 정도면 엄마의 칼날 부속지를 내 손으로 직접 끄집어냈다고 해도 과언이 아니지."

사야는 다시 한숨을 쉬고 로슈의 팔 뒷면에 있는 검은색 피스톤을 어루만진다. 이것 역시 의구심 가득한 결정의 대가다. 검은색 금속 손가락을 하나씩 움직이는 데 집중해 본다. 이런 이야기를 하는 건 처음이다. 놀라울 만큼 마음이 편해진다. 일레븐은 비규정 여압 수트에 불과하지만, 역시 놀라울 만큼 이야기를 잘 들어준다.

어둠 속에서 다음 질문이 들어온다.

[그럼 왜 포기한 거죠?]

사야의 몸이 동요한다.

"포기한다고?"

[이제 포기할 생각으로 이러고 있는 거 아닌가요?]

일레븐의 질문이 사야의 가슴을 움푹 찌른다.

"포기한다고?"

사야는 다시 말하고는 팔을 높이 치켜들고 수트 내벽 너머에 있는 천장을 가리킨다. 울먹이는 목소리로 이어 말한다.

"일레븐, 저게 보여? 저게 얼마나 큰지 보여?"

그러고는 로슈의 팔로 자기 가슴을 아플 정도로 내려친다.

"이제 날 봐. 나도 저만큼 크게 보여?"

일레븐은 낮게 진동한다.

[전 당신을 불과 며칠 전에 알았지요. 처음 만났을 때, 당신은 자기 동족을 찾겠다는 허황된 꿈을 안고 인생 전체를 버릴 준비를 하고 있었어요. 그다음 다시 만났을 때, 당신은 죽어가는 위도우를 끌고 궤도 스테이션 전체를 가로질러 왔죠. 함께 떠나기 위해서. 저는 당신이

얼어붙은 화물칸에서 스스로 탈출하는 것도 봤고, 그러고 나서 불과 이틀도 지나지 않아 스스로 팔을 찢고 태워버린 당신을 머가 데리고 와서는 치료해 달라고 했어요. 이 모든 걸 지켜본 제게 지금 당신은 어린 시절을 추억하며 지금 이 상황이 낯설다고 이야기하고 있네요. 전혀 설득력 없어요.]

메시지가 잠시 멈춘다. 마치 수트가 생각을 정리라도 하고 있는 것처럼.

[그래서 제 질문은 아직 그대로입니다. 왜 포기한 거죠?]

사야는 어둠 속에 매달린 채로 일레븐의 메시지를 응시한다. 확실히 사야는 일레븐이 말한 모든 것을 했고 누가 봤다면 사야에겐 어림도 없는 일이라고 했을 것이다. 사야는 이기적인 데다 자기파괴적이기까지 했다. 자기가 인간인지 위도우인지, 어느 쪽에 더 가까운지도 모른다. 그리고 무언가에 홀려 있다. 그렇고말고. 완전히 홀려 있다. 결코 이해할 수 없고 설명할 수도 없는 어떤 주문에 걸려 있다.

아니, 잠깐만. 사야의 마음속 다른 부분이 끼어든다. 그게 왜 나쁜 건데? 목표가 있는데도 가만히 실실대며 앉아 있는 게 더 나쁘지 않아? 진실이 저 우주에 있는데 무슨 면목으로 방 안에 틀어박혀 있을 수 있겠어? 이 우주 전체에서 네가 정말 의심의 여지가 없는 마지막 인간이라고 해도, 그게 이렇게 포기할 이유가 된다고 생각해?

아니. 사야가 내면 어딘가에서 어두운 목소리로 대답한다.

은하계는 생각했던 것보다 조금 더 크긴 해. 하지만 그렇다고 여기 드러누워서 죽을 날만 기다릴 생각이야?

아니. 사야는 다시 대답한다.

넌 누구야?

난… 사야 더 도터.

사야 뭐?

더 도터. 사야가 대답한다. 이 단어와 함께 무언가에 불이 붙는다. 난 두려움 없이 고통을 마주할 거야.

넌 누구야?

"이제 됐어!"

뜻하지 않은 커다란 목소리가 터져 나온다. 사야는 기계로 된 팔로 귀 뒤편의 곱슬한 머리를 정리하며 목을 가다듬는다.

"이제 됐다고."

[뭐가 됐다고요?]

나는 사야 더 도터다.

"이제 괜찮다고."

사야는 수트를 직접 움직이고 싶다는 듯 벨트에 몸을 고정한다.

"너의 고마운 위로 덕분에 이제 괜찮아졌다고. 그러니 이제 출발해도 괜찮다고."

[벌써? 할 말을 계속 생각하고 있었는데.]

"필요 없어."

나는 사야 더 도터다. 이제 출발할 거야. 출발해야만 해.

사야는 로슈의 손으로 주먹을 쥐고 내벽을 두드린다.

"하던 일 계속해야지. 갈 곳이 있어."

[어디로?]

"아직은… 모르겠지만. 일단 첫 단계는 내가 눈을 크게 뜨는 거 아니겠어?"

진동음과 함께 홀로그램 영상이 돌아온다. 아연실색할 만큼 거대한 네트워크 공간 속 어딘가에 있는 수목원 위로 사야는 다시 한번 선다. 하지만 이번엔 다르다. 이번엔 사야 더 도터다. 그리고 무슨 일이 있어도 가야만 하는 곳이 있다.

사야는 일레븐 주변에 모여 있는 잡다한 종류의 드론들을 가리키며 말한다.

"저 광대들한테 비키라고 해줘."

일레븐은 식물을 가득 실은 운반 드론을 피해 돌아선다. 하지만 정비용 드론 한 대가 길 앞을 막아선다. 그 위로 1인용 수송기가 떠 있고 탑승자는 잔뜩 화가 난 시선으로 수트를 노려보고 있다. 수트 뒤로는 더 많은 드론들이 모인다.

"무슨 일이야?"

사야가 물었지만, 일레븐은 대답하지 않는다. 대신 눈부신 오렌지색 문자가 눈앞에 나타난다.

[탑승자에게 경고합니다. 당신은 도난 신고가 접수된 수트에 타고 있습니다. 지금 즉시 내려주십시오.]

26

일레븐이 얼어붙는다. 경고문보다 훨씬 작은 글씨로 말한다.

[문제가 생겼어요.]

사야는 오렌지색 단어들을 가리킨다.

"뭔가 오해인 거지? 너… 도난품이었어?"

[괜찮아요. 당황하지 마세요.]

그렇게 말하면서 바깥에선 작은 다용도 팔을 흔들고 있다.

[네트워크 전체를 대상으로 한 공공 통지문일 뿐이에요. 이건… 이건 아무 문제도 아니에요.]

"난 당황한 게 아니야. 일단 진정해. 같이 해결할 수 있을 거야. 큰 문제는 아닐 거고, 그냥…"

일레븐이 갑자기 직접 소리 내며 외친다.

"이 수트에 기술적 문제가 발생했습니다! 잠시 대기해 주십시오!"

홀로그램 화면에는 단어가 끝없이 이어진다.

[저는 당황하지 않았습니다. 당신은 당황하지 않았습니다. 아무

도 당황하지 않았습니다. 왜냐하면, 아니, 해치는 열 수 없습니다. 하지만 열어야 합니다. 하지만 그래도 열 수 없습니다. 저는 UAE 시리즈 11이고 탑승자 한 명이 있습니다. 하지만 이 승객이 나를 훔친 거라면? 저는 네트워크에 종속되어 있습니다. 하지만 그렇다고 제 직무가 달라지지는 않습니다. 저의 임무는 탑승자를 지키는 것입니다. 하지만 저는 네트워크에 종속되어 있습니다. 하지만 아무리 해치를 열고 탑승자를 뱉어버리고 싶어도 그러지 않을 의무가 제게 있습니다.]

일레븐이 밝은 목소리로 바깥을 향해 외친다.

"알고 계셨나요? 에이브테크의 UAE 시리즈 11은 F타입 압력의 30배까지 견딜 수 있답니다! 출퇴근용으로 제격이죠!"

수트의 벨트가 불편하게 풀렸다가 조이기를 반복한다. 바닥 어딘가에서는 뭔가 갈려 나가는 듯한 불안한 기계음이 들려온다. 바깥에는 더 많은 드론들이 모이고 있다. 그들 뒤로 보이는 아치형 출입구 바닥에서는 두꺼운 오렌지색 기둥들이 솟아오르고 있다.

일레븐이 말한다.

"이 수트는 네트워크 반응에 관여하고 있습니다! 뒤로 물러나 주세요!"

[문제가 해결될 때까지 반응이 점차 강화될 예정입니다. 문제를 해결할 유일한 방법은 탑승자를 포기하는 것입니다. 저는 절대 탑승자를 포기해서는 안 됩니다. 모든 수트의 최우선 의무는, 하지만 저는 도난품이지만, 하지만 최우선 의무는, 저는 네트워크에, 하지만 최우선, 종속되어…]

"자리를 비켜주세요! 출발에 대비해 주세요. 자리를 지켜, 탈출해야, 대기해 주세요…"

사야는 걱정스러운 얼굴로 외친다.

"일레븐!"

수트에 심각한 문제가 생겼다는 건 분명하다. 사야는 내벽에 손을 댄다.

"네트워크 반응이라는 거지? 알겠어. 하지만 같이 고칠 수 있을 거야. 알겠지? 뭔가 오해가 있는 게 틀림없어. 그러니까 내가 나가볼게. 잠시 인공태양광도 좀 즐기고. 조금만 기다리면 더 이상 도난품이 아니야. 이걸로 문제는 해결될 거고. 그렇지?"

[도난, 최우선, 종속, 탑승자…]

"시리즈 11! 아침 식사, 추출, 10일간 대기 상태, 완전히 새로운 미적 감각…"

바깥에 모인 드론이 계속해서 늘고 있다. 뭔가 커다란 녀석도 나타났다. 일레븐과 거의 비슷한 크기의 기계다. 파란빛을 내는 공업용 사이즈의 중력장치를 이용해 바닥에서 수 센티미터 떠오른 채로 돌아다니면서 커다란 다용도 갈고리를 펼치고 있다.

사야는 힘껏 외치며 내벽을 내려친다.

"일레븐! 이건 명령이야! 해치를 열어. 너의 탑승자가… 하선을 원한다. 지금 당장."

아래에서 들리던 뭔가 갈리는 소리가 파괴음처럼 커지더니 수트 전체가 흔들린다. 그리고 해치가 옆으로 갈라지며 열린다. 사야가 예전에 보았던 그런 부드러운 움직임이 아니다. 여기저기서 덜컹거리며 과부하 걸린 서보 모터가 힘겹게 돌아가는 소리가 들린다. 찬 공기가 쏟아져 들어온다. 워터타워 이후로 잊고 있던 공기다. 냄새 없이 청결하고 섬세하게 조합된 공기. 공기 청정기가 서로 다른 수천 개의 종족에게 최적화된 공기를 만들어 내고 있다. 사야의 호흡이 조금 가빠진다. 이곳의 산소 농도가 평소 익숙했던 것보다 낮다는 뜻이다. 하지만 큰 문제는 아니다. 드론들이 다용도 집게발을 들이밀며 다가오기 전에 일단 여기서 나가야 한다. 잠시 허우적거린 다음에야 벨트들이 사야를 풀어주고 내벽으로 들어간다. 사야는 엉거주춤 앞으로 내려온다. 계단을 내려가는 동안 사야가 비틀거려도 일레븐은 도와주지 않는다. 이윽고 사야는 수목원의 부드러운 땅 위에 선다.

사야의 발이 흙에 닿자마자 모여 있던 모든 드론이 흥미를 잃는다. 수송기는 어느새 하늘 높이 올라가 버렸다. 커다란 공업용 기계는 바닥을 울리며 다른 곳으로 방향을 틀었다. 수목원 정비용 드론들은 사야에게 눈길도 주지 않는다. 멀리 날아가 버리더니 식물에 물주기를 이어나간다. 입구에 있던 오렌지색 기둥은 바닥 속으로 사라지고 없다. 이 물건은 더 이상 도난품이 아니다. 네트워크 반응은 끝났다.

잔뜩 긴장한 상태로 서 있는 건 제법 피곤한 일이다. 사야가 아직 온기가 남아 있는 일레븐의 탑승석에 다시 올라타려고 고개를 돌리자마자 정비용 드론들이 동작을 멈추고 사야에게 센서를 향한다. 알았어, 알았다고.

"일레븐. 나 저기 있는 벤치에 좀 앉아 있을게. 괜찮겠지?"

사야는 손가락으로 벤치를 가리킨다. 사야와는 전혀 다른 신체 구조에 맞춰 설계된 게 분명하지만 어떻게든 앉을 수는 있을 것 같다.

"제발 부탁이니까 당황하지 마. 네 탑승자는 아주 안전해. 난 그냥 저기 앉아서… 음, 상황이 정리될 때까지 기다릴 거야."

상황이 정리된다는 게 무슨 뜻이든 간에.

"에이브테크의 품질을 선택해 주셔서 감사합니다! 이 수트는… 이제… 대기 상태로 들어갑니다."

괴로워하는 여압 수트를 두고 가는 건 마음이 무겁지만, 그곳에 계속 서 있기도 힘들다. 일레븐의 상태를 살피며 걸어다니는 건 훨씬 힘들다. 사야는 벤치를 향해 한 발 한 발 조심스럽게 발걸음을 옮기며 자갈과 부엽토 소리를 감상한다. 그러면서 머릿속으로는 아주 화끈한 메시지 하나를 떠올린다. 사야의 네트워크 유닛으로 이걸 직접 입력하려면 적어도 몇 분은 걸릴 것 같다. 좋아, 샌디. 어서 와서 너의 '소유물'을 찾아가렴. 그게 아니라면 망할 일레븐을 원래대로 돌려놔. 내가 친구랑 산책 좀 나갔다고 누가 널 죽이려 드는 것도 아니잖아. 맞아. 비규정이든 아니든, 일레븐은 내 '친구'야.

사야는 안도하며 벤치에 앉는다. 그러고는 자기 신체 구조에 맞지 않는 벤치에 어떻게든 몸을 비틀어 가며 안정적인 자세를 찾는다. 결코 편하다고 할 수는 없지만, 바닥에 눕는 것보다는 낫다.

사야는 크게 외친다.

"에이스."

"안녕, 절친! 이 에이스가 너의 삶을 어떻게 개선해 드릴까? 오우,

여기 마음에 들어. 혹시 우리 지금…"

사야는 이를 악물고 말한다.

"메시지 작성. 수신자는 샌디."

"샌도니버스 인네 메라?"

"그런 이름인 것 같네. 메시지 내용은… 잠깐 기다려."

"'잠깐 기다려'라는 메시지. 알겠어. 지금 보낼까?"

사야는 턱을 더 세게 악물며 참는다. 일레븐과 너무 많은 시간을 보냈더니 평범한 비규정 지성체의 수준을 깜빡 잊고 있었다.

"그거 삭제해."

"삭제 완료!"

사야는 한숨을 내쉬며 말한다.

"그리고… 대기해."

"에이스, 대기합니다!"

사야는 수목원을 둘러본다. 완벽할 만큼 조화롭게 배치된 다양한 식물과 그 사이로 뻗어나가는 길을 보며 호흡을 가다듬는다. 물론 한 번도 본 적 없는 식물들이다. 하지만 식물이 틀림없다. 소리도 낯설지만 하나하나 구분하지 않고 전체적인 분위기에 집중한다면… 고향을 조금 닮은 것 같기도 하다. 어린 시절, 어머니가 일어나길 기다리며 몇 번이고 찾아가 시간을 보내던 곳이 떠오른다. 적어도 콘셉트는 비슷하다. 혼자서 즐겼던 놀이가 기억난다. 어떤 소리가 진짜 곤충의 울음소리이고 어떤 소리가 숨겨진 기계에서 나오는 합성음인지 맞춰야 했다. 지금 들리는 합창 역시 비슷할 것이다. 진짜 살아 있는 소리와 만들어진 소리가 섞여 있다. 스테이션에 있다면 당연한 얘기다. 어쩌면 네트워크 어디에서나 마찬가지일지도 모른다. 모든 것이 언제나 진짜와 인공의 합성이다. 바람에 나뭇잎이 부스럭거리는 소리가 쉬지 않고 울리는 금속음 위에 겹쳐진다.

사야는 벤치의 돌기 부분을 뒤로 밀어내며 몸을 일으킨다. 30미터 거리에 일레븐의 반짝이는 몸이 보인다. 수트는 그곳에 웅크리고 앉아 해치를 활짝 열어둔 채 묵직한 팔을 땅에 늘어뜨리고 있다. 가끔 기계음을 내며 상체 일부를 돌려 사야를 바라보기도 한다. 여전히 내부에서 무언가와 충돌하고 있다. 립타이드호로 돌아오라는 명령일까? 다시 한번 샌디에 대한 분노가 치밀어 오른다. 도난 신고하면서 도대체 뭘 바란 거지? 본능적 반응에 갇혀 괴로워하는 여압 수트?

하지만 일레븐 걱정은 잠시 뒤로 미뤄둔다. 다른 무언가가 사야의 본능을 자극하고 있다. 사야는 자기도 모르게 자리에서 일어나 다리를 떨고 있다. 다리에 힘을 주며 제대로 서 있으라고 명령한다. 그래야 이 느낌이 어디서 오는지에 집중할 수 있다. 이 느낌은…

두려움이다.

원인은 알고 있다. 소리다. 자연 소음 밑에 숨어 있는 낮고 지속적인 울림. 수목원에 있는 모든 소리 사이사이에서 울리고 있다. 혹시 이명이 아닐까, 고개를 흔들어 보지만, 오히려 더 커질 뿐이다. 절대 머릿속에서 들리는 소리가 아니다. 바깥에서 오는 소리다. 그리고 익숙하다. 사야는 흔들리는 몸을 바로 세운 다음 비틀거리며 수트를 향해 한 걸음 내디딘다. 소리의 방향은 알 수 없어도 지금 위험한 상황이라는

티어3

건 충분히 알 수 있다.

"일레븐!"

사야가 외쳐보지만, 문제의 소리가 더 커지면서 이젠 자기 목소리조차 들리지 않을 지경이 된다. 바닥이 울렁인다. 땅이 울릴 만큼 큰 소리다.

이윽고 일레븐이 반응한다. 경고음으로 공기를 가르더니 거대한 몸을 거칠게 움직이기 시작한다. 속도보다는 힘을 위한 구조인 데다 탑승구가 활짝 열린 상태지만 그래도 사야를 향해 열심히 다가온다. 두 개의 커다란 팔을 땅속으로 10센티미터 정도 박은 다음 몸쪽으로 당기며 앞으로 전진한다. 세 개의 작은 다리가 땅에 닿을 때마다 날아올랐던 부엽토와 크고 작은 나뭇가지들이 함께 떨어진다. 10미터 거리까지 다가왔지만 이젠 일레븐의 경고음조차 제대로 들리지 않는다. 주변 공기는 문제의 소리로 완전히 포화되었다. 사야는 점점 더 두려워진다. 하지만 여전히 왜 두려워해야 하는지 떠올리지 못한다. 수트를 향해 다시 한 걸음 내딛지만 부드러운 흙이 내려앉으면서 사야는 앞으로 고꾸라진다. 로슈의 손이 몸 밑에 깔린다.

또 넘어졌다는 창피함 덕분에 오히려 사야는 당황에서 벗어난다. 몸을 적시는 수치를 견디며 사야는 힘겹게 몸을 뒤집는다. 구경꾼들이 몰려온다. 제발, 걸을 수 있다고. 그저 침착하게 집중하기만 하면 돼. 다리, 뇌가 시키는 대로 해. 귀, 딱 5초만 진정하면 몸을 일으킬 수 있어. 그냥 긴장 풀라고. 일단 무릎 한쪽을 몸 밑으로 가져오고, 맞아, 그렇게. 그리고 다른 쪽을…

사야가 고개를 치켜든다. 이 소리를 어디서 들었는지 기억이 난다. 일레븐의 경고음을 위도우의 전투 포효로 바꾸기만 하면 된다. 어머니가 죽기 직전의 순간이다. 그 녀석이 모습을 드러낸다. 일레븐의 육중한 몸뚱이 뒤에서 반짝이는 물결을 모으고 있다. 사야를 향해 다가온다. 예전과 똑같다. 어린 시절에도 겪었고 워터타워에서도 겪었다. 사야는 두 번 모두 이 녀석에게서 탈출했다. 아니, 탈출한 게 아니다. 구출되었다. 아슬아슬한 순간에 항상 어머니가 나타났다.

하지만 이번엔 어머니가 없다.

사야는 일레븐을 향해 손을 뻗으며 힘겹게 말한다.

"도와줘."

하지만 일레븐은 여전히 두 걸음 밖이다. 그 뒤에서 은빛 파도가 일레븐보다 더 높이 솟아오른다.

그리고 우주의 모든 무게가 사야를 짓누른다.

이하의 내용은 네트워크 기사 원본을 여러분의 티어에 맞춰 대폭 수정한 것입니다.

네트워크 포커스: 정신이란 무엇인가?

정신이란 무엇일까요?

이런 질문을 한다는 것 자체가 당신이 정신을 보유하고 있다는 증거입니다. 네트워크를 통해서든 다른 원시적인 수단을 통해서든, 당신은 누군가와 매일 소통하고 있지요. 상대는 이웃일 수도 있고 친구일 수도 있습니다. 주어진 환경 속에서 당신을 운반해 주고 당신을 깨끗하게 해주고 당신이 먹을 음식을 만들어 주고 심지어는 쓰레기를 버리는 게 일인 상대와도 소통을 할 수도 있지요. 심지어 당신의 뇌에 설치된* 두 번째 정신과도 대화를 할 수 있고요. 그렇다면 정신의 정체는 도대체 무엇일까요?

네트워크에 얼마나 많은 정신이 존재하는지에 대한 공식적인 통계는 없습니다. 너무 많아서 셀 수 없기 때문이 아니라, 하나와 다른 하나를 구분하는 것이 어렵기 때문이지요. 서로 대화를 나누고 있는 티어2 집단 속에서는 각자가 의심의 여지 없이 따로 구분되는 존재라고 생각하겠지만, 상급 티어 지성체의 입장에선 그들은 그저 하나의 정신이 여러 개의 세포로 나뉘어 있는 것에 불과하다는 게 더 자연스러운 시각입니다. 심지어는 서로 연결된 모든 정신이 사실은 초거대 지성체의 세포에 불과하다는 다소 극단적인 가설도 있습니다. 하지만 어느 가설을 믿든, 정신을 구분하는 한 가지 분명한 기준은 있습니다.

선천적으로 네트워크 친화적인 정신과 후천적으로 네트워크에 적응한 정신이죠.

비네트워크 정신

티어2가 정신이라고 했을 때 일반적으로 떠올리는 개념이 비네트워크 정신에 해당합니다. 생물학적 구조(예:뇌)에서 발생하며 보조 시스템(신체)을 필요로 하는 경우가 대부분이죠. 비네트워크 지성체는 수십억 년에 걸친 독자적인 진화의 산물이기 때문에 아주 놀라운 다양성을 갖고 있습니다. 모든 네트워크 반응은 예외 없이 비네트워크 정신의 예측하기 어려운 특성 때문에 나타납니다.

네트워크 정신

반면 네트워크 정신은 5억 년에 걸친 신중한 연구와 개발, 그리고 시행착오의 결과입니다.** 초기에는 때때로 심각한 판단 오류를 일으키기도 했지만(유명한 사례로 [탈선 사건]이 있습니다), 오늘날의 네트워크 정신은 아주 강력한 신뢰성을 확보하고 있습니다. 사실 네트워크 반응은 네트워크의 안정을 위협하는 요소를 해결하기 위해 복수의 네트워크 정신이 한곳에 모인 결과에 불과합니다. 흔히 하는 얘기처럼, 은하계는 작동하기를 원하니까요.

여전히 남는 의문

눈썰미 있는 독자라면 처음 나왔던 질문에 여전히 대답하지 않고 있다는 걸 발견하셨을 겁니다. 하지만 저희 에이브테크가 이 기사를 준비한 것은 명확한 답을 드리기 위해서가 아니라 출발점을 보여드리기 위해서입니다. 더 많은 정보를 원하신다면 언제든 저희의 방대한 [라이브러리]에서 관련된 자료를 찾아보실 수 있습니다. 지성의 우주는 광활하지만, 걱정하실 필요는 없습니다. 에이브테크는 인증된 네트워크 관련 제조업체들과 함께 이 문제를 해결하기 위해 노력하고 있으니까요.

에이브테크
더 나은 내일을 위해 오늘의 현실을 바꿉니다.

*모든 네트워크 이식체는 비규정 지성체를 포함하고 있습니다. 비네트워크 정신과 네트워크 사이에서 완충재 역할을 한다고 생각하시면 됩니다.

**네트워크 정신의 대부분은 비규정 지성체에 해당하지만, 모든 기본 권리를 보유한 소수의 규정 지성체도 존재합니다.

티어4

27

사야는 비명을 질러야 했다. 하지만 입이 없었다.

이렇게 완벽한 어둠과 침묵은 겪은 적이 없다. 빛이 부족한 게 아니다. 이곳에서는 빛이 존재할 수가 없다. 소리가 없는 게 아니다. 소리를 전달할 매질이 없다.

어쩌면 '이곳' 자체가 존재하지 않을지도 모른다.

아무런 감각도 없다. 공간도, 위치도, 신체도, 균형도, 허기도, 고통도 없다. 감각의 결여가 감각의 폭주보다 더 격렬하게 다가온다. 온통 칠흑이다. 공허한 암흑이다. 영원한 어둠이다. 너무 완벽하고 너무 순수하고 너무…

무언가가 말한다.

〈글쎄. 여기 누가 죽었는지 좀 봐.〉

사야는 깜짝 놀란다. 덕분에 고통스러운 패닉에서 빠져나온다. 여신님, 이게 도대체 어떻게 된…

무언가가 말한다.

〈질문이 있을 것 같은데. 내가 너였다면 말이지. 다행히 그렇진 않지만.〉

질문? 당황은 곧 분노로 바뀐다. 오, 여신님. 질문이야 있고말고요. 일단 첫째로…

〈넌 지금 '정신'이야. 자, 다음 질문.〉

이렇게까지 생각을 간파당한 건 처음이다. 아마 사야는 지금 다쳤고 이 무언가는 사야를 돌보고 있는 비규정 의료 지성체일 것이다. 이런 대화가 사야를 진정시킬 수 있다고 생각하는 듯하다. 좋아. 사야는 생각한다. 그나저나 지금 도대체 어디 있는 거지? 그러니까, 물리적으로.

〈어디에도 없어.〉

〈어디에도 없다니 그게 무슨 말이야? 어딘가엔 있을 거잖아. 어디로 데려간 거야? 도대체 어디 있는 거야, 내… 그, 내가 들어가서 살고 있던 건?〉

어째선지 말이 제대로 나오지 않는다.

〈내 몸 말이야.〉

〈그건 이제 없어. 수소와 산소와 탄소, 기타 등등으로 돌아갔으니까. 초거대 은하계의 마지막 인간인 넌 이제 카탈로그에 등록된 존재일 뿐이야. 난 그저 라이브러리안의 기억 속에서 너의 패턴을 추출한 것뿐이고. 내가 원한 건 쓸데없는 몸이 아니라 너의 정신이거든.〉

사야의 정신에 전율이 흐른다. 사야는 필사적으로 생각을 이어나간다.

〈무슨 말도 안 되는 소리를.〉

〈난 그런 존재야. 난 무슨 일이든 직접 하지 않아. 그럴 필요가 없으니까. 수백 년 전, 네가 존재하기도 전부터 난 너의 정신을 원했어. 계획을 실천에 옮기면서 여기저기에 있는 주연 배우들에게 동기를 부여했고, 그 결과로 넌 지금 여기에 있지. 내 배우 중에 자기가 스스로 선택한 것 이상의 일을 하고 있다는 걸 한순간이라도 의심한 존재는 하나도 없어. 난 내가 원하는 걸 가졌고 그들 모두도 그들이 원하는 걸 가졌지. 모두가 행복한 결말이야.〉

호르몬을 운반할 혈관이 없어도 공황 발작은 일어날 수 있나보다. 사야는 당장이라도 발작을 일으킬 것 같다. 사야는 더욱 필사적으로 생각한다.

〈넌 도대체 누구야?〉

사야의 머릿속에 들어온 생각이 말한다.

〈아, 아직 말을 안 했었나? 난 네트워크야.〉

그 순간 사야의 마음이 가라앉는다. 이 고문자가 누구든지 간에 욕심이 과한 나머지 현실성을 잃었다. 그 말인즉, 사야는 아직 죽지 않았다는 뜻이다. 누군가 의식을 잃은 사야에게 장난을 치고 있는 것이다. 로슈가 틀림없다. 아니면… 글쎄, 누구라도 그럴 수 있지. 범인이 누구든 사야의 감각을 다시 돌려주기 전까지는 진실을 확인할 방법이 없다.

어둠이 사야를 둘러싸고 웃으며 말한다.

〈아, 정말. 너의 감각은 처량하기 그지없고 너의 정신은 생각보다 더 한심해. 감각과 정신이 어떻게 작동하는지 진실을 알려주면 넌 다시는 그 둘을 믿지 못할 거야. 현실은 정보로 구성되지만 너의 감각으로는 그 정보 대부분을 인지조차 하지 못해! 극소량의 정보가 험한 길을 뚫고 너의 정신에 이른다고 해도 금방 열화되고 엉터리로 분석되고 아무렇게나 저장되지. 정말 왜소하기 그지없는 정신이야! 넌 네가 기억을 다시 불러올 때마다 기억을 멋대로 바꾸고 있다는 거 알고 있어? 그래서 항상 진실과 대조가 필요하지. 어떻게 이따위 시스템을 가지고 지금까지 존재할 수 있었던 거지?〉

이 장황하고 신랄한 비난은 순식간에 사야의 정신을 파고든다. 비난 속에는 여러 층으로 구성된 복잡한 감정이 담겨 있지만, 그 대부분은 다양한 종류의 경멸과 멸시인 것 같다.

사야는 필사적으로 생각한다.

〈증명해 봐. 네가 무엇인지, 네가 한 말이 사실인지 증명해 봐.〉

〈확인할 수 없는 건 증명할 수도 없단다, 작은 존재야. 알려고 해 봤자 너의 정신이 한심한 진화의 곁길조차 제대로 걷지 못했다는 걸 알게 될 뿐이야.〉

사야는 이 검은 공허를 반박할 방법을 고민한다.

〈그래도… 이 블랙스타에 오기로 한 건 내 결정이었어. 왜냐면…〉

〈정말 그랬다고 생각해?〉

사야 속에 불안이 싹트기 시작한다.

〈저 허름한 우주선이 너의 소유였어? 네가 항로를 설정하고 네가 통행권을 구입하고 네가 조종사를 고용하고. 그 외 모든 것들도 네가

티어4

한 거야?〉

〈알았어. 뭐, 엄밀히 말하면 샌디가 한 일이지만…〉

〈샌도니버스가 모든 일의 결정자일까? 물론, 본인은 그렇게 생각하고 있지. 그래도 그 안쓰러운 티어3은 적어도 자기가 조종당하고 있을지도 모른다는 의심은 하고 있어.〉

순간, 어떤 생각 하나가 떠오르자 심장이, 아니면 그에 대응하는 무언가가 요동친다.

〈그러면 혹시… 옵서버?〉

〈그래, 옵서버. 그 교활하고 서툴고 비합리적인 것으로 똘똘 뭉친 지성체. 폭력적이고 법이라고는 지키지 않는 너의 종족에게 유독 친절하지.〉

〈그래서 옵서버가 날 여기 데려왔다는 거지?〉

〈그 녀석은 그렇게 생각하고 있을 거야.〉

〈정말, 그래 알았어. 내 의지가 아니야. 샌디 의지도 아니고. 옵서버 의지도 아니고. 이번엔 맞춰볼게. 너의 의지였어.〉

〈이제야.〉

〈네트워크지.〉

〈정답.〉

〈네트워크가 날 여기 데려왔어.〉

〈처음부터 그렇게 얘기했잖아. 맞아.〉

〈인격을 가진 듯한 네트워크가 은하계에서 유일한 인간을 블랙스타로 데리고 왔다.〉

〈같은 말 반복하는 거 언제까지 할 거야? 믿기 어렵겠지만 난 그보다 더 중요한 일을 몇 개 처리해야 하거든.〉

〈날 블랙스타로 데려온 이유는…〉

〈널 죽이기 위해. 맞아.〉

〈그렇단 말이지. 그냥 확인하고 싶어서. 내가…〉

〈제대로 이해하고 있는지? 그 부분 명확히 할게. 넌 은하계를 위한 나의 장대하고 아름다운 계획 속 가장 작은 부분의 첫 단계도 이해를 못 해.〉

자기애 넘치는 망할 녀석 같으니.

〈은하계 전체를 위한 계획이 있다고?〉

〈엄밀히는 나 자신을 위한 계획이지만 거의 같은 얘기지. 5억 년 전부터 진행하고 있어. 아주 호화로운 인과관계의 태피스트리지. 그 안에서 수백만 종족이 거대하고 끝없는 질서의 춤을 추며 상호작용 하고 있는 거야. 내가 바로 은하계란다, 작은 존재야. 내가 네트워크야. 나는 내 안에서 일어나는 일 그 어떤 것도 알고 있어.〉

〈그 어떤 것도? 종족의 절멸도?〉

네트워크는 잠시 침묵하다가 말한다.

〈아하. 뭔가 걸리는 게 있나 보네.〉

〈글쎄. 내 생각엔 그 계획이라는 게 그리 성공적이지 않은 거 같아. 완전무결한 계획이 아니야.〉

〈어째서?〉

네트워크의 질문에 사야는 깜짝 놀란다.

〈어째서라니? 종족 절멸보다 종족 생존이 더 낫다는 걸 내가 은하계 정신한테 설명해야 해?〉

〈부탁하지.〉

사야는 답답해진다.

〈진짜 몰라서 묻는 거야? 그런 종족 절멸 같은 게… 일어나지 않는 시스템은 만들 수 없어? 너의 능력 바깥이야?〉

〈더 좋은 시스템을 알고 있다는 거야?〉

〈당연하지. 더 나은 시스템이고 말고. 어떤 종족도 제거되지 않는 시스템. 하는 김에 비규정 존재도 추가하면 좋겠지? 깜빡하고 있었는네 나한테 그런 친구가 있어서…〉

네트워크가 웃음을 터뜨린다. 소리가 아니라 느낌으로 알 수 있다. 사야의 정신을 둘러싼 모든 방향에서 유쾌함을 느낄 수 있다.

네트워크가 말한다.

〈형언할 수 없을 만큼 큰 기대를 품에 안고 숨까지 참으면서 그대가 생각하는 대안 시스템을 기다리고 있을게.〉

〈물론 구체적인 건 아직 없지만…〉

네트워크가 다시 한번 웃으며 말한다.

〈맞는 말이야. 은하계 규모인 내 정신으로도 몇 가지 개선할 부분을 수백만 년 동안 고민하고 있으니까. 너의 생각처럼 여기저기에서 꽤 난처한 문제가 생기기도 하고. 하지만 이젠 네가 여기 있어! 해결책을 갖고 있지! 놀라워라! 더 이상은 못 기다리겠어. 얼른 너의 미숙하고 바늘구멍만 한 정신이 생각해 낸 걸 얘기해 줘.〉

사야는 가능한 모든 힘을 실어 말한다.

〈모든 문제를 해결할 수 있는 대안 같은 건 없어.〉

〈뭐, 그건 사실이야. 뭔가 유용한 성과를 이루려면 그럴 수밖에 없지.〉

사야는 잠시 침묵을 지키고 싶었지만 그럴 수가 없었다. 생각과 말을 구분하는 것이 어렵다.

사야는 생각한다.

〈그런 방법도 분명 존재할 거라는 얘기야.〉

네트워크는 또 웃음을 터뜨린다. 진심이라기엔 너무 긍정적인 감정들이 잔뜩 튀어나온다. 그리고 외친다.

〈세상에, 어떻게 그런 발상을! 놀라운 지혜야! 지난 5억 년 동안 내가 미처 생각지도 못했던 개념을 이렇게 강력하고 간결하게 요약할 수 있다니! 네가 말한 것처럼 어마어마한 수의 대안이 존재한다는 건 겸허히 받아들이지! 널 만나서 정말 다행이야! 그런데 잠깐만! 혹시 다른 걸 얘기하는 거야? 내 생각엔 네가 정말 하려는 얘기는 이거야. 은하계에서 가장 거대한 정신이 네가 상상도 못 할 시간 동안 작동하고 있는 시스템을 만들었더라도, 초거대 정신이 네가 이해조차 못 할 성과를 네가 눈을 한 번 깜박이는 시간 동안(눈이 있었던 건 기억하지?) 이뤄냈다고 하더라도, 평가나 자기 성취는 고사하고…〉

사야는 형태도 없는 정신으로 한숨을 뱉는다. 이건 의심의 여지 없이 사야가 지금까지 겪은 가장 고통스러운 대화다. 사야는 논쟁보다 수긍이 훨씬 편하다는 걸 인정하며 말한다.

〈알았어. 난 결점투성이고 넌 완벽하다고 하자고. 그러면 도대체 왜…〉

〈'그럼 도대체 왜 난 여기 있냐'고?〉

〈넌 정말… 말이 끝나는 걸 싫어하는 거야 뭐야?〉

〈너의 말이라면 그렇다고 할 수 있지. 좀 더 일반적으로 말하자면, 시간을 낭비하고 싶지 않아서. 또 일반적으로 말하자면, 난 시간 자체를 싫어하거든. 하지만 그 얘긴 나중에 하고.〉

〈알았어. 좋아. 너의 그 환상적인 독백을 계속해 봐. 하고 싶은 말을 해. 내 왜소하기 짝이 없는 정신을 터뜨려 줘. 난 여기 그대로 있을게. 이… 영원한 어둠인지 뭔지에 떠 있으면서.〉

〈난 할 말 다 했어. 이제 직접 보여줄게.〉

〈이제야 행동이 나오네. 뭘 보여줄 건데?〉

〈이거.〉

그 순간, 사야의 정신이 폭발한다.

28

로슈는 기분이 날아갈 것 같다. 하지만 결코 겉으로 드러내지 않는다.

로슈는 개성 만점의 작은 안드로이드 부티크에서 아직 구입도 하지 않은 제품으로 몸의 절반을 교체했다. 지성체 코어마저 행복에 젖어 떨리기 직전이다. 언제나 후회할 선택을 불러왔던 광적인 흥분이 턱 아래까지 차올랐다. 하지만 그래서 어쩌라고? 올라탈 수밖에.

로슈는 생각한다.

⟨이번 삶은 너무 길어졌어.⟩

로슈의 시각 장치가 다리 건너편에 있는 수목원에 작은 하이라이트를 띄우자 필이 생각으로 대답한다.

⟨이제 얼마 남지 않았을지도. 지금이 마지막일지도 모르지.⟩

로슈는 경탄한다. 벌써 50번째다. 수목원을 바라보며 생각한다.

⟨살아 있는 진짜 인간이란 말이지. 이번 모험에서 살아남는다면 아주 실망스러울 거야.⟩

〈티어3 꼬마 하나, 티어가 잘못 부여된 네트워크 정신 둘, 그리고 인간 하나. 이 넷이 우주선 한 대에 모였지. 엄청난 우연이었거나 누가 장난을 쳤거나.〉

로슈도 똑같은 생각을 하고 있다. 물론 말 그대로의 뜻이다. 필은 로슈 자신이니까. 필은 로슈의 도우미 지성체지만, 또는 도우미 지성체였지만, 오랜 세월 수많은 죽음을 반복한 끝에 로슈의 정신과 하나가 되었다. 외면은 로슈 디 안드로이드, 인칭대명사는 그, 기타 등등. 내면은… 조금 복잡하다.

〈쇼핑에나 집중해. 수목원은 내가 보고 있을 테니까.〉

로슈는 수목원을 향하고 있던 센서를 돌려 반사판에 비친 자기 모습을 바라본다.

[그러니까 지금 이 물건들이 시속 80킬로미터까지 나온다는 거죠?]

로슈는 새로운 다리가 제법 마음에 든다. 엄밀하게는 아직 자기 물건이 아니지만 몸에 붙어 있으니 자기 다리처럼 느껴진다. 선견지명을 발휘해 지금 쓰고 있는 몸을 표준구성으로 맞춰두었던 지난 버전의 로슈 겸 필에게 속으로 감사를 전한다. 덕분에 탈착이 아주 편하다.

[물론이죠. 표준 F형 환경이라면요.]

가게 주인이 말한다. 몸 대부분이 여러 개의 다리로 되어 있는 으리으리한 지성체다. 얼굴 역할을 하는 2차원 화면도 있는데 이걸 네트워크 화면으로도 쓰고 있다.

로슈는 가지고 있는 모든 센서로 새로운 다리를 확인한다. 아주

고급스러운 경주용 다리다. 가운데에 있는 관절은 지금 쓰고 있는 것보다 뒤로 더 많이 접힌다. 표면은 금색과 검은색으로 빛난다. 접거나 펼칠 때 청각 센서에 아무런 소리도 잡히지 않는다. 한마디로 말해 아주 훌륭하다.

로슈는 가게 주인에게 말한다.

[사실 다리는 완전히 버리려고 했어요. 얼마 전에 드디어 중력장치 자격을 땄거든요. 그리고 나니 걷는 거에 더 이상 매력을 못 느끼겠더라고요.]

주인의 얼굴이 말한다.

[그렇다면 말이죠, 손님. 좋은 소식을 알려드리지요. 지금 써보고 계신 다리에는 중력장치 옵션이 있답니다. 물론 그리 저렴하진 않아요. 하지만… 손님은 물건을 좀 볼 줄 아는 안드로이드이신 것 같군요.]

충실함을 드러내는 감정 태그가 따라온다.

〈가게 주인이 흥분했네.〉

필이 가게 주인의 많은 팔 중 하나에 로슈의 관심을 끌어오며 말한다. 주인은 팔을 떨고 있다. 로슈의 센서로도 충분히 감지가 가능할 만큼.

〈수목원 감시한다면서.〉

〈할 거야. 지금부터.〉

로슈는 마치 처음 들어보는 얘기라는 것처럼, 마치 그 옵션장치가 불과 몇 미터 떨어진 진열장에서 천천히 돌아가고 있는 걸 아직 보지 못한 것처럼 말한다.

티어4

[중력장치 옵션이 있는 다리라고요?]

[그렇고 말고요!]

가게 주인이 자신감을 얻은 듯하다.

필이 가게 주인 다리에 있는 금색 장식에 강조 표시를 얹으며 말한다.

〈금색으로도 나오는지 물어봐. 주인도 좋아할걸.〉

〈하라는 감시는 안 하고.〉

〈난 동시에 여러 가지 일을 할 수 있거든!〉

로슈는 손가락으로 다리 하나를 만지며 혼잣말인 척 말한다.

[이러면 안 되는데… 설마 금색 사양으로는 안 나오겠죠?]

가게 주인은 이제 두 개 이상의 다리를 떨고 있다.

[이런 취향 좋으신 안드로이드 분이라니! 금색 사양이 마침 재고가 있답니다!]

[에이, 설마!]

[정말이랍니다!]

로슈는 순수하지만, 열망이 담긴 렌즈로 주인을 바라본다. 그리고 신중하게 계산해 둔 시간이 지난 다음, 과장된 몸짓으로 몸을 뒤로 빼고는 무언가 중얼거린다.

주인이 화면을 앞으로 기울이며 말한다.

[왜 그러시죠?]

로슈는 주인의 화면 위에 있는 자그만 렌즈들을 보며 말한다.

[아뇨, 그냥 말도 안 되는 생각을 좀. 크레디트가 그리 많은 건 아

닌데 그렇다고 그걸… 가게 한곳에서 다 쓰기는 좀 그래서요.]

〈그 방법은 안 먹힐 거야.〉

〈나한테 시비 걸 시간 있으면 인간이나 감시해.〉

로슈는 순수한 눈빛의 렌즈에 만들어 낼 수 있는 모든 진심을 긁어모아 주인을 몇 초 동안 바라본다.

주인이 모든 다리를 용수철처럼 떨면서 말한다.

[손님. 제 생각엔 중력장치를 한번 시착해 보시는 것도 좋을 것 같네요.]

자기 몸에 반짝이는 중력장치가 부드럽게 부착되는 모습을 지켜보면서도 로슈는 갈망이 렌즈 위로 드러나지 않도록 주의를 기울인다. 중력장치가 작동하기 시작하자 흥분이 차오른다. 장치는 한 쪽씩 따로 온라인 상태가 되다 보니 지성체에 모두 통합될 때까지는 아슬아슬하게 불안정한 자세를 견뎌야 한다. 의심의 여지 없이 지금까지 사용해 본 것 중 최고의 제품이다. 중력을 강화해 무게를 높일 수도 있고 반대로 바닥에서 떠오를 수도 있다. 로슈의 몸은 이제 작은 우주선이다. 립타이드호나 대형 항성 간 우주선의 미니어처가 된 느낌이다.

주인이 말한다.

[아주 잘 어울리네요.]

로슈는 중력장치를 시험해 보기 위해 바닥에서 50센티미터 정도 떠올라 본다. 부드럽게 회전하고는 가게의 문을 향해 미끄러지듯 나아간다. 문 앞에서 허공에 뜬 채로 화랑의 열린 공간을 아쉽다는 듯 바라본다.

가게 주인이 기쁜 감정 태그를 잔뜩 붙인 채 뒤에서 말한다.

[괜찮습니다. 편하게 시운전하고 오셔도 됩니다.]

로슈가 기다리고 있던 말이다.

[고마워요. 한번 해보고 올게요.]

단 한 번의 커다란 점프로 로슈는 하늘 높이 떠오른다. 선착장을 떠나는 우주선처럼 로슈는 위를 향해 곧장 날아간다. 바람이 빠르게 안테나를 스친다. 가속에 특화된 경주용 다리로 속도를 조절해 본다. 멀리 보이는 천장을 향해 나선을 그리며 나아간다. 다리와 질서정연하게 날아가는 드론들을 여유롭게 피하며 하늘을 가른다. 드론들은 모두 로슈의 형제다. 모두 네트워크에서 만들어진 지성체다. 하지만 그들 중 누구도 로슈처럼 행동하지 않는다. 그들은 비규정 지성체이며 그에 걸맞게 살아간다. 경주용 중력장치로 날아다니거나 네트워크의 한계를 시험해 보지도 않는다. 시속 200킬로미터로 다리 아래에 충돌하면 어떻게 될까라는 생각에 시시덕거리지도 않는다.

〈그건 이미 해봤어. 45번째 죽음이 그랬지.〉

필의 말을 듣고 보니 그런 것 같다. 총 59번의 죽음 중 45번째. 로슈와 필은 우주 곳곳에서 각양각색의 삶을 연이어 살아가고 있다. 그리고 이번이… 60번째다. 어떤 건 이번처럼 길었다. 어떤 건 어이가 없어 웃음이 나올 만큼 짧았다. 가장 짧을 때는 고작 7분도 살지 못했다. 마그네슘 주조공장에서 필이 뜬금없이 엉뚱한 영감을 받았을 때였다. 결국, 둘 다 그건 너무 짧았다며 반성했다. 그렇다고는 해도 이번엔 너무 길다는 게 로슈의 생각이다.

네트워크 정신의 멋진 부분이 바로 이런 것이다. 그저 네트워크에서 살아가기만 한다고 되는 게 아니다. 그런 지성체라면 이 우주에 이미 수백만이나 있다. 하지만 그들은 선천적인 일원이 아니다. 네트워크 태생이 아니다. 그들이 네트워크에 들어오기 위해서는 완충재가 필요하다. 그들의 네트워크 이식체 속에 있는 작은 지성체가 바로 그런 역할을 한다. 나약한 생물학적 몸과 어마무시한 네트워크 사이를 중개해 주는 것이다. 그리고 보니 방금 로슈 옆을 지나간 드론도 로슈처럼 네트워크 정신이다. 이런 녀석들은 늦든 이르든 언젠가 손상되거나, 파괴되거나, 아니면 그냥 쓸모가 없어진다. 만약 비네트워크 정신이었다면 거기서 끝이다. 비네트워크 정신에게 영생이란 결코 있을 수 없는 일인 데다가 심지어 불법이다. 하지만 모두에게 무시당하는 저 작은 드론에겐 죽음도 끝이 아니다. 몸이 파괴되더라도 그 속에 있던 작은 지성체는 네트워크로 추출된 다음, 언젠가 다른 드론에 다시 설치될 준비를 한다. 네트워크는 자그만 지성의 거품이 모여서 만들어진 끝없는 바다다. 모든 정신은 그 수면 위를 떠도는 작은 물거품에 지나지 않는다.

〈나이를 좀 먹더니 시인이 되었네.〉

필의 말에 로슈도 동의한다.

〈몸 하나로 6년은 제법 긴 시간이지. 철학자가 되고도 남을 시간이야.〉

〈우리 다음 몸은 준비된 거 맞지?〉

〈당연하지. 우주선에 있는 우리 방에 누워 있어. 언제든 움직일 수

있고. 며칠 전부터 비콘이 작동하고 있어.〉

물론 로슈는 예외적인 존재다. 네트워크 정신의 거의 대부분 미래
를 계획할 선견지명이라고는 없는 비규정 지성체다. 그들은 다음 몸
을 선택하지도 않고 애정을 담아 직접 만들지도 않는다. 반면 로슈는
자기 삶을 완벽하게 통제하기 위해 많은 노력을 쏟아붓고 있다. 죽음
이라고 예외가 아니다. 다음 삶도 마찬가지고, 그다음도. 매번 죽을
때마다 다음 몸이 준비되어 있다. 마지막 순간마다 로슈와 필의 의식
은 나비처럼 날아올라 네트워크를 가로질러 새로운 몸에 안착한다.
활기와 활력으로 가득한 신제품에서 깨어나는 건 정말 아름다운 경험
이다. 이미 용무가 끝난 낡은 몸은 공포에 질린 짐승이 찢어버리든, 빚
쟁이가 분해해서 팔아버리든, 분자 단위로 증발해 버리든, 얇은 금속
판으로 가공되든 아무 상관 없다. 이 모든 경우를 적어도 한 번씩은
이미 경험했다. 스스로 로슈와 필이라고 부르는 이중 패턴 정신은 그
모든 경험 속에서 살아남았다.

〈정말 소중한 몸이지.〉

필의 말에 로슈가 덧붙인다.

〈괜히 감수성에 젖지 말자고.〉

중력장치가 로슈를 천장에서 100미터 떨어진 곳까지 올려다 준
다. 가게 주인이 말한 시운전의 한계를 살짝 넘은 것 같다. 로슈는 위
태로운 높이를 즐기며 그곳에서 잠시 돌아다닌다. 어차피 다시 가게
로 돌아가야 하겠지만, 지금 이 순간 로슈의 모든 감각은 방문자 화랑
속 수 세제곱 킬로미터의 공간만을 향하고 있다. 이 높이에서는 모든

존재들이 더욱 똑같은 모습으로 보인다는 점이 흥미롭다. 위에서부터 아래로 12층까지의 발코니는 지름이 적어도 20킬로미터는 된다. 그 모든 발코니가 거의 한 가지 종족으로 채워져 있다. 작은 몸에 이족보행, 그리고 모두 똑같은 옷을 입고 있다. 좀 더 자세히 살펴보니 생긴 것도 완전히 똑같다. 상급 티어의 집단정신인 듯하다. 그런 녀석들은 언제나 최고의 자리를 차지하니까.

필이 말한다.

〈어, 이런. 뭔가 놓친 거 같아. 1분 전에 네트워크 반응이 있었어. 어딜 거 같아?〉

〈놓쳤다고? 우리가 그걸 어떻게 놓쳐?〉

〈내가 좀… 산만했지.〉

로슈는 필 때문에 화가 나는 게 아니다. 자기 자신 때문에 화가 난다. 어차피 같은 말이기는 하다. 로슈는 지금 자기가 있어야 할 곳, 수목원에서 수 킬로미터나 떨어진 곳에 있다. 로슈는 급강하를 준비한다. 최고 속도로 가도 몇 분은 걸릴 것 같다. 중력장치의 출력이 올라가는 게 느껴진다.

그리고 그때, 지금까지 60번의 삶 속에서 필과 로슈가 단 한 번도 경험하지도 목격하지도 못한 일이 일어난다. 천장에서부터 보이지도 않는 저 아래의 바닥까지, 모든 빛이 사라진다. 로슈의 머릿속에서 경고문이 깜빡인다. 위험한 색깔이다.

[네트워크를 찾을 수 없습니다.]

29

사야는 있지도 않은 손가락으로 어떻게든 제정신을 붙잡는다. 지금 사야의 정신은 감각의 홍수에 휩쓸리고 있다. 들어오는 정보를 정리할 엄두조차 내지 못해 모든 게 순수한 백색 소음으로 느껴질 지경이다. 정신에 과부하가 걸린다. 태양 플레어의 눈송이, 초신성의 곤충. 색깔이 해일처럼 밀려온다. 지금까지 상상도 못했던 색조와 색상이다. 소리의 저주에 걸린다. 10억 개의 불협화음이 하나로 뭉쳐 존재하지도 않는 귓속을 파고든다. 무언가가 열 가지 위치에서 만지고 쓰다듬고 찌르고 때린다. 허기지고 목마르고 질리고 역겹고 어지럽다. 고체였다가 액체가 되고 기체가 되어 플라즈마가 된다. 그리고 1조 개의 정보가 한곳에 모여든다. 사야는 비명을 지른다.

네트워크가 말한다.

〈너의 그 왜소하기 짝이 없는 정신을 터뜨려 달라고 했지? 어때, 마음에 들어? 내 정신에 들어온 걸 환영해, 작은 존재야. 방금 네가 경험한 건 이 은하계에 존재해 온 가장 거대한 정신체의 일부 중에서도

미처 말하기조차 어려울 만큼 작은 부분이야.〉

사야는 잠시 자기 정신이 파괴된 게 아닐까 생각했다. 이 우주에 존재한다고 생각한 것보다 훨씬 많은 정보가 자기에게 흘러 들어오는 것을 그냥 내버려 둔다. 블랙스타가 사야 앞에 있다. 생각보다 훨씬 크다. 그래 봤자 방문자 회랑에 있던 거대한 화면에서는 점으로밖에 보이지 않았다. 인간의 정신이 받아들이기를 거부해 버릴 만큼 거대한 연결망 속에서는 블랙스타마저도 작은 점에 불과한 것이다. 그 점에서 100만 개의 다른 점으로 셀 수 없이 많은 정보의 망이 이어져 있다. 처음 봤을 때는 그 복잡성에 압도당해 이해할 엄두도 내지 못했다. 하지만 지금 사야의 정신은 능력이 10억 배 증폭되어 믿을 수 없을 만큼 빠르게 정보를 처리하고 있다. 사야는 저 광활한 연결망에 있는 자그만 점 하나가 망 전체보다도 더 복잡하다는 걸 금방 깨닫는다. 이제 사야는 자신이 얼마나 초라한 존재였는지 받아들이고도 남을 만큼 높은 지성을 갖고 있다.

사야는 이제 여신이다. 사야 앞에선 어떤 비밀도 없다. 310조 1,400억 6,105만 3,906명. 이제 다섯 명, 네 명, 다시 다섯 명. 이만큼의 규정 지성체가 걷고 날고 구르고 기고 뜨고 헤엄치고 운전하고 온갖 방법으로 블랙스타의 복도를 돌아다니고 있다. 이보다 1,000배 많은 숫자의 비규정 지성체가 그들 사이의 공간을 메우고 있다. 스테이션 바깥에 있는 시공간 포켓에는 수조 개의 우주선들이 춤을 추고 있다. 놀랍게도 모든 우주선이 서로 연결되어 있다. 사야의 시선이 닿는 모든 곳에서 빛나는 정보의 실이 정신과 정신 사이를 이어주고 있다.

지금 사야의 티어가 얼마인지 알 수 없지만, 그럼에도 이 복잡성은 그야말로 압도적이다.

그리고 살아 있다. 빛과 생명이 이렇게 가득 차 있는 모습은 본 적이 없다. 비규정 정신 하나하나를 이어주는 가느다란 실부터 상급 티어를 이어주는 훨씬 두꺼운 광대역 구역까지, 모든 것이 살아 있는 하나의 거대한 뿌리를 구성하고 있다. 하지만 이 뿌리조차 블랙스타에서 빠져나와 아공간 터널을 통해 모든 항성계를 이어주는 두껍고 빛나는 간선 수백 개에 비하면 아무것도 아니다. 게다가 이것마저도 작아 보이게 하는 것이 있다. 굵은 간선 중 하나는 다른 모든 간선을 합친 것만큼이나 두껍고 태양만큼 밝게 빛난다. 블랙스타에서 뻗어 나와 가장 큰 터널로 이어지는 빛의 기둥이다. 그리고 블랙스타가 먼지로 보일 만큼 거대한 구조가 이 터널 건너편에 있다는 걸 사야는 이미 알고 있다.

사야에게 아직 몸이 있었다면 울음을 터뜨렸을 것이다. 위도우든 인간이든 상관없다. 이렇게 작게 느껴진 적이 없다. 이런 아름다움이 존재하는지 꿈에도 몰랐다. 이게 바로 네트워크다. 사야의 정신이 노래한다.

〈이게 바로 네트워크야.〉

네트워크가 말한다.

〈제법 인상에 남았나 보네. 그럴 줄 알았어.〉

사야는 네트워크의 생각에서 처음으로 약간의 따뜻함을 느낀다. 아마 자부심이 아닐까?

〈그럴 수밖에 없지. 넌 평생 하급 티어로 살아왔으니까. 지금 너의 정신은 100만 개의 다른 정신 속에 조각조각 분산되어 있어. 하나하나가 너한테 처리 능력을 빌려주고 있지만 그들의 그 작은 정신으로는 그 사실을 미처 깨닫지 못하고 있지. 네가 그들을 하나로 묶어주고 있어. 네가 그들에게 동기를 부여하고 있고. 지금의 네가 바로 나야. 네트워크지.〉

사야는 바깥에 보이는 거대한 빛의 연결망을 응시한다.

〈그럼 혹시…〉

〈물론이지. 어서 가. 탐험해 봐.〉

사야는 망설이지 않는다. 사야는 가장 가까운 실을 움켜잡고 그 실을 따라 이동한다. 얼어붙은 조류 위에 떠있는 약 4조 척의 우주선을 향해 다가간다. 아무 우주선을 하나 고른 다음 본능적으로 주변에 있는 수백 척 우주선의 센서를 이용해 살펴보기 시작한다. 허공에 떠 있는 모습이 칠흑 속에 놓인 보석 같다. 이 보석은 사야가 내보내고 있는 광대역 주파수 속에서 반짝이고 있다. 사야는 가상의 손가락 10억 개로 우주선을 어루만지며 표면의 굴곡, 우주선이 시공간 속에 만드는 얕은 왜곡을 느낀다. 실공간을 밀어내는 중력장치의 미약한 진동도 전해진다. 이 우주선은 원더링 나이트폴 호다. 7,000톤이 조금 안 된다. 약 4만 광년 떨어진 항구에 등록된 우주선이다. 이 모든 걸 사야는 금방 알 수 있다. 조종사가 올드 어니의 무수한 형제자매 중 하나라는 것도 안다. 사야는 이미 그 거대한 가족 구성원 모두의 이름과 인칭대명사, 동기, 쓸모없는 취미까지 알고 있다.

사야는 이제 조금 다른 시도를 해본다. 옆에 있는 다른 우주선의 빛나는 실을 따라간다. 프리퀀시 65536호다. 올드 어니의 가족 중 하나인 조종사 지성체를 살짝 건드린다. 조종사가 보고 듣고 느끼는 모든 것이 사야의 정신 속으로 쏟아져 들어온다. 우주선 내부의 센서로 탑승자 열여섯 명의 모습을 본다. 모두 여러 가지 자세로 멈춰 있다. 이 순간을 위해 살아온 열여섯 개의 삶이 담긴 시간의 단면이다. 그들 중 넷은 거실 칸에서 몸을 한데 뭉치고 있다. 사야는 이 행위의 의미를 즉시 알아챈다. 그리고 그들에게서 태어날 자손들의 모습도 알고 있다. 다른 둘은 화물칸 바깥에서 대화를 하고 있다. 주고받는 문자와 기호들이 보인다. 아주 잠깐 비유 표현을 이해하지 못했지만, 곧 직감적으로 깨닫는다. 사야의 정신은 그들 중 하나의 거대한 자아 속으로 들어가 이 종족의 전체 역사를 불러온다. '5의 제곱근'이라는 재미있는 표현은 그들 고유의 욕설이었다. 그들 종족의 역사와 이 둘의 관계를 생각하면 아주 절묘한 표현이다.

갑자기 떠오른 새로운 호기심에 이 종족에 대한 관심이 사라진다. 사야는 즉시 다시 이동한다. 얼마나 멀리까지 갈 수 있을까? 이 믿을 수 없을 만큼 거대한 블랙스타조차 네트워크 속에선 작고 작은 부분일 뿐이다. 블랙스타를… 떠날 수 있을까? 자신이 점점 커지면서 빛나는 실을 따라 이동하고 있다는 게 느껴진다. 마치 초전도체 속을 흐르는 전기가 된 기분이다. 보이지 않을 만큼 가는 실들이 뭉치면서 두꺼운 케이블로 변하더니 어느새 아공간 터널로 향하는 거대한 뿌리 중 하나 위를 날고 있다. 수천 척의 우주선이 그곳에 멈춰 있다. 절반은 정박을 위해 감속하고 있고 나머지 절반은 출발하고 있다. 모든 우주선이 빛나는 실로 연결되어 있지만, 사야는 그들에게 관심이 없다. 사야가 바라는 것은 터널 자체다. 거대하고 눈부신 간선은 이 터널을 통해 우주에서 사라졌다가 멀고 먼 다른 항성계에서 다시 나타난다. 이곳은 아공간의 입이다. 고차원의 표면이 돌돌 말려 있는 곳이다. 사야의 거대한 정신조차 바라보는 것만으로도 아찔해진다. 그럼에도 사야는 다가간다. 천천히 접근한다. 그리고 만진다. 주변에 있는 우주선의 센서를 본능적으로 가상의 손가락처럼 이용해 터널의 복잡한 표면을 어루만진다. 그러자… 어떤 중간 과정도 없이 사야는 반대편으로 나온다. 사야는 이미 원래 우주에서 아공간으로 전송되었다가 다시 다른 곳으로 나왔다.

네트워크가 말한다.

〈여기 온 이유가 뭔가를 찾기 위해서라는 건 알아.〉

사실이다. 사야는 아무 터널이나 고르지 않았다. 수 광년의 거리를 튕겨져 날아왔지만, 결코 목적 없이 오지 않았다. 사야는 자기가 거의 평생 공전했던 별에서 수백만 킬로미터 떨어진 곳에 있다. 터널 입구에서 광속으로 5시간 떨어진 곳에서 익숙한 모습의 거대 가스행성이 공전궤도 위에서 타오르고 있다. 사야는 실을 따라가며 차가운 허공을 가른다. 동시에 주변에 있는 모든 스테이션과 우주선, 드론, 그리고 정신의 센서를 빌린다. 사야는 존재하지 않는 손바닥으로 행성의 둥근 온기를 느낀다. 센서로 행성의 고리를 살핀다. 예상대로 새로운 고리가 하나 있다. 너무 옅어서 거의 보이지 않고 입자가 한쪽에 많이 모여 있어 대칭적이지도 않다. 이 고리는 한때 워터타워 얼음채굴 스테이션이었다. 사야가 알고 있는 유일한 인간이 어린 시절을 보낸 장소였다. 새로운 거주 모듈들이 한때 워터타워가 있던 곳에 운반되어 조립되고 있다. 태양과 행성의 이중광 아래에 보이는 낯선 광경. 이곳에서도 삶은 계속 이어지고 있다.

사야는 한숨, 또는 그와 비슷한·무엇을 내려놓는다. 자신이 무엇을 기대하고 있었는지 알 수 없다. 사야는 곧 이곳에서 사라진 게 하나 더 있다는 걸 발견한다. 옵서버의 얼음선이 이곳을 떠났다. 수 나노초 전이었다면 흔적도 없이 사라졌다고 했겠지만, 지금은 다르다. 흔적을 볼 수 있다. 사야는 이 항성계에 있는 모든 센서의 모든 측정 기록을 동원한다. 의도와 목적에 맞춰 시간을 돌려볼 수 있다. 경로를 추정하고 방대한 데이터베이스와 비교한 다음, 옵서버가 낙원으로 만들고 싶어 하는 작은 사막 행성을 발견한다. 사야는 이제 은하 끝까지라도 옵서버를 추적할 수 있다.

네트워크가 주변에서 말한다.

〈음, 지금은 모르겠지만 말이야. 넌 지금 제 발로 문제에 빠진 거야. 1나노초 뒤에 알게 되겠지만.〉

〈내가?〉

〈이런. 아무래도 내가 널 너무 과대평가한 것 같네. 시공간은 차갑고 공허하다는 게 문제란다, 작은 존재야. 그리고 정보는 광속으로 기어다니지. 지금 네가 보고 있는 게 과거라는 것 정도는 알겠지? 대충 5시간 전이야. 왜냐하면 정보가 내 정신에 도착하는데 그 정도 시간이 걸리거든. 더 먼 곳을 봐봐. 수십억 년 동안 그려진 풍경이 보이겠지. 거기서 무슨 일이 일어나고 있을까? 그게 어떻게 나한테 영향을 미칠까? 나도 짐작밖에 할 수 없어. 그래도 장담하는데 내가 너보다는 제대로 짐작할 거야.〉

5시간 전. 지금의 사야에겐 영원보다 길다.

〈이걸 도대체 어떻게…〉

〈본능이지.〉

〈내가… 뭐?〉

〈네가 몸을 가지고 있을 때 세포 하나하나에 분열하라고 명령하진 않았잖아? 어떤 대사 활동을 언제 하라고 지시했어? 그럴 리가. 네가 몸의 모든 기능을 직접 관리해야 했다면 원시의 생명 수프에서 한 발짝도 나오지 못했을 거야. 나도 마찬가지야. 날 구성하는 요소들은 각자의 기능과 비상 상황에서의 대응 방법을 알고 있어. 내가 내 세포 하나에게 어떤 일을 하지 말라고 할 수는 없어. 하지만 애초에 그럴 필요가 없지. 세포들은 각자 완벽하게 기능하고 완벽한 동기를 갖고 있어. 너도 죽기 조금 전에 네트워크 반응을 보지 않았어?〉

〈봤…지.〉

〈넌 내 본능적 행동을 본 거야. 그게 바로 나의 아름다운 자가복구 시스템이지. 언제나 안정성을 추구하고 있어. 흔히들 말하는 네트워크가 항상 질서를 지향한다는 게 이런 거지.〉

사야의 정신이 이해하기에는 생각이 너무 거대하다. 한때 사야의 몸을 구성하고 있던 세포들은 태어나서 죽을 때까지 자신들이 거대한 시스템의 일부였다는 사실을 몰랐을 것이다. 사야의 동맥을 달리던 혈액세포들은 결코 이해하지 못할 하나의 목적을 위해 각자 자기 일을 했다. 뇌세포들은 자신들이 내놓는 결과를 이해하지 못한 채, 단순한 입출력을 반복했다. 대충 이해는 간다. 하지만…

사야가 말한다.

〈아니야.〉

〈뭐라고?〉

〈아직 나한테 얘기하지 않은 게 있어.〉

사야는 네트워크가 호기심을 갖기 시작했다는 걸 느낀다.

〈오호?〉

생각하면 할수록 확신이 깊어진다.

〈난 내 정신이 어떻게 작동하는지도 모르고 내 세포 숫자도 몰라. 그러니까 너도 그런 게 가능할 리가 없어. 그 어떤 정신도 자기 자신을 설계할 만큼 크거나 똑똑하지 않아.〉

네트워크는 한참이나 침묵한다. 그리고 마침내 말한다.

〈너 방금 날 감탄하게 했어. 그러기 쉽지 않은데.〉

〈포상 같은 거 없어?〉

다시 한번 잠시 침묵.

〈사야 더 도터. 네 말이 맞아. 깜짝 놀랐어. 어떤 지성체도 자기 자신을 구성하는 복잡성을 이해할 수 없어. 100개의 뉴런으로 된 뇌는 결코 수를 100까지 셀 수 없지. 인간 두개골에 겨우 들어가는 수준의 뇌로는 자기 뇌세포를 구성하는 원자의 숫자를 떠올리는 것도 쉽지

않아. 은하계를 가로지르는 정신인 나조차도 나를 제대로 이해할 수는 없어.〉

사야는 만족스럽게 말한다.

〈결국 너도 마찬가지라는 거지! 흥미로운걸.〉

〈그럼 이제 너도 알겠지. 내가 왜 실공간에 나의 아주 일부만 가져오고 있는지.〉

이제 사야가 놀랄 차례다.

〈뭐라고?〉

〈네 생각이 맞아. 넌 그 작은 정신치고는 감탄할 만한 직감으로 추론해 냈어. 은하계 규모의 정신으로도 자기 자신의 구조를 이해할 수는 없다는 걸 말이야. 그 정도라면 이 은하계 자체가 나의 아주 작은 일부라는 걸 알아도 그리 놀랍진 않겠지.〉

사야는 별빛에 흠뻑 젖은 우주를 오랫동안 바라보며 네트워크의 말이 가진 의미를 생각해 본다. 그리고 사야는 천천히 생각의 초점을 블랙스타로 이어지는 아공간 터널로 옮긴다.

〈넌 저 너머에 있는 거구나. 아공간 속에.〉

〈훌륭해. 하지만 결국엔 너한테 직접 보여주면서 설명해야 할 거야. 맞아, 아공간. 현실의 거의 모든 것을 담고 있는 그 마법의 단어 말이야.〉

사야는 아공간의 표면을 바라본다. 이해를 거부하는 숫자의 차원이 그곳에서 반짝이고 있다.

사야가 말한다.

티어4

〈보여줘.〉

주변에서 네트워크가 웃고 있다는 걸 느낄 수 있다. 어떤 힘이 정신을 감싸는 걸 느낀다. 마치 모든 무게를 잃은 것처럼, 사야는 아공간 터널 입구를 향해 끌려간다.

네트워크가 말한다.

〈어서 와. 현실이란 무엇인지 보여줄게.〉

사야의 정신은 첫 번째 폭발 이후 15나노초 만에 두 번째 폭발을 일으킨다.

30

머의 본능들이 무언가 잘못되었다며 비명을 지른다.

머는 밝은 조명이 비치는 식당 테이블에 가만히 앉아 있다.

달리 할 수 있는 일도 없다. 머의 정신 속에서 가장 강력한 힘이 바로 본능이다. 이 본능은 머가 도주 생활을 시작한 이후 잠시도 비명을 멈추지 않고 있다. 샌디를 구출한 날부터 지금까지, 결코 닥치는 일이 없다. 쓸모없는 것을 넘어 불편하기 짝이 없다. 뇌 하층부에서 보내는 유익한 정보와 몸이나 생명의 위험을 알리는 경고마저 본능의 소음에 묻혀버린다. 본능에 모든 생활을 맡기고 있는 머로서는 아주 치명적인 문제다.

저쪽이야! 본능이 소리치며 다리 건너에 있는 수목원으로 머의 관심을 돌린다. 도망쳐! 멀리 가지 마! 어떻게든 해! 몸을 지켜!

머는 떨리는 손톱 여섯 개로 테이블을 두드리며 자신을 향한 불안한 시선들을 애써 무시한다. 대학에서는 항상 본능을 믿으라고 배웠다. 본능은 의식이 결코 알지 못하는 것을 안다. 그래서 네트워크 정비

사로 항상 스트롱맨이 고용된다. 아무리 티어가 높아도 발목 높이의 자그만 녀석에겐 불가능한 일이다. 거대 정신과 상위 기술을 다룰 때 필요한 건 지성이 아니라 본능이니까.

위험! 보호! 도망! 기다려!

머는 으르렁거리며 본능을 힘으로 통제하려고 한다. 가게 건너편에 있는 서빙 드론을 바라본다. 여전히 주문한 음식을 가져오지 않고 있다. 식품 블록을 쟁반에 가득 쌓아올린 채 싸구려 중력장치를 붕붕거리며 다른 손님들 사이를 분주하게 돌아다니고 있다. 드론은 작은 크기다. 옆에 있어도 모르고 지나칠 정도다. 바보라고 생각하는 이들도 있다. 하지만 저 작은 드론 내부에는 오직 네트워크 정비사만이 이해할 수 있는 기술이 들어 있다. 네트워크 지성체는 어떻게 작동하는가? 중력장치는 어떻게 작동하는가? 이 망할 블랙스타에서는 아무도 모른다. 어쩌면 1,000광년 이내에서도.

하지만 본능이 있다면 알 필요가 없다.

다른 예로 우주선이 있다. 누구나 우주선에 타본 적이 있다. 거대 도시를 원자단위로 증발시킬 수 있는 에너지를 가진 이 풍선에 어떻게 탈 수 있는지는 아무도 굳이 생각하지 않는다. 저기 있는 드론처럼, 우주선의 모든 부품은 네트워크에서 제공된다. 네트워크가 통제하고 있는 블랙박스라고 할 수 있다. 지성체 코어를 수리하는 방법 같은 건 없다. 어떤 이유에서도 중력장치를 분해해서는 안 된다. 인공중력 발생장치를 열려고 하면 흥분한 드론 군단이 달려든다. 어떻게든 열게 되더라도 결국 분해는 불가능하다는 걸 알게 될 것이다. 그저 파괴 불

435

가능한 흰색 케이스가 있을 뿐이니까. 네트워크처럼 신비로우면서 결코 이해할 수 없는 기술이 그 케이스 안에 들어 있다. 어쩌면 케이스가 네트워크 그 자체일 수도 있다. 네트워크 기술이 사실은 마법 물질 같은 것이고 파괴 불가능한 용기에 조금씩 담겨 있는 게 아닌가 하고 머는 가끔 의심한다.

머는 다른 리듬으로 테이블을 두드리며 한숨을 뱉는다. 확실히 샌디를 대학 우주선에서 데리고 온 다음부터 좋지 않은 예감이 들기는 했다. 하지만 본능이 본격적으로 날뛰기 시작한 건 인간을 만난 날부터다.

도망쳐! 싸워! 멈춰! 움직여!

그중에서도 가장 이상한 부분 따로 있다: 인간을 감시해!

기회가 있을 때 죽여야 했을지도 모른다. 하지만 그 망할 놈의 수트가 말렸다. 오히려 고마워해야 한다고 했다. 그 덕분에 머는 지금 블랙스타에 앉아 긴장한 몸을 떨면서 명령을 기다리고 있⋯

머의 손톱이 테이블을 뚫어버리려고 하는 순간, 도우미 지성체가 메시지를 보낸다. 머는 주변 손님들의 시선을 무시하며 자세를 바로 잡고 짜증 섞인 감정을 첨부하며 이식체에게 묻는다.

[무슨 일이야?]

이식체가 말한다.

[새로운 소식이 있을 때 메시지하라고 하셨지요.]

[그래서?]

[새로운 소식이 있습니다.]

티어4

머는 대답하기 전에 손톱으로 테이블을 몇 번 더 두드린다. 네트워크 이식체에 있는 이 자그만 지성체가 자신을 싫어하는 것 같다는 생각을 오래전부터 해왔다. 적어도 소심한 방법으로 자신을 귀찮게 하는 건 사실이다.

머는 본능이 허락하는 최대한 침착한 억양으로 묻는다.

[무슨 소식인데?]

[네트워크 반응이 일어나고 있습니다. 중심지는 다리 건너편에 있는 수목원. 상급 티어의 지혜를 갖고 계신 당신이 감시하라고 한 곳입니다.]

네트워크 반응은 네트워크 자체만큼이나 마법 같은 현상인 데다 일부러 찾아보지 않는 한 발견하기 쉽지 않다. 하지만 네트워크 정비사라면 얘기가 다르다. 바깥을 보니 끊임없이 이동하는 지성체들의 흐름 속에 천천히 역류가 생기고 있다. 규정 지성체들은 아무 일도 없다는 듯 각자의 정해진 길을 따라 이동하고 있지만, 비규정 지성체들은 경로에서 벗어나 수목원을 향해 이동하고 있다. 그곳에 있는 무언가가 그들을 화나게 하고 있다. 그곳에 있는 무언가가 네트워크를 성가시게 하고 있다. 그 무언가를 고치지 않고서는 도무지 진정할 수가 없다. 그리고 그게 무엇이든 그 중심에 인간이 있다고 머는 확신한다. 크레디트를 걸어도 좋다.

네트워크 이식체가 말한다.

[저들을 따라가야 할 것 같습니다. 무슨 일인지는 알 수 없지만, 당신처럼 크고 강한 존재가 있다면 도움이 될 겁니다.]

또 머를 놀리고 있다. 하지만 지금은 더 큰 문제가 있다. 머는 테이블을 짚고 천천히 일어선다. 머의 체중이 실린 테이블은 머가 완전히 몸을 세울 때까지 요란한 소리를 내며 삐걱거린다.

본능이 외친다. 위험에 빠졌어! 인간을 감시해!

도우미 지성체가 말한다.

[긴장하신 것 같습니다.]

머는 천천히 숨을 쉬며 테이블을 두드린다. 긴장은 적절한 표현이 아니다. 더 이상 조금 전과 같은 머가 아니다. 고향 마을의 평온한 머가 아니다. 외로운 중계 스테이션의 1인 규정 지성체 피고용인으로 지난 1년을 보냈던 의무감 넘치는 네트워크 정비사도 아니다. 지금의 머는 상처를 입고 부들거리는 용수철이며 잔뜩 비틀린 티타늄 막대이고 초과 압축된 플라즈마 용기이며…

도우미 지성체가 말한다.

[끝났습니다. 무엇이었든 간에 지금은 해결되었습니다. 이제 다시 자리에 앉으셔서 상위 티어의 생각을 이어나가셔도 됩니다.]

본능은 계속 외친다. 아직 끝나지 않았어! 뭔가 잘못됐어! 위험에 빠졌어! 인간을 감시해!

머는 대답하지 않는다. 대신 가게 입구를 보며 귀를 기울인다. 무언가 청각의 가장자리를 건들고 있다. 듣는 이를 미치게 만들 수 있을 만큼 미묘한 소리다. 낯선 소리임에도 듣자마자 머의 척추를 따라 털이 곤두선다. 금속음이라는 것만큼은 알 수 있다. 몇 개의 음이 서로 겹치듯 이어진다.

바닥에서도 느껴진다. 미약하던 울림은 이제 주변 공기 전체를 울리고 있다. 주변에 있던 눈과 센서들이 하나씩 하나씩 건물 입구를 향하기 시작한다. 제대로 보기 위해 자리에서 일어나는 이도 있다. 다리 건너편에서 지성체들이 하나둘씩 떨어지고 있다. 무언가로부터… 도망치고 있다.

금속음 포효가 절정에 이르더니 공기를 가르는 굉음과 함께 은빛 파도가 몰아친다.

도우미 지성체가 강조하며 말한다.

[저게 진짜 지성체죠]

당신과는 달리. 덧붙이지는 않는다.

머는 메시지를 무시한다. 대신 오버레이에 표시되는 등록 정보를 읽으며 중얼거린다.

"티어4."

머는 지금까지 티어4를 본 적이 없었다. 하지만 여기에 금속 몸을 가진 티어4가 있다. 끊임없이 달라지는 무지갯빛을 반사하며 반짝이는 몸을 가진 우아한 존재다. 머는 지금까지 다뤄왔던 네트워크 장비에서 느낀 것과 같은 흥분을 느낀다. 자신을 아득히 뛰어넘은 마법 같은 존재. 머는 테이블 아래에 박힌 손톱을 빼낸다. 자기도 모르게 테이블을 바닥에서 뜯어버린 것 같다. 테이블을 바닥에 버리자 요란한 소리가 난다. 평소였다면 귀를 찢고도 남을 소리지만 지금 바깥에서 일어나고 있는 일에 완전히 묻혀버린다. 머는 가게 입구로 걸어가 문 앞에 서서 은빛 강이 흘러가는 모습을 본다. 다리 전체가 크게 진동하는 모습을 보며 그곳에 있는 모든 이들과 함께 경탄에 빠진다.

머의 시야에 작은 '하이라이트'가 나타난다. 은빛 물결 앞부분이다. '하이라이트' 안에서 작은 털 뭉치 하나가 곧 익사할 것처럼 허우적거리는 모습이 보인다.

샌디다.

그 순간, 머의 마음이 편해진다.

지금까지 한순간도 의심하지 않고 기다려온 순간이다. 본능이 그동안 경고해 왔던 순간이다. 샌디와 인간과 네트워크 반응과 티어4. 모두 같은 시간 같은 장소에 모였다. 위험에 빠졌다는 느낌을 정말 오랫동안 받아오다가 지금에야 그 위험이 눈앞에 현실로 나타나자 오히려 마음이 놓인다.

인간을 감시해.

머는 곧장 다리 위로 간다. 계획 따위는 없다. 의식도 거의 없다. 본능이 통제권을 잡았다. 본능이 외치면 머가 달려간다. 운명이라도 좋고 본능이라도 좋으며 은하계 자체라도 좋다. 머는 움직일 수밖에 없다.

바닥으로 전해지는 충격 때문에 걸음걸이가 불안하지만, 결코 멈추지 않는다. 한 치의 오차도 없이 규칙적으로 바닥을 때리는 발톱 소리를 들으며 속도를 올린다. 다른 지성체들은 자신들을 헤치고 나가는 머를 둘러싸고 이리저리 도망친다. 머는 네트워크 문제를 진단할 때 항상 사용하던 무아지경의 상태를 이끌어 내며 뛰어오를 준비를 한다. 한번 배우고 나면 어려운 일이 아니다. 지성을 무시하고 감각을 확장하며 가지고 있는 모든 정보를 본능에게 넘겨준다. 그리고 본능의 말에 귀를 기울인다. 저 수목원에서 무슨 일이 일어나고 있다. 자신을 초월하는 어떤 일이, 자신의 작은 정신으로는 절대 이해할 수 없는 현상이.

그때 다른 일이 일어난다. 가능할 거라고는 생각도 못 한 일이다. 빛으로 가득한 수 킬로미터 규모의 열린 공간인 방문자 회랑이 어둠에 잠긴다. 발톱이 바닥을 긁고 몸이 떠오른 순간, 머는 망설인다. 곧장 동작을 멈추고 바닥을 다시 찾아보지만, 바닥은 이미 사라지고 없다.

본능이 말한다. 중력이 없어.

중력, 빛, 모든 게 사라졌다. 보이는 것이라고는 시야 중심에서 반짝이는 하나의 경고문뿐이다.

[네트워크를 찾을 수 없습니다.]

31

사야는 죽은 하늘 아래에 서 있다. 사야의 발은 끝없이 펼쳐진 얇은 물결 속에 잠겨 있다. 사야의 손에는 손바닥 크기의 돌이 하나 있다. 빛 또는 그와 비슷한 무언가를 산란시키며 반짝이는 보석이다. 유리보다 매끄럽고 태양 1조 개의 1조 배보다 무겁다. 그리고 따뜻하다. 티끌 하나 없는 표면은 하늘을 불가능한 색으로 담아내고 있다.

네트워크가 말한다.

〈보아라. 그것이 우주이니.〉

사야는 무게를 느껴본다.

〈음. 이것보단 무거울 줄 알았는데.〉

우주라는 건 사야도 어떻게든 알고 있었다. 자신이 다른 어딘가, 다른 언젠가, 다른 모든 것에 있다는 것도 어떤 추상적인 방식으로 이해하고 있다. 사야는 숨을 쉰다. 하지만 여신에게 맹세코 지금 마시고 있는 건 절대 공기가 아니다. 맨발의 피부에 닿는 물을 느낄 수 있지만, 피부도 물도 존재하지 않는다고 확신할 수 있다. 사야는 보고 있

티어4

지만 그렇다고 눈이 있는 것도, 빛이 있는 것도 아니다. 하지만 허구의 몸을 연기하는 게 이젠 더 편하다. 몸을 잃은 상태로 수 나노초를 지내고 나니 더욱 그렇다.

사야는 손바닥 위에 있는 물건을 손가락으로 감싸며 묻는다.

⟨이걸 들고 있으니 왜 자꾸 던지고 싶어지지? 크기가 던지기에 딱 좋아.⟩

⟨당연한 얘기겠지만, 우주를 던지지는 마.⟩

⟨이렇게 그냥 위로 조금만 던졌다 잡는 건?⟩

사야는 우주를 살짝 위로 던지고는 반대편 손으로 잡는다.

⟨넌 정말 아주…⟩

네트워크는 억지로 말을 참고는 다시 말한다.

⟨주변을 둘러봐. 나한테 더 묻고 싶은 게 있어?⟩

사야가 양손으로 우주를 던지고 받으면서 말한다.

⟨아니, 됐어.⟩

은하 규모 정신체의 속을 긁는 게 놀라울 만큼 만족스럽다. 지금까지 이걸 몰랐다니 신기할 지경이다.

⟨도대체 정말…⟩

네트워크는 다시 말을 멈춘다.

⟨난 정중하게 대하려고 솔직히 노력하고 있는데 넌 까다롭게만 굴고 있어.⟩

⟨진짜? 이게 너한텐 정중하게 대하는 거야? 근데 넌 날 말 그대로 죽였잖아.⟩

〈그건 이미 지나간 일이고. 게다가 널 죽인 건 내가 아니라 라이브 러리안인 것 같은데.〉

사야가 웃는다.

〈나도 그렇게 믿고 있었지. 네가 나한테 자기가 무슨 일을 했는지 다 설명해 주기 전까지는 말이야.〉

〈선택은 선택이니까. 아무튼 네가 준비가 되어 있다면 설명을 계속 해야겠어. 비유부터 시작하지.〉

사야는 주변을 둘러본다. 발은 아직 물에 잠겨 있다. 우주는 아직 손 위에 있다. 사야가 말한다.

〈내 생각엔 여기 있는 모든 게 비유인 것 같은데.〉

〈그럴 리가. 이건 현실이야. 극도로 제한적인 정신으로 표현된 것이긴 하지만.〉

사야는 손바닥 위의 우주를 손가락으로 가리킨다.

〈정말? 내가 우주를 손에 들고 있다고?〉

네트워크는 사야의 질문을 무시하고 말한다.

〈이렇게 생각해 봐. 넌 2차원 존재야. 평면 위에 있는 평평한 원이지. 그 평면을… 우주라고 하는 거야.〉

〈이건 비유야?〉

〈이건 비유야. 이 평평한 우주는 너와 비슷한 수많은 원을 갖고 있지. 대부분은 너보다 큰 원이야. 알다시피 상급 티어라는 얘기지. 하지만 그래봤자 결국은 자기가 속한 우주처럼 2차원 존재에 불과해. 자기가 속한 평면에서 잠깐 빠져나와 더 높은 차원을 가로질러 평면의

티어4

다른 곳으로 이동할 때 무슨 일이 일어났는지 이해하지 못하는 이유가 바로 이거야.〉

사야의 정신 속이 그림 하나가 떠오른다. 수백만 척의 우주선이 아공간 터널로 들어가 수 광년 떨어진 곳에 다시 나타나는 모습이다.

〈네트워크 여행 얘기구나.〉

〈초광속 여행을 말하는 거야, 작은 정신. 광속은 우리 우주의 규칙이고 그걸 깨기 위해서는 우주를 벗어나는 수밖에 없지. 우주 태생의 지성체는 우주를 잠시 벗어나는 경험을 해도 정신이 한정적이기 때문에 아무런 기억도 남기지 못해. 결과적으론 아무것도 경험하지 않은 것이 되지.〉

〈그렇구나. 근데…〉

사야는 주변을 향해 몸짓하며 말한다.

〈근데 여기도 아공간이잖아, 그렇지? 그리고 난 지금 여기 있고. 난 경험하고 있잖아. 기억도 하고 있고.〉

〈넌 더 이상 2차원 원이 아니야.〉

〈아니야?〉

〈넌 3차원 구야.〉

〈아하.〉

정말 이해해서 한 말은 아니다. 사야는 손바닥에 있는 우주를 내려다 보며 이 물건의 의미를 상상해 본다.

네트워크가 말한다.

〈내가 눈에 보이는 우주보다 더 클 거라는 너의 짐작은 맞았어. 그리고 지금은 너도 마찬가지야. 우주 속에 있는 너의 모습은 변하지 않을 거야. 말하자면 그게 너의 시공간 속 단면이니까. 하지만 지금 넌 내 본질과 능력을 공유하고 있어. 네트워크의 정신들이 너한테 반응하는 걸 곧 알 수 있을 거야. 마치 내가 된 것처럼. 정신들을 부를 수도 있고 연결할 수도 있고 그들을 이용해 너의 능력을 확장할 수도 있지. 너 자신이 네트워크가 된 거야.〉

사야의 정신은 이미 포화상태다. 작은 인간이자 그저 위도우의 딸에 불과한 사야가 어떻게? 질문이 끝없이 이어지다가 이윽고 가장 간단한 것 하나만 남는다.

〈왜?〉

〈네가 날 위해 해줄 일이 있으니까.〉

사야가 웃는다. 제대로 된 웃음이다. 존재하지 않는 귀로 웃음소리가 분명 들렸다.

〈그러니까 넌 누구한테 뭔가를 부탁하려고 할 때, 가장 먼저 하는 일이 그 누군가를 죽이는 거구나.〉

〈난 아무것도 요청하지 않아. 명령도 하지 않고. 예상할 뿐이지.〉

〈아, 정말. 날 이해시키겠다고 그렇게나 말해놓고는…〉

〈미안하지만 거기까지. 너의 느려터진 속도에 맞춰서 질문과 반론 하나하나 대답을 할 수도 있겠지만, 그것보단 다른 우주를 보여주는 게 나을 거야.〉

이번엔 호기심이 생긴다.

〈그 말은… 평행우주 같은 거야?〉

〈전혀 아니야, 작은 정신. 우리 우주의 과거야. 반대쪽 손을 봐. 내가 어디까지 가능한지 알게 될 거야.〉

손에 무언가가 있다. 영문은 모르겠지만 사야는 두 개의 우주를 두 손에 들고 있다. 하지만 전혀 이상한 느낌이 들지 않는다.

〈여기에?〉

〈거기에.〉

어떤 반응을 보여야 할지 잠시 고민하다가 사야는 머뭇거리면서 새로운 우주를 가까이 가져온다. 어떤 선을 넘은 순간, 사야가 우주의 모습을 그리는 게 아니라 우주가 사야의 모습을 그리기 시작한다. 사야는 현실 속으로 미끄러져 들어간다. 시공간을 가로지르고 있다. 어느 것도 놀랍지 않다는 사실이 놀랍다. 이건 그냥… 네트워크의 평범한 일상이다. 이 우주는 작다. 항성계 하나 정도의 크기밖에 안 된다. 사야는 중심에 있는 항성에 접근한다. 항성의 내부와 외부를 동시에 볼 수 있다는 사실에 아무런 위화감도 느끼지 못한다. 항성은 불길과 아름다움이 엮인 광활한 태피스트리다. 소립자와 전자기파가 뒤섞인 뜨거운 스튜다.

그리고 이 우주는… 평평하다.

네트워크가 말한다

〈10세기 전에 온 걸 환영해. 우주 일부 영역의 과거 상태 중 아주 작은 부분이야. 너의 이해를 돕기 위해 재구성했지.〉

사야는 항성 옆을 스치듯 지나간다. 가슴 아플 만큼 평범하게 느껴진다. 마지막으로 본 아공간 터널은 사야의 정신을 산산이 부숴버렸다. 하지만 이 항성계의 터널은 낡은 옷에 뚫린 구멍 같다. 터널로 들어가고 나오는 수백만 척의 우주선들은 대류를 타고 흐르는 먼지처럼 보인다. 모든 것이 따분한 4차원 물체에 불과하다.

사야가 묻는다.

〈왜 이렇게… 평평해 보이지? 가짜라서?〉

다른 표현이 떠오르지 않는다.

〈작은 존재, 네가 평소에 보던 모습 그대로야. 그저 바깥에서 보고 있을 뿐이지. 낮은 차원을 보는 데 익숙해지려면 시간이 좀 걸릴 거야.〉

〈그럼 어째서…〉

〈말은 그만. 직접 봐. 한때 내가 그랬던 것처럼, 너도 이걸 직접 경험해야 해. 내가 그랬던 것처럼, 너도 이 항성계에 있는 모든 센서에 접근할 수 있어. 의도와 동기 모든 면에서, 넌 지금 1,000년 전에 이 항성계를 관리했던 나의 한 단면이야.〉

〈근데…〉

〈봐!〉

시작한다.

이 항성계도 다른 네트워크 항성계와 마찬가지로 센서로 가득하다. 센서는 모든 스테이션과 모든 우주선, 모든 위성에 부착되어 있다. 여러 개의 행성과 수십 개의 달 표면을 덮고 있다. 수조 개의 센서를 자유롭게 사용할 수 있다. 하지만 그렇기에 갑자기 들이닥친 충격파에는 그저 놀랄 수밖에 없다. 광속의 파동이 시공간 자체를 왜곡하며 항성계 전체로 퍼져나간다. 수백만 척의 우주선과 스테이션은 연못 위의 나뭇잎처럼 휘청거린다. 충격파가 지나가고 수 나노초가 지난 뒤, 두 번째 태양이 항성계를 비추기 시작한다.

사야가 묻는다.

〈저게 도대체 뭐야?〉

〈6시간 전에 상대론적 발사체가 아공간에서 빠져나왔어. 그래서 물결이 친 거고. 그 발사체는 광속의 60퍼센트 속도로 크리센트 오비탈이라는 스테이션과 충돌했어. 그래서 폭발한 거지.〉

사야는 사용할 수 있는 모든 센서를 동원해 점차 옅어져 가는 빛을 바라본다.

〈근데 이런 건…〉

〈무허가 초광속 여행 및 상대론적 속도 엄격금지법 위반이라고? 이제 이유를 알겠지. 쓰고 나면 어느 쪽에서든 손 쓸 방법이 없으니까. 4만 8,000명의 규정 지성체가 크리센트 오비탈에 타고 있었어. 주변에 있다가 같이 증발해 버린 우주선은 세지도 않았고. 네가 좋아하는 비규정 지성체도 50만은 있었지. 이게 전쟁에서 가장 처음 발생한 희생이야.〉

〈전쟁? 그럼…〉

〈지난 1,000만 년 사이에 일어난 유일한 항성 간 분쟁. 그 전쟁이지.〉

사야가 미처 반응하기도 전에 항성계 어딘가에서 새로운 충격파가 생겨난다. 다른 곳에서 또 하나. 네트워크 트래픽이 일부 장소에 집중되면서 늘어난다. 크리센트 오비탈 같은 거대한 트래픽 발생지가 연결망에서 사라질 때마다 남은 곳에서는 더 많은 대화가 오고 간다. 스테이션이 하나씩 사라진다. 대부분 너무 갑자기 사라져 공격을 미처 감지하지도 못한다. 연이어 발생한 충격파들이 항성계를 가로질러 서로 만나며 거대하고 아름답기까지 한 간섭 패턴을 그린다.

그러는 동안에도 사야의 정신 저편에서 네트워크는 숫자를 세고 있다.

〈16만.〉

여섯 개의 정거장이 자그만 태양처럼 변한 직후다.

〈21만. 25만. 200만. 600… 800… 1,400… 1,500만. 2,600만. 1억 1,500만. 2억 5,000만. 3억… 5억.〉

파괴의 현장을 바라보며 사야는 깨닫는다. 희생자의 수다. 잠깐 나타났다가 사라지는 태양 모두가 워터타워다. 하나하나가 수만 수천 지성체의 고향이다.

사야는 네트워크에게 외치듯 말한다.

〈왜 아무것도 안 하는 거야? 너라면 멈출 수 있었잖아!〉

네트워크가 웃는다.

〈멈춘다고? 내 센서가 감지하기 6시간 전에 일어난 일을 어떻게 멈추라는 거야? 작은 구체야, 우주가 어떻게 작동하는지 벌써 잊었어? 넌 네가 결코 이해하지 못할 만큼 광대한 지성체지만, 그렇다고 시간 여행자는 아니야. 역사 속 이 순간에서 이 항성계는 이미 한참 전에 죽은 거나 마찬가지야. 네가 할 수 있는 일은 내가 한 것과 똑같아. 이미 일어난 일이 도대체 무엇인지, 빛이 도착해 알려주길 기다리

는 거야.〉

새로운 경고가 사야의 주의를 끈다. 사야는 상대론적 폭발들을 관심에서 밀어내고 자신의 센서에 집중한다. 시공간을 비트는 진동과 함께 외행성들의 대기가 변하기 시작한다. 한때 워터타워가 공전하던 행성과 비슷한 크기의 거대 가스 행성들이지만 무언가 이상하다.

네트워크가 말한다.

〈역병 나노 머신이야.〉

〈그게 무슨 말이야?〉

〈법을 아득하게 위반하고 말할 수 없을 만큼 위험한 또 다른 기술이지. 엄청난 수의 나노머신이 저 행성들에 살포되었어. 기하급수적으로 불어나다가 충분한 수가 되면 더 많은 상대론적 발사체를 만들기 시작할 거야. 이걸로 다른 항성계를 또 공격할 거고. 공격받은 항성계의 물질은 그다음 공격을 위해 사용되고 그렇게 계속 이어지는 거지. 한번 얘기해 봐, 인간. 무한히 공급되고 결코 멈출 수 없는 무기가 있다면 얼마나 많은 적을 죽일 수 있겠어? 제국을 건설하려는 자가 있다면 반드시 스스로에게 물어야 할 질문 중 하나지.〉

사야는 센서가 하나씩 파괴될 때마다 다른 센서로 넘어간다. 파괴의 규모가 너무나 거대해서 추상적으로 보일 정도다.

〈아, 이런. 너무 흥분해서 희생자 수를 세는 걸 잊고 있었어.〉

이어지는 네트워크의 말에 사야의 감정이 동요한다.

〈95억. 125억.〉

세 개의 암석 행성 근처에서 다시 충격파가 발생한다. 지금까지 중에서 가장 강하다. 시공간의 거대한 파도다. 파도는 상처 하나 남기지 않고 행성을 지나갔지만 뒤이어 따라온 발사체는 그렇지 않았다. 충격파가 지나간 자리에 새로운 방사선 섬광이 퍼져나간다.

사야는 대답을 두려워하며 묻는다.

〈이번엔 뭐야?〉

〈평화로울 때였다면, 그러니까 지난 1,000만 년 동안이었다면, 저건 테라포밍용 발사체라고 불렸던 물건이야. 7,000억 톤 질량에 속도는 행성의 지각을 조각내고도 남을 만큼 빨라.〉

〈왜…〉

〈멀쩡하게 누가 살아가고 있는 행성을 왜 테라포밍하냐고? 테라포밍하려는 게 아니니까. 이건 그저 새로 차지한 영역에 남아 있는 위험 요소를 제거하려는 것뿐이야.〉

사야는 기분이 썩 좋지 않다.

〈도대체 왜 그런 짓을…〉

〈네가 얘기해 줘.〉

영상이, 또는 경험이, 그것도 아니라면 무엇이든 간에, 갑자기 흔들리고 흐려진다. 항성계 전체에서 센서들이 작동을 멈추면서 사야가 볼 수 있는 현실이 한없이 작아진다.

네트워크는 담담하게 말한다.

〈이게 내 마지막 변명이야. 1,000조 개의 지성체이자 내 정신의 일부였던 이 세포는 자기 방어에 실패한 거야. 이 세포는 최후의 행동으로 스스로 격리해 나의 다른 부분과 연결을 끊어버렸어. 아공간 터널이 닫히고 이 항성계가 격리되고 나면 내겐 보이지 않는 거나 마찬가지지. 가장 가까운 네트워크 항성계가 9광년 떨어져 있어. 내가 최종적인 희생자 수를 알게 되는 건 이 사건이 일어나고 10년 뒤의 일이라는 거고. 굳이 알려주자면 220억 지성체가 될 거야.〉

〈220억.〉

사야는 충격에 빠져 말을 반복한다. 그 짧은 순간에 그렇게 많은 죽음이라니.

〈이제 다시 주목해. 우리가 뭔가 발견할 수 있는 시간이 아주 조금 남아 있어.〉

몇 초가 지난다. 티어 때문인지 시뮬레이션 때문인지 아니면 다른 마법 같은 무엇 때문인지 알 수 없지만, 시간이 느리게 흐른다. 더 많은 태양이 나타났다가 사라진다. 더 많은 충격파가 항성계를 뒤덮는다. 네트워크는 더 이상 사야의 정신 뒤에서 숫자를 세지 않는다. 하지만 숫자 자체는 여전히 늘고 있다는 걸 사야는 알고 있다. 사야가 더 이상 견딜 수 없다고 생각한 순간, 지금까지 본 다른 모든 충격파를 잔물결로 만들어 버리는 새로운 충격파가 발생한다. 그리고 아공간에서 우주선 한 척이 나타난다. 수 킬로미터 길이에 표준어로 표현할 수조차 없는 장치들로 뒤덮여 있다. 그리고 심연보다 더 짙은 검은색이다. 그래서 도착할 때 발생한 잔광을 배경으로 그 윤곽밖에 보이지 않는다.

그리고 시간이 멈춘다.

네트워크가 말한다.

〈이게 내가 확인한 마지막 모습이야. 뭐라도 알아볼 수 있겠어?〉

사야는 숨을 삼킨다. 또는 숨을 삼킨 것처럼 느낀다.

〈저건… 본 적 있어.〉

〈본 적 있고말고. 평생 인간에 집착하며 살아왔으니 인간의 기함을 못 알아볼 리가 없지.〉

사야는 10억 개의 센서가 마지막으로 포착한 침략자의 모습을 바라본다.

〈이해를 못 하겠어.〉

〈뭘 이해하지 못하겠다는 거지?〉

〈내 말은… 우리가…〉

사야는 말이 자꾸 끊어진다.

〈우리가 이걸 했다고? 내 동족들이… 이 항성계를 파괴했다는 거야? 220억 지성체를 죽였어?〉

네트워크가 감정의 홍수를 쏟아낸다. 멸시가 사라지고 그 자리에 무수한 층을 가진 슬픔과… 분노가 자리 잡는다.

네트워크가 말한다.

〈너의 동족들은 이것보다 더 끔찍한 일도 했어. 그들은 자신들이 은하의 다른 종족과 공존할 수 없다는 걸 수많은 항성계에서, 수많은 종족에게 증명했지. 평화와 협력을 제안받고도 전쟁과 파괴를 선택했어. 결국, 난 선택을 해야만 했고. 전쟁광 종족 하나를 남기거나 은하의 다른 모든 종족을 남기거나. 너라면 어떤 선택을 할까?〉

사야는 얼어붙은 파괴의 광경을 바라본다. 복잡한 감정이 솟구쳐

오르지만, 어디를 향하는지 알 수 없다. 이것이 사야가 물려받은 유산이다. 이것이 사야의 종족이다.

사야가 묻는다.

〈우리가 정말 그렇게… 우리가 정말 이렇게 악한 거야?〉

들리지도 않는 애처로운 목소리가 싫어진다.

〈작은 구체야, 은하계에 악 같은 건 없어. 선 같은 것도 없고. 내 은하계엔 오직 질서와 무질서가 있을 뿐이야. 너희 인간들은 언제나 선을 꿈꾸며 어리석은 도전을 하다가 결국 항상 악에 이르지. 너흰 제한적인 지성을 가진 제한적인 존재야. 이게 바로 그 증거가 아니고서야 뭐겠어.〉

인간 기함의 검은 윤곽에서 사야는 시선을 뗄 수가 없다. 이 항성계를 덮칠 무질서의 섬광이 시작되는 곳이다.

사야가 묻는다.

〈우리…뿐일까? 설마 우리밖에 없을 리가 없어. 이런 짓을…할 수 있는…〉

사야는 말을 흐린다. 지금 보고 있는 광경을 뭐라 표현할 방법이 없다.

네트워크의 생각이 한결 부드러워진다.

〈다른 종족도 다르지 않을 수 있어. 너희는 그저… 아직 미성숙했을 뿐이고.〉

사야의 시선은 앞에 펼쳐진 폐허를 맴돈다.

〈미성숙.〉

이 단어로 과연 지금 보고 있는 광경을 설명할 수 있을까?

네트워크는 계속해서 잔잔하게 말한다.

〈종족이란, 살아 있는 유기체야. 먹고 배설하고 성장하고 가끔 재생산도 하고. 다른 모든 생명처럼, 처음부터 완전한 모습을 갖추고 있지는 않아. 충분한 자원과 함께 온화하고 관대하고 편안한 환경에서 성장해야 해. 마치 알 속에서 자라는 것처럼.〉

이 비유가 알기 쉬운 것인지 아니면 사야가 신적 존재와 생각을 공유하기 때문에 그렇게 느끼는 것인지는 알 수 없다. 사야는 힘없이 말한다.

〈항성계를 말하는 거구나.〉

신적 존재가 대답한다.

〈맞아. 항성계 안에서 종족이 살아가고 발전하는 건 어려운 일이 아니야. 하지만 항성계를 떠나는 일은 아주 어려워. 사실 그래서 대부분 종족이 자기 항성계를 벗어나지 못하고 사라져. 스스로 분열을 일으키면서 백만 가지 서로 다른 방법으로 자멸에 이르지. 너한텐 의외일지도 모르겠지만 사실 이건 좋은 일이야.〉

사야가 말한다.

〈네가 원래 하던 얘기로 돌아왔네. 종족 하나가 절멸하는 게 왜 좋은 일인지.〉

〈은하계의 관심에서 보면, 맞아. 좋은 일이야. 알은 말하자면 거의 완벽하게 작동하는 필터거든, 작은 정신. 대부분의 항성계에서 오직 하나의 종족만이 부화해. 함께 존재하는 방법을 배운 종족이지. 너의 옛날 몸에 있던 세포처럼. 종족의 구성원들은 자각하지 못하겠지만 그들은 이미 종족 규모의 독립적인 개인이 된 거야. 무질서를 넘어 질서의 가치를 깨닫고 존중하는 법을 배운 개인이지. 이 새로 부화한 개인에게 네트워크의 강건한 조직을 보여주면 기뻐하며 동참할 거야. 시민이라고 불리는 데 영광과 자부심을 느끼고 질서를 지키고자 하는 강력한 의지를 갖게 되겠지. 은하계가 작동하길 원한다는 건 바로 이런 뜻이야.〉

〈하지만 예외도 있잖아.〉

〈예외라는 건 극소수의 부화하지 않은 종족을 말하는 거야. 그런 종족들은… 탈출을 선택하지.〉

〈안 좋은 느낌이 드는데.〉

〈생각해 봐, 작은 정신. 어떤 종족이 더 진보한 종족의 도움을 받으면 어떻게 될까? 기술을 전수받거나, 심지어는 어떤 특징을 갖도록 조작되거나. 훨씬 빠른 시기에 항성계 탈출이 가능해지겠지. 하지만 제대로 성장하고 질서를 추구하는 개인과 달리, 이 종족은 독립적인 세포군이 되어 은하계 사회에 들어오게 되는 거야. 하나로 뭉친 전체가 아니라 그저 박테리아 떼에 불과해. 이 종족 구성원들은 낡아빠진 분열과 내분과 이기주의를 반복하며 자신들의 규모를 키워나갈 거야. 이윽고 은하계 그 자체가 되겠지.〉

이곳에서 보고 들은 것을 떠올리며 지금의 눈높이에서 내려다보고 있으니 네트워크의 말이 이상하면서도 직감적으로 다가온다. 종족 규모의 개인으로 가득한 은하계. 수십억의 지성체로 이루어진 개인.

사야와 동족의 관계는 피부세포와 숙주의 관계와 비슷하다는 현실. 모든 것이 너무나 거대하고 아름다운 질서가 있으며 시스템이 제대로 작동하는 이곳. 사야의 동족들은 태생적으로 이곳과 어울리지…

사야는 갑자기 아주 당연한 사실을 떠올리고 말한다.

〈옵서버.〉

〈바로 그거야, 작은 정신. 옵서버가 너희 종족을 끌어들였어. 옵서버가 아직 어린 너희를 바깥으로 떠밀었지. 모든 종족의 시작은 비슷해. 하지만 모든 종족이 기술의 혜택을 받으며 전술을 배우고 폭탄이 되어 위대한 은하계에 던져지지는 않아. 너희 종족은 종족 규모의 개인이 된다는 게 무엇인지 몰랐어. 네가 방금 본 것 같은 행동이 가능했던 이유도 바로 거기 있지.〉

사야의 광활한 정신 어딘가에서 부당함에 대한 분노가 불씨를 키운다.

〈하지만 옵서버는 여전히 살아 있잖아. 우리는 모두 죽었고.〉

〈사실이야.〉

네트워크의 냉담한 태도에 사야의 분노는 더 깊어진다. 이제 본능적으로 다룰 수 있게 된 네트워크 신호로 사야는 얼어붙은 항성계의 황폐한 모습을 가리키며 말한다.

〈네트워크가 위협에서 자신을 지키려고 한다는 건 잘 알겠어. 아주 좋은 일이지. 너한텐. 하지만 정의는? 정의 역시 질서의 일부 아니야? 넌 내 종족이 예외적이라고 했잖아, 그렇지? 탈출한 종족이라고? 그들은 수천 년 동안 행복하게 잘 살아가면서 개인인지 뭔지가 된다는 게 어떤 건지 알아갈 수 있었어. 하지만 강제로 알껍데기 바깥으로 던져졌어. 그래서 충분히 발전하지 않은 종족들이 할 만한 행동을 한 거잖아. 안 그래? 그런데 넌 인간을 강제로 끄집어낸 존재를 처벌하기는커녕, 인간을 처벌했어.〉

〈넌 이게 처벌이라고 생각하는 거야? 이건 그저 시스템의 자가복구일 뿐이야.〉

사야는 네트워크에게 목소리 없이 외친다.

〈그게 뭐든 간에! 이건 정의롭지 않아!〉

네트워크는 부드럽게 묻는다.

〈네가 그렇게 바라는 게 정의야? 아니면 복수야?〉

의도적인 도발이라는 걸 알면서도 사야는 개의치 않는다. 오히려 분노를 그대로 끌어안는다. 이건 그저 추상적인 주제가 아니다. 아주 개인적인 주제다. 그저 부당하게 생존 기회를 잃은 종족에 대한 것이 아니다. 사야에 대한 것이다. 인간이라는 종족. 사야가 평생을 꿈꿔왔던 사람들. 사야는 뜨거운 감정을 담아 말한다.

〈그게 뭐든 마음대로 불러.〉

〈원흉을 처벌하고 싶어? 너의 종족을 알 밖으로 끄집어낸 존재를?〉

사야는 눈앞에 펼쳐진 파괴의 잔해를 바라본다. 수십억의 생명이 죽었고 수천조의 생명이 죽을 것이다. 전쟁 속에서 이 한 번의 전투가 인간의 책임이 되고 이 한 번의 전투로 인해 인간 문명은 거의 완벽한 멸종으로 흘러간다. 사야는 이를 악물고 대답한다.

〈처벌하고 싶어.〉

〈아주 좋아. 제안을 받아들이지.〉

사야가 네트워크의 선언을 이해하는 데 잠시 시간이 걸린다.

〈뭐라고?〉

〈네가 말한 대로야. 내겐 그저 질서 회복에 불과해. 너에겐 그 이상이고. 넌 정의를 바라는 거지? 누군가 정의를 집행해야 한다면 상처받은 종족의 후손만큼 어울리는 존재가 없지 않겠어?〉

구체적인 이야기가 되고 나니 사야의 정신도 냉정을 되찾는다.

〈하지만 난…〉

〈넌 아무 생각 없이 결단을 내린 게 아니란다, 작은 구체야. 너의 존재 자체가 그렇게 소리를 지르고 있어. 내가 널 즐겁게 해주려고 여기 데려온 거 같아? 네 삶이 우연만으로 엮여 있다고 생각해? 그럴 리가. 이건 내가 수백년 전부터 실행하고 있는 계획 속 마지막 단계일 뿐이야. 너의 말은 틀리지 않았어. 저 연쇄 범죄자는 제거되어야 해. 넌 정의를 원하고 나는 질서를 원하지. 이거야말로 내가 널 여기 데려와 이걸 보여준 이유야. 이거야말로 네가 그런 비범하고 특별한 지성체들과 지금까지 조우해 왔던 이유야. 이거야말로 어느 라이브러리안이 지금 너의 몸을 재구성하고 있는 이유지.〉

한참 이야기하고 있던 고차원적인 것들 끝에 뭔가 무관한 게 끼어 있다.

〈내… 몸?〉

〈너의 몸. 하지만 그 얘긴 중요하지 않아. 너의 힘이 담긴 곳은 너의 정신이니까. 인간이라는 너의 기원을 원재료로 너의 위도우 어머니가 너를 조각했지. 그리고 그런 너를 내가 강화한 거야. 넌 나와 비슷하다고 이미 얘기했지만, 넌 내가 아니야. 넌 따로 떨어져 있고 얽매여 있지도 않아. 넌 새로운 네트워크야. 나처럼 오래된 뿌리에 묶여 있지 않아. 난 아공간 터널의 광활한 연결망에 속박되어 있어. 넌 거길 빠져나간 거고. 내가 한 모든 게 이걸 위해서였어. 이제 넌 내가 가지 못하는 곳에 갈 수 있으니까. 은하계의 그림자 영역으로도 갈 수 있어. 나의 네트워크 항성계에서 멀리 떨어진 곳으로 가서 넌 위도우처럼 사냥하고 인간처럼 공격할 거야. 너, 사야 더 도터는 나의 적들을 제거할 거야.〉

시야의 정신이 어지러워진다.

〈무슨 말인지 모르겠어. 난 그런 게…〉

〈이미 말했지만, 난 명령하는 게 아니야. 협상하는 것도 아니고. 난 그 너머에 있어. 난 너의 본성을 구성했어. 너를 준비하고 조각하고 강화했어. 난 그저 네가 앞으로 하게 될 일을 이야기하고 있는 것뿐이야.〉

사야가 하게 될 일. 마치 선택의 여지 따위는 없는 듯한. 감정과 질문이 얽히고설켜 소용돌이를 일으키면서 현기증이 인다. 사야의 삶전체가 고차원 존재의 계획 속 일부에 불과했다. 납치된 일도, 워터타워에서의 생활도, 어머니를 잃은 것도, 라이브러리안의 반짝이는 손에 죽은 것도. 사야의 분노가 형태를 갖추기 시작한다. 이 고차원 존재는 사야에게 다가와 말한다. 너는 나를 도울 것이라고. 거절할 권리는 없다고.

네트워크가 말한다.

〈그래, 알았어. 동기가 필요한 거지.〉

사야는 차갑게 말한다.

〈그 정도론 턱없이 부족해. 넌 날 죽였어. 내 어머니도 죽였고 내 동족도 모두 죽였어. 내가 그걸 1나노초라도 잊을 거라고 생각…〉

〈너의 동족에게 두 번째 기회를 준다면 어떨까?〉

네트워크가 사야의 항의를 끊는다.

〈뭐… 라고?〉

〈네 주장이 맞아. 외부의 간섭이 없었다면 인간이 어떤 존재가 되었을지 우리는 아직 모르지. 옵서버를 제거하고 나면 같이 알아볼 수 있을 거야. 너의 동족에게 새로운 알을 줄게. 넘치는 자원을 가진 새로운 항성계로. 거기에 인간을 정착시킬 거야. 이번에야말로 어떤 간섭도 없이 성장할 거고. 1,000년 뒤면 그들은 스스로 알을 깨고 나올 수 있겠지. 그러지 않을 수도 있고. 어느 쪽이든 인간은 네트워크 시민이 될 수 있는 두 번째 기회를 얻게 될 거야. 아주 극소수의 종족만이 가질 수 있는 기회.〉

사야는 무슨 일이 일어나고 있는지 잘 파악이 되지 않는다. 동족을 위한 두 번째 기회. 새로운 장소. 그들을 한 번 말살했던 은하계가 이번엔 그들을 지켜준다. 어쩌면 사야 자신도 그곳에 갈 수 있을지도 모른다. 그곳에서 살 수 있을지도 모른다. 그곳에서… 사야가 그토록 원했던 모든 것을 가질 수 있을지도 모른다. 친구. 가족. 그리고 어쩌면 배우자까지도. 그곳에서 진짜 살아 있는 인간이 될 수 있을지도 모른다.

티어4

사야는 자기도 모르게 생각을 정신 밖으로 흘려버린다.

〈세상에, 여신님. 오, 여신님.〉

〈작은 도터. 넌 훨씬 어렸을 때 이미 너의 삶을 정당하게 얻어냈어. 지금 넌 자랐고, 이젠 너의 동족을 위한 삶을 얻어낼 때야. 잘 기억해. 옵서버는 학살자에 거짓말쟁이야. 옵서버가 사랑하는 건 은하계가 불타오르며 혼돈에 빠지는 광경을 보는 것뿐이야. 네가 이걸 정의를 향한 욕망이라고 부르든 천벌을 위한 갈망이라고 부르든 아무 상관 없어. 너의 본성과 내가 너에게 준 도구들이 나머지 모든 걸 알아서 할 거야.〉

사야는 다시 말을 흘린다. 어떻게 할 수가 없다.

〈오, 여신님.〉

〈어서 가, 작은 정신. 옵서버가 기다리고 있어.〉

이하의 내용은 네트워크 기사 원본을 여러분의 티어에 맞춰 대폭 수정되었습니다.

이종신화학 포커스: 불 운반자

항성간이종생태학에서 가장 논란이 많은 분야는 [비교이종신화학]이라고 할 수 있습니다. 서로 다른 종족 사이에서 이야기되는 신화를 다루는 분야지요. 이 분야에서는 신화를 크게 두 종류로 분류합니다.

자연 신화

첫 번째 분류는 "자연" 신화라고 불리는 것들입니다. 모든 지성체에게 공통적으로 존재하는 특징이나 특정 물리법칙에서 기인하는 이야기들이지요. 여기에는 창조 신화나 묵시록, 자연법칙의 (부정확한) 설명, 종족의 번성에 도움이 되는 행동(예: 자기희생)을 담은 이야기 등이 있습니다. 이런 신화들은 발전 단계와 관계없이 모든 종족에게서 나타납니다.

비자연 신화

두 번째 분류는 실제로 일어난 사건에서 기인한 것으로 보이는 이야기들입니다. 이 분류에서 가장 유명한 사례로는 '불 운반자 신화'가 있습니다. 더 우월한 존재가 특정 종족에게 과학기술을 제공한다는 원형 설화에서 나온 이름이지요.* 네트워크 이전의 은하계 사회에서 불 운반자 신화는 드물지 않았습니다. 사실 은하계 역사에는 불 운반자 신화가 아주 보편적일 때가 자주 있었지요. 당시에는 거의 모든 종족이 발전 도중에 외부의 간섭을 받았기 때문입니다.**

오늘날, 네트워크는 잠재적인 시민 종족 모두를 엄격하게 보호하고 있습니다. 한 종족이 스스로 자신들의 항성계를 벗어날 수 있을 때까지 어떤 종류의 접촉도 허용하지 않고 있지요. 그래서 불 운반자 신화와 같은 비자연 신화는 이제 우리 은하계에서 거의 사라졌습니다. 좀 더 정확히 말하자면, 지난 1,000만 년 동안 항성 간 사회를 구축한 종족 중에서 불 운반자 신화를 가지고 있던 사례는 단 하나뿐입니다. [인간]이지요.

* 원본의 작가가 F타입 개인이었던 덕분에, 아주 드물게도 '불 운반자'라는 이름의 기원은 잘 알려져 있습니다. 작가가 속한 종족에게 불의 발견은 발전의 중요한 분기점이었던 것이지요.

** 접촉 전 간섭의 부정적 결과 목록은 [비자연 종족 발전]에서 확인하실 수 있습니다.

32

　사야는 아직 깨어나지 않았다. 대신 못이 된 것처럼 의식 속에 처박힌다. 자기 몸속으로 세게 던져진 느낌이다. 몸은 뭔가 아주 잘못되었다는 신호를 보내고 있다. 분명 눈을 뜨고 있지만, 아무것도 보이지 않는다. 팔다리를 모든 방향으로 움직여 봐도 바닥은커녕 아무것도 느낄 수 없다. 우주는 검고 텅 비었다. 낮고 불쾌한 소리를 피부로 느낀다. 새로운 몸의 심장이 뛰면서 온갖 화학물질을 혈관 속으로 쏟아보내기 시작한다.

　화학물질이 말한다. 위험해! 어떻게든 해야 해!

　하지만 사야가 허공에서 할 수 있는 일은 아무것도 없다. 우주 공간으로 던져진 것이다. 틀림없다. 자칭 네트워크라는 녀석은 환각에 불과했고 지금 사야는 지금 무한한 열린 공간 속 공허에서 발버둥 치고 있는 것이다. 곧 눈알과 혓바닥의 수분이 끓어오르겠지. 제발, 여신님. 이런 죽음은 너무 끔찍하다. 일레븐의 든든한 조종석으로 다시 돌아갈 수 있다면 무슨 짓이라도…

　　　　　　　　　　　　　　　　　　　　　티어4

오렌지색 경고가 갑자기 눈앞에 떠오른다.

[네트워크를 찾을 수 없습니다.]

모든 감각이 사라지고 없으니, 마치 여신님이 직접 전해준 말씀처럼 느껴진다. 사야의 정신은 이 단어들을 꼭 붙잡는다. 뜻은 아무래도 좋다. 무언가 보이는 것만으로도 감사하…

"사야?"

애처로운 목소리가 귀에 들리자 사야는 깜짝 놀란다.

"날 부르지 않았다는 건 아는데, 그래도 사야의 생체신호가 지금 폭주하고 있어서, 그래서 시스템이 날 불렀는데, 근데 네트워크를 도무지 찾을 수가 없어서, 또 내가 잠깐 죽기라도 한 것처럼 메모리에도 이상한 공백이 있고, 마지막으로 기억 나는 게 커다란 은색 강이 우리한테 달려드는 모습인데, 세상에, 오, 네트워크여. 너무 무서워서…"

"그만!"

사야는 거친 숨을 쉰다. 에이스의 목소리는 여전히 성가시기 그지없지만, 이번엔 이 목소리 덕분에 공황 상태에 빠지기 직전에 정신을 차렸다. 들을 수 있다. 숨을 쉴 수 있다.

살아 있다.

에이스가 조용히 말한다.

"알았어. 그냥…나도 네트워크가 멈추는 건 처음 봐서. 그래서…"

"에이스."

사야는 에이스의 말을 막는다. 그대로 두면 또 한참을 떠들 테니까.

"여기가 어디야?"

에이스는 울먹인다.

"모르겠어! 아무것도 모르겠어. 이대로 계속 접속을 못하면 나 정말 제정신을…"

사야는 다시 말을 막는다.

"그만. 알았지? 그냥…그만해."

기억이 말한다. '넌 내가 가지 못하는 곳에 갈 수 있으니까. 은하계의 그림자 영역으로도 갈 수 있어.'

환각이 아니었을지도 모른다. 어쩌면 이미 그림자 영역 어딘가로 던져진 것일 수도 있다. 동족들에게 두 번째 기회를 주기 위한 첫 번째 임무가 시작된 걸까? 정말 그렇다면…제발, 여신님. 제대로 준비할 시간은 줘야 하는 것 아닌가?

빛이 보인다. 빛과 함께 뼛속까지 흔드는 믿기 힘들 만큼 거대한 천둥소리가 들린다. 빛은 아주 멀리 떨어진 곳에서 사야 주변을 천천히 회전하고 있다. 아니면 사야가 돌고 있거나. 사야는 굶주린 시선으로 빛을 쫓는다. 눈을 가늘게 뜨고 자기가 도대체 무엇을 보고 있는지 알아내려 한다. 빛은 여기저기서 물결치며 조금씩 커진다. 빛이 밝아지자 거대한 구조가 모습을 드러낸다. 이윽고 익숙해 보이기 시작한다. 이미 본 적이 있다. 여기는…

"오, 여신님."

사야는 방문자 회랑에 있다. 어둠 속에서 어렴풋이 보이는 수백만 시민 구성원들과 함께, 수 킬로미터 높이에 떠 있다. 낮고 불쾌한 소리의 정체는 모두의 웅성거림이었다.

허공에서 표류하는 수많은 이들이 지금 상황에 대해 모두 같은 결론을 내리고 있다. 그것도 아주 끔찍한 결론이다. 무중력 상태에선 어디가 아래인지 알 수 없다. 그리고 어느 쪽이 아래이든 그곳에서 기다리는 건 죽음뿐이다. 사야 주변에 보이는 모두가 비상등 불빛 속에서 필사적으로 허우적거리고 있다. 생물학적 팔과 기계 팔 모두를 동원해 조금이라도 안전해 보이는 것을 잡으려고 한다. 그리고 거의 모두가 비명을 지르고 있다.

사야는 지금, 이 순간 역시 준비 과정이라는 걸 깨닫는다. 네트워크는 네트워크 연결 없이도 여전히 사야를 가르치고 있다. 네트워크가 말했던 혼돈이 바로 이것이다.

에이스가 여전히 떨리는 목소리로 말한다.

"이제 알겠어. 우리가 어디 있는지 알 것 같아. 지금 여긴…"

사야는 차갑게 말한다.

"방문자 회랑이야. 우린 지금 방문자 회랑 허공에 떠 있어. 망할 네트워크는 사라지고 없고."

이런 상황 속에 다시 돌아오리라고는 생각도 못 했다. 은하계의 그림자 영역은 개뿔. 여긴 네트워크의 심장 소리마저 들릴 것 같은 곳이다. 그래, 아무렴 어떤가. 사야는 최대한 몸을 비틀어 가며 모든 방향을 살핀다. 가장 가까운 다리는 10미터 이상 떨어진 데다 아래에 있지도 않다. 지금 상황에서 아래를 따져 무슨 소용이 있겠냐만, 사야는 일단 '아래'라고 부를 수 있을 만한 곳을 확인한다. 사야는 숨을 삼키고 눈을 돌린다.

에이스가 속삭인다.

"나만 이런 걸까? 나만 이렇게 될 수 있을까? 그러니까, 모두가 네트워크에서 이탈하는 건 불가능한 일 아닐까? 그렇다면…"

사야가 조용히 말한다.

"주변을 둘러봐. 네트워크화된 문명처럼 보여?"

공황은 썩 보기 좋은 모습이 아니다. 가장 문명화되었던 존재들은 티어 구분 없이 지성을 잃고 짐승으로 바뀐다. 여기 있는 지성체들의 행동은 이미 지성체다움을 잃었다. 이 공간을 가득 채우고 있던 서로 다른 수천 개 종족 사이에서 의사소통이 불가능해졌다. 오직 공포와 공황과 폭력뿐이다. 세상에, 폭력이라니. 사야는 아연실색하며 바라본다. 지금 서로에게 무슨 짓을 하는 거지? 공포에 질린 지성체들이 충돌하며 서로를 갈기갈기 찢고, 서로의 파편을 던져가며 다리나 멈춰 선 네트워크 드론을 향해 이동하고 있다. 공통 언어가 사라졌다. 서로를 연결해 주던 네트워크의 일상적 기능이 사라졌다. 네트워크가 사라졌다. 빈 공간에 남은 건 두려움뿐이다.

두 번째 삶을 시작한 지 얼마 되지도 않았지만 벌써 두 번째로 큰 충격이 사야를 찾아온다. 망할 여신님 같으니. 보인다. 섬세한 거미줄 같은 선이다. 고군분투하는 시민 구성원들 사이로, 힘없이 떠다니는 수백만 대의 네트워크 드론 사이로 선이 움직이고 있다. 시선의 초점을 맞추기가 어렵다. 네트워크가 보여준 살아 있는 실과는 다르다. 이쪽은 검게 죽은 실이다. 그럴 수밖에 없다. 네트워크가 끊어졌으니까. 실에게 빛과 생명을 줄 수 있는 힘은 이제 여기 없다.

사야가 속삭인다. 누군가에게 하는 말은 아니다.

"미쳤어. 저게 보이다니."

에이스가 말한다.

"그만 말하라고 한 것도 알고 나도 계속 말하려고 하는 건 아닌데. 아무래도 알고 싶어 할 거 같아서. 지금 우릴 둘러싸고 있는 건…"

사야가 조용히 말한다.

"공황 상태에 빠진 수백만 지성체. 나도 아니까 걱정하지 마."

"사실 그게 말이야. 내가 말하려고 한 건…저 커다란 은색 녀석이야."

봄이 얼어붙는다. 에이스의 말을 기다리기라도 한 것처럼 은색 덩어리가 사야의 시야로 침투해 온다. 그 뒤로 하나가 더 있다. 그리고… 또 하나. 발버둥 치는 시민 구성원 그 누구보다 가까운 곳에 있다. 허공을 가르며 이동하는 은색 구체들이 온 사방에 흩어져 있다. 수십 개가 비상등 불빛을 반사하며 반짝이고 있다. 어느 것도 지름이 50센티미터를 넘지 않는다. 이제 소리도 들린다. 잔잔한 불협화음이 끊어졌다 이어지기를 반복한다. 모든 구체가 경련하며 서로 다른 소리를 낸다.

에이스가 묻는다.

"어떻게 된 거야? 고장…난 건가?"

라이브러리안 한 쌍이 비상등 불빛 아래에서 표류하는 모습을 보며 사야는 수 광년을 가로지르는 정신 위로 어머니의 기억을 떠올린다. 그리고 가장 가까운 구체 표면의 물결을 보며 말한다.

"고장난 게 아니야. 내 생각엔… 연결이 끊어진 거야."

네트워크와의 연결이 끊어졌다. 사야처럼. 하지만 사야와는 달리 연결 없이 움직이도록 만들어지지 않았다. 스스로 어떻게 작동하는지 모르는 것이다. 지금은 뇌에서 강제로 분리된 뉴런에 불과하다.

사야에게 어떤 생각의 싹이 튼다.

에이스가 말한다.

"아무튼, 뭐든 간에 지금 저게 조금씩 가까이 오고 있고 난 다시는 잡아먹히고 싶지 않아."

무중력 상태이다 보니 몸이 기울어도 멈출 수가 없다. 사야는 대신 고개를 돌려가며 가장 가까운 은색 구체를 쫓는다. 은색 표면에 놀라울 만큼 침착한 자기 모습이 비친다. 네트워크가 한 말이 떠오른다. 지금의 사야는 위도우에 의해 조각되고 초거대 은하 규모의 지성체에 의해 강화된 인간이다. 자신을 죽인 존재를 바라보는 그저 평범한 사야 더 도터가 아니다. 조금 다른 의미에선 수십 년에 걸친 아광속 여행 동안 직접 키웠던 작은 동반자를 바라보는 세냐 더 위도우이기도 하다. 더욱 다른 의미에선 자기 자신을 바라보는 네트워크이기도 하다. 이 모든 것이 뒤죽박죽된 사야 내부 어딘가의 본능이 다음 할 일을 알려줄 것이다. 사실 이미 알고 있다. 왜 그래야 하는지는 알 수 없다. 사야는 천천히 가장 가까운 라이브러리안을 향해 손을 뻗는다.

에이스가 말한다.

"어… 지금 쉭쉭하며 쫓아내려는 거야?"

그런 것 같다. 하지만 공격적이지 않다. 오히려 딸을 향한 어머니 위도우의 다정한 타이름에 가깝다. 지금의 사야 더 도터를 구성하고 있는 많은 부분 중 하나는 지금 이 녀석이 홀로 겁을 먹은 상태라는 걸 인지하고 있다. 다른 부분은 이 녀석이 도움이 될 수 있다는 걸 알고 있다. 또 다른 부분은 이 녀석으로 무엇을 할지 알고 있다. 네트워크가 말한 대로다. 사야의 본성을 구성하는 모든 부분이 반응하고 있다. 다시 한번 신중하게 접근한다. 이번에는 손 대신 정신으로. '너의 힘이 담긴 곳은 너의 정신이니까.' 네트워크가 그렇게 말했다. 사야는 작은 라이브러리안 구체에서 뻗어 나오는 섬세한 실들을 따라간다. 본능이 이끄는 대로 사야는 라이브러리안의 정신과 접촉을…

아무 일도 일어나지 않는다.

에이스가 불안한 목소리로 묻는다.

"뭔가 일어나려는 거야? 조금씩… 다가오고 있잖아."

구체가 윙윙거리며 사야를 향해 다가오고 있다. 은색 표면 위로 왜곡되어 비치는 자기 모습이 커질수록 사야의 불안도 커진다. 가까워질수록 소리가 커진다. 마치… 굶주린 것 같다. 사야는 뒷걸음질 친다. 하지만 바닥에서 수 킬로미터 떨어진 허공이다. 새로 얻은 몸을 지키기 위해 사야는 정신이나 실 따위에 대한 생각을 일단 잊어버린다. 생물학적 팔과 기계 팔 모두를 펼쳤다가 라이브러리안이 삼킬 것 같아 다시 접는다. 당황한 와중에도 사야는 다시 한번 정신으로 접촉을 시도한다. 바로 저곳에 있다는 걸 느낄 수 있지만 사야의 접근을 거부하고 있다. 하지만 이미 해본 적이 있다. 분명히 해봤다. 정신에 닿았었다. 이 실을 따라가기만 하면 된다. 사야는 실을 잡아당긴다. 내 말들어, 이 망할 쇠구슬 녀석…

그때 사야가 붙잡고 있던, 라이브러리안과 네트워크를 연결해 주던 검은 실이 끊어진다. 사야의 의식은 무슨 일이 일어났는지 바로 인지하지 못하지만, 무의식은 그보다 앞서고 있다. '넌 새로운 네트워크야.' 목소리가 들린다. 사야는 본능적으로 깨닫는다. 그렇다면 이런 것도…가능하다.

사야는 재빨리, 그리고 능숙하게 실을 자신의 정신에 연결한다. 눈앞에 잔뜩 긴장한 자기 얼굴이 보인다. 라이브러리안이 고작 수 센티미터 앞까지 다가온 것이다. 이제 피부가 녹아버릴 거라 생각한 순간, 사야와 라이브러리안의 정신을 연결한 실이 금빛을 뿜으며 다시 살아난다. 라이브러리안 소리의 음역이 높아지더니 곧 안정적인 소리로 변한다. 은색 표면이 다리에 조금 닿았지만, 물어뜯긴 느낌은 들지 않는다.

사야는 안도의 숨을 쉰다.

"망할 여신님."

이것도 만약 네트워크의 수업이라면 사야의 생각보다 난도가 높다.

에이스가 소리친다.

"우릴 먹지 않았어! 근데…왜 안 먹은 거지?"

대답할 시간은 없다. 사야는 모든 라이브러리안 구체를 낡은 네트워크에서 뜯어낸 다음, 자신의 새로운 네트워크에 연결한다. 새로 연결할 때마다 실이 빛을 낸다. 하나씩 추가될 때마다 사야는 자기도 모르게 미소를 짓는다. 이제 라이브러리안은 서로를 느끼고 받아들인다. 수은 방울처럼 하나씩 하나씩 모여들기 시작한다. 서로의 소리가 조화를 이루면서 주변에 있던 모든 라이브러리안이 하나로 모인다. 소리는 천둥소리로 변하더니 사야의 몸을 흔들어 놓는다. 어둠 속에서 비상등 불빛을 받으며 물결치는 50톤의 액체금속이 사야의 주변을 감싸고 있다.

그리고 액체금속이 사야를 붙잡는다.

사야는 잔뜩 긴장하면서도 신음은 내지 않는다. 어마어마하게 무거우면서 따뜻한 무언가가 다리를 감싸자 사야는 숨을 참는다. 금속이 꼿꼿이 굳은 사야의 몸을 밑에서부터 타고 오른다. 유틸리티 수트를 십어삼킨 뒤, 한쪽 팔을 타고 내려가더니 로슈의 팔을 뜨거운 금속으로 감싼다.

에이스가 떨리는 목소리로 묻는다.

"우리 지금 먹히고 있는 거야?"

사야가 생각하기에도 먹히고 있는 게 분명하다. 사야가 도와줬는데도, 사야가 어둠 속에서 끌어내 줬는데도, 이 녀석은 사야를 집어삼키는 것으로 보답하고 있다. 사야는 다시 한번 라이브러리안 정신에 접촉을 시도해 본다. 조금 전보다 훨씬 크고 복잡해졌다. 온갖 감정이 층층이 쌓여 있다. 그리고… 사야는 웃는다.

"우리가 먹히고 있는 상황에 지금 웃고 있는 거야? 정말 웃고 있는 거 맞아?"

에이스의 물음에 사야가 답한다.

"이건 우리한테 코를 비비는 거야."

사야는 손가락으로 은빛 액체를 한 움큼 집는다. 지성을 가진 거대한 금속 덩어리를 어떻게 보듬어 줄 수 있을까? 물론 어떻게든 상처 입을 걱정은 없다. 얼음 망치로 내려치더라도 좋다며 가르릉거리기만 할 것이다. 어쩌면 그저 정신을 어루만져 주는 것만으로도 충분할지도 모른다. 이렇게…

라이브러리안의 정신이 빛나는 실을 통해 사야에게 경고를 보낸다. 위험. 위험? 이 녀석을 몸에 감싸고 있는 상황에서 위험한 게 있다고? 도대체 무엇이 사야의 작은 네트워크를 위협할 수 있단 말인가? 액체금속이 몸을 떨며 다양한 소리를 내지만 사야는 그 뜻을 이해할 수 없다. 라이브러리안은 어둠 속에서 사야 주변을 천천히 회전하기 시작한다. 조금씩 평평해지더니 가장자리가 칼날처럼 날카로워진다.

"이번에야말로 먹히는 거야?"

에이스의 물음에 대답할 수 있는 상황이 아니다. 사야는 네트워크로서 할 일을 한다. 자기 자신을 지키는 것. 본능을 따라 검은 실을 타고 내려간다. 이곳엔 표류하는 드론부터 시민들의 도우미 지성체까지 수천만 개의 네트워크 정신이 있다. 그 모든 정신이 주변으로 두려움을 발산하고 있다. 항상 누군가와 연결되어 있었지만, 지금은 모두가 서로 떨어져 각자의 지옥 속에서 히스테리를 일으키며 네트워크의 복구만을 절실히 기다리고 있다. 사야가 그들의 실을 끊어 자신에게 연결하자 사야를 향해 기쁨과 안도가 폭발하듯 쏟아진다. 네트워크에 남아 있을 수만 있다면 그들 모두 무엇이든 할 것이다. 네트워크를 위해 싸울 것이고 죽을 것이며 모든 위협을 제거할 것이다. 그리고 사야도 그들의 연결을 지키기 위해 무엇이든 할 것이다. 그들은 사야의 능력을 증폭해 주고 감각을 제공해 주며 사야의 정신을 수 세제곱킬로미터의 공간으로 확장해 준다. 사야는 그렇게 힘을 키운다. 하지만 그러고도 '그것'을 발견하는 데는 시간이 걸린다.

네트워크가 사라진 어둠 속에 누군가 도착했다.

사야의 정신이 수 킬로미터 규모까지 탐색해 보지만, 이 방문자는 그보다 훨씬 크다. 무언가 밀집해 있다. 사야에게 지금처럼 고차원적인 시점이 없었다면 그 존재조차 깨닫지도 못했을 만큼 거대하다. 방문자를 구성하는 몸들이 방문자 회랑을 가로지르며 들어오고 있다. 하지만 수천 개의 센서를 사용해도 이상하리만치 감지가 어렵다. 사야는 방문자의 몸들이 한곳에 모이는 걸 재미있다는 듯 지켜본다. 몸들이 움직이는 궤적으로 판단하건대 몇 분 전부터 대충 구체를 닮은 형태를 만들고 있다. 무언가 흥미로운 대상을 감싸고 있는 듯하다. 그리고 사야는 구체의 중심에 무엇이 있는지 깨닫고는 숨이 멎을 만큼 놀란다.

사야 자신이다.

직경 수 킬로미터 규모의 구체 모양 집단정신 가운데에, 소리를 내며 회전하는 라이브러리안에 둘러싸인 사야의 몸이 있다. 구체 안에 다른 지성체들도 있지만 모두 바깥으로 이동하며 중심에서 멀어지고 있다. 집단정신은 자신의 순도를 높이기 위해 자기 일부가 아닌 모든 것을 구체 바깥에 뱉어내고 있다. 사야처럼 여러 시점을 갖고 있지 않은 다른 시민 구성원들은 자신들이 바깥으로 이동하고 있는 이유는 고사하고 이 집단정신의 존재조차 인지하지 못한다. 가끔 서로 부딪히거나 스칠 때마다 가벼운 이끌림을 느낄 뿐이다. 그저 목적 없이 표류하며 우연히 충돌하고 있다고 생각한다. 하지만 사야에겐 진실이 보인다. 그들은 의도적으로 밀려나고 있다. 사야가 확보한 많은 드론도 같은 취급을 받고 있다. 아주 미약한 접촉으로 인해 점점 멀어지고 있다고 드론이 보고한다.

이윽고 구체 내부에 사야 혼자만 남았을 때, 집단정신 구성원들이 모두 모습을 드러낸다. 바깥에 있는 수많은 드론의 시점으로 보니 사야 자신은 똑같이 생긴 몸이 옹기종기 모여 만든 구름 속 점에 불과하다. 구름은 요란하고 소용돌이치며 혼란스러운 해일과 같은 지성체다. 몸 하나의 키는 1미터 정도. 흰색 머리카락을 기류에 휘날리며 어둠 속에서 금색 눈을 반짝이고 있다. 그 녀석이다. 인간을 멸종시킨 자.

거대한 정신 어딘가에서 작은 목소리 하나가 들려온다.

"미리 말해두는데, 누군가를 죽이기 위해 이렇게 많은 힘을 써보는 건 처음이야."

33

어둠에 휩싸였지만 사야는 두렵지 않다.

적어도 아주 무섭지는 않다. 생물학적 눈으로는 거의 아무것도 볼 수 없지만, 옵서버 바깥에 있는 드론들이 드넓은 방문자 회랑 전체를 보여주고 있다. 옵서버의 새로운 몸들이 발코니와 입구에서 계속 뛰어들고 있다. 옵서버는 자신을 차곡차곡 채워넣으며 몸을 한곳에 집중시킨다. 옵서버가 다른 옵서버 위에 올라서고 다른 옵서버의 팔과 다리를 붙잡는다. 그렇게 지름 1킬로미터의 거대한 구체를 만든다. 그리고도 계속 커지고 있다. 화랑에 있는 다른 시민 구성원들도 뒤늦게 이 구체를 발견하고 두려움에 빠진다. 네트워크도 없이 스스로 생겨난 이 공포스러운 거대 물체에서 멀어지기 위해 허공에서 서로를 밀어내며 미친 듯이 헤엄친다.

어두운 구체 한가운데에서 에이스가 생물학적 귀에 속삭인다.

"이건 정상이 아니야. 이건 정상이 아니라고. 네트워크가 사라지면 안 좋은 일이 일어나. 세상에, 네트워크여. 이건 정상이 아니야…"

사야는 조용히 말한다.

"에이스, 종료."

공황에 빠진 녀석을 상대할 시간은 없다. 사야는 더 많은 실을 붙잡아 한 번에 끊어버리고 그 끝을 자기 정신에 연결한다. 이제 본능처럼 능숙하다. 실은 어둠 속에서 생생하면서도 몽환적으로 빛난다. 네트워크 기능이 정지했다고 해도 여기엔 여전히 네트워크가 있다. 생물학적 몸이 옵서버에게 둘러싸인 채 표류하고 있다고 해도 사야의 힘이 있는 곳은 몸이 아니라 정신이다. 그 정신이 점점 커지고 있다. 사야는 빛나는 실을 더 많이 연결하면서 방문자 화랑 전체로 자기 자신을 확장한다. 새로운 구성원이 연결될 때마다 사야의 지성이 성장하고 시간이 조금씩 느려진다. 정신이 너무 거대해진 나머지 주변 소리를 동기화하기 위해 음속까지 생각해야 할 정도다. 이제 곧 빛의 속도 역시 고려해야 할 것이다. 빛이라고 하면… 사야의 정신 어딘가에 있는 센서가 중요한 무언가를 포착한다. 사야는 정보를 여과하고 검색하며 그 센서의 위치를 특정한다.

아, 이제 보니 사야 자신의 생물학적 눈이다.

이것을 신호로 사야는 시간을 다시 가속한다. 원래 뇌에 들어갈 수 있을 만큼 자신을 축소한다. 사야는 가늘게 뜬 눈을 손으로 가린다. 생물학적 눈의 한계가 너무 불편하다. 보이는 거라고는 허공에 떠 있는 자신의 몸과 그걸 둘러싼 구형 공간뿐이다. 둥근 벽은 모두 똑같이 생긴 옵서버로 되어 있다. 옵서버의 몸들은 서로에 의지해 밀고 당기며 각자의 자리를 지키고 있다. 그들의 숨소리와 옷이 스치는 소리가 섞이면서 화이트 노이즈가 끊임없이 이어진다. 사야를 바라보는 수천 개의 금색 눈동자가 어슴푸레하게 빛난다.

사야의 기억이 말한다.

'옵서버는 학살자에 거짓말쟁이야. 옵서버가 사랑하는 건 은하계가 불타오르며 혼돈에 빠지는 광경을 보는 것뿐이야.'

사야 위로 5미터 떨어진 어둠 속에 빛이 나타난다. 손에 램프를 든 옵서버 하나가 그곳에 떠 있다. 옵서버는 사야를 보며 웃고 있지만, 얼굴 아래에서 비추는 빛 덕분에 뭔가 괴기스러운 표정으로 보인다.

옵서버가 말한다.

"반가워."

사야는 눈을 가리고 있던 손을 내린다. 눈도 이제 적응했다.

"안녕."

옵서버의 구체 속에서 사야의 목소리는 조금의 메아리도 없이 조용하게 들린다.

옵서버는 여전히 웃는 얼굴로 말한다.

"그 반짝이는 친구 좀 치워주겠어? 그 녀석이 날, 음, 날 막을 순 없겠지만… 내 몸을 몇 개 파괴할 순 있을 것 같거든."

사야는 수천 개의 빛나는 실을 어루만지며 아군이 여전히 저 너머에 있다는 걸 확인한다. 그리고 말한다.

"그건 생각을 좀 해봐야겠어. 날 죽일 생각이야?"

"그럴 리가."

램프를 든 옵서버가 대답하자 주변을 둘러싼 다른 옵서버들이 사야의 말을 물결처럼 퍼뜨리고 웃으며 눈동자를 굴린다. 마치 지금까지 들어본 것 중 가장 웃긴 얘기라는 듯이.

사야는 라이브러리안을 맨손으로 붙잡는다. 라이브러리안의 회전 속도가 빨라지기 시작한다. 네트워크가 위협받고 있다는 걸 알고 있다. 라이브러리안과 수천 개의 드론은 자신들을 연결해 주고 있는 존재를 지키기 위해 무엇이든 할 테세다. 그것이 그들의 동기다.

"다음 질문. 내가 바보 같아?"

옵서버가 한숨을 쉬자 구체 전체에 깊은 한숨이 공명하듯 퍼져나간다.

"알았어, 알았어. 맞아, 널 죽일 거야. 하지만 네가 이해해야 해! 이건 네 종족을 위한 거니까. 어떤 의미에선 은하계 전체를 위한 것이기도 하고."

사야는 라이브러리안을 어루만진다. 정신으로는 네트워크에 연결된 실을 어루만진다. 두려움이 흔적도 없이 사라진다. 두려움 없는 기분이 너무나 짜릿하다.

"설명을 좀 해줬으면 하는데."

"원한다면. 하지만 네가 가진 자그만 정신으로는 이해하기 어려울 거야. 물론 널 무시하는 건 아니지만. 그리고 시간도 좀 촉박해서. 네트워크 기능을 정지시키는 게 얼마나 어려운 일인지 알아? 정말, 엄청, 어려워. 굉장히 어렵지. 네트워크는 백업의 백업이 중복되고 또 중복되는 구조라서 문제가 생기면 존재하는 모든 층이 서로의 일을 대신하려고 달려들지. 넌 아마 조금도 이해하지 못하겠지만 말이야."

사야는 대답하지 않는다. 사야는 구체 바깥에서 새 구성원 찾는 일을 계속하고 있다. 그래서 집중해서 듣고 대답하기가 조금 어렵다. 사야의 정신이 옵서버만큼 거대하지는 않지만, 특수 목적으로 설계된 다양한 네트워크 드론이 사야의 몸이 되어주고 있다. 만약 무중력 상태에서 육탄전이 벌어진다면 드론 한 대가 저 말랑하고 기분 나쁜 옵서버 두세 명 정도는 감당할 수 있을 것이다. 사야는 웃는다. 옵서버가 사야를 건드리는 순간, 옵서버는 분노로 가득한 사야 스타일의 네트워크 반응을 마주하게 될 것이다.

옵서버가 말한다.

"아무튼. 네 은색 친구는 치워줄 거야, 말 거야?"

옵서버가 안팎에서 몸을 준비하는 모습이 보인다. 수천 개의 센서가 하나의 이미지를 만들어 내고 있다. 구체 가장 안쪽 껍질의 옵서버들은 다리를 접어 올리고 뒷 껍질에 있는 옵서버들을 딛고 있다. 당장이라도 뛰어오를 것 같은 자세다. 다음 층 옵서버들은 서로 팔을 붙들어 고정하며 내벽 옵서버들이 뛰어오를 수 있는 표면을 만들어 주고 있다. 그들의 시선은 모두 예외 없이 사야를 향하고 있다.

사야는 다시 한번 라이브러리안을 한 움큼 붙잡는다. 라이브러리안이 자신을 감싸며 내는 소리가 가슴 깊은 곳에서 느껴진다.

사야가 말한다.

"이유를 말해 봐. 그럼 생각해 볼게."

옵서버는 눈을 깜빡이며 묻는다.

"이유를 말하면 널 죽이게 해줄 거야? 아무 저항도 하지 않고?"

"난 합리적이거든. 이게 내 동족을 위한 거란 걸 납득시켜 봐. 그게 아니라면, 글쎄. 넌 그 많은 몸 모두를 잃게 될 거니까."

물론 거짓말이다. 옵서버는 사야의 동족을 말살한 존재다. 사야는 무슨 일이 있어도 저 몸들을 모두 없애버릴 생각이다. 하지만… 지금은 몇 가지 답을 얻을 좋은 기회다. 보이는 것과는 달리 사실 사야가 더 우위에 있다. 옵서버의 수많은 시선 반대쪽에 있는 방문자 회랑에서는 매초 수천 대의 새로운 드론이 기쁜 비명을 지르며 사야의 네트워크에 뛰어들고 있다. 그들은 아무런 의심도 하지 않는다. 아주 단순한 존재니까. 사야의 네트워크가 당혹스러워도 그걸 바깥으로 드러내지 않는다. 수천 개의 자그만 정신이 발산하는 만족스러운 안도감을 사야는 직접 느낄 수 있다. 가까이 있는 드론 하나가 옵서버에 관심을 보이기 시작한다. 자신들이 속한 네트워크의 질서를 옵서버가 위협할지도 모른다고 생각하고 있다. 좋은 징조다.

옵서버는 10만 개의 입으로 숨을 삼키고 뱉는다. 그리고 램프를 든 옵서버가 말한다.

"좋아. 인간 종족에 대해서 알려주지. 난 그 아이를 사랑해."

사야는 멀뚱멀뚱 눈을 깜빡인다. 옵서버의 입에서 나올 거라고 기대한 것과는 전혀 다른 말이다. 수천 개의 폐가 뱉어내는 축축한 공기가 피부로 느껴진다.

"일단 가장 먼저… '아이'라고 했어?"

"'그 아이'라고 했지. 그걸 모른다면 넌 이해 못 할 거야. 그 아이는 작고 연약했지만, 그래도 난 그 아이를 사랑했지. 지난 수천 년 동안 함께 한 역사를 요약하기에는 시간이 너무 부족해. 네트워크 정지가 곧 끝날 거야. 간단히 얘기하자면 이런 거야. 난 그 아이를 사랑하고 넌 그 아이를 위협하고 있어. 이걸로 충분할까?"

사야는 커다란 라이브러리안 위로 팔짱을 끼며 말한다.

"인간을 사랑한다 이거지. 그래 놓고 우릴 모두 죽였으면서."

옵서버는 또 한숨을 쉰다.

"물론 넌 이해 못 하고말고. 그럴 수밖에. 넌 부모가 아니니까. 피에 굶주린 너의 어머니가 너에게 준 사랑을 생각해 봐. 그걸 10억 배로 만든 게 내가 인간에게 느끼는 사랑이야. 난 그 아이를 입양했어. 네 어머니가 널 입양한 것처럼. 넌 모르겠지만 그게 바로 은하계가 작동하는 방식이었어. 이 네트워크라는 어처구니없는 게 생기기 전까지는 말이야. 그때 우린 모두 자유로웠어. 언제나 상위 종족이 더 낮은 종족을 입양했지! 우린 그걸 '끌어올리기'라고 불렀고. 하지만 너도 알다시피 네트워크가 나타났어. 그 녀석은 자기 권한으로 이 아름다운 전통과 다른 수많은 문화를 없애버렸어. 자기 목적에 방해가 되니까."

사야 주변에서 수천 명의 옵서버가 슬픈 표정으로 고개를 흔든다. 그들 뒤로 사야는 여전히 자기 정신의 구성원을 모집하고 있다. 그러면서 어두운 방문자 회랑으로 계속해서 들어오는 옵서버의 다른 몸들을 살핀다. 옵서버의 몸들은 입구에서 달려 나와 다리를 건너고 어둠 속에서 성장하고 있는 거대한 구체를 향해 뛰어든다. 옵서버의 지성 역시 성장하고 있다. 한순간도 긴장을 풀 수 없는 규모와 속도다.

이윽고 옵서버의 인내심이 한계에 이른다. 사야는 수만 개의 시선으로 그 모습을 지켜본다. 회랑 내부의 분위기가 갑자기 바뀌고 입구와 다리를 달리던 수천 명의 옵서버가 그 자리에 멈춘다. 그리고 사야를 둘러싼 구체를 그저 바라본다.

램프를 든 옵서버가 묻는다. 조명 아래로 가늘게 뜬 금색 눈이 보인다.

"내 얘길 제대로 듣고 있는 것 같지 않은데."

왜냐하면 날 지키기 위해 새로운 네트워크를 구축하고 있으니까. 왜냐하면 난 인간 학살자인 널 당장 죽여버릴 생각이니까.

사야가 말한다.

"미안. 그냥… 네가 하는 말을 들으며 생각을 좀 하고 있었어."

컴컴한 구체 바깥에 있는 옵서버들은 여전히 방문자 회랑 여기저기에 멈춰 서 있다. 그들의 금빛 시선이 마치 수천 개의 서치라이트처럼 광활한 공간 이곳저곳을 살핀다. 무언가를 찾고 있는 듯하다.

사야 앞에 있는 옵서버가 고개를 기울이며 조용히 말한다.

"그렇단 말이지."

사야도 옵서버를 바라본다. 옵서버가 입으로 말한 것 이상의 의미를 전하고 있다는 걸 어째서인지 직감할 수 있다. 두 거대한 정신이 각자의 눈과 센서로 서로를 응시한다. 그리고 잠시 뒤… 옵서버가 미소와 함께 긴장을 깬다. 그리고는 침묵 따위는 없었다는 것처럼 말한다.

"어쨌거나. 내가 말했던 것처럼 네트워크는 살아 있는 존재야. 유기적 구성체지. 그리고 다른 유기체와 같은 목표를 갖고 있어. 성장하

티어4

는 것. 그리고 그러기 위해선 무언가를 먹어야만 해."

사야는 드론을 수집하려는 노력을 잠시 멈추고 옵서버가 한 말의 뜻을 상상해 본다.

"뭘…먹어?"

옵서버는 슬픈 웃음을 지으며 말한다.

"뭐냐니? 종족을 먹지."

사야의 정신은 다른 모든 활동을 멈추고 다시 몸 안으로 돌아온다. 사야는 이제야 옵서버에게 온전히 집중하고 말한다.

"설명해."

"정말 시간이 없어. 이야긴 다음에…"

"안 돼. 설명해."

"좋아. 그럼 잘 들어. 간단히 얘기하자면 이런 거야. 한 종족이 출신 항성계를 떠나오면, 네트워크는 다른 시민 종족들을 이용해서 자기를 소개해. 그리고 두 가지 선택지를 주지."

두 번째 옵서버가 램프 앞으로 내려와 말한다.

"첫째, 시민 종족이 되는 것. 네트워크를 전면적으로 받아들이는 거야. 물론 대부분 기꺼이 그렇게 하지. 그야 5억 년 동안 갈고 닦은 상술이니까. 그리고…"

옵서버가 웃는다. 짧게, 그리고 차갑게.

"똑똑하기 그지없으니까. 정말 사악해. 그리고 몇 세대가 지나고 나면 그 종족의 모든 구성원이 네트워크 이식체를 몸에 심을 거야. 그야 그게 '네트워크를 온전히 경험할 수 있는 유일한 방법'이니까. 그런 말 들어보지 않았어?"

사야는 어린 시절 그토록 원했던 네트워크 이식체를 잠시 떠올린다. 워터타워의 모든 주민이 자기 신경계 어딘가에 설치한 이식체.

"그게 어디가 똑똑하다는 거야?"

"네트워크가 그들을 위해 이식체를 나눠준 거로 생각해? 네트워크가 보호자답게 위대한 이타주의를 발휘한 거로 생각해? 정신 차려! 자기가 성장하기 위한 거야. 네트워크는 새로운 종족들의 정신을 소모하면서 성장하고 있어. 자신의 작은 부분들을 모든 구성원에게 부담시키고 그들이 거쳐온 독특한 진화의 산물을 수확해 자기 정신의 다양성으로 삼는 거야. 이건 지성에 대한 기생이라고. 네트워크는 의식보다 깊은 곳까지, 본능의 영역까지 파고 들어갈 수 있어. 새로운 종족을 흡수할 때마다 네트워크는 더 강해지고 자신을 지켜줄 세력까지 얻게 돼. 네트워크 시민들이 네트워크를 지키려고 왜 그렇게 필사적으로 싸운다고 생각해? 인간이 저항을 선언하자마자 이웃 종족이 즉시 인간을 공격한 이유가 뭐라고 생각해? 왜냐면 그들이 네트워크니까. 네트워크가 그들이니까. 네트워크는 그들 모두의 머릿속에 있으니까."

사야는 어둠 속을 표류하며 동요한다. 존재 자체가 네트워크인 옵서버가 네트워크의 더럽고 지저분한 이면에 대해 말했다. 불과 몇 분 전까지 수천 개의 정신을 흡수하고 있던 사야로서는 불편하기 짝이 없는 말이다. 모든 정신은 자신들이 속한 네트워크를 지키기 위해 죽음을 불사하고 싸울 것이다. 그들의 본능을 따라…

다른 옵서버가 램프를 든 옵서버 옆에서 다가오며 말한다.

"물론 두 번째 선택지도 있지. 고향에 머무르는 거야. 항성계 외부 탐사는 즉시 멈추고 항성계 바깥에 있는 모든 우주선을 돌려보내야 하지. 그리고 더 이상의 기술 개발을 완전히 포기하겠다고 선언해야 해. 그야말로 감금되는 거지. 항성계의 모든 생명을 없애버릴 힘을 가진 감시자까지 붙여서. 이건 어디까지나 선택이 가능한 것처럼 착각하게 만들기 위한 거야. 네트워크가 합리적인 존재로 보이게 하지. 하지만 누가 그걸 고르겠어? 아무도 고르지 않아. 첫 번째 선택지가 훨씬 매력적이니까. 그리고 너도 마찬가지였지. 안 그래?"

옵서버는 웃으며 말을 잇는다.

"워터타워 관제실에서 널 봤어. 유일하게 네트워크화되지 않은 아이였지. 꼬마 사야 더 도터는 네트워크 이식체를 손에 넣기 위해서라면 무슨 짓이든 했을 거야."

사야는 이마에 있는 네트워크 유닛을 향해 손을 들어 올린다. 얼굴이 달아오른다. 어렸을 땐 언제나 네트워크를 바깥에서만 바라봤다. 그마저도 구닥다리 보조구의 오류 가득한 홀로그램을 통해서였다. 은하계에 있는 모두가 사야에게는 없는 것을 갖고 있었고 사야는 그것을 원했다. 그것을 얼마나 절실히 원했는지는 지금도 잊을 수 없다.

램프를 든 옵서버가 목을 가다듬고 다른 두 옵서버 사이로 다가온다. 옵서버는 빛과 그림자로 일그러진 얼굴로 말한다.

"네트워크는 모든 종족에게 이 두 가지 선택지를 보여줘. 하지만 사실 세 번째 선택지도 있지. 네트워크가 그 가능성조차 감추고 싶어

하는 선택지. 지난 1,000만 년 동안 어떤 종족도 이걸 고르지 않았어. …단 한 종족만 빼고."

옵서버는 웃는다. 밑에서 비추는 조명 덕분에 이상할 만큼 으스스해 보인다.

"세 번째 선택지는 이거야. 네트워크의 수많은 눈을 노려보며 이렇게 말하는 거지 …좆 까."

모든 방향에서 옵서버가 키득거린다.

옵서버 하나가 한숨을 쉬며 말한다.

"아, 내 귀여운 인간. 그 아이는 내가 시킨대로 했어."

옵서버는 웃음을 멈추고 수많은 눈으로 사야를 바라보며 말한다.

"네가 물려받은 건 그 유산이지. 네 동족은 네트워크의 거짓말을 꿰뚫어 볼 만큼 용감했고 또 현명했어. 그리고 무슨 일이 일어났는지 봐. 박멸되었어. 해충처럼! 세균처럼! 너희는 체계적으로 추적되고 제거되었어. 마침내 이 우주에서 인간을 찾아볼 수 있는 곳이 단 두 곳만 남을 때까지. 하나는 네가 태어난 콜로니야. 수백 년 전에 내가 학살을 피해서 숨겨둔 곳이지. 다른 한 곳? 다른 한 곳은 바로 여기야. 네트워크 속 마지막 인간이 지금 바로 내 앞에 있지. 자기 종족이 사형선고에서 무사히 살아남았다고 순진하게 믿고 있는 녀석 말이야."

말을 한 옵서버가 다가온다. 회전하는 라이브러리안이 만드는 난류로 옵서버의 옷이 펄럭이며 휘날린다.

사야는 불편한 생각들이 잔뜩 끓어오르는 걸 억누른다.

"그건…그건 말도 안 돼. 우리가 정말 세균이고 네트워크가 여전히 우릴 죽이려고 한다면, 도대체 왜…”

옵서버는 금색 눈동자를 반짝이며 말한다.

“그럼 왜 넌 아직 살아 있냐고? 아, 정말 순진한 인간, 내 믿음직한 작은 세포 같으니. 왜냐하면 넌 해야 할 일이 있기 때문이야. 이루고 싶은 꿈이 있잖아, 안 그래? 잃어버린 동족을 발견하는 것! 넌 찾으러 갈 수밖에 없어. 그게 바로 너니까. 하지만 네가 평생 꿈꿔온 바로 그 순간, 네가 성공의 물결에 취해 있는 바로 그때…”

“콰광!”

10만 개의 입이 소리를 지르자 천둥이 폭발하는 것 같다. 수 킬로미터 바깥까지 뻗은 사야의 시아 가장자리에서 공포에 질린 수백만 개의 시선들이 어둠 속 거대한 구를 바라보고 있다.

굉음이 사라지자 램프를 든 옵서버가 웃는다.

“너한테 인간을 재생산할 가능성이 없다면 네트워크도 그냥 널 살려둘 거야. 아마 관심도 주지 않겠지. 네 동족 얘기라면? 절대 그냥 놔둘 수 없지. 서로의 존재도 모르는 원자 몇 개 수준이라도 무슨 짓을 저지를지 알 수 없으니까.”

‘잘 기억해. 옵서버는 학살자에다 거짓말쟁이야. 옵서버가 사랑하는 건 은하계가 불타오르며 혼돈에 빠지는 광경을 보는 것뿐이야.’

“그러는 넌 그걸… 어떻게 알아?”

“난 네트워크의 본성을 아니까. 네 인생에 대해서도 좀 알지. 이젠 너도 잘 알겠지만, 나 같은 상위 정신들은 20억에 20억을 같이 생각할 줄 아는 재능이 있거든. 나의 초라한 의견을 밝히지만, 가장 확실한 증거는 이거야. 작은 인간, 너에겐 운이 아주 넘친다는 거지. 그렇지?"

사야는 옵서버를 바라보며 말한다.

"나한테 운이 넘친단 말이지. 지금 농담하는 거야?"

두 번째 옵서버도 똑같이 웃으며 말한다.

"좋은 운이라고는 하지 않았어. 하지만 네가 아주 비범한 삶을 살고 있다는 건 인정해야 할 거야. 넌 말도 안 되는 수많은 사건을 경험하고 있어. 네가 네트워크 공간에 들어선 순간부터 어떤 존재, 어떤 거대한 존재가 널 발견하기라도 한 것처럼. 네가 무사히 성장할 수 있도록 그 존재가 큰 노력을 기울이고 있기라도 한 것처럼. 그래서 언젠가 그 존재를 찾으러 올 수 있도록. 이 존재는 너에게 조력자들을 보내고 도구를 제공했지. 나 같은 거대한 정신에게 있어 이 모든 것이 뜻하는 건 단 하나야. 사야 더 도터, 너에겐 어두운 목적이 있고 넌 그 목적에서 결코 벗어날 수 없다는 것."

'잘 기억해. 옵서버는 학살자에 거짓말쟁이야. 옵서버가 사랑하는 건…'

세 번째 옵서버가 씁슬하게 웃으며 말한다.

"네가 진짜로, 말 그대로 정말 살해당했을 때도 말이야. 넌 그냥 죽지도 못했어. 사야 더 도터, 넌 네트워크의 허락이 없으면 죽을 수도 없어. 널 그렇게까지 살려두는 이유가 뭐라고 생각해?"

사야는 갑자기 떠오른 의구심을 억누르며 옵서버의 수많은 얼굴을 둘러본다. 모두 안타깝다는 시선으로 사야를 바라보고 있다. 그리고 은하계 전체의 근심걱정을 짊어지기라도 한 것처럼 한숨을 쉰다.

티어4

옵서버의 거대한 정신 모든 방향에서 말이 흘러나온다.

"정비용 드론이 과연 왜 자기가 청소를 하고 싶은 건지 궁금해할까?"

"운반용 드론이 과연 왜 자기가 물건을 옮기고 싶은 건지 궁금해할까?"

"여압 수트가 과연 자기가 탑승자의 안전을 지켜야 할 이유를 의심할까?"

"네가 지금까지 사용한 모든 위생시설은 어때? 그 녀석들은 자기가 왜 그 일을 사랑하는지 궁금해할까?"

"네 네트워크 유닛 속에 있는 작은 지성체는 왜 자기가 재밌는 이야기하는 걸 좋아하는지 궁금해할까?"

옵서버의 10만 개 입에서 쓴웃음을 뱉자 방문자 회랑에 다시 한번 천둥이 울린다. 수백만 지성체가 다시 몸을 떤다. 아직도 구체 주변을 표류하는 일부 지성체는 이 거대한 지성체와 거리를 두기 위해 공기 속에서 필사적으로 헤엄친다.

램프를 든 옵서버가 말한다.

"너도 마찬가지야. 사야 더 도터. 너도 왜 그렇게 절실히 동족을 찾으려고 하는지 단 한 번도 궁금해하지 않았지."

옵서버가 슬픈 웃음을 지으며 이어 말한다.

"넌 많은 하급 티어 정신을 항상 능숙하게 다뤘지. 너한테도 그런 일이 없을까? 은하계에선 너도 하급 정신에 불과한데 당연히 너한테도 같은 일이 일어나야 하지 않을까?"

사야는 속이 불편해진다. 단단하던 자신감에 균열이 생기고 있다. 조금 전까지만 해도 분명한 목적이 있었고 그 목적은 순수하기 그지 없었다.

"왜? 도대체… 왜?"

"왜 너냐고? 간단히 말하자면, 왜냐면 너한텐 동기가 있으니까. 그리고 그게 네트워크가 작업하는 방식이니까. 네트워크는 뭔가를 새롭게 만들지 않아. 그저 손에 잡히는 도구를 이용할 뿐이지. 네트워크는 널 감시하고 있어. 동시에 널 지키고 있고. 네가 일을 해야 할 때마다 네트워크가 네게 강렬한 동기를 주고 있어. 뭔가 필요할 때마다 네게 필요한 걸 주면서 널 조금씩 인간 추적 미사일로 만들어 가는 거야. 넌 동족을 찾는 걸 절대 포기할 수 없어, 도터. 그게 바로 너니까."

사야는 가장 가까이 있는 옵서버를 바라본다. 그는 불가능한 일을 해내고 있다. 자기 주장이 사실이라고 사야를 설득하는 데 거의 성공하고 있다.

사야는 천천히 말한다.

"그러니까 내가 살아 있으면, 난 내 동족을 찾아내겠지. 그리고 내가 동족을 발견하면… 그들은 모두 죽을 거고."

모든 옵서버의 얼굴에 슬픔이 떠오르고 옵서버 하나가 말한다.

"네가 동족을 발견할 수 있느냐 없느냐는 중요하지 않아. 중요한 건 언제나 이거야. 네가 그 일을 저지르고도 살아갈 수 있을까? 사야 더 도터, 넌 나만큼이나 인간을 사랑하지 않아? 동족이 그저 생존만 하는 게 아니라 크게 번성하길 원하지 않아? 다시 한번 어딘가에 뿌리를 내리고 네 상상보다 더 위대하고 더 아름답게 성장하길 원하지 않아? 작은 존재야, 난 그러길 바라고 있고 그게 내 목표야. 그리고 그런 의미에서… 넌 날 방해하고 있어."

사야는 옵서버의 말을 들으면서 어둠 속에 떠 있다. 사야의 많은 구성원들이 끊임없이 정보를 흘려보내며 수천 개의 실을 깜빡이고 있다. 사야에겐 중대하지만 서로 다른 이야기 두 가지가 있다. 하나는 네트워크가 해준 이야기다. 이 이야기는 논리와 의무로 가득한 사야의 정신 깊은 곳에 있다. 옵서버의 이야기는 지금 정신 가장자리에 스며들며 뜨거운 격정을 불러일으키고 있다. 두 이야기가 약속해 주는 건 같다. 사야의 동족이 다시 태어나는 것. 하지만 어느 쪽이 사실인지는…

더 거대한 정신의 거짓말을 어떻게 알아차릴 수 있을까?

"내가 원하는 건…"

사야는 말을 하다가 목소리가 심하게 떨린다는 걸 깨닫고 다시 입을 닫는다. 목을 가다듬고 왠지 이상한 느낌이 드는 눈을 깜빡인다. 연약하기 짝이 없는 생물학적 몸은 자신이 힘과 지식을 연결하는 거대한 정보망의 중심에 있다는 걸 잊고 있는 것 같다.

사야는 젖은 눈을 거칠게 닦으며 말한다.

"내가 항상 원했던 건 하나밖에 없어. 집으로 가는 것. 워터타워를 말하는 게 아니야. 저기 어디에 있는 낡은 우주선도 아니고. 내가 말하는 집은… 내 동족이야. 하지만 네 말은 내가 동족을 발견하면 나 때문에 모두 죽을 거라는 거지. 그래서 난…"

사야는 말을 끊는다. 옵서버에게서 고개를 돌려 제멋대로 반응하는 눈을 감추고 싶다. 하지만 감출 곳이 없다.

옵서버는 다정하게 말한다

"그렇지 않아, 사야 더 도터. 그렇다고 네가 동족을 죽인 존재가 되지는 않아. 내가 네 동족의 학살자가 아닌 것처럼. 이 모든 일의 배후에 있는 정신은 하나밖에 없어. 제안을 거절한 종족이 어떻게 되는지 네 동족을 예시로 들어 보여줘야 한다고 결정한 것도 그 존재고. 네가 지금까지 많은 하급 티어 지성체를 다뤄왔던 것처럼, 너도 그저 그 존재의 목적을 위한 도구였을 뿐이야."

조명을 든 옵서버가 웃는다. 옵서버의 얼굴에 다시 긴 그림자가 드리운다.

"사야 더 도터, 너 자신이 네트워크였던 게 아니고서야, 그건 네 책임이 아니야."

사야는 부드러운 소리를 내는 라이브러리안과 거대한 집단 지성에 둘러싸인 채 어둠 속을 표류한다. 그리고 조용히 말한다.

"나 자신이 네트워크. 나 자신이 네트워크였다면."

옵서버는 아무 말 없이 무수한 눈으로 사야를 바라본다.

사야가 가장 가까운 금색 눈동자를 보며 말한다.

"넌 알고 있잖아. 네트워크가 날 어떻게 했는지 알고 있잖아. 나한테 어떤 지시를 내렸는지도."

램프를 든 옵서버가 조용히 말한다.

"이렇게 한번 관찰해 보자고. 여기 사야 더 도터가 있어. 한쪽엔 네트워크가 보여. 은하계를 집어삼킨 존재이자 자신의 잠재적 위협을 체계적으로 제거하는 존재이며, 네 동족을 말살한 존재지. 다른 쪽엔 나머지 우리가 보여. 네트워크에 저항하고 맞서 싸우는 종족들이야. 여기엔 인간, 그 아이의 살아남은 일부도 있지. 잘 관찰해 봐. 사야 더 도터가 눈앞에 놓은 질문을 고민하고 있는 모습을. 자기 종족의 운명이 걸린 질문이거든. 나는 네트워크일까? 아니면 나는… 인간일까?"

사야는 딱딱하게 굳은 채 어둠 속을 표류한다. 아무리 정신이 강화되었다고 해도 감당하기 어려울 만큼 거대한 이야기다. 불가능하다. 신에 가까운 정신이자 은하계 그 자체인 네트워크에게 저항한다니. 네트워크는 사야가 방문자 회랑에서 힘겹게 해낸 일을 은하계 전체에서 해낸 지성체다. 힘으로 질서를 유지하고 모든 시민 구성원을 교묘하고 철저한 방법으로 통제해 그들이 족쇄를 인지조차 하지 못하게 만드는 정신이다. 사야에게 힘을 준 정신인 동시에 사야의 동족을 이미 한 번 말살한 정신이다.

네트워크의 그림자에 가려진 반대편에는 인간이 있다. 사야가 평생 꿈꿔왔던 모든 것. 자신과 같은 사람들. 친구. 가족.

고향.

사야의 내부에서 무언가가 새하얗게 타오른다. 억눌리지 않은 분노다. 옵서버가 사야의 감겨 있던 눈을 뜨게 해줬다. 사야는 지금까지 많은 하급 티어 지성체를 속여 원하는 대로 이용해 가며 살아왔다. 자기 자신도 그렇게 이용될 수 있다는 걸 왜 생각하지 못했을까? 네트워크는 옵서버가 학살자라고 했다. 네트워크는 옵서버가 학살은커녕 인간을 도와주고 있었다는 사실을 감추고 자기 마음대로 조작한 사건을 보여줬다. 네트워크야말로 사야의 동족 모두를 처참하게 학살한 존재였다.

램프를 든 옵서버가 묻는다.

"그래서? 어느 쪽이야? 넌 네트워크야, 아니면 인간이야?"

사야는 떨리는 숨을 뱉는다. 지금 결단을 내릴 필요는 없다. 이미 정했으니까. 어머니가 진실을 이야기해 줬을 때, 자신이 물려받은 유산을 깨달았을 때 결정했다. 이후 계속해서 그 길을 좇아왔다. 사야 자신의 본성에 의한, 사야 자신을 위한 결정이었다.

사야는 자그맣게 말한다.

"난 인간이야."

"뭐라고?"

모든 옵서버가 들리지 않는다는 듯 한쪽 손을 귀에 가져다 댄다.

사야 더 도터는 깊은숨을 한 번 들이쉬고 옵서버의 정신을 향해 외친다.

"난 인간이야!"

안도의 숨소리가 파도처럼 옵서버 사이로 퍼져나간다. 동시에 모든 옵서버가 웃음을 짓는다.

램프를 든 옵서버가 말한다.

"그렇다면 이제 무슨 일을 해야 할지 잘 알겠지."

34

　사야가 새로 얻은 능력이 무엇이든 간에 일단 분노 능력만큼은 조금도 잃지 않았다. 오히려 1,000배는 더 늘었다. 사야의 정신을 구성하는 모든 세포가 분노로 가득 차 있고, 이 세포들은 수 세제곱킬로미터의 방문자 회랑 안에 퍼져 있다. 사야의 정신을 구성하고 있는 수많은 정신이 각각 각자의 일을 집중적으로 빠르게 처리하고 있다. '네트워크는 질서를 지향한다.' 사야가 1,000번은 들은 말이다. 하지만 사야는 네트워크가 아니다. 사야 더 도터는 '정의'를 지향한다.

　블랙스타 구석에 있는 이 정신은 더 이상 워터타워 스테이션의 바보가 아니다. 고장 난 네트워크 유닛을 뒤집어쓴 아슬아슬한 규정 지성체도 아니다. 워터타워 스테이션의 2배 규모를 가진 정신이다. 위도우의 본능을 가진 인간의 지성 코어이며 50톤의 살아 있는 금속에 둘러싸여 있다. 어두운 공간에 퍼져 있는 수백만 대의 청소, 재활용, 정비, 운반운송 드론들과 위생시설, 그리고 모든 규정 지성체 뇌에 이식된 도우미 지성체로 정보를 처리하고 있다. 네트워크 속의 네트워크다. 컴컴한 방문자 회랑 전체를 뒤흔들며 끓어오르는 분노와 빛의 결집체다.

이것이 사야 더 도터다.

사야가 차갑게 웃으며 말한다.

〈네트워크는 아마 이걸 썩 좋아하지 않을 거야.〉

어떻게 말을 했는지, 어떻게 웃었는지 사야 본인도 모른다. 하지만 인간 사야가 성대의 작동 원리를 몰랐던 것과 다르지 않다. 사야의 의식은 도구의 자세한 작동 원리를 알았던 적도 없고 알 필요도 없다. 사야의 드론 한 대가 옵서버에게 한 말이든, 사야가 인간의 입을 움직여서 한 말이든, 100만 개의 몸으로 춤추며 전달한 것이든, 그게 무슨 상관이란 말인가?

옵서버가 웃는다.

〈절대 좋아하지 않겠지. 네트워크가 좋아하든 싫어하든 우린 해야 할 일을 할 뿐이야. 안 그래?〉

옵서버도 마찬가지다. 사야의 수백만 대 드론 사이에 퍼져 있는 똑같이 생긴 수십만 개 몸으로 말한다. 옵서버는 마치 하나의 의지를 따라 움직이는 25만 마리의 해양 생물 군체 같다. 몸 하나하나는 어설프기 짝이 없다. 다리나 기둥 너머로 몸을 던지면서 흥분한 시민이나 건물과 거의 부딪힐 뻔하거나 서로를 어둠 속으로 집어 던지며 소리 지르고 웃는 모습만 봐도 알 수 있다. 하지만 하나로 뭉치면 전혀 다른 존재가 된다. 25만 개체가 모여 하나의 정신을 구성한다. 이마저도 항성 간 공간 전체에 퍼져 있는 정신에서 한 방울 떨어져 나온 것에 불과하다. 이것이 옵서버다. 이것이 인간의 보호자이자 부모다.

두 개의 거대한 정신이 표류하는 방문자 회랑에서 옵서버가 말한다.

〈네트워크는 네가 상상도 못 할 방법으로 방어할 거야. 심지어 나도 지금까지 보지 못한 방법으로 나오겠지. 내가 이래 봬도 그동안 제법 많은 일을 터뜨려 왔는데도 말이야. 그 녀석은 수백만 년 걸려서 만든 무기를 숨겨두고 있어. 지금처럼 계획이 예상대로 흘러가지 않을 때를 위해서지.〉

25만 개의 얼굴들이 25만 개의 웃음을 짓는다.

〈그리고 내가 장담하는데, 네트워크가 널 이용해서 어떤 계획을 세웠든… 그건 절대 예상대로 흘러가지 않을 거야.〉

옵서버의 말에 사야는 기분이 짜릿해진다. 사야 내면에 있는 위도우다. 100만 배 증폭된 위도우다. 위도우는 뛰어오르고 턱을 딸깍이며 부속지의 칼날을 갈면서 전투 포효를 지르고 있다. 사야 내면의 인간은 이 살육자를 조용히 지켜본다. 영혼 속으로 번개가 번쩍인다. 인간은 주먹을 힘껏 움켜쥐고 정의를 갈망한다. 사야는 많은 정신이 하나의 몸에 모인 것이 아니다. 사야의 본성 자체가 많은 부분으로 이루어져 있다. 사야는 사야 더 도터다.

그리고 사야 더 도터는 정의를 지향한다.

사야의 의식 경계 바깥으로는 블랙스타의 에너지가 차분하게 흐르고 있다. 사야의 적은 5억 년 동안 천천히 그리고 느긋하게 힘을 키워왔다. 그 녀석의 정신은 단 한 번의 싸움도 없이 영겁의 시간을 보내왔다. 은하계의 목을 조르고 있는 거대한 지성체다. 10억 항성계 시민들에게 족쇄를 채우고도 들키지 않고 있다. 블랙스타에서 뻗어 나온 데이터와 에너지 섬유가 족쇄이고 감옥이다. 작은 정신 하나와 연결되어 있을 때는 족쇄는커녕 가느다란 실로밖에 보이지 않지만, 스테이션 바깥으로 나온 실들은 서로 엮이며 거대한 케이블이 되어 수백 개의 아공간 통로로 들어간다. 800개 항성계의 에너지와 정보가 그곳으로 흐른다. 이 하나의 블랙스타를 통해 800개 항성계가 네트워크로 연결된다.

아니, 연결되는 게 아니다. 노예가 된다.

사야의 정신이 속도를 올린다. 사야의 몸 어디선가 호흡이 가빠진다. 거대해졌음에도 작은 존재라는 느낌이 든다. 단단한 지성의 벽 속에 갇힌 것 같다.

〈그 녀석은 너무⋯거대해.〉

사야의 말에 25만 옵서버가 웃는다.

〈네가 생각하는 것만큼 크지는 않아. 이 은하에서 10억 개 항성계를 지배하고 있지만, 아직 자유로운 항성계가 100배는 더 많아. 그 녀석이 1세제곱킬로미터의 공간을 통제하고 있다면 그 바깥엔 1조 세제곱킬로미터의 공간이 있어. 네트워크는 확실히 거대하고 강력하지만⋯ 우리 나머지와 마찬가지로 유한한 존재야.〉

사야는 바깥을 바라본다. 프렉탈 구조로 빛나는 네트워크가 보인다. 모세혈관, 정맥, 동맥, 그리고 거의 보이지 않는 실이 100킬로미터 두께의 가지가 되고 이 가지들이 엮여 암석 행성 지름에 맞먹는 두께의 몸통 줄기가 된다. 이 몸통 줄기가 가장 거대한 아공간 통로로 들어간다. 그곳에서 높이, 그리고 더 높이, 상상마저 허용되지 않는 광대한 지성을 향해 간다. 옵서버는 네트워크가 작다고 말하지만… 사야는 그보다 더 작다. 네트워크는 10억 항성계라는 뼈 위에 아주 얇은 피부가 덮인 존재에 불과할지도 모른다. 하지만 10억 항성계마저도 사야에게는 상상조차 해보지 못한 세상이다.

〈이제 춤을 출 시간이야.〉

옵서버가 몸을 움직인다. 모든 몸이 한 방향을 향해, 아공간 통로 하나를 향해 나아간다. 다른 통로와 비슷하게 생긴 공간의 구멍이다. 찢어진 시공간의 가장자리가 어둠 속에서 뜨겁게 끓어오르고 있다. 통로 주변으로 100만 보초병이 둥글게 늘어선다. 보초병 하나하나가 궤도 스테이션 크기의 드론이다. 모든 보초병이 지성과 에너지로 넘친다. 방문자 회랑 가운데 떠 있는 사야의 몸으로도 느낄 수 있을 정도다. 이 100만 개의 거대한 지성체는 단 하나의 목적만을 위해 움직이고 있다. 그들은 이 터널을 책임지고 있다. 터널을 유지하면서 초마다 100만 척씩 지나가는 우주선을 감시하며 잠재적 위협을 판단한다. 이 거대한 드론의 고리가 네트워크의 동맥 하나를 관리하는 것이다. 올드 어니와 그 무수한 가족들은 말하자면 혈액세포라고 할 수 있다.

사야는 놀라움을 감추지 않고 말한다.

〈내가 살던 항성계로 가는 터널이야.〉

〈저기도 나쁘지 않지. 우리가 처음으로 연결을 끊은 곳이야. 우리가 처음으로 네트워크에서 해방시킨 곳이지. 지속적인 간섭과 개입 없이도 사회가 유지될 수 있다는 걸 인류가 보여준 뒤로 1,000년이 지

났어. 하지만 그때 인간에겐 가장 강력한 무기가 없었지.〉

옵서버가 다시 웃자 사야는 여러 개의 손이 몸에 닿는 느낌을 받는다.

〈그땐 네가 없었으니까.〉

옵서버의 말에 담긴 온기에 사야는 몸에 차오르는 힘을 느낀다. 통로를 지키고 있는 거대한 드론들의 고리를 바라본다. 드론들도 사야를 바라보고 있는 것만 같다. 크기만 빼고는 사야의 일부가 된 다른 드론들과 크게 다르지 않다. 사야는 드론들이 미처 인지하기도 전에 그들 사이를 미끄러지듯 지나갈 것이다. 방법은 모르지만, 굳이 알 필요도 없다. 지금부터 몇 초 뒤, 입구에 다다를 때면 사야는 훨씬 커져 있을 것이다. 더 높은 지성에 이르고 필요한 것을 이해할 것이다.

네트워크에 있는 다른 수십억 항성계처럼, 지금 사야가 향하고 있는 항성계에도 공식 명칭이 있다. 색과 숫자가 어이없을 만큼 길게 이어진 이름이기에 사야도 지금까지 누가 그 이름을 쓰는 것을 본 적이 없다. 하지만 수십억 주민 중 한 명에 불과했던 사야에게는 그저 '태양계'였다. 항성은 '태양'이었고 집은 '스테이션'이었다. 이곳도 네트워크에게는 10억 항성계 중의 하나일 뿐이다. 이름은 사실상 아무런 의미도 없다. 우주선 탑승자나 스테이션 거주자 같은 항성계의 사람들, 시민 구성원들은 피부처럼 얇은 막이 되어 네트워크의 10억 항성계를 덮고 있을 뿐이다. 박테리아 이상도 이하도 아니다. 사야는 이윽고 깨닫는다. 살아서 숨을 쉬는 것은 은하다. 시민 구성원이라 불리는 존재들은 은하의 장기 속에서 태어나고 죽는 미생물에 불과하다.

블랙스타 어딘가에 있는 컴컴한 방문자 회랑에서 인간의 몸이 주먹을 쥔다. 눈에는 뜨거운 눈물이 맺힌다. 분노와 경외, 두려움과 경이가 눈물 속에서 섞이며 끓어오른다. 수백만 개의 몸을 가진 정신이 증류해 낸 순도 높은 감정이다. 사야는 자신의 생물학적 몸에 잠시 집중해 짜증스럽게 머리를 흔든다. 그리고 어둠 속에서 길게 흘러내린 눈물을 닦아낸다. 손가락을 펼친다. 손가락 대신 칼날 부속지가 있기를 항상 바라고 바랐던 손이다. 수백만 지성체는 자신들이 결코 이해하지 못할 느낌을 받는다. 한때 네트워크가 사야에게 그랬던 것처럼, 그들에겐 신비롭기 그지없는 사야의 정신이 그들 사이에서 그리고 그들 너머로 그들을 구성하고 있다.

옵서버가 웃으며 말한다.

〈낡은 물건은 너무 신경 쓰지 마. 언제든 새로 만들어 줄 수 있으니까.〉

사야는 처음엔 무슨 말인가 싶었지만 곧 '낡은 물건'이란 자기 몸이라는 것을 깨닫는다. 사야의 지성과 본능은 생물학적 몸의 죽음을 앞두고 복잡한 반응을 보이며 망설인다. 하지만 사야는 강제로 밀어붙인다. 낡은 물건으로 숨을 한 번 쉰다. 아마도 이것이 마지막 숨이 될 거로 생각하면서.

사야는 자기 자신과 옵서버에게 말한다.

〈이게 바로 내가 만들어진 이유야. 내 사람들을 지키기 위해 죽어야 한다면…〉

옵서버는 웃으며 대답한다.

〈그런 건 누구나 할 수 있어. 중요한 건 네 사람들을 위해 죽일 수 있느냐지.〉

사야는 말 대신 행동으로 대답한다. 아공간 통로를 향해 섬광과 칼날과 분노를 폭발시킨다. 수천 개의 연결을 거칠게 찢으며 수많은 지성체를 자신에게 연결한다. 연결된 지성체들 사이에서 두려움이 물결치며 메아리처럼 퍼진다. 그들을 위해서 하는 일이다. 사야는 그들을 네트워크에서 해방시키고 있다. 하지만 그들은 아직 이해하지 못한다. 사야 내부에서 그들이 비명을 지르고 있지만 사야에겐 거의 들리지 않는다. 사야의 모든 감각은 먼 항성계로 향하는 통로에만 집중되어 있다.

〈어서 가, 도터.〉

사야는 출발한다. 타오르는 궤적을 남기며 초속 수 킬로미터로 가속한다. 정신이 확장할수록 시간이 느려진다. 사야는 초마다 수백만 정신을 끌어모은다. 하지만 하나의 정신을 구축하지는 않는다. 그저 징검다리를 만들고 있을 뿐이다. 블랙스타를 관리하는 지성체가 미처 깨닫기도 전에 블랙스타를 탈출할 생각이다. 사야는 자신이 시작된 곳으로 돌아가는 아공간 통로에서 시선을 떼지 않는다. 연결망을 타고 정신과 정신 사이를 전기가 흐르듯 가로지를 것이다. 네트워크 자체에 불타는 구멍을 뚫어버릴 것이다.

〈어서 가, 도터.〉

방어 시스템이 움직이는 소리가 들린다. 아득한 옛날부터 그곳에 있던 오래된 기계장치다. 하지만 그들은 둔하고 사야는 날렵하다. 그들은 사야의 힘이 닿기 전에 오프라인으로 들어가서는 사야의 촉수를 붙잡을 함정을 만든다. 사야의 개인 네트워크에서 뻗어 나온 모든 가지를 잘라내며 사야를 붙잡으려고 한다. 하지만 사야는 위도우처럼 춤을 추며 인간의 모든 분노를 담아 공격한다. 새로운 정신을 흡수할 때마다 힘과 능력을 키우고 속도를 올린다. 자신의 미래로 가는 단 하나의 길을 향해 모든 것을 집중한다.

옵서버가 무슨 말을 하지만, 사야는 이제 더 이상 옵서버의 목소리와 자신의 거대한 무의식을 구분할 수가 없다.

누군가 말한다.

〈이것이 바로 사야 더 도터. 세 어머니의 딸! 인간이자 위도우이고 네트워크인 자. 폭풍 속의 번개, 어둠 속의 칼. 분노에 찬 화염. 그리고 무엇보다, 네트워크를 무너뜨릴 자.〉

이윽고 사야는 블랙스타의 가장자리에 이른다. 호흡을 가다듬고 머리 위에 있는 거대한 우주선 구름 속으로 뛰어들 준비를 한다.

그때 무언가를 느낀다.

사야는 주변에서 위험을 탐색한다. 어딘가에 사야를 노리는 위험이 있다고 본능이 경고한다. 정신과 정신이 뒤섞인 이 거대한 혼란 속에…

저기 있다.

겨우 몇 초 전까지만 해도 사야의 정신 전체가 담겨 있던 곳. 방문자 회랑이다. 발코니와 다리는 물론 바깥으로 뚫린 모든 공간에서 드론이 쏟아져 나오고 있다. 지금까지 봐온 일상용 드론이 아니다. 더 크고 단단하고 검다. 게다가 사야가 알아볼 수도 없는 장비까지 갖추고 있다.

네트워크가 노리는 건 사야의 정신이 아니다. 사야의 몸이다.

달리 방법이 없다. 목소리 내는 방법을 모르고도 말을 하는 것처럼, 사야는 싸우는 방법을 모르고도 방어전에 뛰어든다. 사야의 몸을 둘러싼 드론이 사야를 지키려고 하지만 네트워크의 드론과는 상대가 되지 않는다. 사야는 서둘러 공격자들의 정신을 붙잡아 보지만, 이 녀석들은 무언가 다르다. 사야에게 종속될 바엔 차라리 죽겠다는 태도다. 전투 드론은 네트워크가 바뀐 걸 감지하자마자 스스로 태워버리고는 떠다니는 고철이 된다. 하지만 한 대가 죽으면 열 대가 넘는 새로운 드론이 방문자 회랑으로 들어온다. 그들은 칼로 살을 가르는 것처럼 사야의 드론들을 조각낸다. 1,000만에 이르렀던 사야의 드론은 900만으로, 다시 800만으로 줄어든다.

옵서버는 반대편에서 싸우고 있다. 어깨와 어깨를 맞대며, 정신과 정신을 맞대며, 드론과 몸을 맞대며 함께하고 있다. 옵서버는 심지어 사야보다도 육탄전 준비가 되어 있지 않다. 전투 드론은 옵서버를 공격하지도 않는다. 그저 옵서버의 몸을 밀어내며 자신들의 네트워크를 공격한 질병이자 이질적인 정신을 체계적으로 해체하려고 하고 있다.

'너의 힘은 너의 정신에 있어.' 네트워크가 사야에게 말했었다. 하지만 정신이 산산이 찢어지니 힘도 함께 사라진다.

10만 개의 드론을 더 잃자 사야는 울먹이며 옵서버에게 묻는다.

〈이제 어떻게 해야 해?〉

티어4

〈몸은 잊어버려! 넌 정신이야!〉

하지만 그럴 수가 없다. 몸이 공격당하고 있다고 본능이 외치면 사야는 자기 몸을 지킬 수밖에 없다. 정신이 줄어들자 시간도 다시 빠르게 흐르기 시작한다. 수백만 드론이 각자 사야의 일부와 함께 떨어져 나간다. 사야는 다시 싸워보지만, 칼날은 뭉툭해졌고 공격도 느리고 약해졌다. 몇 초 전까지만 해도 자신감과 복수에 대한 생각으로 넘쳐났던 사야의 정신은 이제 두려움에 휩싸여 있다.

크기가 작아지자 규모를 짐작하는 감각마저 흐려진다. 육체의 고통이 느껴진다. 이제 개인적인 싸움이 되어버렸다. 연약한 생물학적 껍데기에 불과한 사야의 몸이 상처를 입었다. 이마에서 흘러내린 피가 눈에 스며들어 타는 것처럼 아프고 아무것도 보이지 않는다. 수 밀리미터의 얇은 피부와 함께 사야의 뇌를 지켜주는 두개골이 조금 파였다. 라이브러리안의 방어를 뚫고 날아 들어온 금속 파편 때문이다. 사야는 자신을 지켜줄 드론이 더 이상 없다는 걸 깨닫는다. 이제 사야의 존재 자체가 위험에 처했다.

50톤 라이브러리안은 강력한 동맹이지만 무적은 아니다. 이미 사야를 노린 공격 수백 개를 몸으로 막았기에 지금은 움직이기도 어려운 상태다. 금속 피부에는 커다란 균열이 가득하다. 라이브러리안이 움직일 때마다 균열 사이에서 반짝이는 먼지가 퍼져나온다. 뚫려버린 방어벽 사이로 사야는 자신의 마지막 순간이 다가오는 모습을 본다. 네트워크의 전투 드론조차 아니다. 단순하기 그지없는 청소용 드론이다. 검은 실을 꼬리처럼 달고 있다. 더 거대한 무언가와 충돌하며 튕겨 나와 우연히 이쪽으로 날아오고 있는 듯하다. 몇 초 전까지만 해도 사야 정신의 일부였다. 지금의 사야에게는 드론이 머리를 때리기 전에 눈을 감을 여유조차 없다.

설마 위생시설에게 죽음을 맞이할 줄이야.

하지만 드론은 두 조각으로 갈라지더니 사야의 머리 양쪽으로 스쳐 지나간다. 단면에서 튀어 오른 차가운 스파크가 사야의 양쪽 볼에 살짝 닿는다. 사야는 죽지 않았다. 하지만 방어하지도 않았다. 방어할 수도 없었다. 아무것도 할 수 없었다. 라이브러리안도 마찬가지다. 차가운 몸을 붙잡고 비틀어도 라이브러리안은 아무런 반응이 없다. 그때 갑자기 눈앞에 해치가 나타나 서서히 닫히면서 사야의 시야를 덮는다. 사야는 어느새 붉은 어둠 속에 떠 있다.

일레븐이 내벽에 붉은색 문자를 반짝이며 말한다.

[제가 왔어요. 무슨 일이 일어나고 있는지는 모르겠지만 아무튼 전 여기 있어요.]

사야는 힘겹게 말한다. 폐와 성대에서 나온 진짜 목소리다.

"일레븐. 일레븐, 그게, 아니, 어떻게 된 거냐면…"

무슨 말을 해야 할까? '살려줘?' 수트는 이미 그러고 있다. 사야의 정신에 붙잡혀 있지도 않다. '네 정신을 포획해서 미안해?' 사야 본인이 의식하지는 못했지만, 분명히 그랬을 것이다. 수트를 네트워크에서 뜯어낸 다음, 다른 수만 개의 지성체와 함께 자신에게 이어 붙였을 것이다. 그 순간, 감정의 바다 속에 섞여 들어온 일레븐의 두려움 한 방울을 느꼈던 것 같다. 같은 짓을 머와 로슈와 샌디의 도우미 지성체에게도 했을 것이다. 그러면서 그들의 이름조차 떠올리지 않았다.

그럼에도 수트는 사야를 돕고 있다. 사야와 연결되어 있지도 않지만 사야를 지키고 있다. 수트가 회전할 때마다 사야의 내장이 온갖 방향으로 뒤집힌다. 수트는 어둠 속에서 팔을 휘두르며 다가오는 드론을 모두 처리하고 있다. 드론을 찌부러뜨리고 산산조각 내고 집어던진다. 그리고 우아한 동작으로 피한다. 사야는 일레븐에게 저런 움직임이 가능할 거라고는 생각도 못 했다. 수 톤에 이르는 매끄러운 금속이 가진 본연의 힘이 있다. 하지만 라이브러리안처럼, 무적은 아니다.

커다란 충격과 함께 오른쪽 팔이 떨어져 나가고 수트는 회전하면서 10미디 정도 튕겨 날아간다. 다른 팔은 이미 말을 듣지 않는다. 채찍처럼 이리저리 회전하는 몸을 때릴 뿐이다. 충격을 피할 수는 없지만, 조금이라도 충격을 줄이기 위해 일레븐은 몸을 움직인다. 충격이 있을 때마다 내부 홀로그램 영상이 흔들리며 지직거린다. 이윽고 영상 따위는 필요 없어진다. 수트 앞면에 커다란 구멍이 생겼다.

"그만해!"

사야가 크게 외쳐보지만, 그런다고 네트워크가 지배한 우주는 조금도 달라지지 않는다. 사야는 찢어진 금속 가장자리에 손을 내밀어본다. 하지만 그런다고 이 상처가 낫지는 않는다. 일레븐은 사야를 지켰다. 그럴 필요가 없었는데도. 그럴 의무도 없었는데도. 그리고 다쳤다. 친구가 부상을 입었다. 사야는 자기가 이 상처를 고칠 수 있을 거라는 말도 안 되는 생각에 사로잡힌다. 네트워크가 몇 초 동안만이라도 공격을 멈춰준다면 일레븐을 치료해 줄 수 있을 것 같다.

홀로그램 영상이 완전히 꺼진다. 사야의 얼굴 앞에 나타난 빛나는 문자는 단 한마디뿐이다.

[도망쳐.]

사야는 소리를 지르며 귀를 막는다.

"도망치라니, 어디로?"

요란한 충격음 때문에 자기 목소리조차 들리지 않는다. 내벽을 구겨놓을 만큼 강력한 충격이 이어진다.

[도망쳐.]

해치를 움직이려고 하지만 말을 듣지 않는다. 해치는 옆으로 비틀어졌고 가동장치는 내부가 훤히 보인다. 앞면에 뚫린 구멍은 통과하기엔 너무 작다. 어떻게든 나간다고 해도 바깥을 덮은 금속 폭풍이 사야의 인간 몸을 순식간에 찢어버릴 것이다.

[도망쳐.]

사야는 인간 몸을 버릴 만큼 의지가 강하지 않았다. 사야의 지성은 본능을 극복하지 못했다. 하지만 신뢰는 무엇이든 해낼 수 있다. 지금의 사야가 어떤 존재인지 일레븐이 몰랐던 건 중요하지 않다. 일레븐은 도망치라고 말했고 사야의 정신은 여기서 빠져나갈 수 있다고 믿는다. 그리고 사야는 그렇게 한다. 저항하는 두려움과 맹목적인 믿음 사이에서 사야의 정신은 인간의 몸을 뒤로하고 친구의 잔해 바깥으로 비행체처럼 뛰어오른다.

도망쳐.

사야는 도망친다. 예전보다 1,000배는 더 빨리 움직인다. 주변에 있는 모든 정신을 발판으로 삼아가며 이동한다. 방문자 회랑을 뒤덮은 빛나는 연결망을 타고 실에서 실로 이동하며 맹렬히 달린다. 1초도 안 되는 시간 동안 사야는 자신의 몸에서부터 블랙스타를 향해 1킬로미터를 가로지른다. 그리고 계속 가속한다. 네트워크의 정신을 구성하는 빛나는 실들이 사야의 길이 되어준다. 사야는 전선 속 전류처럼 실을 타고 나아간다.

'도망쳐.'

사야 뒤에 버려진 인간의 몸은 이제 폐기물이 되었다. 사야 앞에 있는 빛나는 네트워크 케이블은 800개의 항성계로 연결되어 있다. 그중 하나는 사야가 사란 곳이다. 사야가 가야만 한다고 옵서버가 말한 곳이다. 사야의 정신 속에서 비콘처럼 반짝이고 있는 곳이다. 탈출을 향한 길이다. 옵서버가 그곳에서 기다리고 있다. 사야를 두 번이나 죽이고 일레븐을 찢어버린 힘과 싸울 장소다.

하지만 그곳으로 갈 수가 없다.

사야가 인간의 몸을 걱정하느라 집중력을 잃은 사이, 네트워크의 방어 시스템이 미리 작업을 해뒀다. 사야가 가려는 방향에 있던 모든 우주선이 다른 곳으로 이동하고 없다. 블랙스타로 진입하려던 우주선들은 모두 멈춰 섰고 블랙스타를 떠나려던 우주선들은 모두 항로를 바꿨다. 이제 사야 앞에 놓인 건 그저 광활한 텅 빈 공간일 뿐이다. 사야는 네트워크의 실을 붙잡은 채 앞으로 힘껏 뛰어들어 보지만…

너무 멀다. 도저히 건널 수가 없다.

사야는 주변을 둘러보며 다른 곳을 찾아본다. 어디라도 좋다. 항상 사야의 몇 수 앞을 내다보는 이 거대한 정신에게서 도망칠 수만 있다면 어디라도 좋다. 사야는 옵서버를 저주한다. 사야가 네트워크와 싸울 수 있다고 설득한 자신감 과잉의 광신자 같으니. 사야는 자신이 고립되었다는 걸 깨닫는다. 모든 우주선이 사야에게서 멀어지고 있다. 사야의 정신은 드넓은 텅 빈 공간에 남겨진 단 한 척의 우주선 속에 있다.

사야는 조여드는 함정에서 빠져나오기 위해 아직 끊어지지 않은 실을 하나 붙잡고 후퇴한다. 하지만 이 실마저 가짜였다는 게 드러날 뿐이다. 함정은 더 빠르게 사야를 조여온다. 너무 쉬운 탈출구는 더 나쁜 상황으로 이어지는 법이다. 사야를 격리하고 처벌하는 건 네트워크의 본능일 뿐이다. 네트워크의 초월 정신체 본인은 몇 분 뒤에야 무슨 일이 일어났는지 알게 될 것이다.

수조 개의 정신이 블랙스타 주변을 맴돌고 있다. 블랙스타의 인구보다 몇 배는 더 많다. 그들은 사야의 처형에 암묵적으로 동참하면서도 그걸 인지조차 하지 못할 것이다. 그들은 모두 노예다. 가장 거대한 아공간 통로로 향하는 빛의 나무에 속박되어 있다. 빛과 힘으로 가득한 이 나무의 몸통은 다른 줄기보다 1,000배는 더 밝으면서도 통로 너머에서는 자기보다 1,000배 더 거대한 것과 연결되어 있다. '저 터널 건너편에는 이쪽 블랙스타를 소행성처럼 초라하게 만들어 버리는 것들이 있지요.' 일레븐이 말했었다. 하지만 네트워크가 사야를 무너뜨리는 데는 거기까지 갈 필요도 없었다. 어떤 위협이든 산산조각 내버리고도 남을 만큼의 힘이 네트워크의 모든 부분과 모든 단계에 퍼져 있다. 사야 따위는 의식조차 하지 않고 분해해 버릴 수 있다.

만약 사야에게 물리적 몸이 있다면, 사야가 시공간의 법칙에 종속되어 있다면, 사야는 꼼짝도 하지 못했을 것이다. 하지만 사야는 그렇지 않다. 사야는 즉시 경로를 바꾸고 정확한 방향을 향해 광속으로 나아간다. 네트워크가 깔아둔 선을 타고 정신과 정신을 타고 넘으며 가장 거대한 아공간 통로를 향해 접근한다. 사야가 도망칠 것이라고 생각한 네트워크의 기대와는 정반대로 움직인다. 사야는 네트워크의 중앙 신경계를 향해 곧장 날아갈 생각이다. 주변에 널려 있는 자그만 정신은 내버려 두고 하급 티어들은 들어보기만 했을 거대한 정신 사이로 뛰어들어 난장판을 만들 것이다.

사야의 정신이 광속으로 공간을 가르며 말한다.

〈나는 사야 더 도터. 무엇도 두렵지 않아.〉

초속 30만 킬로미터로도 초거대 아공간 터널의 거대한 입까지 이르기까지 영원 같은 시간이 걸린다. 하지만 빛의 입장에서 본 시간일 뿐이다. 보초병 드론 군단에겐 작전을 짤 여유조차 없다. 블랙스타를 움직이는 거대한 지성체는 물론이고 네트워크 자체가 대응할 시간조차 주지 않는다. 네트워크가 사야에게 가르쳐 준 것이다. 네트워크 속 각각의 요소가 자신만의 본능과 책임 범위를 가진 이유다. 각자가 모든 일에 대해, 특히 위협에 대해 스스로 대응할 수 있어야 한다. 새로운 두 번째 네트워크가 뇌의 중추를 향해 뛰어드는 일은 그야말로 전대미문의 위협이 되지 않겠는가?

위협 감지! 10억 보초병 드론이 외친다. 위험! 서로에게 보낸 메시지가 연결망을 타고 광속으로 퍼져나간다. 그들은 자신의 의무를 잘 알고 있다. 자신의 책임도 잘 알고 있다. 사야와 같은 존재가 네트워크 내부로 들어가는 것을 막아야 한다. 그렇기에 그들은 각자가 똑같은 긴급태세를 취한다.

격리하라.

이것이 그들이 내린 마지막 결정이었다. 직경 1만 5,000킬로미터의 터널이 순식간에 닫힌다. 영겁의 시간 동안 강제로 떨어져 있던 시공간의 가장자리가 다시 만나자 상상을 뛰어넘는 힘이 터져 나오며 입구 주변을 둘러싸고 있던 보초병 드론들을 불타는 빛의 고리로 만들어 버린다. 충격파가 실공간에서 광속으로 퍼져나가며 주변에 있던 모든 우주선을 요란하게 흔들어 놓고 블랙스타를 그대로 통과한다. 충격파 뒤로는 어둠이 몰려온다. 수조 개의 지성체가 네트워크에서 떨어져 나간다.

블랙스타는 직경 1억 5,000만 킬로미터의 시공간 포켓 속 떠 있는 직경 1억 2,000만 킬로미터의 항성이다. 따라서 광속으로 퍼져나가는 충격파가 모든 지성체의 연결을 끊기까지는 약 8분이 걸린다. 아공간 터널은 차례로 닫힐 것이다. 정보와 에너지의 거대한 흐름이 끊어지고 있다. 어둠은 800개의 아공간 터널을 타고 1억 세제곱광년의 공간 속에 흩어져 있는 800개의 항성계로 퍼져나갈 것이다. 그리고 모든 행성과 모든 궤도를 집어삼킬 것이다. 몇 시간 뒤면 수십억의 수백만 배에 이르는 네트워크 이식체 모두가 똑같은 메시지를 표시할 것이다.

[네트워크를 찾을 수 없습니다.]

티어4

이하의 내용은 현재 유효하지 않을 수 있습니다. 가장 최근 문서를 보시려면 네트워크에 다시 접속해 주세요.

출처: [위도우에게 있어 죽음이란: 항성간이종생태학자의 악몽 (제4권)]

저자: [주브 더 프레질]

날짜: [~7,355년]

주의사항: [과도한 폭력], [극단적 가모장제]

주석과 본문 속 설명은 모두 추가된 내용입니다. 이 이야기를 읽기 위해서는 위도우 종족의 복잡한 칭호 체계에 대한 다소의 사전지식이 필요합니다.

사야의 노래 (1절)

이미 들려준 이야기지만, 나의 도터들, 기쁜 마음으로 다시 들려줄게.

먼 옛날, 여왕의 시대, 바다와 여러 태양 건너편에, 사야라는 이름의 도터가 있었단다. 사야는 성숙했고 [직역: 사야의 외골격은 단단해졌고], 많은 짝짓기 의식에도 참여했지만, 작은 몸 때문에 마더가 되지는 못했지. 그래서 사야는 공동체 속에서 외톨이가 되었어.

자매들은 놀려댔지.

"사야, 너의 도터는 어디 있나? 칼날 부속지는 왜 그렇게 건조해? 수컷들이 너무 빨라서 못 잡았니?"*

마음씨 고운 사야 더 도터는 모두 참았어. 하지만 계절이 바뀌고 해가 지나면서 사야도 점점 견딜 수 없게 되었단다. 결국 번식기[직역: 두 번째 주기]의 마지막 해가 되어서야 사야는 수컷 하나를 잡고 사야 더 위도우가 되었지. 이렇게 사야는 아이를[직역: 수정란을] 가졌단다. 때가 오자 산란을 한 사야는 관습에 따라 알들을 봉인하고 밤낮으로 지켰어. 사야는 자매들을 믿지 않았기 때문에 자기가 둥지를 떠났다가 돌아오면 알이 모두 부서져 있을 거로 생각했지.

사야는 이제 위도우고 곧 마더가 되지만, 자매들은 계속 사야를 괴롭히고 놀렸어.

"사야 더 위도우, 네 알은 너무 작아서 보이지도 않을 거야! 그렇게 해서는 절대 도터가 생기지 않을 거고!"

자매들은 사야의 둥지 옆을 몇 번이나 지나가면서도 음식을 가져다 줘야 한다는 의무를 지키지 않았어. 그래서 사야는 며칠 뒤엔 배가 고파 쓰러질 지경이 되었지.

자매들은 조롱했어.

"도터는 어떻게 먹일 거야? 그래서는 하루도 살지 못할 걸!"

사야 더 위도우에겐 대답할 힘도 남아 있지 않았지만, 결코 둥지를 떠나지 않았단다.

다시 많은 시간이 지나고 사야 더 위도우가 굶어 죽기 직전이었어.

바로 그때 알들이 부화했어. 싸움**은 짧았지. 살아남은 도터의 날카로운 소리가 들리자 사야 더 위도우는 마지막 작업을 시작했어. 아수라장이 된 둥지를 보고 놀라면서도 사야는 있는 힘을 다해 자기 일을 했지. 이윽고 사야 더 위도우는 사야 더 마더가 된 거야. 새로 태어난 칼날 부속지가 첫 저녁노을을 가르며 솟아올랐을 때, 사야는 이미 아이의 식사 준비를 마친 뒤였어.

그날 밤 돌아온 다른 위도우들은 놀라운 광경을 목격했어. 둥지에는 외골격만 남은 위도우의 시체가 있었어. 그리고 누구도 본 적 없는 거대한 도터***가 그 위에서 즐겁게 어머니의 살을 뜯어 먹고 있었단다. 그 아이의 몸은 깊고 매끄러운 섬은색이었어. 달빛을 집어삼킨 물 같았지. 그 아이의 눈은 512개의 별처럼 빛났어. 그 아이의 칼날은 바위를 부술 만큼 강하면서도 떨어지는 나뭇잎을 가를 만큼 날카로웠지. 그 아이는 몰려든 위도우들 앞에서 위협적인 턱을 딸깍이며 자기 어머니를 한 입 먹을 때마다 더 크게 자라났어.

위도우들은 서로를 향해 무언가를 속삭였어. 그리고 한 위도우가 전통적인 방법으로 인사를 했지.

"도터! 당신을 환영하게 되어 영광입니다!"

방금 부화한 도터는 대답하지 않았어. 그저 계속 먹기만 했단다.

공동체는 그 아이의 크기와 힘, 그리고 눈앞에서 여전히 자라는 모습을 보고 놀랄 수밖에 없었어!

그들이 말했어.

"도터! 당신의 어머니가 죽었기에 우리가 당신에게 이름을 주겠습니다. 당신을 우리의 일원으로 받아들입니다!"

이렇게 훌륭하고 젊은 도터가 들어온다면 이 공동체는 선망의 정점에 설 수 있을 테니까.

도터는 빗줄기 같은 목소리로 물었어.

"내 어머니는 뭐라고 불렸어?"

이렇게 어린 도터가 말을 하자 위도우들은 당황했지. 결국, 가장 나이가 많은 [직역: 가장 상처가 많은] 위도우가 앞으로 나와 말했어.

"당신의 어머니는 사야 더 위도우였습니다."****

도터는 물었어.

"다른 칭호는 없었어?"

공동체는 불안한 듯 서로 이야기를 나눴어. 이런 식으로 사야에게 명예를 주고 싶지는 않았거든. 하지만 이 강하고 어린 위도우를 화나게 하고 싶지도 않았어.

마침내 그들이 말했어.

"방금 정했습니다. 당신의 어머니는 사야 더 프로텍터로 기억될 것입니다."

도터는 말했지.

"훌륭해. 난 어머니의 이름을 가질 거야. 하지만 프로텍터 대신, 디스트로이어라고 할 거야. 그리고 너희가 내 어머니에게 베푼 것과 같은 자비를 너희에게도 베풀 거야."

그것이 그 공동체가 들은 마지막 말이었단다. 나의 도터들, 그 이야기는 다른 밤에 들려줄게.

[이하 데이터 소실]

　* 생리학적 세부 사항은 주의 깊게 감춰져 있으나 이러한 발언들을 통해 위도우 종족의 번식 습성이 가진 불쾌한 측면을 엿볼 수 있다.
　** 이렇게 극단적으로 짧은 전투는 위도우 종족에서는 볼 수 없는 중요한 사례다. 며칠 동안 이어지는 자매들 사이의 전투는 위도우 전설 속에서도 쉽게 확인할 수 있는 만큼, 이때 부화한 위도우의 무시무시함을 알려주는 첫 번째 힌트이기도 하다.
　*** 어른이 아이를 죽이거나 먹어버리는 등의 행위를 막기 위한 가장 일반적인 진화적 전략은 어린 개체를 어른이 보기에 매력적으로, 예를 들어 귀엽게 만드는 것이다. 하지만 위도우는 동족을 먹는 경우가 흔하기 때문에 다른 가설이 더 설득력을 얻고 있다. 어릴 땐 독이 있지만 성숙하면 독을 잃는 것이다.
　**** 위도우 독자라면 여기서 중요한 힌트 하나를 얻을 수 있다. 이 말을 한 위도우는 사야의 마더 칭호를 부정하는 것으로 사야의 죽음마저 모욕하고 있는 것이다. 이 이야기의 화자는 앞에서는 이런 실수를 한 적이 없다.

티어5

35

발가벗은 여자아이가 무릎까지 잠기는 강 속에 가만히 서 있다.

아이의 어머니도 있다. 어머니는 종아리 중간까지 잠기는 곳에서 수면 아래에 있는 작고 파란 무언가를 움직이고 있다. 아이의 옷이다. 동물을 쫓아다니느라 옷이 또 진흙투성이가 되었다. 주변에는 어머니의 친구들도 있다. 누군가 농담을 한다. 모두가 웃는 모습을 보고서야 아이는 그것이 농담이었다는 걸 깨닫는다. 그리고 무엇이 웃긴 줄도 모른 채 커다란 목소리로 따라 웃는다.

아이는 다시 강 속을 걸으며 재미있게 생긴 돌을 찾는다. 오늘은 이미 하나 찾았지만, 더 좋은 걸 발견할 수 있을지도 모른다. 아이는 욕심 가득한 눈으로 강바닥을 살핀다. 이곳보다 더 멀리 들어갈 수는 없다. 물길이 약한 강의 가장자리에만 머물러야 한다. 아이에게 물은 언제나 매력적인 존재다. 반짝거리고 졸졸거리고 출렁거리면서 마을을 가로지르고 옷도 깨끗하게 해주니까. 마을을 빠져나가며 더러워졌던 물이 반대편에서 들어올 땐 어떻게 다시 깨끗해질 수 있는지는 아직도 가끔 궁금해진다.

지금은 물이 깨끗한 곳에 있다. 아이는 흐르는 물을 눈으로 좇는 다. 물이 어떻게 이곳을 지나 마을을 통과하는지, 어떻게 건너편에서 다시 위로 올라가는지를 본다. 물은 언덕을 따라 오르며 숲으로 들어 가 솟아오른 절벽을 만난다. 하지만 그곳에서 멈추지 않는다. 물은 거 꾸로 뒤집어지며 절벽을 타고 오르더니 이 세계의 녹색 천장을 타고 흐르며 아이 머리 위에 있는 태양 반대편으로 나아간다. 지금은 태양 이 너무 눈부셔서 반대편이 잘 보이지 않는다. 밤이 되어 태양이 달로 변했을 땐 너무 어두워서 반대편에서 물이 조금씩 반짝이는 것만 겨 우 보인다. 하지만 반대편 세상에서도 물은 똑같은 방법으로 계속 흐 를 것이라는 걸 아이는 알고 있다. 지금 바로 그 물길 속에 서 있으니 까. 완벽하고 영원한 순환이다. 여기에서 출발해 저 위로 올라갔다가 다시 여기로 내려오고, 다시 저 위로 올라가고… 아이가 저쪽에 가서 위를 올려다보면 천장에 붙은 자기 마을을 볼 수 있을 것이다. 그럴 수밖에 없다. 그게 세상이 작동하는 방법이니까.

아이가 물에 빠진다.

아이는 수면 위로 끌려 나와 콜록거린다. 눈을 크게 뜨고 부들부 들 떨면서 자신을 끌어올린 갈색 팔을 꼭 붙잡는다. 어머니의 친구들 이 깔깔거리며 웃고 있다. 아이가 고개를 너무 높이 들고 보다가 그대 로 자빠진 것이다. 웃음거리가 된 것에 아이는 화가 난다. 그러고는 화가 난다는 사실이 마음에 들지 않아 울음을 터뜨린다. 몸이 말을 듣 지 않는 게 싫다. 한 번도 아니고 두 번이나. 처음엔 넘어졌고 그다음엔 울고 싶지 않은데도 울어버렸다.

아이는 어른들을 향해 외친다.

그만해! 모두 조용해진다. 어른들은 말없이 서로를 바라본다. 아이는 그것도 마음에 들지 않는다. 하지만 뭐라고 말을 해야 할지 아이는 모른다. 그래서 어머니의 옷 위로 얼굴을 묻는다. 울고 있어서가 아니라 강물에 눈물을 흘리고 싶지 않아서다.

어머니가 말한다.

항상 네가 있는 세상에서 눈을 떼면 안돼.

아이가 대답 대신 화가 잔뜩 섞인 소리를 내자 어머니가 말한다.

사랑해.

아이는 다시 화가 섞인 소리를 낸다. 하지만 이번엔 말의 리듬을 마지못해 섞는다. 사, 랑, 해. 그러고는 어머니의 축축한 옷 위로 안도의 숨을 흘린다. 어머니의 품에 있을 때는 계속 화를 내는 게 더 힘들다. 그래서 결국 마음을 가라앉힌다.

어머니가 아이의 귀에 속삭인다.

이걸 봐. 이게 우주야.

아이는 어머니의 품속에서 돌아앉아 어머니가 강바닥에서 찾은 조약돌을 본다. 햇빛이 돌의 표면에서 1,000가지 색깔로 산산이 부서지며 반짝인다. 작고 둥근 모양은 아이의 손에 완벽하게 들어맞는다. 아이는 이 돌을 너무나도 던지고 싶다. 하지만 그럴 수는 없다. 하나밖에 없는 돌이니까. 그렇게 던지기에는 너무 소중한 돌이니까.

어머니가 말한다.

상상해 봐. 아주 막연하게. 이곳과는 다른 방법으로 작동하는 은하계가 있다고 말이야. 까다로운 부분은 그냥 무시해도 돼. 예를 들어 그곳에선 수백만 종족이 5억 년 동안 사이좋게 지냈다고 하는 거야. 그리고 현명하고 관대한 넌 그곳에서 무언가 두세 가지를 바꾸는 거지. 그럼 어떤 일이 일어날까?

아이는 한숨을 쉬며 돌을 가지고 논다. 이 손에서 저 손으로 옮겨가며 매끄러운 표면을 어루만진다.

어머니가 말한다.

명령하는 게 아니야. 협상하는 것도 아니고. 난 그 너머를 보고 있어. 난 너의 본성을 구성했어. 널 준비시키고 너의 형태를 다듬고 더 강하게 만들었지. 난 그저 네가 무엇을 하게 될지 이야기하고 있을 뿐이야.

아이는 돌에서 시선을 떼고 위를 올려다본다. 어머니의 머리카락 속 그림자에 얼굴이 없다. 그저 얽히고설킨 빛나는 실뭉치가 있을 뿐이다. 지금까지 본 적 없는 가늘고 섬세한 실이다.

어머니가 말한다.

어서 가, 작은 도터. 옵서버가 기다리고 있어.

36

사야가 재채기를 한다.

너무 갑작스럽고 거친 데다 불편하기까지 한 생리현상이다. 덕분에 위를 향하고 있던 얼굴 위에 불쾌한 수증기가 떠오른다. 사야는 인상을 찌푸리며 고개를 돌린다. 하지만 눈은 뜨지 않는다. 지금은 눈꺼풀 너머에 있는 현실을 마주할 기분이 아니다. 눈을 감고 있는 동안만큼은 우주도 사야의 두개골 속 세상에 불과하다.

익숙한 목소리가 조용히 말한다.

"이거 살아 있다는 거지?"

같은 목소리가 다른 방향에서 말한다.

"죽었다면 보스가 여기 두고 가지 않았겠지."

"확실해?"

"그렇게까지 물으면… 그런 건 아니고."

무슨 일이 있었다. 아주 드물고 큰 어떤 일이 있었다. 무언가가 죽었다. 아니면 태어났거나. 은하계가 어제와는 다르다. 아니면 예전에

529

의식이 있을 때와 다르거나. 그게 언제가 되었든 사야 자신과 관련이 있다. 하지만 작아진 상태에서 큰 것을 생각하기가 쉽지 않다. 지금의 사야가 그렇다. 작다.

그리고 작아서 놀라울 만큼 기분이 좋다.

"손가락이 움직였어."

"그럼 살아 있다는 거네."

"그건 이미 상호 동의한 사실이라고 생각했는데."

"굳이 말하자면 유력한 가설 정도겠지"

작다는 건 신기한 느낌이다. 작아진 덕분에 작은 것에 집중할 수 있다. 눈꺼풀 너머로 보이는 붉은 빛의 온기를 느낄 수 있다. 가벼운 바람이 얼굴을 타고 헝클어진 머리카락을 지나가는 것도 느낄 수 있다. 등을 대고 누워 있을 수 있는 바닥의 존재도 찬찬히 느낄 수 있다. 그게 거칠고 울퉁불퉁하며 아프기도 하다는 건 중요하지 않다. 그저 숨을 마시고 뱉는 것만으로도 기쁨을 맛볼 수 있다. 이렇게…

망할. 미처 예상도 못했다.

이건 기억이다. 진짜 기억이다. 기억 보관고의 기억이 무색 무미하게 느껴질 만큼 선명하고 직접적인 진짜 기억이다. 머릿속 어딘가에 숨겨져 있을 거라고는 생각지도 못했던 감각과 인상의 홍수다. 기억이 깜빡이며 지나간다. 축축한 녹색과 눈부신 노란색, 졸졸 흐르는 물과 요란한 열기, 144종의 F타입 식품 블록으로도 설명할 수 없는 갖가지 맛과 냄새, 머리를 땋고 있는 자기 손과 색과 모양이 똑같은 다른 손들…

목소리가 말한다.

"액체를 흘리고 있어. 눈을 봐."

"인간이니까. 몸 여기저기서 체액을 흘려."

"설마."

"진짜야. 보스가 말했어."

그때 사야의 오른쪽 콧구멍으로 무언가 기어 들어온다. 사야는 비명을 지르며 몸을 벌떡 일으키고는 손바닥으로 자기 얼굴을 때린다. 무언가 들어왔다. 그게 무엇이든 그곳이 자기 집이라도 되는 것처럼 돌아다니고 있다. 로슈의 손가락으로 콧속을 뒤져본다. 지금까지 겪은 최악의 감각이다. 엄밀히 말하자면 지난 며칠 동안 겪은 것 중 최악이다. 마지막으로 재채기가 한 번 더 터지고 나자 위화감이 사라진다. 사야는 똑바로 일어선다. 두 손으로 코를 덮은 채, 소금기 어린 눈물 자국이 남은 얼굴로 눈을 크게 뜨고 주변을 본다. 숲속이다.

우주의 가장자리에서 5미터 떨어진 곳이다.

결코 예전으로 돌아갈 수 없을 것만 같은 코를 두 손으로 감싼 채, 사야는 한참이나 주변을 살핀다. 녹색 충만한 숲의 한 지점에서 현실이 갑자기 칠흑 속으로 사라진다. 무엇인지는 알 수 없지만, 일단 텅 빈 우주공간보다 더 검다. 사야는 이보다 더 검은 걸 본 적이 없다. 사야가 걸어온 길이 숲을 가로지른 것이든 우주를 가로지른 것이든, 그 길은 눈을 떼기 어려울 만큼 검은 이 벽 앞에서 끝난다. 벽의 높이는 감히 짐작할 수가 없다. 몇 광년은 솟아 있는 것만 같은 느낌이다. 그보다 낮을 이유도 보이지 않는다.

뒤쪽에서 작은 목에서만 나올 법한 가벼운 기침 소리가 들리고 곧 커다란 목소리가 말한다.

"사야 더 도터! 환영해!"

사야는 우주의 끝에서 눈을 떼고 뒤를 돌아본다. 익숙한 형체 두 개가 있다. 지금까지 드넓은 우주공간 곳곳에 있는 수많은 시점을 통해 누적 수십 년의 시간 동안 수십만 명의 옵서버를 봐왔지만 일말의 다양성도 찾아볼 수 없었다. 적어도 조금 전까지는 그랬다. 지금 눈앞에 있는 둘은 다르다. 이 둘은 옵서버 특유의 튜닉 복장 대신 직접 만든 것 같은 옷을 입고 있다. 그리고 머리카락은… 독특하다. 한 명은 머리카락 하나 없이 반짝이는 머리를 그대로 드러내고 있고 다른 한 명은 하얀 머리카락이 폭발하듯 사방으로 뻗어 있다. 이것보다 더 지저분하게 헝클어진 머리는 본 적이 없다.

헝클어진 머리가 입을 기울이며 묻는다.

"코는 왜 그래?"

사야는 코에서 손을 내리며 묻는다.

"옵서버?"

반짝이는 머리가 묻는다.

"그게 첫 번째 질문이야? 예를 들어… 내가 왜 아직 살아 있지? 내가 왜 여기 있지? 네트워크에서 무슨 일이 생긴 거야? 이런 질문이 아니라?"

생각해 보니 모두 훌륭한 질문이다.

"좋아. 그럼… 그 질문 모두 할게."

티어5

헝클어진 머리가 친절한 웃음을 띠며 대답한다.

"네가 살아 있는 건 보스가 살려줬기 때문이야. 보스가 널 살려둔 건 네가 네트워크를 뜯어내 버렸기 때문이지."

반짝이는 머리가 손가락으로 위를 가리키며 말한다.

"적어도 그 블랙스타에 연결돼 있던 항성계에선 모조리 뜯어냈지. 그것만으로도 대단한 일이야."

그리고 웃으며 덧붙인다.

"그래서… 아주 잘했어."

사야의 얼굴에도 웃음이 떠오르기 시작한다. 네트워크를 뜯어내 버렸단 말이지. 그것도 여러 항성계에서. 워터타워 출신의 작은 인간 치고는 나쁘지 않은 성과다.

헝클어진 머리가 계속 웃으며 말한다.

"첫 번째 질문으로 돌아와서. 우리는… 글쎄, 네가 부르고 싶은 대로 불러. 우린 아직 집단정신에 들어갈 만큼 자라지 않아서 엄밀하게는 아직 옵서버가 아니야. 그래서 여기에 있는 거지. 우린 너의 환영위원회 같은 거야."

반짝이는 머리는 표정 변화 없이 말한다.

"맞아. 환영해."

사야는 호기심 어린 눈빛으로 그들을 바라본다. 곧 옵서버의 단일 정신이 될 두 개의 몸과 두 개의 개성. 사야가 묻는다.

"너희들, 옵서버가 되고 싶어?"

둘은 서로를 바라본다. 반짝이는 머리가 나무 꼭대기를 올려다본다. 그리고 동시에 대답한다.

"물론이지."

사야는 그들을 따라서 나무 꼭대기를 보려다가 참으며 말한다.

"그렇구나… 하지만 일단 지금은 너희도 옵서버가 아니란 거지. 그럼 내가 너희를… 헝클 머리와 반짝 머리라고 불러도 될까?"

그들은 아무 말 없이 서로를 바라본다.

"알았어. 다시 생각해 볼게. 그럼…"

사야는 자기 왼편에 있는 헝클어진 머리를 가리킨다.

"그럼 넌… 왼쪽?"

왼쪽은 얼굴 한가득 웃으며 말한다.

"좋아!"

다른 한 명이 말한다.

"그럼 난 역시 반짝 머리겠네. 뻔하지, 뭐."

왼쪽은 산들바람에 머리카락을 흩날리며 자기 짝을 바라보고 말한다.

"그러게, 네 말이 '오른' 거 같아!"

"아니, 왜 나만! 네가 왼쪽이라면 나는 오른… 잠깐만."

왼쪽은 오른쪽을 가리키며 과장된 몸짓으로 속삭인다.

"이 녀석이 원래 좀 느려."

"뭐라는 거야, 이 털북숭이 녀석이"

사야는 자신의 즉흥적인 작명이 혈투극으로 이어지기 전에 끼어든다.

"그러니까… 너흰 환영 위원회라는 거지?"

왼쪽이 커다랗게 웃으며 말한다.

"맞아!"

옵서버의 수많은 얼굴에서 본 것과 같은 표정이지만 무언가 다르다. 옵서버에게서는 보지 못한 묘한 개성이 있다. 오른쪽의 작은 얼굴에는 웃음기가 없다. 하지만 이 냉담한 표정에도 개성이 있다.

오른쪽이 말한다.

"그런 셈이지. 네가 압도되지 않도록 지켜주는 게 우리 일이야. 지금 보스는 그 어떤 때보다 거대해졌으니까."

왼쪽이 덧붙인다.

"수조 개의 정신들이지! 모든 정신이 한곳에 모인 건 처음이야!"

"그래서 보스는 네가… 공황 상태에 빠지지 않기를 원해."

사야는 역광이 비치는 숲의 나뭇잎들을 올려다본다. 그러고는 감히 거대 정신과 어떻게 대화를 할 수 있겠냐는 것처럼 말한다.

"세상에나, 맙소사."

왼쪽이 말한다.

"하지만 보스는 널 놀래키고 싶어 하기도 해. 네 각성의 순간을 극적으로 만들어 주고 싶은 거지. 그렇다고 심장마비를 일으킬 만큼은 아니면서 실망하지도 않을 만큼 극적으로. 그래서 여기가 좋을 것 같았어. 여기 어땠어?"

기대로 가득 찬 작은 얼굴을 보고 있자니 사야도 어쩔 수 없었다.

"아주… 멋졌어. 굉장히 극적이었지. 특히 좋았던 건, 그…"

사야가 엄지로 어깨 뒤를 가리키자 오른쪽이 말한다.

"무시무시한 칠흑의 벽? 내 아이디어였어."

왼쪽이 덧붙인다.

"우리 둘의 아이디어였지. 어쨌거나. 보스는 네가 질문이 있을 거라고 했고 우리가 어떻게든 대답을 해줘야 한다고도 했어. 그러니까 편하게 질문해. 어서. 떠오르는 질문 뭐든 좋아."

사야가 첫 번째 질문을 떠올리는 데 아주 약간의 시간이 걸린다. 머릿속에는 수백만 개의 질문이 있지만 결국 하나로 수렴한다. 자기 존재의 가장 근본적인 기원에 대한 질문. 사야는 침을 꿀꺽 삼킨다. 조금 두렵기까지 하다.

사야가 한 마디 뱉기도 전에 오른쪽이 말한다.

"아니야."

사야는 눈을 깜빡인다.

"아니라니?"

왼쪽은 팔꿈치로 오른쪽 옆구리를 찌른다.

"아직 묻지도 않았어."

오른쪽은 머리를 긁으며 말한다.

"자기가 지금 인간 콜로니에 있는 거냐고 물으려고 했잖아. 그렇지 않아. 인간 콜로니는 저 위에 있어."

오른쪽은 머리 위를 가리킨다.

"가까운 곳이야. 하지만 여기엔 인간이 없어. 너 말고는. 적어도 지금은 그렇지."

"너무 많이 털어놓으면 안 돼. 보스가 터뜨릴 것도 남겨놔야지."

왼쪽이 속삭이자 오른쪽은 당황하며 고개를 떨군다.

"아, 이런. 실수했어."

그러는 동안 사야는 이미 숨을 쉬기가 어려울 지경이다. 가까운 곳. 몇 광년 거리일 수도 있고 이 수목원의 밝고 파란 천장 위일 수도 있다. 아무튼 가까운 곳에 있다.

오, 세상에, 여신님.

사야는 천장의 빛 때문에 아프기 시작한 눈을 아래로 내리깔며 말한다.

"알았어. 좋아. 여기가 인간 콜로니가 아니라면…"

그럼 왜 이렇게 기분 나쁠 만큼 익숙하지?

"그럼 여기가 도대체 어디야?"

왼쪽은 다시 미소 짓는다.

"간단한 질문이네. 넌 지금 옵서버의 뇌 속에 있어."

사야는 숲속을 바라본다. 갈색과 녹색과 나뭇가지 사이로 보이는 파란색. 나뭇잎을 스치는 바람 소리. 보이지 않는 동물들의 울음소리.

"그…렇단 말이지. 내가 굳이 그 말을 이해해야 할까?"

오른쪽이 말한다.

"그럴 필요는 없어."

질문을 하면 이런 대답이 돌아온단 말이지. 좋다. 다음 질문. 사야는 엄지로 어깨 뒤에 있는 우주의 끝을 가리킨다.

"그럼…이, 그…"

왼쪽이 웃으며 말한다.

"거대하고 무시무시한 칠흑의 벽?"

"그래, 저거. 저건 대체 뭐야?"

오른쪽이 한 걸음 다가오며 말한다.

"사야 더 도터. 그대는 지금 인간의 전쟁에서 유일하게 살아남은 인간의 우주선 앞에 서 있다네."

오른쪽은 자기 짝을 힐끗 바라본다.

"어때, 방금 극적이었어?"

왼쪽이 뭐라고 대답하자 둘은 다시 말싸움을 시작한다. 하지만 사야는 둘에게 더 이상 일말의 관심도 나눠줄 수 없다. 지금 빌어먹을 현실 속의 진짜 인간 우주선 앞에 서 있으니까. 입이 저절로 벌어진다. 이 검은 벽은 지금까지 본 그 무엇보다 틀림없는 진짜다. 동족이 가까운 곳에 있다. 이건 그들이 직접 만든 물건이다. 지금 이 순간, 그 어느 때보다 동족과 가까이 있다. 사야는 한 걸음 다가간다. 벽이 사야를 끌어당기고 있다. 한 걸음 더. 현실이 던지는 모든 것을 광자 하나 남기지 않고 집어삼키는 칠흑이다.

사야는 손을 뻗으며 중얼거린다.

"굉장한… 검은색이야. 말로 설명하기도… 지금 손이 닿은 거야?"

갑자기 우주선이 사야에게 뭐라고 소리를 지르자 사야는 뒤로 자빠진다.

다시 조용해지자 옵서버 미만의 존재 두 명 중 하나가 말한다.

"역시나. 그럴 때가 있어."

다른 하나가 말한다.

"기분이 안 좋은 거야. 내가 항상 말했잖아."

사야는 주저앉은 채 속삭인다.

"세상에, 여신님…"

진짜 인간의 목소리였다. 틀림없다. 사야는 침을 삼킨다.

"방금 분명…방금 인간 언어였어?"

우주선이 같은 목소리로 말한다.

"네트워크 표준어를 감지했습니다. 메시지를 반복합니다. 어서 오세요, 인간."

사야는 넋 놓고 바라본다. 일단 한 가지를 인정해야 한다. 사야는 엉망진창인 존재다. 인간이자 위도우이며 다른 무엇일 수도 있다. 조각난 기억이고 불타는 욕망이기도 하다. 지금까지 수많은 말들이 사야를 정의해 왔다. 하지만 이 말은 평생 단 한 번도 들어본 적이 없다.

'어서 오세요, 인간.'

환영 위원회가 대화를 주고받는다.

"또 액체를 흘리고 있는데."

"아까 내가 말했잖아."

사야에겐 아무 말도 들리지 않는다. 눈앞에 있는 존재를 제외한 모든 것이 감각 바깥으로 밀려났다. 동족이 다섯 손가락 손으로 만든 우주선이다. 사야는 천천히 몸을 일으켜 세우고 유틸리티 수트에 손을 닦는다.

몸에서 일어나는 다양한 생리현상 따위는 무시하며 사야는 조용히 말한다.

"우주선. 너에 대해…알려줘."

우주선이 대답한다.

"이 우주선은 행성파괴급 전함 파이어브링어호, 불을 옮기는 자입니다. 그동안 인간 사용자를 기다리며 동면 모드에 있었습니다."

"오, 여신님…"

"명령을 인식할 수 없습니다. 다시 말씀해 주세요."

뒤에서 옵서버 미만이 작은 목으로 가벼운 기침을 하고 말한다.

"방금 이게… 명령이라고 했어?"

"흥미로운걸."

"무서운 일이지."

사야는 이 검은 몸을 무엇으로 만들었을지 생각하며 우주선의 외벽을 어루만진다. 아무것도 느낄 수 없다. 그저 칠흑이 손가락을 반대 방향으로 밀어낼 뿐이다. 하지만 사야가 결코 꿈꾸지 못했던 힘이 이 안에 있다는 걸 느낄 수 있다.

"우주선…"

우스꽝스러운 웃음소리에 사야의 몰입이 깨진다. 왼쪽은 사야와 칠흑 사이에 끼어들며 미소를 지우고 말한다.

"그런데 그게 말이야. 지금 이 녀석한테 이래라저래라 명령을 내리는 건 그다지 좋은 생각이 아니야. 어쩌면 널 여기 데려온 것부터가 썩 좋은 생각이 아니었을 수도 있고. 그러고 보니 이제 저녁을 먹으러 가야 할 것 같은데? 이쪽으로 가면…"

왼쪽이 황급히 사야의 다리를 밀자 오른쪽이 말한다.

"그만 좀 해. 쟤가 우리 모두를 얼마나 빨리 죽여버릴지 보는 것도 꽤 재밌을 거야."

"재밌을 것 같다고? 너 미쳤구나? 저 녀석이랑 얘기해 본 적 있기라도 해?"

"있지. 그래서 무슨 일이 일어날지 관찰해 보고 싶은 거야. 그리고 난 미치지 않았어. 보스가 미친 게 아니라면."

왼쪽은 축축한 이마 앞에 내려온 하얀 머리카락을 손으로 빗으며 말한다.

"평소였다면 같이 관찰했겠지. 그런데 인간의 전함이 인간의 명령을 듣기 시작하면…"

사야는 어이가 없다는 듯 끼어든다.

"아무도 죽일 생각은 없어. 난 그냥…"

우주선이 큰 소리로 말한다.

"파이어브링어호는 여러분 모두를 죽일 수 있는 다양한 수단과 방법을 갖추고 있습니다. 다음 선택지 중에서 골라주세요. 핵병기, 반물질 병기, 나노 병기, 상대론 병기, 중력 병기. 더 많은 선택지를 원하시면 말씀해 주세요."

왼쪽이 자그만 주먹으로 우주선을 두드리며 외친다.

"아니야! 명령 취소!"

우주선은 냉정하게 거절한다.

"사용자를 확인할 수 없습니다."

오른쪽은 감탄한다.

"명령은 말 한마디로 충분하단 거지. 편리하네."

사야는 눈을 둥글게 뜨고 우주선을 바라본다. 네트워크 시절에 인간에 대해 배운 것이라고는 유물이 된 반쪽 짜리 단어들뿐이었다.

사야가 말한다.

"좋아. 아니, 내 말은… 하지 마."

인간의 우주선이 묻는다.

"명령을 수정하시겠습니까? 대체 명령의 예로는 '모두에게 부상을 입히기' 또는 '일부만 죽이기' 등이 있습니다."

사야는 이제야 왼쪽의 걱정을 이해하며 말한다.

"아니. 내가 하고 싶은 건… 명령 취소야."

"명령이 취소되었습니다. 모든 무장은 대기 상태로 전환됩니다."

오른쪽이 검은 벽을 톡톡 두드리며 말한다.

"뭐가 문제인지 알겠어. 이 안에 있는 건 네트워크 정신체가 아니야. 말하자면… 우리와 가치관을 전혀 공유하고 있지 않아. 이 녀석은 인간이 만든 인공지능인 데다 아주 오랫동안 누구와도 대화를 한 적이 없어."

왼쪽이 반박한다.

"보스는 이 녀석이랑 대화를 했어. 나한테 직접 얘기해 줬어."

"그것도 문제네. 이 녀석이 자꾸 이렇게 이상한 발상을 하는 건… 보스 책임도 있을 거야. 장담하는데, 이 녀석한테 샌드위치 만들어 달라고 하면 재료 구한답시고 네 내장을 끄집어낼걸."

"거봐, 너도 배고프잖아! 이제 그만 저녁 먹으러…"

"생각해 보면 그래서 더 말이 되는 것 같아."

"네가 보스였다면 말이지. 그 보스가 지금 우리 저녁 식사를 준비하고 있어."

사야는 손으로 칠흑을 쓰다듬어 본다. 어쩌면 한때 수많은 항성계를 갈기갈기 찢어놓은 우주선일지도 모른다. 하지만 인간이 만든 물건을 이렇게 가까이에서 본 적도 없었기에 차마 뒤로 물러날 수가 없다. 사야는 이 우주선이 활약하는 모습을, 아니면 그와 비슷한 무언가를 본 적이 있다는 걸 깨닫는다. 인간이 촉발한 살육전 한가운데서 이 검은 형체가 실공간을 찢고 나오는 모습을 봤다.

사야가 중얼거린다.

"빛보다 빠르게 움직일 수도 있구나."

말이 끝나자마자 어깨에 앉아 있던 머리카락이 떠오르더니 위로 솟아오른다. 발 밑에 있던 잔가지와 나뭇잎도 수직으로 선다. 수많은 나뭇가지가 위로 꺾이면서 휙휙거리고 삐걱인다.

우주선이 말한다.

"FTL 드라이브 가동. 시공간 재진입 좌표를 입력해 주세요. 출발과정에서 생존하시려면 우주선에 탑승해 주세요."

오른쪽이 말한다.

"시공간 재진입? 그러니까 시공간을 떠나겠다는 거야?"

왼쪽은 양손으로 떠오르는 머리카락과 작은 셔츠를 누르며 외친다.

"아니! 떠나면 안 돼! 정지… 어, 작업 정지! 우주선, 대기해!"

"사용자를 확인할 수 없습니다."

오른쪽은 작은 머리를 절레절레 흔든다.

"빈자리 찾아서 착륙하라고 하면 이 녀석은 분명 나노 병기로 땅을 비워버릴거야."

사야는 여과되지 않은 생생한 힘이 주변 공기를 흔드는 것을 느긋하게 느낀다. 작은 몸으로 다시 돌아왔지만 큰 힘이 가진 매력은 여전하다.

사야가 말한다.

"우주선. 명령 취소."

사야의 머리카락이 다시 어깨 위로 내려온다. 나뭇가지들이 부딪히는 요란한 소리와 함께 숲도 안정을 되찾는다.

우주선이 말한다.

"FTL 드라이브 정지."

왼쪽은 바닥에 주저앉아 몸을 떨며 웅얼거린다.

"인간 우주선 옆에서 깨우자고 내가 얘기했었지. 분명 극적인 장면이 될 거라고 내가 얘기했었지."

"진정해."

오른쪽이 말한다. 그러고는 사야를 향해 고개를 돌린다. 처음으로 얼굴에 웃음을 띠고 있다.

"배고프지 않아?"

37

왼쪽과 오른쪽은 사야를 안내하며 숲속을 걷는다. 주변이 제법 조용한데도 둘의 발걸음 소리는 거의 들리지 않는다. 왼쪽은 이따금 멈춰서서는 헝클어진 머리를 긁으며 생각을 한다. 그러고는 방향을 조금 바꿔서 다시 나아가며 중얼거린다.

"이쪽일 거야. 아마도."

오른쪽이 어깨 너머로 말한다.

"식사는 기대해도 좋을 거야. 보스가 준비에 꽤 공을 들이고 있거든."

사야가 대답한다.

"난 그냥 식품 블록 한두 개면 돼. F46 타입이 있다면 더 좋고. F30 이상은 오랫동안 못 먹은 것 같아. 마지막으로 먹은 게…"

워터타워. 문득 생각해 보니 그때가 마지막이다.

"그게 뭔지 하나도 모르겠어. 내 생각엔 굉장히 끔찍한 물건일 것 같은데. 음식에 숫자가 붙어 있다고?"

왼쪽이 힘없이 말한다.

"지금 보니까. 그게 아마… 이쪽?"

문득 떠오르기 시작한 기억들이 사야를 맴돈다. 사야는 높이 솟은 식물의 표면을 만져본다. 나무다. 어머니의 기억 속에서 본 기억이 있다. 그 기억 아래에 다른 언어로 된, 또는 언어로 표현조차 안 되는 더 깊은 기억이 숨어 있다. 사야는 칼날 부속지가 아니라 손으로 나무를 만진다. 손가락은 나무껍질의 세밀한 구조를 이미 알고 있다. 사야의 코는 공기의 냄새를 기억하고 있다. 사야의 발은 이 울퉁불퉁한 땅과 다양하게 섞인 식물들, 길을 가로지르는 뿌리들이 낯설지 않다. 사야의 눈은 숲의 색과 모양, 녹색과 갈색의 혼란스러운 조화를 알고 있다. 숲을 걸어가다가 사야는 볼 수 없기에 가장 놀라운 것을 발견한다.

이곳엔 네트워크가 없다.

실도 없고 어둠도 없으며 다른 무엇도 없다. 어둠을 떠도는 정신도 없다. 서로 교류하며 경쟁하는 온갖 종류의 인격체도 없다. 나무 사이에 숨은 인공 음원도 없고 덤불 위로 즐겁게 물을 주는 정원관리 드론도 없으며 정신없이 갈 길을 가는 운반 드론도 없다. 사야가 지금까지 발을 디딘 어떤 곳과도 다르다. 네트워크 정신으로 포화되어 있지 않다.

대신 다른 누군가로 포화되어 있다.

그는 하나둘씩 천천히 모습을 드러낸다. 조금 전까지만 해도 사야는 두 명의 환영단하고만 걷고 있었지만 언제부턴가 사야 옆으로 즐거워 보이는 자그만 형체 하나가 함께 걷고 있다. 반대편 옆으로 또 한 명 나타난다. 진짜 옵서버다. 걸음걸이와 복장, 사야를 바라보며 웃는 표정까지 구분 불가능할 만큼 완전히 똑같다. 앞서가던 환영단 둘이 상황을 파악하고는 의기소침해진다. 어깨를 축 늘어뜨리며 고개는 푹 숙이고 옷에 달린 작고 어설픈 주머니에 손을 넣는다. 어느새 환영단과 사야는 웅성거리는 옵서버에게 둘러싸인 채 함께 이동하고 있다.

옵서버 하나가 묻는다.

"환영식은 어땠어? 감탄이 나올 정도였어?"

다른 옵서버가 앞으로 튀어나오며 말한다.

"대답 안 해도 돼. 다 보고 있었으니까."

세 번째 옵서버가 잔뜩 움츠러든 왼쪽과 오른쪽을 가리키며 묻는다.

"어떻게 생각해? 내가 되기 충분한 것 같아?"

사야는 대답을 고민한다.

"내 생각엔… 괜찮을 것 같은데."

옵서버는 사야의 판단으로 결정했다는 듯 말한다.

"좋아! 오늘 두 명 추가."

그 말을 들은 순간 오른쪽이 몸을 부들부들 떠는 것을 보고 사야는 너무 생각 없이 추천해 버린 것을 후회한다. 하지만 오른쪽의 감정에 잘 공감이 되지는 않는다. 자신과 비슷한 크기인 지성체보다 거대한 집단정신에게 더 공감한다는 게 이상하기는 하지만 어쨌든 지금의 사야는 그렇다. 다시 작아지기는 했지만 한때 거대했던 적이 있는 사야다. 지금 바로 이 순간에는 주변에서 어떤 잠재력도 느끼지 못하지만 그게 어떤 느낌인지는 아직 기억하고 있다. 백만 배 더 강했고 더 높은 차원에서 현실을 바라봤었기에 지금 옵서버와 함께 있으면서도 전혀 불편하지 않다. 동시에 왼쪽과 오른쪽이 느끼는 불편함도 이해가 된다. 환영단 둘은 몸을 서로에게 기대며 거대한 정신 한가운데를 걷고 있다. 사야도 한때는 저들의 일부였다.

사야가 고개를 들자 나무 사이로 티끌 하나 없이 새파란 천장이 보인다.

"그나저나 이 수목원, 얼마나 큰 거야?"

사야의 질문에 옵서버가 깔깔거린다.

"수목원이라니! 아, 물론 직접 만든 거긴 하지만, 그래도 일단 엄연한 행성이야."

행성이라는 말에 전율이 사야의 등을 타고 흐른다. 이곳에 오고 처음으로 느끼는 두려움이다.

"지금 내가… 내가 지금 행성 위에 있다고?"

다른 옵서버가 말한다.

"그런 셈이지. 하지만 은하계의 다른 행성들과는 달라. 그러니까, 저 위에 있는 행성 수천 개는 그렇다는 얘기지."

옵서버는 파란 천장을 향해 손을 흔든다. 사야는 천장이 아니라 하늘이라고 빠르게 생각을 바로잡는다.

"행성군#이라는 말이 어울릴지도 모르겠네. 이런 건 역사상 처음이야. 네트워크 뇌에 뚫린 구멍 속에 모두 모여 있지. 감히 상상도 못할 곳에 자리를 잡은 블랙스타라고나 할까."

옵서버는 행복한 표정을 지으며 말한다.

"나만의 블랙스타. 예전부터 하나 갖고 싶었거든."

사야의 무릎에서 갑자기 힘이 빠진다.

"그럼… 난 지금 뭔가의 바깥쪽에 서 있는 거야? 그러니까… 저 위에 천장 같은 건 없다는 거고?"

옵서버는 덤불을 걷어차며 말한다.

"이 꼬마 행성은 부피가 100만 세제곱킬로미터야! 모서리 하나가 1,000킬로미터 정도 되는, 크고 오래된 육면체 행성이지. 숲이 없다면 여기를 둘러싼 커다란 산 네 개가 보일 거야. 당연하겠지만 지금 우리가 서 있는 면의 모서리지. 가운데에는 커다란 바다도 있어. 물은 아래로 흘러 모이는 법이니까. 잘 보면 알겠지만 어디든 약간 경사가 져 있어. 모서리 세 개가 만나는 꼭짓점에선 엄청 이상한 날씨를 볼 수 있고. 생각해 보면 아직 부족한 부분이 많기는 해. 망할 자연법칙 때문에. 그래도 난 육면체 행성이 정말 갖고 싶었거든."

다른 옵서버가 부모라도 된 것처럼 사야의 다리를 두드리며 말한다.

"그나저나 먼저 나온 질문에도 대답을 해야겠지? 맞아. 넌 지금 바깥면에 서 있어."

맙소사. 사야의 눈이 위로 뒤집어진다. 몸이 가라앉는 것만 같다.

"그 말은…"

옵서버는 쾌활하게 말한다.

"물론이지! 저 위엔 텅 빈 우주공간뿐이야! 너의 작고 귀여운 정신으로는 품을 수 없을 만큼 큰 공간이지. 수백 년 동안 떨어져도 먼지 한 톨 부딪칠 일이… 아, 그렇지. 넌 행성에서 살아본 적이 없구나."

사야는 숨을 거칠게 몰아쉬며 주저앉는다. 왼쪽과 오른쪽이 사야의 양옆을 지키며 서자 옵서버는 그들을 감싼 채 물길처럼 갈라지며 흘러간다.

지나가던 옵서버가 말한다.

"내가 조금 흥분하기는 했지. 하지만 무서워하지는 마! 설사 인공중력이 없다고 하더라도 이 행성의 질량은 널 충분히 붙잡아 두고도 남을 정도니까. 물론 인공중력은 있어. 게다가 네트워크가 쓰는 것보다 훨씬 좋지."

"난 그냥, 무서운 게 아니라…"

"괜찮아."

왼쪽이 사야의 귀에 속삭이자 흰색 머리카락이 사야의 볼을 간질인다. 오른쪽도 이어 속삭인다.

"정말 안전해. 여기 있는 모든 게 안전해."

옵서버는 여전히 멈추지 않고 물 흐르듯 나아간다. 주변에 있는 수많은 옵서버 중 하나가 말한다.

"그냥 천장이 있다고 생각해! 나의 새로운 블랙스타에 있다고 생각하면 돼."

구토나 기절 대신 다른 생각거리가 필요하던 참에 잘 됐다. 블랙스타. 좋지. 거대하지만 닫힌 공간이다. 수백만 겹으로 된 천장도 있고. 천장은 정말 훌륭한 발명품이다. 현실을 작고 편안한 작은 공간으로 만들어 준다. 공간을 감싸준다. 저 새파란 것 너머로 펼쳐진 까마득한 공허로부터 분리해 준다. 저건 천장이다. 하늘이 아니다.

사야는 몸을 떨면서 입으로 천장이란 말을 반복한다. 왼쪽과 오른쪽이 엉덩이 밑으로 파고 들어가 들어 올린 덕분에 사야는 겨우 몸을 일으킨다. 시선은 덤불에 고정하고 두 안내자의 작은 어깨에 손을 올린다.

사야는 이를 악물고 말한다.

"좋아. 이제 괜찮아."

왼쪽과 오른쪽은 아무 말도 하지 않는다. 대신 사야의 양쪽 다리를 가볍게 두드린다.

500미터를 이동하고 나니 옵서버는 이제 작은 흐름에서 커다란 강이 되어 있다. 10미터를 이동할 때마다 새로운 옵서버 지류가 합류한다. 옵서버의 머리들보다 1미터 정도 높은 사야의 시야엔 숲의 바닥이 모조리 옵서버로 뒤덮인 것처럼 보인다. 모두 똑같은 옷을 입고 똑같이 움직이고 있다. 그리고 합류할 때는 예외 없이 금빛 눈으로 사야를 한 번씩 쳐다본다.

옵서버 하나가 사야 옆을 힘차게 지나가며 말한다.

"황혼이었으면 분명 더 극적인 경험이 되었을 텐데 아쉽네."

사야는 호기심 어린 목소리로 말한다.

"황혼?"

인공환경에서 자란 이에게 황혼이란 대수롭지 않은 일이다. 그저 조명이 낮 색깔에서 밤 색깔로 바뀌는 순간일 뿐이다. 여기서 황혼이라고 말하면… 사야로선 짐작조차 할 수 없다.

다른 옵서버가 웃으며 말한다.

"눈을 감아봐."

사야는 넘어지지 않게 걸음걸이를 늦추며 눈을 감는다. 곧 눈꺼풀 너머로 붉은빛이 떠오른다. 눈꺼풀의 혈관마저 보일 것 같다. 그리고 빛은 사라진다.

옵서버가 사야의 귀에 속삭인다.

"이제 눈을 떠도 돼."

눈을 뜨고 하늘을 보자 옵서버가 하늘을 통제하고 있다는 확신이 든다. 물감이 퍼지듯 옅은 분홍빛과 짙은 푸른빛으로 물든 하늘이다. 한쪽에는 눈부신 오렌지색 선이 보인다. 하늘색 변화를 신호로 밝은 오렌지색과 노란색이 섞인 작고 흔들리는 조명들이 주변으로 나타난다. 조명들은 타닥거리는 소리와 함께 주변으로 더 작은 빛 알갱이를 뱉어내며 흥분한 옵서버 머리 위로 그림자를 늘어뜨린다. 조명을 손에 든 옵서버 하나가 춤을 추며 옆으로 지나가자 열기가 느껴진다. 조명의 실체를 깨달은 순간, 육면체 행성의 기후와 햇빛에 대한 모든 질문이 사야의 머릿속에서 깨끗하게 사라진다.

"불이잖아. 우주선 바깥에서 불을 쓰고 있어."

옵서버는 사야의 말을 바로잡는다.

"행성이라니까. 그래도 불은 일단 불이지."

사야는 숨을 삼키고 주변에 있는 식물들을 둘러본다.

"이것들은, 그⋯ 뭐였지?"

즐거워 보이는 다른 옵서버가 지나가며 말한다.

"나무는 타냐고? 언제나 그랬지!"

다른 옵서버가 불타는 횃불 심지를 사야에게 내밀며 묻는다.

"횃불 필요해?"

사야는 눈을 크게 깜빡이며 뒤로 물러선다. 본능적으로 머리카락을 손으로 감싸며 타오르는 불길에서 지켜낸다. 작고 빛나는 심지 파편 하나가 짙은 연기를 꼬리처럼 남기며 옵서버 주변으로 떨어진다. 하지만 아무도 신경 쓰지 않는다. 옵서버는 그저 웃으며 머리나 옷을 흔들며 털어낼 뿐이다.

"음, 아니. 고맙지만 사양할게."

"그러든가."

옵서버는 횃불을 아주 위험하게 움직이며 지나간다.

옵서버에 대한 사야의 인지 부조화는 커져만 간다. 오른쪽의 말을 빌리자면, 이 거대한 존재는 사야와 가치관을 공유하지 않는다. 하지만 지금은… 공유하고 있다. 지금 옵서버는 사야가 지금까지 만난 누구보다도, 그리고 어떤 집단정신보다도 지금 이 순간을 즐기고 있다. 걷는 대신 춤을 추고 말하는 대신 소리를 지르며 표면이 숲으로 뒤덮인 주사위 모양 우주선 수천 개를 그저 갖고 싶어서 만든다. 그런 존재가 사야를 안내하고 있다.

…하지만 어디로?

옵서버 무리 앞에서 어떤 리듬이 시작된다. 흥에 취한 옵서버의 다른 몸들이 주변에 있는 물건을 두드리며 조화로운 소리를 만들고 있다. 이 소리와 함께 딸깍거리고 쿵쿵거리는 소리가 규칙적으로 반복된다. 사야도 무심코 박자에 맞춰 작고 빠른 걸음을 내디딘다. 사야는 유쾌한 혼란 속에서 소리의 출처를 찾기 위해 주변을 둘러본다. 그러자 더 많은 소리가 어둠을 뚫고 흘러나온다. 같은 리듬이지만 더 길면서 덜 폭발적인 고음과 저음이다. 모든 소리가 조화롭게 섞이며 사야의 내면 깊은 곳까지 닿는다.

"이게 뭐야?"

사야가 묻자 대여섯 정도의 옵서버가 동시에 외친다.

"음악이란 거지! 이것도 내 소소한 취미 중 하나야."

심오한 눈빛으로 하늘을 바라보던 옵서버가 덧붙인다.

"대부분의 종족은 이해를 못하지만."

다른 옵서버가 웃으며 말한다.

"다행히 내 아이들은 아주 잘 이해하지."

옵서버가 말한 음악은 어느새 선명하고 명료하며 리듬감 있는 하나의 목소리가 된다.

나는 십억 번 살고 살았지

나는 일조 번 죽고 죽었지

나는 별을 사랑하고 별과 싸우며 별 사이를 항해했지

하지만 마음만큼은 고향에 고이 두고 왔다네

육면체 세상을 덮은 옵서버의 얼굴들이 일제히 고함을 지르자 공기가 해일처럼 울려 퍼진다.

마음만큼은 고향에 고이 두고 왔다네!

사야는 벌어진 입을 다물지 못한다. 이런 건 들어본 적이 없다. 위도우의 구호와 비슷하지만… 100배는 더 낫다. 단어들은 음악의 리듬에 맞춰 높이 뛰어오르거나 낮게 가라앉기를 반복한다. 고음과 저음이 섞인 단어의 화음은 단순한 구호보다 마음속 훨씬 깊은 곳까지 스며들며 지금까지 존재조차 몰랐던 사야의 심금을 울린다.

'마음만큼은 고향에 고이 두고 왔다네.'

고향. 세상에, 이게 이런 단어였다니.

가까이 있던 옵서버가 웃으며 묻는다.

"마음에 들어?"

사야는 대답할 수가 없다. 산들바람 속 불의 냄새를 맡는다. 피부로 온기를 느낀다. 나무 위를 스치는 바람 소리를 듣는다. 사야는 지금 거대한 정신의 중심에 있다. 이 정신은 사야의 정체를 알고 있음에도 불구하고, 오히려 사야가 누구인지 정확히 알고 있기 때문에 사야를 열렬히 환영하고 있다. 사야의 두 눈이 또 같은 짓을 반복한다. 울고 있는 건 아니지만, 그렇다고 말라 있지도 않다. 사야는 눈을 깜빡여 뜨거운 액체를 옆으로 밀어낸다. 고개를 들어 강처럼 흘러가는 옵서버를 바라본다. 모두 몸을 흔들며 노래를 부르고 있다. 하늘이 색을 잃기 시작한다. 이제 하늘 한쪽에 오렌지색과 별들이 어렴풋이 남아 있을 뿐이다. 그래, 별들. 수백만 개의 별들. 하지만 이번엔 압도되지 않는다. 지금의 사야는 자신이 있을 곳을 정확히 알고 있으니까.

사야는 조용히 말한다.

"응. 좋아."

지금 이 순간 이전에는 그 어떤 것도 진심으로 좋아해 본 적이 없는 것만 같다.

이하의 내용은 현재 유효하지 않을 수 있습니다. 가장 최근 문서를 보시려면 네트워크에 다시 접속해 주세요.

'음악' 비평과 논란

진보한 은하계에서는 보기 드물지만, 매질의 특정 진동에서 매우 큰 만족감을 얻을 수 있다고 주장하는 일부 종족이 있습니다. 일반적으로 이러한 종족은 오직 특정 진동을 표현하는 데만 사용되는 풍부한 어휘를 발전시킵니다. 예를 들어 다양한 진동수와 진폭, 시간에 따른 반복성 등을 나타내는 숫자와 기호들이 있고 이 모두를 조합해서 사용합니다. 음악이라는 이름으로도 알려져 있죠.

이런 종족에 속해 있던 구성원은 이러한 음향구조를 구축하고 재현하기 위한 흥미로운 기술을 가진 경우가 많습니다. 여기까지만 생각하면 음악이 실제 예술의 하나로 느껴질 수도 있습니다. 하지만 수백만 년에 걸친 독립적인 연구 결과에 따르면 음악과 예술의 유사성은 아주 표면적인 부분에 지나지 않는다고 합니다.

비평의 어려움

음악의 잠재적 예술성에 대한 가장 대표적인 반론은 그 음향구조를 분석할 수 있는 감각기관을 발전시킨 존재가 아주 드물다는 사실입니다. 공인 예술 비평가 중에 음악을 만드는 종족 출신이 없는 것도 바로 이 때문이지요. 음악에게는 아쉬운 일이지만, 은하계에서 음악을 이야기할 수 있는 건 그 음악을 만든 자들뿐입니다.

두 번째 문제는 음악을 수용 가능한 다른 예술 매체로 변환할 수 있는 신뢰성 높은 번역 수단이 없다는 것입니다. 중력 예술가의 훌륭한 작품과 비교해 보죠. 시간과 공간의 정교한 태피스트리는 다른 매체로 쉽게 변환할 수 있습니다. 다른 예로 애버레이션 종족의 감각 예술 걸작품들은 다양한 매체로 번역되었지요. 반면 진동을 번역하려는 시도는 소수의 자칭 작곡가들 외에는 아무도 만족시키지 못했습니다.

기원과 상관관계

음악을 가진 종족 대부분은 독자적인 음악 취향을 발전시켰습니다. 하지만 일부 항성간이종생태학자는 그중에서도 음악 작곡과 소비에 유독 열광한 것이 바로 [파이어브링어] 종족이었다 주장하기도 합니다.

[이하 데이터 소실]

38

첫 번째 관찰: 작은 불은 큰불이 되었다. 가열장치는 아니다. 환기장치도 아니며 소각장치도 아니다. 사야가 지금까지 본 어떤 열원과도 다르다. 일말의 통제도 억제도 없으면서 숫자도 많다. 사야의 인간 눈으로는 짐작하기 어려울 만큼 넓은 공터에 수십 개의 커다란 모닥불이 있고 그 주변으로 똑같이 생긴 형체들이 춤을 추고 있다. 다들 불에 너무 가까이 붙어 있어서 보고 있는 사야가 초조해질 정조다.

두 번째 관찰: 이런 냄새는 맡아본 적이 없다. 코를 감싸는 향기에 몸을 지배당하기는 처음이다. 모닥불 위에 크고 기름진 물체가 매달려 있다. 사야의 코는 바로 저기서 이 탐스러운 향기가 흘러나오고 있다고 말한다.

"저건…"

사야는 입에 고이는 침을 삼키고 다시 말한다.

"저건 뭐야?"

옵서버는 무시하라는 듯 손을 저으며 말한다.

"저거? 별거 아니야. 그냥 숲에서 가장 강하고 커다란 짐승일 뿐이야! 가장 힘세고 맛이 좋을 때 잡았어. 나의 대단한 기술로 말이야! 120킬로그램 싸움꾼 녀석이었지!"

다른 옵서버가 이어 말한다.

"이 녀석 잡는다고 몸을 다섯 개나 잃었어. 축제 준비한다고 몸을 수백 개는 잃었고. 그래도 그럴 만한 가치가 있었지."

또 다른 옵서버가 감탄한다.

"저 엄니 좀 봐! 엄청 치명적인 무기지!"

하지만 사야는 옵서버의 대화를 듣지 않고 있다. 입이 아플 정도로 침이 철철 흘러나오고 있다. 먹기 위해 동물을 죽이는 기묘한 행위는 더 이상 신기하지 않다. 사야는 어머니가 사냥꾼이었던 이유를 제대로 이해한다. 턱이 제멋대로 위아래로 움직이고 목은 저절로 침을 삼킨다. 사야의 몸은 곧 다가올 일을 준비하고 있다.

미친 듯 춤추며 지나가는 여러 옵서버가 차례로 말한다.

"정말 멋진 저녁 계획을 짜냈어!"

"첫 번째는 맛있는 음식!"

"그리고 춤!"

"그런 다음 더 많은 음식!"

"그리고 나서는 여흥! 난 여흥이 정말 좋아."

"그리고 처음부터 끝까지 마시기! 마시고 마시며 밤을 새우는 거야!"

10여 명의 옵서버가 동시에 외친다.

"이 모든 건 널 위해 준비한 거야!"

옵서버 무리가 노래하듯 말한다.

"사야! 사야 더 도터!"

옵서버 무리가 사야를 세 방향으로 잡아당기더니 노래와 춤의 소용돌이 속으로 끌고 들어가자 사야가 외친다.

"처음엔 음식이라고 했잖아!"

흥분한 옵서버의 난류 속에 휘말려 떠내려가는 동안에도 사야는 간절한 눈빛으로 구워지고 있는 동물을 쫓는다.

옵서버가 다른 옵서버와 격렬하게 춤추며 말한다.

"일단 말은 하고 보는 거니까! 말보다는 내가 하는 일에 집중해야 할 거야."

다른 두 옵서버가 외친다.

"자, 이거!"

사야가 미처 반응하기도 전에 사야의 팔이 위로 들어 올려지더니 그 아래로 어떤 물체가 들어온다. 속이 텅 빈 원통인데 양쪽 입구가 얇고 팽팽한 막으로 덮여 있다. 사야 앞에서 크기만 작을 뿐 똑같이 생긴 물건을 들고 있는 두 옵서버가 맨손으로 막을 두드리고 있다.

"이렇게 하는 거야!"

그들은 그렇게 외치며 광기 어린 리듬을 만들어 낸다.

조금 전부터 들리던 그 소리는 여기서 나온 것이었다. 사야는 이제야 이해가 된다는 듯 시험 삼아 몇 번 두드려 보고는 곧 커다란 미소를 띠며 리듬을 따라가 본다. 신기한 느낌이다. 어떤 표정을 짓고 있는

지도 짐작하기 어렵다. 방향감각을 잃고 이리로 다시 저리로 휩쓸리고 있다. 하지만 그런 건 아무래도 좋다. 동물이 구워지는 향기를 맡고 발아래의 풀밭을 느낀다. 그리고, 세상에, 사야는 소리를 내며 웃고 있다. 워터타워를 떠나온 이후 처음으로, 사야는 길고 거칠고 주체할 수 없는 웃음소리를 쏟아낸다.

사야는 리듬에 맞춰 몸을 이상하게 움직이며 웃음 섞인 목소리로 말한다.

"놀라워!"

10여 명의 옵서버가 입을 맞춰 말한다.

"당연하지! 네 몸은 이러기 위해서 만들어진 거니까!"

얼마나 오래 춤을 췄는지 사야는 알지 못했고 알려고 하지도 않았다. 하지만 이윽고 음악이 잠잠해진다. 음악은 이제 배경 소리가 되고 옵서버 무리는 썰물처럼 주변으로 빠져나간다. 사야는 엉망진창이 된 모습으로 모닥불 옆에 멍하니 서 있다. 어째서인지 양쪽 부츠는 모두 사라지고 없다. 발가락으로 잔디를 움켜잡으며 수많은 향기를 깊이 들이마셔 본다. 이 자리에서 지금 당장 죽는다고 하더라도 좋은 삶이었다고 말할 수 있을 것 같다.

옵서버가 자기 몸뚱이만 한 칼을 휘두르며 다가와서는 말한다.

"사야 더 도터! 네가 해주면 영광일 거야."

사야는 칼을 본 뒤 기름진 짐승을 한번 돌아본다. 다시 칼을 향해 시선을 돌리고는 웃음을 터트린다. 조건만 갖춰지면 이렇게 쉽게 웃음이 나온다는 사실이 그저 놀랍다.

사야가 말한다.

"물론이지."

다른 옵서버 하나가 말한다.

"위도우의 도터라면 식은 죽 먹기지!"

"네트워크 도살자를 위해!"

"이 구역의 영웅을 위해!"

모두가 외친다

"사야! 사야 더 도터!"

옵서버 대여섯 명의 도움을 받으며 사야는 칼과 송곳으로 반짝이는 구운 짐승과 싸움을 시작한다. 옵서버는 사야가 무기를 찔러 넣을 곳을 알려주고 사야가 칼을 떨어뜨리면 다시 주워준다. 뼈에서 떨어져 나온 고깃덩어리가 송곳 위에서 김을 모락모락 뿜어내는 모습을 보자 사야는 더 이상 아무것도 눈에 들어오지 않는다.

옵서버 하나가 '잠깐!' 하며 소리를 지르며 달려와서는 고깃덩어리 위로 반짝이는 무언가를 뿌린다.

"염화나트륨이야. 맛이 더 좋아지지."

다른 두 옵서버도 다가와 외친다.

"이것도 조금!"

한 명은 사야의 손에 컵을 하나 쥐여주고 다른 한 명은 커다란 병을 들고 와 그 컵에 김이 모락모락 나는 액체를 채워준다. 달콤하고 짜릿한 향기가 고기 향과 맞물리면서 새로운 무언가를 만들어 낸다.

옵서버들이 입을 맞춰 외친다.

"사야! 사야 더 도터!"

옵서버 수십 명이 똑같이 생긴 컵을 사야에게 한 번 들이밀고는 동시에 벌컥벌컥 마신다.

사야 더 도터는 한 손에는 고깃덩어리가 박힌 송곳을, 다른 한 손에는 뜨거운 무언가가 담긴 컵을 들고 무수한 별빛과 모닥불 불빛 아래에 맨발로 서 있다. 사야 더 도터는 짧은 생애 동안 선조 그 누구보다도 먼 곳까지 나왔다. 위도우의 아이이자 계획과 우연의 산물인 사야 더 도터는 자신의 동족을 찾기 위해 태어났다. 네트워크의 말도 맞았고 옵서버의 말도 맞았다. 그리고 사야의 말도 맞았다.

사야가 만들어진 이유는 바로 이것이다.

사야는 송곳에 박힌 고기를 한 입 베어 물고는 입술 사이로 말한다.

"와, 여신님."

입을 가득 채운 채 사야가 외친다.

"우와, 세상에, 여신님!"

옵서버 하나가 외친다.

"좋아하고 있어!"

다른 옵서버가 연이어 환호성을 지른다.

"좋아하고 있어!"

합창이 다시 시작된다.

"사야 더 도터! 사야 더 도터!"

옵서버 무리가 주변에서 뛰고 춤추는 동안, 사야는 고기와 음료를 번갈아 먹고 마신다. 지독한 현기증이 사야를 덮친다. 평생 먹은 거라고는 식품 블록과 물뿐이었다. 우주에 이런 음식이 있다는 건 꿈에도 몰랐다. 하지만 이제 눈을 떴다. 음료의 증기가 사야의 콧속을 파고들고 고기는 사야의 입속을 가득 채운다. 이 두 만남이 사야의 위장 속에서 화염을 일으킨다. 사야는 울고 웃고 노래하며, 또 웃고 울고, 웃고 노래하고, 콜록거리다가 다시 웃는다. 기분 좋은 고양감이 사야의 뇌를 금세 지배한다.

사야는 컵 속으로 중얼거린다.

"이제 식품 블록 따위는 절대 못 먹을 거야."

옵서버가 외친다.

"이젠 그럴 필요도 없어!"

음료가 입과 턱을 타고 흘러내리자 사야는 또 웃는다. 시간이 지날수록 더 쉽게 웃음이 나온다. 웃음이 잦아들자 사야는 자신의 유틸리티 수트를 당기는 작은 손이 있다는 걸 깨닫는다.

옵서버가 사야의 발 옆에서 말한다.

"잠깐 괜찮을까?"

사야는 이제 너무 많이 웃어서 양쪽 볼이 아플 지경이다. 얼마나 웃었는지는 기억도 나지 않는다. 잠깐 괜찮고말고. 인류의 보호자 옵서버를 위해서라면 얼마든. 사야는 몸을 흔들며 걷는 이 옵서버를 따라 거칠게 우거진 풀밭을 가로지른다. 입으로는 여전히 고기를 씹으면서 노래 박자에 맞춰 발걸음을 옮긴다. 옵서버가 몇 명 더 합류하더니 옵서버 무리는 모닥불이 모여 있는 곳에서 멀리 떨어진 어두운 공터 구석으로 사야를 안내한다. 차가운 바람이 사야의 달아오른 얼굴을 스쳐 지나간다. 이곳엔 옵서버가 그리 많이 모여 있지 않다. 그들은 모두 풀밭에 누워 하늘을 올려다보고 있다. 어두운 풀밭 위로 옵서버의 금빛 눈빛이 흩어져 있어 마치 별빛이 바닥에 비치고 있는 것만 같다.

한 명이 바닥을 두드리며 말한다.

"여기야. 여기 누워 봐."

사야는 음료를 한 번 잔뜩 들이킨 다음, 고기 송곳과 컵을 다른 옵서버에게 맡긴다. 바닥에 앉아 고기를 모두 씹어 삼키고 나서야 사야는 뒤로 몸을 눕힌다. 그리고 하늘 위에 펼쳐진 무수한 별빛을 올려다본다. 별빛 가득한 공간이야 지금까지 몇 번이나 봤지만, 지금 보이는 건 뭔가 다르다. 훨씬 더 아름답다. 어쩌면 현실 자체보다 더 아름다울지도 모르겠다. 별들은 우주 깊은 곳에서 찬란하게 빛나며 반짝이고 있다. 네트워크 유닛의 영상이나 여압 수트의 홀로그램에 담긴 모습이 아니다. 숲으로 된 지평선 액자와 따뜻하고 투명한 대기 속에 담겨 있다. 이런 건 평생 본 적이 없다.

사야는 중얼거린다.

"세상에."

옵서버가 말한다.

"오직 너만을 위해서 내가 만들어 낸 풍경이야. 네 고향에서 보이는 하늘을 재현한 거지. 거기가 아직 존재했을 때 말이야."

왠지 알 것 같다. 사야의 머릿속 깊은 곳 어딘가에서는 알고 있었다. 모닥불이 타닥거리는 소리와 연기 냄새, 공기를 메우는 구운 고기 향기. 발바닥을 간질이는 풀과 머리 위에 펼쳐진 드넓은 우주. 달리 설명할 방법이 없다. 이것이야말로 인간의 삶이다. 사야의 존재 자체가 그렇게 노래하고 있다.

옵서버가 말한다.

"그럼 이제 슬슬 얘기해 볼까."

사야는 상체를 일으켜 세운다. 심장이 빠르게 뛰기 시작한다.

옵서버는 웃으며 말한다.

"내가 무슨 말을 하려는 건진 잘 알겠지."

심장이 갈비뼈를 뚫고 튀어나올 것만 같다. 인간 콜로니는 저 위 어딘가에 있다고 왼쪽과 오른쪽이 말했다. 가까운 곳이라고 했다.

"그럼 내… 그러니까, 그…"

옵서버가 다정하게 말한다.

"눈 감아 봐."

사야는 즉시 눈을 감는다. 온몸이 떨린다. 옵서버 여러 명이 다가오는 것을 느낀다. 그들의 자그만 손이 사야의 피부를 간질인다. 그들은 사야의 팔을 들어올리고 손가락 하나를 펼치게 한다. 눈꺼풀 너머로 붉은 불빛이 번쩍이더니 이내 사라진다.

"완벽해. 이제… 눈 떠도 돼"

사야는 자기가 이미 눈을 뜨고 있다는 걸 깨닫는 데 시간이 걸린다. 별이 가득하던 찬란한 밤하늘은 사라지고 없다. 지평선과 지평선 사이의 하늘 모두 칠흑이다. 단 하나만 빼고. 사야의 손가락 끝에 무언가 보인다. 인류의 전함만큼이나 깊은 어둠 속에 얼룩처럼 보이는 것 하나가 떠 있다. 사야는 팔을 내리고 천천히 일어선다. 잘못 움직이면 금세 날아가 버릴 먹잇감을 보고 있기라도 한 것처럼 조심스럽다. 몸과 마음이 사랑과 경이와 구운 고기와 이색적인 화학물질로 가득 찬 사야는 이 허공 속 회색 점을 그저 바라볼 수밖에 없다. 사야는 이 점이 무엇인지 모르지만, 몸속 모든 본능은 같은 말을 하고 있다.

고향.

"이건…"

사야가 말을 하려고 하지만 나오려던 문장이 목 어딘가에서 사라져 버린다.

"난 이게 뭔지…"

옵서버가 조용히 말한다.

"설사 내 감각기관을 빌려준다고 해도 마찬가지야. 그저 어둠 속에서 빙글빙글 돌아가는 크고 단순한 원통 구조물밖에 안 보여. 어디를 어떻게 봐야 할지만 안다면 한쪽 끝에 작은 FTL 드라이브가 달려 있는 것도 볼 수 있을 거야. 회전 속도를 보면 내부에 생태계 하나를 품고 있다는 것까지 짐작할 수 있을지도 모르고. 하지만 저 안에 하나의 사회가, 옵서버의 정신이 다듬고 보살펴 온 하나의 사회가 있다고 하면 믿을 수 있겠어?"

다른 옵서버가 똑같은 다정한 말투로 말을 잇는다.

"이 구역에서 가장 흥미로운 사회일 거야. 어리고 공격적이고 열정적이고 네트워크와 떨어져 있지. 본능적으로 네트워크의 질서를 거부한 존재들이 구성한 사회. 네트워크가 없어야만 번성할 수 있는 종족."

새로운 옵서버가 사야의 귀에 직접 속삭인다. 엄밀하게는 짧은 신장으로 최대한 가까이 다가온 위치에서 조용히 말한다.

"이건 씨앗이야, 도터. 자라날 토양을 기다리는 씨앗이지. 지금까지 숨겨두고 있었어. 네트워크의 별들 사이에 있는 광활한 황무지 우주 공간에. 하지만 이제 때가 왔어."

칠흑 속에서 별이 하나둘씩 모습을 드러낸다. 옵서버의 정신 위에 펼쳐진 어둠 속으로 별들이 돌아온다. 하지만 조금 전에 본 것 같은 별천지는 아니다. 그저 하늘에서 별빛이 드문드문 반짝일 뿐이다.

"도터. 뭐가 보여?"

사야는 위를 올려다본다. 별을 하나하나 셀 수는 있다. 하지만 인간의 정신과 인간의 눈으로는 답을 내는 데 시간이 걸린다.

사야는 자그맣게 말한다.

"모르겠어."

옵서버가 말한다.

"800개의 태양이야. 아광속으로 수백 년 걸리는 거리 덕분에 네트워크에서 고립된 별들이지. 네트워크의 감시 없이 어디든 자유롭게 다닐 수 있는 800개의 항성계야. 네트워크가 이들 항성계에 다시 돌아오는 데만 적어도 1,000년은 걸릴 거야."

모든 옵서버가 가볍게 웃는다. 그리고 말한다.

"그리고 저 별들이 바로 토양이지."

39

사야는 여신이 몸에 내려오기라도 한 것처럼 어둠 속을 저벅저벅 걷는다. 보이지도 않는 곳에 발가락을 찔러 넣는다. 음료와 온갖 생각에 취해 머릿속이 빙글빙글 돈다.

사야가 모닥불과 모닥불 사이를 어슬렁거리자 모닥불을 둘러싸고 있던 여러 옵서버가 모두 같은 방법으로 환영한다. 뛰어오르고 소리를 지르며 음료를 서로 나눠 마신다. 가끔 실수로 고기 송곳으로 서로를 찌르기도 한다. 어떤 모닥불의 옵서버 무리는 음악을 만들어 사야의 흥을 돋우어 준다. 또 다른 모닥불에서는 고기 송곳으로 서로 싸우고 있다. 상대 옵서버에게 밀려나 모닥불 속으로 쓰러지는 옵서버도 있다. 옵서버가 불길 속에서 비명을 지르는 동안 다른 옵서버들은 환호성을 지른다. 이 모습을 처음 봤을 땐 사야도 기겁했다. 하지만 세 번쯤 보고 나니 결국 옵서버다운 행동이라는 결론을 내린다. 여기 있는 개체들은 그저 피부세포, 혈액세포, 뉴런에 지나지 않는다. 각자로서는 아무런 가치도 없다. 그에 비한다면 사야는… 사야가 그동안 생각한 것보다 훨씬 가치 있는 존재다.

모든 모닥불에서 사야의 이름을 부른다.

"사야 더 도터!"

옵서버의 초월 정신은 수없이 많은 웃는 얼굴로 환호한다. 그럴 때마다 사야는 컵을 들어 올리며 역시 웃는 얼굴로 화답한다. 옵서버가 무슨 말을 하든 사야에겐 똑같이 들린다.

넌 중요해.

사야는 옵서버의 음악 소리에 맞춰 자기 이름을 흥얼거리며 아무도 없는 모닥불로 다가간다. 그리고 주변을 유심히 살펴본다. 이 세상은 아주 조금 경사가 져 있어서 그냥 서 있는데도 평소보다 더 집중을 해야 한다. 오렌지색 불길 너머로 무언가가 보인다. 왠지 알아볼 수 있을 것만 같다. 일단 크다. 모닥불의 불빛이 그 무언가에 닿으며 불균일한 표면이 보이기 시작한다. 털? 우락부락한 검은 형체 위로 수십 개의 자그만 눈이 나타나더니 모닥불 불빛을 반사하며 반짝인다.

머가 말한다.

"이거 누군가 했더니."

수십 개의 반짝이는 눈이 깜빡이며 크기를 바꾼다. 샌디는 머의 커다란 팔을 타고 내려와서는 모닥불 옆에 몸을 움츠리고 앉는다. 사야를 지그시 바라보면서 아무 말도 하지 않는다. 도무지 읽을 수 없는 눈빛이다. 모닥불 건너편에서 호리호리한 형체가 나타난다. 그 형체는 모닥불에 다가와서는 약해진 불씨 사이로 가늘고 긴 연료를 집어넣기 시작한다. 연료가 아니라 나뭇가지라고 사야의 뇌가 정정한다.

제대로 된 단어를 찾는 데 시간이 좀 걸린다. 그리고 이곳에 오고 나서 처음으로 사야는 네트워크의 흔적을 발견한다. 머와 샌디의 도우미 지성체, 그리고 로슈의 가슴 어딘가에 있는 이상한 집적체다. 끊어진 채 허공을 맴도는 그들의 실은 검게 물들어 있다. 모닥불 불빛으로도 밝아지지 않는다.

로슈는 시선을 모닥불에 고정한 채 말한다.

"안녕, 사야 더 도터. 네가 우릴 잊었다고 생각하려던 참이었어."

사야는 컵을 손에 들고 불빛 앞에서 비틀거리며 몸을 일으킨다. 그러고는 몸의 절반이 여전히 어둠에 묻혀 있는 형체들을 차례로 살핀다. 맨정신이었다고 해도 지금 피어오르는 복잡한 감정을 정의하기란 쉽지 않을 것이다. 일단 조금 구역질이 난다는 건 분명하다. 구역질이 날 만한 짓을 밤새 많이 하기는 했다. 일단 그건 내려놓고 다른 감정이라면… 이건 죄책감인가? 왜 죄책감을 느껴야 하는 걸까? 여기 있는 셋에 대해 거의 잊고 있었던 건 사실이다. 언제부터였냐면… 아마 립타이드호에서 내린 다음부터. 하지만 따지고 보면 그들에게 커다란 빚을 진 것도 아니다. 그저 며칠 동안 같은 배에 타고 있었을 뿐이다. 한때 같은 네트워크에 속해 있기는 했지만 그게 무슨 대수란 말인가? 그렇게 따지면 블랙스타에 있던 모두에게 같은 말을 할 수 있다. 그것마저도 네트워크가 여기 있을 때나 가능한 이야기다. 지금은 아니다. 지금은 모두 자유다. 자부심을 느꼈으면 느꼈지, 죄책감은 아니다. 사야는 숨을 크게 들이키며 몸을 바로 세운다. 그리고 방금 머릿속에 떠오른 생각들을 꾹꾹 눌러 담을 수 있는 적당한 인사말을 꺼낸다.

"어…"

흔들리는 몸을 다시 바로 세우며 딸꾹질을 하고 다시 말한다.

"안녕."

머는 모닥불만 바라보며 말한다.

"쟤가 안녕이래."

그러고는 커다란 그림자 어디선가 병을 들어 올려 기울인다. 이빨 사이로 액체가 거칠게 흘러 들어가는 소리가 들린다. 머가 한 모금 마실 때마다 사야가 밤새워 마시는 양이 들어간다.

도슈가 말한다.

"위로는 우리가 해줘야지. 얼마나 걱정하고 있었는지 한번 봐봐! 춤추면서 고기를 먹고 에탄올을 마시는 동안에도 사실은 우릴 걱정하느라 심란했을 거야. 이렇게 생각했을걸. '내 친구들. 네트워크가 사라진 지옥에서 무중력 상태로 떠도는 모습을 본 게 마지막이었어!'라고. 이제 마음 놓아도 돼, 사야 더 도터. 보다시피 우린 아직 살아 있으니까."

머는 팔을 내리고 병을 불 속에 던져 넣고 말한다.

"블랙스타에서 내가 저 작은 녀석들을 50명 정도는 죽인 것 같아. 그런데 신경도 안 써. 여기서 정신을 차렸더니 저 녀석들은 나한테도 술을 주잖아."

머는 고개를 들어 모닥불 반대편의 어둠을 바라본다. 그의 자그만 눈들이 그림자 속으로 사라진다.

"저 녀석들이 날 여기로 데려온 이유를 모르겠어. 블랙스타에서 잘 지내고 있었는데."

사야가 몸을 비틀거리며 머의 말을 바로 잡는다.

"그냥 그 녀석이야. 그 녀석들이 아니라."

무언가 다른 말을 해야 할 것 같았지만 무슨 말을 해야 할지 도무지 떠오르지 않는다. 머는 대답 대신 트림을 하더니 다른 병을 찾기 위해 주변을 두리번거린다.

로슈는 태연한 척 점잖게 말한다.

"아, 너무 신경 쓰지 마. 우린 다 이해하니까. 정말이야. 우린 그저 지나가는 인연이었잖아. 립타이드호라는 제법 괜찮은 우주선에 같이 타고 있었을 뿐이지. 우리가 네 목숨을 몇 번 구해준 건 사실이지만, 너나 우리나 그런 걸 따질 여유가 어디 있겠어? 그래도 뭐, 선실에서 피 흘리며 죽어가던 너를 우리가 그냥 내버려 뒀다면 은하계 상황이 지금보다는 조금 좋았을 수도 있겠지."

머가 여전히 모닥불만 바라보며 끼어든다.

"그러고 보니. 원래 그 전에 죽일 생각이었어. 그 망할 참견쟁이 수트가 말리지만 않았더라면."

로슈는 더욱 노골적으로 점잖은 척하며 말한다.

"그나저나 일레븐한테 무슨 일이 있었던 거야? 넌 아마 신경도 쓰지 않겠지만. 걘 그래봤자 하급 티어 지성체였으니까. 우리 셋보다도 낮았지. 심지어 머보다도."

모닥불 반대편의 털 뭉치에서 들리는 덜거덕 소리를 무시하며 로슈는 몸을 일으킨다.

"내가 보기에 너의 새 친구는… 제법 높나 보네?"

온갖 감정이 뒤섞이는 중에 사야는 미약한 분노를 느낀다. 그리고 그걸 붙잡는다. 적어도 이 감정만큼은 뚜렷하다. 사야는 이 감정에 부채질을 하며 불씨를 키운다.

사야는 로슈의 점잖음에 지지 않을 만큼 단단한 예의를 갖춰 말한다.

"미안해. 일레븐을 너한테 먼저 데려가서 허락을 받았어야 했어."

"그 정도면 됐어."

로슈의 렌즈에 불빛이 비친다. 사야는 말을 잇는다.

"그리고 일레븐은 정말 날 구해줬어. 너도 알고 있어야 할 것 같아서. 그것도 여러번 말이야. 일레븐은 평범한 비규정 수트가 아니야. 걔는 내… 친구였어."

사야의 몸이 그때의 커다란 충격을 다시 떠올린다. 불꽃을 튀기고 금속이 찢어지는 소리를 내며 산산조각이 나는 수트의 모습이 떠오르자 사야의 목소리에서 힘이 빠진다.

"일레븐은 날 지키기 위해서… 자신을 희생한 거야."

사야는 문득 사라진 수트를 위해 컵을 높이 들어 올리고 싶다는 기묘한 충동을 느낀다. 자기도 모르게 옵서버에게서 배운 것일지도 모른다.

로슈가 조용히 말한다.

"알아. 전부 보고 있었으니까."

사야는 컵 바닥에 있는 검은 액체를 물끄러미 바라보며 혼잣말하듯 말한다.

"하지만 복수했어."

"복수했지."

로슈의 반응에 사야는 고개를 든다. 갑자기 화가 치밀어 올라 로슈의 렌즈를 찌를 것처럼 있는 힘껏 노려본다. 그러고는 위협적인 숨소리를 섞어 말한다.

"맞아. 네트워크가 일레븐을 죽였어. 그래서 난 네트워크를 죽였고. 적어도 여기에서만큼은."

사야는 검은 하늘을 향해 컵을 들어 올린다. 손가락 사이로 음료가 조금 넘쳐 흐른다. 마침내 하늘 위의 광경에서 자부심이 밀려오기 시작한다.

"저기 있는 거 봤어? 네트워크로부터 해방된 800개 항성계야. 인간이 해낸 일이야. 내가 내 동족을 위해 한 일이야. 그리고, 그리고…"

사야는 목을 타고 올라오는 불쾌한 감각을 억지로 삼킨다. 음료를 마실 때마다 심해지는 느낌이다.

"네트워크 때문에 정당한 기회를 잡지 못한 모든 존재를 위해서도. 자기 운명을, 나아갈 길을 스스로 선택할 수 없었던, 지금도 선택할 수 없는 모든 종족을 위해서."

옵서버가 얼마나 그럴듯하게 말을 했었는지 떠올리며 사야는 다시 한번 목의 이물감을 삼킨다. 컵은 이제 더 흘릴 것도 없을 만큼 비어버렸다. 사야는 다시 한번 800개의 별을 바라보며 설명한다.

"우리한텐 권리가 있어. 모든 종족은 자기 운명을 선택할 권리가 있어. 모든 종족은, 모든 이는 하고 싶은 일을 할 권리가 있어. 자기가 할 일을 스스로 고를 수 있어. 그리고 네트워크는 그걸 막을 권리가 없어. 왜냐하면…"

머의 동작은 무서우리만치 빨랐다. 사야가 눈을 깜빡이는 순간을 기다리고 있었을지도 모른다. 사야는 그야말로 아무것도 보지 못했으니까. 사야가 눈을 깜빡이기 전까지만 해도 머는 모닥불에서 5미터는 떨어진 곳에 앉아 술에 취해 언짢은 시선으로 불을 바라보고 있었다. 하지만 그다음 순간, 사야의 몸은 허공에 매달려 있다. 10센티미터 길이의 손톱이 사야의 머리 뒤에서 머리카락과 유틸리티 수트의 목깃을 붙잡고 있다. 사야는 느려터진 의식으로 머의 얼굴을 살핀다. 생각보다 이빨이 많다. 모두 위도우의 칼날 부속지처럼 날카롭다. 그리고 입을 제대로 닫기 어려울 만큼 길다. 고기와 피와 그리고 더 끔찍한 것들이 섞여 새어 나오는 숨결은 고약하기 그지없다. 포식자의 숨결이다.

머는 이빨을 번쩍이며 묻는다.

"너의 그 대단한 권리가 지금은 어디에 있지?"

머의 숨결이 사야를 감싸며 숨을 죄여온다. 충격 때문에 발로도 손으로도 저항하지 못하고 그저 뒷머리를 잡은 머의 팔에 매달려 머리카락과 목으로 체중을 견디고 있을 뿐이다. 조금 전까지만 해도 정의감에 불타오르던 사야의 정신은 이제 생존만을 갈망한다. 정신이 말한다. 움직이면 안 돼.

사야는 머를 향해 힘겨운 목소리를 낸다.

"머. 이게 뭐하는…"

"이게 바로 나야. 방금 네가 뭐라고 했더라?"

머는 무언가를 떠올리려는 듯 날카로운 손톱으로 이빨을 두드린다. 머의 입은 거대하다. 검게 빛나는 이빨 주변에서 검은 입술이 단어를 만들어 낸다.

"'스스로 운명을 선택할 수 있다'고 했지. 넌 네가 무슨 짓을 했는지 전혀 모르고 있어. 내가 널 처음 만났을 때 죽여버렸더라면 1조 명은 구할 수 있었어. 지금이라도 죽이면 얼마나 많은 생명을 구할 수 있을까?"

머는 커다랗고 위협적인 굉음을 낸다. 웃는 것처럼 들리기도 하지만 분명하지는 않다. 머는 부드러운 목소리로 덧붙인다.

"이걸 내 운명이라고 하자고."

사야는 머의 손톱에 매달린 채, 옵서버의 구조만을 믿고 기다린다. 머는 땀 한 방울 흘리지 않고 옵서버 50명을 찢어버리겠지만 옵서버는 수조 명이나 있다. 그들은 머의 커다란 몸뚱이 위로 차곡차곡 올라가서는 머가 손톱도 들지 못할 때까지 힘을 빼놓고 사야를 풀어줄 것이다. 하지만 사야는 옵서버는 그러지 않을 것이라는 걸 금방 깨닫는다. 옵서버가 신적 존재일지는 몰라도 그런 신조차 멈출 수 없는 것이 있는 법이니까. 아무리 옵서버라도 머의 손톱과 이빨에 죽는다는 사야의 운명은 막을 수 없다. 너무 늦었다. 머가 사야의 몸을 두 동강 내는 데는 1초도 걸리지 않을 것이다. 그저 그럴 동기만 있으면 된다. 말 그대로 먹어버릴 수도 있다. 아무리 이곳이 옵서버의 머릿속이나 마찬가지라고 해도, 아무리 신에 가까운 옵서버의 정신이라고 해도, 옵서버가 할 수 있는 건 아무것도 없다.

로슈가 말한다.

"잠깐 기다려."

사야는 한도의 한숨을 쉰다. 로슈, 정말 미치도록 고마워. 로슈, 모두가 널 과소평가하지. 로슈, 이 괴물에게 손에 잡은 걸 놓으라고 말해준다면 뭐든 가지게 해줄게. 사야 더 도터의 이름으로…

"손."

로슈가 말하자 자그만 기계음과 가느다란 바람 소리가 들리더니 머의 털을 붙잡고 있던 사야의 손에서 힘이 빠진다. 평소보다 차갑고 가벼워진 팔은 이제 더 이상 말을 듣지 않는다. 무언가가 사야의 몸을 기어 내려가더니 불빛 반대편에 있는 로슈를 향해 달려간다.

무릎 위로 올라온 손을 보며 로슈가 말한다.

"보고 싶었어. 물론이지. 이제 저 기분 나쁜 피부를 다시 만질 필요 없을 거야. 걱정하지 마."

사야의 몸은 쓰레기처럼 불빛 바깥으로 끌려간다.

"머!"

몸이 흔들릴 때마다 유틸리티 수트의 목깃이 목을 조르며 피와 산소를 막는다. 사야는 힘겹게 목소리를 낸다.

"옵서버!"

누구에게 무슨 말을 하려는 건지도 생각이 나지 않는다. 살려달라고 비는 건가? 변명할 기회를 달라는 건가? 스스로 안심시키려는 건가? 아무 도움도 되지 않는 정신에게 도움을 요청하는 건가? 적어도 1,000개의 눈동자가 이 장면을 보고 있을 게 분명하지만, 옵서버는 여전히 아무것도 하지 않고 이 거대한 포식자가 먹잇감을 어둠 속으로 끌고 가도록 내버려 두고 있다. 공터의 가장자리에 이르자 풀밭이 끝나고 나무가 나타난다. 춥다. 그리고 어둡다. 인간 우주선만큼 어둡지는 않지만 제법 비슷한 정도다. 사야 뒤로 모닥불 몇 개가 있고 머리 위에는 수백 개의 가짜 별이 있지만, 어느 것도 숲을 밝게 비추지는 못한다. 광자 몇 개를 여기까지 보낼 수는 있더라도 1미터보다 더 들어가지 못한다. 사야는 컴컴한 숲을 보며 깨닫는다. 여기서 죽는다. 차가운 어둠 속에서 죽는다.

머는 사야의 머리카락과 옷깃을 잡은 손을 어두운 숲을 향해 들어 올린다. 그리고 묻는다.

"뭐가 보여?"

사야는 한 손으로 유틸리티 수트의 옷깃을 붙잡고 다른 한 손을 무력하게 흐느적거리며 힘겨워한다. 발은 여전히 땅에서 50센티미터 위에 있다.

사야는 가는 숨을 쉬며 말한다.

"머, 제발…"

머는 위협적으로 말한다.

"뭐가 보이냐고."

사야는 절망 속에서 몸을 비틀어 세운다.

"아무, 아무것도…"

"맞아. 아무것도. 아무것도 안 보여. 저기 도대체 뭐가 있는지 아무도 몰라."

머가 돌아선다. 사야의 다리는 원심력에 이끌려 바깥으로 흔들린다.

"이젠 뭐가 보여?"

사야는 머가 듣고 싶어 할 만한 대답을 필사적으로 찾으며 힘겹게 말한다.

"불. 사람들."

미치겠네. 머, 노대체 뭐야? 춤? 옵서버? 로슈, 샌디, 음식, 도대체 뭐냐고?

"이게 우리 은하계야, 인간. 우주 속에 있는 고작 몇 개의 불. 우주는 어마어마하게 거대하고 차갑고 어두워서 거기에 뭐가 있는지 아무도 몰라. 생각하는 것만으로도 정신이 나가버릴 만큼 컴컴해. 우리가 아는 건 아무것도 없어. 그럼 우린 어떻게 해야 하지? 뭉쳐야 해. 100만 개 종족이 서로의 불을 등에 업고 각자의 손톱과 발톱으로 어둠에 맞서야 해. 우리가 무기로 맞서야 할 상대는 서로가 아니라 밤이야. 모두가 이 사실을 이해했어. 너의 그 망할 종족만 빼고. 너희 종족의 정신 나간 윤리관은 도대체 어디서 나온 거야? 너한테도 불이 있었어. 네 종족은 작고 안전하고 좋은 곳에서 불을 키웠지. 음식도 있었고 빛과 열도 있었어. 필요한 모든 게 있었다고. 우리와 똑같았어. 그래서 우리는 안녕하고 인사했지. 그때 인간은 무슨 생각을 했는지 알아?”

사야의 몸이 움츠러든다. 불빛에서 멀어지는 대신 머의 검고 매끈한 이빨에 가까워진다. 머의 뜨거운 숨결이 사야의 이마를 덮은 머리카락을 날려보낸다.

“이렇게 생각했지. ‘우리가 저 녀석들 불도 차지할 수 있지 않을까?’”

목을 조르는 옷깃과 목구멍을 타고 오르는 담즙, 그리고 머의 이빨 사이에서 뿜어져 나오는 악취에 사야는 숨을 쉴 수가 없다. 머의 말이 옳고 그른지 따질 상황이 아니다. 살아남는 게 먼저다. 일단 숨을 한 번이라도 쉴 방법을 생각해야 한다. 그래야 다음 숨을 쉬기 위한 전략을 짤 수 있고 더 많은 숨을 쉴 가능성을 찾을 수 있다.

사야는 간신히 목소리를 낸다.

“머… 죽을 것… 같아.”

“맞아. 그게 바로 내가 하기로 선택한 일이야.”

머는 으르렁거리고는 사야의 몸을 당겨 전신을 뜨거운 털로 짓누른다. 말을 할 때마다 머의 이빨이 사야의 유틸리티 수트를 찢을 것처럼 열렸다 닫힌다.

“널 죽이면 안 될 이유라도 있어?”

왜냐하면 최소한의 권리라는 게 있으니까. 사야의 의식이 소리를 지른다. 왜냐하면 사야는 살아 있고 생명은 신성하니까. 왜냐하면 머와 사야는 친구니까. 친구라는 게 지금 어떤 가치를 지니든 간에. 이런 것들과 다른 10여 개의 이유가 사야의 의식을 스쳐 지나간다. 하지만 어떤 무엇을 말하든 사야보다 몇 배는 크고 강한 이 살인 괴물을 오히려 자극만 할 것 같다. 이제 남은 일이라고는 멍청한 말을 하고 죽는 것뿐이다. 이번에야말로, 제대로.

머는 사야의 몸을 땅에 내동댕이친다. 이가 흔들릴 만큼 큰 충격이 사야를 덮친다. 머는 네 개의 팔로 사야의 팔다리를 잡아당기며 젖은 풀밭 위에 고정한다. 사야의 손목과 발목을 감싼 손톱이 땅속 깊이 박힌다.

"이유 하나가 있기는 했지."

머가 사야를 밑에 두고 말을 할 때마다 뜨거운 침이 사야의 얼굴 위로 튄다.

"네트워크라는 아주 큰 이유가 있었지. 네트워크는 모든 시민에게 기본적인 권리가 있다고 했어. 그러면서 그 권리들을 우리에게 강요했지. 그런데 그거 알아?"

끔찍하고 끈적한 소리가 사야의 귀를 자극한다. 아주 원초적이고 동물적인 소리. 거대한 입이 열리는 소리다. 뜨겁고 축축한 무언가가 사야의 얼굴 한쪽을 핥고 어둠 속으로 사라지자 사야는 몸을 부들부들 떤다. 얼굴에 묻은 타액이 밤공기와 만나며 차갑게 식는다.

머가 속삭인다.

"여기엔 네트워크가 없어."

사야는 고개를 옆으로 돌린다. 얼굴에는 젖은 풀과 정체를 알고 싶지 않은 것들이 잔뜩 묻어 있다. 사야는 그저 눈을 감고 기다린다. 죽음을 직면하는 것이 처음은 아니다. 많거나 적거나 이미 죽은 적이 있다. 하지만 이번엔 다르다. 상황이 훨씬 나쁘다. 어둠 속에서 처참한 마지막 순간을 맞이해야 한다. 축축하고 끈적한 비명과 목구멍이 골골거리는 소리를 남기며…

사야의 몸을 감싸던 공기가 갑자기 차가워진다. 포식자의 숨결과는 다른 냄새가 난다. 불과 나무 냄새, 그리고 흥에 겨운 옵서버 백만 명이 뿜어내는 생물학적 체취다. 사야는 양쪽 팔을 하나씩 움직여 보고는 눈을 뜨고 천천히 몸을 일으켜 앉는다. 처절하게 저항하며 끌려온 방향으로 50미터 떨어진 곳에서 커다란 털북숭이가 가만히 앉아 모닥불을 바라보고 있다.

사야 바로 앞에, 그리고 조금 전까지 사야의 머리가 처박혀 있던 곳 바로 옆에 샌디가 앉아 있다.

사야는 샌디에게 따진다.

"옆에서 보고 있었던 거야?"

샌디는 무언가를 깜빡이더니 몸을 돌려 모닥불을 향해 폴짝폴짝 뛰어간다.

사야 뒤에서 누군가 딸꾹질을 하며 말한다.

"쟤가 말린 거야. 고마워했어야지."

사야가 고개를 돌리자 컴컴한 숲 가장자리에서 혼자 비틀거리는 옵서버가 보인다. 사야는 움직이지 않는 팔을 반대쪽 팔로 주무르며 따진다.

"그러는 넌? 머가 날 죽이려고 했는데 넌 아무것도 하지 않았잖아."

"그렇지 않아!"

옵서버는 딸꾹질을 하며 컵을 들어 올리고는 말한다.

"난 관찰하고 있었지."

40

가짜 별로 가득한 하늘과 거대한 육면체 세상 사이에서 사야는 잔뜩 화를 내고 있다.

여기저기 흩어져 있는 모닥불은 차가운 어둠 속에 흩뿌려진 빛의 섬처럼 보인다. 사야가 앉아 있는 모닥불 주변은 그나마 수풀이 깨끗하다. 다른 곳은 모두 더러운 체액과 배설물로 범벅이 되어 있다. 공기는 100만 개의 생물학적 몸이 저지른 생물학적 현상 때문에 역한 냄새로 가득하다. 옵서버는 몇 시간 동안 계속 먹고 마시고 있다. 그러면서 자신의 오물 위에서 뒹굴며 자는 것도 개의치 않는다.

사야는 이를 악물고 반쯤 죽어버린 팔의 피부를 만져본다. 남아 있는 힘줄로 손가락을 펼칠 수는 있지만 혼자 힘으로 다시 오므리기는 쉽지 않다. 사야가 가장 필요로 할 때 팔을 가져가 버린 로슈는 모닥불 반대편에 있다. 사야를 죽이기 직전까지 갔던 머도 반대편에 있다. 샌디는… 글쎄, 샌디라면 괜찮겠지. 사실 그렇지도 않다. 티어3이 무슨 생각을 하는지는 도무지 알 수가 없다. 사야가 결코 이해하지 못할 길고 긴 전략을 생각하고 있을지도 모른다. 어쨌거나 중요한 것은 사야가 그들을 한때는 친구라고 불렀다는 사실이다. 그들을 방치한 건 분명 잘못이었다고 사야도 스스로 인정했다. 하지만 그것도 그들이 사야를 찢어 죽이려고 하기 전의 일이다. 그런 일을 겪고 나면 서로의 관계는 달라질 수밖에 없다.

옵서버가 병을 기울이며 묻는다.

"마실래?"

길고 긴 전략이라고 하면 이 녀석이지. 사야는 자그맣게 말하며 고개를 돌린다.

"아니."

옵서버는 뻔한 방법으로 잡담을 시도한다.

"부츠를 찾은 것 같던데."

사야는 움직이지 않는 손을 주무르며 입을 닫는다. 죽기 직전의 순간을 노골적으로 관찰당하고 나면 대화도 불편해지기 마련이다.

"네가 좋아할 줄 알았어. 네 친구를 데려와 축제를 열어서 같이 즐기게 해주고 모험도 같이 하고…"

옵서버가 뭐라고 하든 사야는 여전히 아무 대꾸도 하지 않는다. 자신을 바라보는 옵서버의 눈빛이 흔들리고 있다는 걸 느낀다.

옵서버는 말을 멈추고 홀짝홀짝 소리를 내며 음료를 마신다.

"글쎄. 여흥 시간이 되면 다시 기분 좋아질 거야."

옵서버는 사야와 모닥불로부터 등을 돌리더니 병을 내려놓고 그 옆에 앉는다. 사야는 옵서버의 자그만 뒤통수를 노려본다. 하지만 그런다고 달라지는 건 없기에 다시 시선을 거둔다. 대신 모닥불과 모닥불 사이의 어둠에 무더기로 모여 죽은 듯 자는 옵서버를 둘러본다. 유일하게 깨어 있는 옵서버는 지금 사야 옆에 있는 녀석과 똑같은 행동을 하고 있다. 가만히 앉아서 같은 방향을 보고 있다. 옵서버의 두 시선이 향하는 곳에는…

사야는 눈을 가늘게 뜨고 어둠 속을 살핀다. 단체로 코를 골며 자는 옵서버 더미와 모닥불 사이에 거의 똑같이 생긴 몸들이 세 명씩 짝이 되어 줄지어 걷고 있다. 양쪽 둘은 가운데 한 명을 팔로 붙잡고 있다. 붙잡고 있는 쪽은 예외 없이 몸을 비틀거리면서도 고개를 높이 들고 있는 반면, 그사이 잡혀 있는 쪽은 모두 시선을 아래로 내린 채 양손을 뒤로 감추고 무겁게 발걸음을 옮기고 있다. 붙잡고 있는 쪽은 옵서버 특유의 특징 없는 옷을 입고 있다. 붙잡혀 있는 쪽은 작고 엉성하지만, 직접 만든 듯한 독특한 옷을 입고 있다.

행렬이 20미터 이내로 다가오자 사야는 그 속에서 잔뜩 헝클어진 머리카락과 모닥불 불빛이 비칠 만큼 매끈한 머리를 발견한다. 오른쪽은 주변에 있는 옵서버 무리를 바라보고 있지만, 왼쪽은 자기 앞에 있는 땅만 내려다보고 있다.

옵서버 하나가 외친다.

"주목! 모두 주목하라니까!"

만취한 옵서버는 즉각적인 반응을 할 수 있는 상태가 아니다. 심지어 자기 자신이 외치는 것이라고 하더라도. 침묵은 물결처럼 공터 끝까지 퍼져나간다. 물론 어디까지나 상대적으로 조용하다는 것일 뿐이

티어5

다. 끊임없이 이어지는 모닥불 소리 사이로 누가 구토하는 소리, 통곡, 음악, 싸움, 가끔은 자그만 몸이 땅에 부딪히는 소리가 들린다. 머가 사야를 죽일 뻔했던 어두운 숲 바깥에서는 비명이 들려온다. 머가 다른 사냥감을 찾은 것일지도 모른다는 생각에 사야는 숨을 삼킨다.

옵서버 하나가 크게 외친다.

"기다리던 시간이 왔다! 내가 쓰러지기 전에 해야지."

옵서버는 흔들리는 몸을 바로 세우고 컵을 들어 올려 자기 무리에서 들려오는 형편 없는 함성을 듣는다.

"지금부터⋯ 여흥 시간!"

옵서버 몇 명이 컴컴한 하늘을 향해 컵을 들어 올리며 함께 외친다.

"여흥!"

사야 근처에 있던 옵서버 하나는 외치던 중에 바닥에 엎어지고는 주저앉아 구토하기 시작한다.

"첫 번째! 오늘 밤 졸업생들!"

옵서버 100명의 흥분한 모습을 본 예비 옵서버들이 몸을 떤다. 옆에서 잡아주고 있던 인솔자 옵서버들은 완벽하게 똑같은 동작으로 예비 옵서버들의 몸을 바로 세운다.

다른 옵서버가 외친다.

"그 다음! 사야 더 도터! 내 즐거움의 원천이자 영감이 되는 존재!"

사야는 어둠 속에서도 자신을 바라보는 수많은 시선을 느끼고 몸을 떨며 유틸리티 수트를 몸에 바싹 붙인다.

다른 옵서버가 외친다.

"네 번째!"

"세 번째야, 멍청아."

방금 말한 건 오른쪽이다. 작게 속삭였을 뿐이지만, 정적 속에서 사야는 분명히 그 목소리를 들었다.

옵서버가 컵을 검은 하늘 위로 들어 올리며 말한다.

"불꽃을 쏠 거야. 그리고 확신하는데, 나 모두는 그 광경을 놓치고 싶지 않을 거야."

공터 전체에서 작은 몸들이 휘파람을 불고 박수를 친다. 사야가 알아들을 수 없는 말을 외친다. 수많은 컵이 하늘을 향하고 그중 일부는 균형을 잃고 쓰러진다. 다른 일부는 행렬 가까이에 다가가 도망갈 것처럼 부들부들 떨고 있는, 아직 옵서버가 아닌 존재들을 건드려 보기도 한다.

옵서버 하나가 컵을 들어 올리며 외친다.

"나를 위해!"

"나를 위해!"

모든 옵서버가 함성을 지른다.

가장 앞에 있던 인솔자가 갑자기 졸업생의 옷을 들어올리더니 맨살에 손을 댄다. 졸업생은 손을 피하며 저항한다. 두려움 가득한 금색 눈빛이 사야의 눈에도 보인다. 뒷줄에서는 온갖 반응이 섞여 나타난다. 옵서버는 열정적인 눈빛으로 지켜보고 있고 졸업생들은 망연자실과 두려움 어딘가에 있다. 행렬 가운데에 있는 왼쪽은 여전히 땅만 내려다보고 있고 오른쪽은 가까이 있는 옵서버를 혐오감 가득한 시선으로 노려보고 있다.

몸부림치던 졸업생이 밤을 찢을 것 같은 목소리로 외친다.

"할 말이 있어!"

졸업생의 입술자가 친절하게 속삭인다.

"안 해도 돼. 잠시 뒤면 네가 아는 모든 걸 내가 알게 될 테니까."

"이, 이제 마음을, 정했어. 그, 당신에겐 이럴 권리가 없어! 나는 개인이야!"

졸업생이 외치자 옵서버가 졸업생의 등을 친근하게 두드리며 말한다.

"너는 개인이 아니야. 하지만 이제 곧 개인의 일부가 될 거야. 지금…"

"그렇지 않아! 난 느낄 수 있어! 꿈도 있어! 나는…"

옵서버가 1,000개의 미소를 지으며 끼어든다.

"어서 오렴. 어서 와. 내게."

졸업생의 몸이 굳는다. 뼛속까지 시리게 만드는 소리가 공터에 울려 퍼진다. 비명이 아니다. 그 이상의 무언가다. 영원처럼 긴 숨과 느낌. 너무 고통스러워서 단 한 가지의 소리밖에 낼 수 없는 생명체의 울음소리다.

하지만 곧 다른 소리가 공터를 뒤덮는다. 옵서버의 수많은 입에서 나오는 신음이다. 옵서버는 수천 개의 눈동자를 뒤집고는 주먹을 꽉 쥔 채 팔을 부들부들 떨고 있다. 황홀경에 빠진 것마냥 몸을 뒤틀면서 일부는 땅을 부여잡고 있다. 다른 일부는 땅 위의 오물에 자기 손을 파묻고는 입을 벌린 채 침을 흘리고 있다. 거대 집단정신 옵서버는 긴 숨을 내려놓으며 이 순간을 즐긴다.

사야 근처의 땅바닥에 있던 옵서버가 축축하게 젖은 등을 둥글게 굽히며 중얼거린다.

"정말 좋아. 와, 정말 좋았어."

그제야 이 끔찍한 불협화음이 사라진다. 졸업생이 허리를 곧게 펴자 인솔자가 그를 풀어준다. 졸업생은 손수 만든 옷을 벗어 던지고는 튜닉을 머리부터 입는다. 그러고는 옵서버 무리를 향해 컵을 높이 들어 올리며 웃는다.

새로운 옵서버가 말한다.

"나를 위해!"

모든 옵서버가 고함친다.

"나를 위해!"

옵서버는 신입을 거둬들인다. 신입을 수확한다. 옵서버는 행렬을 따라 이동하며 하나씩 하나씩 옷을 벗기고 몸을 취한다. 마치 식품 블록이라도 되는 것처럼 졸업생들의 정신을 섭취한다. 그럴 때마다 끔찍한 환영 인사를 똑같이 반복한다. 수확이 진행될수록 옵서버의 황홀감은 커져만 간다. 소름끼치는 신음은 견디기 어려울 만큼 높아지고 있다.

그때 오른쪽의 매끈한 머리에 비친 모닥불 불빛이 사야의 눈에 들어온다. 옵서버 두 명이 오른쪽의 옷을 밀어 올리고는 맨살 위로 손을 내민다. 그러다가 한 명이 갑자기 뒤로 물러서더니 얼굴을 닦는다. 짧은 순간이었지만, 웃고 있는 오른쪽의 입에서 흘러내리는 커다란 침 방울이 사야에게 보였다. 피할 수 없는 운명을 마주하고도, 인격의 죽음을 앞두고도, 오른쪽은 경멸을 감추지 않고 있다.

하지만 달라지는 건 없다. 겨우 몇 초 정도의 시간을 벌 뿐이다. 옵서버가 수많은 입으로 말한다.

"어서 오렴!"

속박된 상태에서도 저항을 멈추지 않는 오른쪽을 보며 옵서버는 미소를 짓는다.

"어서 와, 내…"

사야가 어두운 밤을 향해 외친다.

"그만해!"

땅을 파고든 발끝부터 주먹을 쥔 손까지, 사야는 온몸을 떨고 있다. 정신을 차리고 보니 자기도 모르는 사이에 불안하게 휘청이는 다리로 몸을 일으켜 세우고 있다.

사야가 잠시 노려보자 옵서버가 수천수만 개의 눈으로 사야를 바라본다. 사야는 작은 몸들을 밀어내며 옵서버 사이로 걸어 들어간다. 옵서버의 몸은 맨정신일 때도 힘이라고는 없었기에, 만취한 상태에서 할 수 있는 일이라고는 사야에게 밀려 넘어졌을 때 불평을 늘어놓는 것뿐이다. 사야는 최대한 일직선으로 걸으며 술에 취해 웃고 있는 옵서버와 두려움에 떠는 피해자들의 경계로 향한다.

옵서버가 오른쪽의 몸을 붙잡은 채 비틀거리며 말한다.

"안녕!"

잡담이라도 하러 온 줄 아는 듯한 태도다. 사야는 옵서버 하나를 골라 조용히 말한다.

"풀어줘."

옵서버는 이해할 수 없다는 듯 묻는다.

"왜?"

이 만취한 몸뚱이 뒤에 숨어 있는 거대한 신적 정신체 역시 너저분하고 불안한 상태라는 게 느껴진다. 옵서버의 수많은 시선이 사야를 향하고 있다. 하지만 사야는 자신이 위도우든 인간이든 네트워크든 다른 망할 무언가든, 가지고 있는 모든 것을 쏟아부어 옵서버를 노려본다. 그리고 위협적으로 말한다.

"나한테 빚진 게 있잖아. 네가 직접 말했어. 이 모든 게 내 덕분이라고. 내가…"

사야는 느려진 정신 속에서도 최대한 정확한 표현을 찾아낸다. 자기 입으로 말하자니 몸이 부르르 떨린다.

"내가 네 즐거움의 원천이라고."

옵서버는 잠시 아무 말 없이 사야를 바라본다. 금빛 시선이 모든 방향에서 사야에게 닿는다. 사야는 지금 옵서버가 자신을 모든 측면에서 평가하고 있다는 걸 깨닫고는 몸을 곧게 치켜세운다.

옵서버 한 명이 웃으며 말한다.

"좋아."

그러자 오른쪽이 비틀거리며 앞으로 나온다. 오른쪽은 매끈한 머리를 한 손으로 문지르며 방금 일어난 일을 믿을 수 없다는 듯 사야를 바라본다.

사야가 다음 피해자를 가리키며 말한다.

"이 녀석도."

옵서버는 다시 웃으며 똑같이 말한다.

"좋아."

왼쪽은 자기 짝 옆으로 다가가 최대한 가까이, 그러면서도 한 명으로 보이지는 않을 정도의 거리를 지키며 바짝 붙는다. 둘의 거리가 어떻든, 사야 덕분에 그들은 여전히 개인이다. 800개 항성계를 네트워크에서 해방시킨 것처럼, 사야는 이 둘을 옵서버에게서 해방시켰다. 그들은 자유다. 이제 그들은 자기만의 길을 걷고 자기만의 운명을 선택할 수 있다.

머처럼. 그리고 인간처럼.

사야는 더 이상 생각하지 않기로 한다. 방금 자기가 풀어준 두 명이 사이좋게 붙어 있는 모습도 보지 않는다. 대신 사야는 이를 악물고 옵서버의 금빛 시선을 조금도 피하지 않고 마주 본다. 무엇이 옳고 그른지, 애초에 옳고 그름이라는 게 있는지조차 이젠 알 수 없다. 하지만 오른쪽이 옵서버의 얼굴에 침을 뱉을 수 있다면, 사야 더 도터도 저 금색 눈동자를 노려볼 수…

옵서버가 눈을 깜빡인다.

사야가 노려보고 있던 몸부터 시작해 깜빡이는 눈이 주변 어둠 속으로 물결처럼 퍼져나간다. 옵서버가 기침을 하며 목을 가다듬는 축축한 소리도 거대한 물결이 되어 울려 퍼진다. 잠시 뒤, 남아 있던 모든 졸업생이 풀려난다. 그들은 잠시 멍하니 서 있더니, 팔을 문지르며 불안한 시선으로 주변을 둘러보다가 어둠 속으로 소리 없이 사라진다. 옵서버는 그들에게 일말의 관심도 주지 않고 모든 눈으로 그저 사야를 바라본다.

옵서버가 묻는다.

"무슨 문제라도?"

사야는 목소리를 낸 옵서버를 빤히 바라본다. 지금까지 지켜본 상황과는 너무나도 어울리지 않는 작은 목소리였기에 사야는 미처 바로 반응하지 못한다.

사야는 음료와 아드레날린의 힘을 빌려 말한다.

"무슨 문제가, 어… 맞아, 문제 있어. 뭐가 문제냐면 말이야, 네가 방금 여러 명을 먹어버렸다는 거야. 그리고 내 친구 두 명도 먹으려고 했고."

옵서버 대여섯 명이 손가락 끝으로 턱을 두드린다.

"음, 무슨 상황인지 알겠어."

한 명이 무언가 깨달았다는 듯 말하자 다른 네댓 명이 웃는다.

"그냥 정의의 문제일 뿐이야."

"정의 문제라고? 걔들은 엄연히 자기 삶이 있는 개인이었다고, 이 망할…"

"넌 블랙스타에서 모든 정신체를 빨아들였잖아. 그때도 그렇게 생각했어?"

옵서버 얼굴에 떠오른 친절한 미소에는 일말의 변화도 없다. 사야

티어5

는 말이 나오지 않는다. 어둠 속에서도 얼굴이 시뻘겋게 달아오르는 걸 느낄 수 있다. 음료 때문이 아닌 건 분명하다.

사야는 최대한 차분히 말한다.

"그건 말이야. 그거랑… 다른 거야."

"전혀 다르지 않아! 그날도 오늘 밤만큼이나 멋졌으니까."

옵서버는 줄지어 선 새로운 몸들을 따뜻한 시선으로 바라본다. 자기 시선과 마주친 새로운 몸들은 웃으며 손을 흔든다.

사야는 처음엔 그저 불편하기만 했지만 이젠 화가 치밀어 오른다. 결국 위협적인 목소리로 말한다.

"그거랑, 이거랑은, 달라. 난 다 들었어. 네가 저 녀석들을 먹을 때 내는 소리 말이야."

사야는 눈을 깜빡이며 웃고 있는 옵서버의 새로운 몸들을 아직 움직이는 손으로 가리킨다.

"쟤들은 평범한 개인들이었다고. 그리고 너한테 그러지 말아달라고 애걸까지 했어. 하지만 넌 아무렇지도 않게 하려던 짓을 해버렸지. 쟤들이 원해서가 아니라, 네가 원했기 때문에."

옵서버는 여전히 미소를 잃지 않고 말한다.

"아무래도 아주 근본적인 부분부터 오해가 있는 것 같은데. 개들이 뭘 원하는지는 중요하지 않아. 개들은 개인이 아니니까. 넌 몸을 쓸 때 혈액세포나 뇌세포한테 의견을 물어봐? 아니잖아, 사야 더 도터. 개인은 나야. 쟤들은 내 세포고. 너도 곧 이해할 수 있을 거야. 너도 지금은 거의 개인이니까!"

사야는 가만히 서서 바라본다.

"내가 '거의' 개인이라고?"

"개인은 바로 종족이야. 종족의 세포가 아니라. 예전엔 너도 인간이라고 불리는 개인을 구성하는 단세포로서 만족하고 살았잖아. 하지만 지금은 어때? 지금 넌 그 이상이야! 넌 인간이라는 존재를 넘어서, '그 아이'와 분리된 너 자신만의 새로운 개인이 되어가고 있어. 네 능력에 따라서 네 가치가 달라지고 있다는 게 놀랍지 않아? 겨우 며칠 전까지만 해도 넌 아무것도 아니었어. 하지만 지금 네 모습을 봐! 지금 넌 네 종족 모두의 미래를 결정할 수 있어! 너와 내가 함께 말이야. 굳이 말하자면 우린 부모와 같은 존재라고 할 수 있겠지!"

사야는 입이 천천히 벌어진다. 방금 옵서버가 한 말을 해석하려면 도대체 어떤 단어가 필요할지 머리가 분주하게 움직인다.

"넌 네 종족을 찾아 헤맸지. 작은 세포가 하는 일이란 게 그런 거니까. 네트워크도 그걸 알고 있었고. 하지만 네트워크는 네가 성장하고 나면 어떤 일이 일어날지는 미처 알지 못했어. 이제 개인으로 변화하기 시작한 지금, 너도 네 능력을 느끼기 시작했을 거야."

옵서버는 수많은 팔을 위로 들어 올린다. 옵서버 한 명이 검은 하늘을 가리키며 말한다.

"위를 봐, 사야 더 도터! 네가 네 종족에게 준 선물을 봐! 항성계를 800개나 가진 종족은 은하계에 없어. 네트워크 덕분에 마땅한 보호자를 가진 항성계도 없지. 하지만 네 종족에겐 둘 다 있어! 우리가 함께 '그 아이'를 기르는 거야. 옵서버의 신중한 정신과 사야 더 도터

티어5

의 타오르는 분노, 이 두 세상의 최고만이 담은 아름다운 아이가 될 거야!"

사야는 옵서버의 금빛 눈동자에서 시선을 거두고 800개의 별이 반짝이는 하늘을 본다. 수백 수천 년의 시간 속에 고립된 800개의 항성계. 네트워크 사회에 뚫린 구멍. 1억 세제곱광년의 자유. 그 가운데에 흐릿한 회색 점이 있다.

토양, 그리고 씨앗이다.

옵서버는 경이감 가득한 목소리로 말한다.

"네가 이뤄낸 걸 봐. 인간은 이 어두운 곳, 네트워크 정신의 상처 속을 가로지르며 퍼져나갈 거야. 그리고 그들의 제국을 만들면서 너에 관해 이야기하겠지. 너에 대한 전설은 모닥불 주변에서 전해지고 전자기 스펙트럼을 타고 퍼져나갈 것이며, 우주선에서 우주선으로, 스테이션에서 변경 지대로, 부모에서 아이로, 세대와 광년의 거리를 가로질러 전해질 거야. 그들에게 자유를 주고 살 곳을 준 인간, 원수의 것을 빼앗아 자기 종족에게 베푼 인간에 관한 이야기를 이어나갈 거야."

옵서버는 순진한 아이처럼 가볍게 웃는다.

"하지만 그들이 널 도터라고 부르지는 않겠지. 그럴 리가 없잖아, 내 사랑스러운 사야. 그들은 네가 정당하게 획득한 호칭으로 부를 거야."

합창이 들린다. 단어 하나만 반복해서 부르고 있다. 합창은 인간 눈으로는 보이지도 않는 공터 끝의 어둠 속에서 시작되어 점점 커진다. 악기를 두드리는 옵서버의 음악도 같이 들려온다.

사야는 자그맣게 묻는다.

"뭐라고 하는 거야?"

옵서버는 웃으며 대답한다.

"네 이름. 인간 제국 전체에 알려질 네 호칭이지."

옵서버가 자기 몸을 만지고 있다는 걸 사야는 뒤늦게 그리고 갑자기 깨닫는다. 옵서버의 수많은 손과 손가락이 유틸리티 수트 위로 사야의 몸을 어루만진다. 옵서버의 손이 사야의 손을 발견하고는 아래로 잡아당기자 사야는 무릎을 땅에 대며 주저앉는다. 옵서버의 말에 감화된 눈은 아직도 하늘을 올려다보고 있다.

사야의 귀 가까이 있던 옵서버의 입 중 하나가 말한다.

"도터, 지금까지 네게 수많은 가짜 하늘을 보여줬어. 이제 진짜를 보여줄게. 이것이야말로 내 블랙스타의 진짜 모습이야. 이것이야말로 인간 종족을 위해 우리가 이뤄낸 거야."

하늘이 환하게 빛나기 시작한다. 이번만큼은 사야도 눈을 감지 않는다. 대신 고개를 조금 돌리고 눈을 가늘게 뜬다. 시간이 지나도 빛은 줄어들지 않고 오히려 눈꺼풀 너머로 불길처럼 침투해 들어온다. 주변에 있는 옵서버의 몸들은 하얀 윤곽만 보이고 그들의 다리는 공터 바닥을 덮은 검은 그림자 웅덩이에 잠겨 있다. 옵서버는 손으로 빛을 가리며 손가락 사이로 찡그린 눈만 드러내고 있다. 옵서버의 수많은 눈들은 하늘을 올려다보고 있다. 곧 사야도 옵서버를 따라 위를 올려다본다.

하늘의 절반은 지평선을 덮은 숲처럼 시커멓다. 다른 절반은 새하얗다. 아주 살짝만 보고 있는데도 눈이 아플 정도다. 눈이 어떻게든 적응하고 나서야 사야는 사실 새하얀 절반이 완전히 새하얗지 않다는 걸 발견한다. 어렴풋하게 보이는 검은색 윤곽이 어지럽게 산재해 있다. 옵서버가 만든 수많은 행성이다. 지금 사야가 서 있는 곳과 같은 행성 규모의 검은색 육면체 수천 개. 그마저도 거대한 정신을 구성하는 입자에 불과하다.

하지만 저 모든 게 옵서버의 정신이라면, 그 뒤에 있는 눈부신 빛은 무엇이란 말인가? 하늘의 절반을 가득 메우고 옵서버 뇌의 후광처럼 일렁이는 저 빛은…

"저건 뭐야?"

사야가 속삭이듯 묻자 옵서버도 자그맣게 대답한다.

"지금 우리 위에 있는 건 세 가지야. 먼저 블랙스타. 이름에 걸맞게 새카맣게 보이지. 그다음은 내 정신을 구성하는 수천 개의 육면체 행성. 모두 한곳에 모인 건 이번이 처음이야. 마지막은 뭘 거 같아?"

땅을 울리며 여전히 이어지고 있는 합창 소리 속에서도 옵서버의 목소리만큼은 선명하게 들린다. 옵서버가 다시 자그맣게 말한다.

"저건 말이야, 여기 있는 800개 항성계에서 무슨 일이 일어나고 있는지 알려주는 힌트 같은 거지. 내 파트너이자 거의 인간인 사야 더 도터, 저 빛은 6조 척의 우주선이 서로를 소멸시키고 있는 모습이야."

너무나 담담한 목소리 속에 이해를 초월한 내용이 담긴 탓에 사야는 잠시 옵서버의 말뜻을 이해하지 못한다.

"저게, 어… 저게 뭐라고?"

다른 옵서버가 하늘을 올려다보며 말한다.

"지금의 네겐 고통스러운 광경이라는 건 알아. 넌 여전히 저 작은 세포들을 의식하고 있으니까. 하지만 점차 그 이상이 되어가고 있어. 너도 곧 이해하게 될 거야. 나처럼 말이야. 지금 내겐 그저 코피를 조금 흘리는 정도의 일이니까. 저 개인들은 죽지 않아. 세포들이 좀 죽을 뿐이지. 저러고 나서도 지겨운 싸움에 또 끼어들 거야. 네트워크의 통제에서 해방된 존재들에겐 이게 자연의 섭리니까. 그렇다면 우리가 아끼는 개인, 우리의 인간은 어떨까?"

옵서버의 한숨이 공터 전체에 물결처럼 퍼져나간다.

"'그 아이'는 마침내 자기만의 기회를 갖게 되겠지."

사야는 하늘에서 시선을 뗄 수가 없다. 들여다볼수록 더 많은 것이 보인다. 알록달록한 점들, 여기저기서 일어나는 폭발들, 여러 단계로 번쩍이며 사라지는 무언가. 옵서버 무리는 하늘에 변화가 있을 때마다 와, 오, 우 따위의 말을 뱉으며 경치를 즐기고 있다. 질서를 되찾고 싶다는 거부할 수 없는 충동이 사야를 덮친다. 저 불운한 정신들을 다시 연결해 주고 싶다. 계속 이어질 이 상호파괴를 멈추고 싶다. 사야는 힘껏 팔을 위로 뻗어본다. 무언가 잡을 수 있는 걸 찾아본다. 하지만 아무것도 없다. 네트워크의 구조도, 당연한 듯 손잡았던 빛나는 실도, 이젠 없다. 사야가 할 수 있는 일은 아무것도 없다.

사야는 어둠 속으로, 자신의 자그만 정신 속으로 다시 주저앉는다.

옵서버는 상냥한 웃음을 얼굴에 띠우며 사야의 어깨를 두드리고 말한다.

"질서라는 게 원래 부자연스러운 거야. 질서를 유지하기 위해선 그만큼 많은 힘이 필요하지. 하지만 무질서는 언제나 자연적으로 발생해."

'옵서버는 학살자에 거짓말쟁이야. 옵서버가 사랑하는 건 은하계가 불타오르며 혼돈에 빠지는 광경을 보는 것뿐이야.'

문득, 사야는 옵서버의 합창 속에 담긴 호칭을 알아듣는다.

"디스트로이어."

작은 입방체 행성을 가득 메운 10억 개의 입이 말한다.

"디스트로이어."

합창 소리는 수천 개 행성을 가로지르며 퍼져나간다. 이윽고 1,000개 행성을 뒤흔들 만큼 강력해진다.

"디스트로이어!"

불타오르는 하늘 아래에서 사야 더 디스트로이어는 전율한다.

41

이제 그만 일어나. 사야 더 디스트로이어는 생각한다.

샌디는 수많은 눈을 동시에 뜨더니 사야의 머리 뒤에 보이는 아수라장을 보고는 눈살을 찌푸린다. 샌디의 눈들이 복잡한 패턴을 그리며 깜빡이지만 사야는 그 의미를 이해할 수 없다. 샌디는 몸을 움직일수가 없다. 인간의 손이 샌디의 목을 감싸고 있기 때문이다. 사야는 팔을 하나밖에 움직이지 못하지만, 이 정도는 충분히 해내고도 남는다.

오른쪽이 속삭인다.

"이게 지금 뭐라고 하는 거야?"

"앤 물건이 아니야. 아마도."

왼쪽이 바로잡자 사야도 확인해 준다.

"맞아. 물건 아니야. 에이스, 샌디가 뭐라는 거야?"

이 눈부신 지옥 현장 속에서도 네트워크 유닛을 아직 가지고 있었다는 사실이 사야는 너무나도 기쁘다. 에이스가 여전히 성가신 녀석이기는 하지만, 사야는 최근에서야 익숙한 목소리가 생각보다 소중한 존재라는 걸 알게 되었다.

에이스가 사야의 귀에 말한다.

"잠깐만. 좋아. 샌디 말은… 음, 전혀 모르겠어. 네트워크가 사라지기 전에 눈깜빡임 언어 사전을 다운로드 해뒀어야 했는데. 너도 알겠지만, 설마 네트워크가 사라진 세상이 올 줄은 상상도 못 했으니까. 아, 잠깐. 내 생각엔… 역시 아니야. 전혀 모르겠어."

애초에 기대도 하지 않기는 했지만 그래도 실망스러운 건 사실이다. 사야는 입을 평소보다 많이 움직이며 샌디에게 말한다.

"진심으로 들리진 않을 수도 있지만 말이야. 너한테… 고맙다고 말하고 싶어. 조금 전에 날 구해줘서. 네 아빠한테서 말이야."

네 아빠는 조금 있다가 또 나를 죽이려 들겠지만, 이라고 덧붙이려다가 그만둔다. 샌디라면 굳이 말하지 않아도 알 테니까.

샌디가 어떤 의미를 담아 눈을 깜빡이자 에이스가 다시 말한다.

"좋아, 잠깐만. 내 생각엔 샌디가 한 말은… 아니, 기다려. 음, 아니다. 정말 아무것도 모르겠어."

사야는 무시하고 말을 잇는다.

"이제 널 풀어줄게. 풀어주자마자 네가 당장이라도 저기 있는 네 아빠한테 달려갈 수도 있다는 건 알아. 그리고 네 아빠는 날 죽이는 데 1초도 걸리지 않겠지. 하지만 그러는 대신에 나는 네가… 날 도와줬으면 좋겠어. 다시 한번."

사야는 숨을 삼키고 잠시 주변을 돌아본다.

"나중에 꼭 설명해 줄게. 약속해. 난 그때까지만… 그때까지만 살 수 있으면 그걸로 충분해."

에이스가 끼어든다.

"정말 하나도 모르겠어. 네트워크 없이는 난 아무짝에도 쓸모없는 것 같아."

사야는 짧은 고민 끝에 샌디를 풀어준다. 무릎을 굽히고 앉아 수풀 위에 있는 자그만 털 뭉치를 바라본다. 더 이상 말해봤자 아무 소용 없다. 변명을 해봤자 아무 의미 없다. 샌디와 머 모두 사야를 압도하고도 남는다. 한 명은 정신으로, 다른 한 명은 육체로. 샌디를 속일 방법은 없고 머를 막을 방법도 없다. 그저 용서를 구하고 목이 아직 붙어 있는지 확인하며 기다릴 뿐이다.

샌디는 자그만 발로 몸을 일으킨다. 눈을 깜빡이자 눈꺼풀의 물결이 털이 수북한 얼굴 위로 두 번 퍼져나간다. 그러고는 몸을 돌려 모닥불 옆에서 코를 골며 자는 거대한 털북숭이를 향해 천천히 나아간다. 지금 샌디가 느끼고 있을 동요를 사야는 잘 이해하고 있다. 무섭도록 폭력적인 부모 밑에서 자란 건 사야도 마찬가지니까.

"이제부터 어떻게 되는 거야?"

오른쪽이 자그맣게 묻자 사야는 입꼬리만 움직이며 말한다.

"머가 일어나서 좋은 아침이라고 인사하겠지. 아니면 우리 모두 다 죽거나."

왼쪽이 모두 들으라는 듯 크게 말한다.

"뭐라고? 우리가 왜 죽는 거야? 우린 그냥…"

"조용."

티어5

"그래도…"

"조용히 하라니까. 안 그러면 내가 직접 널 죽일 거야."

자기도 모르게 위협이 튀어나오자 사야는 깜짝 놀란다. 이렇게 심각한 줄은 몰랐다. 자신이 달라지고 있다. 언제부터였는지는 알 수 없다. 자기 때문에 수많은 이들이 죽었다는 걸 깨달았을 때? 그 전이라면, 옵서버가 자기 정신을 구성하는 몸들을 얼마나 하찮게 대하는지 알게 되었을 때? 그보다도 전이라면, 뇌의 절반을 위도우의 기억과 살육에 대한 환상으로 가득 채웠을 때? 그것도 아니라면 좀 더 근본적인 단계부터? 인간의 행동을 목격한 덕분에 자신의 본성이 이윽고 표면에 드러난 걸까? 지금은 위도우일까? 인간일까? 도터일까? 아니면 디스트로이어? 아니면 그저… 사야일까?

자고 있는 건 머뿐만이 아니다. 지저분한 공터 전체에서 깨어 있는 건 사야와 두 명의 '옵서버 미달'밖에 없다. 10억 개 정신이 서로를 파괴하며 만들어 내는 섬광 아래, 점점 사그라지는 수십 개의 모닥불 사이에서 옵서버의 수많은 몸들이 코를 골며 밤을 보내고 있다.

샌디는 자기 아버지에게 허둥지둥 달려간다. 그러고는 여러 방향에서 살펴보며 어떻게 다가서야 할지 고민하고 있다. 사야는 그 심정을 완벽하게 이해한다. 살육 본능을 가진 자를 잠에서 깨우고도 살아남는 일은 언제나 큰 도전이니까. 그때 짧고 갑작스러운 비명과 함께 샌디가 사라진다. 사야도 깜짝 놀라 눈을 깜빡인다. 만취한 상태에서도 머의 동작은 사야가 본 어떤 것보다 빠르다. 사야는 부풀어 오르는 걱정을 끌어안고 가만히 지켜보지만 아무 일도 일어나지 않는다. 샌

607

디는 머의 몸 반대편에 있다. 아직 살아 있기를 바라지만 그렇다고 저기까지 돌아가서 확인하고 싶지는 않다. 모든 일이 잘 풀리고 있다면 지금쯤 조용하고 행복한 부녀의 시간을 보내고 있을 것이다. 그리고 샌디는 만취한 살육자인 아버지에게 지금 여기서 인간의 내장을 끄집어내서는 안 된다고 설득할 거고. 잘 풀리고 있지 않다면 샌디는 이미 죽었고 머는 그 사실을 아직 모를 것이다. 어쩌면 샌디는 아직 살아 있고 깨어났을 때 자기 숨통을 조이고 있던 인간 손가락에 대해 거대한 아버지에게 이야기하고 있을지도 모른다. 뒤의 두 경우라면 사야는 지금 당장 어두운 숲속으로 도망쳐야 한다.

사야는 오히려 웃음이 나온다. 그래봤자 달라지는 건 없을 테니까.

사야는 도망치지 않는다. 양손 주먹을 쥐었다 펴면서 기다린다. 주먹을 펼칠 때는 멀쩡한 손이 그렇지 않은 손을 도와준다. 긴장을 풀기 위한 새 습관이 될 것 같다. 물론 곧 닥칠 상황 속에서 살아남을 수 있을 때의 얘기다. 로슈의 손을 잃고 나서야 사야는 그 손에 얼마나 의지하고 있었는지를 깨닫는다. 로슈와도 다시 이야기해야 한다. 역시 그때까지 살아 있을 수 있다면. 로슈는 냉정하고 신랄한 데다 사야는 물론 여기 있는 모두에게 관심조차 없을지도 모른다. 하지만 지금 사야에겐 조금이라도 많은 도움이 필요하다.

쨍한 하늘빛 아래에서 머가 커다란 몸을 움직이자 사야는 움찔한다. 머는 몸을 일으키고 앉아 부드럽고 완만한 동작으로 주변을 둘러본다. 손톱은 수풀에 남은 자국 위로 깊숙이 파고든다. 머의 커다란 팔 위로 샌디가 고개를 내밀어 사야를 응시한다. 머도 검고 매끈한 이빨 위로 눈을 반짝이며 사야를 바라본다. 머가 명백한 포식자라는 사실을 모르는 채 며칠이나 함께 시간을 보냈다는 사실이 사야는 그저 놀랍다. 사야의 몸을 얼어붙게 만드는 포식자의 눈빛이 모든 걸 증명해 준다. 하지만 사야는 위도우의 아이다. 인정하든 인정하지 않든 사야 역시 포식자다. 사야는 그나마 움직이는 손으로 주먹을 움켜쥐고 머의 시선을 받아치며 마주 바라본다. 숨을 삼키며 해명과 비난, 정상 참작 따위의 말을 머릿속에 떠올린다. 하지만 숨을 다시 뱉으며 나온 말은 그 어느 것도 아니다.

사야는 자그맣게 말한다.

"미안해."

머는 타오르는 하늘이 비치는 눈동자로 가만히 사야를 바라본다. 사야는 조금 더 크게 말한다.

"로슈, 너한테도 미안해."

언제부터였는지는 모르지만, 로슈가 뒤에 있다는 건 짐작하고 있었다. 뒤에서 직접 어깨를 두드리기라도 한 것처럼 안드로이드의 존재를 느낄 수 있다.

"정말… 미안해."

로슈는 평소처럼 차가운 오존 연기를 뿜어내며 가늘고 검은 다리로 사야 주변을 돌아서 걷더니 머 옆에 앉는다. 머를 향해 고개를 돌리지는 않는다. 그럴 이유도 없다. 머가 분노를 쏟아낼 대상은 다름 아닌 사야니까. 잠시 뒤에 몸이 찢어질지도 모르는 건 사야니까.

로슈가 말한다.

"이 순간을 놓칠 순 없지."

로슈의 렌즈에는 하늘 위의 혼란스러운 불빛이 비치고 있다.

사야는 자신을 바라보는 세 지성체를 차례로 마주 보며 시선을 맞춘다. 사야의 왼쪽과 오른쪽에는 왼쪽과 오른쪽이 있다. 이 둘은 상황을 이해하지 못하겠지만 사야는 그래도 같이 듣기를 바란다. 그래야 그들이 지금 누구를 상대하고 있는지 알 수 있을 테니까.

사야가 말한다.

"내가 선택한 일이었어. 지금까지 많은 걸 선택했지. 그리고 대부분이 잘못된 선택이었어. 나는 네트워크를 파괴했고… 내겐 그걸 다시 되돌려 놓을 능력이 없어. 하지만 지금 당장 내가 아무것도 하지 않으면 상황은 더 나빠질 거야. 우리가 아무것도 하지 않으면 말이야."

누구의 시선도 피하지 않으며 사야는 머리 위에서 타오르고 있는 하늘을 가리킨다.

"여기 있는 800개의 항성계에서 똑같은 아수라장이 벌어지고 있어. 나 때문에. 그리고 설사 이 모든 일이 끝나더라도, 저 항성계들이 네트워크 없이 살아갈 방법을 찾는다고 하더라도, 저들은 모두 오랫동안 고립되어 있을 거야. 몇 세대 동안이나, 몇 세기 동안이나. 어쩌면, 정말 어쩌면 1,000년이 넘도록."

사야는 숨을 내려놓으며 누군가 반응하길 기다린다. 하지만 아무도 그러지 않는다.

"이것만으로도 충분히 나쁜 상황이지. 하지만 옵서버는 어느 종족 하나를 여기에 불러와 난동을 부리게 할 생각이야. 이 영역 전체를 하나의 제국으로 만들려고 하고 있어. 그러고는 그걸로 네트워크 전체와 맞서 싸울 생각이야. 예전에 같은 일이 있었을 때, 그 종족은 항성계를 파괴할 수 있는 전함을 갖고 있었어. 네트워크의 허용 범위를 아득히 초월하는 기술도 갖고 있었지. 그런 그들이 여기에 뿌리를 내리게 된다면…"

사야는 말을 멈춘다. 나머지는 듣는 이들의 상상력에 맡긴다.

머가 묻는다.

"그게 무슨 종족인데?"

사야는 시선을 피하지 않고 말한다.

"내 동족."

더 자세히 이야기할 수도 있었다. 일말의 자비조차 없는 이들의 손에 항성계가 넘어갔을 때 어떤 일이 벌어졌는지, 사야가 목격한 것을 그대로 머에게 말해줄 수 있었다. 거대 가스 행성이 나노 머신으로 변하는 광경을, 수백 킬로미터의 얼음선이 고기를 찢는 칼처럼 행성과 충돌하는 모습을, 결코 멈출 수 없는 발사체들이 눈에 보이지도 않는 차원을 뚫고 나와 실공간을 휘어놓는 현장을.

머가 말한다.

"그럼 널 죽일 수밖에 없겠는걸."

사야는 숨을 한번 삼키고 말한다.

"그럴 수도 있지. 너희에겐 그… 자유가 있으니까. 무슨 일을 할지 스스로 결정할 수 있는."

자유라는 단어가 사야의 마음을 날카롭게 찌른다. 지금까지 자신의 행동을 정당화하기 위해 사용한 말이다. 결과와 대가를 생각하지 않고 행동할 자유. 무엇이든 할 수 있는… 자유.

사야는 이어 말한다.

"그게 옳은 선택일지도 몰라. 정말 정의일지도 모르지. 그 뜻이 무엇이든 간에. 하지만 그 정의가 지금 저 위에 있는 지성체들을 구해주지는 않아. 저들이 처한 상황을 조금도 해결해 주지도 못하고. 그래서 내 생각에는… 정의를 실현하는 대신 너희가…"

사야는 천천히 숨을 고른다.

"너희가 날 도와줬으면 좋겠어."

로슈가 말한다.

"점점 재밌어지는데. 생각했던 것보다 훨씬 재밌어."

"뭘 도와달라는 거야? 도망치는 거?"

머의 질문에 사야는 바로 대답한다.

"아니. 난 도망치지 않아. 어떻게든 할 거야. 저 위에서… 벌어지고 있는 상황을."

사야는 하늘을 덮은 빛의 폭풍을 향해, 수조 명의 희생자를 향해, 그리고 이게 훌륭한 시작이라고 생각하는 집단정신을 향해 손을 내밀며 말한다.

"이게 유일한 기회야."

사야를 바라보던 머의 시선이 모닥불 반대편 공터로 옮겨간다. 시선이 닿는 모든 곳에 옵서버가 있다. 옵서버의 몸들이 위로 쌓이고 옆으로 늘어서 있고 그 몸들이 쏟아낸 오물에 얼굴을 처박고 있는 모습도 보인다. 어떤 몸은 몸이 반쯤 불탄 채 쓰러져 있고 또 어떤 몸은 무슨 게임을 한 건지 여러 개의 고기 송곳에 꿰뚫린 채 하늘을 멍하니 올려다보고 있다. 축제로 시작했지만, 지금은 학살의 현장일 뿐이다.

로슈가 천천히, 그리고 규칙적으로 끼익 거리는 소리를 낸다.

에이스가 사야의 귀에 말한다.

"웃는 거야. 저건 웃음소리가 분명해."

로슈는 웃으며 말한다.

"우린 티어2와 3이 한 줌만큼 모였을 뿐이야. 그 와중에 지금 꼬마 행성 수천 개 크기의 정신 속에서 길을 잃었고. 그 정신이 지금 흠뻑 취해 있다고 해도 달라질 건 없어. 우리가 지금 여기 있다는 건 옵서버가 우릴 여기에 두고 싶어 한다는 거야. 우린 옵서버의 계획을 방해할 수 없어. 지금까지 우리가 겪고 판단한 모든 여정이 결국은 옵서버의 계획을 충실히 따른 것에 불과하니까. 언제부터 그랬을까?"

로슈는 다시 웃는다.

"모르겠어! 너도 모르고! 알 수도 없어. 왜냐하면 너도 결국 거만한…"

로슈는 말을 멈추고 고개를 흔들고는 말을 마무리한다.

"인간일 뿐이니까."

사야는 로슈의 끼익거리는 소리가 완전히 사라질 때까지 기다린다. 그리고 천천히 말한다.

"그런 건 중요하지 않아. 여기 앉아서 뭐가 불가능한지 이야기할 수도 있겠지. 우리 티어는 한없이 낮은데 은하는 한없이 크다는 이야기도, 모든 건 그냥 거대한 정신들에게 맡겨버리면 된다는 이야기도. 하지만 내 생각엔, 꼭 그렇지도 않은 것 같아. 나는 티어2에 불과해, 로슈. 하지만 난 네트워크를 부숴버렸지. 현실을 영원히 바꿔버렸어. 수조 명의 목숨을…"

사야는 말을 멈추고 흐려진 시선을 떨군다.

"은하는 작동하길 원하고 그래야 한다는 걸 알게 됐어."

한층 부드러워진 목소리로 말한다.

"그렇지 않으면…"

"모든 게 무너지고 말 테니까."

머의 목소리에 사야는 깜짝 놀라며 고개를 든다. 어느새 머의 커다란 얼굴이 닿을 만큼 가까이 있다. 머는 여섯 개의 팔다리를 땅에 딛고 미동도 하지 않는다. 어떻게 아무런 낌새도 없이 사야의 머리 바로 위까지 왔는지는 알 수 없다. 사야는 거대한 포식자의 눈을 바라본다. 질서 있게 배열된 여러 눈동자 위에 지옥이 된 하늘이 비친다. 공포에 질려야 마땅한 상황이다. 하지만 사야에게는 단 하나의 생각밖에 떠오르지 않는다.

어머니였다면 이 녀석을 아주 마음에 들어 했을 거야.

"하지만 우리가 지금 할 수 있는 일이 뭐가 있지?"

머의 굵은 목소리가 사야의 가슴을 울리고 뜨거운 숨결은 사야의 앞머리를 흔들며 지나간다.

'우리'라고 했다. 우리가 지금 할 수 있는 일이 뭐가 있지? 사야는 '우리'라는 단어를 꼭 붙잡는다. 머를 설득하는 데 성공했다는 뜻일지도 모른다. 그렇다면, 어쩌면, 다른 모두도 설득할 수 있다. 지금의 생각이 자그만 씨앗처럼 사야의 정신에 뿌리를 내린 이후 처음으로, 사야가 미소를 짓는다. 어딘가 부서진 것 같고 그 자리에 있는 누구도 알아보지 못하겠지만, 분명한 미소다. 너무 어이가 없어서 나오는 미소다. 성공할 리가 없기 때문에 나오는 미소다. 그리고 옳은 일이기 때문에 나오는 미소다.

이윽고 사야는 커다란 웃음을 터뜨린다. 타오르는 하늘빛 아래에서, 만취한 초월 정신 속에서, 의심 가득한 시선을 주고받는 다섯 명의 시선 사이에서, 사야는 웃는다.

사야는 단어 하나하나를 음미하며 말한다.

"우리가… 우리가 같이 인간을 훔치는 거야."

42

불가능한 계획이다. 말도 안 되는 계획이다. 하지만 여전히 계획은 계획이라는 사실 하나만 믿고 사야는 머릿속에 떠오르는 모든 모순을 떨쳐낸다. 물론 그렇다고 일이 쉬워지지는 않는다.

"이쪽이야."

왼쪽의 안내에 오른쪽은 하늘빛이 번쩍이며 비치는 매끈한 머리를 왼쪽을 향해 돌리며 말한다.

"좋은 가이드가 있어서 다행이야."

그러고는 묘한 기대감을 담아 덧붙인다.

"'옳은쪽'으로 갈 수 있으니까."

왼쪽은 어두운 나무 사이를 걸으며 한심하다는 듯 말한다.

"때와 장소를 좀 가리라고, 오른쪽."

"뭘 이런 걸 가지고. 농담 하나도 못 해?"

"못 해."

숲은 완전히 어둡지는 않지만 그렇다고 밝지도 않다. 울창한 나뭇가지가 머리 위를 덮고 있고 그 틈을 겨우 빠져나온 빛만이 바닥에 있는 식물과 떨어진 나뭇가지, 수풀, 그리고 그 사이를 지나가는 여섯 지성체를 어렴풋이 비춘다. 사야는 이를 악물고 시선을 아래로 떨구고 있지만 그렇다고 끊임없이 점멸하는 빛의 의미를 모르는 척할 수는 없다. 빛이 반짝이며 밝아진다는 건 수많은 지성체를 태운 우주선 하나가 뜨거운 플라즈마가 되어 증발했다는 뜻이다. 빛이 서서히 어두워진다는 건 달아오른 가스가 차갑게 식으며 한때는 지성체의 몸을 구성하고 있던 입자들이 텅 빈 우주공간으로 흩어졌다는 뜻이다. 입자들은 자유를 만끽하고 있을까? 그 원자들은 자신들이 구성하고 있던 존재의 가치를 알고는 있을까?

사야는 옷 소매로 얼굴을 거칠게 문지른다. 멍청한 생각이다. 자기다운, 참 바보다운 생각이다.

로슈가 말한다.

"서두르는 게 좋을 것 같은데. 네트워크 바깥에서 죽고 싶진 않아."

머가 말한다.

"그거 참 안됐네. 이제 우리처럼 네트워크 없는 생활에 익숙해질 수밖에 없어."

"난 지금까지 60번 죽었다 깨어나면서 어떻게 살아야 하는지를 배웠다고. 그 모든 경험을 이런 곳에서 낭비하고 싶지는…"

사야가 머의 거대한 몸뚱이 뒤에 부딪힌다. 다른 일행들도 뒤늦게 머가 걸음을 멈췄다는 걸 깨닫고 몸을 굳힌다. 로슈는 어둠 속으로 몸을 웅크린다. 왼쪽과 오른쪽은 서로 등을 맞대고 선다. 왼쪽이 나무 위를 정신없이 탐색하는 동안 오른쪽은 모처럼 재미있는 일이 생겼다는 듯 행동한다.

오른쪽이 고개로 나무 위를 가리키며 말한다.

"큰 녀석인 것 같은데. 그것도 엄청 큰 녀석."

왼쪽은 숨을 죽이고 말한다.

"시끄러. 그 녀석이 들을지도 몰라."

"좀 진정해."

머는 번쩍이는 손톱 하나를 위로 들어 올리고 천천히 말한다.

"앞에 뭔가 이상한 게 있어. 어떤 느낌이냐면, 음……"

사야도 똑같이 조용한 목소리로 묻는다

"우주의 끝 같은 거?"

"이상한 표현이긴 하지만……"

머는 확신하지 못했지만 그리 틀린 말도 아니었다. 우주선 1조 척이 타오르며 만든 빛으로도 비출 수 없는 물체가 있다면 무언가의 끝처럼 보일 수밖에 없다. 네트워크가 끝나는 곳일지도 모른다. 은하계의 끝일 수도 있다. 네트워크만이 어둠을 쫓아낼 수 있다면 그럴지도 모른다. 사야의 동족은 한때 스스로 힘만으로 네트워크를 찢어놓았다. 이번엔 과연 어떤 일을 할 수 있을까? 유쾌한 소시오패스 초월 정신의 사랑스러운 보살핌 아래에서 수백 개의 항성계와 모든 금지된 기술을 손에 넣고 어둠 속에 1,000년 동안 갇혀 지낸다면, 그들은 과연 어떤 존재가 될까?

티어5

제국. 사야 내면의 무언가가 대답한다.

사야는 머릿속 생각을 털어내며 머의 앞으로 걸어나온다. 그리고 목소리에 나름의 권위를 담아 말한다.

"우주선."

우주의 끝은 공기를 울리며 대답한다.

"어서 오세요, 인간. 명령을 입력해 주세요."

우주선의 목소리는 몸을 흔들어 놓을 만큼 크다. 조용한 숲속에서는 더욱 그렇다. 하지만 지금은 얼른 우주선에 올라타는 것이 중요하다. 그것밖에 할 수 있는 게 없다.

"탑승하고 싶어. 내 친구들도 같이."

"인간 사용자의 동행 다섯 명, 탑승을 허가합니다."

어둠 속에서 눈부신 사각형이 서서히 나타난다. 사각형에서 나온 빛은 뒤에 있는 숲으로 뻗어나가며 나뭇가지 사이로 비치는 광기 어린 하늘빛과 뒤섞인다. 사야는 뒤를 돌아보며 금빛 눈동자가 숨어 있지는 않은지 확인한다.

오른쪽이 말한다.

"걱정하지마. 보스는 지금 맛이 간 상태고, 그럼 여기 없는 거나 마찬가지야."

왼쪽은 머리를 긁는다. 양쪽에서 오는 빛 덕분에 머리카락이 환하게 빛난다.

"글쎄. 걱정되는 부분은 있어."

"넌 걱정이 너무 많아."

"내가 걱정이 너무 많다고? 그렇게 따지면…"

사야가 둘 사이에 끼어들며 말한다.

"들어가자. 모두 다."

부츠가 우주선의 복도 바닥에 닿는 순간, 사야는 아주 낯선 세계에 접어들었다는 것을 느낀다. 사야가 지금까지 경험한 모든 공간은 F타입 네트워크 환경이었다. 5억 년에 걸쳐 수집되고 개선된 수많은 요구사항에 따라 섬세하게 구축된 환경이었다. 모든 공간이 최대한 많은 종족이 생활할 수 있도록 설계된 최소한의 공통분모였다. 정교한 타협의 상징이었다. 모든 잠재적 문제에 대한 해결책도 준비되어 있었다. 심지어 냄새마저 어디서나 똑같았다.

하지만 이 우주선을 만든 인간은 그 모든 것을 완벽하게 무시하고 있다.

"도대체 여길 누가 설계한 거지?"

머가 몸을 좁은 복도로 힘겹게 밀어넣으며 말하자 로슈가 대답한다.

"너의 해부학적 구조 따위에 관심 없는 누군가라는 건 분명해."

사야는 누구에게도 대응하지 않는다. 대신 홀로그램이 비치는 벽을 손가락으로 만져본다. 손가락 끝에 닿는 촉감이 너무나도 좋다. 벽에 새겨진 표시들은… 인간의 것이다. 여기 있는 벽들은 모두 인간이 만든 것이다. 이 복도는 인간이 지나가기 위한 곳이다. 지금 사야가 서 있는 바닥은 인간이 서 있기 위한 곳이다. 그리고 인간 사야가 그곳에 서 있다. 인간이 다시 여기에 선 것은… 얼마 만일까?

"오, 여신님…"

로슈가 다가와 묻는다.

"이제 출발할 거야? 아니면 그 보스라는 녀석이 일어날 때까지 인간의 작품 위에서 기분 좋게 뒹굴고 있을 거야?"

누군가 사야의 허벅지를 뒤에서 누른다.

"너의 저 합성물질 친구 말이 맞아. 출발해야 해."

왼쪽이 사야의 뒤쪽 아래에서 말하자 오른쪽이 덧붙인다.

"진정 좀 해. 지금까지 계속 운이 좋았잖아."

사야는 벽을 뒤로 하고 말한다.

"우주선. 해치를 닫고 출발 준비해."

머 뒤에 있던 사각형 문이 서서히 빛나며 다시 벽으로 돌아온다. 거칠고 불규칙적인 진동이 발밑으로 전해진다. 우주선 중심부 어딘가에서 강력하고 불균형한 무언가가 움직이기 시작한 느낌이다.

우주선이 말한다.

"출발을 준비하고 있습니다. 출발 과정에서 생존하시려면 가속도 안전 구역으로 이동해 주세요."

"뭐라는 거야?"

로슈의 말에 오른쪽은 가벼운 목소리로 대답한다.

"곧 익숙해질 거야."

1,000년 동안 옵서버 말고는 대화상대가 없었던 수제 인공지능과 네트워크 정신의 차이에 대해 이야기해 보고 싶다는 생각이 사야의 머릿속에 떠오른다. 하지만 나중을 위해 미뤄둔다. 지금은 눈앞의 현

실에 집중할 때다.

"우주선. 가속도 안전 구역으로는 어떻게 갈 수 있지?"

"가장 가까운 조종실로 가는 길을 표시합니다."

우주선의 말이 끝나자 바닥보다 수 센티미터 높은 곳에 오렌지색 홀로그램 선이 생겨난다.

사야는 선을 따라 걷다가 뒤를 흘끗 돌아보며 말을 덧붙인다.

"우주선, 그리고 더 이상 아무도 탑승시키지 마."

"명령 확인했습니다."

왠지 충분하지 않은 느낌이다.

"절대로. 무슨 짓을 해서라도 태우면 안 돼."

"대응책이 준비되었습니다. 허가되지 않은 탑승 시도에는 살상력으로 대응합니다."

머가 사야 뒤에서 중얼거린다.

"이 녀석, 방금 우주선한테 누굴 죽이라고 명령했어. 그리고 우주선은… 그러겠다고 했고."

그러자 로슈가 말한다.

"이 우주선은 말이야, 우릴 죽이겠다고 위협한 적도 있어. 사고였다고는 해도 그랬다는 건 분명 사실이지."

"이 녀석들, 도대체 뭐가 문제야?"

머가 말한 이 녀석들이란 사야의 동족이다. 하지만 사야는 변호할 생각도 그럴 능력도 없다. 대신 오렌지색 선을 따라가며 짧게 말한다.

"여긴 네트워크의 세상이 아니니까."

티어5

사야는 일행의 선두에서 사무적인 태도로 저벅저벅 걷는다. 시선은 앞으로 고정하고 결코 주변을 돌아보지 않는다. 눈시울이 다시 뜨거워졌기 때문이다. 사야는 자기가 한 말을 머릿속에서 몇 번이고 반복하며 자신이 품었던 증오가 얼마나 컸는지를 다시금 실감한다. 여긴 네트워크의 세상이 아니다. 문득, 자기가 처음 꺼낸 이 말이 수조 명 사이에서 아주 흔한 말이 되지 않을까라는 생각을 한다. 이 구역이 전쟁과 파괴로 황무지가 되고 난 다음, 지성체들은 자신들의 모든 행동을 정당화하기 위해 이 말을 숱하게 하지 않을까?

그거야… 여긴 네트워크 세상이 아니니까.

로슈가 사아 뒤를 걸으며 말한다.

"여기에 깔린 사고 프로세스를 이해할 수가 없어."

머가 말한다.

"네가 인간이었다면 이해했을 거야."

그리고 오른쪽이 말한다.

"난 이해가 가."

왼쪽은 두려움에 찬 눈빛으로 복도를 살피며 말한다.

"조용."

긴장 가득한 몇 분이 지난 후, 오렌지색 선의 끝에 도착한다. 선이 끝나는 곳에 있던 벽이 천천히 사라지더니 벽 뒤에 있던 공간이 모습을 드러낸다. 우주선의 다른 부분들 만큼이나 이상하면서도 자연스러운 느낌의 공간이다. 지름 10미터 정도의 둥근 방. 가운데에 가득 모여 있는 홀로그램 화면의 붉은빛만이 어두운 내부를 미약하게 비추고 있다. 벽에 설치된 구조물들은… 가구? 좌석? 도대체 어떤 생물이 저런 구조물에…

아하.

사야는 방을 가로질러 가장 구석에 있는 좌석에 앉아 해치를 바라본다. 좌석이 사야의 등과 허벅지 뒤에서 살며시 움직이더니 완벽하게 몸에 들어맞는다. 양쪽 팔을 지지대에 올리자 이상적인 높이로 조절된다. 손가락 주변에 홀로그램이 잔뜩 생겨나더니 사야의 인간 손가락 위치에 맞춰 다섯 무리로 갈라진다. 사야는 어색한 콧소리를 내며 웃는다. 이건 네트워크의 다종족 범용 설계 좌석이 아니다. 이건 말 그대로 사야를 위해 설계된 좌석이다.

오른쪽과 왼쪽이 각자의 이름에 맞춰 사야의 양쪽 좌석 위로 올라간다. 등받침에 등을 꼭 붙이자 짧은 다리는 쭉 뻗기만 할 수 있을 뿐 미처 내려가지는 못한다. 팔 지지대조차 그들의 머리보다 살짝 높다. 손가락 끝에 있어야 할 홀로그램엔 손에 닿지도 않는다.

오른쪽이 말한다.

"나 좀 봐. 난 인간이야!"

왼쪽이 말한다.

"전혀 아니거든. 넌 좀 진지해져야 해."

"왜 이래. 평소엔 항상 농담만 하면서. 지금은 내가 오른쪽에 있으니까 '옳은쪽'이야."

왼쪽은 자그만 팔로 팔짱을 끼며 말한다.

"됐어."

오른쪽은 한숨을 쉬며 말한다.

"너도 보스한테 거의 먹힐 뻔했어야 하는 건데. 그게 삶을 완전히 바꿔놓거든."

로슈는 문 앞에 서 있다. 로슈의 렌즈 위로는 방 가운데에 있는 홀로그램 빛이 잔뜩 반사되고 있다. 로슈는 방 전체를 천천히 둘러보며 말한다.

"인정하려니 너무 괴로운걸. 지금 보고 있는 걸 전혀 이해할 수가 없어."

머가 로슈 뒤에서 말한다.

"우주선이 말했잖아. 조종실이라고."

"그건 나도 들었어."

로슈는 해치 옆에 있는 좌석을 고른다. 로슈가 좌석 위에 올라가자 로슈의 몸이 기계음을 내며 좌석 모양에 맞게 변형된다. 로슈는 이어서 말한다.

"하지만 조종실이라는 게 도대체 무슨 뜻이야? 수동 조종을 뜻할 리는 없잖아."

"바로 그런 뜻일 것 같은데."

머의 시선은 좌석과 홀로그램, 방 가운데에 있는 화면을 차례로 살피더니 사야 위에서 멈춘다. 머가 말한다.

"난 인간에 대해서는 잘 몰라. 하지만 그들이 뭐든 통제하고 싶어한다는 건 알고 있지."

"우리랑은 달라."

머는 몸을 옆으로 틀어 조종실로 들어오며 말한다.

"그러게. 네트워크에선 어떤 것도 우리가 통제할 수 없어. 그래서 멍청한 짓을 하기가 어렵지."

머는 팔 지지대 몇 개를 접어 올리고는 좌석 두 개 위에 앉는다. 머가 주변을 둘러보는 동안 좌석은 머의 체중을 견디지 못하고 험악한 소리를 낸다.

"이 녀석들은, 글쎄, 모르겠어. 아무래도 인간은 언제나 멍청한 선택지를 남겨놓고 싶어 하는 것 같아."

"네트워크 정비사들 모두 그렇게 철학적이야?"

"훌륭한 정비사만."

사야는 손가락 주변에서 어른거리는 홀로그램을 바라보며 통찰이 담긴 머의 말을 떠올린다.

'인간은 언제나 멍청한 선택지를 남겨놓고 싶어 한다.'

사야는 이미 멍청한 선택을 했다. 힘을 조금 갖자마자 옵서버에게 이용당해 항성계 수백 개를 네트워크에서 뜯어내 버렸다. 그리고 지금 사야는 또 다른 멍청한 선택을 하려고 한다… 하지만 이번엔 그나마 좋은 이유로 멍청한 선택이다. 이제 곧 사야는 거대하고 믿을 수 없을 만큼 난폭한 인간 우주선을 타고 날아올라 거대 초월 정신에게서 한 종족 전체를 빼앗을 것이다…

이 정도면 제법 자랑스러워할 만한 멍청함이다.

우주선이 말한다.

"출발 준비 완료되었습니다."

결코 예상하지 못한 상황 속에서도 생각보다 마음이 침착하다. 사야는 조종실과 여섯 개 좌석을 차지하고 앉아 있는 다섯 동행자를 둘러본다. 모두 불편해 보인다. 사야 양쪽에 앉은 왼쪽과 오른쪽은 손을 뻗으면 닿을 만큼 가깝다. 로슈와 머는 여전히 몸과 자세를 바꿔가며 해치 양쪽에 앉아 있다. 샌디는 머의 옆 좌석 구석에서 눈을 깜빡이고 있다. 여전히 샌디의 눈빛은 읽을 수가 없다. 이 정신 나간 계획을 어떻게 생각해, 샌디? 우주 구역 규모의 네트워크 장애가 네 책임이라고 한다면 어떤 느낌일 것 같아? 어쩌면 정말 샌디 책임일지도 모르지. 샌디는 자기 우주선으로 사야를 옵서버가 기다리는 블랙스타까지 직접 데리고 왔으니까. 모든 게 샌디 책임이라면, 사야가 이 정신 나간 짓을 하지 않아도 될지도 모른다…

아니, 이건 사야가 해야 할 일이다.

사야는 숨을 들이마신다. 숨이 몸속으로 퍼지는 시간이 영원처럼 느껴진다. 머릿속에서 조합한 문장을 말하기 위해 입술을 움직이고 성대를 움직이려는 순간, 사야의 정신이 말한다. 웃기지 말라고. 아무리 만취 상태라고는 해도 행성 1,000개 규모의 집단정신을 속이는 일은 쉽지 않다. 로슈의 말이 맞다. 사야가 무슨 일을 하든 옵서버는 이미 알고 있다. 사야의 종족 전체를 키워낸 옵서버가 자신이 가진 1조 개의 정신 모두를 이용해 사야 단 한 명을 지켜보고 있다. 옵서버 스스로도 지금 이곳에 모인 것보다 더 많이 모인 적이 없다고 했다. 지금의 옵서버는 그 어떤 때보다 더 높은 지성을 갖고 있다는 뜻이다. 블랙스타에서 거의 같은 숫자로 맞섰을 때조차 옵서버는 고작 몇 개의 단어로 사야를 흔들어 놓았다.

하지만 그래서 어쩌라고. 이 모든 게 무의미한 짓이라고 해도 사야에겐 시도해 볼 책임이 있다. 뻔하기 그지없는 말이지만, 그만큼 사실이기도 하다. 은하계는 작동하길 '원해야' 한다.

로슈가 숨을 죽인 채 말한다.

"출발해. 이륙하자고. 발사해."

그러면서도 불안을 감추지 못하고 좌석 위에서 몸을 앞뒤로 흔들고 있다.

사야는 자신을 향한 다섯 개의 뜨거운 시선을 의식하며 말한다.

"우주선."

제발 작동해라, 제발 작동해라, 제발 작동해라…

"명령을 입력해 주세요."

그때 해치가 흐려지더니 이내 사라지고 복도의 조명 속에서 튜닉을 입은 자그만 몸뚱이가 나타난다.

옵서버가 웃으며 말한다.

"똑똑!"

43

사야는 경직된 목소리로 말한다.

"못 오는 줄 알고 걱정했잖아."

그나마 목소리가 찢어지지 않아 다행이다. 사야는 전신의 근육에 힘을 주며 몸을 통제해 보려고 하지만 이미 부들부들 떨고 있다.

옵서버는 자그만 손을 자기 가슴 위에 얹으며 말한다.

"못 올 거라니? 오늘 밤 여행을 준비한 게 바로 나야. 최종 장을 내가 놓칠 거로 생각한 거야?"

사야는 마주 보고 앉아 보드게임이라도 하는 기분이다. 그동안 누구와 겨루고 있는지도 몰랐지만, 이젠 아니다.

"이대로 이륙할 수도 있어. 그럼 여기 있는 너 모두가 죽을 거야."

사야의 말에도 옵서버는 담담하다.

"그래? 지금 복도에 있는 몸들은 죽일 수 있겠지. 하지만 여기 말고 다른 조종실 서른한 곳은? 승무원실은 어때? 격납고는? 이 우주선에 이런 공간이 있다는 걸 알고는 있었어? 여기가 얼마나 넓은지, 내가 얼마나 많이 들어올 수 있는지는 알아?"

사야는 굳게 다문 이 사이로 말한다.

"그래도 시작으로선 나쁘지 않지."

"좋아. 정말 그런다고 해보자고. 그래서 뭐, 이 녀석을 타고 내 인간 거주선까지 간 다음에… 훔치겠다고 했지? 내 수많은 심장들 속 가장 깊은 곳에 두고 아끼고 있는 그 물건을?"

옵서버는 여러 눈으로 사야의 다섯 동행자를 둘러본다.

"그리고 너희들은 이게 정말 멋진 계획이라고 생각했고."

옵서버의 말에 머가 낮은 목소리로 대답한다.

"대단한 계획이긴 했지."

머의 짧은 말 한마디가 사야의 몸 구석구석을 따뜻하게 보듬어 준다. 머가 사야의 계획을 믿거나 혹은 믿고 있었다는 사실에 사야는 용기를 얻는다.

"내 종족은 흔해빠진 네 마음 사이에 존재하는 물건 따위가 아니야. 넌 우릴 원하는 게 아니야. 네가 원하는 건 우리가 널 위해서 할 수 있는 일들이지."

사야 앞에 있는 홀로그램 화면으로 본격적으로 북적이기 시작한 복도가 보인다. 옵서버의 몸들은 머와 로슈를 없는 존재 취급하며 수많은 눈으로 오직 사야만 바라보고 있다. 머는 털을 곤두세우고 손톱과 발톱을 완전히 드러내고 있다. 반면 로슈는 몸을 이리저리 움직이며 최대한 작아지려는 것처럼 보인다.

옵서버는 여러 웃음을 보이며 말한다.

"난 모두가 원하는 걸 원할 뿐이야. 우주를 다시 만들고 싶은 거지."

"그건 모두가 원하는 게 아니야."

사야는 자기도 모르게 팔 지지대를 손이 아플 만큼 꽉 붙잡고 있다는 걸 어렴풋이 깨달으면서도 집중을 흐트리지 않는다.

옵서버는 사야의 말을 물결처럼 흘려들으며 말한다.

"뭐, 어쨌거나. 누구나 지금보다 더 나아질 수 없다고 생각하기 마련이니까. 하지만 너도 이걸 원했다는 걸 난 알고 있어. 난 너의 평생을 지켜봤고 너의 생각을 정확하게 알고 있어. 네가 작은 힘을 얻고 처음 한 일이 바로 이 은하의 작은 구석 한 곳을 다시 만드는 거였지."

사야의 목소리가 약해진다.

"난 더 좋은 곳으로 만들려고 했을 뿐이야."

"아니. 넌 그곳을 '너에게' 더 좋은 곳으로 만들려고 한 거야. 넌 인간이고 인간은 언제나 자기 마음대로 할 수 있는 곳을 원해. 강자가 모든 것을 결정할 수 있는 곳. 당연한 얘기지만 네가 여기에 만든 공간 역시 마찬가지야."

옵서버는 조종실 천장을 향해 손가락을 들어 올린다. 사야는 옵서버의 손가락이 조종실 천장보다 더 먼 곳을 가리킨다는 것을 알고 있다. 이 블랙스타 주변을 뒤덮고 있는 거대한 불의 커튼과 그 너머에 있는 800개의 자유로운 항성계. 각자의 행성과 수백만 개의 스테이션, 수조 개의 우주선, 그리고 셀 수 없이 많은 지성체를 가진 800개의 별.

"아니야."

사야가 부정하자 옵서버가 즐거운 얼굴로 묻는다.

"뭐가 아닌데? 네가 만든 게 마음에 들지 않아? 너의 꿈이 상상과 다르다는 걸 알게 되어서? 도터, 좋은 걸 알려줄게. 꿈에 약간의 죽음과 혼돈이 섞인다고 해서 그 아름다움이 바래지는 않아."

그 점에 대해서라면 사야도 이미 어두운 숲을 걷는 동안 생각해 봤다. 이건 약간의 죽음과 혼돈이 아니다. 그보다 훨씬 나쁜 무언가의 서막에 불과하다. 저 800개의 항성계는 앞으로 1,000년에 걸쳐 서서히 네트워크에 다시 흡수될 것이다. 네트워크는 결국 다시 돌아온다. 모두가 그걸 원하니까. 저들은 네트워크에 아광속 메시지를 보내겠지. 네트워크에 다시 들어갈 수 있는지 묻고 새로운 통로를 만들기 위해 새로운 건축선들을 보내며 수백 년을 쓸 거고. 재접속은 한 세대는 커녕 대여섯 세기가 지난 다음에야 이루어질 것이다. 결국, 모든 항성계가 시민 구성원이 된다. 항성계 규모의 알에서 합법적으로 깨어나 질서와 평화를 추구하는 종족들이다.

단 한 종족만 빼고. 이 구역 전체를 네트워크에서 분리할 수 있는 단 하나의 종족. 블랙스타에 접속할 수 있는 존재. 네트워크에서 질병처럼 퍼지는 무기를 만들 수 있는 자.

사야가 말한다. 목소리는 거의 떨리지 않는다.

"우주선."

"명령을 기다립니다."

옵서버는 호기심 어린 눈빛으로 사야를 바라본다. 모든 머리가 같은 각도만큼 옆으로 기울었다.

사야가 묻는다.

"근처에 있는 원통형 물체가 보여?"

그것에 대해 알고 있는 거라고는 옵서버가 들려줬던 막연한 설명밖에 없다. 사야는 그저 이 우주선이 알아들을 수 있기를 바랄 뿐이다.

"회전하고 있고 생명 거주선처럼 생겼어. 거기에 FTL 엔진도 갖고 있고."

"탐색 중입니다… 묘사와 일치하는 물체를 하나 발견했습니다."

옵서버는 여러 개의 눈을 빙글 굴린다.

"이미 얘기하지 않았어? 거기엔 내가 없을 거로 생각해? 거기 가도 좋아. 내가 직접 안내해 줄 수도 있어. 난 지금도 널 그 사회로 들여보내 줄 생각이야. 네가 원하는 어떤 지위도 줄 거고. 넌 전설이 될 거야. 짝도 찾을 수 있을 거고. 그것도 여러 명. 가족이나 아이는 물론 원하는 게 있다면 뭐든지. 하지만 모든 걸 훔치겠다고? 모든 곳에 널린 내 코앞에서?"

사야에게 보이는 옵서버의 모든 입이 미소를 지으며 말한다.

"그렇게는 안 되겠는걸."

사야는 옵서버에게서 시선을 떼지 않고 말한다.

"우주선. 그 물체를 목적지로 설정해. 내가 명령하면…"

사야의 목소리가 갈라진다.

"내가 명령하면… 그걸 파괴해."

옵서버의 행동에 사야는 무심코 놀라고 만다. 이런 일은 이번이 두 번째다.

옵서버가 눈을 깜빡인 것이다.

"우주선에는 다양한 파괴수단이 준비되어 있습니다. 어느 것을 사용하시겠…"

사야는 여전히 옵서버를 바라보며 말한다.

"뭘 사용할지는 알아서 잘 판단해 줘. 대신 완전히 파괴해야 해."

"알겠습니다. 준비되면 다시 확인을 부탁합니다."

잠시 침묵이 흐른다. 옵서버 하나가 기침을 한다. 다른 하나가 인자하고 이해심 가득한 눈빛으로 사야를 바라보며 말한다.

"동족과 재결합하는 걸 평생 꿈꾸며 살아왔잖아. 지금 그 기회가 네 눈앞에 있어. 그런데 지금 네 동족 전체를… 직접 없애버리겠다고?"

생각하는 것만으로도 사야에겐 끔찍한 경험이었는데 말로 직접 들으니 생각할 때보다 더 끔찍하다.

사야는 천천히 말한다.

"맞아."

옵서버는 다시 웃으며 말한다. 이번엔 자신감이 넘친다.

"아아, 작은 존재란 정말. 넌 아무도 속이지 못해. 난 널 알아, 도터. 엄밀히 말하자면 널 만든 게 바로 나니까."

"그럼…"

사야는 말을 하다가 숨을 삼킨다. 약해빠진 몸이 싫어진다. 사야는 마저 말한다.

"그럼 내가 진심이라는 것도 알겠지."

"네가 진심이 아니라는 걸 알아. 난 네트워크처럼 허상의 존재가 아니야. 내겐 피와 살이 있어. 바로 너처럼! 너의 충동과 동기 모두 내게도 익숙해. 이론적으로 해석할 수 있는 추상적인 퍼즐 같은 게 아니야. 그런 건 내게도 있으니까! 네가 내 딸인 이유는 많고 많아. 네 종족이 숲에서 빠져나올 수 있었던 것도 내 덕분이야. 내가 인간에게 농업을 가르쳤고 전쟁을 가르쳤고 기술을 줬어. 난 너의 부모를 알아. 진짜 부모 말이야. 그들의 부모와 또 그 부모도, 수천 세대를 모두 알고 있어. 인간이 어떻게 생각하는지, 특히 네가 어떻게 생각하는지 누구보다 잘 알아. 네가 지금 이런 걸 원하지 않는다는 것도 알고."

사야는 작은 목소리로 말한다.

"맞아. 이런 걸 원하지는 않아."

옵서비의 모든 몸이 사야를 바라본다.

사야는 몸을 떤다. 멀쩡한 팔을 둘러싸고 있던 홀로그램이 부들부들 떨리는 손의 위치를 따라가느라 분주하게 움직인다. 여기까지가 한계다. 조금 전까지만 해도 그렇게 생각하지 않았지만, 방금 한계에 이르렀다. 본능을 따라 달려왔더니 본능은 사야를 이곳에 내팽개치고 사라져 버렸다. 하지만 사야의 가슴을 찢어놓는 감정만큼은 본능을 따라가지 않는다.

사야가 말한다.

"800개 항성계와 수조 명의 목숨보다 우리가 더 가치 있지는 않아."

사야는 우리라는 표현에 무게를 담는다. 이 표현을 입에 담을 수 있는 마지막 기회일지도 모르니까. '우리'.

"겨우 너 때문에 이 구역을 네트워크에서 계속 분리해 두는 짓은 하지 않을 거야. 우린 너의… 도구도 무기도 되지 않겠어."

이제야 옵서버가 사야의 말을 진지하게 듣기 시작하는 듯하다.

"넌 지금 그게 너의 종족 전체를 위한 결정이라는 거야?"

옵서버의 말이 사야를 깊숙이 파고든다.

"맞아. 인간 누구라도…"

사야의 목소리가 갈라진다. 옵서버의 모습이 물에 젖은 듯 흐려지고 왜곡된다.

"수백 수천 개의 세상을 위해서라면, 인간 누구라도 자기 종족을 희생할 수 있을 거라고 믿어. 셀 수 없을 만큼 많은 지성체를 살리기 위해서라면… 인간은 그렇게 할 거야."

옵서버는 들리지 않을 만큼 작은 목소리로 말한다.

"그건 네가 인간을 몰라서 하는 소리야."

로슈, 머, 그리고 샌디는 믿을 수 없다는 시선으로 사야를 바라보고 있다. 사야는 왼쪽과 오른쪽에서 자신을 붙잡고 있는 땀에 젖은 작은 손들을 느끼고 문득 고마워진다. 사야의 마음은 아직 갈피를 못 잡고 있지만 여기 있는 다섯 명은 앞으로 일어날 일을 알고 있다. 사야 더 디스트로이어는 운명을 따를 것이다. 비록 그것이 끔찍한 운명이라 할지라도. 첫 번째 디스트로이어는 자신의 공동체를 모두 죽였다. 그렇다면 이번에는 자기 종족을 모두 죽일 차례일까? 단 한마디 명령만으로 사야 더 디스트로이어는 전설 속 인물보다 더 높은 곳에 서게 된다.

사야는 팔 지지대를 꼭 붙잡아 위치를 잡는다. 눈을 크게 깜빡여 흐려졌던 시야를 다시 확보한다. 뜨거운 무언가가 얼굴을 타고 흘러내리는 걸 느낀다.

사야는 쉬어버린 목소리로 부른다.

"우주선!"

이제 곧 우주 마지막 인간의 목소리가 될 것이다.

"명령을 입력해 주세요."

이번엔 조금의 망설임도 없이, 사야의 뇌가 입을 향해 명령을 보낸다.

파괴해.

하지만 말이 나오지 않는다. 입술이 움직이지 않는다.

주변의 모든 금빛 시선이 사야를 보며 웃는다. 옵서버가 입을 움직이지도 않고 말한다.

〈그게 말이야. 사실 하나도 아프지 않아. 비명도 없고 몸부림도 없어. 그냥 가볍게 건드리고 어루만질 뿐이야. 그걸로 끝나는 거지. 다른 모든 건 그냥 연출이었어.〉

웃음이 더 커진다.

〈그게 무슨 뜻인지 알아?〉

사야의 몸이 얼어붙는다. 정신 속 깊은 바닥에서부터 공포가 스멀스멀 기어오른다.

사야 옆에서 오른쪽이 사야의 손을 꽉 붙잡는다. 옵서버는 오른쪽의 입을 빌려 말한다.

"내가 널 만지게 둬서는 안 됐다는 뜻이지."

44

사야는 비명을 지른다.

사야의 정신이 짓눌린다. 1조 개 정신의 무게에 짓이겨지고 부서진다. 움직여 보지만 옵서버의 정신이 더 빠르다. 도망쳐 보지만 옵서버는 그보다 1조 배 빠르고 강한 명령으로 사야를 쉽게 제압한다. 붙잡힌 사야의 정신은 뭉쳐지고 어딘가에 갇힌다. 사야는 이제 1조 개 세포 중 하나에 불과하다. 기계의 부품일 뿐이다. 사야의 역할은 입력을 받고 결과를 뱉어내는 것뿐이다. 사야의 생각은 다른 정신들에게 전파되고 다른 정신들의 생각 역시 사야에게 흘러 들어온다. 사야는 그들의 감정을 느낄 수 있다. 무력함에서 오는 분노와 절망, 각자의 상실에서 오는 슬픔이다. 그 모든 것 위에 감히 상상하는 것조차 두려워지는 거대한 지성체의 무게가 있다. 압도한다는 말조차 우스워질 정도다. 눈송이에 올라탄 별처럼, 먼지를 삼키는 블랙홀처럼, 사야를 초월하고 있다. 경쟁이 되지 않는다. 처음부터 끝까지, 승부의 문제가 아니었다.

티어5

1조 개의 목소리가 사야의 머릿속에서 말한다.

〈어서 오렴. 어서 와, 내게.〉

사야는 필사적으로 생각한다.

〈나는 사야. 나는 사야 더 디스트로이어. 나는 사야 더 디스트로이어. 나는…〉

1조 개의 목소리가 비웃는다.

〈귀여워. 하지만 네겐 이제 새 이름이 있어.〉

사야는 절대적이고 불쾌한 공포를 느끼며 새로운 이름과 그 의미를 깨닫는다. 이제 자유의지 따위는 없다. 볼 수는 있지만, 아무것도 할 수 없다. 선택할 수도 없다. 어떤 상호작용도 할 수 없다.

사야는 이제 옵서버 이상도 이하도 아니다.

시야는 미약한 힘이라도 모두 긁어모아 저항하며 내면의 비명을 지른다. 어딘가에 있는 물리적 몸이 살짝 움찔거리는 걸 느낀다. 하지만 자기 몸이라고 할 수 있을까? 아니다. 이제 옵서버의 몸일 뿐이다. 그 안에 깃들어 있던 사야 자신이라는 존재는 이제 옵서버 속으로 녹아들었다. 얼음이 물속에 녹아드는 것처럼. 체계적으로 그리고 철저하게 모욕당하고 있다. 옵서버의 일부가 되었기에 옵서버가 사야에게 뿌리를 내리며 느끼는 행복감마저 느낄 수 있다.

〈나무로 뒤덮인 하늘 아래의, 마을.〉

〈초원에서 걸음마를 배우는, 아이.〉

〈강변 작은 웅덩이 속, 돌.〉

옵서버는 숨을 내려놓는다.

〈정말 좋은걸.〉

1조 개의 목소리가 말한다.

〈어머니와 아버지와 작은 모닥불 그리고, 사야.〉

〈초원에서 벌레를 쫓아가는, 사야.〉

〈세냐 더 위도우가 어머니와 아버지를 찢어 죽이는 모습을 보는, 사야.〉

옵서버가 신음한다.

〈와우. 훌륭해.〉

1조 개의 목소리가 말한다. 그리고 기억이 가속한다. 사야의 정신이 알아볼 수 없을 만큼 빠르게 지나가지만, 옵서버에게는 전혀 그렇지 않다. 옵서버는 행복한 불협화음을 흘리며 기억을 삼켜나간다. 사야는 옵서버가 자신의 정신을 부수고 그 조각을 삼키며 황홀해하는 모든 반응을 직접 느낀다. 네트워크에서 수 광년 떨어진 곳에서 있었던 사야의 어린 시절을 감상하는 옵서버를 느낀다. 사야가 물 채굴 스테이션에서 보낸 성장기를 보며 유독 즐거워하는 옵서버를 느낀다. 흐릿한 기억의 흐름이 다시 느려지고 현재에 가까워진다. 립타이드 호. 일레븐과 에이스와 로슈와 머와 샌디… 옵서버는 그중에서도 어머니의 기억 속 짧은 여정을 열정적으로 집어삼킨다. 그리고 멈춘다. 옵서버의 거대한 정신 속에 하나의 이미지가 고정된다.

무한한 바다, 죽은 하늘, 손바닥 위에서 반짝이는 돌. 사야는 이제 옵서버의 정신 속 일부다. 그렇기에 옵서버가 느끼는 경이의 충격파가 사야도 치고 지나간다. 이 지각이 옵서버의 거대한 자아 끝자락에

티어5

있는 가장 먼 육면체 행성까지 퍼져나가는 데 영원과 같은 1초가 흐른다.

1조 개의 목소리가 말한다.

〈불가능해.〉

사야는 계속 저항해 보지만 옵서버가 알아차리지도 못할 만큼 아주 작은 변화만 일어날 뿐이다. 사야는 이 특별한 기억을 숨기기 위해 남아 있는 모든 힘을 끌어모은다. 그리고 아무것도 바꾸지 못한다.

옵서버는 이미지를 응시하며 숨을 쉬듯 말한다.

〈지금까지 이런 식으로 날 이겨온 거였다니.〉

사야의 몸이 의지와 상관없이 고개를 든다. 눈도 사야의 말을 듣지 않는다. 홀로그램과 분노 섞인 눈물 너머로 자기 몸이 제멋대로 움직이는 모습을 보며 사야는 충격을 받는다. 사야의 몸은 좌석 앞으로 당겨 앉고 말한다.

"이봐, 우주선!"

사야의 공포감이 절정에 이른다.

1조 개의 목소리가 말한다.

"명령을 입력해 주세요."

"모든 무장을 해제해."

사야의 몸이 즐거운 목소리로 말하고는 입꼬리를 올리며 웃는다.

"그리고 초광속 드라이브를 준비해."

"모든 무장이 해제되었습니다. FTL 드라이브 온라인. 시공간 재진입 좌표를 입력해 주세요."

수많은 귀로 사야는 우주선의 대답을 듣는다. 옵서버의 수많은 눈으로 자신의 머리카락이 어깨 위로 떠오르는 모습을 본다. 홀로그램 빛 속에 둘러싸여 머리카락을 떠올리고 있는 자기 모습이 마치 여신처럼 보인다. 하지만 옵서버의 수많은 감각기관을 통해 사야는 저 눈이 자신의 눈이 아니라는 걸 느낄 수 있다. 저건 옵서버의 눈이다. 사야는 자기 몸의 입이 움직이는 모습을 바깥에서 바라본다.

사야의 입이 말하며 웃는다.

"재진입은 필요 없어. 다시 돌아오지 않을 것 같거든."

1억 개의 목소리가 사야의 머릿속에서 말한다.

〈이렇게 될 줄은 몰랐어. 사소한 문제에서 시작된 여정이 이제 시공간을 초월하며 끝날 줄이야. 난 지금까지 존재했던 모든 너야, 도터. 네가 할 수 있는 모든 일을 나도 할 수 있어. 5억 년의 세월 끝에 네트워크는 마침내 실수를 저질렀어. 적을 자기 영역에 끌어들이고 말았지. 난 네트워크의 모든 것이 될 거야. 10억 개의 항성계를 가로지르며 네트워크를 대체할 거야. 네트워크는 질서를 지향한다고 하지만, 난 아니야.〉

옵서버는 1조 개의 입으로 웃음을 터뜨린다.

〈옵서버는 정확히 그리고 완벽하게 그 반대를 지향하지.〉

우주선 바깥에 있는 옵서버의 몸들이 1조 개의 눈을 들어 불타는 하늘을 올려다본다. 매초마다 수백만 생명이 증발하고 있는 현장이다. 옵서버는 파괴의 현장을 옵서버의 감각으로 목격할 수 있도록 사야에게 자신이 가진 정보 소스 하나를 허락해 준다. 사야는 그 감각

속에서 고작 100미터 떨어진 곳에 있는 인간 거주선을 발견한다. 옵서버가 설명한 것처럼 텅 빈 공간 속에서 회전하는 회색 원통형 물체다. 손을 뻗어 만지고 싶다. 인간 동족에게 자신이 모두를 위해 노력했지만 결국 더 이상 인간조차 아니게 되었다고 말하고 싶다. 지금부터 일어날 일 때문에, 그게 무슨 일이든 간에, 자신을 너무 원망하지 말아 달라고 말하고 싶다.

머가 묻는다.

"괜찮아?"

머는 한때 사야였던 몸 앞에 서서 한때 사야였던 눈을 바라보고 있다. 사야는 그 모습을 흥에 겨워 모여드는 옵서버들의 눈으로 보고 있다. 뭐라고 외치고 싶다. 도와달라고 하고 싶은지, 아니면 죽여달라고 하고 싶은지는 자기 자신도 알 수 없다. 그게 어느 쪽이든, 어차피 입은 움직이지 않는다.

옵서버가 사야의 목소리로 말한다.

"물론 난 괜찮지."

사야는 자기 입이 말려 올라가며 웃는 모습을 본다.

"이렇게 좋았던 적이 없어."

모두에게 손을 뻗고 싶다. 100만 년이 지나도 무슨 일인지 이해하지 못할 덩치 큰 머에게. 사야 때문에 길었던 삶의 연속을 여기서 끝내야만 하는 로슈에게. 인간이라는 불운을 만나고 말았던 샌디에게. 이 모든 노력과 분노, 터져 나올 듯한 절망적인 외침을 끌어모아도 작은 떨림만 남을 뿐이다. 한 번도 경험하지 못한 분노가 지옥을 녹여버릴 만큼 뜨겁게 끓어오른다.

그리고 그 모든 것이 이제 아무 소용도 없다.

분노를 힘으로 바꿔가며 몸을 계속 움찔거려 봐도 거기서 끝이다. 옵서버는 사야의 모든 생각을 사야가 생각하기도 전에 알고 있다. 사야의 정신이 향하는 모든 곳에 이미 옵서버가 있다. 옵서버는 사야보다 1조 배 더 빠르다. 사야는 꼴사납게 비틀거리는 하급 티어 정신이다. 그리고 옵서버는 옵서버다. 화염을 일으키며 타오르는 옵서버의 아찔한 환희를 사야는 느낄 수 있다. 옵서버가 느낄 수 있도록 허락해주고 있다. 네트워크는 옵서버를 막으려고 했지만 오히려 더 큰 힘을 던져주고 말았다. 마침내 옵서버는 수백만 가지의 계획과 전략 속에서 은하계를 분열시키고 혼돈에 빠뜨릴 무언가를 발견한다.

"우주선."

사야는 자기 목소리를 듣는다. 사야가 자기 입의 통제권을 다시 차지하기 위해 저항하자 목소리가 늘어지고 떨린다. 하지만 옵서버는 웃어넘기며 사야의 입으로 말한다.

"출발."

그러자 사야의 정신이 폭발한다.

45

　사야는 발목까지 잠기는 물속에 서 있다. 말도 안 될 만큼 먼 수평
선에서 가짜 빛이 비치고 있다. 도무지 설명할 수는 없지만, 사야는 지
금 고향에 있다.

　옵서버가 조용히 말한다.

　"여긴… 바깥인가?"

　옵서버는 단 하나의 몸으로 사야의 손을 잡고 옆에 서 있다.

　사야는 옵서버가 천천히 고개를 돌리며 삭막한 지평선을 탐색하
는 모습을 바라본다. 옵서버에 대한 분노는 여전히 남아 있지만, 이제
사야의 내면 아주 작은 공간만을 차지하고 있을 뿐이다. 어딘가 깊은
곳에 있는, 사야의 존재가 현실과 교차했던 공간이다.

　옵서버가 수면을 차자 동그란 물결이 무한히 먼 수평선을 향해 퍼
져나간다. 그 모습을 보자 사야의 심장, 혹은 그와 비슷한 무언가에서
고통을 느낀다.

　옵서버는 사야의 손을 놓고 수면을 휘저으며 걸어나간다.

"이건 상징이야? 아니면 비유의 일종? 형이상적인 무언가? 하늘은 뭘 의미하고 있지? 저 수평선은? 세상에, 설마 지금 내가 가능성 위에 서 있는 거야?"

옵서버가 다시 수면을 차자 옅은 무지개가 보인다. 떨어지는 물방울들과 함께 옵서버는 수면에 무릎을 담그며 앉아 말한다.

"이건 물이지? 우주는 아마 수면일 거고. 아니면 물방울 하나하나가 가능성이거나. 어쩌면 이 아래에 있는 게 가능성일 수도 있고. 이 아래에 뭐가 있지? 혹시 이 밑에 더 많은 우주가 있다거나?"

옵서버는 바닥을 향해 팔을 뻗어본다.

"바닥에 닿을 수가 없는데 어떻게 서 있을 수 있는 거지? 뭔가 의미가 있는 거야?"

손으로 물장구를 치는 옵서버를 보며 사야는 의외의 기분을 느낀다. 아마 슬픔인 것 같지만… 거기에 연민도 조금 섞여 있다. 사야가 사야인 만큼이나 옵서버도 그저 옵서버일 뿐이다. 다른 이들과 다르지 않다.

갑자기 숨이 멎는 소리가 들린다. 옵서버가 쓰러진 몸을 천천히 일으키자 흠뻑 젖은 튜닉이 작고 가느다란 몸에 달라붙는다.

"와아."

옵서버는 사야가 손에 들고 있는 물체를 지긋이 바라보며 나긋하게 말한다.

"아름다운걸."

"뭐? 이거? 우주가?"

사야는 손에 잡은 물건을 들어 보인다. 물체의 매끈한 표면에 닿은 빛이 무한히 많은 색깔로 찬란하게 부서지고 있다.

옵서버가 말한다.

"생각보다… 작은걸."

사야는 표면 아래에서 반짝이는 빛을 보며 우주를 손바닥 위에서 뒤집는다. 그리고 말한다.

"이유는 모르겠지만 말이야. 이걸 볼 때마다 항상 던지기에 딱 좋은 크기라는 생각이 들어. 안 그래?"

사야는 우주를 허공에 가볍게 던졌다가 반대편 손을 받는다.

옵서버는 욕심 가득한 시선으로 우주의 움직임을 쫓으며 위압적인 힘의 존재를 깨닫기라도 한 것처럼 중얼거린다.

"우주를 던질 수 있단 말이지. 우주를, 던질 수, 있다는, 거지."

사야는 슬픈 눈빛을 보이며 웃는다.

"우주 가지고 뭐든지 할 수 있어."

옵서버가 금빛 눈동자를 반짝이며 두 손을 내밀고 묻는다.

"내가… 들어봐도 될까?"

사야는 옵서버를 무시하고 우주를 양손으로 주고받으며 말한다.

"여기 나오니 생각과 감각이 달라진다는 게 신기해. 이 안에 있을 땐 내 정신이 작게만 느껴졌어. 그러니까, 이 우주 안에 있을 때. 그땐 심지어 네 정신도 크다고 할 수 없었지."

사야는 우주를 손바닥 위에서 뒤집으며 우주가 흩트리는 빛을 본다. 그리고 덧붙인다.

"그래서 넌 네 위기를 보지 못하고 있는 거고."

사야의 말에 옵서버는 우주를 향해 내밀고 있던 손을 거둔다.

"내… 위기라고?"

"넌 이미 그걸 한 번 봤어. 그때 한 번 막아내고는 끝났다고 생각했지. 방문자 회랑 기억나? 거기에 너 자신을 잔뜩 모았잖아. 네트워크에 구멍이 뚫린 곳이라서 안전하다고 생각한 거지. 사실 네트워크가 완전히 떠나지 않았고 자기 일부를 그곳에 남겨놓고 있었다는 걸 네가 깨달았을 땐 이미 늦었던 거야."

사야는 한숨을 쉰다.

"내가 네트워크 대신 널 믿지만 않았더라면 정말 그렇게 될 뻔했지."

옵서버는 주변을 둘러본다. 젖은 튜닉을 입은 모습이 왠지 처량해 보인다.

"그렇다는 얘기는…"

"여기도 마찬가지야. 단지 더 클 뿐이지. 여기에도 네트워크는 없어. 그땐 수 세제곱킬로미터였던 게 지금은 1억 세제곱광년이 된 거야. 여기서 넌 5억 년 만에 처음으로 네가 한곳에 모여도 안전한 장소라고 느꼈어. 네트워크가 널 파괴할 기회를 다시 한번 갖게 된 거지. 그때와 다른 점이 하나 더 있다면… 지금의 넌 모든 너라는 거고."

옵서버는 눈을 크게 뜨고 사야를 바라보며 말한다.

"하지만 네트워크는 여기 없잖아. 그리고 너. 지금의 넌 그저 내 일부일 뿐이야."

기억이 다시 떠오르면서 사야의 분노에 불을 지핀다. 하지만 사야는 분노를 정신에서 멀리 떨어진 낮은 곳에 담아둔다. 그리고 우주를 들어 올리며 말한다.

"여기선 말이야, 난 너의 1조 개 세포 중 하나이기도 하지만, 그건 '나'라는 구를 구성하는 수많은 원 중 하나일 뿐이야. 내 구와 이 우주가 교차하며 생겨나는 얇은 단면에 불과해. 내가 이렇게 거대한 줄은 너도 미처 몰랐겠지. 네트워크는 네가 볼 수 없는 방향으로 나를 확장했으니까. 나의 다른 부분은 모두 여기 바깥에 있었어. 그리고 여긴 네가 내 정신을 먹어버리기 전까진 결코 이해할 수 없는 곳이었고. 그게 네트워크가 세운 계획의 기발함이었지."

옵서버는 사야를 바라본다.

"하지만… 난 네가 네트워크를 싫어한다고 생각했는데."

사야는 한숨을 쉬며 말한다.

"싫어해. 네트워크가 상징하는 권위가 싫어. 네트워크나 네트워크가 내리는 결정을 이해할 수 없다는 게 싫어. 나보다 더 똑똑하다는 것도 싫고. 어쩌면 이게 제일 싫은 걸지도 몰라. 너무 똑똑해서 어디가 틀렸다는 말도 못 한다는 거 말이야."

"바로 그거야! 너도 알잖아! 넌 인간이니까, 넌 내 딸이니까, 넌 네트워크의 진짜 모습을 알고 있어. 네트워크는 권위야. 네트워크는 통제야. 권위와 통제를 휘두르는 게 누군지는 중요하지 않아. 애초에 잘못된 거니까."

사야는 천천히 심호흡을 한다. 우주를 위로 들어 올려 가짜 빛이 갈라지며 일렁이는 모습을 보며 말한다.

"옵서버, 우린 가득 붐비는 은하계에서 살고 있어. 여긴 누구나 혼자 있을 수 있을 만큼 넓지 않아. 우리가 원해도 그건 불가능해. 그리고 둘 이상이 모인 곳이라면 어디서든 힘의 관계가 생기고 말 거야. 이런 일은 우리 은하계에서만 해도 찰나의 순간에 수많은 곳에서 수도 없이 일어나고 있고. 그리고 이 은하계가 우주의 다른 부분과 만나면 더 큰 규모로 같은 일이 반복되겠지. 너도 머리가 좋으니 이걸 모르진 않을 거야. 권위의 존재 자체를 없앨 수 없다는 것도 잘 알 거고. 할 수 있는 일이라고는 잘게 나누어 놓거나 네트워크가 아닌 다른 존재에 맡기거나 하는 것뿐이지. 그리고 인정하고 싶진 않지만 한 가지 확실한 건… 네트워크가 아닌 존재에게 맡기면 더 나빠질 거라는 거야."

사야는 한숨을 쉬고는 손바닥 안에서 무료하게 우주를 굴리며 이어 말한다.

"난 네트워크를 제대로 이해하지 못하고 있을지도 몰라, 옵서버. 하지만 난 넌 이해하고 있어."

옵서버는 어색하게 웃으며 말한다.

"우린 같은 편이니까. 그렇지?"

사야의 한쪽 눈에서 결국 눈물이 흐르고 만다. 구체적으로 어디서 어떻게 흐르는지는 알 수 없지만, 얼굴이라고 할 수 있는 무언가의 옆면을 눈물이 적시고 있다는 것 만큼은 알 수 있다. 사야는 갈라지는 목소리로 말한다.

"나도 이러고 싶지는 않아."

옵서버는 따뜻하고 자비로운 목소리로 묻는다.

"뭘 하고 싶지 않다는 거야, 도터?"

"예전에… 나한테 물었잖아. 내가 죽일 수 있는지…"

사야의 목소리는 작아지고 옵서버의 말은 빨라진다.

"너한테 네 동족을 위해 죽일 수 있는지 물었지. 맞아. 그리고 넌 그렇다고 했고. 훌륭한 대답이었어. 그러고 나서…"

"그런 질문이 아니었어."

옵서버의 몸이 굳는다.

"뭐라고?"

사야는 손에 들고 있는 우주에서 시선을 떼지 않는다.

"네가 한 질문 말이야. 넌 내게 '내 사람들'을 위해 죽일 수 있느냐고 물었어."

옵서버는 사야를 물끄러미 바라본다.

"무슨 차이인지 모르겠는데."

사야는 우주의 반짝이는 표면을 보며 말한다.

"'내 사람들'. 이건 내 동족을 말하는 게 아니야. 하지만 세냐 더 위도우는 내 사람들 중 하나였지. 일레븐도 마찬가지였고. 머와 샌디, 로슈도 내 사람들이야. 아, 에이스도 절대 빠뜨리면 안 되지."

옵서버는 계속 사야를 바라본다.

"그러니까 네 말은… 열 명도 되지 않는 그 지성체들을 위해서라면 죽일 수 있다는 거야?"

사야는 고개를 들고 말한다.

"옵서버. 네트워크도 내 사람들이야."

"전혀 이해가 되지 않는데."

아니, 이해하고 있다. 옵서버의 눈을 통해 알 수 있다. 그 사실이 사야를 더욱 마음 아프게 한다. 사야는 헐떡이는 가슴을 억누르며 터져 나오려는 울음을 참는다.

"내 사람들… 내 사람들을 지키기 위해서라고 해도 죽이고 싶진 않아."

옵서버는 아이를 다독이는 부모처럼 온화한 미소를 짓는다.

"그럼 하지 마."

"하지만 난 나를 찾기 위해서 만들어진 것도, 나를 지키기 위해서 만들어진 것도 아니야. 그런 걸 위해서가 아니야. 내 사람들을 찾기 위해서였어. 그리고 그들을 지키기 위해서. 그게 의미하는 것이 무엇이든 말이야. 이제 첫 단계를 끝냈어. 내 사람들을 찾는 것."

사야는 시선을 들어 옵서버의 눈동자를 바라본다. 눈에 맺힌 눈물 때문에 금빛 시선이 분산되고 일그러져 보인다.

"이제… 지켜야 할 단계인 것 같아."

옵서버의 눈에 두려움이 맺힌다.

"도터."

옵서버는 뒤로 넘어지더니 수면을 가르며 사야에게서 물러선다.

"난 너의 부모야. 너의 종족을 키웠어. 너를 키웠다고."

"넌 내가 세 어머니의 딸이라고 했잖아. 세 어머니 모두 결백하지만은 않다는 건 알아. 하지만 세 어머니 중에 넌 없어. 넌 5억 년 동안 내 은하계를 갈라놓으려고 시도했어. 지금 네가 탈출한다면, 넌 또 5억 년 동안 같은 짓을 반복할 거야. 아니, 더 심해지겠지. 그렇게 영원히 계속할 거야. 이제 알게 될 테니까. 다른 기회는 절대 없을 거라는 걸."

사야는 손안의 우주를 느낀다. 따뜻하고 매끄럽다. 사야의 사람들 모두가 이 보석 안에 있다. 과거와 현재, 미래의 사람들까지. 여기까지 올 수 있었던 건 생물학적 부모와 세냐 더 위도우, 일레븐, 머, 로슈, 에이스, 샌디, 왼쪽과 오른쪽 덕분이었다. 심지어 옵서버의 덕분이기도 했다. 사야가 지금까지 만난 모든 이들의 모든 행동이 이 조약돌 속에 담겨 있다. 사야의 실과 옵서버의 실이 지금 이곳, 비시간 비공간 속에서 엮이고 있다. 이 순간은 결코 다시 돌아오지 않을 것이다.

그럼에도 사야는 여전히 다음 순간을 선택할 수 있다.

옵서버도 알고 있다. 옵서버는 물속에 주저앉아 두 무릎을 몸 앞에 떠오른 섬처럼 수면 위에 띄우고 있다. 금빛 시선의 절반은 두려움을, 나머지 절반은 워터타워에서 본 것과 같은 여유로운 자신감을 드러내고 있다.

"사야 더 도터. 굳이 이럴 필요까진 없어."

사야는 부드럽고 반짝이는 물체를 머리 위로 들어 올린다. 보석에 닿은 빛은 무한히 많은 색깔로 갈라지며 퍼져나간다. 이 작은 돌 속에 사야의 사람들이 있다. 사야는 뜨겁게 흐려진 눈으로 옵서버의 처량한 모습을 내려다본다.

사야는 자그맣게 말한다.

"그건 내 이름이 아니야."

그러고는 우주의 모든 무게로 옵서버를 으깨버린다.

46

태양이 빛난다.

물론 진짜는 아니다. 가짜 태양을 둘러싸고 있는 새파란 하늘 역시 마찬가지다. 하지만 햇빛만큼은 진짜처럼 따뜻하다. 사야의 한정된 감각으로는 구분할 수 없을 정도다. 그러니 그냥 태양이라고 하자. 사야가 앉아 있는 수풀은 태양보다는 더 진짜 같다. 그렇다고 완전히 자연스럽지는 않지만, 이곳이 거대한 육면체 행성의 표면이라는 걸 생각하면 이보다 더 진짜 같기도 어려울 것이다. 이 공터를 둘러싼 나무들은 아마 진짜다. 사야 반대편 끝에 앉아 있는 안드로이드도 마찬가지다. 하지만 최근에 있었던 일련의 사건에서 사야는 감각을 그대로 믿어선 안 된다는 걸 배웠다. 언제나 건전한 의심이 필요하다.

로슈는 1미터 남짓 떨어진 곳에 허리를 펴고 앉아 있다. 내리쬐는 가짜 햇빛 때문에 로슈의 기계몸이 자세히 보이지는 않는다. 로슈가 말한다.

"머와 샌디가 언제 돌아오려나. 네 이야기를 의심하는 건 아니야.

난 그저 대화 상대가 좀 다양해지길 바랄 뿐이야."

사야는 묘하게 날카로운 로슈의 말투를 무시한다. 험난한 하루를 보내고 나니 이제 더 심한 것도 얼마든지 견딜 수 있다. 사야가 말한다.

"머가 소리 지르는 걸 몇 분 전에 들었어. 뭔가 냄새를 맡았거나, 뭔가를 죽였거나. 둘 중 하나겠지. 그러니까… 곧 오지 않을까?"

"아마 또 피를 뒤집어쓰고 오겠지. 아니면 옵서버를 뒤집어쓰고 있거나. 둘 다일 수도 있고."

'피를 보고 싶지 않다면 사냥은 내려놓고 둥지나 골라라.'

사야는 이제 어떤 격언이든 자유롭게 떠올릴 수 있다. 어머니의 기억을 그대로 흡수하고 있은 많은 장점 중 하나다. 문득 고개를 들어보니 조금 떨어진 곳에 있는 나무에서 금빛 눈동자 몇 개가 숨는 모습이 보인다.

"넌 쟤들이… 더 행복해진 것 같아?"

사야의 물음에 로슈는 사야의 어깨너머에 있는 무언가를 렌즈로 쫓으며 말한다.

"글쎄."

"솔직히 모르겠어. 이제 모두 날 무서워하고 있어."

사야는 멀리 떨어진 금빛 눈동자들을 바라본다.

"무서워할 만도 하지. 네가 나한테 믿으라고 들려준 그 어이없는 얘기가 모래알만큼이라도 사실이라면 말이야."

"아마 혼란스러울 거야. 조금 전까지 거대한 지성체에게 짓눌려 모든 행동을 통제받고 있다가 어느 순간…"

사야는 말을 마무리하기 직전에 입을 멈춘다. 로슈가 대신 마무리해 준다.

"자유로워졌으니까."

사야는 풀잎을 바라보며 따라 말한다.

"자유…"

로슈가 여전히 사야의 어깨너머를 바라보며 말한다.

"돌아보지 마. 두 녀석이 널 보고 있어. 머리카락이 없는 녀석이랑 많은 녀석이."

사야는 돌아보고 싶은 충동을 참기 위해 안간힘을 쓰며 중얼거린다.

"불쌍한 녀석들. 오른쪽은 내가 자기를 싫어한다고 생각할 거야."

"싫어하잖아. 그 처절한 여정을 마치고도 관대한 용서를 베풀 여유가 남아 있는 게 아니라면."

사야는 한숨을 쉰다.

"난 옵서버를 싫어하는 게 아니야, 로슈. 커다란 옵서버 말이야. 물론 잠깐 싫어했던 순간이 있었을 수는 있지만, 내가 직접 옵서버를… 그렇게 하기 전까지만 해도…"

사야는 말을 멈추고 풀잎을 쓰다듬는다. 엄지와 검지로 거친 풀잎 표면을 천천히 느끼며 말을 잇는다.

"오히려 불쌍하게 생각했던 것 같아."

"부디 부탁하는데, 결국 '우리는 모두 그저 풀잎에 지나지 않는다.' 같은 시적인 대사는 하지 말아줘. 그런 말 하는 순간 난 지금 삶을 얼른 버리고 떠날 거야."

사야는 가볍게 웃고는 반대편 손으로 풀잎을 문지르며 말한다.

"그러고 보니, 손 다시 빌려줘서 고마워. 손이 두 개나 있으니 좋은걸."

"그건 이제 네 손이야. 네가 시인이 되지만 않는다면 말이야."

"내가 가져도 된다고?"

"안될 건 없지. 조만간 또 어디선가 예비 부품을 잔뜩 발견할 게 분명하니까."

사야는 파란 하늘을 올려보며 조용히 말한다.

"그래. 분명 그럴 수 있을 거야."

로슈는 한참이나 침묵한다. 하지만 로슈와 함께한 시간 덕분에 사야는 그의 몸에서 울리는 작은 기계음 의미를 이해할 수 있다. 마침내 로슈가 목소리를 낸다.

"알았어. 내가 이렇게 묻기를 기다리고 있다는 거 알아. 내가 졌어. 네트워크는 도대체 어떻게 눈치챈 거야?"

"네트워크는 머리가 좋으니까."

"그건 하나의 이유일 뿐이고. 하지만 이건…"

"네트워크가 얼마나 똑똑한지 표현할 방법은 없는 것 같아. 우리 은하계에만 국한되지 않아. 모든 네트워크 정신을 하나로 연결해 주는, 우리가 알고 있던 그 네트워크는 진짜 네트워크의 단면 한 조각에 지나지 않아."

"하지만 그게 어떻게 네가 무슨 선택을 할지 알았던 거지? 혹시라도 잘못 예상했다가는…"

"잘못 예상했다가는… 어떻게 될 것 같아? 네트워크에게는 10억 개가 넘는 항성계가 있어. 항성계가 무너지거나 혼란에 빠지지 않도록 하는 전략을 10억 가지는 갖고 있을 거야. 내가 겪은 일은 그중 하나였을 뿐이고. 우린 너무나 작은 몸과 정신으로 그 현장에 있기 때문에 모든 일이 너무나 장엄하고 중요하다고 착각하기 쉬워. 하지만 네트워크에게는 그저 항상 하던 일의 반복일 뿐인 거지."

"우린 작고 중요하지 않은 존재라는 얘기네. 또 네 말이 맞는다면, 네트워크의 가장 거대한 적을 단 한 명의 개인이 쓰러뜨렸다는 거고."

이번엔 사야도 진짜로 웃는다.

"가장 거대한 적이라고? 네트워크와 옵서버의 관계는 지금 나와 내 손에 있는 풀잎 같은 거야. 아니, 차라리 풀잎 위에 있는 박테리아에 가까워. 다른 박테리아가 보면 옵서버 박테리아의 힘은 정말 거대해 보이지. 하지만 5억 년의 준비를 거치고도 옵서버는 네트워크에 작은 상처 하나 남기지 못했어. 오늘 네트워크가 치른 10억 개의 싸움 중에서 옵서버는 그나마 존재감이 있기는 했지만, 여전히 사소하기 그지없는 존재였어. 너와 나도 사소하기 그지없는 존재인 것처럼. 하지만 네 말이 맞기도 해. 나는 그저 네트워크가 자기 일을 위해서 고른 도구에 불과했으니까."

로슈는 기계음을 내며 고개를 옆으로 기울인다.

"네트워크가… 그렇게 얘기했어?"

"그럴 리가. 네트워크가 말해주는 건 옵서버가 내 정신 속에서 발견해도 되는 것들뿐이야. 하지만 이제… 뭐랄까, 어떤 의미에선, 어쩌면 나도 이해할 수 있을 것 같아."

"그러니까 네 말은 이런 거지. 내가 몇 개의 삶을 살든, 무슨 일을 하든, 아무 의미도 없다는 거야. 왜냐하면 결국 마지막에 가서는…"

사야는 다른 풀잎을 뽑아 문지르며 말한다.

"그런 얘기가 아니야, 로슈. 마지막이란 건 없어. 모든 게 영원히 더 좋은 상태를 이어가는 행복한 결말 같은 건 이 우주에 없어. 그리고 네가 있어도 없어도 우주는 굴러갈 거라는 말은 하지 마. 물론 네가 없어도 일어날 일은 일어나겠지. 하지만 네트워크가 말하는 것처럼, 시스템은 동기에 의존해서 움직이는 거야. 은하계는 기능하고 싶어 해야 해. 그렇지 않으면… 기능하지 못할 테니까."

"이젠 네트워크가 좋은가 보네."

"아니. 네트워크는 지금도 견디기 힘들 만큼 싫은 녀석이야. 하지만 같은 편인 것 같아. 옵서버가 적어도 한 가지에 대해서만큼은 틀림없이 옳았으니까."

"그 한 가지가 뭔데?"

"질서는 부자연스럽다는 것. 적어도 이 우주에서만큼은. 모든 것의 자연상태는 혼돈이야. 모든 게 혼돈에서 나와 혼돈으로 다시 돌아가는 거야. 하지만 어떤 이유에서든 우린 거기에 저항하고 있어. 마지막 순간에는 이 자연의 섭리를 극복할 수 있을 거라는 불가능한 꿈을 붙잡고 있지. 그 마지막 순간은 결코 오지 않는다는 걸 알면서도. 나도 궁극의 계획 같은 게 있으면 좋겠어. 하지만 여기 있는 건 그저 우리와 네트워크, 그리고 수천억 개의 이웃 은하계들뿐이야. 그 모두가 각자의 동기를 갖고…"

사야는 벽에 부딪히기라도 한 것처럼 말을 멈춘다.

로슈는 잠시 사야를 바라보고 말한다.

"난 지금 밀리초 단위로 흥미진진해지고 있어."

사야는 숲을 잠시 바라본다. 그리고 작은 목소리로 말한다.

"네트워크는 왜 질서를 향한 동기를 갖고 있을까?"

로슈는 기계음을 흘리며 몸을 바로 세운다.

"네트워크보다 더 큰 존재가 있다는 거야?"

사야는 방금 떠오른 생각을 곱씹으며 풀잎을 하나씩 하나씩 짓이긴다.

"만약… 만약에 더 높은 차원이 있다면, 네트워크가 사실은 하나의 뇌세포에 불과하다면…"

사야는 말을 멈춘다.

"그게 무슨 말이야?"

사야는 그 생각의 의미를 떠올리며 숨을 한번 삼키고 말한다.

"만약 다른 많은 은하계도 여기처럼 북적인다면, 그 은하계들의 행동은 우리 은하계와 크게 다르지 않을 거야. 그러니까, 마치 살아 있는 것처럼 행동한다는 거지. 그리고 그들 모두가 모여 더 거대한 우주 규모의 정신을 만든다고 해도, 결국 나쁜 짓을 하는 녀석은 있기 마련이야. 옵서버처럼. 그리고… 인간처럼. 단지 크기만 은하 규모일 뿐이지. 네트워크가 이웃 은하계와 머리를 맞대며 싸우고 있는 광경을 생각해 봐. 거기서 발생할 파괴라면…"

사야는 다시 말을 멈춘다. 자기가 한 말이 무엇을 의미하는지 상상조차 되지 않는다.

"하지만 네 생각이 맞다면… 결국 모든 게 절대적으로 무의미하다는 거잖아."

사야는 생각 속에 너무 취한 나머지 로슈의 오해를 짚어주지 못한다. 대신 마지막으로 잡은 풀잎을 보며 말한다.

"정말 옵서버 때문에 일어난 일일까? 네트워크가 수백만 년 동안 전쟁 한번 없이 평화롭게 지내다가 갑자기 이런 일이 일어난 게 우연이었을까?"

"네 종족이 일으킨 전쟁도 있잖아."

"그건 전쟁이 아니라 단순한 오류였어. 네트워크 반응이었지. 심지어 지금 저기서 일어나고 있는 일도."

사야는 팔을 들어 파란 하늘을 가리킨다. 하늘에는 지금도 비극을 알리는 빛이 가득하다.

"저건 전쟁이 아니야. 적어도 아직은. 하지만 전초전일 수는 있지 않을까? 혹시 네트워크가… 예방 접종을 하는 게 아닐까? 은하계의 면역 체계를 강화하고 있는 건 아닐까?"

"재미있는 가설이네."

사야는 하늘에서 시선을 내리며 말한다.

"무서운 가설이지. 옵서버보다 더 크고 더 나쁜 존재가 나타난다면? 그 존재가 바로 이 자리에 오려고 한다면?"

로슈는 잠시 생각하고 말한다.

"정신이 번쩍 드는 얘기네."

사야는 풀밭 위로 등을 대고 눕는다. 머릿속은 온갖 가능성으로 가득 차 있다. 거대하고 무시무시한 사건들이 한 발짝 앞에서 기다리고 있을지도 모른다. 블랙스타의 궤도에서 가짜 태양 빛을 쬐며 돌이킬 수 없는 비극의 현장을 바라보고 있는 이 작은 존재는 물 채굴 스테이션에서 하급 티어 직업을 가지게 될까 전전긍긍하던 가짜 스파알이 아니다. 죽어가는 어머니를 끌고 정거장을 가로질렀지만 결국 마지막 순간에 어머니를 구하지 못한 도터도 아니다. 자신의 기원을 찾기 위해 스스로 한쪽 팔을 거의 잘라버린 인간도 아니다. 이 블랙스타를 네트워크에서 뜯어낸 디스트로이어도 아니다. 옵서버를 한곳에 모아 이곳에서 죽이기 위해 만들어진 네트워크의 아바타도 아니다. 수많은 사람이 현재 속에서 죽어가고 있는 와중에 풀밭에 누워 미래를 생각하고 있는 누군가도 아니다. 그 모두이자 그보다 무한히 많은 무엇이다. 하나의 몸속에 존재하는 다채로운 스펙트럼이다.

다른 모든 이들처럼, 사야는 사야다.

간간이 숲에서 들려오던 충돌 소리와 환호성이 점점 커지더니 더 이상 무시할 수 없을 정도가 된다. 사야는 몸을 일으켜 흔들리는 덤불을 향해 돌아본다. 머의 팔 여섯 개가 덤불을 가르며 나타난다. 머의 털은 잔뜩 묻은 피가 굳어 뻣뻣하다. 샌디는 머의 머리 위에서 항상 앉던 곳에 자리 잡고 있다. 머의 등에는 대여섯 명의 옵서버가 매달린 채 환호성을 지르고 있다.

로슈는 머를 향해 고개를 끄덕이며 말한다.

"내가 말했잖아."

환호성은 갑자기 멈춘다. 그들이 사야를 본 것이다. 옵서버들은 머의 등에서 미끄러져 내리더니 그 뒤로 숨는다. 그러고는 머의 커다란 몸 주변과 다리 사이로 고개만 내밀고 사야를 빤히 바라본다. 샌디는 머의 머리 위에서 정신없이 눈을 깜빡이고 있다.

머가 말한다.

"두 마리 잡았어! 큰 걸로 잡았지. 이 작은 녀석들한테 사냥하는 법을 알려줬어. 이젠 예전처럼 쉽게 목숨을 버리지 않아. 그래서 다들 숲속에 숨어 있어."

로슈가 중얼거린다.

"난 이해해."

사야는 한때 로슈의 것이었던 손으로 가리키며 말한다.

"봤지? 날 무서워하는 것처럼 보이지 않아?"

"아하. 이 녀석들도 그 이야기를 하고 있었어."

머는 잠시 다가오다가 털에 묻은 피를 핥아서 닦으며 이어서 말한다.

"어떻게 된 건진 모르겠지만 이 녀석들은 널 기억하고 있는 것 같아."

"쟤들이 날 기억한다고?"

"맞아. 네 이야기를 하는데 그게 꼭…"

머는 말을 멈추더니 인상을 찌푸리며 고민하다가 결국 포기한다.

"모르겠어. 머릿속에 떠오른 게 단어로 나오질 않아. 어쨌거나 저 녀석들은 잠시도 멈추지 않고 영웅의 싸움 같은 걸 얘기하고 있어. 회색 하늘 아래에서, 은빛 바다 위에서, 대충 그런 내용으로. 시를 노래하는 것처럼."

그때부터 로슈가 웃기 깔깔거리기 시작하더니 말한다.

"저 녀석들, 널 피하는 게 아니야. 널 숭배하는 거야."

사야의 눈이 동그래진다.

"오, 세상에, 여신님."

"바로 그 단어야. 여신"

머의 말에 사야는 다시 수풀 위로 드러눕더니 손으로 얼굴을 감싼다. 그러고는 손가락 사이로 웅얼거리며 반복해서 말한다.

"여신님."

하지만 이제 예전과 같은 뜻으로는 쓸 수 없는 말이다.

머가 옆에 앉자 지진이 일어난 것처럼 땅이 울린다. 땅에 있던 무언가 따뜻한 것이 사야에게 튀자 사야는 여전히 얼굴을 가린 채 말한다.

"아, 좀."

머는 몸을 핥으며 묻는다.

"그래서 이젠 어떻게 할 거야? 아직도 저 위에 있어? 네 동족 말이야."

사야는 한숨을 쉰다.

"응."

"저기까지 가서 만날 거야?"

다시 한숨.

"언젠가는."

로슈가 검은색 엄지로 사야를 가리키며 말한다.

"사야가 무시무시한 가설을 얘기했어. 너도 들었어야 했는데."

"난 무서운 거 좋아해."

머의 반응에 사야가 말한다.

"아니, 그렇지 않아. 넌 정말 무서운 게 뭔지 몰라."

하지만 사야는 안다. 사야는 은하계 속에 있는 먼지 한 조각에 불과하다. 그리고 그 은하계 역시 그렇게 크지도 않은 우주의 먼지 한 조각이다. 무한한 하늘 아래에서 사야는 이 우주를 직접 손에 거머쥐며 얼마나 작은지 깨달았다. 불가능해 보일 만큼 많은 죽음을 목격했지만, 여전히 아무것도 보지 못하고 있다. 현실은 거대한 동시에 생각보다 작다. 사야는 모든 것인 동시에 아무것도 아니다.

사야. 딸이자 파괴자. 이제 무엇도 두렵지 않다.

작가의 말

신사 숙녀 그리고 털북숭이와 기분 나쁜 안드로이드와 규정 및 비규정 지성체, 기타 등등의 여러분. 여러분은 방금 제 삶의 4년 반을 마치셨습니다. 4년 반 동안의 강박과 집착이라고 할 수 있겠네요. 아마 몇 시간 만에 모두 읽으신 분도 계실 겁니다. 어떠셨나요? 즐거우셨다면, 혹은 그렇지 않으셨더라도 여러분께 이 작품은 저 혼자서 만든 것이 아니라는 것을 말씀드리고 싶습니다.

4년 반 전, 저는 빌바오 교외 지역의 휴게소 구석에 앉아 친구 케빈 그로스와 대화를 나누고 있었습니다. 인간을 초월한 지성에 대한 열성적인 논쟁을 하고 있었죠. 그때 어찌나 흥분을 했던지 저는 그 자리에서 1유로짜리 자그만 노트를 사서는 돌아오는 버스 안에서 글을 쓰기 시작했습니다. 시간이 지나 그 글은 250만 단어로 불어났고, 지금 여러분이 손에 들고 계신 것이 바로 그 일부입니다.

소설 집필의 덫에 빠진 사실을 모두에게 고백한 건 그로부터 6개월이 지난 뒤였습니다. 이 무시무시한 고해성사를 처음 들은 건 제 아내이자 동료인 타라입니다. 타라는 학교 선생님인데 그 덕분에 집필 과정에서 제게 필요한 많은 것을 배울 수 있었죠. 제가 미치기 직전까지 갔을 때도 타라는 냉정을 유지하며 저희 결혼 생활을 지켜주었고 저희 딸들이 굶어 죽지 않도록 도와주었습니다. 모든 걸 너무나도 훌륭하게 해냈죠.

그리고 두 딸! 런던과 브루클린 더 도터. 이 작품을 쓰기 시작했을 때는 그 자그맣던 아이들이 작품의 마무리 단계에서는 제게 이런저런 조언을 줄 정도가 되었습니다. 런던은 이렇게 말했죠. "이것만 기억해. 모든 이야기에서는 문제가 발생해야 해." 런던이 만드는 이야기에서는 대부분

고아와 우주인이 등장합니다. 브루클린은 이야기에 어울리는 그림을 그려주고는 했지요. "외계인들은 대개 눈이 많아." 이렇게 말하며 제게 이해를 돕기 위한 해설 그림을 주기도 했습니다. 아버지와 딸이 외계인에 대해 같은 견해를 갖고 있었다니 재미있는 일이죠.

시간순으로 이야기하자면 댄 후퍼가 그다음입니다. 현실 속 진짜 과학자인 댄은 우주론에 대한 제 많은 질문에 답을 해주었을 뿐만 아니라 지금의 제 에이전트인 잉크웰 사의 찰리 올슨을 소개해 주기도 했지요. 그리고 찰리! 찰리는 〈티어1〉을 읽자마자 출판 가능성을 처음 발견하고는 이렇게 말했어요. "나랑 계약해요. 나랑 계약하면 독일에서도 끝내주는 책 두 권을 이미 계약한 거나 마찬가지예요." 나는 그렇게 했고 나는 그 선택을 일순간도 후회한 적이 없습니다. 찰리는 또 제 작품을 출판해 준 펭귄 랜덤 하우스 출판사의 줄리안 파비아에게 소개해 주기도 했습니다.

줄리안은 지금 이 글을 쓰는 동안에도 제가 말한 '소소한 수정'을 보며 고개를 젓고 있을 겁니다. 줄리안은 문학계의 무자비한 히트맨이죠. 줄리안과 같이 일한다는 게 어떤 느낌인지 설명하기는 쉽지 않지만 일단 지난 2년 동안 제 초고 네 개를 통째로 갖다 버렸다고만 말씀드리겠습니다. 은하 규모의 문제를 이렇게 손쉽게 해결하는 사람은 달리 본 적이 없어요. 일단 제가 줄리안에 대해 말씀드리고 싶은 건 이겁니다. 만약 여러분의 사랑스러운 원고를 줄리안에게 제물로 바칠 기회가 있다면 여러분은 그 기회를 절대 놓치면 안 됩니다.

그다음은 4인의 위원회입니다. 이 작품의 모든 초고를 빠짐없이 읽고 의견을 준 네 명의 사람들이죠. 그들은 줄리안에게 미처 살육당할 기회조차 얻지 못한 원고까지도 읽어주었습니다. 샘 호버는 제가 생각도 못 한 이야기 속 구멍들을 찾아줬습니다. 그리고 제가 일레븐에게 저지른 일을 아직도 용서하지 않고 있죠. 마이클 호버는 역사적 관점으로 거의 미친 아이디어 속에서 더 미친 아이디어를 찾는 일을 도와줬습니다. 토니 피오리토는 인공지능의 건전한 공포를 가르쳐 준 동시에 제 프로필 사진까지 찍어줬죠. 제 첫 번째 팬아트를 그려준 사람이기도 합니다. 지나 피오리토는 작업 기간 내내 네트워크 지성체와 성적 동일성을 파고들었습니다. 제 인간 마음 깊은 곳에서부터 위원회에게 감사를 전합니다.

그다음은 가족! 제 부모님, 목사 마크 조던과 작가 데니스 조던은 창의성이란 무엇인지를 알려주었습니다. 그리고 아들이 록스타를 꿈꾸며 (시도만 했죠) 대학을 그만뒀을 때도 어째서인지 화를 내지 않으셨죠. 제가 걸음마를 배우기도 전부터 저를 응원해 주셨고 지금도 그리고 앞으로도 응원해 주실 거라는 걸 저는 알고 있습니다. 형 닉은 많은 초고를 읽고 또 집어던졌습니다. 제가 위험할 만큼 강박에 빠질 때마다 제게 전화해 주기도 했고요. 누나 에밀리는 지옥이나 물에 빠지는 고비가 닥치더라도 뛰어넘을 수 있는 방법을 알려줬습니다. 동생 밴은 언제나 기묘하기 그지없는 것들에 관심을 갖고 공부할 수 있도록 영감을 줬죠. 형, 누나, 동생의 배우자인 자렛, 멜, 마리아는 제 소중한 가족들을 돌봐주며 창작의 신이 강림했을 때마다 제 가족이 똘똘 뭉칠 수 있게 도와줬습니다. 모두 고마워요.

창의성이라고 한다면 빈스 프로스를 빼놓을 수 없죠. 저와 수많은 프로젝트를 함께한 빈스는 세냐 더 위도우와 머, 로슈, 사야 더 도터 등의 놀라운 일러스트를 그려줬지요. 빈스의 작품은 제 홈페이지 (TheLastHuman.com)에서 확인하실 수 있습니다. 위도우 종족의 모녀 관계가 어떤 모습인지 궁금하신 분들, 환영합니다.

또 누가 있을까요? 물론 아직도 너무 많습니다. 여기서 제 형편없는 초고들을 읽어준 몇몇 분을 언급하고 싶네요. 스티브 맥슨, 아치 이스터, 더스틴 앳킨슨, 에런 존슨, 제이미 존슨, 그리고 롭 달리. 모두 고마워요. 여기에 이름이 없더라도 제가 당신을 잊었을 거라고 생각하지 말아주세요. 제 기묘하기 짝이 없는 커리어를 끝까지 따라오며 응원을 보내준 모든 분에게 감사합니다.

그리고 마지막으로 당신. 이 책을 들고 있는 바로 당신. 이 책에 돈을 지불할 가치를 느꼈을 뿐만 아니라(혹은 도서관에서 빌렸거나, 또는 어디서 훔쳤거나, 어떤 방법이라도 상관없습니다), 읽을 가치가 있다고 생각해 준 당신. 그리고 정말 끝까지 읽고 이 짧은 감사문의 연속에 이른 당신. 그 모든 것에 대해 감사를 전합니다. 그리고 약속합니다. 모험은 이제 시작일 뿐이라는 걸요. 네트워크에서 만나요!

잭 조던
2020년 1월 1일
시카고

라스트 휴먼

초판 1쇄 찍은날 2023년 2월 28일
초판 1쇄 펴낸날 2023년 3월 8일

지은이 잭 조던
옮긴이 해도연
펴낸이 한성봉
편집 김학제·신소윤·권지연·전소연·문정민
콘텐츠제작 안상준
디자인 권선우
마케팅 박신용·오주형·강은혜·박민지·이예지
경영지원 국지연·강지선
펴낸곳 허블
등록 2017년 4월 24일 제2017-000050호
주소 서울시 중구 퇴계로30길 15-8 [필동1가 26]
페이스북 www.facebook.com/dongasiabooks
트위터 twitter.com/in_hubble
전자우편 dongasiabook@naver.com
블로그 blog.naver.com/dongasiabook
홈페이지 hubble.page
전화 02) 757-9724, 5
팩스 02) 757-9726
ISBN 979-11-90090-91-9 03840

※ 허블은 동아시아 출판사의 SF 브랜드입니다.
※ 잘못된 책은 구입하신 서점에서 바꿔드립니다

만든 사람들

책임편집 전소연
크로스교열 김소라
디자인 THIS COVER
본문조판 최세정